慕川向晚 2

姒锦 著

上册

青岛出版社
QINGDAO PUBLISHING HOUSE

图书在版编目（ＣＩＰ）数据

慕川向晚．2 / 姒锦著．—青岛：青岛出版
社，2020.5
ISBN 978-7-5552-8423-9

Ⅰ．①慕… Ⅱ．①姒… Ⅲ．①长篇小说－中国－当代
Ⅳ．①I247.5

中国版本图书馆CIP数据核字(2019)第218891号

书　　名	慕川向晚2
著　　者	姒　锦
出版发行	青岛出版社
社　　址	青岛市海尔路182号（266061）
本社网址	http://www.qdpub.com
邮购电话	010-85787680-8015　　13335059110
	0532-85814750（传真）　　0532-68068026
责任编辑	李文峰
特约编辑	崔　悦
校　　对	李玮然
装帧设计	蒋　晴
照　　排	梁　霞
印　　刷	三河市良远印务有限公司
出版日期	2020年5月第1版　　　2020年5月第1次印刷
开　　本	32开（880mm×1230mm）
印　　张	16.5
字　　数	400千
书　　号	ISBN 978-7-5552-8423-9
定　　价	55.00元（全二册）

编校印装质量、盗版监督服务电话　4006532017　　0532-68068638

建议陈列类别：畅销·青春文学

目 录 [上册]

目 录 [下册]

第一章　无力自拔

这是向晚第二次到"帝宫"。不论是心情还是感受，都与第一次完全不一样。喷泉女神的雕塑还静静地立在门口，在宁静的夜里，带着一种孤傲的嘲讽感。

到今天为止，帝宫还没有重新开业，但为了给黄何"洗尘"，在白慕年的吩咐下，里里外外都洒扫了一遍，除了五楼没有开放以外，其他地方灯光大亮。帝宫九层的门口，服务生将熬好的柚子叶水用漂亮的盆钵装了，整整齐齐地端着站成两排，每个人走过去，宫装服务生都会捧着盆子让人洗手。

"柚子叶水，去晦气！"

"我们帝宫里外都用柚子叶水熏过了！"

黄何道了谢，把手伸入盆里，洗了洗，手刚要拿起来，方圆圆又给他塞了回去："再洗洗，再洗洗，去除霉运，大吉大利！"

黄何无奈地笑："回来前刚洗过澡的，我又不脏。"

"我知道你不脏。"方圆圆瞄他一眼，眉间眼里全是压不住的笑，"我都闻到了，洗发水和香皂的味道，没汗臭……"

"嘿嘿。"

"傻子，笑个屁，快洗！"

黄何轻笑一声，在盆子里轻轻捏了一下她的手。服务小姐眼尖，看见了这个小动作，偷偷抿着嘴笑。方圆圆不好意思，拍他："死相！"骂完，她怔了一下，又拿柚子叶水拍打自己的嘴巴，"呸呸呸，胡说八道，洗一洗，不灵不灵！"

"……"

在帝宫这个地方提到死，很敏感。向晚本就觉得白慕川选择在这里招待朋友很有挑战性，只要想到那个案子，山珍海味全都变了味道。不过帝宫早晚得重新开业，他这也算为他堂兄打头阵了吧。

"怎么不动筷子？"白慕川坐在向晚的身边，看她神思游走，刚刚跟黄何说话时还挂着笑的脸，在转过来时立马沉了下来。

"不太饿。"向晚一笑。

"叫你出来吃饭，你似乎不太高兴？"

对他阴晴不定的态度，向晚有点儿莫名其妙："不高兴的人是你吧？"

白慕川不否认："我又不像你刚搬新家，没什么值得高兴的。"

向晚忍不住翻白眼："那请问白警官，我搬新家，你到底哪里不高兴呢？"

白慕川给她一个"自行领悟"的眼神，不说话。

向晚睨他半天，突然笑了出来："你说你这人也真是奇怪，我住哪里是我的事，你至于这么生气？"

"谁告诉你我在生气？"白慕川挑挑眉，一副满不在乎的样子。

"我明白了。"向晚轻笑着凑过去，笑盈盈地道，"该不会程队是你的心上人吧？我搬过去住在他的隔壁，让你嫉妒得面目全非，对我恨之入骨？"

白慕川唇角怪异地一抽。

"被我说中了？"向晚玩笑道，"要不这样好了，反正我那房子也是三室的，刚好空下来一间，4000块，把那间转租给你好了！"

白慕川沉下脸，冷哼一声："出息！"

"神经！"向晚转开头，不再理他。

今天来为黄何接风的人还有刑侦队的几个兄弟，有了前车之鉴，除了白慕川之外，谁也没有喝酒，一律以饮料和茶水代替。这生活突然变得健康起来，大家唏嘘之余都不免有些感慨，哪怕珍馐美味在前，也吃得不是滋味儿。

大家在聊天，向晚始终沉默。

方圆圆看了半天，突然小声问她："你和白警官吵架了？"

向晚哼了一声："不至于！"他俩这样的关系，哪儿有吵架的可能？顶多是你看不惯我，我看不惯你而已。唯一让她郁闷的是，他凭什么看不惯她？

"那是为什么？"方圆圆扯着她的胳膊，"是因为网站让你整改的事？"

这件事，向晚没有告诉过任何人，包括白慕川。毕竟网文圈里的事情，旁人也不懂。即便说了他也不一定能理解。但方圆圆这样一问，坐她旁边的白慕川就听见了。他看过来："修什么文？"

方圆圆呃一声，正要解释，却被向晚接了过去："你不是我的铁杆粉丝吗？这么大的事都不知道？对得起我吗你？"

白慕川挑挑眉，难得没有说她，而是皱着眉头放下筷子，拿出手机认真去做她的"小粉丝"，打开了《谋杀男神》。书评区的热度已经退了不少，不过稍稍翻阅一下就能还原事件始末。

白慕川突然低骂，饭桌上的人都愣住了。

白慕川大多数时候是一个懂得控制情绪的人，尤其像今天这种场合，他更不会随便骂人。是谁让他黑了脸？白慕川不说话，众人面面相觑。方圆圆了然的目光在他和向晚间来回流转，她戏谑地轻笑："白警官关心你呢……"

向晚有点儿尴尬，笑了笑，对白慕川说："在网文圈，这个事很正常……"

"正常？你哄我是小白啊？"

"你本来就是小白啊。"

白慕川脸上冷气未退，气哼哼地道："我说向老师，你在我面前这么横、这么贱，怎么落到别人手上，就这么屃呢？"

　　她哪里横，又哪里屃了？向晚深深地吸了一口气："不跟你说。你压根儿就不懂。不和外行解释……"她的话没说完，白慕川突然站了起来，看了她一眼，黑着脸离开了房间。

　　向晚："……"

　　气什么呢？这么凶。她又没有说他什么啊。

　　一桌人的目光望了过来，向晚被众人瞅得一脸窘迫，无辜地摊了摊手，尴尬地笑道："你们吃着，我去看看！"

……………

　　在走廊尽头的窗边，向晚发现了白慕川。他背着对她，一只手夹着香烟，一只手拿着手机在打电话。有了上一次偷听被他发现的尴尬经历，向晚这次没有走近，只远远地看着他的背影。氤氲的夜灯中，男人挺拔的背，顾长的身材，懒洋洋的动作，还有指尖一闪一闪的烟火，给人一种桀骜不驯的感觉。不在办案状态的白慕川不那么沉稳，不那么严肃，却别有一种魅力。

　　"行了！别跟我扯这个。我不爱听理由！该说的我都说了，剩下的事，你们自己看着办！"他不知在跟谁讲话，突然生气地拔高声音，也不等对方解释，直接挂掉电话，抬起手，狠狠吸一口烟，露出一种莫名躁郁的情绪。

　　"喀！"向晚慢慢过去，"白慕川，你真的生气了？"

　　白慕川回头，半眯起眼睛看她，轻慢无情的表情里有那么几分不确定的疑惑："你情商没欠费吧？"

　　向晚："……"

　　"你特地来找我的？嗯？"他又问，微扬的唇上带一丝笑。

　　"这里除了你，还有别人吗？"向晚想笑，可带笑的眼角刚刚弯起，就被他冷飕飕的目光给吓了回去。"喀！"她马上表示，"为了抢救我濒临死亡的情商，我决定收回刚才那句话。对，白慕川，我是专程来找你的。"

　　白慕川的脸色好看多了。向晚却回头指了指包间的门："大家怕你一时想不开，让我来看看。毕竟五楼已经飞走了一个孙尚丽，要是九楼再飞走一个白慕川，那他们今年都没法休假了！"

　　"向、晚！"白慕川咬牙，发挥大长腿的优势，黑着脸走到她的面前，"你这个女人，怎么不识好歹？"

4

"……"向晚抿唇，幽幽地说，"因为我情商欠费啊！"

白慕川："……"

两个人对视，有微光在彼此眼中游走。

他高她很多，她不得仰着头。走廊的光线似乎比刚才更朦胧了几分，在他俊朗的脸上添上一抹淡淡的光晕，把他冷硬深邃的五官衬得格外好看，给了向晚一种不真实的感觉。这一眼，很短；这一眼，又似乎很长。向晚的心里渐渐生出一种此刻已然亘古的错觉，就好像他原本该站在这里等她，就该用这样的目光凝视她，无悲、无喜，只有情浓。

"白慕川。"

"向晚。"

两人同时出声。

"嗯，你说。"

"你说吧。"

他们又一次同时出声，然后同时闭上嘴。

"唉！"向晚突然笑了，"我刚才在背后看了你很久。"

"嗯？有什么发现？"

"你的背影……很有几分销魂的味道呢！"

"……"

白慕川眸子黑漆漆的，目光几乎黏在她的脸上。

久久，他哼笑："认真的？"

"我毕竟是个善良的人。"

"嗯？"他漫不经心地撩起眼皮，"你刚才想说的就是这个？"

"那你想说的是哪个？"

"我想说……"白慕川抬手，突然扼住她的下巴，往上微微一抬。

长长的走廊上，一股幽冷的风从未知的角落吹过来，让这个幽暗的角落突然变得温暖而暧昧。他高高在上，低头凝视，勾起的嘴角给人一种诱惑的味道："我在想，今晚……要不要翻你的牌子。"

向晚睫毛一颤，呆住了。

他这么直接，玩笑？恶意？

可是他的表情认真得让她无法直视。

5

"不喜欢我？"

今天晚上的白慕川眸色太深，他突然抛出的问题让向晚无法回答。

"大家都是成年人……"他突然用力，将她的下巴抬得更高一点儿，嬉笑的脸慢慢低下，温热的气息几乎要喷到她的脸上，"可以吗？"

向晚呼吸一紧，她条件反射地抬手抱住胸口，后仰着脑袋怒视他："你干什么？"

她瞪圆的双眼，急切回避的动作，让白慕川眸色渐浓。他轻笑，松手，懒洋洋地把手插入裤袋："怂样儿！"

向晚呀一声，身体噌噌后退。刚才双手抱胸拼命后仰的动作，在失去了白慕川的力度支撑后，她一个不稳就往后栽去。她踉跄好几步才稳住身体，背靠着墙，吓得渗出汗来："白慕川！你神经病啊！"

白慕川纹丝不动，似笑非笑："你没有谈过恋爱，对不对？"

听他说得笃定，向晚气都快涌上脑门了："我前男友都可以组一个刑侦队了，你说我没有谈过恋爱？天真！"

白慕川唇角扬起，淡淡笑着，他朝她走过来。向晚本就靠在墙上，被他高墙似的身躯挡住了光线，心乱如麻："站住！不然我就报警了！"

白慕川一怔，忍着笑，低头严肃地看着她："小妹妹，遇到什么危险了？告诉警察叔叔？"

自从过了25岁，向晚很久没有听人家这样叫她了。而且白慕川脸上的戏谑那样暧昧，还有……他的睫毛很长，带一点点上翘的弧度，让他明明行径恶劣，却有一种讨人喜欢的无辜样子。

这男人！

这男人！

怦怦！怦怦！

向晚心跳加快，她又气，又无奈，咬牙切齿，又说不出太狠的话："白慕川，逗我好玩是吧？"

"谁说我逗你？"白慕川垂下眼，迅速收敛起那一丝若有似无的坏笑，认真地执起她的手，突然握在掌心，"只是试探一下你的反应而已。"

向晚气得胸口起伏不定，又有点儿哭笑不得："那你觉得好玩吗？"

"还好。"他带着笑，"我很满意。"

向晚倒吸一口气，努力让自己冷静："爪子拿开！"

"拿到哪里？"

白慕川再次握紧她的手，指腹上那种不同于女人的触感，温热、干燥，似有一点点暧昧在纠缠，从指头传入向晚的大脑皮质，再迅速散发到四肢百骸……她的心跳得更快了。她生气地抽手，却听见白慕川突然压低的叹气声。

"唉！其实我……"他停顿一秒，莫名其妙地说道，"我也没有谈过。"

向晚挑眉："所以？"

"向晚。"他突然欺近，将她娇小的身子完全笼罩在墙与自己的胸膛之间，"我想给你个机会……"

"嗯？"向晚不懂。

他低沉带笑的声音有一种暧昧不清的撩人意味，钻入了向晚的耳膜："我允许你追我。"

"哈……"向晚像听了个笑话，歪头看着他。

白慕川侧过头，眼睛半眯："万一我被你感动了呢？"

向晚嘴唇微微一抽，不偏不斜地正视他："你是不是还想说，说不定你会善心大发把第一次给我？"

"……"

"傻不傻？"向晚哼了一声，把他推开一点儿，盈盈地笑道，"就像你说的，我们都是成年人了，这么幼稚，不好笑吗？还试一下反应，呵呵，你觉得一个26岁的漂亮女人……会没有过？"

白慕川眸色一沉。

"我倒是怀疑你……"向晚上下打量他，"如果你没有说谎，那么你都这一把岁数了还没有……是不是有什么病啊？"

"……"白慕川喉结急促地滚动一下，声音哑哑的，"向晚，你很欠收拾！"

呵呵！向晚大胆地推开他，又凑过去低声说："我也想给你个机会……"

他双眼眯起。

"你可以追我。"向晚笑，"万一我被感动了呢，说不定就好心把你的第一次收了！"她带着笑说完，飞快地朝白慕川俏皮地眨一下眼，转身大步往包间走，丝毫没有给他留面子。

"向晚？！"白慕川站在原地，目光尾随着她的背影，双目冷视片刻，他又忍不住自个儿哼笑，"骗子！"

…………

接下来的两天，向晚"沉迷"修文状态无力自拔。方圆圆早出晚归，脸上见天挂着笑，明眼人一看就知道，黄何把她的幸福又带回来了。一个忙工作，一个忙恋爱，两人说话的时间都很少。

第三天，向晚终于修好全稿。重新上传章节之后，她发现书评区居然又迎来了一波热度，吓得她瞪大了眼睛。什么时候她的书评区成了文泉书院的菜市场了？

"文泉被大面积锁文，向公子现在是不是一边抠着脚丫子一边满意地欣赏这场灾难？"

"呵呵，一人引来的祸让所有人承担。"

"被封的不都是该封的吗？谁让他们不知道收敛，触了黄线怪得了谁？学学人家紫檀，谁举报她都没用，身正不怕影子斜……"

书评区的读者来自四面八方，一个读者会同时追很多部小说，当然各有各的说法。不过这事真的搞大了，网站不仅锁了一堆书，有一部分作品甚至是永久下架。

有人说，是向晚的书被人举报，引来了相关部门的注意，所以害得整个文泉跟着遭殃。也有一部分人在故意引导舆论，认为是向晚故意报复网站，举报了很多作者，所以殃及池鱼。

呵呵呵呵！新鲜了！谁在背后搞事她都不知道，她报复谁去？向晚抓紧了鼠标，吸了口气，放开，给方圆圆发消息："什么情况？"

"要完！"方圆圆在那边忙得焦头烂额，"今天网站收到文化市场行政执法队的通知，说我们部分作品涉嫌违反《互联网管理条例》，有大量尺度超标的内容。"

向晚皱眉："咋处理的？"

"警告、罚款！"方圆圆苦兮兮地道，"总监被站长叫去批了一顿，总监回来又把我们批了一顿……现在，大面积锁文，我都快要忙疯了，好多作者的作品都被锁了，一个个跑来找我哭呢……我能怎么办啊？"

"……"

风声鹤唳，整个网站陷入了惊恐的状态之中。作者与作者之间相处变得小心翼翼。每个人都感觉背后有一双眼睛盯着自己，生怕一不小心得罪了人，然后被举报……

"我不明白，为什么有人说是我举报的？"

对此，方圆圆也一头雾水："女人多的地方是非就多，出一点儿幺蛾子，就能被说成发生了世界大战。咱别气啊，气不过来的……"

向晚并不觉得那些流言蜚语是空穴来风，网站会被警告处罚，她不知道是不是自己引来的，但那些故意散布谣言说她举报了其他作者的ID与上次在书评区泼她脏水的是同一批人。

她又背了一口黑锅！向晚认为这运气可以去买彩票了。

她气呼呼地把自己摔到床上，正冥思苦想彩票号码，就接到了白慕川的电话。

"明天过来面试！"

面试？向晚蒙了两秒才回到现实："嗯。"

她就一个字，比他说的还少。白慕川奇怪地问道："你没事吧？"

说没事吧？好像有点儿事。说有事吧，其实也没什么事，该改的章节她都深度修正过了，至于别人要怎么说她，只要关上网络，可以视而不见。向晚叹口气，懒洋洋地笑："我怀疑我最近是黑锅体质。自从认识你，我就成了背锅侠！"

"女侠你好！"

"你还有心情笑我？我的第一口黑锅就是你让我背的！难道你不觉得该补偿我点儿什么？"

白慕川想了想，很认真地回答："把第一次给你？"

"你是不是在找死？我警告你啊，你再逗我一次，我就弄死你！"

"来。你……弄死我吧。"

"神经病！"

"没良心！"

白慕川挂断电话，收好手机，把电脑挪到面前。

嘀！嘀！嘀！提示消息在不停地响。

白慕川不耐烦地打开，未阅读的私信有十几条。

"小舅舅，你在干什么呢？你为什么不回答我啊？

"给你打电话也不接，你是不是还在生气？

"我妈说你很快就要回来了，是不是真的？小舅舅，你给我带点儿锦城的小吃回来嘛，我可喜欢吃那里的东西了……

"我好想你！你快回来带我去玩吧！再不玩，我就要开学了呢。

"小舅舅？

"小舅舅？

"o（∩_∩）o泪，哭哭！小舅舅不理我了……"

白慕川丢开手机，打开窗户，看着天空的暖阳，眯起眼，低头点燃一支香烟。

…………

翌日，向晚起了个大早，主动给方圆圆做了早餐，完事后还带了一些去刑侦大队。第一天过去，她来得早，知道那些值班民警都没有吃饭，特地给他们都带了一份，结果意外发现白慕川也在队里。

办公室的门虚掩着，她一眼就看见他独自一人坐在办公椅上，懒洋洋地仰躺着，看着摆在面前的电脑。办公桌上的烟灰缸里满是烟头，他低着头，头发被捋得凌乱不堪……果然长得好看的人怎么熬夜都不损颜值。

向晚有些嫉妒。

她轻咳一声，看他没动静，在门板上轻敲三下："白队，我来面试了！"

白慕川抬眼。向晚看着他的脸："怎么这么憔悴？昨晚偷牛去了？"

白慕川不说话，冷冷地睨着她，看她盯着自己发愣，又不悦地哼了声："还不快拿过来？"

"哦？！"向晚低头看了一眼手上的早餐，拎到他面前放下，"便宜你了！全是我自己做的！"

她指的是鸡蛋饼和煎蛋，可白慕川拿的却是一盒牛奶："你自己？"他抬了抬眉，"你怎么做到的？"

向晚哭笑不得，飞快地把餐盒拉回来："不吃算了！"

"吃！"白慕川速度比她快，护食一般，扼住她的手，捞起一张饼，就着手就是一口，"真香！"

"……"向晚笑着，"这儿有筷子。"

"嗯。"白慕川像没长手似的，看得向晚不忍心拒绝，叹着气把筷子递到他手上，又把小咸菜和煎蛋摆好，"不要急，慢慢吃。看你狼吞虎咽的样子，我会忍不住骄傲的！"

"饿了！"他瞄了她一眼。

"昨儿没吃晚饭啊？"

向晚随意地问道，白慕川却"嗯"了一声。

"为什么？"向晚吃惊地审视着他，"受打击了？失恋了？"

白慕川哼笑："减肥！"

向晚撇嘴："别了吧，你是要向黄何看齐，变成一根筷子啊。"

"不好吗？变成筷子，跟他刚好凑一双，以后谁敢在洪江区犯案，直接夹起来吃了！"

这话好有道理。

向晚笑着做了个鬼脸，没有反驳。

白慕川解决了第一口，吃起来就斯文多了。他本就是矜贵沉稳的性子，这一慢起来，也成了一道赏心悦目的风景。向晚看了许久，颊边微烫，赶紧挪开目光，瞄向他手边的电脑……只见界面停在《灰名单》的阅读页。

她惊讶："你也看沐二少？"

白慕川动作明显一顿。他张开嘴，刚想开口，又差一点儿被呛住！

"喀喀！"他抽纸擦嘴，"我闲着没事也会看看。"

"你跟他关系不错吧？要不怎么能拿到他的签名？"

白慕川眉梢一扬："关系一般。我主要是觉得他刑侦部分写得挺好，对破案有参考意义。"

"对对对！很好，很写实。"向晚眼睛一亮，她像找到知己一般跟他聊开了，语速都快了起来，"最关键的是，他既能把案子写得真实，又特有匠

11

心，构思巧妙，戏剧冲突处理得刚刚好，不会让人觉得假。人物刻画方面更是一绝，他两三句就把人物描绘得活生生的，像在眼前，比我高了不知多少个段位。其实他刚开始写《灰名单》的时候，还没有大'火'，我就开始关注到那本书了……"

说起沐二少，向晚口若悬河。一双眼里全是崇拜与爱慕，那种光芒完全掩饰不住，白慕川看着她，慢慢拉下脸："你就这么喜欢他？"

"当然！"向晚笑得眼睛都弯了起来，"他是我的本命男神！亲本命！"

白慕川筷子上夹着一个煎饼，眉心皱起，他看向她眉飞色舞的样子，突然把电脑一合，像是谁得罪了他一样，冷冰冰地说道："多关心关心你自己吧。"

"啊？"向晚挑眉。

"比如写作，比如等会儿的面试！"

从天堂到地狱大概说的就是向晚此刻的心情了，聊天的兴致被他一瓢冷水泼灭了。为了面试，她准备了一个晚上，可直到现在也不知道究竟是什么情况。

"面试要考些什么？你是面试官吗？"

白慕川淡淡地看了她一眼："我是你的人，我只能旁听。"

什么叫他是她的人？向晚脸颊一热："我说认真的呢，别贫！"

"我推了你，是你的推荐人，当然不能面试你。"

"推荐人就推荐人嘛……"向晚低头，小声说出不满，"什么叫'我的人'……"

"不愿意？"白慕川俊眉挑起，他斜了她一眼，"好巧，我也不愿意！"

这浑蛋，可以去死了！

向晚不知该气他还是该感谢他。工作的事，白慕川确实帮了她大忙。可这货就是嘴损，净说别人不喜欢听的。

"你喜欢听什么？"白慕川突然问道。

他深邃的眼窝里似乎含着一汪带笑的泉水，瞬间亮开的光芒晃得向晚眼睛一眯，差点儿咬到舌头："你怎么知道我在想什么？"

"猜啊！"白慕川似笑非笑，"像你这样的小姑娘……还是太嫩了！"

"……"

面试是在会议室进行的。面试的领导看到向晚的第一反应似乎有些意外，皱了皱眉头，又瞄了白慕川一眼。他显然没有想到向晚是一个柔柔弱弱的小姑娘，和颜悦色地问了一些入职的标准问题，末了，又淡淡地问："听小白说，你在心理侧写方面有过人之处？"

"我……还好吧。"向晚心里没底，手指攥起。

"我看了你对帝宫案子的分析报告。恕我直言，你很有天赋，但我们办案讲究证据。从最终结果来看，你的报告并不及格。而且我对犯罪心理侧写这一门新兴技术的推广和应用一直是持保留态度。"

不及格！向晚的脸唰地红了："王局，我不是科班出身，今后会好好学习，从实践中掌握更多的理论知识……"

"小白说天赋比学习更重要。"王局扶了扶眼镜，突然笑了一下，从眼镜框的边缘打量一直没有表情的白慕川，"你决定要留下吗？人才引进，我尊重你的意见。"

向晚一怔，顺着他的视线看向白慕川，只听白慕川缓缓地说道："是。"

"那好，就留下吧。"王局缓缓地站起身，笑盈盈地朝向晚伸手，"欢迎你，小向。当前我们任务重、时间紧、难度大，希望你早日适应工作岗位，不负白队的提携和栽培！"

向晚微微尴尬："谢谢！我会努力的。"

"哈哈！"王局满意地点点头，"以后你就在白队的领导下工作吧。好好干！"

王局交代完该交代的，走了。前前后后就十来分钟，这么简单的面试让向晚准备了一宿的"才艺表演"完全没地方施展，她好半天才反应过来。

"这样就通过了？"

"那天开会讨论过你的问题了。面试就是看看人。"

"可他说报告不及格啊？"

白慕川一个栗暴敲在她的头上："我说你这小姑娘这么多问题，是不高兴留下来？"

13

"嘿！"被他叫小姑娘的次数多了，向晚自我感觉都好了很多，笑得甜丝丝的，"当然高兴。"

白慕川扫她一眼："明天来办入职手续。"说到这里，他又一本正经地补充，"顾问没有正式编制，同样也没有固定的作息时间，原则上来说，只要没有重大命案，你的时间很自由。"

哇！这样就不会影响她写书了啊！

向晚对白慕川感激不已："太好了，谢谢白队！"

"不用报答我！"白慕川就像看穿了她，"只管我每天的早餐就行。"

"……"这还叫不用报答？

向晚心里高兴，他说什么就是什么。她乐滋滋地从刑侦队回去，打开电脑，准备多存一天的稿子，等明天开展新的工作。然而只在网上浏览一圈，她就被吸走了注意力——《灰名单》剧组开机仪式！拍摄地点：锦城！

啊——这是她入坑的第一本书啊！向晚莫名兴奋。

"要去探班吗？"晚上方圆圆下班回来，两人就开始讨论。

对于《灰名单》剧组在锦城拍摄的事，她同样已经高兴一天了："我的男神啊！我一定要去围观一下！"

"你哪个男神？我记得你上一个男神是一个韩国欧巴？"

"我现在喜欢国产的！"

"……"向晚挑挑眉，"哪个？"

"戚科！哈哈！"方圆圆打一个响指，笑眯眯地说，"《灰名单》男一号！"

"我还以为你会喜欢叶轮。"

"错！我喜欢一身正气的阳刚男人好不好！不喜欢叶轮那种阴邪的小鲜肉！"

"比如黄何？"

"去你的！"

一说黄何，方圆圆整个人都变得明媚娇羞起来。然而在得知向晚明天去刑侦队工作后，方圆圆叹口气，脸又垮了："不知道我家黄何什么时候能恢复工作！"

"早晚会的。放心吧，他那么优秀。"

向晚只能这么安慰她，哪怕自己也没底。

…………

向晚入职的第一天风平浪静。莫说命案，辖区内连一个偷鸡摸狗的人都没有。她为自己天生自带的平安属性默默点个赞，枯坐到下班，拎着包去上厕所，准备走人。

她一天都没有看到白慕川。

她早上办入职手续，中午在食堂吃午餐，他都不见踪影。向晚知道他工作忙，没刻意去问，也不方便去打听。但今天正式上班了，林林总总的恩情加在一起，她觉得自己应该跟他打声招呼。

向晚猜他会在办公室，结果走近一看，办公室的门紧闭着，哪里有人？

"他今天都不在队上。"程正走过来，站到她的面前。

向晚最先看见他修长的双腿，然后才慢慢抬头，直视他的眼："谁？"

"白慕川。"

"你怎么知道我找他？"

"你说呢？"

每一次程正都是这种笃定的样子，脸色淡淡，语气淡淡，眼睛盯着她，她却察觉不到被专注凝视的感觉，很怪。

"全世界都知道。"他说，"我不傻。"

"呃……"向晚脚尖在地砖上磨蹭一下，"是的，我刚想问白队点儿事情，可他不在，只能明天了。"她不好意思地笑了笑，又说，"程队，没事的话，我先回家了。"

"嗯，一起。"程正说罢转过头来。

向晚僵在原地，有点儿尴尬："不用……"

"顺路。"

"……"

他是二房东，顺路顺得理所当然。可向晚真的不想开这个头，第一天上班顺路，以后会不会每天都顺路？又或者，将来还会顺便串个门，借个酱油？

她站在原地不动，程正却有点儿不耐烦，转过头来，用一种她从来没有见过的严肃表情盯着她："有些事，我认为有必要告诉你。路上说吧。"

向晚愣了愣，慢慢跟上他的脚步。

下班时间，锦城一如既往地拥堵。阴沉沉的天空，没有阳光，闷热得令人窒息。汽车汇入车流，行驶了老长一段路，向晚没有从程正嘴里听到所谓的"正事"，叹一口气，转头看着他："程队，你想说什么？"

程正眯眼，正视前方："你了解白慕川吗？"

嗯？向晚皱眉："什么意思？"

"如果不了解，为什么越陷越深？"

"……"向晚无言以对。

她沉吟片刻，不悦地轻哼："程队，我个人的私事没必要跟你交流吧？"

程正不看她，从来没有笑容的脸也没有别的情绪："你知道今天他为什么不在队上吗？"

冷不丁的问题让向晚莫名其妙："他是领导，他爱上哪儿上哪儿，我哪里管得了？"

程正慢慢转头："向晚，你对他根本就一无所知。有时候，我不知道该佩服你的痴心一片，还是该耻笑你的无脑幼稚……"

"……"

谁都不爱听批评，哪怕向晚是个好脾气的人，也忍不住拉下了脸："程队，我在前面路口下车，谢谢。"

程正看了她一眼，依旧保持着自己的说话节奏："你是不是跟队上那些人一样，以为他留在锦城是因为你，被感动得不知所以了？"

他留在锦城是因为她？向晚微微一怔，五官敛起："三观不同的人不适合沟通，程队，前面停一下车。"

程正眼神淡淡的，突然说道："他女朋友来锦城了，要待好几个月。他今天去探班了！"

女朋友？探班？

向晚像被雷劈了脑袋，好久没有动弹。

前方红灯。程正把车停下，转过头来："他女朋友就是出演《灰名单》女主角的演员……谢绾绾。"

向晚的心咚的一声，沉下。

16

程正看了她很久，直到绿灯亮起才重新踩下油门："看来你不太关注娱乐新闻。《灰名单》剧组正在锦城拍摄，不过……他们的关系，外界所知不多。女明星嘛，谈恋爱总得遮掩一下……"

"我关注的……"向晚突然有点儿难受，心窝处一抽一抽地紧绷，很难过，又说不出来，那种感觉比她预想的更为猛烈，以至她说话的时候声音嘶哑得不太正常，"不过我只关注小鲜肉，对女演员没兴趣。"

她很佩服自己，可以如此平静而完整地接着交流。

程正："他们认识很多年了，有很深的渊源……"说到这里，他顿了顿，突然转了话题，"上次白慕川回京之前，她来过锦城的……"

上次？向晚努力回忆。

是她给白慕川打电话时，电话里那柔柔的女声？还是她一个人在火锅店巧遇他们一群人时，站在他身边那个长发妹子？

向晚努力地回想当时看见的女生长什么样子，可就是想不起来。即便是那位当红炸子鸡谢绾绾，她了解得其实也不多……脸是很好看的，但辨识度不高，与网络上很多网红像一个妈生出来的，向晚有点儿脸盲，对类似长相的人经常傻傻分不清。所以谢绾绾的剧，她都不太关注。

最关注的一次，大概也是因为《灰名单》。谢绾绾饰演《灰名单》的女一号，向晚与沐二少的大多数铁杆粉丝一样，其实都不太满意。

当红小花、流量担当、话题人物、微博大V、粉丝千万……谢绾绾这样的女明星确实是影视方的首选，她的咖位也配得上《灰名单》这个超级IP，但向晚始终觉得谢绾绾与自己脑子里《灰名单》的女主角无法重合。大家都说，谢绾绾能争取到这个角色，是名字取胜，谢绾绾的粉丝最近也在热炒，表示沐二少笔下《灰名单》的女主角本来就是以谢绾绾为原型创作的……

实在不巧，《灰名单》女主角也叫绾绾，没有姓，就绾绾两个字。

当初追书的时候，无数读者曾留言问沐二少，为什么绾绾没有姓……

沐二少没有解释。当然他从来都不回复读者留言，极其任性。

"唉……"好久，向晚才发现自己的手心攥出了汗，心窝那一股抽扯的隐痛渐渐淡去，她仿佛刚刚清醒过来，给了程正一个不太好看的微笑，"我没兴趣知道这些，你不用告诉我。"

程正抿了抿嘴，语气不像刚才那么淡定，内容依旧是那种老生常谈的生活教育大洗脑："我相信你是一个明白人。其实人生很短暂，一晃眼几十年就过去了。有那么多有趣的事情可以做，何必分散太多精力在感情上呢？向晚，不要让自己为感情受伤，不值得。"

向晚微笑，一言不发。

程正皱了皱眉头："你也不是小姑娘了，很多道理不用我说。爱情是什么？苯乙胺作用的产物。人类误解了一些天生的生理密码，给了自己太多的暗示和误解……很多人认为，爱情是生活的必需品，尤其是女人。事实并非如此，人类没有爱情不会死。"

这算是安慰她吗？

好特别的安慰方式。

向晚其实不需要安慰，白慕川跟她之间从来没有过承诺，更多的时候，他们只像是一种成年人之间的玩笑，也许心动，但不必认真。而且她是一条道走到黑的人，不论有没有白慕川，她都不肯赞同程正这种对待感情近乎冷血的观点。只不过一个人有一个人的活法，她不赞同程正，也不会试图改变他。

"你开心就好。也许不分泌苯乙胺也是一种幸福吧。"

程正看了一眼掩不住落寞的她，没有说话。

直到又遇到一个红灯，他停下车，手反复摩挲着方向盘，诚恳地说："向晚，我不想骗你。可能我确实无法感受你们小姑娘那种所谓的爱情，但我对你是认真的。"

又来了。

向晚无法表态，她只是笑，就像不曾难过那样笑。

程正看了她一眼："跟我在一起，我会给你充分的自由，尊重你的喜好和生活习惯。你完全可以做你喜欢的任何事情，我不会干涉，除非我认为特别不妥的地方，才会提醒你。当然接不接受在你，我们始终可以是一种比朋友更好的关系。"

比朋友更好的关系？呵呵。

比柏拉图还要柏拉图啊！可是向晚此刻最讨厌听到的就是这种关系。

"谢谢你，程队！"她不会因为失去了一个怀抱的温暖，就马上投入另一个可以避风的港湾，"我知道你这个人其实挺好的，我身边的所有人都说，论条件……我能找到你这样的男朋友，是烧高香了。可我说实话，真的没来电……嗯，就是你说的苯乙胺没有作用。"

她拒绝得干脆、彻底，但她认为这不是伤害，而是对彼此的感情负责。

"程队，我希望你在将来可以找到一个让你怦然心动的女孩儿，看到她的一瞬间，你的苯乙胺就汹涌而来……到时候你一定会感谢我今天的拒绝之恩。"

向晚认真地说完，程正许久没有反应，开车的他表情淡然而冷静。这一点让向晚很欣慰，至少他并不是玻璃心，没有苯乙胺的人对她又一次的拒绝接受得十分坦然。

"其实你还是放不下白慕川吧？"

程正的反射弧有些慢，过了足足一条街，向晚才听到他的声音。

"不。"向晚轻笑，"两回事。真的，我不是那种拎不清的人。"

程正点点头："还是那句话，我尊重你的想法。"

向晚抿嘴一笑："谢谢！"

程正突然转头，凝视她："不过你要记清楚，这是你第三次拒绝我的认真请求。"

"……"

向晚哑巴了。

第三次和第一次有什么区别呢？她了解自己的性格，不来电就是不来电……

到了小区，程正在驶向地下停车场的路口把向晚放下。向晚冲他挥手，他却没有动，专注地凝视着她："我有一个请求，希望你会同意。"

"你说。"向晚扯了扯衣服，被他打量，身上有点儿热。

"我们……"程正徐徐开口，"可以做朋友吗？"

"……"向晚再次无言以对。

男人的目光有点儿炙热，在那个瞬间，向晚的心尖像被什么东西轻轻一拨。是他的视线带了类似感情的情绪渗出来，让她始料不及，有点儿惊，她条件反射地想要回避。

"我可以加一个期限。"程正看她不说话，又道，"等你有了男朋友，就中止我们的友谊。这样也不会影响你。"

19

向晚微微一怔："我们……本来就算朋友吧？"

"好。"程正像是松了一口气，"那明天早上跟我一起上班。不准拒绝！"

向晚："……"

汽车呼啸着驶向地下停车场。

向晚站了片刻，反身上楼，刚迈出电梯，还没等转那个弯道，就听到家门口有人在低低地笑。

"讨厌！你这手再不规矩我给你剁了啊。"

"快开门吧。"

"我找钥匙呢……哎呀，你这样我怎么拿出钥匙嘛……咯咯咯……你不要啦……讨厌！"

向晚停了下来。说话的人是方圆圆和黄何，这对话似乎有点少儿不宜，她现在过去打扰人家，不合适。她叹了口气，倚在墙上发呆，然后听到黄何说："我就不进去了，今天晚上还有事……"

方圆圆不太高兴地嘀咕："你不是还没有恢复工作吗？有什么事啊？"

黄何："我……没恢复工作也得工作啊。"

方圆圆："噫，你找到工作了？是什么工作？"

黄何迟疑了一下："夜场保安。圆圆，你会嫌弃吗？"

好一会儿，她没有听到方圆圆回答。隔着这么远的距离，向晚也能感觉到二人之间那种浓浓的窘迫。向晚了解方圆圆，知道她是一个爱了就义无反顾的妹子，不会嫌弃黄何的职业……可黄何做刑警的时候尚且得不到家里人的同意，现在做保安，让小姨知道了，怎么接受？

"没事。"方圆圆终于出声，带着笑，"不管你做什么，我都支持你。"

她是真心的，可停顿这么久，已经让黄何有点儿尴尬了："对不起，让你失望了……"

"我没有失望。我只是在想……难道你就这样放弃了吗？"

"我那事，虽不算什么前科，可好多工作岗位，人家都会介意。你知道这个社会就这样……不过你放心，我干保安只是暂时过渡一下。我会找到更好的工作的。"

"嗯，反正我要跟你在一块儿，哪怕你去要饭，我也要跟你在一起。"

"傻瓜！"黄何叹气，"我发誓一定会让你过上好日子。"

…………

黄何走过来的时候，向晚还在电梯口。

四目相对，黄何尴尬地搔了搔头，向晚更尴尬："不好意思，我……我刚上来。"

"我听见了。"到底是做过刑警的人，耳聪目明，黄何其实知道她上来了，只有方圆圆对电梯的声响没有半点儿反应。

"向老师，圆圆她……有时候会犯糊涂，你多帮帮她。"

这话什么意思？向晚警觉地看着他："你不会又想溜吧？"

"没有没有。"黄何赶紧摆手，叹口气道，"我从今天开始要去工作了，可能会走不开，怕万一顾不上她，所以……想把她拜托给你。她这个人跟你不太一样，遇事爱钻牛角尖，冲动、急躁，孩子气重。"

他是把女朋友当成孩子的男人……

向晚心里一暖，突然想笑："我会的，她是我表妹。"她停了一下，问黄何，"你那事真那么严重？就不能回警队了吗？"

黄何与她对视一秒，慢慢转头："怕是不能了。"

"可白慕川不是说……"向晚内心有些疑惑。

"这个事情比较复杂。"黄何打断她，看一下时间，"我不能聊了，再聊下去该迟到了。向老师，回见。"

"回见。"

黄何走了，脚步匆匆。

…………

第二天早上，程正果然买了早餐过来等着载她一起去上班。一个屋檐下相处，向晚的尴尬症都犯了。她吃早饭、换衣服、装好电脑包，五分钟，完全是破纪录的速度。

"好了，可以走了！"

程正打量她一眼，没说什么，点点头站起来。他是个安静的人，大多时候都很沉默。一路上，两人就像普通同事，没有过多的交流。到了刑侦队，队里同事看向晚和程正一起进门，也没在意。

"我上去了。"程正冲她客气地点点头，径直去了技术科。

向晚突然有点儿想笑。也好，程正懂得避嫌，不用她操心。但是往后他们还是不要太过亲近，不然关系越来越近，会无法收场。

刑侦队没有大案子，向晚这个顾问就是一个闲职。她找唐元初要了一批卷宗来看，又可以学习，又可以打发时间，结果越看越入迷，越看越惊叹……

作者的脑洞算什么？人民群众的脑洞才是最大的！现实中发生的案件远远比故事来得狗血和精彩。只有想不到，没有做不到……

一个上午就这么过去了，吃午饭的时候，向晚遇上了梅心。

刑侦队里的女警员很少，两人相视一笑，自然而然地选择坐在一起共进午餐，也自然而然地……无话可说。梅心是程正的徒弟，简直就是他的翻版，性格一样一样的，很容易产生交流障碍。

"向老师，吃完饭去哪儿？"梅心突然问。

难得她主动开口，向晚微惊，然后微笑："就在办公室看会儿书。你知道的，我没什么事做。"

"可不可以帮我一个忙？"她又问。

"呃？好啊。"向晚笑得灿烂。

梅心说声谢谢，不再多言，去放了餐盘过来，就安静地坐在对面等她。向晚被她盯视着，感觉自己像一堆……没有穿衣服的肉，吃不下去了。

"等我一下啊！"她端着餐盘离开，再回来时，发现梅心还坐在那里，似乎都没有动过。怪人！

向晚笑道："可以走了！"

梅心点点头，跟她一道离开。两个人从食堂中间过道走过时，很多男警员都投来注视的目光。向晚不知道在他们眼里，她跟梅心在一起会被怎样定位，但从他们的视线里发现了那么一丝不寻常。

"我没有朋友。"梅心突然说，"跟他们不熟。"

"哦。"向晚不知道怎么回答。

"在队里，我很少跟人说话，当然也包括进餐。"

这一下，向晚听懂了。也就是说，她平常跟谁都没有交集，偏偏和向晚走得近，所以引来了其他同事的注目？

"谢谢你看得起我。"向晚轻声一笑，"不知道你想让我帮你做什么？"

梅心看了她一眼："很简单的事，不要紧张。"

"……"

她有紧张吗？

"嗯，只要不是搬运尸体标本什么的，我都不紧张……"

梅心一愣，看着她走在了前面。

技术队有一个大平台，上面搭了好几层花架，养了一堆多肉植物。这些多肉长势旺盛，被一个个精致的花盆娇惯着，摆放得整整齐齐，一看就是有人精心伺候的。

向晚惊得合不拢嘴："这些全是你种的？"

"程队的，我帮他打理。"

"……"

向晚快蒙了。

萌萌的一堆多肉vs冷漠无情的多肉植物爱好者？只是想想，她就觉得画面诡异！他们天天用面瘫脸对着一堆多肉，有考虑过多肉的感受吗？

"不敢想象，程队会喜欢这些小东西……"

梅心看了她一眼，不说话，开始伺候这些"小祖宗"。

向晚站她身边看着，有点儿无从下手："那个……我能帮你做什么？"

"看。"梅心回答，"你看就好。"

"……"

不是让她来帮忙的吗？

"多肉不用每天浇水。"梅心低着头，根本不看她惊诧的表情，自顾自地介绍多肉的养护方法，"它们本来就该生长在艰苦的环境里，不怕你不爱它们，就怕你太宠它们。浇水多了，会浇死。"

向晚从沉默中硬生生挤出一个"哦"。她不知道梅心跟她说这些做什么，只能倾听。

"太阳大的时候，不要浇水，也不要让它们接受长时间的日照。

"多肉也会有虫害，我一般不用药剂喷虫，而是用针，一只只扎死它们……"

一只只扎死?

向晚莫名其妙地打个哆嗦,尴尬地笑道:"你可真厉害,懂得这么多!"

"我开始也不懂。"梅心平淡无波地说,"跟程队的时间久了,就会了。"

向晚再一次沉默。梅心把面前那一排"小祖宗"侍弄好,突然转过头:"以后你有空,来帮我一起养吧?"

"嗯?"向晚脸上全是问号。

梅心避开向晚的视线,拭了拭额头的汗,看不出来有什么情绪,哪怕阳台上有炽烈的阳光照进来,她的皮肤依旧苍白没有血色。

"程队很喜欢你。"梅心突然说,"你好好珍惜他,行吗?"

这略带请求的声音听得向晚抿紧了唇,心里颇不是滋味儿。

"所以你让我来学习帮他养多肉?"

梅心看了她一眼:"不可以吗?"

向晚不知道该说梅心本质单纯,冰冷的外表下其实藏着一颗幼稚得逼近幼儿园小朋友的童心,还是该说他们这种钻研技术的人都莫名其妙少根筋……凭什么梅心认为她愿意做的事,别人就愿意做呢?

"对不起,不可以。"向晚认真地说道。

梅心请求地看她,不说话。

两人对视片刻,向晚笑了:"你明明喜欢他,却把他推给别人,这不是伟大啊,小姐姐。"向晚叹息一声,想了想又说,"说真的,换到别人身上,这叫矫情。但你,我想说,小姐姐,你可以再勇敢一点儿。"她说完指了指门,"我先下去了。"

"我没有。"梅心突然臊红了脸,急切地转过身,看着离开的向晚,"我真的没有喜欢他。"

向晚挑挑眉,不说话。

"他是我的恩人。"梅心的眼睛里像有一汪泉水,"我只是想帮他。"

恩人……什么梗?向晚其实有点儿好奇,但为免对程正的事情涉足太多,并不追问,只淡淡一笑:"我知道了。不好意思,我收回刚才的话。但我跟你一样,也没有喜欢他,我跟他只是普通朋友,不到天天帮他照顾多肉

24

的情分。"

向晚下楼的时候，发现大厅的气氛跟上午有点儿不一样，几个警员交流着什么，行色匆匆地离开了。她奇怪地扫了一眼，就看到唐元初，正要问，唐元初大步走了过来。

"向老师，你不忙吧？"

他问得很客气，向晚笑着摇头："唐警官，有什么事吗？"

"是有点儿事。《灰名单》剧组失窃了。"

呃！《灰名单》，失窃？

向晚怔一下："失窃也归咱们刑侦大队管？"

唐元初："那小偷离开的时候，被剧组的安保人员撞上。安保人员被捅了一刀！白队刚来电话，让我们赶紧过去一趟，顺便带上你。"

这是今天向晚第一次听到白慕川的名字。从早上到现在，她没有见过他，也回避去了解与他有关的一切。然而他们同在一个屋檐下工作，又怎会没有交集呢？

"那人伤得严重吗？"她问。

"送医院了，目前不清楚。"

"走吧！我跟你们一起去。"向晚没有迟疑。

除她之外，唐元初另外带了两位民警，一共四个人。向晚坐在副驾上，又和他们交流起案件："剧组有什么东西被偷了吗？"

"有！"唐元初说，"那个大明星谢绾绾的娃娃……"

"啊？！"娃娃丢了？

所以他们这么大张旗鼓地过去，是帮大明星找娃娃的？

唐元初看了她一眼："说是一个很重要的娃娃。具体情况，得到了那里才知道。刚才在电话里白队也没有说得太详细……"

很重要。向晚还对白慕川说过自己的睡衣是爷爷留下的生日礼物，很重要呢……想到当初的种种，她眯了眯眼："那白队呢，他不过去？"

唐元初："白队就在那边。他昨晚喝多了，刚好在那个酒店休息……"

嗡！向晚耳鸣了一下，终于捋清了事情的先后顺序。如果程正所言非虚，那就是说，白慕川昨天去《灰名单》剧组探女朋友的班，晚上跟谢绾绾喝酒，喝多之后就睡在酒店了。当然他到底是一个人睡还是两个人一起睡这

25

个不要紧，要紧的是有个小偷潜入了剧组的酒店，在白警官的眼皮子底下偷走了他女朋友出门拍戏也携带的"重要娃娃"，在逃离的时候，捅伤了一个安保人员……

很滑稽的案子！

向晚到了酒店才发现，除了他们之外，辖区派出所的几个民警也在现场。酒店门外本来很宽敞，此刻被一堆看热闹的吃瓜群众围得水泄不通，还有停放的警车，剧组和酒店两家穿着制服的保安围在一起，气氛给人一种"出了大事"的紧张感。

人群中的白慕川格外显眼。

向晚老远就看见了他，高高的个子，鹤立鸡群，一身宽松休闲的黑衣黑裤，配上一双干净利索的板鞋，戴了一顶嘻哈风格的帽子，遮住了眼睛以上的部位，衬得他英俊的面孔更为立体，他又帅又时尚，不像警察，倒像某个乐队的主唱或者剧组的男主角……

"老大！"唐元初迟疑片刻才叫人。

"来了？过来！我先给你们介绍一下案情。"白慕川拍了拍唐元初的肩膀，又看了向晚一眼，突然蹙起眉头，"昨晚偷牛去了？"

向晚："……"这句话好耳熟，不是上次她问他的吗？

唐元初尴尬地笑了一下，瞄了向晚一眼："老大，向老师不太舒服……"

白慕川剜他一眼："没问你。"

唐元初："……"

白慕川扫了向晚一眼，看她没有回答的欲望，回头招了招手："小邓！"

一个民警小跑着过来："白队！"

白慕川指了指唐元初："你们对接一下。"

"好的。"小邓望向酒店大门，"案发时间是凌晨四点左右，我和张浩最先接警赶来。来的时候，受伤的安保人员已经送去了医院，现场没有发现打斗痕迹，只留下一摊血迹。酒店前台人员听到伤者的呼救声赶过去的时候，没有看到凶手，只有昏迷的伤者，也没有别的目击证人……"他说到这里，看了一眼白慕川，"我们调取了酒店的监控，发现凶手穿着黑色连帽衣，罩着头，戴一个大口罩，从监控里无法直接辨别其长相五官……酒店服务员表示没有见过这个人，但不排除是入住的旅客。"

"电梯没有监控吗？"唐元初问，"他是从哪一层下来的？"

小邓小声道："有个剧组在锦城拍戏，包了酒店三十五层以上的房间，酒店应剧组要求，照顾明星个人隐私，关闭了三十五层以上的监控……"

"也就是说凶手是从三十五层上面下来的？"

"不一定。"小邓说，"酒店也会有监控死角。"

白慕川点点头，突然瞄向向晚："这事向老师怎么看？"

向晚面无表情："凶手刺伤安保人员只是临时起意！他的目标不是安保人员……"

"……"这还用说？

白慕川眉心拧起："继续。说说你的分析。"

向晚："没了。"

白慕川："……"

向晚无奈地看着他："我就听了这点儿内容，其他都不知道，能说什么？"

白慕川嗯了一声："很好。"

两个人说话并无破绽，可唐元初却莫名其妙地觉得周围杀气好重。他左右看了看，噤声。

白慕川沉吟一下："跟我来！"

向晚默默跟上，一个字都没有说。

白慕川走了几步，突然黑着脸转身看着唐元初："你也来！"

唐元初二话不说，抢步上去，进了电梯，嘴就闲不住了："老大，我这是第一次见到活着的明星，有点儿小激动啊！啧，没想到办个案子，居然还能见到谢绾绾……"

"你今天的话咋那么多？"白慕川黑着脸斥他。

向晚挪开视线望向旁边。在她看来，这是白警官对"秘密恋人"的保护，只可怜唐元初不知情。他被训了，一脸无辜："老大，我一直都这么多话的啊！你认识我第一天不就指着我的鼻子说，'你小子咋这么聒噪呢？'那时候我觉得你挺喜欢我的啊？"

白慕川："闭嘴！"

"好吧！"唐元初被冷空气影响，打了个喷嚏，揉揉鼻子说，"皇帝打架，百姓遭殃，你俩再这样……我都快内分泌失调了。"

扑哧！向晚刚好在看治疗内分泌失调的电梯广告，没想到，躲过了白慕川的冷眼冷面，却没躲过唐元初的冷幽默，笑了出来："唐警官，你可真逗！"

"嘿嘿！"唐元初也跟着笑，"对啊，看你们两个都板着脸，我都快要被冻死了。求求二位，关爱一下小动物，单身狗很可怜的……"

"得了吧你，好像谁不是单身狗似的……"向晚说到这里，又想到人家白警官是"名草有主"的人，别开眼望着电梯门，补充道，"我是指我自己。"

"你？"唐元初侧过头来，扫了一眼白慕川，冲她傻乐，"不能吧，向……老……师……"

他戏谑的样子，本是为了逗她跟白慕川，可他不停找向晚说话，白慕川完全被晾在了一边，不得不冷着脸，怒刷存在感："唐元初，你这么喜欢逗乐子，干脆就留在剧组，找个卖嘴皮子的差事干干得了！"

"不、不、不、不，我可不卖，我是白队的人……卖也只卖给你。"

白慕川的脸一黑，向晚忍不住笑。而唐元初不受老大待见，无辜地抬起手，给嘴上了拉链。

二十六层、二十七层、二十八层……唐元初发誓，这是他有生以来乘坐时间最长的电梯……

叮！

第三十八层到了！唐元初第一个闪身出了电梯，打算离他俩远点儿。

"你今天吃枪药了？"白慕川站在电梯口，沉声问向晚。向晚充耳不闻，就像没有听见一样，从他身边走了出去，跟上唐元初。

白慕川："……"

…………

进入那间总统套房的时候，唐元初紧张得跟什么似的。向晚笑话他："见明星而已，又不是见美国总统！"

唐元初小声笑道："见美国总统也不会这么紧张。"

向晚挑挑眉，然后就听这小伙子诚实地说："毕竟美国总统是个男人嘛，我只对美女没有抗体。"

哐！门突然被拉开，恰好止住了唐元初的话。

他尴尬地张着嘴，把没来得及说的话咽了下去："你好！"

门里的女人穿着一条宽松的齐踝裙子，大得像睡衣，齐肩的长发懒洋洋地披散着，星眸半眯，好像还没有睡醒。可是那精致的妆容浓得过分了些，漆黑而长挑的眼线有一种漠视众人的倨傲——她分明是精心打扮过的。

"进来吧！"她说完，转身进屋。

向晚看着她的背影，微微眯起眼。谢绾绾个子不高，和她差不多，绝对没有官宣的172cm。本尊人设也和包装的清纯玉女风不一样，那一股飘过来的香烟味儿，让真正的谢绾绾有一种浓浓的社会风尘味儿。

"想问什么？"谢绾绾懒洋洋地坐在沙发上，语气远不如名字那么温婉。

"说说被盗的情况。"白慕川皱眉看着她。

"情况？"谢绾绾斜了他一眼，"你不是都知道？"

向晚心里一沉，看着他俩对视时空间里溅出的火花，一种刺刺麻麻的感觉充斥心中，就像被锋利的刀片突然划过，来不及疼痛，就已血流如注。

哪种情况他才可能都知道？当然是他们睡在一起。

向晚屏住呼吸，漠然地看着他们，然而下一秒就听见谢绾绾笑了："你们警察可真麻烦，问了一次又一次……我刚刚不都跟你说过了？我把娃娃抱在怀里，睡着了，再醒来，娃娃就没了。"

她的手机、皮夹、电脑、首饰……一切可以变钱的东西都没有丢，就一个抱在怀里的娃娃不见了，这会不会太诡异？

"难道是私生饭？"向晚环顾这个套房，问白慕川，"现场有没有什么发现？"

白慕川看了她一眼："我跟你一样，刚刚进来。"

嗯？不是问过话了？她的目光充满了疑惑，白慕川也不解释，只说："她早上起来到处找，然后叫来了经纪人、助理、策划人员、导演、副导演、道具师、服装师……嗯，还有酒店经理、服务员，等等，也就几十个人进来过吧，现场已经被破坏得差不多了。"

向晚："……"

白慕川吩咐唐元初："打电话问程正到哪里了。"

"来了！"

说曹操曹操到！

程正领着梅心，两个人是一起进来的。他看了一眼屋子里乱糟糟的情形，眉头就皱了起来："都不懂得保护现场吗？"

保护现场是第一要务，而白慕川昨天晚上睡在这个酒店，最先赶到的人应该是他，所以程正谴责的人自然也是他。

唐元初尴尬地笑了笑："因为谢小姐不懂……"

他话音未落，谢缩缩就不悦地哼了一声，臭着脸反问程正："我住的地方，我爱怎么翻就怎么翻，你管得着吗？"

程正："那你东西被盗，找警察干什么？有本事自己找回来啊！"

谢缩缩微抬下巴："我找警察，是公民的权利。你来为我办事，是你应尽的义务。"

程正冷着脸："这句话放到网上，你的人设就崩了！"

谢缩缩露出一抹讽刺的笑："那你试试看呗！"

这锋针相对的样子，向晚看出点儿门道来了。难道说，谢缩缩知道程正跟白慕川不对付，帮着他找程正的碴？或者说，他们本来就认识？

程正看了谢缩缩一眼，不再跟她扯皮，转过头来问白慕川："失窃物是什么？失窃前在哪个位置？"

房间里安静下来。

在唐元初说出失窃物品只是一个布娃娃的时候，程正的眼睛里已经有了几分不耐烦，等他把情况完全说完，程正拎着工具箱就走。

"梅心，你留下来配合白队工作，我还有事。"

"站住！"白慕川黑着一张脸，"咱们队上到底谁说了算？"

"……"

论级别，他们平级。可白慕川是一把手，统筹全队工作。

程正停下脚步，慢慢转身："白队还有什么吩咐？"

四目相视，白慕川不说话。

气氛凝滞了好一会儿，白慕川眯起眼，冷冷地走到程正面前："跟我出来！"

两个人去了门外走廊，到底聊了什么，没有人知道。不过两三分钟后再进来，他们的神情都恢复了自然，谁也不说话，程正打开工具箱，戴上手套开始干活，白慕川站在门边，手插裤袋，像一匹在巡视领地的狼，锐利的眼睛，若有所思……

"向晚。"他突然走向卧室的窗户，哗一声把窗帘完全拉开，看了看外面，回头看向晚，"你过来！"

向晚走到他身边，不说话。

白慕川："你试一下，够得着吗？"

这个房间的玻璃窗外面有一个小窗台，大概20cm，很窄，只搁得下一只脚，而玻璃窗分为上下两个部分，下面的部分是推拉的，大概出于安全考虑，嵌有钢条。所以从下方玻璃窗无法到外面的窗台上，而上面一排玻璃窗离地很远，如果不借助工具，正常人爬不出去。

向晚不说话，抬手摸到窗棂上："你是在鄙视我矮吗？"

"我是问你可以爬上去吗？"白慕川看过来。

"我为什么要爬上去？"向晚问。

"假设你是小偷，你偷了东西不想被监控发现，铤而走险……"

"假设不成立。"向晚淡淡地打断他，"我不是小偷，不会去偷人家的东西。"

"……"白慕川注视着她，"今儿非得跟我犟是吧？我是说假设。我是希望你可以为凶手的身高限定出一个范围，再借助别的物证，做一个清清楚楚的犯罪侧写。"

"我不是柯南，我做不到。"

"你这脑子是哪根筋搭错了？"白慕川语气也冷了下来。向晚看了他一眼，面无表情："我就事论事。且不说单凭这个可不可以论证罪犯身高，只问白队，你知道这是多少层楼吗？"

"嗯？三十几楼？"

"忘了。"

"三十八！"

"我当然不如你记得清楚。"向晚淡淡一笑，接着上面的话，"在三十

31

几楼的高度，哪个人可以从窗户来去自如？又不是怪侠一枝梅！怕是只有傻子才会为了一个娃娃，命都不要了吧？"

白慕川淡淡地睨她："我看过了，门锁没有被撬动的痕迹。"

"那人家不能用门卡？"

"她睡觉的时候反锁了门。"

"万一没有反锁呢？"向晚不冷不热地说，"人的记忆是会出现偏差的。谢小姐说她反锁了，不一定就真的反锁了……"

白慕川眯起眼，沉吟几秒："她不会。"

"你就这么肯定？"向晚对他的笃定莫名不悦。

"肯定！"白慕川眼里是不容置疑的冷意。

"……"人家都这么说了，她能说什么？向晚一笑："那我就不能理解了。谁会这么不怕死……"

"不是每个人都畏惧死亡的，向晚。"白慕川声音比刚才更凉了几分，"对有些人来说，生比死更难。有些人不仅可以在犯罪的过程中体会到快感，还能在死亡的过程中体会到解脱的幸福感。"

哈？向晚想笑，可看着白慕川漠然的脸，又敛了回去。

"说得就跟你死过似的！"

白慕川嘴角微抿："也许……"

"麻烦让一下！"背后，一个清冽的声音淡淡响起，向晚回头看过去，程正拿着一个奇怪的相机，看着他俩，"采集指纹！"

痕迹学太复杂，搜集证据更是一件严肃、科学的事，向晚对这个不懂，飞快地弹开，把窗口的位置让给了程正。

咔嚓！程正对着玻璃窗拍照。

向晚看得兴起："这样就可以找到痕迹吗？"

"利用多波段光源打光拍照，可以采集到玻璃上的指纹。"白慕川看了她一眼，尽职尽责地为她解释……

然而向晚就像没有听见他的话似的，不回应他，只问程正："这个相机，回头可不可以借我看看啊？"

"可以！"

"不可以。"

两个男人同时开口。

不同的答案，不同的语气，对于向晚来说，此刻代表的意义可不一般。

"程队，你真是超级友好。"向晚朝程正竖起一个大拇指，出于好奇，再次凑近去观察他采集指纹的过程，对自己不懂的专业领域，她的语气近乎崇拜，"我就是想知道，像你这种法医物证学的大咖，究竟是怎么搜集犯罪分子留下的蛛丝马迹的……"

"这个说来很复杂。"程正回答。

"程队，我写小说常常涉及很多相关问题，回头可不可以向你请教？"

"可以啊。"程正回头看着她，点点头。

"谢谢！"向晚的双眼晶亮有光，不是她故意气白慕川，而是她第一次看到这种东西真的稀罕，"我还有一个问题，程队，你说咱们现在采集指纹有意义吗？"

"嗯？"程正看了她一眼。

"这里来来去去的人很多，酒店服务员、保洁工人、以前入住的旅客，都有可能留下指纹的……"

程正点头："你说得有道理。"

"有道理，但很外行。"白慕川冷冷地接过话，"犯罪证据不会摆在那里，随便我们去拿。哪怕只有万分之一的机会，我们也不能放弃。如果采集到的指纹刚好从数据库里找出来了呢？事实上，只要不是傻子，犯罪后都会试图毁灭证据。我们每一次破案，都得从微乎其微的可能里去寻找证据。"

向晚沉默，没表情，好像他是空气。

窗外阳光很烈，房里光线也强，白慕川深邃的眼眸隐隐浮上一丝晦暗。

"小白。"谢绾绾拿了一瓶水过来，"帮我拧一下。"

很亲昵的称呼，类似乳名。从权老五嘴里喊来，满满的基情；从谢绾绾嘴里吐出，又别有一番柔媚的滋味儿。谢绾绾懒洋洋地把瓶子递给白慕川，动作自然、随性。白慕川没有说话，默不作声地接过瓶子拧开，递给她。向晚脊背僵硬，看着程正工作，只当没有看见。

"有发现吗？"谢绾绾喝口水，"还有半小时，我得开工了！"

就这一会儿的工夫，房门口又挤了几个不知名的男女，应该是谢绾绾的经纪人和助理，他们没有进来影响工作，只在外面张望。白慕川瞥了他们一眼："去吧，有消息再跟你联络。"

"行。"谢绾绾还是那副没有精神的姿态，慵懒又高冷，从头到尾，除了白慕川，她几乎不理会房间里的任何人，"那我去隔壁助理房间换衣服补妆了，小白，咱们回头联系。"

"嗯。"白慕川淡淡的。

"等会儿你回去了，记得休息，补个觉。"

"嗯！"

谢绾绾叫了助理进来，拎着化妆包和衣服，又收拾了一些东西，离开的时候，又一次回头："小白，我一会儿就不过来了。你帮我把门带上。"

"嗯。"每一次回应，白慕川都保持着一样的语调。低沉好听的男声让向晚心脏莫名发紧。

昨天听程正说起他们的关系，和今天看他俩相处，她的感受完全不一样。他们并没有什么亲热的举动，不过向晚也是看娱乐八卦的人，多少了解一点儿娱乐圈的事情。看来他是为了维护谢绾绾的对外形象，在外人面前划出安全距离而收敛感情，也真是为难白慕川了。奥斯卡欠他一个影帝！

"好了！"程正收回相机，对白慕川说，"刚才在钢化玻璃和铝合金夹缝间采集到一个新鲜指纹了。"

新鲜指纹与陈旧指纹会有差异，但这种差异有时候相当细微，除了借助仪器，还需要经验来判断。梅心跟了过来："会不会是那小偷留下的？"

"有可能吧。我刚才试过，这个窗户很难推开。"唐元初兴奋地说着，一个人开心地还原现场，"小偷戴着手套拉不开窗户，只能把手套摘掉，等拉开窗户后，他又把指纹擦拭干净，结果留下了一条漏网之鱼。你们说，是不是这样？"

"不好说。"程正看了他一眼，"你开心就好。"

唐元初："……"

白慕川："分析得很好！有进步。"

唐元初："谢谢白队。"

程正与白慕川对了个眼神，不明意义地扯了扯嘴角，对向晚说："我先拿这些东西回队里，抓紧时间做技术分析。"

"好的。"向晚朝他微微一笑。

34

程正带着梅心走了，房间也已经"打扫"得差不多了，白慕川吩咐"收工"，他们把需要的东西装到物证袋带走，一群人陆续退出了房间。这时隔壁房门开了，谢缩缩从里面探出头，叫了一声："小白！你过来一下。"

白慕川没有出声，向晚看了一眼，加快脚步，头也不回地紧跟着唐元初穿过走廊，进了电梯。

··········

下了楼，大家准备去省医院，刚上车，白慕川就过来了。向晚平静地别开头，没有跟他互动，白慕川却侧身坐到了她的旁边。向晚怔了怔，不吭声，白慕川哼笑一声，突然扣住她的手腕："干什么？嗯？"

他的力道很大，向晚没有防备，生生吓了一跳："你干什么？"

"是我问你。向晚，你在躲我？"白慕川盯着她的双眼，像蛇信子似的，冰冷、锐利，那一只牢牢箍住她的手往后一挪，又扣在她的腰上，向晚紧张得心脏狂跳。

"白慕川。"她咬牙。

白慕川恶狠狠地说："我会吃了你吗？"

会！就是会吃！向晚心里万马奔腾，身体动弹不得，有些愠怒："放开我，神经病啊你……"

"你给我说清楚！"白慕川怒视着她，那表情真像要吃人，"我哪里得罪你了，姑奶奶，你跟那个程正合伙儿来顶我？"

"我都没跟你说话，我怎么就顶你了？"

"你不跟我说话，就是顶我！"

"……"向晚被他扣在那里，像一只无路可逃的小白兔，有理讲不清，"白慕川，你放开我，我不想陪着你在这儿丢人现眼！"

白慕川哼笑，低头凝视她的眼睛，从齿缝里挤出一句话："昨天晚上发生了什么？"

这句话好像应该她问他才对吧？不！她没有资格问他，从头到尾都没有。向晚将手撑在彼此中间，推他："能发生什么？白警官，请你不要再招惹我了，好不好？"向晚深深吸一口气，"我不想和你弄得这么暧昧，很容易让人误会的，你懂不懂？"

"误会？怕谁误会？"白慕川冷笑，"程正吗？"

35

向晚无奈："你怎么想都行。反正，我们还是保持距离吧。这样对彼此都好。"

他撩得起，她撩不起。对于有女人的男人，向晚半根手指头都不想沾染。

"很好。"白慕川笑了笑，"我听明白了。但是……"他顿了顿，目光炽热地盯着她，一张俊朗的脸释放着滔天的凉意，"我不会放过你！"

"……"向晚缩回手，一身冷汗。

去省医院的路上，没有人说话。气氛低沉、安静。快到医院的时候，唐元初实在憋不住了，一边开车，一边找话题问白慕川："老大，谢小姐丢失的那个娃娃有什么不一样吗？值得咱们这么兴师动众？"

白慕川昨夜的酒劲儿似乎未缓过来，他懒洋洋地躺在椅子上："除了会说人话，跟别的娃娃没什么不同！"

"……"

会说人话？唐元初哆嗦一下，无语。

白慕川斜眼："没见过会说人话的布娃娃？"

"带电那种？"

"你以为呢？"

"呃！"唐元初从惊悚幻想的二次元回到三次元世界，踌躇一下，在后视镜瞄了一下向晚的脸色，"就因为是谢小姐的娃娃，所以我们……"

"我是那种公私不分的人？"白慕川揭开帽子，捋了捋乱糟糟的头发，又把帽子扣上，让帽檐挡住自己大半边脸，"你以为我昨晚为什么会睡在酒店？"

"呃？"唐元初呆住。

"你以为谢绾绾是会睡死的人？房间里有人进去翻东西她都不知道？"

什么意思？唐元初差点儿想破了脑袋："因为你俩都喝酒了？醉了？"

白慕川没有否认，也没有承认。沉吟半晌，他对唐元初说："到了医院，你先帮我挂个号！"

唐元初被他吓了一跳："老大，你哪儿不舒服了？"

白慕川半合眼皮，让自己放松地躺在椅子上："困了。"

他天天精神好得跟牛犊子似的，可不是会犯困的人。唐元初有点儿莫名其妙，向晚却从他的话里咂摸出点儿情况——难道他怀疑他和谢绾绾同时被人下药？

　　…………

　　省医院人山人海，一年四季如此。有时候人对生活的真正领悟，非得到了走入医院那一步才能感受。相较于病痛与死亡，其他的东西都很苍白。白慕川走在前头，咳了两声，找一个靠墙的休息椅坐下，让唐元初去帮他挂号，然后对跟上来的谢辉说："你上去找医生问情况，顺便看看那个人苏醒没有。"

　　"好的。"谢辉看了他一眼，"老大，没事吧你？"

　　白慕川摇头，看一眼向晚："你跟谢辉去。"

　　向晚嗯一声，默默走了几步，回头看他。白慕川头仰靠在墙上，面色苍白，一点儿精神都没有，但半合的眼却在看着她，两个人视线对接，向晚心里咯噔一下。

　　"谢警官，你先去，我等下过去。"向晚说完，转身朝白慕川走过去。站在他面前，她没有动，迟疑了足有十秒："很难受吗？需不需要帮助？"

　　白慕川眯起的眼睛只剩一条缝，但他仍是摇头："你跟他们去吧。"

　　"我等唐元初过来再去。"丢下他一个人在这里，向晚不放心。

　　"我没事。"白慕川好像能看穿她的心思，轻轻咳嗽一声，眼皮抬了抬，"我不会轻易让自己失去意识……没有人可以让我这样……"他有气无力，明显已经达到了承受的极限，但这个人一如既往地倔。

　　向晚抿了一下嘴，不反驳，只默默守着他。

　　白慕川闭着眼休息一会儿，突然又睁开眼，看向晚还站在那里，皱起了眉头："你为什么不去？"

　　"我等唐警官过来！"

　　"呵！"白慕川的笑声像从喉咙里挤出来的，他看她的视线格外凉，"你不是很讨厌我吗？"

　　向晚不说话。

　　白慕川垂下眼皮，像是困得快要睡过去了似的，好半晌，发出一个模糊的声音："向晚。"

　　声音很弱，向晚以为自己听错了。

"向晚。"他又喊，仍然没有睁开眼。

向晚这一次听见了，看他身边的椅子没人，索性坐过去。他无力地瘫着，整个人的状态都有点儿不对劲儿，向晚紧张地侧过身看着他，正寻思要不要让唐元初干脆挂个急诊，白慕川的手突然就伸了过来，一把握住她的手："向晚。"

"向晚。"他第三次叫她，嗓音迷离而沙哑。向晚条件反射地挣扎了一下，想要收回手，他却握得更紧。向晚的身体微微一僵："你怎么了？"

"你要我吧。"白慕川似笑非笑地说完，突然剧烈地咳嗽几声，努力将眼睛睁开一条缝，一动不动地盯着向晚吃惊的脸，慢慢斜过头靠在她的肩膀上，无力地低喃，"我累了。你要我吧，不要程正。"

"嗯？"向晚一脸问号，一颗心狂乱地跳动，节奏完全不受控制，"你又在开什么玩笑？你不是有女朋友吗？"她酸溜溜地问他，期待着他的答案，或者说他的解释……然而耳边一点儿声音都没有。

她望过去，那个脑袋耷拉在她肩膀上的男人孩子似的睡着了……

"白慕川？"

他没有回答，呼吸均匀。

刚刚还说不会轻易让自己失去意识呢，不是说没有人可以让他这样吗？向晚哭笑不得，望着他帽子下那张棱角分明的脸、高挺得仿佛天生带着倔强的鼻子、抿紧的性感嘴唇、那孩子依赖大人般靠在她身上的姿态，叹了一口气："如果你没有女朋友，我可以。"

唐元初拿着挂号单过来，见状吓坏了，赶紧把医生叫过来，然而等医生检查完毕，结论却让人意外："他只是睡着了。不过这不是正常的睡眠状态，他服用了大量的苯二氮卓类药物……又喝了酒，能撑到现在也算是个奇迹了……"

向晚听出一身鸡皮疙瘩。

白慕川的预想是对的，确实有人对他和谢绾绾下药，而且还是在他们喝了酒的情况下。谁都知道，吃安定类药物不能喝酒，酒精与安眠药混在一起会产生双重抑制作用，迟钝、昏睡这些都算轻微反应了，严重的会导致呼吸变慢、血压下降、休克乃至死亡……

如果白慕川醒着，向晚一定会问他，昨天晚上发生了什么？除了他和谢缩缩，他们还见过谁？还有，他们跟谁一起喝酒，在哪里喝的酒……可他不仅睡着了，还紧紧拉着她的手。

"那个……向老师，你在这里陪着白队，我去找谢辉了解情况。你就不用去了！"唐元初交代完赶紧闪人。

病房里只剩向晚和白慕川。睡着的白慕川乖巧得像个大男孩儿，身体微微蜷缩着躺在病床上，抓住她的手，呼吸缓慢而平稳，可一旦发现她要把手抽离，他眉头马上皱起，握紧她的手。向晚只能由着他，安静地等待着时间的流逝。

这种感觉很奇妙！在一个只有他跟她的世界里，没有悲伤、没有纷扰，白色的空间单纯又干净。他在阳光里安睡，而她看着安睡的他……

…………

一个小时后，唐元初来了一趟病房。在确认白慕川没有大碍后，他跟谢辉回队里了。

向晚一个人留了下来。

病房很安静。

白慕川一只手扎着针在挂点滴，另一只手死死地抓着她不放。于是枯坐的时间长了，她就有点儿困。但守护病人是不能睡觉的，她得时刻看着输液瓶里的液体。向晚强撑着打个哈欠，拿出手机，半趴在病床上，一只手翻阅着小说……

护士进来加药，她在看小说。

太阳渐渐西斜，她还在看小说。

不知过了多久，她看着看着，突然觉得头顶有一丝异样的光芒，条件反射地抬头，视线就撞入白慕川幽深的眼睛里。

他已经醒了，不说话，也不动，就那样看着她，安静而专注，似乎要把她看到地老天荒，似蕴藏了万千情绪，又似简单得如同一张白纸。

长得好看的人就是有这样的魅力，一个眼神也能让人心乱如麻。

向晚的心漏跳一拍，头皮麻麻的："醒了？"

"嗯。"白慕川勾唇，扬起一丝笑。

"那还不放手？"向晚皱着眉低头看一眼被他握着的手，做了一个怪表情，"我的手都麻掉了！你知道多难受吗？"

白慕川不回答，慢慢松手。

"咝……"向晚收回手，不停地揉着，真心觉得轻松了。

谁说握着彼此的手就是浪漫？时间长了简直是受罪好吗？

"帮我买包烟！"白慕川说着，依旧看着她，深邃的眼波一荡一荡的，眸底像泼了浓墨，睡醒后更显黑白分明。

"不可以！"向晚想都没想就拒绝了，"你是病人。"

"唉！我已经没事了。"白慕川叹口气，"算了，你不买我自己去。"他抬头看了看输液瓶，不满地皱起眉头，"差不多得了，又不是什么大事。去！叫护士来拔针！"

"我说你牛什么牛？"向晚横着眼看着他，"你被人下药了，知道不，白警官？你差一点儿就没命了你，知道不，白警官？你把所有人都吓得半死，你知道不，白警官？"

白慕川："……"

向晚："所以你逞强合适吗？"

她的语气一句比一句重，像训不听话的孩子似的。

白慕川默默地看了她片刻："我知道。"

"嗯？"知道什么？向晚疑惑。

"知道被人下药了。"说到这里，他又嫌弃地看一眼输液瓶，本想自己拔针，结果被向晚恶狠狠的眼睛一瞪，又懒懒地收回手，拿眼神示意她，"那你帮我把手机拿出来，我给队里打个电话，问问进展。"

向晚皱眉看着他："你现在应该休息。"

白慕川："工作！"

好吧，敬业的白警官。

向晚无奈："手机在哪儿？"

白慕川懒洋洋地躺在那里，视线下移："裤兜。"

"……"

讲真，去男人裤兜里掏东西，怪别扭的。哪怕他是个病号，也很不方便。

向晚眯起眼："你不是还有一只手？"

白慕川眸色深沉："手机在左边，我裤兜很深，不方便……"

右手去掏左边裤兜的东西会不会不方便？正常人都是右手掏右兜，左手掏左掏……向晚在脑子里模拟了一下动作，想一想，好像真的不太方便。她再看白慕川严肃的脸，屏弃掉脑子里不健康的想法，绕到床的那一边。

他的裤子挺宽松的，不是那种紧绷款式。

幸好！向晚松口气，手指轻轻地探进去。

"哪儿呢？"

"里面。"

"没有。"

"往下一点儿。"

好深的兜，可怕，平常都装什么？向晚狐疑地看着他，继续往里伸。

"没有手机啊？"

"再进去一点儿。"

"……"

看她尴尬的样子，白慕川侧着脸睨着她，突然笑了："你在怕什么啊？你说你就在裤兜口上掏来掏去，跟做贼似的，能掏到手机吗？"

向晚不悦地瞪了他一眼，却见白慕川专注的眼神突然一斜，他压着声音轻笑："你这小眼神真不单纯。"

向晚的脸颊莫名其妙就发烫了："不要胡说八道！谁不单纯了？明明就是你不单纯……"

"我就叫你帮我拿一下手机，我怎么就不单纯了，嗯？"

"行了，你闭嘴！"她突然生气，哼一声，往里一掏，羞红了脸，把手机递给他，双颊红得如熟透的大虾。白慕川却似不察，平静地低头拨号。

"喂。我，白慕川，让唐元初接电话！"

一个电话打了足足有五六分钟，向晚的心终于归于平静。

白慕川挂断电话，抬眼看她："还差着呢？"

"……"向晚缓慢咬牙，站起来，"没什么事，我就走了。"

"等一下。"白慕川抿唇，认真看着她，似笑非笑，"向晚，你还没回答我的问题。"

"说什么？"向晚的手插在兜里，"神经病！我懒得搭理你。"

"说你要我，还是要程正。"他不依不饶，嗓音低沉，像撩拨心弦的琴音，字字入耳，又字字入心。向晚愣愣的，一个字都说不出来，浑身的细胞都在反抗她的理智，全都在大叫——老子不行了，不行了，受不了啦，快被他迷死了！

向晚从来没有谈过恋爱，连学校里的单恋都没有过，最心动的时刻也莫过于在哪个电视剧里看到男神的深情表白或者在哪本书里看到不可描述的情节时心脏怦怦乱跳一阵……但那些隔了一个次元的感情，远远不如此刻白慕川深邃的脸迷人。

太恐怖了！向晚发现此刻的她不像她，心里像住了一个十七八岁的可怕小姑娘——以前看韩剧时觉得那些女主夸张的表情和心理切换到此时的她身上，居然毫无违和感。

"白慕川！"她听到自己略带颤音的问题，"你认真的？"

白慕川没有说话，向她招了招手。向晚不明所以，身体微微前倾，靠近他，满脸疑惑。他浅笑，一言不发地从床头柜上拿过那个嘻哈风的帽子，突然扣在她的头上。他的帽子带着他洗发水的清香，几乎遮住了她的眼睛。

"喂，做什么啊？"向晚惊叫。

白慕川被她滑稽的样子逗乐了，又恶劣地把帽子往下一压，彻底挡住她的眼睛。他温热的气息随之落下，在她已经变得一片黑暗的世界里，像魔法师的咒语飘散在她的脸上，激得她那些敏感而细小的绒毛徐徐起立，如电流划过，麻麻地、战栗地入侵全身……

"我认真的。"他扣住她的后脑勺，不给她光明，也不给她反抗的机会，"我认真问你，也认真地想……吻你。"

向晚的脑子一片空白。

他掌心有汗，声音迷离："可以吗？"

要疯！向晚的少女心在不可逆地复活，为他跳跃。耳边全是他，温暖的、热情的、年轻的白慕川的气息。

"你在开什么玩笑？"她的心快要从嗓子眼里跑出来了，她急切地想掀开帽子看个究竟，看他是不是恶作剧。然而他没给她掀帽子的机会，再次把她的脑袋扣在帽子下面，让她像一个盲人般，听着她的名字，被他撷取了嫣红的唇。

"我说向晚，我想吻你。"

　　悄无声息的吻有力地从她的鼻尖落下，停顿，再滑向她的唇，软软的、轻轻的，蜻蜓点水似的……向晚大气都不敢出，完全沉醉在他营造的温柔里，吻落下那一刻，脑子才突然清醒，伸手掀开帽子，像一只仓皇失措的土拨鼠，瞪圆眼睛看着他："白慕川，你一个有女朋友的人，你、你这样对得起谁啊？"

第二章　不能说的秘密

白慕川的眉头缓缓皱起，他看着向晚不说话，眼里像有一汪水，天生就有感情，专注看人的时候尤其明显。向晚脸上的温度再次升高："问你话呢！难道我说错了？"

白慕川没有回答，低头揉了揉脸，又在口袋里掏烟，结果掏出个空烟盒，失神般略带嘲弄地哼笑一声，转头把烟盒丢到床头柜上："程正告诉你的？"

他笑问，而不是否认。向晚愣了愣，仿佛瞬间被推入了冰窖。"谁说的重要吗？"她看着他的眼睛，冷笑一声，"我认为事实怎样才最关键，你说呢？"

"嗯。"白慕川默默想了片刻，又笑了一声，"我说这事不是你想的那样，你会相信吗？"

"我不懂。"向晚表情淡然。

微风从窗户吹进来，撩动着她垂落的刘海，九月，锦城还有些闷热，风一吹，她的肩膀却有些凉。但她没动，就那样看着白慕川，等他解释。她愿意直面自己的内心，也勇于追求幸福。同样，她也有勇气力求真相，哪怕结果不尽如人意，也不想欺骗自己，在一种不纯粹的感情里因情迷失，丢弃底线。

"我没有女朋友。"白慕川想了许久，"尽管他们认为我有。"

"这句话很矛盾。"向晚就事论事。

"谢绾绾……"白慕川敲了敲头，似乎很难启齿，"我欠她的，只是欠她的。但我跟她之间没有爱情。她知，我知……"他眯了眯眼睛，迷茫地看着她，"向晚，我没有爱过。"

"那你对我……"向晚突然问不出来，略低头，"又是想怎样？"

白慕川没有回避，认真解释："你跟谁都不一样，我很确定我对你有感觉。我刚才……有点儿冲动，不好意思。"

"所以……"向晚忍不住笑了一声，把被他拉偏的话绕了回来，"你跟谢绾绾到底是什么关系？"

"朋友。"白慕川想了想，又总结，"过命的朋友。"

过命？提到"命"那感情就深了。在向晚看来，这个世界再没有比命更贵重的东西："你是想说，你跟她只是朋友，而程正却误会你们是男女朋友？你跟程正，不，你们跟程正很早就认识？"

"这个事……很复杂，向晚，真的太复杂了。"白慕川看着她的眼睛，真诚而急切，也有那么一丝丝的恍惚，说完牵过她的手，亲了一下她的手背，"不过我保证，事情不是你想的那样，我跟她的事情与感情无关……"

向晚突然闭上眼："不跟感情有关，就过了命。白慕川，你觉得我是傻子吗？"

白慕川摸摸她的脸，压低嗓音，用宠溺的语气说道："这些事情，我以后再慢慢跟你说，好吗？向晚，你可不可以对我有一点儿信心？"

向晚："我无法跟一个有女朋友的男人在一起，哪怕我很喜欢他。白慕川，你如果说不清楚，我哪儿来的信心？"

白慕川眯了眯眼睛："我答应过谢绾绾。"

"嗯？"

"不说出去。"

向晚觉得不可思议："是什么事情需要这样保密？又有什么事情值得你牺牲自己的名誉，让人误会有了女朋友？白慕川，我很难理解。"

白慕川点点头："可能是比较难以消化。简单说，以前我不认为这件事对我有什么重要意义，只是一份顺水人情，对我的生活不会有任何影响。但现在不同，向晚……"白慕川突然叹口气，"我会把这个事情解决，回头我就跟她说清楚。"

啊……渣男套路吗？向晚笑了，脸有点儿扭曲："除了想脚踏两只船，有什么事情是说不清的？白慕川，你太让人失望了！"

"向晚？"白慕川拉着她的手，"相信我，我现在、马上、立刻就说清楚……"

"对不起，我不喜欢扮演这样的角色。"向晚内心像烧开了一锅沸水，完全陷入了难以描述的纠结中，"我早就说过，我的感情是那种理智的感情，绝不会踏出边界。如果你有前女友，我可以理解并接受。但我不能接受你有现女友，而且你还要因为我跟她分手……"

"不是分手，也根本不是什么现女友前女友。"白慕川急得眼圈都红了，紧紧地抓住她的手，"那只是我跟她的一个约定，君子约定！"

"那你继续当君子吧。"向晚推开他的手，垂下眼皮，"你们男人的感情真复杂，我不懂，不奉陪了。"向晚脑子有点儿乱，她没办法在这儿待下去了，飞快地冲出了病房。

向晚离开医院，人有点儿恍惚。

母胎单身二十六年，有人说她太挑男人是虚荣，有人说她眼光高还自恋是有病，可谁能相信，她在感情方面的要求真的很低很低。一个三观相近，可以互相理解、互相鼓励、一起奋斗的男朋友，他可以不用很帅，可以不用很有钱，也不必有车有房，但他必须只有她一个人，不会有乱七八糟的感情纠葛，不会有小三，也不会让她做小三……这个要求很高吗？

也许吧！速食爱情的时代，她的要求太高了。

向晚低下头，摸了摸嘴唇，忽然笑出声："去他的男人！"

初吻就这样没了。

白慕川一个人走出医院，手上拎着那顶帽子，那个在他亲吻向晚时盖在她头上的帽子。帽子下是她白皙的脸、嫣红的唇、温柔的长发。他眯起眼睛，风轻轻地从街面吹来，带着市区特有的味道，尘世烟火，纸醉金迷，都在那咪儿里灼烧着、发酵着，铺天盖地弥漫并融入这个繁华而冷漠的都市。

白慕川看着川流不息的车辆与人群，沉默了许久，拿出手机。

"喂？慕川……"谢绾绾没有听见他的声音，看了看号码没错，笑盈盈地说，"我在摄影棚，还没有收工。今天晚上去哪里吃饭？"

"你还有心情吃饭？"

"怎么了？"谢绾绾对下药之事俨然不知情，她的药物摄入量明显比白慕川轻得多，睡一觉起来，几乎没有受到多大的影响，"小白，怎么了？说话。你不说话我挂了啊？这边忙着呢。"

白慕川沉默一下："谢绾绾，那个君子协议从今天起取消了。不好意思，我不能再帮你。"

谢绾绾手指僵硬地捏住手机，她怔了怔，又是一笑："你情绪不太高啊？是不是因为今天那个女孩儿？小白，你有喜欢的人了，对不对？"

白慕川头痛得不行，没好气地哼了声："不关你的事。就这样！"

他挂掉电话，打车直奔刑侦队。队上大家都在忙，《灰名单》剧组那么多名导名角在一起，影响力大，剧组失窃、安保人员受伤的事情一经媒体报道就引发了社会的广泛关注。在这样的信息时代，消息跑得比兔子快，很多人喜欢神化警察的能力，又喜欢把责任都推给警察，所以他们的压力非常大。不过对于白慕川的到来，大伙儿还是有些错愕。

"老大？你怎么来了？不是在医院吗？"

白慕川的目光巡视一遍屋里的众人："程正呢？"

"在上面技术队。"唐元初指了指天花板，"刚才梅心拿了报告过来，说程队还在忙呢！晚饭都没有吃。对了，白队你吃饭了吗？"

白慕川点点头，一言不发地走向楼道。

众人面面相觑。

…………

冰冷、整齐，程正的办公室跟刑侦队的任何一个地方都不一样，走进来就仿佛离开了那个有活人气息的世界。在这里没有感情，没有人情味儿，一切如同机械般冰凉。

平常白慕川没少来，他对程正也没有好脸色。但今天晚上，程正还是被他站在门口的样子镇住了："有事？"程正的视线从面前的仪器上收回来，他看着一动不动的白慕川，"进来说吧。我们刚好可以讨论讨论……"

"我去你的！"

程正的耳朵嗡的一声，什么都没有看清，白慕川已经蹿到面前，一把拎住他的领口，把他从椅子上拎了起来："程正，你背后搞小动作，算什么男人？"

看着他紧紧握起的拳头，还有愤怒到极点的脸，程正眯起眼，并不反抗……论拳头、论武力，两个程正也未必是白慕川的对手。程正打不过他，从小到大都打不过他。

"我只是说了一个本来就存在的事实。"不用问，程正已经猜到了令他愤怒的原因，"我不编假话，你也从来都没有否认过……谢绾绾是你的女朋友。"

程正一个字一个字地说着，清晰、明白，更加刺激了白慕川的情绪。他呼吸一窒，胸腔里陌生的疼痛让他再无顾忌，拳头扬起就恶狠狠地砸在程正的脸上，把程正的眼镜都砸得飞了出去，还不解恨，又一把将程正推倒在椅子上："你明明知道为什么，你明明什么都知道。"

"我知道又怎样？"程正冰冷冷地看着他，摸了摸瘀青的眼角，脸上没有什么情绪变化，"如果你没有，你大可以否认。你不该欺骗她。"

白慕川冷笑，手撑在他的椅子边沿，眼睛里像长了毒刺："说得这么冠冕堂皇就可以掩盖你的私心吗？程正，别人不了解你，我还不了解？你恨我。你故意的。"

程正冷着脸看着他，不说话。

白慕川咬牙切齿："你恨我，所以接近她。你恨我，所以不想我跟她好。你恨我，所以不想我得到幸福……"

程正抿紧嘴唇，等他说完，冷笑："是又怎样？白慕川，你不配得到幸福。你——不配！"

"滚！"白慕川突然狂躁起来，拎着他的衣服又是一拳，"你还手啊？有本事动我的女人，没本事跟我正面干？"

砰砰砰砰砰！办公室一阵嘈杂。

梅心在门口站了几秒，去了阳台。她听着里面的打斗声，默默拿出喷壶，为那些多肉植物浇水。

白慕川和程正打架这件事，整个洪江区刑侦队都传遍了，甚至惊动了市局领导。王局过来主持了一个内部小会，要他们说明打架的情况，结果两人异口同声地表示，因为对案件的看法不一致产生了争论，一时没有控制好情绪，两个人都有责任，愿意接受处分……

"现在你俩的意见倒是突然一致了？"王局气得吹胡子瞪眼睛，指了指他俩，"我知道你俩都有本事，可我到底也是前辈，是你们的老师，你们能不能看在我的老脸上，不要在这个节骨眼上搞事？多少人关注着《灰名单》剧组的案子，多少双眼睛盯着咱们……"

"知道了，王局。"程正说。

"王局，您老的眼镜都气歪了，快消消火，喝口茶，润润喉再继续骂。"白慕川说着将茶水端到王局面前。

王局一口气提不上来："你们是想气死我然后接我的班？"

"不敢。"

"哼！"

王局看他俩老实的样子，一肚子的火都散了。他叹一口气，指了指白慕川跟程正："一周！给你们一周时间，抓到凶手。要不然我让你们好看！"

"你要怎样？"白慕川挑高眉头，看向程正。

程正："白队长要怎样？"

白慕川："三天破不了案，我引咎辞职。"

程正与他对视，眯起眼睛："那好，三天就三天。"

王局瞪大眼睛："嗯？"

他把一周变三天，这个人疯了？

…………

白慕川当即召开了案件分析小组会议，对案件线索进行汇总、分析，再安排下一个阶段的工作方向。去会议室前，唐元初看着白慕川冷漠的脸，稍稍犹豫了一下，问："老大，今儿向老师没来，要不要打电话叫她？"

白慕川停下脚步，反问："今天周几？"

唐元初："周六。"

当初他们招向晚来做顾问的时候，说过没有固定的作息时间，没事情的时候可以不用来，有事就得随叫随到。所以尽管唐元初发现他们之间可能出了问题，还是尽职尽责地询问他。可白慕川想了想，直接摇头："大周末

49

的，不用叫了……"

"我来了！"

白慕川话音未落，门口就传来向晚轻松带笑的声音。

这会儿已经上午十点，与她平常到队上的时间相差很大。唐元初回头，吃惊地看着她，以及她架在鼻梁上的一个茶色眼镜。这是他第一次看到向晚戴眼镜，有些奇怪。不过眼镜为她添了些书卷气，看着像个大学生，莫名恬静美好。

"向老师，我正要叫你呢！"唐元初笑嘻嘻地问好，向晚却低下头："不好意思，来晚了。"

白慕川淡淡地看了一眼，掉头转身："开会！"

…………

会议室。

唐元初坐在向晚的身边，发现她今天格外安静，又忍不住瞄她。位置刁钻，他一眼看到向晚略略浮肿的眼睛。难道她真跟白队吵架了？唐元初猜测着，偷瞄了一眼白慕川，带着八卦之心小声问道："向老师，你们怎么了？"

向晚推了推眼镜："什么怎么了？"

唐元初："你跟老大……不，我说，你的眼睛怎么肿了？"

向晚微微一笑："昨晚熬夜写文，喝水喝多了，有点儿水肿，怕吓着你们，就特地去买了个眼镜……好看吗？"

最后那句是神来之笔。唐元初的话题被成功岔开，他点点头："好看。"

向晚冲他一笑，闭上嘴，乖乖开会。

人都陆陆续续到了。唐元初又往会议室门口瞄了一眼，暗自笑出了声："今天是什么稀奇的日子？为什么大家都热爱戴茶色眼镜……"

呃？刚刚进门的程正居然也戴了一副茶色眼镜，只不过他的眼镜颜色比向晚的更深一些，遮盖性更强，然而……并没有什么用。昨儿白慕川打得太狠，眼镜也不能完全盖住没有退去的瘀青，那张脸看上去莫名怪异。

程正平常不爱跟大家开玩笑，哪怕他这样走进来，会议室里依旧鸦雀无声，没有人问，也没有人敢笑。大家都不吭声，只是疑惑地看向事件的另一个男主角白慕川。

不得不说，白警官武力值爆棚。他把程正揍成那副德行，自己依然英俊潇洒，除了脖子上有一条抓痕外，脸上半点儿擦伤都没有。因此向晚无从猜测打程正的人是他。

她吃惊地问唐元初："发生什么了吗？程队这是怎么了？"

唐元初把头埋在胳膊弯里，侧着头，轻轻嘘一声："小声点儿……"

"嗯？"

唐元初以眼神示意她看白慕川，努了努嘴，偷笑。

向晚恍然大悟，心里不免一窒。难道是因为她说了那件事，让程正挨了打？向晚不是一个喜欢传嘴的人，程正告诉她真相，结果闹成这样，她有些过意不去，频频看向程正。

程正感应到她的目光，也看过来。两个人隔着一张桌子对视，向晚抱歉地朝他笑笑。受伤的程正脸上什么表情看不太清楚，但唇角往上提了提，浑不在意的样子，一动不动。

白慕川坐在主位上，看着他俩颜色相似的眼镜以及不时交会的视线，一张脸完全拉了下来。他叩了叩桌子，示意大家都看他："人都到齐了。现在我们开个小会，简要地分析一下案情。"末了，他冷冷地看着程正，"你先说！"

程正嘴唇都破了，显然没有做主角发言的欲望。

"我来给大家讲讲！"梅心懂事地站起来，顺便打开电脑文档做演示报告，"我们在锦艺酒店3808房间，也就是受害人谢绾绾的房间里提取到一枚新鲜的指纹，在与指纹库资料进行对比后，找到一个有作案嫌疑的人。根据生物特征识别，基本可以确定此人的身份。"她说到这里，演示了几个指纹的对比图，然后坐下，"剩下的事情，由唐警官来告诉大家。资料他那里都有。"

白慕川沉默了两秒，望向唐元初。小伙子"哦"一声，立马站起来，走到他的身边，打开PPT："此人名叫孔庆平，男，22岁，是一个有犯罪前科的无业社会青年。孔庆平从小就有偷窃习惯，由于未成年，涉案金额又太小，往往在教育训诫后，只能放他回去。后来，他几乎成了派出所的常客，辖区内的好多民警认识他。

"根据我们的了解，孔庆平的母亲是外乡人，被他父亲领回家后没有办过结婚证，生下孔庆平刚刚满月就离开了，不知去向。孔庆平的父亲在他五六岁的时候与人斗殴，犯故意伤害罪进了监狱。其后，孔庆平就跟着唯一的奶奶生活。在他12岁的时候，奶奶过世，从此他就辍学在家，跟着一群社会青年鬼混，曾三次被送往未成年人管教所学习改造。

　　"孔庆平最近一次犯事，是因为盗窃被判有期徒刑六个月，上个月12号才出狱。

　　"另外，还有一个情况……"唐元初说到这里，朝白慕川看了一眼。对于接下来的案情通报，他有点儿犹豫，以眼神请示白慕川。

　　白慕川面无表情："继续说。"

　　唐元初轻咳一声："另外这个情况呢，跟咱们老大有关。事发当晚，老大跟谢绾绾在锦艺酒店三楼的一个酒吧喝酒，结果发现身体不对劲儿……检查发现，老大和谢绾绾当天晚上喝的酒里被添加了苯二氮卓类药物。然后我们走访了大量药房和私人诊所，最后确认在事发前的头一天，孔庆平曾在自己家附近的一个私人诊所购买了类似药物……"

　　唐元初的手放在鼠标上，点开了一段监控视频："这段监控是一个私人诊所提供的。诊所医生表示，孔庆平的父亲出狱后一直患有焦虑、失眠、精神衰弱等症状，经常去他那里开药。那天，孔庆平就是替父亲去拿药……"接下来，他继续播放另一段视频，"这是从锦艺酒店的监控里找到的……大家对比一下，从锦艺酒店出逃的犯罪嫌疑人与私人诊所买药的孔庆平是不是同一个人？"

　　视频被放大，锁定人脸。诊所监控里出现的孔庆平露了脸。但锦艺酒店那个人脑袋被帽子遮着，头也低着，完全看不清面孔。不过单单从衣服、体形、走路姿态来判断，基本可以确定是一个人。

　　"我认为大概情况很清楚了。"唐元初做了个小小的总结，"孔庆平出狱后，一直不务正业，在发现《灰名单》剧组下榻锦艺酒店后，偷偷对谢绾绾下药，就是为了偷她的东西。"

　　向晚微微皱眉："问题是一个从小就有偷盗习惯的惯偷为什么只拿走一个娃娃，却没有动别的财物？"她停顿一下，看向白慕川，"我还有一个疑问，不知道可不可以询问白队？"

白慕川嘴唇抿紧："你说。"

向晚："那个娃娃里是不是有什么秘密？为什么谢绾绾会把它看得那么重？我认为这是搞清楚孔庆平为什么专门偷一个娃娃的关键点，还有……"不待白慕川回答，她继续问，"他对你下药，单纯是发现你跟谢绾绾在一起的顺便行为，还是有意陷害？"

这两个问题很尖锐，与案件也有绝对关系。

众人都看向白慕川，那眼神里还包含着对他跟谢绾绾关系的疑惑……

白慕川危险地眯了眯眼睛，视线从向晚的脸上慢慢收回："我目前无法回答你的问题。我们继续布控，全力抓捕孔庆平。找到他，自然会有答案。另外酒店那边要加大排查力度，务必将当天出现在酒店的所有可疑人物全部调查清楚。"

从办公室出来，向晚特地跟唐元初走在一起。相对于别的民警，唐元初是她在刑侦队里最熟悉的一个。所以她没有避讳，直接问他："唐警官，你们没有对谢绾绾做过询问笔录吗？"

唐元初一时没有反应过来："嗯，你怀疑她有问题？"

"不是。"向晚摇头，"就我刚才问的那个问题，娃娃到底对谢绾绾有什么重要意义，或者说有什么秘密，白队没有直接回答我，这让我有些疑惑。"

"这个……有的。"唐元初瞄她一眼，迟疑地说，"老大问过。"

"那询问笔录呢？"向晚想找他拿。

唐元初摇了摇头："不在我这里。"似乎怕她误会什么，唐元初想想又补充了一句，"我问过老大，老大说娃娃没有什么特别之处。因为是谢绾绾很看重的一个人送给她的，所以她比较在意。不过因为涉及谢绾绾的个人隐私，她要求警方保密，所以……"

"所以连办案民警都不能知情？"向晚冷哼一声。

"对当事人的隐私，警察确实有保密义务。"唐元初看她脸色不太好，开导她，"向老师，你也不用生气，其实我觉得老大对你比对谢绾绾要好得多，他肯定更喜欢你……"

这货情商一定也很低，他不帮着白慕川解释还好，这一解释味道就变了。向晚以为他也知道白慕川跟谢绾绾的感情，一种"被小三"的错觉让她的脸都没了。

"我只针对案子，不针对谢绾绾个人。"向晚语气凝重，"还有，我跟白警官没有什么，你不要误会。"

"嘿嘿！"唐元初一副心知肚明的样子，不以为意地笑笑，"行，那我做事去了？"

"好，谢谢！"

…………

现代科学水平提高了，警方破案更容易了，可犯罪水平其实也在相应地提高。刑侦大队的办案人员分成几个小组，人人都机动地工作起来，然而摸排速度却很慢。

《灰名单》剧组的入住，让锦艺酒店这几天的入住率为百分之百。为了工作而来的娱记，为了近距离接触爱豆的粉丝蜂拥而至，一房难求！没有订到房间的人有些24小时都在外面候着，根本不知道谁是谁，尤其还有一群神出鬼没的私生饭，让警方排查的难度更大。

私生饭是艺人明星的粉丝里面最为疯狂的一类。他们行为偏执、极端，为了满足自己的私欲，极大限度地了解明星的日常生活，不仅跟踪、偷窥、蹲守、跟机拍摄、包车尾随明星，甚至还会对明星进行明里暗里恶劣地骚扰……而且他们神通广大，经常来无影去无踪，让警方很难核实孔庆平有没有混在里面。

一天就这样过去了，白慕川许下了三天破案的承诺，现在还剩两天。向晚都焦躁起来，他却一副无动于衷的样子，从大厅经过的时候甚至特地告诉向晚："没你的事了。你可以正常下班。"

大家都忙得脚不沾地，她怎么好意思离开？

"我没事。"向晚摇了摇头，透过灯光看着白慕川的脸，沉默一下，提醒他，"我记得医生说，你今天还得继续输液的？"

白慕川瞄了她一眼，面无表情地往外走，想了想，又突然回头："如果你不想下班，可以跟我一起去走访。"

公事，向晚很难拒绝。她看了一眼跟在白慕川背后的唐元初，默默地拿起自己的包。

…………

他们没有开警车，一辆普通的大众汽车驶向城郊的小村，没有引起任何人的注意。

这里是孔庆平的老家孔家村，因为近年来城市的发展，一路行来到处都是建筑工地以及一阵阵施工发出的轰鸣声。入村的路格外难走。在村村通公路，路路通到家的今天，锦城的郊区已经很难找到这么破烂的道路了。

他们好不容易进了村，天已经完全黑了下来。村子里黑漆漆一片，路边的几家灯火以及声声狗吠谱写着与城市不一样的乡村生活节奏。唐元初把车停在路边，那里有一排房子，有个小卖部，几个农人在里面打牌聊天。

"老乡，问个路。"唐元初伸出头，"孔庆平家怎么走啊？"

门口坐着剥玉米的妇女听见了，拿个玉米棒子一指："往前再走二里地，看到一口大鱼塘就到了。"

"谢了啊！"唐元初收回脑袋，发动汽车。

夜风习习，小卖部里传来一阵麻将声与议论声。

"听说老孔家的儿子又犯事了？"

"哎哟，杀人啊，那可真不是个省心的，从小到大没少为他爹惹事……"

"老孔家也真是，难道是祖坟上带的？"

安静的夜，声音格外清楚。白慕川听着听着，突然变了脸："唐元初，开快点儿。我们得马上赶到孔家。"

"好的，老大。"唐元初没问原因，大脚踩在油门上，汽车飞一般疾驶而去。

向晚奇怪："怎么了？"

白慕川回头看了一眼："你没听见刚才那些村民的话吗？"

向晚疑惑道："听见了，有什么问题吗？"

白慕川眯眼，冷冷的眸子在夜色中有一抹淡淡的诡异色彩："目前为止，除了警察和孔庆平自己，没有人知道孔庆平'又'犯事了……"

…………

鱼塘很快就到了。月光下，水面被汽车的灯光映照得波光粼粼，而其他那些照不见的地方黑漆漆一片，夏虫唧唧，格外幽静。鱼塘那头有几户农家，传出隐隐的狗吠。

孔庆平家是哪一户？这里比较偏，不像刚才公路边有小卖部可以找人询问。这个时间点，村民都关门闭户，一个人都没有。公路在这里转一个大弯，就往另一个方向去了，也没法再往前。

白慕川观察一下环境，推开车门跳下来："过去看看！"

"好。"唐元初应了一声，提着手电筒，为他们照明。

向晚是最后一个下车的。夜晚的乡村太过寂静黑暗，与城市里的灯火通明如同两个世界，脚下的路也坑洼不平，恰好今天她穿了一双带点儿小跟的鞋子，走得那叫一个受罪。

"来！"白慕川声音沉沉。

向晚怔了怔，就看到面前多出一只手。

他要牵她，她却无力把手搭上去："谢谢。我可以的。"

"你可以，我不可以。"白慕川不耐烦地抓住她的手腕，把她带到身边，"抓紧时间。我感觉不太对！"

向晚淡淡地瞄了他一眼："不是从来不相信感觉的吗？"

白慕川不说话，加快脚步。向晚被他感染，心弦绷紧，闭上嘴认真走路，与唐元初一左一右跟在他边上，从鱼塘下方的小道往那头走……

汪汪汪！

汪汪汪！

狗吠声更大了。

几个人走过鱼塘，站在竹林下，看着不远处的几户人家。四周都盖着小洋楼，只有面前这家还是老旧的土坯房。唐元初望了白慕川一眼，见他点点头，提着手电筒上去敲门，隔着一个石头垒成的小院子喊："请问一下，是孔庆平家吗？"

没有人回答。

他把门敲得砰砰作响："有人在家吗？"

寂静的山村被他的敲门声吵醒。这家没有人应声，隔壁邻居却被喊了起来。一个邻居从自家二楼的阳台上探出头，张望着高声道："那就是老孔家。他家有人……"

有人为什么不回答？

唐元初把门拍得更响,那邻居听见,咳嗽着"唉"了一声:"别敲了!肯定是老孔又喝大了……你们谁啊,找老孔啥事?"

唐元初皱一下眉头:"我们是洪江区刑侦队的,过来找他了解情况。"

那村民听到是警察,很快下楼打开了自家大门,披着衣服走过来。他五六十岁,叼着一支旱烟,背后还跟着他的儿子和儿媳妇,一家人小心翼翼的样子。

"警察同志,你们是为老孔家小子的事来的吧?"

唐元初笑吟吟地问:"大爷,你怎么知道的?"

那村民被旱烟呛了一口,咳嗽几声又吐了口痰,扯着嗓子说:"下午老孔在店子上买酒的时候说的,大家伙儿都听见了。"

老孔?孔庆平他爹?

唐元初:"他说什么了?"

村民:"说他儿子又犯事了,在城里把人捅伤了……"

难道孔庆平回来过?三个人面面相觑,没有声张,唐元初继续拍门。这时被吵醒的村民陆陆续续又来了许多,全部围在院门口七嘴八舌地议论。可是不论唐元初怎么叫,老孔家就是没有动静。

"我来!"白慕川沉着脸上前,拍了两下门,不见动静,一脚踹了过去。那个门年代久远,不太结实,哪儿经得住他这一脚?门哐当一声被踹开了,一条大黑狗躲在院门后面狂叫,欲扑过来,吓得向晚往后退了一步。

白慕川拽紧她的手腕:"怕什么?有我呢。"

向晚:"……"

这么大一条狗,她说不怕是假的。向晚看了他一眼,紧张地跟着白慕川往院子里走,全身肌肉都紧绷起来。唐元初也走得小心:"老大,你不怕狗啊?"

白慕川哼了一声:"狗都怕,怎么对付人?"

他的话还没有说完,前面突然亮起一盏灯。一个蓬头垢面的男人弓着背站在屋檐下,看着他们:"你、你们找谁啊?"他的声音沙哑,说话含混不清,明显还处于酒醉状态。

唐元初掏出警官证:"你好!我们是洪江区刑侦队的民警,请问你是孔庆平的父亲孔光明吗?"

那人搔了搔头，往后一蹲，直接坐在门槛上，有气无力地摆摆手："我就是孔光明，你们要干啥？抓我儿子啊？老子不允许，谁也抓不走。"

唐元初："……"

踏破铁鞋无觅处，得来全不费功夫。

"孔光明，你儿子涉嫌一桩盗窃杀人案，请你配合执法……"

孔光明一听，嘿嘿地冷笑着，完全耍无赖一样在门口躺了下来："抓啊抓啊！你们要抓我儿子，就从我的尸体上踏过去……"

跟一个醉鬼讲道理？哪儿有道理可讲。可不讲道理吧，外面那么多村民在围观，人手一部手机的时代，一不小心就成了暴力执法。唐元初很头痛，拿眼睛瞅白慕川，请求指示。白慕川拍拍向晚的手，上前几步，无视孔光明那一副无赖样儿，二话不说，直接从他身上迈了过去。

"啊，不要啊，不要啊警官！不要抓我儿子……"孔光明一把抱住他的腿，态度来了个一百八十度的大转弯，痛哭流涕地恳求，"警察同志，我们老孔家就这么一根独苗，求求你们，饶了他吧，求求你们了……我已经教训过他了，真的已经教训过了，他以后再也不敢了……"

白慕川低头："放开！"

孔光明拼命摇头："你们不放我儿子，我也不放……"

白慕川回头冲唐元初使了个眼色："你不放也行，那我们只能连你一起抓进去……"

白慕川半唬半吓，目光严厉，可孔光明那老头完全泼皮一样拦在门口。唐元初看他缠上白慕川，赶紧闪身进屋。

堂屋里就一张桌子几条凳子，一目了然，没有人。卧室里黑乎乎的，唐元初拿起手电冲进去，乱晃着寻找电灯开关。突然他短促地叫了一声："啊！"

卧室没有开灯，只有唐元初的手电筒闪着幽幽的白光，光晕里，有一个人趴在地上，头发凌乱，身体被绳子捆成一截一截的，像条硕大的虫子，一摊血迹从他的身下流出来，渗在泥土里，黑乎乎一片。

白慕川慢慢上前，他戴上手套，蹲下身子，扳过那人的头。

向晚做好了心理准备，可还是被吓了一跳。那人双眼圆睁，眼眶青紫，嘴巴被人用胶带封得严严实实，一动也不动……

58

"我教训过他了。真的……我真的已经教训过他了……"孔光明跌跌撞撞地跟上来，嘴里含含糊糊地呜咽着，"养不教，父之过……儿子的罪就是老子的罪……警察同志……我已经教训过他了，求求你们……把我抓去吧……我代我儿子去坐牢，求求你们了……"

没有人回答他，房间里冷冰一片。

白慕川慢慢松开手，站起来冲唐元初摇头："通知技术队！出现场！"

…………

死者正是孔庆平，他死在自己家的卧室里。

警车入村时，引来了更多的村民，围在院门外看热闹。程正领着两个技术队的刑警进来，拍照，查验现场。堂屋里，已经被控制的孔光明酒还没有醒，一会儿号啕大哭，一会儿又跪地磕头，哭闹得像个疯子。

向晚看了一下情况，去门外找村民聊天。

"你们都看到孔庆平回家了啊？"

村民们纷纷摇头。

"这小子早就没影儿了，很少跟他爹来往，我两三年没见他回家了。"

"可能是晓得命不长了，这才回来死在自家屋里……"

没人见过他回来，这跟他们之前了解的情况一样。进村的路就那一条，孔庆平怎么回的？偷偷摸摸？也有可能。

向晚想了想，又问："孔家父子俩的关系好吗？"

村民："好什么好？父子俩见面就吵，一言不合就动手，打起来儿子不是儿子，老子不是老子，乌烟瘴气……"

向晚："那这两天有人听到他们父子争吵吗？"

村民摇头，全都表示没有听见。

"要不是老孔买酒说起，我们都不知道……"

向晚："儿子盗窃杀人，也不是什么光彩的事，他为什么要大肆宣扬，好奇怪！"

村民叹口气："没什么奇怪的，见怪不怪了。这小子从小就偷鸡摸狗不学好，要不是看他奶奶的面儿，早就被人揍死了……老孔逢人就说，他这辈子就是被他这个儿子给毁了……"

"这话其实也不假，当年老孔坐牢，不就是因为那小子偷人家的东西，老孔才跟人动手，然后伤了人，蹲了那么多年牢吗？"

向晚又与村民们闲聊了一会儿，回了屋。

这个时候，现场勘查快结束了。门口散落着一些零食，还有盒装的牛奶，牛奶盒上沾着血迹，技术队的同事在一件件往物证袋里放，并细心地贴上标签。孔庆平的尸体也已经挪入了尸袋，只有地上的血迹依旧触目惊心。

…………

他们离开孔家村，已是半夜十二点。

警车在前面，警笛声声。向晚跟白慕川坐着来时的大众车。静默一会儿，向晚看见白慕川冷着脸，轻咳一声："在孔庆平家找到那个娃娃了吗？"

白慕川眯眼："没有。"

向晚皱眉，喃喃一声："那他偷走娃娃，会放到哪儿呢？"

白慕川不说话。前面的警车里，孔光明醉酒后吼叫的声音又大又响，他一直在哭闹不休，听得人心里无端烦恼。有这么糊涂的父亲吗？儿子都死了，他竟然不知情。

向晚叹一口气："那个孔光明精神可能有点儿问题？"

白慕川嗯了一声："如果没问题，就不用吃药了。"

是了！向晚想起他长期在诊所买药的事情，又疑惑地问："如果他真的有精神病，杀了人会被判刑吗？"

白慕川凝目："得看具体情况！"

这说了不等于没有说吗？向晚发现白慕川有点儿心不在焉，也没了继续探讨案件的兴趣。

乡村的夜晚，路上一层浓雾。车辆行驶得很慢，这个过程也就格外煎熬。过了好一会儿，汽车终于驶上大路。向晚松了一口气，动了动僵硬的胳膊，就听见白慕川的声音响起："唐元初，等一下，你送向老师回去！"

向晚知道他们今天要通宵夜战，急忙摇头："不用麻烦。我可以跟你们一起。而且我现在也很好奇……"

"好奇什么？"

"好奇娃娃哪里去了，好奇孔庆平的死……"

白慕川拧紧眉头："你不更新？"

60

向晚轻笑："我可以在队里写！"

白慕川没有再反对，淡淡地说："你现在胆子大了。"

"嗯？怎么说？"

"今天看到尸体居然没叫！"

呵！她在心里叫了，只是他没有听见。向晚尴尬地笑了笑："习惯了就好。说不定有一天，我还敢跟程队一起验尸呢……"

她纯粹开玩笑，可那句"跟程队一起"却让白慕川迅速拉下了脸："择日不如撞日，一会儿你就可以试一下。"

"……"

"初步判断死亡时间在昨天下午七点。"程正站在技术队的操作台前，一身白大褂凉薄且冷漠，面对操作台上孔庆平的尸体，他面无表情，"致命伤就是胸口那一刀。匕首刚好扎破死者心脏，导致大出血，因为没有得到及时救治而死亡。"

"这把匕首是刺伤锦艺宾馆安保人员的凶器吗？"唐元初问。

"是的。"程正说，"数据基本吻合。"

"也就是说，孔庆平的父亲用孔庆平带回来的匕首刺伤了他？"

"不！"程正看了白慕川一眼，"从现场勘查的情况看，是孔庆平拿着匕首时，受到重力袭击摔倒，自己撞到刀尖上的。"

"这样也可以？太倒霉了吧？"唐元初很多时候像个好奇宝宝，"那我可不可以这样理解，孔庆平被父亲捆在家里，还被父亲用胶带封住了嘴巴，使得他不能离开又不能喊叫。于是他想拿匕首自救，结果受到他父亲的袭击，摔倒在地又被匕首刺中，而他父亲还在继续喝酒……"

程正迟疑一会儿，说："在那之前，孔光明已经醉了。孔庆平受到的袭击不应该来自他的父亲……"

唐元初问："现场有发现第三人的痕迹吗？"

程正摇了摇头："没有发现第三人，这也是我最大的疑惑。"

唐元初："那为什么你敢肯定不是孔庆平的父亲？"

程正："因为没有哪个父亲会眼睁睁看着儿子被匕首刺中而无动于衷。"

"那可不一定！"沉默了许久的白慕川突然冷笑一声，"这世上冷血的

61

父亲大有人在，不排除孔光明也是其中一个。"

程正看着他。白慕川挑了挑眉："难道我说得不对？"

两人目光相对，空气里如有杀气。

唐元初看看这个，又看看那个，借口上洗手间溜走了。梅心低头不语，摆弄鼠标。只有白慕川跟程正互视，空气中的火药味儿扑鼻而来，似乎快要点着了。向晚也很想尿遁，白慕川却突然转头看着她："你怎么看？"

向晚清了清嗓子，掏出手机。刚才他们在说，她就在手机上写写写，做案件情况整理，主要是用于事后分析和学习，没有想到白慕川竟然叫她发言……幸好她有准备。

"首先，我相信程队的专业性，对孔庆平的死因判断应该是确认无误的。那么问题来了，现场既然没有出现第三个人，那孔庆平倒地时受到的外力作用是来自哪里呢？"向晚瞄了一眼白慕川，又迅速收回视线，"所以我赞同白警官的看法。我们不能因为孔光明是孔庆平的父亲，就排除他的嫌疑。严格来说，孔光明不是一个正常的父亲，他嗜酒如命、脾气暴躁、坐过牢，早已偏离了正常人的轨道。"

众人不作声。

向晚继续说："还有，今天他在孔家村的表现，大家都看见了。他没有羞耻心，不讲究社会规则，不在意他人的言论与看法，我行我素，敢于触犯法律，跟儿子感情并不好，妻子又早早弃他而去。这样的一个男人在得知儿子再次犯事的情况下，喝酒失控，难免会起杀心……"

前面一番话，她肯定了程正，后面的判断，又全部偏向白慕川。这样一来，白慕川黑漆漆的脸色总算好看了。

"我和向老师的看法不谋而合！"

最后四个字他咬得有点儿重，听得向晚耳朵一阵哆嗦。

程正面无表情地看了他俩一眼，收回目光："我要说的已经说完。怎么结案，我不关心。"说完，他摘下手套，径直走到洗手池边去洗手。

房间里一片静寂，只有水流的哗哗声。

向晚发现这已经是程正今天晚上第三次洗手了。他回来的时候洗一次，中途洗一次，现在又去洗一次，这个人有深度洁癖症吧？

程正没有看他们，洗完手，去了阳台。向晚记得那里有他养的一片多肉。在侍弄植物之前要洗手，算是真爱了。向晚瞅了一眼，耸耸肩膀下楼。

技术队这边的事情告一段落，剩下的事情，由白慕川安排唐元初和谢辉去做了。于是向晚又成了一个闲人："我去码字了，有事叫我。"

大家伙儿都在加班，她不好意思回家，准备打开电脑干活。可是看着空白的word文档，她有点儿蒙。写书需要平静的情绪与心态，白天经历的事情多了，她久久缓不过劲儿。脑子里的画面还停留在孔家村。她敲一行字，又删一行字。来来回回，小十分钟过去了，她一个字都没有写。

她以为来这里工作可以积累素材，结果搞得心绪不宁，连天马行空编故事的能力都退化了，向晚放下鼠标，揉了揉脑袋，戴上耳麦，闭上眼睛思考。

不一会儿，她听到QQ的嘀嘀声。

睁开眼，她看到方圆圆发来的视频邀请。

"快，亲爱的，让我看看刑警大队是什么样子的！"聊天框里还有方圆圆发的一条消息。

向晚不接视频，懒洋洋地打字："保密单位，不可泄露情报。"

"去你的吧。刑警队又不是机要部门。你这个故事编得不走心，哄不到我。"方圆圆哪里肯信，"快嘛，我想看看我家黄黄曾经战斗过的地方……"

"……"向晚哭笑不得，接起视频，方圆圆的笑脸就出现在了电脑上，"亲爱的，今天晚上你不回来了？"

"嗯。"向晚笑了笑，回望一眼白慕川办公室的方向，"大家都在忙，我不好意思走。"

"得了吧，有啥不好意思的，你跟人家也不一样啊，没编制，也没多少薪水……"

"我来学习的，得有个学习态度。你不懂。"

"是是是，我不懂。"方圆圆眨巴一下眼睛，"我是真不懂，你是准备把你美好的青春都浪费在刑侦队，还是想近水楼台先得月，在刑侦队里勾搭一个我未来的表姐夫呢？"

"德行！我是那么肤浅的人？"向晚翻个白眼，速度极快地把话题扯到她的身上，"你家黄黄呢？反正我今天不在，让他来陪你啊！嘿嘿哈哈也没

63

有人吵着你们。"

"正有此意，所以来探你的口风。"

"……"

"惊不惊喜？意不意外？"方圆圆笑得奸奸的，可帅不过三秒，又耷拉下脸，屈起腿在那里学汉子抠脚丫子，"唉！逗你玩的。他来不了，现在天天上夜班，跟我的工作时间刚好相反，我俩见个面都难，哪儿来的时间嘿嘿哈哈……"

"哦。"向晚安慰她，"没事，来日方长嘛。"

"污！"

向晚嗤笑一声："不跟你贫了，我要干活了，关视频了啊！"

"喂，别啊！"方圆圆急了，突然放柔声音，撒起娇来，"表姐，我一个人在家，有点儿怕，不要关视频嘛。"

"有什么可怕的？"向晚皱眉。

方圆圆东张西望一下："平常吧，就喜欢大房子，可一个人在家里的时候又发现，房子太大了，到处空荡荡的，心里发毛……"

今天向晚受的刺激够多了，听她这么描述，心肝又紧绷起来。

"行吧，那就不要关视频好了。"向晚笑，"我刚好可以欣赏一下美人睡姿。"

"说得好像你没见过似的。"方圆圆打个哈欠，穿着睡衣倒在枕头上，"你码字吧，我不打扰你了，我看一会儿书就睡。说好了啊，不许关视频，要不绝交一年。"

"……"

向晚看方圆圆把灯光调暗，翻个身看手机，就把视频切出来。

她坐了很久都没有进入状态，打开书评区。这里一如既往，说剧情的，打广告的，五花八门，什么都有。

《谋杀男神》小说里，前一个阶段的案件已经基本结束，和第一个案子一样，同样留下了一些未解的疑惑。读者们讨论得津津有味，大部分人认为第一个案子和第二个案子之间存在某种与主角命运相关的联系，这将会直接导致第三个案件的发生。同样，也有小部分人认为向公子晚并没有精准叙事的能力，所谓的那些未解之谜也许根本不是谜团，而是向公子没本事把挖的坑填好，所以留下了bug（漏洞）。

对案件的分析，各说各有理。不过对方夜阑、荣小暖、谷雨声三人的"铁三角小粉红"，众人都一样期待。从开文到现在，两个案子结束了，感情一直没定下来，有一些读者已经没了耐心，纷纷要求快一点儿扑倒，再吃干抹净……

"其实我更期待向公子的下一个案件，比起言情部分，我现在比较期待剧情走向。不知道向公子的第三个案子是什么啊？会不会写最近很热的《灰名单》剧组的事情，感觉那案子有点儿不同寻常呢。"《灰名单》的事最近很热。这一条书评引起了向晚的注意，也同时吸引了其他读者的眼球。

书评下方有大量回帖，大部分人对楼主的建议表示认同。

"《灰名单》是我最期待的电视剧，没有之一，等了好久了，没想到刚开拍就遇上这种事……我妈昨天还说，也许锦城最近的风水不太对，总出肮脏事……要不向公子把这个案子写成灵异吧，一定很好看。"

"写成灵异，你咋不上天呢？"

"嘿嘿，不管向公子写成什么我都喜欢看……因为我好喜欢谢绾绾，她太漂亮了有没有！"

"一张网红脸，一脸玻尿酸，妹子，审美观被贼偷了？"

"我喜欢谁关你什么事？无脑黑谢绾绾和无脑黑叶轮是一样的，人嫌狗不爱，地球有多远，麻烦你滚多远！"

几条争执的回复下方突然跳出一个熟悉的ID。他说："向公子会写的，一定会写。如果她不写，那不管她写什么，都会变成现实。到时候她的故事都会被一个个复制出来……呵呵呵呵呵，大家还会喜欢看吗？"

"天！你这话什么意思？哥们儿，不要吓我。"有人艾特那个ID问。

"呵呵呵，这是秘密。我不能告诉你。"那个ID又回复了一条。

"秘密，什么秘密？不要吊胃口，说说看。"

无数人在问，那个ID却不再回答，其他人却嘲笑起来："装神弄鬼！中二少年的话，你们也信？"

向晚怔怔地看着，那个ID真的只是一个喜欢装神弄鬼的读者？为什么每次发生案子，他就跑出来？而且不仅别的读者不懂他的意思，连向晚自己也不懂。什么叫作如果她不写，那不管她写什么，都会变成现实？什么又叫作她的故事都会被一个个复制出来？如果她就不写这个案子呢？

"圆圆，我又看到那个神经病了！"

"不知道是哪个吃饱了撑的浑蛋，没事就出来吓唬人。他以为他是神啊！动不动就指点江山……哼！他以为我要写，我就偏偏不写，看他能怎样。"

向晚低声对着电脑吐槽，方圆圆却没有回答。

"喂？睡着了？"向晚晃了晃鼠标，把视频切出来，发现方圆圆弓着身体睡在床上，手机掉在枕头边，已经睡着了。

这家伙！窗帘都没有拉上，也不怕被人偷窥，向晚笑了笑，条件反射地看向窗户，下一秒，吓得差点儿丢掉鼠标——玻璃窗外面隐隐有一个模糊的剪影，就那样黑乎乎地竖在方圆圆的背后，却在向晚看过去的瞬间，一晃没了踪影。

"啊！圆圆！"向晚大叫一声。

方圆圆醒了，打着哈欠："大半夜的，大惊小怪干什么？"

"圆圆，我跟你说，你不要怕啊，我马上就回来！"向晚紧张地小声说道，"你不要开窗，马上跑到卫生间去，把门锁死，在我回来之前，千万不要出来……"

"怎么了？"方圆圆瞌睡虫被吓没了，"今天不是愚人节吧？！"

"你的窗户外面有人！我刚刚看到有人。"

那小洋楼不算高，可窗户外也不可能轻易出现人影啊！方圆圆利索地跳下床，飞快地跑到洗手间，吓得屁滚尿流！

向晚在跟方圆圆通话的时候，正迅速跑去白慕川的办公室。她汇报了情况，白慕川二话不说，停下手头的工作，领着她和唐元初开车就往那个小区赶。整个小区的人都已进入熟睡状态，不要说窗外，就连小区里面都没有人走动。调取监控，询问保安，几个人折腾到凌晨五点，都没有任何发现。

"向老师，你不会看花眼了吧？"唐元初打着哈欠，不太相信地看着向晚。

"应该……不会的。"实际上，没有找到人，向晚也不太敢确定了。

唐元初："可能你不习惯熬夜，产生了幻觉？"

向晚抿了抿嘴："也许吧。"大半夜把人家折腾到这里来，向晚有点儿不好意思，"不好意思。我……是不是太激动了？不该为这点儿小事麻烦大家。"

"你还真是幻觉体质！"白慕川看了她一眼，"从赵家杭的案子开始，你好像就经常出现这样的幻觉？"他的目光里有一丝探究。

而向晚一个晚上没有睡觉，心跳很快，神情也有一点儿熬夜后的恍惚状态。她低下头，不跟白慕川对视："我是第六感比较强的人，感性思维太丰富。"

白慕川挑了挑眉："难道不是神经系统出现故障？"

向晚的脸一黑："你才出现故障！"

看他俩又恢复了日常斗嘴模式，唐元初长长地松了一口气："既然没事，那我们就走了。"

白慕川看了向晚一眼："你就留在家里休息。"

"嗯，好。"这一次向晚没有再逞强。

她一宿没睡，头昏眼花，确实有点儿受不了。

为免她害怕，白慕川和唐元初把她送到门口。可向晚刚刚打开门，对面的门也开了——程正站在门口往外看。

几个人在楼道相见，愣了几秒。唐元初是后辈，率先打招呼："正哥，你是刚回来，还是……"

程正朝他们点点头："回来一会儿了，准备去跑步。"

"好酷！"唐元初嘿嘿一笑，突然想到白慕川跟程正不对付，恨不得咬掉自己的舌头，"那个……老大，我去开车！"

他火速冲向电梯。

白慕川看了一眼程正，对向晚说："回去吧，把门反锁！"

"嗯。"

"有事电话联系。"

"嗯。"

向晚回到房间，洗漱回来发现方圆圆又睡过去了，她叹口气，湿着头发坐在椅子上，看着一动不动的窗帘，怎么都睡不着。

…………

他们一夜忙碌，事情总算有了进展。经审讯，孔光明承认是他捆绑了儿子孔庆平，并用胶带封住儿子的嘴，目的是让儿子听话，不要再去外面惹是生非。他也承认，在这个过程中对儿子使用了暴力，但他否认拿刀杀人。孔光明表示，在他离开卧室的时候，儿子好好地坐在床边，还拿眼瞪他。同时他否认见过那把捅死孔庆平的匕首，也表示没有见过被孔庆平在锦艺酒店偷走的娃娃。

"在凶器上没有发现孔光明的指纹，我认为孔光明也没有杀害孔庆平的动机。"程正再次肯定自己之前的推断，"孔庆平的死应该只是一个意外。对了，我昨天晚上做了一个小实验。"

"什么实验？"唐元初好奇地问。

"一个电脑模拟现场。"程正打开电脑，利用多媒体将模拟的现场放映出来，自己同步解说，"大家请看这个画面。孔光明在离开房间的时候，孔庆平坐在床上。他偷偷摸出自己的匕首，想要割断绳子逃跑……

"大家应该还记得，孔庆平的卧室里是一张老式的床，在床前有一个木头的脚踏板。当孔庆平拿到匕首时，出于本能地站起来，结果不慎踩空或者滑倒，由于身体被捆绑，他无法控制平衡，倒下去，胸口撞上匕首……"

白慕川笑问："照你这么说，孔庆平是自杀的？"

程正："我认为死于意外！"

办公室里一片安静。

白慕川似笑非笑："那我们是不是可以结案了？"

程正看着他："王局给我们三天时间，现在才第二天。"

白慕川勾了勾唇："是啊，也许我们还可以申请一个嘉奖？"

程正："……"

白慕川看了一眼沉默的众人："如果真这么简单，那案件的关键点，我们要怎么解释？孔庆平为什么要偷娃娃？那个娃娃又哪里去了？"

程正面无表情："一个小偷在偷到东西后，发现没什么价值，随便丢弃，难道不合理？"

白慕川："没有价值，为什么要偷？为什么他不偷更有价值的东西？"

程正："也许他偷窃时发生状况，该状况导致他无法再继续偷窃行为？比如谢绾绾突然醒转？或者安保人员突然巡视？"

白慕川冷哼一声，语气加重："那只是你以为！"

程正眯起眼："白队，那只是一个不值钱的娃娃，经济价值不值得我们大费周章。你不能因为娃娃是属于谢绾绾的，就要浪费警力继续追查下去吧？"

白慕川冷冷地看着他。

大家都以为他会再顶程正几句，可是他没有。

他慢慢收回视线，看向众人："孔庆平是他杀。"

众人不语。

白慕川冷冷地道："他的父亲孔光明有杀人嫌疑。"

众人错愕。

其实大家的想法都和程正差不多，孔光明虽然也坐过牢，不是什么好东西，但虎毒不食子，孔光明即便讨厌孔庆平，也不会有杀子之心。

程正问："你凭什么这么肯定？"

白慕川慢慢站起来，目光泛冷："他不是一个有责任心的父亲。他不爱他的儿子，他儿子的死活，他并不在意。"

这也叫理由？众人目光不动。

程正冷着脸："白队忘了自己的名言了？'办案讲究的是证据，不是凭个人感觉！'"

白慕川抿了抿嘴，目光扫过他："我会找出证据来的。还有一天，急什么？"

…………

白慕川走进办公室的时候，向晚正托着腮帮在看书。《灰名单》是沐二少完结许久的书，最近要拍电视剧了，向晚对它又重拾兴趣，比第一次看的时候还要认真专注。她没有发现白慕川过来，直到办公桌被叩响。她抬头，"呃"了一声："白队，有事？"

白慕川看了一眼其他同事，偏了偏头："你跟我过来一下。"

他怎么一副要找人打架的样子？向晚猜不到他找自己有什么事，飞快地把书塞进抽屉里，跟上去。阳光斜斜地从玻璃窗照射进来，在白慕川的办公桌上披了一层金黄的霞光。向晚在门口站了几秒，走到他的面前，端端正正地坐下："我来了。说吧。"

白慕川一脸严肃："向晚，你愿意相信我吗？"

向晚一怔，笑道："你叫我来，不会只是为了问我这个吧？"

白慕川不说话，掌心慢慢放在面前那一沓文件夹上，摩挲片刻："我想请你把这个案子捋一捋，然后更新到你《谋杀男神》的新章节里，当成第三个案件来写。"

向晚心里咯噔一声，她莫名其妙地想到书评区的神秘ID。

"为什么？我不太想写。"

白慕川沉默。过了一会儿，他低声说道："对这个案件，我心里有一个近乎荒唐的想法，没有办法证实，也没办法告诉别人，但我认为你会理解我。"

向晚怔住。他也会有这种感觉吗？在案子里突然产生某种不切实际的想法，不敢寻求别人的认同，却偏偏认为对方可以。异样的默契感让她心弦微震："你说，我听着。"

白慕川直视她的眼睛："这个案子不是一个单纯的盗窃杀人案。事实上盗窃案变杀人案的很多，可像这样干净利落的很少。"

向晚想了想："你是想说，案子背后还有黑手？"

白慕川眯起眼睛："我怀疑最近锦城接二连三发生的几个案件背后都是同一只手在操控着。"说到这里，他突然低头，双手撸一把头发，又敲敲额头，"可我至今没有找到证据。"

从表面上看，三个案子毫无关联，甚至连一个相关的目的和线索点都没有，总不能用凭空猜测来说服别人吧？向晚点头表示同意，白慕川却突然抬头盯着她："我今天细想了一下，其实有一个关联点。"

"什么？"

"你的书。"白慕川眼底迸出冷冽的光，"是你的书把前面两个案子联系在了一起。"

向晚与他对视片刻，问："所以你希望我继续写这个盗窃的案子，把它与我前面两个案子连在一起？"

"对！"白慕川点点头，"我认为对方也很矛盾。本来每个案子他都可以干得更完美更干净，甚至可以让警察察觉不到他。但他偏偏又不甘心，好像对警方的无知无觉很不满意，所以每次又试图通过别的方式来提醒我们……有他的存在。"

"他在享受这个过程。"向晚接着他的话说,"有一句网络上的流行语,不知道你听过没有?"

"哪一句?"白慕川皱起眉。

"我就喜欢你看不惯我又干不掉我的样子。"

"……"

白慕川指节敲敲办公桌,朝她弯唇一笑:"总结准确!"

向晚微微抿唇,看向从窗户洒进的那一抹阳光,淡定地说:"如果真有这么一个人存在,我认为他的心理状态不是矛盾,而是在犯罪过程中层层递进。"

"说说看!"白慕川饶有兴趣。

向晚看着他展颜时脸上的光彩:"在赵家杭案里他第一次体会到'游戏总设计师'的快感,利用赵家杭、田小雅、徐招娣、王同生几个人之间的恩怨情仇,复制我的小说案子,制造了今年以来锦城最大的一个新闻热点,引起无数人恐慌……当然我无法肯定他和这些人有没有恩怨,也不知道这到底是他一时兴起的杀人游戏,还是精心策划的阴谋。但可以肯定一点,他的爽点没有持续多久,他就开始焦虑了。"

她说得双眼发光,完全不像熬夜的样子,白慕川轻笑,面色也渐渐缓和:"怎么说?"

"这么讲吧,比如你策划了一个游戏,玩家们在游戏里玩得很爽,全社会都因为这个游戏high起来了,纷纷猜测游戏规则,争论游戏的玩法,把游戏变成了一场现象级的狂欢……可是没有任何人知道你的存在。你会不会很失落?"

白慕川一笑:"很有道理,你继续。"

受到他的鼓励,向晚扬起眉:"尤其让他感到郁闷的是,哪怕他故意在案子里留下一星半点儿的线索,结果警察并没有发现。赵家杭的案子结了,帝宫杀人案结了,依旧没有人知道他的存在……嗯,他会不会想老子是透明的吗?是时候提点提点警察了!"

最后一句,她模仿男人的声音,说得惟妙惟肖。

白慕川一怔,突然揉着额头,低笑:"向老师,你真是朕的开心果!"

"……"

"不开玩笑！"白慕川端正姿态，"那就这么干吧。你写，继续写这个案子。如果真有那个人，他一定会关注你的小说。"

"你就借机引他出来？"

"可以借你的书说一些警察不方便说的话。"

"反正就是勾引人上当呗。"向晚与白慕川对了个眼神，突然莞尔，"但我对案件的前情并不了解，没有办法下笔……除非你先剧透解决我几个疑问。"

白慕川嗯一声："你说！"

向晚抿了抿唇："我们假设有那个人存在。那么这个案子里的孔庆平就是个炮灰，对方的目标要么是你或者谢绾绾，要么就是那个娃娃。鉴于你和谢绾绾被人双双下药的事实，我得知道两个问题。第一，那天晚上你跟谢绾绾在一起喝酒，是你约她的，还是她约你的？你们约会的事还有没有外人知道？第二，那个娃娃里藏着什么秘密？"

白慕川目光凉了凉，盯着她，不说话。

向晚无奈地摊手："很难回答吗？白警官，我不是神仙，在不知道真相的情况下，没办法写出跟现实吻合的情节，就算写了，恐怕对方也不会上钩吧？"

"呵！"白慕川突然轻笑抬手，他似乎想去抓向晚放在桌子上的手。可下一秒，看她缩起手，他又收了回去，板着面孔："好，我回答你。第一个问题，那天是谢绾绾约的我。我们约在锦艺宾馆三楼的酒吧，没有外人知道，也没有外人参与。第二，那个娃娃关系到谢绾绾的个人隐私。这个……我不方便说。你可以发挥想象，随便写。"

向晚看着他，深深地凝视。

白慕川眯起眼，轻笑："杀害安保人员的凶手孔庆平已经死亡，事实清楚，证据确凿，你写这个案子，就说警方准备结案，并认定孔庆平死于意外……"

"那我的书只管挖坑，不管填？"

"后面再圆回来。"白慕川看看她，"正像你刚才说的，你这么写，如果他真的在关注，一定会很郁闷。唉！又一次被警方无视。这样一来，他肯

72

定会想办法展示自己的智慧，显示自己的存在……"

"然后我们将计就计？"

白慕川伸出手来："合作愉快！"

向晚与他击掌，拍得有点儿痛，想想又好笑："这波操作有点儿玄幻！"

…………

有那个人只是他们的假设，破案要的是证据。向晚没有证据，白慕川也没有，但他俩之间因为这个约定，突然就有了一个共同的小秘密，这感觉让向晚莫名兴奋，对破案提起了十二分的精神。

她坐在办公室里，一步都没有挪动，晚饭都是请唐元初帮她带过来的。她加班到晚上九点，这个情节终于写完，上传、发布，她松了口气。

吁！她伸个懒腰，回头一看。

白慕川不知道什么时候回来的，安静地站在她的背后不远处。

"回来了？"她疑惑地问，"有什么进展吗？"今天下午，白慕川等人带孔光明回了孔家村，去还原案发现场的细节，向晚对这个后续很感兴趣。

白慕川走过来，扔给她一瓶水："从孔光明的表现来看，他确实不像故意杀人。"

"噗！"向晚正喝水，闻言差点儿被呛住，"怎么？你终于发现自己对这个事情过于偏激了？"

向晚不知道他是因为跟程正杠上了，还是因为谢绾绾的东西被偷，反正觉得他对这个案件的敏感超出了常理。然而白慕川却哼了声："不。他越不像故意，就越有故意的可能。"

"怎么讲？"

"一个父亲打孩子、骂孩子是正常的。可一般人会把他捆起来，还把嘴用胶带封上吗？最主要的是……孔光明交代不清楚封口胶带的来历。还有，孔庆平是一个22岁的强壮男人，为什么他会反抗不了体弱多病的父亲？"

向晚眼睛微微一亮。

孔庆平并不是那种听老子话的乖孩子，村民们说父子俩一言不合就干上。在这种情况下，孔庆平怎么可能由着父亲摆布？有了矛盾点，就像写书有了新梗一样，向晚马上兴奋起来："那你准备怎么办？"

73

看她急切的样子，白慕川轻轻一笑："等着我们的向老师一起去提审嫌疑人。"

"啊？我？"向晚有些意外，意外他对她如此信任。

"是！"白慕川懒洋洋的，"今天晚上就把案子做出来，明天好交差。"

说到这里，他一双满带桃花的眼睛又轻飘飘地瞄了她一下。

"我的未来可都交到你手上了，给我争点儿气！"

"……"

"走吧！审讯室。"

审讯室是个独立而密封的空间，不过单向玻璃和全方位的监控足可以让外面的人看清里面的一切。孔光明一个人坐在椅子上，椅子单独放在中间，四周空无一物，几个摄像头从正面、侧面、背面直播着他苍老憔悴的脸、佝偻无力的背、戴着手铐的手……向晚在审讯室的外面静静地看着这一切，看着那个近乎老态的中年男人在他以为的私人空间里的一举一动。

"向晚。"白慕川突然喊她。

"嗯？"向晚回头，与他的目光撞上。

只一眼，彼此似乎就明白了对方的心里所想。向晚笑了："我不是犯罪心理专家，只是一个写小说的，喜欢研究人物的内心世界而已。我说我会尽力而为，这个答案你满意不？"

"嗯。"白慕川弯唇，"对你我总是满意的。"

这句话略显戏谑，却又真诚。向晚在他脸上找不出逗弄的意味，也无暇多想："谢谢！我们什么时候进去？"

白慕川抬起手腕看时间："再等十五分钟。"

"为什么是十五分钟？"

"孔光明已经在里面坐了四十五分钟，再过十五分钟，刚好一个小时。一个小时是大多数人等待的心理极限。"审讯室的墙上有一面挂钟，正对着孔光明。他可以看到时间流逝，也会因此而数秒煎熬。

向晚无声地一笑："幸好我不是你的仇人。"

"……"白慕川淡淡地看着她，不答。

十五分钟考验的是孔光明的心理极限，对审讯室外默默等着的两人又何尝不是？他们谈工作的时候自如、从容、心无旁骛，独处的空间，无聊的时间，呼吸都会慢慢变质……

果然有过暧昧关系的男女是不适合做朋友的，向晚想。

"放松一点儿。"白慕川说，"其实审讯是一种心理较量。你弱，对方就强。你强，对方就弱。你要控制不了自己的情绪，永远得不到你想要的答案。"

"……"

他以为她是因为审讯？

"谢谢白队教导。"向晚侧头看着他，把微笑的弧度控制在一个合理的范围内，"这样可以了吗？够不够放松？"

白慕川审视着她："不够。"

"嗯？"向晚不明所以。

白慕川眯起眼，低声道："你猜我在你的眼里看见了什么？"

向晚被他严肃的样子逗乐了："什么？眼屎？还是我眼睛里藏了东西？"

白慕川一本正经："我看见了你对我的误解。"

"……"

他的眼神温暖，也很烫。他们对视几秒，向晚就有点儿招架不住。"没有。"她转移视线，"我的眼睛里只有工作。"

"是吗？"白慕川似笑非笑，"我怎么看不见？来，转过来，让我再看仔细点儿。"

看着他促狭地歪头过来，向晚哼了一声，拒绝跟他交流。

"其实我真的挺冤的。"白慕川叹气，双腿微叠，懒洋洋地睨着她，"未经审判，就被你判了死刑。"

向晚内心毫无波澜……是假的。不过想到谢绾绾，还有他俩之间的"过命交情"，她觉得自己才是最冤的，不想卷入他们的二人世界，变成让自己憎恨的那种人。

"白警官，其实我对你和谢绾绾的事并不那么感兴趣……我识时务，也不喜欢蹚浑水，对纠缠不清的事情尤其厌恶，因为那会影响我的智商、人格、尊严，还有爱的能力。这么说，你明白我的意思了吗？"

白慕川唇角微勾："不还是死刑吗？"

"……"

跟他扯不清楚，向晚索性别开脸，不看他。

"这不对啊。"白慕川漫不经心地一叹，磁性而悠扬的声音带着一丝自嘲和无奈，"难道你摸了我，就白占便宜不用负责了？"

他又提这档子事！向晚糗了一脸，斜视他："知道你为什么总给人一种不真诚的感觉吗？"

向晚好想揍他。

她哼了一声，翻了个白眼："演技太差！"

"白队！"这时唐元初过来了，看二人的表情，略带疑惑道，"你俩怎么没进去？"

白慕川斜了他一眼，抬腕看看时间："等你。"

唐元初："我？"

白慕川面无表情："进去吧。"

审讯室的门打开了。

向晚坐在白慕川和唐元初的旁边，看着孔光明脸上沟壑似的褶皱以及长期不良生活导致的颓丧，低声问他："你现在感觉怎么样？"

没头没脑的话，让孔光明一怔："警察同志……我……没有想到的，真的……如果我早知道他会拿刀出来，我就不会离开房间，真的……真的……"他有一点儿像祥林嫂在碎碎念，但祥林嫂的麻木里有真正的心痛，孔光明的脸上只有麻木。

向晚看了一眼白慕川，她想到白慕川那天在小会上笃定地说孔光明不爱他的儿子。

"你儿子死了两天，你不难过，却一心只想着为自己脱罪。孔光明，我为你儿子感到难过！"向晚说着难过，表情也真的难过起来。

孔光明看着她，愣了愣，没回答。

向晚："舐犊情深，那是天性。所以我们特别不理解，让你丧失天性的原因是什么呢？孔光明，讲讲你的故事……"

孔光明耷拉着肩膀看着她。在这之前，他已然经过三轮审讯。不过来的都是男民警，与向晚聊天似的询问方式截然不同。孔光明有些不适应，脸色却没有太多的变化："人总会死的，他不是个好人，活着也是惹是生非添麻烦，死了也好。"

孩子哪怕是个恶魔，在父母眼里也是好的。孔光明的回答让向晚有些意外："你再看看你儿子，然后想一想，有没有什么要跟我们说的？"向晚从唐元初手上拿过孔庆平的资料和照片。他活着的、死了的、现场的，各种样子的照片就那么摆在孔光明面前。

"你儿子挺可怜的，从小就没了妈，又碰上一个不把他当亲儿子的父亲……"

孔光明表情一直麻木，直到向晚说到那一句"不把他当亲儿子"时，面部表情才有了细微的变化。

"我说对了，是吗？"向晚与白慕川交换了一下眼神，看着孔光明，"虎毒不食子。如果食子，可能是那只虎没把儿子当儿子。孔光明，听孔家村的人说，你的妻子生下孔庆平不久就跑了。我有一点不明白，一个女人得经历什么，才会抛弃亲生儿子，二十多年不闻不问？"

孔光明喉结微微在动，没有发出声音。

向晚盯着他的眼睛："当年你和孔庆平的母亲是因为什么事闹掰的？"

孔光明的目光有一些闪躲："我……我忘了。"

"不可能。"向晚冷声道，"一个让你恨得因为别人的一句话就为她大打出手的女人，你怎么可能忘记？"

"我真的忘了，你们能不能不要问我这些了？翻什么老账啊？我坐过牢怎么了，坐过牢一辈子就低人一等啊？"孔光明想抬手，可手铐太重，他折腾几下又垂下去，声音也弱了，"你们警察不为我儿子申冤，整天揪住我问东问西，这是哪儿来的规矩？"

"问你什么你就说什么！"白慕川冷冷地盯着他，"我们了解案情，你有义务回答，这就是规矩。"

向晚太温柔，孔光明不怕她，可以跟她争论。白慕川板着脸说一句话，他就老实了："我没什么可说的，没什么说的。"

向晚看了他片刻，突然转头看向白慕川："白队，我建议你再派人调查一下孔庆平生母的个人情况。虽然过去二十多年了，但她的存在对孔庆平和孔光明的影响是巨大的，对我们了解案情也很有必要。而且孔庆平死了，我们应该通知他的生母……"

"通知她干什么？凭什么通知她！"孔光明突然恶狠狠地插话，不等别人询问，又咬牙切齿地骂道，"她是个娼妇、婊子！"

向晚眯眼看着他："她怎么了，你这么恨她？"

"她背着我偷人。"孔光明情绪变得复杂、狂躁，别开头去，不看警察，"后来被我发现，就偷偷跟野男人跑了！"

他沙哑的声音带着旧伤与疼痛。每个人对痛苦的反应不同，但情绪一旦不再掩饰，就有了倾诉的欲望。向晚趁热打铁："野男人是谁？你怎么发现的？她又怎么跑的？为什么没有带走孩子呢？"

被警察追问细节时那种挠心挠肺的感受，向晚自己也曾经体验过，她知道问得越细越让人烦躁，一旦烦躁智商就会不够用。所以要么就不要撒谎，要么就会出现言语上的漏洞。

果然孔光明的心态有点儿崩了。他说，是村里人的指指点点让他发现了情况，回去骂了那个女人一顿她就跑了。当向晚问他"村里人"具体是谁时，他又支支吾吾答不上来，说是自己那天喝完酒回去撞见她衣衫不整、满脸通红，一看就是干了那事的样子，在他的逼问之下，她承认和男人搞破鞋，然后第二天早上天不亮就跑了，他酒醒后，已人去楼空。

"你没有去找她吗？"向晚继续追问。

"找了，没找着。"

"没报警？"

"没报。太丢人。"

"她从此没有再跟你联系？"

"没有。"

"为什么她不带走孩子？"

"我哪儿知道！"

"那个野男人是谁？"

"不知道。"

"不知道你就这么肯定她有人了？"

"她自己承认的……"

"你没有追问那个野男人是谁？说不通。"

孔光明被她反复询问，绕得脑仁儿都痛了，本来脾气就不好的他双眼瞪圆："二十多年了，我都快忘光了，想不起来了。你们别问了，别问了行不行？"说到这里，他近乎撒泼一般发起横来，"你们知道的，我脑子本就不好使，我精神有问题的，我有狂躁病，精神衰弱，一直在吃药，你们是要把我逼疯吗？"

　　向晚和白慕川交换了一下眼神："行，你要是累了，可以休息一会儿，我们等你。不过你不要想蒙混过关，那是不可能的。这么说吧，这些事情不交代清楚，你就会日复一日地接受审问，直到你说明白为止……"

　　孔光明死死地盯着她，眼睛里有厌恶。

　　"早说晚说都是说……"向晚不生气，徐徐引导，"就算你不说，警察也可以查到，只不过多花一点儿时间而已。这个社会哪儿有警察想找而找不到的人？"

　　孔光明没动，一动不动。好一会儿，他咽唾沫，嘴皮开始动，在抖，在颤，不知是因为激动，还是生气："你们这些女人都是骗子，骗子，骗子。"

　　一个小时的等候、审讯室的逼仄、来自警察的压力……足以摧毁一个正常人的意志，何况他并非完全正常的人。孔光明的状态有了变化，情绪渐渐失控。

　　白慕川慢慢掏出烟来，递给他一支。唐元初起身，为他点火。吧嗒，吧嗒，吧嗒。孔光明的双手不能动弹，嘴巴蠕动着吸了起来。

　　他们一言不发，烟味儿弥漫，审讯室的空气都冷了下来。静默的时间里，向晚想了很多。一个根据人物和现有情节推断出来的故事在她的脑子里慢慢成形。

　　"见不着她了，是吗？"她突然问道，不是对孔光明。她的目光仿佛透过他，在看别人。

　　孔光明吸烟的动作微微一顿，他看着向晚，似乎想从她的脸上看出点儿什么来。

　　"她是不是已经死了？"向晚吸了口气，又问。

　　两人四目相对，如同狭路相逢。孔光明慢慢停止了吸烟的动作，那支叼在嘴里的香烟突然从他嘴边滑下来，落在他的腿上，火红的烟头烫坏了裤子，他浑然不觉，呢喃一般："死了。"

"死了？"

"死了。"

"你杀的。"

在向晚咄咄逼人的目光里，孔光明露出了审讯期的第一次伤感："她自己死的，自己死的。不是我，真的……不是我。"

向晚的心脏重重一揪，那感觉很复杂，很复杂。一个编撰的故事似乎真的被演绎成了现实，那么贴合她的预设，她有些紧张，又有些惊恐，还有对自己推理能力以及对别人情绪感知的某种惶惑。

"她在哪里，孔庆平的母亲？"

向晚没问尸体在哪里，而选择了第三人称的"她"。那是她对死者的一种尊重。孔光明的回答却咬紧牙齿，只有怨毒："喂了狗……都喂了狗……"

什么？向晚抽了一口冷气，胃里一阵翻江倒海。她莫名其妙地想到了孔家院子里那只大黑狗，然后又摇了摇头。二十多年了，狗不会有那样长的寿命。

"狗在鱼塘里，喂了鱼。"孔光明布满血丝的双眼疲乏、无力，字字如呢喃而出的恶毒咒语，他的精神状态十分糟糕，"她吃了鱼，狗吃了她，鱼吃了狗……都在鱼塘里，狗在鱼塘里，她在鱼塘里，都在鱼塘里……"

…………

这是注定忙碌的一天。在一片沉寂了二十多年的鱼塘里查找当年的证物，工程量会有多大？刑侦队能抽调出来的人手都去了孔家村，犯罪嫌疑人孔光明又一次被押解到了现场。他们抽水、逮鱼、掏塘泥……这么一场声势浩大的行动吸引了无数人的围观。孔家村的，还有外村的，站满了一条长长的警戒线。当他们听说要在鱼塘里找的人是孔光明的老婆时，那些曾经在这里钓过鱼，或者曾经吃过这片鱼塘里的鱼的村民……集体胃不好了。

向晚也在现场，看大家伙儿从天不亮忙到旭日高升，饭都没有来得及吃一口，水也没时间喝，更加心疼一线民警的不容易。她去村口的小卖部拎了些矿泉水过来，一人递一瓶，并贴心地拧开了盖。

"谢谢向老师！以后拧瓶盖这种粗活让我们来，哈哈……"

一个个警察忙得满头大汗，也没忘了开玩笑。

向晚哭笑不得，拧开一瓶矿泉水仰头就喝。阳光明晃晃地刺入眼睛，她不由得打了个哆嗦。天太热、水太凉，突然出现在她面前的男人目光太温柔。

"饿了没有？"白慕川皱着眉端详她，"要不我让唐元初先带你去吃点儿？"

"不用不用，不用麻烦。"向晚有些尴尬，"我没那么娇气。"

"都到饭点了。"白慕川看看时间，拉了拉白色的手套，"估计还得忙一阵，你受得住？"

向晚点点头，望了一眼已经被抽干了水的鱼塘，以及鱼塘边的大竹筐里活蹦乱跳的鱼："有什么发现吗？"

白慕川眯起眼："二十多年了，没有被消化的身体组织都腐烂分解了……"

"那咱们找什么？"

"牙齿、骨骼，或者遗物。"

这些东西最坚硬，不容易被水里的生物或微生物所分解。向晚点点头，看着他额头上的汗珠，突然有一些歉疚："你看我来了也帮不上什么忙。你快去忙，不用管我……"

"闭嘴吧你！"白慕川剜了她一眼，语气一如既往地霸道，"我不管你，谁管你。等着！"

说完也不等向晚问，他径直离开了。向晚不知道他让她等着干什么，一步都没挪动，乖乖原地待命。

很快，白慕川回来了，一只手揣在兜里，一只手神神秘秘地捏着个东西，站到向晚面前，还回头看了一眼，然后低头递给她一个塑料袋："拿着吃。这村里的小卖部也太落后了，啥也没有。我把唐元初放在车上的饼干拿过来了，你先垫垫肚子……"

向晚错愕，白慕川不耐烦地把袋子塞到她手上："磨磨叽叽干什么，拿着！"

"谢谢！"向晚捏着饼干，手心有点儿汗湿。

她局促地低头看了一眼饼干，白慕川却已转身离开。不远处传来唐元初

81

的哀号："老大，你这样不对啊！咱哥儿几个累死累活的，你咋不给我们发点儿吃的，我都饿得前胸贴后背了。"

"滚蛋！赶紧干活！"白慕川瞪他。

"不对，那饼干是我的？"唐元初嘴里啧啧有声，"果然是那个重什么轻什么……"

"轻你个头！你要是女同志，我第一个给你。"

"得了吧！不要再虚伪地解释了，就像我们梅心不是女同志似的。老大，兄弟们秒懂！"

秒懂什么？一群大老爷们儿看看唐元初，再看看白慕川和向晚，似懂非懂，似笑非笑。

"都干活！"白慕川望了一眼鱼塘，视线在众人脸上巡视一圈，"加把劲儿。等干完手头的活，晚上我请客，谭鱼头！"

"……"

众人默然，目光怪异，眼神纠结。只有筐里的鱼好像听懂了，拼命挣扎。

"老大！"鱼塘中心，谢辉溅了淤泥的脸笑得灿若春花，"找到了，我找到了……"

那是一块看不清颜色的骨骼，裹满了淤泥，在阳光下滴着泥水。这不是什么好东西，可对警察来说，却像寻到了宝。大家兴奋起来，几个人集中到那个位置，陆陆续续地又有了发现。没有分解掉的牙齿、指节等等……一件件物证被装入物件袋。

这一趟他们收获颇丰，打了几十斤没人吃的鱼，还有一堆人和狗的遗骸和遗物。不过向晚期待的那个"谢绾绾遗失的娃娃"还是没有找到。

他们回到队上，已经过了饭点。大家伙儿收拾收拾，就在刑侦队附近的一个饭馆吃的。而提前去点餐的唐元初特意点了一道红烧鱼，结果两桌民警十几个人，只有程正一个人淡定地吃了半条。

所有人对他刮目相看，他却面无表情，吃完就走。

向晚看着他淡然离去的背影，忍不住想笑。这个程正比她还要注孤生啊！哪个妹子跟他生活在一起，不得天天上演恐怖片吗？

…………

82

案件有了突破，王局特地打电话过来慰问刨了半天鱼塘的同志们。白慕川简单汇报了一下案件的进展，然后带人去审讯室。到了这个地步，孔光明的心态已经崩了，他基本知无不言，言无不尽。

　　"孔庆平不是我的亲生儿子。我早就知道。"孔光明还坐在那把椅子上，戴着手铐，脑袋微微耷拉着，最先告诉警察的是他最在意的事情，"那个女人不安分，说是去饭馆打工，却怎么都不肯告诉我是哪家馆子，每次回家都擦脂抹粉的，哪儿像在饭馆打工的人？村里人背后都戳我脊梁骨，说她是个卖的。

　　"怀孔庆平的时候，她在家里安分了一阵子。我就想，甭管是不是我的种，能安生过日子就睁一只眼闭一只眼吧。我家那条件，我也讨不着什么好女人。她好赖也没嫌弃过我穷……这人哪，也是怪！我是这么寻思的，可心里就像打了个结，怎么都过不去那道坎儿。她生孩子那阵，我俩天天吵架，她脾气也不好，把我妈气得差点儿跳鱼塘……

　　"好不容易孩子满月了，她就闹着要走，说是跟我过不下去了……我俩没领结婚证，她要把孩子抱走了，我上哪儿找人去？我当然不同意。那天晚上，我多喝了几口酒，我俩吵起来，我就揍了她……没想到，她一个想不开就喝了农药……

　　"大半夜的，我哪儿能料到她会寻死？等我第二天酒醒，她都没气儿了……我吓坏了，赶紧叫我妈进屋……我妈说，不能叫人家知道屋里死了人，要不然我是要吃枪子的……我妈让我不要张扬，就对村里人说，这婆娘养不熟，跟野男人跑了……

　　"那天家里全乱了，孩子没奶吃，哇哇哭，我六神无主，不知道咋干……后来，我妈把打猪草的刀拿出来，把她宰了，煮锅里，说慢慢喂狗……骨头就丢到塘里……那狗吃了肉，没两天居然也死了。我们就把狗和她一股脑塞在饲料袋，全沉了塘……

　　"孔庆平这个娃……生来我就讨厌他。看到他，我就想到他妈，可糟心了。我原想着送人算了，我妈说，孩子小，也不懂事，养大了，也是自家的亲儿子……反正我也不插手，她爱养，就养着吧……后来的事你们就都知道了。孔庆平不学好，净干些偷鸡摸狗的事，要不是他奶奶护着，我早把他揍死了……"

83

说到这里，孔光明突然又抬起头："我没杀他，真的。是他要跟我拼命，自己死的。"

向晚眉心不由得蹙紧："那天晚上，你们怎么争执起来的？"

"他知道了。"孔光明瞳孔突然放大，一脸不可思议的表情，"那小子他居然知道了。怎么可能？我不明白，我想不通……"

"知道了什么？"向晚安抚他，"你慢慢说，不急。"

孔光明咽了一口唾沫："那天下午，他突然摸回家，拎了些下酒菜，让我去村里打酒，说有事跟我谈……我看他脸色不好，问他发生啥事了。他说他捅了人，不知道人死了没有……"

"然后呢？"

"我发现这小子看我的眼神不对劲儿，就留了个心眼。果然他喝了几口酒，就开始追问我当年的事情……他问我是不是把他妈给杀了，他恶狠狠地瞪着我，说要给他妈报仇，还说杀一个也是杀，杀两个也是杀……"孔光明满是褶皱的脸犹如缺水的老树皮，神情焦灼起来，"不该啊！这个事情不该有人知道……"

"你承认了吗？"

"我当然不肯承认，他一遍遍问我，还拽我衣领，要打我。我借口找他妈妈寄过来的信，趁他不注意拿椅子砸了他后脑勺，他蒙了一下，跟我干了起来……"孔光明目光微微一暗，"我一直以为这小子浑，是个没良心的，心里觉得要完蛋……可动手的时候，他还是对我留了些情面……"

"而你没有对他留情面。"白慕川突然接过话来，面无表情的脸如同覆了一层冰霜，"他把你当老子，你没拿他当儿子。你打倒了他，捆住他……"

孔光明一怔，脖子僵硬着，面有惶恐："不怪我。绳子是他准备的，封口胶是他带回来的，刀子也是他的……我没想杀他……"

"你还说没杀？"白慕川拍桌子，眼里充满了戾气。

向晚瞄了他一眼，觉得他对孔光明与孔庆平的关系有些过分敏感，轻咳一下提醒他，然后问孔光明："那插入心脏的致命一刀究竟怎么来的？"

"那小子被我捆着坐在床上，我以为他老实了，正准备走……结果他居然摸出了匕首，我听到动静，以为他要跟我拼命，赶紧冲过去制止他，把他

84

推倒在地……"

这个说法与程正之前的推论一致。

向晚点点头："然后呢？"

孔光明拼命摇头，像是很难受的样子："我那天喝了不少酒，脑袋又沉又痛，我听到他在喘气的，没想到，真的没想到……我没仔细看他，就出去继续喝酒。后来你们就来了……"

审讯室陷入了沉默。

好一会儿，只有墙上的挂钟发出的嘀嗒声。

"有个事情，我想应该告诉你。"向晚慢慢地把资料摊开，放到桌子上，"其实孔庆平是你的亲儿子。"

孔光明猛地睁大眼睛，一动不动地望着她，双眼如在滴血。

向晚："你怀疑他不是你的亲生儿子，为什么不去核实呢？"

因为对他们的父子关系感到遗憾，向晚说这句话时带出一声长长的叹息。然而孔光明所受教育的缺失以及愚昧，让他不会像正常人那样思考。他逼死了妻子，一辈子把儿子当仇人，自己也被困在永世无法超生的魔境里，像一具行尸走肉，狂躁、心悸、精神衰弱，长期靠吃药入眠，突然得知这个消息，完全不能接受。

"不可能，村里人都说，这小子长得浓眉大眼的，一点儿都不像我，一点儿都不像！"孔光明颤抖着伸出一双戴着手铐的手，"我、我可以看一下吗？"

白慕川朝唐元初使了一个眼神，唐元初将那份鉴定结论放在孔光明的面前，白纸黑字写得清清楚楚。

孔光明不懂那些数据，却看明白了最后一句："根据上述检验结果……支持孔光明为孔庆平的生物学父亲。"

一室寂静，孔光明瘫在椅子上，重重呼吸。

"意不意外，残不残酷？"办公室暖白的台灯下，向晚低着头，在新更的章节里写道，"很意外，很残酷。那是荣小暖见过的最为绝望的一张脸，也是她第一次发现，人最深切的痛苦是伤害了最亲最爱的人而无法弥补。"

写完，她检查一遍，刚刚上传到作者后台，程正就进来了。

85

"回家吗？"他问。

向晚看着他手上的车钥匙，犹豫了一下，收拾电脑。

这时白慕川也从办公室走过来了："怎么，你们准备走了啊？"

他看着程正，程正也看着他，平静地点头。

白慕川点点头，把值班的谢辉叫过来，交代了几句工作上的事，回头就拎起自己的包，不拿自己当外人地说："那行，走吧，顺路送我一程。"

程正："……"

好尴尬！每次向晚单独面对这二位就想钻地缝，然而他俩都十分淡定。

程正："你车呢？"

白慕川："不想开。"

程正："走吧！"

…………

三人行，必有一伤。向晚觉得自己就是最受伤的那个。在路上，两个男人气场不合，一直隔空放冷炮，她如坐针毡，好不容易到了白慕川家，他却不回去了，说有事要去程正那里，跟程正商量……

不请自去！程正默默受了。可到了小区，上了楼，他又嫌程正家里的布置不人性化，不够温馨，影响了他警界柯南的断案思路，非得转移到向晚家……向晚隐隐知道他拐这么多弯是对她有些想法，可这一步步被他带着节奏走，她能怎么办？

他们进屋、换鞋、倒水，她端正地坐在他的对面："你到底是找程正谈事，还是找我？"

白慕川漫不经心地端着水杯晃荡："他哪儿有你这么有趣？"

呵呵！向晚给了他一对大白眼："你才真有趣，你们全家都有趣。你要说什么快说，我累了，要休息！"

她以为这男人还会耍一下无赖，没想到白慕川放下杯子，突然敛住表情："最近发生的三个案子你总结出相似点没有？"

向晚一怔："相似点？"

白慕川直视她："他们都有秘密，他们又都死于秘密。"

他凉凉的目光瞅得向晚心里一阵发麻："那你说，我们猜测的那个人……到底存不存在？"

白慕川不说话，向晚却突然想到什么似的把电脑打开，走到他面前，示意他看那个奇奇怪怪的ID："你不觉得这个神经病不只是一个单纯的神经病吗？"

"……"白慕川冷着脸，手指点点电脑上的ID，"回头我让人调查一下。"

向晚哼了一声，把电脑从他的手上拿回来，轻笑："目前还是找娃娃比较重要。"

白慕川古怪地看着她："你很在意？"

向晚淡淡地说："我只在意案子本身。"

"装！"白慕川长手长脚，突然伸出胳膊，一把拽住向晚的手。向晚刚刚收身站起，本就还没有站稳，被他一拉，收势不住就倒了下去，一个"投怀送抱"的标准姿势，连人带电脑直直地撞入他的怀里。

"唉，这傻孩子。"白慕川心情大好，他紧紧地揽住她，大义凛然地说，"幸亏遇上我，不然你可能早就摔死了。"

大上次的桂花树，上次的楼道口……往事历历在目，面前是他放大版的俊脸，头上是他温热的呼吸，向晚心乱如麻，恨不得一口咬死他："松手！"

"你不要在意那事了，好吗？我道歉。"白慕川暖暖的气息落在她的头顶，他低头时眼里像生出了细微的光，照着他荡在唇边的浅笑，俊美得令人惊艳，"向晚，人最深切的痛苦除去伤害了最亲最爱的人终生不能弥补，还有……错过。"

她刚刚更新，他就看了？

向晚头皮发麻，她觉得今天晚上的气氛不对："白警官，你可不可以正经点儿说话？"

"向小姐，你没发现我连头发丝都长得一本正经？"

"亲，咱们之间的问题是……"

"亲，咱们之间没有问题。"白慕川突然托住她的后脑勺，低头盯着她的眼睛，不许她反抗、挣扎，而他自己气息不稳地说，"向晚，人生很短，我不想错过。"

灯光到位，气氛到位，呼吸频率也到位。只要他的头再低下来一点儿，鼻尖就会碰上她的，唇就会贴着她的。向晚深吸一口气，迎上他深邃的目光：“你最近常跑剧组，这是戏精上身？要找人对戏？”向晚用死劲儿把手抽出来，撑在他的额头上，往后狠狠一压，咬牙切齿地说，“要不你改行去做演员吧？这么专业。”

“演戏？演戏？”白慕川重复了两遍，被她气得笑了起来，“你以为我大晚上没事，特地来跟你演戏的？”

向晚挑衅地反问：“难道不是？”

白慕川顿了两秒，淡淡地笑着：“我跟你能演什么戏？《色戒》？还是《苹果》？”

他看人时的眼神格外专注，有点儿赤裸裸的感觉。向晚后背一层热汗，黏黏的，她有点儿不敢与他对视。白警官是很有些玛丽苏偶像剧里男主的镜头感，就连这气极生怒的一笑也闹得她心脏狂跳，可是事实就摆在面前，她能怎么办？

“你不觉得你很可笑吗？一个有女朋友的男人有什么资格对别的女人说人生太短，想要珍惜？小说都不敢这么写，会被读者骂死的你知不知道？像你这种行为，换到我的小说里，早被人贴满标签了。”

“什么标签？”

“渣男、渣男、渣男！”

白慕川眯眼：“我没有女朋友！我还要说几遍？”

“哦，对。你好像跟人家单方面分手了。”向晚唇角一勾，弯曲的弧度乖巧里带着几分欠揍的笑，“那我换个说法。一个刚刚把女朋友抛弃的男人怎么好意思转头就对别的女人示爱？”

“向晚，你傻吧？”白慕川好不容易松开了手，听了这话，又拎小鸟儿似的把她扯回来，那咬牙切齿的样子像是下一秒就会把她连人带骨吃下肚子，皮都不吐。

“是我说得还不够清楚？”白慕川凑近她的脸，“我和谢绾绾没有任何男女之间的感情牵扯。说句难听的，我连她一根手指头都没有碰过。这算哪门子的女朋友？”

放着那么漂亮性感的女明星不碰，他不会有病吧？向晚狐疑地眯起眼，肩膀莫名其妙瑟缩一下：“你们的私事，我不感兴趣。白慕川，既然你把话说开了，我也说句难听的，就算你跟她没有男女感情，我也很难接受你。"

"嗯?"白慕川扫了她一眼，似在倾听。

向晚深吸一口气："首先，你有一个交情过命的女性朋友，你跟她之间存在一个不可示人的秘密，除了你们自己，谁都不可以知道。其次，你说你欠她的，这就代表你们这种关系将会长期地保持下去……做你女朋友，我得多糟心哪!"

白慕川手臂一僵，他挑眉，不说话。

向晚轻笑一下："你是不是觉得我太矫情，对男朋友的要求太高? 你是不是觉得你肯纡尊降贵来追我，我应该感恩戴德地表示热烈欢迎才合理?"

"没有。"白慕川嘴唇微抽，"不要那么敏感。"

"不是敏感。"向晚突然低叹一声，"其实这个社会从来没有给过女性真正公平的择偶权利，包括你现在的示爱，也是高高在上的……"

白慕川哭笑不得："我不理解，你为什么不能接受? 我用我的人格担保，我跟她过去、现在、将来都不可能会有任何男女之情，这还不够?"

"不够!"向晚沉默一会儿，又微微一笑，"那咱们换位思考吧。如果我有这么一个男性朋友，你会接受吗? 他随叫随到，对他感恩满满。他有事情，我舍命相陪，除了身体不能给他，我连命都是他的。你可以接受吗?"

白慕川面色一变："谁? 我掐死他!"

扑哧! 向晚笑出声来："我只是说说你就受不了，凭什么要求我接受?"

"这不是一回事。"白慕川眉心蹙起，他试图向她解释，可思索良久，终是重重一叹，抬手捋了捋她的头发，温声细语，"向晚，亲疏轻重，我分得清楚……以后我会尽量保持距离，如非必要不见面。"

白慕川说得很真诚，明朗英俊的面孔染上了一丝淡淡的忧郁。此时此刻的他让向晚想到了绿苑小区楼道里他倚在门口时等她的样子。尽管两个人熟悉之后，他在她心里的形象有了很多的改变，但他眉宇间的忧郁似乎一直没有变过。

他是有故事的男人，这个故事还与她无关。

"对不起。"向晚听到自己并不淡定的声音，"每个人都会有过去，我不是那种无理取闹的人，我不会追问你什么。但是你现在没有理清自己的感

89

情，包括今天晚上，你对我讲这些话难道不是受了刺激后的冲动？"

白慕川一怔。

向晚勇敢地对上他的眼睛："我这段时间读了很多师姐给我的专业书。"她笑，"以前那些只能体会，找不到准确词语来形容的感觉，慢慢我就懂了。"

白慕川不说话，沉沉的眼眸有一抹令人心疼的凉。

向晚沉默了一会儿，望着他比刚才更为深沉的眸子，平淡的声音里有一丝触不到的温柔："曾经我以为你喜欢我，并自信满满地认为我跟你一定会有发展。可后来你在回京前彻底否定了我……那时我就知道我们之间隔的不是万水千山，而是心。"

"那时我没有考虑好。"白慕川叹了一口气，轻抚她的鬓发，"我投降，好不好？不翻旧账。往后你看我表现？"

向晚一笑："沐二少的《白名单》里有一句对男人感情的论述，我觉得很有道理。他说，'男人的爱在本质上比女人复杂，可表现却最简单。'"

白慕川沉默了一会儿："哪里复杂，哪里又简单？"

向晚说："男人的爱需要权衡、思虑、选择……这是复杂，可表现形式却单一，只受性的驱使。"

白慕川凝视她片刻，突然咧嘴一笑，"女作家。惹不起。"

"那你还不松手？"

"别介，我得问清楚！"白慕川神态轻松了不少，"咱俩说了这么多，你的重点就两个。第一，我的追求让你感觉不到诚意，所以不肯接受。第二，你对我跟谢绾绾的事存在疑惑。哪怕我再三保证，你依旧有顾虑。对不对？"

认真的男人最有魅力。向晚被他滚烫的眼神烙着肌肤，思考力下降："差不多吧。"

"很好。"白慕川满意地捻一下她的鼻子，"这两点我都可以解决！"

解决……他要怎么解决？向晚一头雾水，白慕川却突然松开她，把那杯水放到她面前，站了起来："等着！"

向晚蹙眉看着他："什么？"

白慕川不解释，转身就走。拉开门时，他又回头看了一眼愣愣地坐在沙发上的向晚，慢慢走回来，温柔地抚摸一下她的头："乖乖等我，很快就回来！"

　　有电流从他的手掌落下，贴着她的头皮，融入血液，心脏麻麻的，双颊滚烫，向晚瞠目结舌地看着被他合上的门。

第三章　灰名单

锦城，华灯初上，一片繁华色彩。

街边一家花店里，幽香阵阵，白慕川微皱眉头："女孩子都喜欢什么花？"

女店员的理智被他的盛世美颜谋杀了，姨母般的笑容温柔得自己都害怕："其实不管你送什么花，她都一定会很开心吧。"有这么好看的男朋友，只看脸就够了，还看什么花啊！

白慕川狐疑地看着她："你说什么？"

这冷不丁沉下来的脸把女店员一吓："我是说，女孩子都喜欢花。只要是喜欢的人送的，什么都行……"

白慕川皱起眉："那如果是不那么喜欢的人送的呢？"

女店员："哦？"

"行了！"白慕川指了指插在花筒的几种花，"你挑几朵漂亮的给包上。"

"哦，好。"女店员速度很快，花包好，给了他一张卡片，"先生，你看这个要不要写……"

白慕川皱眉，拿起笔，思忖一下："朕的女王！笑纳！"

女店员汗毛都竖起来了，表情微抽："好的，稍等。"

"谢谢！"白慕川付了钱，抱着花束正要离开，手机响了，他看一下来电号码，把花换到左手，接起来，"什么事？"

谢辉："白队，兰桂香坊出事了，一群明星粉丝聚众斗殴，群众报警说有人员伤亡……还有，那个谢绾绾好像……好像也在，受伤了。"

白慕川的脸冷了两秒，他看看抱在手上的花束，递给女店员："我给你一个地址，你明早帮我送过去！"

…………

房间里，一盏孤灯。向晚没坐那儿枯等，索性抱了电脑过来，窝在沙发上准备写点儿东西。白慕川的笑、白慕川的表情、白慕川说的话，还有白慕川临走前的样子……占据了她的脑子，以及她的电脑。她写不下去。今天晚上发生的事情她没办法消化，心里仿佛长了草，一圈圈纠缠……

向晚使劲儿搔头，这时房间门开了。

穿着睡衣的方圆圆火急火燎地走出来，一脸惊乱："表姐，白警官走了啊？"

向晚摇头："怎么了？"

方圆圆面色发白："刚才我正跟黄黄聊天，他突然说有人打架，然后就没再回我。我打他电话也没人接。表姐，我心里有点儿乱，怕他出事……"

"你别急！"向晚说，"那么大个酒吧不止他一个保安，而且出了事肯定会报警。再说你家黄黄是刑警出身，他懂得保护自己。"

恋爱中的女人是盲目的。方圆圆满心满眼都是黄何，哪儿听得进去？

"上次他出事我没有陪着他。这次……不行，我得过去看看……"

向晚看着她："最好别添乱。"

"我不添乱，我就是不放心。我就去看看，只要他平安，我马上就回来。"方圆圆急得快要哭出来了，"姐，你陪我去，我们就看一眼情况好不好？"

"唉！"向晚把电脑放在茶几上，站起来，"还不快去换衣服！"

方圆圆飞快地冲回了屋子。向晚思忖一下，怕白慕川回来找不着她，厚道地发了一条短信询问："你哪儿去了，还过不过来？"

白慕川很快回复："我有点儿急事要处理，今天过不来了。你早点儿

93

休息！"

急事？向晚皱起了眉头："案子吗？需不需要我来？"

"不用。你给我好好睡觉，别瞎折腾！"

向晚抬抬眉，莫名其妙地从他的语气里感觉到一种浓浓的男友力，又不免心生好笑："哦。"

…………

兰桂香坊，锦城有名的一个高档酒吧。明星在酒吧夜店玩乐不是稀罕事，可纠集大批粉丝从线上撕到线下斗殴，却是少见。

在前往兰桂香坊的路上，方圆圆忧心忡忡，一直拨打黄何的电话，向晚却一直在刷新网页。网络消息来源不一定都准确，但速度往往很快。果然很快就有人报了猛料。消息说，谢绾绾今天在剧组耍大牌，在跟叶轮搭戏拍一个亲热镜头时，她全程黑着脸推诿拒绝。导演照顾她的情绪，表示可以借位。结果叶轮刚搂上她的腰，头还没凑近，她就变了脸，一巴掌甩过去，推开叶轮，跑去卫生间狂吐……

很小的一件事情，却引发了"地震"。理智党认为不一定是谢绾绾嫌弃叶轮，也可能是谢绾绾不舒服。戏谑党认为，难道谢绾绾怀孕了，孕吐呢？

谢绾绾的粉丝下场洗地，表示谢绾绾出道这些年从来没有拍过大尺度的戏，她能答应出演《灰名单》，完全是因为对这部剧的真爱，拍这场吻戏之前，导演应该早一点儿跟她沟通，而不是临时通告，强迫她跟一个尚且陌生的男人亲热。

谢绾绾有多红就有多黑。粉丝们有多维护，黑粉就有多恨。黑粉们毫不留情地抨击她，吸烟、喝酒、私生活糜烂，请求绾粉不要侮辱"玉女"这个词。叶轮的粉丝更是潮水一般拥上去攻击谢绾绾，说她老女人爱扮嫩，比叶轮大那么多还装什么纯情。叶轮是当红小鲜肉呢，人家肯亲她，她就该偷着乐了，还敢嫌弃？简直就是一朵十恶不赦的白莲花……

千人千面，千人千言。一时间，粉丝撕得昏天黑地。看热闹的人也不嫌事大，拼命煽风点火，事情愈演愈烈。剧组不怕炒作，炒得越火越好。可网上的粉丝掐架严重影响到演员的心情，那就不利于拍摄了。于是今天晚上导演请几个主创和几个主演一起去兰桂香坊，本意是缓和一下关系，哪儿知道，双方粉丝不知道从哪里得到消息，呼朋唤友地跟过去，要给对方一点儿颜色。十几岁的小姑娘最容易被煽动，年轻气盛，一副要为偶像抛头颅洒热血的劲儿，谁都摁不住……

"呼！疯狂！"向晚叹口气，突然想到白慕川。

那家伙说他有事，不会就是去了兰桂香坊吧？网上说，谢绾绾被叶轮的粉丝围攻，差点儿被泼硫酸，他能不去？

…………

都说女人的第六感堪比福尔摩斯，果然不假。向晚和方圆圆的车刚在兰桂香坊的街口停下，向晚就看到白慕川从警戒线里挤出来，唐元初与谢辉在前面为他开道，他冲过人群，怀里抱着一个女人，那个女人头埋在他的怀里，身上盖了一件衣服，只有长长的头发从肩膀垂下来。

警车、120急救车就停在兰桂香坊的外面。白慕川步子迈得很大，神情焦灼。他没有看到向晚，匆匆走向推着担架赶来的120急救人员，把女人放到担架上，又帮着往急救车上送。

向晚看不到那个女人的脸，但莫名其妙地觉得那肯定是谢绾绾。

"黄何！黄何！你在哪儿啊？"方圆圆站在人群外，拼命大喊。然而她没有把黄何喊出来，却成功吸引了白慕川的目光。

"向晚？"白慕川站在救护车前，回头看过来。

隔着人群，向晚朝他挥了挥手，表示看见了他。警车在，救护车在，案子在，他是警察。没有什么比人命更贵重，向晚不能因为心里那点儿酸在这个时候耽误他的工作。尽管这个男人在一个多小时前刚刚跟他表白过，并保证要与谢绾绾保持距离。

方圆圆也看到了白慕川，惊喜不已："表姐，那不是白警官吗？走，我们问问。"

她没见到黄何，又进不了警戒线，有点儿急，拉着向晚就往前冲："白警官！白警官！你有没有见过黄何？他在这里上班的……"

现场一片混乱，人群嘈杂不堪。白慕川没有听清方圆圆说什么，救护车里就传来谢绾绾虚弱的声音："小白……"

白慕川回头看了一眼，对向晚抱歉一笑："我先过去看看情况，你不要乱跑，回去等我消息。"

向晚勾了勾唇，不甚在意地冲他摆手，不说话。

白慕川看着她淡然的脸，似乎想说点儿什么……这时救护车司机又摁了一下喇叭，医生开始催促。街口都快堵住了，这里交通情况不好，他们耽搁时间很容易影响现场处置。白慕川朝向晚点点头，上了救护车。

救护车鸣笛离去。

向晚站在原地看了一会儿，默默收回视线。

方圆圆的情绪有点儿激动，她逮到了唐元初："我想进去找一下黄何。唐警官，麻烦你帮帮忙好不好？我不添乱，我就找黄何……"

警戒线外站满了人，警戒线内一片狼藉，现场陆续有伤者从里面被抬出来，连特警都出动了，这种情况下是不能允许无关群众进去的。唐元初为难地看着她："你不能进去。但是有黄何的消息，我保证第一时间通知你。"

"什么叫有黄何的消息？"方圆圆一听眼睛都瞪大了，"他就在里面上班的啊，出事之前他还在跟我聊天呢！你没有看到他吗？"

唐元初摇头："人太多，真没注意。这样好了，我进去帮你找……"

方圆圆快哭出来了："好，我就在外面等，就在外面，你记得帮我找……"

唐元初冲她点点头："行，有消息联系你。"

他转身走远，方圆圆双手垂下，整个人都蔫了，脸色苍白，目光呆滞，她像个游魂似的站在人群里，一动不动地看着兰桂香坊，一遍一遍拨打黄何的电话。

向晚默默地陪着她，揽住她。

局外人总是清醒的。对于方圆圆的紧张，向晚理解，但比她更乐观。首先，黄何是个老刑警，他懂分寸，临危处置事情的能力很强；其次，如果他真的有危险，早就被人抬出来了，不会没有人见到他……

"圆圆！"向晚刚想到这里，背后就传来了黄何的声音。

方圆圆受到惊吓一般，身体狠狠一震，转过身来，看着从天而降的黄何，扯了扯嘴巴，突然哇的一声哭出来："黄黄，你怎么受伤了……"

"没有没有。"黄何扯了扯溅了鲜血的保安制服，"别人的血！我刚才追人去了……"

"你个死鬼，你吓死我了知不知道，为什么不接电话……"方圆圆骂着骂着，突然捂着嘴巴，朝他冲了过去，双手紧紧抱住他的腰，"你吓死我了，吓死我了。"

黄何双臂张开，开始不敢碰她，怕身上的血沾到她身上，可方圆圆哭得太伤心，他嘟叹一声，终于无奈地将她搂住，安抚地拍了拍："没事了没事了。不要哭，很多人看着呢。"

"呜……谁爱看就看呗。"失而复得的激动让此刻的方圆圆无所畏惧。

旁边有人举着手机在拍照，黄何发现了，尴尬地拉开她："别这样，别这样，让人笑话……"

这时一个记者从人群里挤了过来，拿着话筒："不好意思，打扰一下。请问你就是事发时勇斗歹徒的那个保安吗？我们想采访一下你，可不可以给我们半个小时……"

黄何腾出一只手，挡住镜头，把方圆圆挡在怀里："不用。这是我的工作，我只是做了我应该做的……"

"你不要紧张，我们只是想了解一下你的英雄事迹，让更多的人……"

"不好意思，我女朋友吓到了。"黄何笑了笑，"我认为安抚我的女朋友比做英雄更重要。谢谢！"

哇！人群里爆发出一声声赞叹的惊叫声。

"好帅！他好帅！好man啊！"

"还很疼女朋友。"

"男友力爆棚！"

"我要发朋友圈，我又要换老公了，我爱上了这个保安……"

方圆圆被黄何抱在怀里，听到别人的夸赞破涕为笑，抱得更紧了："完了，你被好多妹子看上了，要怎么办？"

这原本是她的玩笑，没有想到黄何很认真，突然搂住她转过身对那两个聊天的女生严肃地道："麻烦不要开这种玩笑，我女朋友会不高兴的……"

妹子："……"尴尬。

方圆圆："……"恨不得钻地缝。

"傻不傻啊你。走啦！丢死人了……"

她说着丢人，脸上却乐开花了。向晚静静地站在边上，看着方圆圆一脸幸福的小样儿，扯了扯嘴角，也笑了。

黄何要留下来做笔录，方圆圆得知他安全，也听话地准备跟向晚回家。不过为了和黄何保持联系，她特地在离开前跑去对街的手机店买了一部新手机，又搞了一张卡，不好意思地塞到黄何的衣兜里："算我补给你的生日礼物。"

黄何微微惊讶："圆圆？"

他的手机在现场被摔坏了，他根本就没有来得及想这件事情。方圆圆的举动瞬间让他的眼圈红了："我回头再给你钱。"

"说了是礼物，谈钱伤感情！"方圆圆瞪了他一眼，娇羞地笑着，"快去忙吧，我走了。"

黄何看了她一眼，喉咙有点儿哽咽："我明天去找你。"

"嗯。"方圆圆害羞地倒退着，冲他挥手。

她走了几步，又冲过去在他的腮边吻了一下："我等你！"

少女情怀复杂啊！她那娇情的小模样儿，被向晚笑了一路："你说你平常买个菜都那么抠门，怎么说买手机就买手机，突然就大方了？"

"你管我？"方圆圆笑瞪她一眼，话锋一转，"噫，不对啊，刚才白警官是不是抱着一个女人出来？然后他跟着上了救护车……表姐，那女人是谁啊？该不会这货脚踏两只船吧……"

"想象力丰富！"向晚懒洋洋地笑，"你不做编辑去写小说，肯定比我火！他是警察，做警察该做的事而已。"说到这里，她莫名其妙地叹了一口气，"何况我跟他不是男女朋友，方圆圆小姐，不要随便代入角色！"

"我看你才娇情，不是他的女朋友，我说他不好，你干吗帮他说话？"方圆圆瞪她一眼，"表姐，你能不能勇敢一点儿，直面内心的欲望。告诉我，你到底要程正，还是要白慕川？"

"我内心的欲望就是……方圆圆，我被你喂了一晚上狗粮，好想打死你！"

"……"

法制社会，一点儿鸡毛蒜皮的小事就能上新闻，更何况明星粉丝掐架斗殴？这不仅上了社会新闻，更是吸引了社会各界人士对此进行更深层次的探讨，各路媒体分分钟抢占热点，各种论点文章轮番推出，从朋友圈到微博，几乎都被这个新闻刷了屏。

方圆圆去洗漱睡觉了，向晚一个人坐在房间里，看着新闻，想着小说情节。

她答应了白慕川，要把这个案子写进去，可上一段还没有写完，又出了这事。盗窃杀人与斗殴伤人本来是不相干的两件事情，但涉及主角相同，向晚自然而然地归为了一个案子。因此她的关注点与网络上大多数人都不同。

在叶轮与谢绾绾的事件中明显有人在煽风点火。一般来说，明星八卦变成热点，很多是人为炒作。可这件事到底是剧组，是影视公司，还是别有用心的人在煽动？

向晚写了几段，嘀！短信来了。

在社交APP如此发达的今天，她和白慕川始终没有互加微信和QQ，还是用最传统的短信交流，其实是有点儿莫名其妙。但他们谁也没有主动去加对方，两人保持一致。

"睡了吗？"简单的三个字，是白慕川一贯的风格。

向晚摩挲着手机屏幕："嗯。"

"骗子！睡了还会回信息？"白慕川的消息没有表情，可向晚却从中察觉到他的轻松。

她想了想，问："谢绾绾没事了吧？"

白慕川："情况稳定下来了。我刚从医院出来，准备去现场……"

都这个点了，他还要去忙。向晚叹气："行，你忙吧。有需要我的地方，随时叫我。"

很客气的一种交流，他们是朋友，又像只是工作关系。白慕川沉默一会儿，发来一条："需要啊。一会儿收工后，可不可以借用一下你的床？"

向晚看着天花板，拉了拉被子："不可以。再贱！"

"只在你面前贱。"

不要脸！向晚抿了抿嘴，突然一笑，将聊天记录从上往下又翻看一遍，默默放下手机，没有再回复。夜晚的人神经太敏感，所以在深夜不适合做任何决定。不管好的，还是坏的，都留到明天再说吧。

…………

心里装着事，她睡得不太舒服，迷迷糊糊睡过去，又迷迷糊糊被门铃声吵醒。向晚打着哈欠下床，趿着拖鞋出来。从猫眼看了一眼，她拉开门：

"找谁？"

门外的小姑娘抱着一束鲜花，看到她，双眼一亮："女士，我是给您送花的。麻烦你签收一下。"

向晚狐疑地看着她，没有接。

小姑娘笑开了："你男朋友昨天晚上在我们店里买的，特地吩咐我今天早上送过来。喏，里面有卡片！"

向晚慢腾腾地接过花束，从中间抽出卡片："朕的女王，笑纳！"

她抿了抿嘴，对小姑娘说了一声谢谢，抱着花回屋，放在茶几上，端详好一阵，给白慕川打电话。

"喂！"他的声音带着疲惫。

向晚皱了一下眉头，忘了问花的事："你还没有睡觉？"

白慕川没有否认："怎么一大早给我打电话？想我了？"

向晚看着那束花，不知道怎么表态，伸出手指碰了一下妖艳欲滴的花瓣，内心的涟漪一圈圈荡开："谢谢你的花。这次我就收下了，下不为例！"

"'下不为例'什么意思？"白慕川懒洋洋地问，"我人生的第一次呢！你不能拿走就不负责任吧？"

"少点儿套路！"向晚哼了一声，"看你这招就知道是惯犯，不知道骗过多少女孩子了。"

"喂！请对英明神武的白警官客气点儿！长这么大第一次呢，还是有点儿害羞的……"

向晚抿嘴，抱着花嗅了嗅，懒懒地躺在沙发上："我就不客气，你要怎么着？"

"揍你！"

"呵呵，就像你揍得着似的。"

"试试？"

白慕川刚刚说完，门铃就响了。向晚看了一眼紧闭的房门："挂了。有人找，我去开门。"

她走到门边，往猫眼看了一眼，外面黑乎乎的，什么都看不见。有人遮住了猫眼？向晚警觉顿生，喊了一声："谁啊？"

外面传来一个憋着气的声音："抄气表的！"

向晚哼一声，猛地拉开房门，斜视他："你有病吧，白慕川！"

门外是白慕川，清晨的阳光落在他鬓发上，照得他的脸棱角分明，也让他的疲惫无所遁形。他今天罕见地穿了套警服，一只手插在裤兜里，一只手撑在门框上，看她的双眼里散发着迷人的光："看我揍不揍得着你。"

向晚站定，看着他，一动不动。

"让开门！警察叔叔查房！"白慕川似笑非笑，那表情非常欠揍。

向晚好半天才从他释放的魅力光圈中脱困，淡淡地问："这么早干吗来了？还穿警服？你确认没走错门？"

白慕川笑了一声："特地回去洗了澡，换了衣服才来的。是不是很帅？"

向晚眯眼："你到底要干吗？"

白慕川润了润嘴唇，噙着一丝笑，像初升的朝阳："我以为这样会更正式一点儿，问问题也会显得庄重。"

"你想问什么？"向晚抬了抬下巴。

"我想问——"白慕川深吸一口气，"向晚，你能不能做我的女朋友？"

"……"

白慕川的声音很好听，略沉、带笑，淡淡地撩人心弦。白慕川的眼窝很深，他看人时格外专注，那眼睛似乎不是普通的眼睛，像有星辰，像有波光。白慕川此刻很真诚，高大的身影清俊温文，一身警服正直阳光。他像一团火，会把人灼烧的火。

向晚默默看着他，听到了自己的心跳，也看到了彼此的距离，所以她说："不可以。"

温柔的眼神瞬间变成锐利的刀，白慕川沉下脸："向晚，你怎么耍赖？！"

向晚略抬下巴："我怎么耍赖了？"

白慕川哼笑："昨晚我们说了那么多，敢情你全没往心里去？"

向晚："我们说什么了？"

白慕川："你说我们的问题就两个。第一，你怀疑我的真诚。第二，你对我和谢绾绾的感情有疑惑。我说我可以解决，对不对？"他低头看一眼自己，挑挑眉梢，"你现在感觉到我的诚意了吗？"

向晚似笑非笑："就这样？完了？"

白慕川呵一声，咬牙："向晚，你这女人……真的很可恶，你知道不？"

"那你还来找虐？"

白慕川喟叹一声："谁让你是朕的女王？好吧，我们重点说第二点！"

第二点？向晚的心脏突然漏跳一拍。

难道他要对她坦诚他跟谢绾绾的事？不是说了为了诚信打死都不说吗？不是说要保守秘密的吗？白慕川像是看穿了她的想法，摇头叹气："没办法，兄弟如手足，女人如衣服。可以委屈手足，不能不穿衣服……"

向晚眉心微蹙："手足？你说谢绾绾？"

白慕川挑眉："当然。在我心里她和权老五没什么区别。"

"区别还是很大吧。"向晚懒洋洋地倒了一杯水，放到他面前，抱臂看着他，半开玩笑半认真地说，"至少她比权老五的腰要细些，皮肤要滑些，抱在怀里嘛，肯定要柔软一些……"

"噗！"白慕川一口水刚含入嘴里就喷了。他咳嗽着，轻笑出声："你在吃醋？"

向晚慢吞吞地坐下来，问："说吧，第二点怎样？"

白慕川眼皮打架，似眯非眯地噙笑看着她，朝她勾了勾手指："你坐过来，我就告诉你……"

这家伙！向晚一怔，正要顶他，门铃响了。

程正穿着一身运动服站在门外，看来是刚刚晨练回来，大概上楼时走得很急，一张面无表情的脸上还有隐隐的汗意，手上拎着早餐，他看到白慕川，眉心短促地皱了一下："这么早过来，有事？"

白慕川莞尔："来找向晚，谈点儿私事。"

程正嘴角微牵，目光落在那一束鲜花上："你买的？"

白慕川抬抬下巴："怎样？"

程正："黄色百合花，虚伪与放荡。"

白慕川当即沉下脸，向晚看他俩这样，忍不住想笑，却故意瞪了他一眼，一本正经地说："原来百合还有这层寓意？怪不得！"

"嘿。胳膊肘往外弯是不是？"白慕川警告地扫了她一眼，然后也不管程正怎么想，拎着他带来的早餐就招呼向晚，"小傻子，发什么愣，赶紧吃东西，不要浪费了程队的心意。"

向晚："……"

她26岁高龄，被人叫"小傻子"，好害羞……

白慕川等她走过来，亲热地笑了笑，又回头望程正："程队，吃过没？要不要一起？"

"不用了。"程正像往常一样，清冷的面孔并无表情。他坐在白慕川刚刚坐过的沙发上，淡淡地看着朝白慕川移动的向晚。

这就很尴尬了！

向晚没法一个人承受被两个男人审视的压力，尴尬地笑了一下，就进屋把方圆圆从睡梦中叫了起来，一起吃早餐。四个人相处一屋，其中三个人情绪怪异。只有方圆圆是恋爱中的小女人，被滋润得眉眼生光，完全处于放飞自我的状态，看什么都带笑。

"白警官，昨晚我跟表姐去兰桂香坊，好像看到你抱着个妹子上了救护车，那妹子是谁啊？"

白慕川被呛了一下，咳嗽起来，一句话都说不出。

程正斜了他一眼，目光里的烽火似乎燃尽了，居然接过话，聊起了正事："听说昨晚兰桂香坊死了一个？"

白慕川总算缓过那口气，看了程正一眼："准确说，死了两个。"

"两个？"程正似乎有些意外，"这么严重？"

白慕川不冷不热地哼笑："真羡慕程队可以一觉睡到天亮，第二天才来问情况。"

"……"程正沉吟，"不就是寻衅滋事，打架斗殴？"

"这个事情的定性不会这么单纯。"

事情发展到这样的程度，有组织、有预谋、有人员伤亡，几乎都可以和黑社会火并相提并论了，又怎么会只是普通的寻衅滋事？

程正想了想："死的都是什么人？"

白慕川："一个女中学生，16岁，叶轮的粉丝。"他停顿了一下，"另

103

外一个是谢绾绾的助理……"

向晚脱口问道："怎么死的？"

白慕川："助理为谢绾绾挡住了致命一刀。至于那个中学生，是被失控的人群踩踏而死的……"

啊！向晚惊住了，包子都吃不下去了。谢绾绾的助理死了？那助理应该是当时离谢绾绾最近的人，她死了，那谢绾绾当时面临的情况就可想而知了。粉丝疯狂起来，好可怕！兰桂香坊酒吧，那个点正是上客的时候，人多、热闹、音乐、酒精，这几个因素加在一起，一旦发生突发状况，拥挤、踩踏，很容易造成人员伤亡。

"真是。"向晚惋惜地说，"追什么星啊！"

白慕川看了她一眼，目光带点儿促狭的笑。

向晚想到自己追沐二少的事，瞪了他一眼："我那个可不一样，我那是追求自我价值提升。"

白慕川一笑，站起来："快吃，吃完归队。"

嗯？向晚狐疑地看着他："你不休息一会儿？"

白慕川抬腕看了看时间："一会儿再说，到队里再睐……"停顿一下，他像是突然想到什么似的毫不避讳程正与方圆圆，眉眼里全是笑意，"难道你准备借床给我睡？"

向晚："……"

两个人目光互视，打架。去大队的路上，向晚沉淀下来才想到一个问题——白慕川说要交代的第二个问题根本就没有说明白，可是他上了程正的车倒头就睡，她又怎么能把他揪起来问？更何况她凭什么表现得很在乎？

兰桂香坊的事件，除了谢绾绾的助理于蕙当场死亡之外，还造成伤者二十余人，其中重伤者五人，算是一个特大案件，分局成立了专案组，由王局亲自领导。向晚跟着白慕川走进去，顿时感觉到了气氛的不同寻常。

"不是让你回去休息？怎么又跑来了？"王局看见盛装上班的白慕川，上上下下打量他，"你小子，搞什么鬼？"

白慕川身板挺得笔直："我不困。"

王局看他几秒，哼了一声，摆摆手坐下："大家对一下情况。小白，你来组织案情分析。"

白慕川不客气地坐下来："行！"

数字化办公就是科学，哪怕向晚完全没有参与昨天晚上的案子，可通过屏幕上的一张张照片和数据资料，很快就把案件了解清楚了。不过从目前警察掌握的情况来看，他们还是更倾向于聚众斗殴的定论。

"白队！"案情分析会正在进行，谢辉匆匆敲门进来，"我们接到110指挥中心转过来的消息，有人报警说昨天晚上在兰桂香坊还有一名女大学生失踪……"

女大学生名叫曹梦佳，昨天刚从京都飞到锦城。报案的人是谢绾绾粉丝团的成员。曹梦佳偷偷逃课到锦城是为了声援谢绾绾。在这之前，这个报案的粉丝团成员只与她在网上交流过。为了节约钱，两个人一起订了个标间同住。据报案者说，当晚她们一起到达兰桂香坊，与叶轮的粉丝发生了争执，在混乱中走散了。

这位同学还交代，去之前她们没有想过会跟对方动手，她也没有带凶器，只是吵着吵着，不知道怎么就打起来了，后来听到有人喊"杀人了"，她就被吓住了，疯狂往外跑。那个时候她没注意曹梦佳，又联系不上。回到酒店，她担惊害怕了一夜，本想偷偷回家，可一直没见曹梦佳回来，她这才选择了报警……

"联系不上，手机关机。"谢辉说，"我们查到她入住的宾馆，刚才打电话确认过。情况属实。"

向晚又一次跟随白慕川出警，并没有因为习惯而变得淡定，只是有一种奇怪的无力感，就像被人拽在手上的风筝，只能随着别人的力度被放远或拉近，没有办法化被动为主动。

曹梦佳居住的宾馆与谢绾绾住的是同一家，意料之外，情理之中。来追星的人当然想方设法与偶像住一个酒店。他们刚刚走到大堂，客房部经理就迎了上来，一路把他们送到曹梦佳居住的房间。

"到了，就是这儿。她们是在网上预订的房间，一共订了两个晚上，入住后没多久就出去了，晚上就回来了一个女生，另外一个至今没有回来。"经理站在门边，客气有礼地交代着事情的经过，目光不时地瞄着白慕川，试图从警察脸上看出点儿端倪……

白慕川点点头，率先走进去："报警那个女生呢？"

"说是赶飞机，有需要再联系她。小姑娘可能是怕了，吓跑了。"经理摊手，"我们也不能拦她。"

白慕川回望唐元初："一会儿去拿入住记录。"

几个人分开行动，在房间里搜查行李。白慕川不动声色，向晚跟在他身边，却有一种说不出的恍惚感，就像闯入了一个混沌无解的局。

"老大，曹梦佳的行李除了衣服与洗漱用品，没有什么特别的东西。"

白慕川不说话，看了一眼被打开的行李箱。他慢慢地走过去，低下头，从里面拿出一本书。

"《灰名单》？"那本书向晚太熟悉了，不等他开口，就说了出来，"她也喜欢看这个书？"

去外地都带在箱子里的书，她肯定是很喜欢的。大概是喜欢同一个作者的原因，向晚生出恻隐之心，在内心祈祷这个女生不要出事。

几个人在房间里查找线索，向晚戴上手套，拿起那本《灰名单》翻开。在那本书大概三分之一的地方有个书页被折了起来，标记着主人的阅读进度。

"白慕川。"她迟疑了一下，叫他过来，"你看。"

白慕川低头接书："怎么了？"

向晚："她在看这个案子……"

在那个案子里，一个女大学生为了跟男朋友私奔，背着父母千里迢迢跑到男友所在的城市，随即失踪，只有行李留在了酒店。

白慕川眉头蹙起，他看了她一眼，合上书："走吧！"

他们没有别的发现。他叮嘱经理，这间房暂时不要让人进来，然后他们下楼离开。

在酒店大堂里他们遇到谢绾绾的另外一个女助理。

"白队。"助理看到他疾步走过来，"你们过来了。"

白慕川点点头，看了一眼她手上的东西："情况怎么样？"

女助理眼圈通红，一宿没睡的样子："今天好些了。我回来拿点儿她的换洗衣物……唉，于蕙的死对她打击很大。"

白慕川沉默了一下："你告诉她，我今天下午过去，找她了解情况。"

整个上午，白慕川都很忙碌。刑侦工作的琐碎繁杂，没有亲历过的人根本无法想象。案件重大，涉事人员较多，洪江区刑侦大队的人手根本不够，市局特地调派了人手过来协同处置。如此一来，总算可以腾出手了，好几个民警都被白慕川强制要求回家休息。

向晚不是警察，队上很多工作都帮不上忙，她能做的就是打打下手，跑跑腿，干些力所能及的事情。即便这样，到了中午饭点，她两条腿也酸得快抬不起来了。

在食堂吃午饭的时候，她碰到了梅心。

两个人像往常一样，坐一张桌子，却很少交流。梅心默默低头吃饭，而向晚吃饭的习惯不太好，她一边吃，一边拿手机在看《灰名单》那个案子——曹梦佳失踪前在看的案子。

饭后回到办公室，她开始写小说更新。她听了白慕川的意见，把与谢绾绾有关的两个案件串到一起。在书里，失踪女生迷上《灰名单》这本小说。但她喜欢的角色却不是女一号，而是反ирал男三号，她也因此喜欢上了饰演这部电视剧的男三号明星。在明星粉丝互殴事件中，她受人煽动，特地打入女一号粉丝内部做"间谍"，试图在酒吧攻击女明星，结果离奇消失在酒吧里……

在真实故事基础上进行艺术化加工，案子变得更加扑朔迷离，尽管人名、地名等都不相同，依旧能够看出与兰桂香坊的案子有密切联系。因此新的章节发布后马上就引来一些读者的评论。有人觉得改编后更有故事性和趣味性，也有人说，作者为了点击率，瞎编乱造，把一个简单的事件写得太离奇……

向晚翻看着书评，下意识地想寻找那个ID。可是那个人没有出现。

在她的小说章节发表后不久，社交媒体又一次炸了——"本年度最离奇失踪案"，女大学生曹梦佳从宾馆出来，进入兰桂香坊查监控佐证。不过兰桂香坊前后两道门的监控都没有拍到她出去。也就是说，一个活生生的女大学生在兰桂香坊凭空消失了。

警方调查发现当时拿刀刺向谢绾绾以及她助理的人正是曹梦佳。黄何目睹她杀人，但冲过去制止时，被一群喝酒斗殴的家伙绊住，只能眼睁睁地看着她在杀人后挤入人群消失。

方圆圆得到消息，丧气地发消息给向晚："我不想我家黄黄再干保安了，尤其是酒吧那种地方，人们一言不合就打架……表姐，你帮我探探白队的口风呗，他不能恢复工作了吗？"

"行。不过这两天可能不行，他太忙……"

"好啦好啦，你们都忙。表姐，我觉得你去了刑侦队，整个人都变了，一天神神秘秘的，一问三不知，心里藏着秘密不说不憋得慌吗？"

向晚笑了笑，脑子里突然蹦出一句话。

"他们都有秘密，又都死于秘密。"

这是那天白慕川说过的话。

以前的赵家杭、田小雅，他们都有秘密。现在的谢绾绾，甚至白慕川好像也有秘密。那个疑似存在的幕后黑手每一次杀人都没脏过自己的手，都是借用别人的手在杀人，而他究竟依靠什么摆布别人？

秘密。

向晚想着想着，神经突突直跳，一种奇怪的预感让她心神不定，起身就往白慕川的办公室跑过去。

"白队……"

两个人在门口撞了个正着。

白慕川正要出门，后面跟着唐元初。经过连续奋战，他的样子看着比早上还要疲惫，但双眼依旧有神："怎么了？一惊一乍的。"

向晚看着他："你要去哪儿？"

白慕川皱了皱眉："去医院。你要去吗？"

向晚想起来了，他之前在酒店说过，下午要去找谢绾绾了解情况。

"方便吗？"向晚想去，但怕白慕川误会她的用意。思忖一下，她又说："那个……我刚才突然有一种想法。从谢绾绾的私人物品失窃，到兰桂香坊里的斗殴杀人，包括女大学生失踪，这一切会不会只是一个阴谋？人家要对付的人也许就是谢绾绾，或者……为了对付谢绾绾背后的你？"

"嗯？"白慕川挑挑眉，"为什么会有这样的想法？"

向晚看着他的眼睛，慢慢地说："他们都有秘密，又都死于秘密。"

白慕川面色一变："跟我来！"

一行人离开刑侦队，直奔医院。可是人还没有到，白慕川就接到谢绾绾助理打来的电话："白队，绢绢不见了。"

不见了？白慕川与向晚对视一眼，吩咐唐元初："开快点儿！"

警车疾驰过闹市区，到达医院。女助理在医院门口等着，看见白慕川，明显松了一口气："白队你来了。怎么办？我们找不到绢绢了……"

白慕川边走边问："说说情况。"

女助理："今天上午我不是回去帮她拿衣服吗？回来的时候，我就告诉她，说你下午要过来。然后她就硬撑着要起来，要去洗澡……"

向晚看了一眼白慕川，他面无表情："然后呢？"

女助理："她身上不是还有伤嘛，我肯定不同意呀……但你知道她的脾气，闹起来谁也没办法，后来我就想折中一下，去打水给她擦洗。她同意了。可等我把水端过来，她就不在病房了……"

发生这种事把女助理吓坏了，她和剧组另外两个同事一起，把医院上上下下都翻了个遍，不见人影，谢绢绢的电话也打不通。

白慕川正要去找医院调取监控，手机就响了。

来电人正是失踪的谢绢绢："喂，小白，他们是不是又去麻烦你了？"

白慕川道："你在哪里？"

"我没事，我打电话就是告诉你，我没什么事……小白，你不要找我。"谢绢绢语气急切而焦躁，"你千万不要来找我，千万不要把事情闹大，好吗？"

白慕川沉默，朝唐元初使了个眼色，继续说："这件事已经闹大了。"

"麻烦你了小白。现在，至少现在……我不想让人知道……"

"我问，你在哪里？"白慕川加重了语气。

"我要去把我的娃娃拿回来……我不需要你的帮助……求你，不要再帮我，不要找我……如果一定要选择，我宁愿死，我宁愿死……"

她的话有些语无伦次。她激动，又紧张，崩溃而绝望。

白慕川听着："你告诉我你的位置。"

谢绢绢越发焦灼："不要问了。小白，你不要找我，求求你，千万不要来找我……我宁愿死，真的，我宁愿死……"

嘟嘟嘟……电话突然被她挂断。

白慕川迅速回头，问唐元初："定位到目标位置没有？"

唐元初马上跟大队的同事确认了一下情况，苦着脸摇头："时间太短，还没有来得及定位……就断了。"

"该死！"白慕川捏紧拳头，冲入医院。

向晚一惊，紧跟其后："发生什么事了？"

白慕川不回答，找到院长办公室，做了个情况说明，然后在院长的带领下前往监控室。向晚一直跟在他的身边，刚才离白慕川很近，电话里谢绾绾撕心裂肺的"宁愿死"，她听见了。被谢绾绾绝望的情绪感染，她莫名其妙想到了孙尚丽，那个在帝宫跳楼自杀的女人——没有人知道孙尚丽为什么会自杀，但谢绾绾的"宁愿死"震慑了她。

如果有人在逼她死，如果那个人就是神秘的幕后黑手，那谢绾绾就很危险了，尤其可怕的是，如果谢绾绾死了，会不会变成又一个孙尚丽？哪怕警方对案件有怀疑，也很难从近乎完美的犯罪中找出他——那个疑似存在的凶手！

在监控里他们找到了谢绾绾。她站在医院大门口，长发披散，戴着一个口罩，挡住了大半张脸，一个人捂着腰东张西望，然后速度很快地离开医院，走出了监控范围……

白慕川让唐元初把监控视频拷贝下来，带回大队。接下来，他们开始了地毯式的搜索。然而他们调查了医院周边的天网与各家店铺的监控，并没有找到谢绾绾的去向。

这个城市太大了，每天都有人来，每天都有人走。他们要找一个诚心藏在城市里的人，如同海底捞针。

…………

太阳西斜，这一天又要过去了。

办公室里，白慕川疲惫地坐下来，脸上郁气沉沉。

"她会没事的。"向晚为他倒了杯水，"我们还有时间。倒是你，一天一夜没合眼，你需要休息，这样才能保持头脑清醒……"

白慕川点燃了一支烟，深深吸入肺里："我应该早点儿想到的，这事怪我。"

"你别自责！"向晚有点儿心疼这样的他，"你只是警察，不是神。你哪里能知道别人会做什么？"

白慕川看了她一眼，像压抑着什么情绪，眼圈通红，嘴唇紧抿，烟雾在他的肺里行走，带来短暂的麻木："我坐在这里，束手无策……还算什么警察？"

　　向晚微笑："话不能这么说，警察的存在从来都不能阻止犯罪的发生。你已经尽力了，是她拒绝了你的帮忙，是她放弃了自己……所以其实问题的关键在于，她为什么要选择放弃自己？难道有什么东西比生命更贵重？"

　　"有的。"白慕川眼圈泛红地看着她，"尊严、耻辱。"

　　认识这么久，向晚还没有见过白慕川这个样子。他向来阳光、硬朗，男人味儿十足，像一朵野蛮生长的向日葵，充满了活力。这一刻的他忧郁、沉痛，双眼里仿佛浸染上了浓浓的悲伤，无处倾吐，明明那么帅，却失了精神。

　　"其实我没想到。"向晚艰难地润了润嘴，"没想到谢绾绾失踪会给你造成这么大的打击……"

　　白慕川一怔。随即，他摇头，合上眼，靠在沙发上："不是一回事。"他说完，沉默良久，突然苦笑，"也许我只是累了，需要一个拥抱。"

　　向晚不知道自己怎么走过去的。她站在他面前，抱住他的头，让他靠在自己的怀里："会没事的。她会没事的……你也会没事的。"

　　白慕川似乎没想到她会主动抱自己，身体一震，看了她半晌，突然摁掉手里的香烟，将她狠狠搂住。这是他们距离最近的一次，他的头靠在她的胸前，他听着同样强劲的心跳，一言不发。没有暧昧、没有旖旎，两个人像互相鼓励的亲人，又像无可取代的另一个自己。因为懂得，所以慈悲。因为慈悲，所以懂得。

　　一段漫长的时间里，向晚没有动，白慕川也没有动。

　　无言的沉默中，他仿佛睡着了，呼吸平稳……向晚低头看了他一眼，正想让他在沙发上躺一会儿，他却突然抬起头："谢谢你，向晚。我没看错人！"

　　他的眼睛里盛满了阳光，向晚不明所以："什么？"

　　白慕川不答，勾出一个迷人的微笑，突然站起身，把她按坐在沙发上："你休息，我去打个电话。"向晚狐疑地看着他。他却低下头，在她的额头上轻轻一吻："我喜欢你，是真的。"

"……"向晚呆呆地看着他离开。

很快，唐元初推门进来："向老师，谢绾绾找到了。"

向晚脊背一僵："在哪里？"

"白队叫我们马上赶过去，路上再说。"

…………

向晚上车就看到了白慕川，他拿着手机在专注地观看一个直播频道。

"这是什么？"向晚好奇地凑过头去，只一眼就惊住了。

视频里的人居然是失踪的谢绾绾。她坐在一个高高的楼顶天台，风很大，她的头发被吹得高高扬起，漂亮的脸蛋在夕阳下苍白得没有一丝血色。视频里的她没有说话，只有弹幕在不停地刷。

"女神，这是要做什么？"

"好酷的直播！绾绾这是在楼顶吗？"

"明星炒作又升级了？呵呵呵，不作死就不会死。赶紧掉下来吧，死了就万事大吉啦！"

"绾绾，绾绾，别做傻事啊，我们都爱你……"

谢绾绾的眼睛终于转了过来，任风吹乱她的长发，好久她才发出一声幽幽的叹息声："大家好，我是谢绾绾。今天我要在这里向大家告别……"

警车鸣着警笛在城市里穿梭，路上的车辆行人纷纷避让，警车的速度非常快。可向晚看着直播视频里的谢绾绾，还是觉得这条路那么长……

向晚跟谢绾绾不熟，然而人性本能，让她心急如焚："到底因为什么？有什么坎儿是过不去的？她知道有多少人羡慕她吗？要事业有事业，要脸蛋有脸蛋，要身材有身材……真是疯了！"

白慕川不说话，沉默的他面色冰冷。

向晚抠手心："你怎么不说话？"

"不知道说什么。"

"说说，她为什么要这样？"

"我不是她。"白慕川揉着太阳穴，"每个人有不同的选择。"

向晚突然奇怪："你咋这么淡定？"

白慕川转头看着她："我不淡定，她就会没事吗？"

向晚："……"

112

狭小的车厢突然安静。

夕阳的霞光从玻璃窗照进来，无数的汽车，无数的人群从身边来来去去，白慕川一动不动，被金黄色的阳光雕成一尊嵌着金边的雕像，光华耀眼。可那双眼睛却在阳光的暗影里成了与世界隔绝的一部分……

向晚怀揣着某种微妙的恐惧，怔怔地看着他，直到警车抵达现场。

幸好谢绾绾还没有跳。她一个人坐在楼顶的天台边，拿着手机，半个身子悬在天台外面，默默地注视着楼下的观众和手机的镜头，平淡、冷静。这一刻她不像轻生者，高傲的姿态像要与这个世界宣战。

现场秩序有点儿乱，明星直播跳楼，引来的是群体性的狂欢。警戒线外隔离着大批围观群众，消防员在楼下铺设了救生气垫，民警在现场拿着大喇叭劝说、维持秩序。娱记们蜂拥而至，要不是有警戒线，他们肯定会毫不犹豫地冲上天台……

不过网络是没有警戒线的。弹幕上有一部分人的问题恶意满满，他们像道德的审判者，炮火对准了楼顶的谢绾绾。

他们问她，轻生的原因是不是跟叶轮的矛盾？

他们问她，那天打叶轮巴掌是有私人恩怨还是真的看不起他？

他们问她，直播跳楼是不是另一种方式的炒作，或者为《灰名单》做宣传……

他们问她，出道多年不接大尺度的戏，也从来不谈男朋友，是不是性取向有问题。更有甚者，直接问她，与刚刚死亡的女助理是不是恋人关系？为什么女助理会为她挡刀，而她是不是因为恋人的亡故才产生了轻生的想法……

太可怕了，太可怕了！向晚看到这些人的言论，血液发凉。

此刻谢绾绾就坐在天台上，她随时会有生命危险……可他们没有丝毫顾忌，对生命毫无敬畏，还在拼命刺激她。

白慕川到达现场，和在场的消防、特警等单位的负责人对接了一下情况，上了天台。

这座大厦共有四十二层，很高。通往天台的门刚刚被推开，一阵冷风就呼呼地吹过来，向晚鼻子痒，没忍住，打了个喷嚏。听到声音，谢绾绾猛地转过头，连带她的身体都在风中颤抖了一下，吓得向晚马上捂住嘴，生怕一个喷嚏带出来的风把她喷下去。

"小白，你来了。"谢绾绾没有意外，低头捋了一下发，平静地把面前的直播关掉，轻笑道，"没想到咱们会在这里见最后一面，我真的有点儿无地自容呢……"

白慕川越过向晚，面无表情地朝谢绾绾走过去："你要这样走了，我才无地自容。敢情我这么多年的警察白干了。"

"不要过来！"谢绾绾指着他的脚，双眼突然冰冷，像两把锋利的刀子，"你们不肯让我好好跟这个世界告别，那我只能跳下去了……"

白慕川停下脚步，远远地站着，看着她："告诉我原因！说完之后，如果你还认为这个世界再无留恋，活着比死亡更痛苦，那我不拦你。"

谢绾绾失笑："是的，活着比死亡痛苦，很痛苦……看不到天亮，也没有黎明，只有无尽的黑暗，黑暗……与其一辈子徘徊在深渊边沿，不如干脆坠下深渊，一了百了……"说到这里，她突然又扭头看着楼下喧闹的人群，"你看，他们多么快乐！我不认识他们，但他们却可以因为我的死而得到快乐。小白，这算不算我为这个世界做的最后一点儿公益……"

谢绾绾以前是很爱做公益的，少儿、老人、残疾人、重大疾病患者，但凡是民生领域，她都尽可能去帮，捐钱捐物，甚至亲力亲为。网络上还曾经发布过她在敬老院里为孤寡老人洗床单的照片，不过网络回馈她的并非善意，想抨击她的人一样要抨击。键盘侠嘲笑她作秀、炒作，不要脸……

向晚看到过那些新闻，无从辨别真假，但那时的她潜意识里其实与大多数人一样，认为炒作的可能性较大。毕竟一个女明星要帮助人的方式很多，用不着亲自洗床单。这一刻想到这些，她有些汗颜，为自己，为人性之恶。

"我用了一个晚上想好了，也想通了。你看，小白，我现在是不是很好？"谢绾绾喃喃地说着，表情淡漠轻松，脸上看不出痛苦，"谁能说死亡不是真正的解脱呢？就像我曾经说过的那样，如果妈妈不生我，我就无从感知这个世界。这个世界对于我来说就不曾存在……我死了，世界也就消失了，我不在，世界就不在。不是很好吗？"

白慕川站在风中，发丝微扬，一脸凝重："你死了，世界不会消失。那些狂笑着看你去死的恶魔也会好好地活在人间。"

谢绾绾轻笑："善良要死，恶魔也要死，没有区别。其实很多人都没有

114

想明白，死亡，只有死亡，才是老天对人类真正的公平。"

她说完，微微一笑，就要回头。而这时向晚看到从她背后攀爬上来的特警扬起的一只手。

"谢绾绾！"向晚轻轻喊了一声。

谢绾绾一怔，视线果然被她吸引过来。她不说话，看着向晚，像是疑惑，又像在倾听。

向晚轻咳一下，尴尬而不失礼貌地微笑："我也不知道要说些什么，因为我和你没有一样的经历，也无法对你的痛苦感同身受。但我认为生命是老天给我们的最大恩赐，不可逆转，不能重来，在选择放弃之前，要慎重……"

谢绾绾不说话，向晚接着说："没有什么难关是过不去的，有困难，你可以说出来，让我们为你分担……"

谢绾绾突然笑了："人这一辈子最喜欢去探知别人的事情，可是永远都理解不了。"

"我知道。"向晚努力找话题，这一刻却有点儿嘴笨，"可是但凡这个世上还有我们牵挂的人或者牵挂我们的人，我们的生命就不只属于自己。你想没想过，你不在了，你的亲人该多难过？"

谢绾绾："我没有亲人。"

呃？没有亲人，网传她出身富贵家庭啊？

向晚看了一眼白慕川："你还有朋友。"

谢绾绾突然眯了一下眼："是，我还有朋友。可我连唯一的朋友也失去了。"

向晚的心往下沉，那种感觉很不好，就像抢了别人的东西被指责似的。但她无法解释，只能看着那两个特警慢慢靠近，想方设法地拖住谢绾绾聊天，转移注意力。

"朋友是一辈子的，哪儿能说失去就失去？"

"我真羡慕你，活得这么简单。"谢绾绾慢慢地闭一下眼，视线掠过白慕川，"小白，我已经失去了幸福的能力。请你多幸福一点儿，忘掉过去，重新开始。"

她又提到了过去，这个让向晚好奇的过去。

"你们走吧。我也快要走了……"谢绾绾轻声说着，好似疲惫了，眸底浮起一股水雾，还有落寞的温柔，"你们很般配。"说完，她像交代遗言似的看着向晚说，"他会比别人更倔强一点、更固执一点儿，还有一些坏毛病。但他的心也一定比别人更柔软、更容易受伤。向晚，他爱上你，就会义无反顾。如果你也恰好爱他，请珍惜他，多给他一点儿时间，守着他，任何时候都不要抛弃他。"

"……"向晚无言以对。

"谢绾绾！"白慕川沉声道，"不需要你来安排我的人生，有种你留下来喝我的喜酒啊！"

谢绾绾垂下头，轻笑："不好意思，我没种。"

白慕川没有向晚那么情绪化，即便这一刻，他依旧冷静："是谁？那个逼你去死的人是谁？"

"没有人。什么人也没有。"谢绾绾抿了抿嘴，又微笑着看白慕川，"我还有一件事情要拜托你，小白……"

"嗯？"

"我死后你应该会收到一个快递。"谢绾绾脸上露出一抹幸福的微笑，"那是我的娃娃。收到后，请你把它和我葬在一起吧。"

"你在胡说八道什么？"白慕川又往前走了一步，目光极冷，"你当初的勇气哪里去了？你就这样去死？值得吗……"

"不值得吧。"谢绾绾一笑，"可我接受了交易。"

"混账！"白慕川咬牙，"到底是谁？说！"

"小白，你不要过来……"谢绾绾说到这里，猛地回过头，"还有你——"她的背后一个特警刚准备挪上去，被她一瞪，顿时愣住。

谢绾绾弱弱地一笑："我拍了那么多片，怎么会不懂你们的套路？不要救我，你们救不了我的。"说到这里，她看一下时间，再次打开直播，调好角度，对着镜头比了个剪刀手，像平常发自拍那样做了一个嘟嘟唇，突然仰望天空，"时间差不多了，我该走了。朋友们，这里是谢绾绾，谢绾绾的告别人生演出……"

"啊！"

楼下一阵尖叫！

116

"她站上去了！"

"她要跳了！"

"快看！快看！"

喧哗、尖叫，一阵强似一阵。

谢绾绾就好像没有听见。她站在天台边，看着这个城市，脸上渐渐浮上笑容。夕阳很好，暖暖的，像妈妈的怀抱。她深吸一口气："再见了！这个美丽、残酷又肮脏的世界……"

她张开双臂，闭上眼睛，纵身一跳——

说时迟，那时快！两个壁虎般潜藏在她左右两侧的特警突然伸手，一边一个抱住她的腿，白慕川也冲了过去，一把勒住她的腰，几个人合力摁住她，把她拽了上来。

"放开我，放开我！"谢绾绾的双眼像死亡时一样放大，"不要！求求你们，不要救我，不要救我……来不及了！来不及了……他不会放过我……不会放过我的……"

谢绾绾喃喃着，小宇宙突然爆发，张嘴就咬。一个特警手臂中招，嗞了一声，痛得额头冒汗，但他没有松开。谢绾绾绝望了，疯狂地挪动、嘶叫。

"放开，求求你们，放开……"

"别闹了！"白慕川低吼，双眼通红地看着她，"你不要这么自私好吗？你没有人爱了，你怕，你想逃避，可你知不知道，为了救你，多少人将自己的性命抛在脑后？"他指着几个为了救她而高空攀爬的特警，"他们欠你的？不欠吧？他们为了什么？当然不是为了你口中的小爱，他们为的是大爱，是你这种人活一辈子也想不明白的大爱！"

谢绾绾愣住，双眼慢慢黯然，身体瘫软地跌在地上。

几乎同一时间，向晚的手机里突然有了声音。她还开着那个直播频道，可谢绾绾就在她的面前瑟瑟发抖，为什么谢绾绾的声音会从直播里传出来？

向晚奇怪地看了看谢绾绾，又望向白慕川。没有人说话，空气死一般寂静。

"我是谢绾绾，可谢绾绾并不是我……"

低沉、沙哑的女声让向晚怔住了，也让谢绾绾苍白的脸瞬间僵硬，她撕心裂肺地喊叫："快！掐掉直播……不要，我不要听，不要——"

117

白慕川不去看她，沉着脸打电话："迅速定位！把这个浑蛋给我揪出来！"

…………

这一天夕阳很好。

几乎所有的社交媒体都在播放这个录音。没有画面的声音通过网络传来，打碎了世界的美好，充斥着悲情和罪恶。

"从妈妈将你带回来那天起，从你叫我第一声姐姐开始，我就把你当成我最亲最亲的妹妹了……除了你，我心里的话也找不到人说了……"是谢绾绾在自言自语，像内心独白，又像在和亲人聊天。

没头没脑的话让向晚第一时间就想到那个娃娃，那个对谢绾绾很重要的娃娃，那个会说话的娃娃。原来娃娃是谢绾绾的妈妈送给她的，一个会叫"姐姐"的娃娃。原来它不仅会叫姐姐，还有录音功能。它记录了谢绾绾从幸福到痛苦的煎熬……

…………

谢绾绾确实出身富贵之家，父亲超级有钱，也超级喜欢乱搞男女关系。在她的童年时期，父母还能勉强维系夫妻关系，天真烂漫的她不懂大人的虚伪和恩怨，在母亲的悉心呵护下，成长得无忧无虑，直到父亲把小三公然领进家门，母亲终不堪忍受，在一场大病后撒手人寰。

那个会叫"姐姐"的娃娃是母亲离世前送给她的礼物。母亲告诉谢绾绾，有什么不开心的事就告诉娃娃，娃娃会代替妈妈陪在她的身边，看着她长大。然而母亲还是太善良了，她以为小三与丈夫的爱情足以让小三善待自己的女儿，让女儿继续过衣食无忧的生活，却不知道，自己死后，那个老是跟阿姨作对的小女孩儿又怎么讨得了父亲的欢心呢？没几年，在阿姨的撺掇下，谢绾绾这个"没心肝的白眼狼"就被父亲送到了一个问题少年培训学校，接受管教。

那是一个暗无天日的地狱牢笼。那里的人打着"纠正孩子的不良习惯，为家长分忧，为社会献爱心"的旗号，以救世主的形象出现，带给那些孩子的却是彻彻底底的噩梦。精神的摧残、肉体的惩罚，在那个不见天光的地方，谢绾绾度过了生命中最残酷的三个年头。

对有些孩子来说，挨打、挨骂、没人格、没尊严可以渐渐成为习惯，哪怕像狗一样乞食，麻木了也就过去了，听话了就被父母接走了。可她不一样，她生得漂亮，青春少女的身体就是原罪。那里的老师不是老师，那里的管教不是管教。当正常人的行为不受约束，当道德被狠狠撕裂，当法律被隔离在另一个世界，她如同一只待宰的羔羊，受到的是超越人类极限的摧残与践踏……

"我为什么还没有死？为什么还可以醒来？妹妹，原来死也不是那么容易的呢！他们不肯让我死，每次都要把我抢救回来。可我的爸爸，那个声称爱我如命的爸爸，他一无所知。我想不通，他可以每月定期给学校转钱，为什么就不肯来看我一眼，为什么要听他们的话，以为我不乖……

"我现在活着的唯一希望就是有一天可以亲眼看到……看到他知道真相后的痛苦，看他痛哭流涕，悔不当初……会看到吗？我应该看不到吧。他才不会哭。这个世界的颜色是黑的，爸爸的心也是黑的……

"他每次都摆出一副为我好的样子，大声训斥我，好像那样他就很占理似的……其实他从来都不敢直视我的眼睛，妹妹，他心虚……他知道他是错的，他知道我没有错，错的是他，他不敢面对我……因为我知道妈妈为什么死……

"妹妹，我好想妈妈，如果妈妈还活着，我不会被送来这里……我好后悔，妹妹……我为什么没有留住妈妈……妹妹，除了妈妈，再没有人会那样善待她的孩子……

"他坐牢了。妹妹，我今天刚刚知道，他倚靠的那棵大树倒了，他受到了牵连，受贿罪，他终于遭到了报应，可笑的是那个女人很快就离开了他，没有一丝留恋……唉，他完蛋了，我本来应该高兴的，可是他完蛋了，我也断了经济来源。因为我没有钱，所以……他们说我只能用身体来抵债……"

嘀！

直播突然被掐断，整个世界一片寂静。

匆匆来电的唐元初声音急促不安："老大，找到了，那个发布录音的人找到了！"

…………

离开大厦，阳光不知何时已经收入了云层。入秋了，路边的树叶在悄悄

119

落下，风吹来，竟有一些冷。向晚一路失神，直到熟悉的小巷进入眼帘，她才从恍惚中回神："噫，我们怎么到这儿来了？"

绿苑小区。向晚在这里住了一年多，一草一木都十分熟悉，曾经经历的惊悚画面也格外强烈。眼看汽车拐个弯驶入了小区，她的心脏开始不受控制地乱跳："白慕川，难道那个人也住在这里？"

白慕川扭头看着她："是的。"

看门的王大爷还认识他们，热情而紧张地迎上来："警官，怎么又是你们啊？"说到这里，他指了指前方院子里停放的警车和120救护车，小声地问，"来了好多人，你们是一起的吗？咱们这个院子又摊上啥事了？"

白慕川冲他点点头，大步往里走。向晚客气地跟王大爷打了一声招呼，紧跟上去。

熟悉的楼道就在眼前，向晚心里一跳："那家伙该不会跟我住在同一幢楼吧？"

白慕川看了她一眼，没有说话。而结果比向晚的想象更恐怖，那个人不仅跟她住一幢楼，而且就住在她曾经租住的房子里。

唐元初和谢辉比他们早一步到达地方，已经在等候了。楼道口还有两个准备下楼的医护人员。看到白慕川上来，唐元初耷拉着脑袋，垂头丧气的样子："白队，我们来迟了。"

向晚唾沫不正常地分泌，紧张地问："难道说……人又跑了？"

唐元初目光微垂："死了！"

门推开，一股血腥味儿冲入鼻端，向晚条件反射地退后一步，神经突突直跳。房子还是那个房子，布置、摆设，什么都没变。那个女孩儿就静静地躺在向晚曾经睡过的床上，鲜血从她搭在床沿的手腕处流下来，地板上一摊黑红的颜色，视觉冲击力很大。

向晚整个人都不好了，看到那个女孩儿，仿佛看到曾经躺在上面的自己。

"怎么会这样？怎么会这样？"她一连问了两遍。

白慕川拍拍她的肩膀，安抚了一下，回头问唐元初："通知技术队没有？"

唐元初点点头："程队马上就到！"

120

经过核实，这个女孩儿就是在兰桂香坊失踪的女大学生曹梦佳。她的身份证、学生证和银行卡等都在随身的钱夹里。没有人知道她是怎么从兰桂香坊出来，又怎么住到这个小区来的。不过那个会录音的娃娃——谢绾绾的娃娃就放在枕头上。

娃娃有些破旧了，尽管身上的衣服好像是新换的，但娃娃的脸却掩饰不住岁月的痕迹。她是谢绾绾母亲送给她的礼物，是谢绾绾口中的"妹妹"，它甜甜地微笑着，看着这个血腥的画面……

白慕川走过去，拿起娃娃，放入物证袋递给唐元初："带回去！"

唐元初瞄了他一眼："是。"

他们又勘查了一遍现场，做了记录，程正就带着梅心赶到了。白慕川看了他一眼，对唐元初说："接下来的事交给程队就好。我先回去休息，明早队里碰头，大家捋一下案情。"

唐元初一听，重重点头："好的。这里的事交给我就行。"怕白慕川不信，他还挺胸敬个礼，"保证完成任务！"

白慕川哼笑，捶他的胸口："你小子。"

房间里没有开窗，血腥味儿久久不散。

程正戴着口罩，眉头皱了皱，戴上梅心递来的手套。白慕川冲他点头示意一下，从他身边走过去，看着站在门口的向晚。

"走了，还要在这儿怀旧吗？"

向晚呃一声："我也跟你走？"

白慕川面无表情："现场情况你都看到了，接下来也没你什么事。你今天回去好好休息，明天早上案情分析会，好好发挥。"

"哦。"向晚看着他通红的双眼，"那行，我就回去了。你不用送我。"

隔一条街就是白慕川的家。她觉得自己打车回去很方便，根本不用麻烦他。毕竟他已经很累很困了，比她更需要休息。然而白慕川直接抓住她的手腕就走，一句解释都没有。

"喂……"向晚很尴尬，又不好过分挣扎，只得跟他走。

唐元初一副看破而不说破的样子："老大，向老师，你们回去好好睡一觉……"

121

挺正常的一句话，可把他俩的名字凑一对，莫名其妙有点儿怪。向晚脸颊略红，回头看了一眼，刚好与唐元初的视线对上，他古怪地挤了挤眼睛，给她比了个"OK"的手势，闹了向晚一个大红脸。她瞪了他一眼，再一转眸，就看到程正投来的视线，冰凉清冷，没有温度，只一眼，随即转开。

向晚糗得耳根都烫了，白慕川却无知无觉。他头也不回，走得很快。向晚被动地跟着他的脚步，有点儿吃力："白队，真的不用送我。你都那么累了……"

"谁说我要送你？"白慕川的声音充满疲惫，"我饿了。你去帮我整点儿吃的！"

"……"对他家的那个房子向晚有阴影，"要不我帮你叫外卖？"

白慕川斜了她一眼，帮她系好安全带，然后转过去坐到驾驶室："我会叫外卖，只是不会做饭。"

"……"

没有李妈的别墅里异常冷清，一点儿声响都没有。进了屋，向晚发现男人独居比女人独居凄惨多了。厨房好像从来没有人动过，一点儿烟火气都没有，就连沙发上李妈盖好的罩巾都没有取下来。

"白慕川，你是鬼吗？家里就跟没人住似的……"

"我是鬼就好了。"白慕川叹息一声，安静地躺在沙发上，双眼半合着，眉头轻皱，微微凌乱的头发，有几缕搭在额头上，似是疲惫到了极点，"向晚，我就想吃一口热饭。"

向晚心里一跳。

行吧！这是看脸的世界。她承认自己庸俗，没法拒绝这个男人要吃一口热饭的请求，尽管她都未必会在累得要死的情况下为自己做一口热饭……

…………

小区外面就有超市，向晚很快就买了一些蔬菜、肉类和水果回来。白慕川还在睡，她瞄了他一眼，安静地去了厨房。

华灯初上，天渐渐黑了。

偌大的房子里只有他们两个人。一个在厨房里洗洗涮涮，不一会儿食物的香气就溢了出来，一个躺在沙发上，睡得昏天黑地……

向晚做好饭等了一会儿，白慕川还没有醒。向晚叫了几声不见回应，慢慢蹲在他身边，看着他英俊的眉眼，恶作剧地抬起手指，轻轻碰他的睫毛："起来吃饭啦！"

她说得很小声，指尖上的触感格外柔软。

"不闹……"白慕川嫌弃地皱了皱鼻子，没睁眼，手像扇蚊子似的扇了扇，接着睡。

"白慕川？"向晚小声偷笑。

睡着的他怎么这么可爱？向晚又伸指尖，轻轻拂他长长的睫毛："饭要不要吃呢？"

白慕川不舒服地呻吟一声，突然抬手盖住眼睛："你个臭小子，再闹我揍你！"

扑哧！向晚忍俊不禁，笑得肩膀都抖了起来："哎，你再不起来吃，我就走了哦？"她扶着沙发就要站起来，突然被人拽住了手腕。她一怔，还没来得及说话，那家伙就势圈住她的腰，往前一带，她就扑了上去，刚好撞到他的怀里。

"白慕川……"她轻呼。

他不给她说话的机会，半合着眼，突然凑近，堵住她的嘴。

向晚睁大眼睛，与他四目相对——小睡了一会儿的他恢复了精神，双眼一片清亮，更可怕的是他狼性的一面迅速复苏，让两人的贴近变得极为暧昧。

"不要这样！"向晚仓促地撑着他的肩膀，想要挣扎着站起来。

他却不肯放手，含糊地叹息一声，在她的唇边轻轻一啄，收紧手臂，把她紧紧地勒在怀里，喘气般哑声低喃："别动！我就抱一下。"

就抱一下，就抱一下。向晚觉得自己趴在他身上的姿势很别扭，心跳乱了节奏："白慕川，你不是饿了吗？"

"是……"他吸气，似乎在咬牙，"有点儿饿。"

"那你还不起来吃……"

"嗯。"他温柔地应着，没有起身，扣得更紧，"可是我想先洗个澡再吃……"

他像对待最亲的人，毫不顾忌地释放温柔。向晚的手心渐渐渗出汗来，她无法直视这样性感迷人的白慕川，眼皮眨得比心跳还快："想洗那你就去

123

洗啊？"

"我累了，没劲儿……"他无辜地说着，下巴搁在她的肩窝上。

向晚心乱如麻："你该不会让我帮你洗吧，白三岁？"

"你愿意？"

向晚怔怔地看着他，那迷惑又无辜的样子把白慕川逗笑了，他碰了一下她的鼻尖，笑着说："逗你的。你愿意我还不愿意呢，怎么能让你占便宜？"

"……"向晚翻了个白眼，松口气。

"不过你得帮我放水，找衣服……"

"……"向晚整个人是崩溃的，"白慕川，你是不是缺妈啊？"

她无心的玩笑，白慕川身体却突地一僵。向晚敏感地察觉到了，低头看着他，觉得他的眼眸突然变得格外深浓："我缺个媳妇儿。媳妇儿，厨房里什么味儿？"

向晚忙不迭地爬起来，冲入厨房，背后传来白慕川的笑声。

…………

向晚把餐桌和餐具都收拾得格外干净，在院子里采摘了几枝盛放的月季插在花瓶里，几道家常菜摆放其间，泛着一种诱人的色泽，居家又温馨。

"味道怎么样？"向晚期待地看着他。

白慕川憋住笑，严肃地点头："还行。"

还行是什么定义？向晚抿了抿嘴："是不合口味？"

白慕川："还可以。"

这样的点评也太寡淡了吧？这几道菜虽然看着简单，可都是她用心做的。可这大少爷……敢情吃惯了山珍海味，嘴养刁了呢！向晚有些泄气："不好吃就叫外卖吧，别勉强自己。"

白慕川的眼里浮上一抹兴味的笑意："我什么时候说不好吃了？"

向晚一愣。他是没有说不好吃，只是他的表情没有达到她预期的效果而已。

白慕川眸底笑意未减，就像看穿了她的小心思似的突然一叹："不是饭菜不受用，是我有点儿惆怅。"

"吃个饭惆怅什么？"

"怕吃了上顿就没下顿。"白慕川直勾勾地看着她，嘴唇的笑容慢慢放大，"以后，我能经常吃到吗？"隔着一张餐桌，他灼热的视线没有遮掩，直直地撞入向晚的眼睛里，释放出来的信号，让两人之间还没有完全捅破的那层窗户纸随时有燃烧的危险……

"白慕川。"向晚突然不知道说什么。

她是一个内心戏很多的人，在这样一个不同寻常的夜晚，想的事情更多。可她左思右想，有些东西还是很难准确地表达，就像她与白慕川之间的关系，想要靠近，又怕荆棘。

"你现在还介意谢绾绾？"白慕川的目光落在她的脸上，"不要说是，我会担心你的智商。"

"我知道你跟她没有男女关系。"向晚觉得在餐桌上谈这种事，很容易影响食欲，突然叹口气，"我也不是介意谁，就是觉得我们之间……好像少了点儿什么？"

"少了点儿什么？"白慕川似笑非笑，"你说出来，我给你补上。"

向晚一时语塞。这大概就是直男和直女最大的思维差了，同样一件事情，女人的感性直觉与男人的理性判断是两回事。

向晚索性放下筷子："那我就直说了。白慕川，我不够了解你。"她停顿一下，抿唇，"你挺照顾我的，对我也好，我不该对你有太多的要求。但我这心里吧，不弄清楚又不是个滋味儿。"

"你想了解我什么？"白慕川问。

"我什么都不了解。你好像有很多秘密，有很多我来不及参与的过去，你也不愿意摊开给我看的……这就导致了我们之间存在一个巨大的代沟。举个简单的例子，就像你跟谢绾绾之间，为什么你们没有感情，你却成了她名义上的男朋友？"

白慕川皱眉，看着她，不说话。

"还有你对我……"向晚直视他的眼睛，"你真的爱我吗？"

快餐时代的爱情，说一个"爱"字比吃一顿饭都简单。网络上遍地都是"我爱你""亲爱的"，可向晚要的不是这种爱情。

白慕川目光幽幽："你理解的爱是什么？"

这个问题把向晚问住了。爱太抽象了，一千个人有一千个答案，她也

125

无法给出具体的定义。想了想，她说："我认为真正的爱是包容、付出、牺牲、不顾一切，并且非对方不可。"

白慕川一笑："没事少看点儿言情小说，少看点儿偶像剧。"

"……"她反将一军，"那你的意思是，你让我做你的女朋友，但是你并不爱我？"

白慕川眸色漆黑："当然不是。"

向晚抬起下巴，目光灼人："那你说啊，说你爱我，非我不可。"

白慕川噙笑："如果你要听，我可以说。但我相信你以为的那种不顾一切的爱跟我的理解不一样。"

向晚的心一窒，她突然有点儿不舒服，连呼吸都不顺畅了。他让她做他的女朋友，她这边都巧笑盈盈地让他说爱她了，只需要一句话，两个人就可以完成仪式，确定关系了，可是他这样子是为什么？

"我不想骗你。"白慕川很认真，"我想跟你在一起是真的，喜欢你也是真的。但你要的那种爱有点儿不切实际，太伟大……"

"难道爱不应该伟大？"

"一点儿也不伟大。"白慕川轻笑，"爱是现实的，只是人类最基本的一种需求。"

"呵！"向晚突然笑了起来，"我怎么感觉，我今天晚上做的菜都喂了狗？"

白慕川："……"

他端详向晚片刻，目光噙着笑，叹了一口气："行了，咱不扯这些抽象理论了。你说你也不是十七八岁的小女生，为什么就不能客观地考虑问题？"

向晚看着他，突然想到程正曾经对她讲的那些话——彼此合适就可以在一起，感情乃至婚姻不过是一种买卖与交换……虽然白慕川没有像他那样说，可本质上似乎并没有什么不同。难道男人对待爱情都是这样的想法？就连她的偶像沐二少的书里也是这样的观点。

"不好意思，白队。"向晚捋了捋头发，似笑非笑，"可能是我写言情小说的关系吧，有点儿走火入魔，不能接受现实，感情上也有点儿别扭。嗯，我是想说，我应该不是你需要的那个人。"

白慕川沉吟半晌，也笑了："你说你这傻的，为什么不肯听真话，偏偏要听假话呢？"

　　向晚挑挑眉，直视他，不说话。

　　白慕川说："如果一个男人跟你认识不久，就告诉你他爱你，爱得宁愿为你去死，为你不顾一切，这辈子非你不可，你已经成为他生命中不可替代的一部分……你听着是不是心里特美？"

　　向晚抬抬下巴，斜视他。

　　"别瞪我，我说实话而已。所以你们女人都傻，总是被骗！"白警官开启了知心大哥的谈话模式，"我跟你说，那是假的。他的目的只有一个，就是你上次说的性驱使！"

　　"……"

　　"因为男人很清楚，如果不这样说，女人就不会跟他睡，他就得不到，所以他必须为了满足自己的欲望说这些违反人性的话。可他说他愿意为你去死，他就会为你去死啊？"白慕川冷笑，"只有利益、生死摆在面前，你才能看到一个人真正的取舍。"

　　这家伙有很强的说服能力，把男人的心理剖析得残忍而现实。

　　其实向晚心里知道，他说的是对的，可内心那点儿小女人的矫情，让她没法接受，也没法面对说要跟她谈恋爱的白慕川其实并没有那么爱她这件事。

　　"凭良心说，你就那样爱我吗？"白慕川突然一笑，扬起唇的样子像个狡黠的大男孩儿，"没有我，你的生活还不是该怎么过还怎么过？也许你会惦念一阵子，可你不会惦念一辈子。三个月？半年？一年？你的身边就不会出现优秀的男人？你就不会动心？扯淡吧！"

　　我不会！向晚很想这样说。但真要说出来，她肯定得咬掉自己的舌头，哪儿来的底气，说这样绝对的话？白慕川是对的，有些理念太单薄了。他们认识的时间也不长，能支撑的感情基础也太薄弱。

　　"所以你肯接受一个诚实的男人吗？"白慕川认真地看着她，手从餐桌上伸过来，向她摊开，"我是认真的，向晚。我喜欢你，我会对你很好，当然我也会努力跟你相濡以沫，天长地久，争取做你小说里的男主角，陪你谈一场永不放弃的恋爱。"

"努力……争取……这些词儿听着咋那么别扭呢?"向晚有一点儿想笑,摁了摁太阳穴,"你说那些男人的话都是骗人的,是为了睡女人。那你这么诚实,是不是想告诉我,你连睡我的想法都没有?"

大胆而火辣的抢白!白慕川一怔,忍不住大笑:"不,我也想睡你。你应该也感觉到了……"

好敏感的话题,两个从来没有经历过却故作老司机的成年人说完就尴尬了。向晚吸了吸鼻子,想想,咯咯笑了起来:"白慕川,咱俩其实适合做朋友,你没发现吗?做恋人少了点儿,做朋友刚刚好……"

"哦。"白慕川表情认真,"做朋友可以睡吗?"

向晚哈哈笑道:"不可以。"

"那不就是了。"他道,"我对你不仅仅是朋友那种需要。"

"……"

餐厅里的光线突然怪异起来。没有人喝酒,可脸上都有一种微醺的红,那一束安静的月季花像弥漫在彼此中间的寂寞,滋生了,释放了,在彼此心里生了根,然后盛开,充盈着渴望,勾引出灵魂,又总会凋谢……这就是现代人,害怕寂寞,渴望温暖,又不敢靠近,自私地想要隔离自己、保护自己。

"向晚,我们试试?"

白慕川低沉的嗓音似乎天生有催情的效果,对于向晚这样的声控、颜控来说,这种男人就是毒药。向晚笑得脸都僵硬了,好一会儿才捂着脸搓了搓,垂死挣扎般叹气而笑:"你说得对,我没有那么爱你,你也并没有那么爱我……所以我拒绝。"

白慕川放下筷子,脸色一沉,眼睛一眨不眨地看着她。

两个人相看良久不动,打破他们互视的是电话铃声。

向晚看了他一眼:"你电话。"

白慕川收回视线,拿出手机看了一眼:"喂。"

来电话的是谢绾绾的女助理,她说了一下谢绾绾的情况,随后问:"白队,你能过来一趟吗?我看她一个人坐在那里,不吃不动也不说话,我有点儿害怕。"

白慕川沉默了一瞬:"不了。"

女助理有点儿失望，"哦"了一声："不好意思，打扰了。"

挂了电话，白慕川抬头看到向晚审视的眼神，又拿起筷子："吃啊！你可以拒绝我，但不应该拒绝这么好吃的食物。"

他平常就不是一个热情的男人，向晚认识他的时候，他就是一张冰冷的棺材脸，对谁都没有温暖，是后来相处多了，熟悉了，他才慢慢变成了今天的小白，会开玩笑，会跟她瞎扯淡。可这一刻，当她再一次拒绝了他之后，她发现他的态度好像又变成了初识的白警官。

男人也是有自尊心的，何况是白慕川这样骄傲的男人。

向晚清了清嗓子，想换个话题："你不去看一下谢绾绾吗？她现在应该特别需要你……"

白慕川眯起眼，审视她："你希望我去？"

向晚认真地说："两回事。她是这个案子的关键证人，又是你的朋友，于情于理，你都不能让她再发生意外。尤其在这个节骨眼上，虽然曹梦佳已经死了，可你不会认为她就是那个幕后黑手吧？"

白慕川冰冷的表情稍稍松缓一点儿："我不用去。她现在更希望独处……"

向晚小声笑道："你怎么知道？"

白慕川嘴角勾了勾："不是每个人都愿意把伤口拿出来晾晒。除非她自己想通，要不然谁也帮不了她。"

好吧！向晚默然："也许你们的世界我很难懂。"

白慕川神色略深，他抿了抿嘴："吃吧，菜都凉了！"

"我不饿，不想吃了。"向晚觉得气氛突然有点儿怪异，抱了抱胳膊，看向窗外，"时间不早了，我得回去了！"

白慕川沉默，他慢慢地放下筷子："我送你。"

"不用。"

第四章　完美的设计

年轻就是好，各种折腾，精神也足足的。第二天的案情分析会，主持的人还是白慕川。也许昨晚的拒绝让他彻底灰心了，从向晚进入办公室开始，他就格外淡漠。向晚感觉到了他的情绪，老实坐着听分析。

"屏幕上显示的是现场情况。死者曹梦佳侧卧在卧室的床上，割脉使用的刀片掉落在地，喷溅出来的血迹分布在床单和地面上，没有死角。死者的手腕共有15处伤口，其中14处为细微的试切创，致命创伤为动脉切开，死亡原因是失血过多。从刀口方向、角度以及试刀伤的形成等方面判断，基本可以确认，执刀者为死者自己。"

做报告的人依旧是梅心。在大队里，她几乎是程正的代言人，她的话就代表技术队的结论——死者曹梦佳是自杀而亡！

白慕川听完，笑了一下："没了？"

他看着程正，程正也看着他："没了。"

白慕川点点头，不置可否地掉转目光，又让几个负责案件的侦查人员分别汇报了各自掌握的情况和线索。然后，他话锋一转："向老师，你怎么看？"

在他们说话的时候，向晚拿着一个小本子，像认真的学生，一直在老老实实地做笔记，冷不丁听到白慕川点她的名字，脑子没转过弯，蒙蒙地抬头："什么？"

白慕川公事公办地说："向老师，我们找你来是做顾问的。"

这句话说得很重了！就好像在指责她拿钱不做事，吃白饭一样。可他明明知道，她本来就不是专业的刑事侦查顾问，一般做顾问的人，要么是经验丰富的老刑警，要么就是确实有特别的能力，而向晚从不认为自己是拥有特殊能力的人。

在众人疑惑的注视中，向晚站起来，清了清嗓子，看看自己本子上的记录："在回答之前，我想先了解一下，什么叫试切创……"

白慕川皱了皱眉，会议室里大家都看着她，就像看一个初出茅庐的傻子。向晚有点儿尴尬："抱歉，我不知道技术层面上的试切创跟我个人的理解是不是一样，所以想先问一下。"

程正看着她："试切创又叫犹豫创，是一个法医学概念，是指在致命性的切创附近出现的数条长短不一、深浅不等的平行创口。一般来说，自杀行为很难一刀完成。所以多次试探性地切割，是自杀的一种特征。"

"我明白了。"向晚点点头，"也就是说，自杀会造成试切创。但是，死者身上有试切创，就一定是自杀吗？"

割脉自杀之所以会留下无数深浅不一的试切创，这是自杀前的犹豫和没有经验造成的，非常好理解。毕竟那种可以一刀切下去，稳、准、狠的人，勇气非凡人可比，这种人反而不会轻易自杀。

"我的意思是说，有没有可能凶手伪装自杀现场，故意弄出试切创？"

程正眯了眯眼，刚想张嘴，梅心已经接了过来："向老师，尸检就是为了解决这个问题的。我们对自杀死亡的判断，不单单因为试切创，而是从刀口的方向、力度、角度等方面综合分析的……"

"那如果遇到了伪装高手呢？比如对方刚好懂得这些专业原理，故意给咱们弄一个这样的现场出来？"

她的反问让梅心张了张嘴，不知道怎么回答。

向晚看众人不说话，稍稍笑了一下："不好意思，可能我提的问题比较幼稚，主要是我也没有经验，不太懂这些，全凭自己的感觉。"

程正抬头："说说看。"

向晚说："我觉得从偷娃娃开始，这一连串的事情既巧合，又完美。试想一下，如果我们没有从天台上救回谢绾绾，现在的情况是怎样的？"说罢，她缓缓吐出四个字，"死无对证！"

众人目光聚集在她的脸上，不说话。

向晚接着说："只要谢绾绾一死，最后一个证人也就没了。这个案子是不是非常完美？但是这样完美的设计，是曹梦佳这种单纯的女大学生干得出来的吗？大家难道没有疑惑？"

程正说："就算曹梦佳不是案件主谋，也不影响我们对她死亡原因的判定。"

众人点头。她自杀，跟她是不是主谋确实没关系。

向晚怔了一下，有点儿不自在："我不是不相信技术队的鉴定结果，而是觉得事有蹊跷。她不像自杀，更像是被人灭口。就算是她亲自割的，也有可能是被迫的。"

程正："畏罪自杀也是一种被迫。有些人敢做违法犯罪的事，却不敢接受法律的制裁。"

向晚笑了笑："偷谢绾绾娃娃的人是孔庆平，他被亲爹误杀了。而娃娃却出现在曹梦佳的身边，她也自杀了。两个与娃娃接触过的人都死了。也就是说，这个娃娃从失窃到找回这段时间究竟经历了什么，是个谜。"

有人点头。

向晚思忖了一下，看着众人："就咱们目前掌握的情况来看，曹梦佳在学校并不是一个激进的学生。她不优秀，也不出格，不像有胆子远赴千里去杀人的人。而且她和孔庆平素不相识，也没有共同的社会关系。那娃娃是怎么从孔庆平手里转到曹梦佳身边去的？我认为把这个问题搞清楚了，再下定论比较好。"

白慕川唇角动了动，像是笑了一下，视线慢慢挪向程正。

程正没看他，脸上也没什么别的反应，点点头："向老师说得有道理，我们目前的结论也只是常规的法医鉴定结果。期待反转。"

众人议论了一下，大抵对向晚的看法表示赞同。

唐元初说："白队，我们应该马上找谢绾绾了解情况。向晚说的有一点我特别认同，这个案件里面唯一活着的人是谢绾绾，她也是唯一的知情者。"

白慕川点点头，带着众人把案情重新梳理了一遍，又布置了几个调查路线与任务，突然吩咐唐元初："通知叶轮到大队配合调查！"

众人一怔。那天的粉丝斗殴，叶轮在场，并且坐在正对摄像头的地方，完全无死角地被记录了下来，他是受害者，出事之后也是第一个被择清的——就像孙尚丽那个案子一样，他请客吃饭，席后有人聚众吸毒，他是最干净的。

唐元初点点头，又问："那谢绾绾……"

白慕川沉眉："她这边缓一缓。"

众人交换了一下眼神，不说话。

昨天的直播，大家都听见了。谢绾绾的遭遇令人同情，大队从人性化的角度考虑没在救回她的第一时间就展开询问，一是那个时候她有明显的自杀倾向，不肯配合警方。二是她的身体没有康复，精神状态差。

但是她那里才是最好的突破口呀。

唐元初左看看，右看看，见大伙儿都不吭声，又冒了头："白队，咱们可以先试着接触一下，尽量不要刺激她就行吧？"

不待白慕川回答，程正突然接过话："谢绾绾这边大家不用操心，白队的朋友，他会有办法解决的。"

白慕川看了程正一眼，笑了笑："散会！"

…………

叶轮很快就被带到了大队，向晚刚刚倒了水回来，在走廊里撞了个正着。明星跟普通人的区别还是很大的，尤其叶轮这样的小鲜肉，不管着装、气质，还是走路的样子，都与这一群穿着便衣的刑警存在着一个次元的差距。

平常向晚看唐元初还是有点儿帅的，可跟叶轮站在一起，颜值直线下降。

唐元初大概也发现了，皱了皱眉："这边，跟我来。"

叶轮不置可否，手插在裤兜里，有一丝不太正经的邪劲儿。走过向晚身边的时候，他看了一眼向晚手里的卡通杯子，眼尾略略一斜，露出一种不屑，又或者是鄙夷的神情，转瞬移开视线。

向晚无从准确捕捉他的态度，但仔细搜索一遍，她可以肯定的是，自己跟他从无交集……那他那一眼什么意思？难道是他自恋地以为她和那些女粉丝一样，觉得他是明星长得帅很了不起？哦NO！向晚是颜控，但不是对谁都花痴的。

她关注叶轮是因为从孙尚丽的案子到谢绾绾的案子，叶轮都擦着边地参与，然后又全身而退。因此向晚也很想去参加审讯，希望得到召唤，可这一次白慕川没有叫她。

就像刚才在会议上，白慕川给所有人都布置了任务，唯独没她。所以她是自由的，这种自由却偏偏束缚着她。所有人都在忙碌，她无所事事，度秒如年，看着电脑上刚刚写出来的侧写分析，她乱了好久，终于还是没有耐住性子，将文件发送到白慕川的邮箱，然后去他的办公室。办公室没人，她又去审讯室。

审讯室在这层楼的最左侧，向晚走过去正好碰到唐元初。

唐元初狐疑地看着她："向老师？有事？"

向晚一笑："审讯开始了吗？"

唐元初笑着抬了抬手上的卷宗："马上开始。这不，我把资料拿进去。"

向晚左右看了看："白队呢？进去了？"

唐元初是个有眼力见儿的人，尴尬一笑，指了指她的背后，然后冲向晚挤了下眼睛，迅速拉开门进去了。审讯室的走廊有些阴暗，光线照在白慕川冷峻的脸上，那神态也格外冰冷。向晚转头看着他，突然觉得脊背泛寒，双臂凉凉的。

她想了想，直接问："白队，我可不可以参加叶轮的审讯？"

白慕川唇线抿紧："不可以。"

向晚一怔："那我不了解案情，怎么开展工作？"

白慕川淡然地道："案情分析会，你也参加了。如果有什么不了解的地方，可以找唐元初。案件有了新的进展，找他对接。"他说这些话的时候，表情没什么变化，语气里半分波澜都没有，莫名其妙就把向晚和他拉开了距离。

"我明白了。"向晚点头，"还有，我刚才写了一个侧写分析报告，发到你的邮箱了。"

白慕川嗯了一声，迈步过来："我有空了会看。"

他从她身边走过，衣角带风，神态孤冷，没有停顿，直接进了审讯室。空间里的气流凉凉的，就像他突然冷下来的脸，无形中划分出来的阶级感让人不能争辩。向晚跟着转头，只看到一个漠然的背影。

砰！审讯室的门合上了。

向晚知道，那不仅是一扇门，还是一个世界。

…………

从这一天开始，白慕川不让向晚直接参与案件，而他的态度直接决定了向晚在这里的地位。几乎突然间她就成了一个边缘人物，摸不到案子的脉络，得到的消息全部滞后，基本是他们筛选后认为可以的才会告诉她。

现代人都是人精，这种改变，所有人都敏感地觉察到了。他们对向晚的印象不错，看她的时候，难免会流露出几分掩饰不住的同情——就好像她被白慕川抛弃了。

这美丽的误会是向晚最不愿意看到的，她不需要别人的同情。其实她希望白慕川直截了当地解聘她，而不是让她突然变成一个吃白饭的犯罪侧写。什么资料都没有，怎么侧写？向晚用了一个上午的时间思考，再用了一个下午的时间拟好辞职信，在下班前走到了白慕川的办公室。

门半掩着，向晚迟疑一下，低头走近，轻轻敲了敲。

里面没有动静。向晚一怔，把门推开一点儿——白慕川不在办公室。

唐元初从背后走过来，诧异地问她："向老师，你找白队？"

"嗯。"向晚微笑着回头问他，"白队不在？"

唐元初欲言又止地看了她几秒，随即笑了起来："你不知道吗？白队下午就走了啊，他带谢辉去找谢绾绾了解情况。"

"哦，我不知道。"向晚笑得有点儿尴尬，"那我先回去了……"

唐元初指了指她的手上，一脸热情地问："你是有什么东西要给白队吗？我等下也要赶过去，可以帮你带过去。"

向晚想了一下，觉得还是亲自递交比较好。她微笑着摇了摇头，谢过唐元初，回到座位上拿起电脑包，默默离开。

…………

九月中旬的锦城正是夏秋交替的季节。中午的时候太阳还明晃晃得刺眼，晒得大地上一阵闷热，到了傍晚，天空收住火气，渐渐下起雨。向晚仰头感受着天空零星的雨点时，恍惚记得今天看过天气预报。接下来一周，锦城有中到大雨。

向晚不是生活得特别精致的人，这些事情看过就忘，不往心里去。可今天不一样，因为下雨，又赶上下班点，不好打车，偏偏她还穿了一条裙子，连共享单车都没法骑。等了十来分钟，她取消了订单。

当初程正选房子的时候，肯定也考虑过上班的问题，住地离刑大不算太远。干脆走回去吧？向晚起了这个念头，就不再犹豫。离开学校后，她很少这样漫无目的地轧马路。一个人背着包走在熙熙攘攘的街道上，与来来往往的人群擦肩而过，安静地思考人生和未来，她浮躁的心慢慢平静。此时辞职，对她而言是最好的选择吗？做逃兵一时爽，将来再回忆这一段，不都只剩下难堪了吗？什么也没有做成，像个小丑一样灰溜溜地离开，她自己都会看不起自己。她当初到刑侦队上班，本就不是为了白慕川，而是冲着学习的机会来的，不能忘了初心。

人家回避她，她就不再纠缠，只把所有的想法与推论都写入了《谋杀男神》的章节里。这本书，这一亩三分地，就是她施展推理能力的战场。以案写案，感觉更真实。她沉下心来写，这部分情节越发顺畅，订阅也随着字数的增多稳步上涨。

向晚很满意。

对小说的成功，向晚是有渴望的。她非常清楚，对一个女人来说，比拥有一个好的男朋友更重要的是拥有一份好的事业，有足以养活自己的本事。她也确实做到了白慕川说的那样，没有他，她照样该怎么生活就怎么生活，至少表面上是这样。

潜意识里，她认同白慕川的观点，不管爱情还是婚姻，说到底是一种等价交换，只有自己双脚站得稳，才有力量去追求想要的东西。要不然，哪怕幸运地握在手上，也不敢踏实地拥有。男人给的哪儿有自己赚回来的稳当？

她不是不知道自己的毛病，爱矫情，脑补多，个人意识强。所以与其说那天她拒绝的是白慕川，不如说她拒绝了一个还不够好的自己。年轻的感情，无法找到安全感的两个人都弯不下膝盖，即便现在在一起，也走不到未来。

她释然了，全身心地投入工作，于是白慕川就成了一道糊在她心底的剪影，一直存在，却不再惦念。每一天，她都精神抖擞地上班，找唐元初了解案情，回来做自己的事，在下班前，往白慕川的个人邮箱发送一份侧写报告，汇报工作进展。

白慕川没有给过她反馈，那些邮件就像湖里落石，有去无回。她甚至都不知道他看了没有。不过向晚不再介意。从唐元初那里拿到案情进展，她便沉在了案件里。

目前，据谢绾绾交代，跟她联系的人就是曹梦佳。曹梦佳混入她的粉丝后援会，跟后援会成员来锦城，在他们与叶轮的粉丝发生冲突的时候，突然抽刀捅向谢绾绾，结果杀死了为谢绾绾挡刀的于蕙。然后，她以娃娃里的录音内容相要挟，要谢绾绾做死亡直播，要不然就揭露谢绾绾的丑事。至于她为什么要谢绾绾那么做，曹梦佳没说，谢绾绾不知道。

向晚对此有些存疑。如果只有录音里那点儿"丑事"，值得谢绾绾以命相抵吗？她曾经代入过谢绾绾的角色，想过如果自己遇上这种事，会不会为了不堪的往事就去自杀？答案是否定的。她不会自杀，不仅不会自杀，还会配合警方把那个人揪出来。然而她不是谢绾绾，没有亲身经历过痛苦的体验，无法感同身受。

另外一个疑点，兰桂香坊的监控没有发现曹梦佳离开，那她是怎么在杀人后顺利离开现场，还拿到娃娃要挟谢绾绾的？从调查来看，曹梦佳从小虽不突出，但也是乖巧的孩子，在学校的行为也非常端正，学习成绩较好，根本就不是那种无缘无故杀人的人。更何况她和谢绾绾的社会关系没有交集。

曹梦佳唯一出格的地方，大概就是追星。她的室友表示，她是叶轮的脑残粉。脑残到什么程度呢？她听不得谁说一句叶轮不好。但是这个行为在她谈恋爱之后，就变了。有一段时间，室友没有听她提过叶轮，而关于她的男朋友，室友表示不知情。她藏得很深，她们都没有见过那个男人。

另一方面，叶轮表示自己不认识曹梦佳，他跟那天晚上闹事的粉丝团队也从来没有接触，既不知道他们要找谢绾绾闹事，更不可能指使他们去闹事。而且他和谢绾绾没有私仇。那晚在兰桂香坊，谢绾绾向他道歉，表示那天是因为身体不舒服而失态，他当即就表达了自己的态度——无所谓。那天晚上，两人握手言欢，还讨论了一会儿《灰名单》的剧情。

这一点得到了谢绾绾的确认。警方也没有任何证据可以证明叶轮跟案子有关。如此一来，这个案子好像就从曹梦佳那里结束了——死无对证。

当天下午，向晚在办公室里写了一个章节："在酒吧死亡的女大学生一度渴望成为《灰名单》里那个愿意为男朋友赴汤蹈火的女配角，她从京都到锦城，辗转数千里，来的是一个人，留下的是一具尸体……而她的男朋友并没有因为她的死亡产生怜悯。他利用了她，然后在她死后，继续光鲜亮丽地生活……"

发完这个章节，她将今天写的侧写分析发送到白慕川的邮箱，收拾东西准备离开。唐元初正好从白慕川的办公室回来，笑盈盈地问："向老师下班了？"

向晚抬头，笑了一下："是的，有什么事需要我做吗？"

"没有。我们也准备去吃饭……"唐元初说的是"我们"，向晚没问"我们"都有谁，笑了笑就准备走。唐元初却有些不好意思地邀请："向老师，要不要一起？"

"你请客啊？"向晚调侃。

"喀，白队请客。今天谢绾绾出院……"唐元初顺嘴说到这里，好像发现自己有点儿大嘴巴，尴尬地笑了一下，"横竖就队上哥儿几个，都不是外人，一起去吧？"

"谢了。"向晚对他淡淡一笑，"我今天有约。下回等你请客，我一定去。"

"嘿嘿，一定，一定。"

"再见！"

向晚拎着电脑包，走得比兔子还快。

唐元初怔了一会儿，摇摇头，突然看到站在不远处的白慕川："白队，我们也走吧……"

白慕川目光凉凉的，转身就走："你那么急干什么？"

"呃……"唐元初丈二和尚摸不着头脑，这关他什么事啊？怎么他就成了背锅侠！

向晚走出刑大，站了片刻，方圆圆就开车过来了。今天她们俩确实有约会。小姨的女儿邢菲菲今天满18岁，生日宴加成年宴，非常隆重。她俩做表姐的，哪怕平常跟邢菲菲不太对付，也是要去的。

方圆圆心情不错，她穿了身新衣服，擦了个特别艳丽的口红，神采飞扬。相比她，向晚比较沉默。汽车驶上大路，方圆圆反复瞄了她好几眼："你给菲菲准备礼物没有？"

"嗯？"向晚用了三秒才消化她的问题，然后看看自己空空的双手，"准备了。但是……忘了拿。"

"大姐，你在想什么啊？"

"我讨厌人家叫我大姐，你不知道吗？"

"是，小姐！"方圆圆咕哝，"我是丫头命啊，得想想怎么掉头……"

这条路是单行道，她往前开了好长一段才终于找了个可以拐弯的地方。汽车往回行驶，方圆圆脑仁儿都疼："表姐，你最近魂不守舍的样子很吓人，你不知道吗？"

"不知道。"向晚朝她莞尔一笑，"我只知道我最近更新都挺好的，编辑大人。"

"是，你最近更新很不错，订阅数据也好看不少。今天开会的时候，主编还说起你呢，说你的这本书虽然小众，但非常有潜力，可以申请网站的扶植作品……"

"真的？"向晚开心起来，"那太好了！"

方圆圆回头看了她一眼："可我觉得你不太好，跟白警官还没有和好吗？"

得！又来了。为什么大家都觉得她不和白慕川在一起就会很不好？

"我再说一次，我好得很。方圆圆，别找抽啊！"

"我就没看出来……"

"你给我闭嘴！"向晚拉下脸瞪她。

"窝里横！"方圆圆斜视，"有本事，去冲白慕川吼啊！"

"……"

向晚给她一个不可理喻的表情，收回目光，直勾勾地看着前方拥堵的街道。方圆圆是纯粹的恋爱脑，向晚跟她不同，情绪掌控力稍稍强一点儿。她只要认定了一件事，总能坚持下去。然而老天就像诚心跟她开玩笑，她好不容易沉下心回办公室拿送给邢菲菲的礼物时，刚进去，就听到唐元初跟两个女人说笑的声音——很熟悉，是谢绾绾和她的女助理。

"我说了，她不听。她是女王，我能怎么办？"女助理语带嗔怪。

"我这不是已经没事了吗？不好意思白吃白喝还让你们来接我。反正闲着也没事，就过来看看。从这里过去，不是更近一点儿吗？"谢绾绾话音骤停，她不经意间看到了门口的向晚。

向晚也看到了她。不巧，谢绾绾坐在她的椅子上，戴了个鸭舌帽，穿一身很仙的小裙子，打扮清冷素净，五官长得十分惊艳。她的助理坐在身边，牛仔裤T恤衫，本来挺好看的妹子，活生生被谢绾绾衬得颜值低了几个档次。

唐元初讶然地看着向晚，不知道脑补了什么尴尬的情节，怔了片刻，掉转头望向刚刚从办公室过来的白慕川。完了，冤家路窄！

向晚顺着他的视线看到了那个人，神经跳了一下："不好意思，打扰你们了，我回来拿东西。"

白慕川离他们稍远，衬衫西裤，双腿笔直修长，眉目硬朗英俊，一个不羁的微表情，染满桃花的双眼自带凝视感，撩力十足。

向晚径直走向自己的位置，目光带笑，不看任何人，一脸平静，心脏却跳得很快。到底还是太年轻了啊！她这样自嘲着，觉得这种体验虽然不太美好，但也难得遇见，她必须牢牢记住此刻的感受，等以后写到类似情节的时候，可以写得更为精准到位。

谢绾绾看她站到自己面前："嗯？"她不解向晚走过来的用意。

向晚指了指她背后的抽屉："这是我的座位，我拿我的东西。"

谢绾绾怔了一下，马上滑开椅子："我不知道，抱歉！"

向晚朝她微微一笑。这么近的距离，她可以看清谢绾绾的脸……皮肤光滑白皙，毛孔很细，几乎看不到瑕疵。明星跟普通人果然有很大的差距。

"那天，谢谢你。"谢绾绾显然记得她。

"没事。"向晚微笑，"我应该做的。"

谢绾绾也朝她笑，并在向晚拿起礼品盒准备离开的时候，礼貌地邀请她："要不一起吃饭吧？"

老实说，自从了解了谢绾绾的成长经历后，向晚就很难讨厌这个女人。

但白警官插着兜站在过道上一动不动的样子，让她望而却步，哪里敢去蹭人家的饭？

"不了，谢谢。我还有约。"她把对唐元初说过的话重复了一遍，又朝谢绾绾扬了扬手上的礼品盒，那个花哨的包装，一看就是要送人的。

谢绾绾目光掠过她，看了白慕川一眼："那下次。"

"嗯，好的。再见。"

向晚礼貌地朝谢绾绾和唐元初摆摆手，轻松地转头，可白慕川却突然走了过来。他双手插在裤袋里，站在向晚跟前，黑沉沉的眼里几乎不见情绪，双唇紧抿着，看她时唇角微微往上提，表情有一种难以描述的邪气。

"你的侧写报告我看了。"

向晚微微提口气："好的，我等着白队批示呢。"

"离题千里。"白慕川锐利的视线扫过她的眼睛，俊朗的面容在下着雨的阴天里，有一种沁入心扉的凉，"你没有挖掘出问题的实质，对案件的剖析也很业余。"

她本来就业余，她也从来没说过她专业啊。

"所以……"他是觉得她没有利用价值，可以离开刑侦队了吗？

向晚直视他，不说话。白慕川黑漆漆的眸子深邃如海，他淡淡地说："这个案子你不用参与，报告也不用做了。"

不参与案情分析，也不用再做侧写报告，那她在这里做什么？存在的意义呢？

"只拿钱不做事，我会很尴尬。"向晚始终看着他的眼睛，真诚地微笑，"白队，如果你觉得我不能胜任这份工作，要解雇我，我没有意见。但你不能让我在上班期间不工作，我做不到。所以请你开除我吧。"

向晚在大队上班，属于单位自聘，拿的薪水不走财政，是自筹性质。所以从本质上说，她的去留只是白慕川一句话的事。

"不是。"白慕川用了很久才说出这两个字。

"那是什么？"向晚穷追不舍，直视他的眼睛，目光挪也不挪。

"这个案子接近尾声了，用不着浪费你的时间。"白慕川漫不经心地说，"如果你愿意，可以关注一下锦城一中的案子。"

"什么案子？"

"昨天晚上，锦城一中校长办公室的保险柜被盗。"

向晚很想掉头就走，或者啐他一声，老娘不干了！但她不能忘记初心，更不能灰溜溜地走，"好的。我明白了，会关注的。"领导的安排，不用否定，照做就是了。在这里，所有人都是这么开展工作的。她不能例外，也不认为自己应该例外。

她准备走，白慕川却喊住她："等一下。"

"还有事吗，白队？"向晚微笑着问。

白慕川转头看了一眼唐元初："把锦城一中的案情发给向老师。"

"啊？"唐元初有些措手不及，"现在？"

"现在。"白慕川眯起眼，"有问题？"

"没问题。"唐元初嘻嘻笑着打开电脑。

向晚站在原地一动不动，哪怕胃里塞满了各种酸辣滋味儿，搅得她肠胃天翻地覆，她仍然神色不变。

办公室里突然安静下来。几个人都没有说话，向晚除了看着唐元初，不知道眼神能往哪里安放。幸好，方圆圆等不及，打电话来催。向晚听到铃声松了一口气，像抓住救命稻草似的朝白慕川和谢绾绾微笑着示意一下，走到旁边接电话。

"对不起，亲爱的……再等我一会儿。

"不要生气嘛，我马上就来……我保证，马上马上啊！"

等她挂了电话回来，唐元初已经弄好资料，又大概跟她说了一下案情。向晚听完心里就有数了，那就是一个简单的盗窃案，跟谢绾绾这个案子的复杂性完全不同。

向晚："行，我今天回去研究一下。各位，我先走了。"

她转身离开，脊背凉凉的，如有芒刺在背。她很怕白慕川又喊住她，说点儿什么。然而他没有声音，向晚也没有回头。

…………

向晚的遭遇让方圆圆狠狠震惊了一回："我去！这也太巧了吧。我都替你感到尴尬啊！不愧是我表姐！换我遇上这种事，要么掉头就走，要么当场就被气得骂人，哪儿能那么便宜了狗男女……"

142

"别胡说八道！"向晚瞪了她一眼，"人家是朋友，在一起吃饭是合情合理的。我跟他现在连朋友都算不上，说人家狗男女，那我不是更狗？"

方圆圆气鼓鼓地说："我是替你不服气嘛。他这么欺负你，太过分了……晚晚，你以后也别理他了，不如就考虑一下程队吧？我觉得他挺不错的，不抽烟不喝酒，无不良嗜好，长得帅，还有本事，这样的男人哪里去找？"

向晚叹口气，懒洋洋地说："他是挺好。可我跟他在一起就忍不住发冷，就像躺在棺材里似的……"

"呃！"方圆圆打个哆嗦，哈哈大笑，"那他跟你不是绝配吗？你现在这鬼样子，我坐在你旁边也像躺在棺材里。"

"……"

九月的锦城，七点多天就黑下来了。邢菲菲的成人宴在新世纪酒店举办，那是洪江区乃至整个锦城首屈一指的大酒店。酒店门口的巨大灯箱广告牌上是邢菲菲穿着小礼服的艺术照，一排排写着"生日快乐"的气球与鲜花点缀出的拱门香气四溢，其间来往的宾客服装得体、言态雍华，与普通人的市井生活似乎隔着一个世纪。

谭云春站在接待来宾的地方，看到向晚就习惯性地嗔怪："怎么才来？不是让你早点儿过来帮忙吗？"

向晚垂着眼皮："妈，我去给菲菲选礼物，耽搁了。"

谭云春一听这话，脸色好看了："喏，菲菲在那里，还不把礼物拿过去？"

邢菲菲跟父母在一起接待宾客，像个众星捧月的小公主，在"叔叔""伯伯""大叔""大婶""大哥"的招呼声里，红包已经拿到手软。向晚知道老妈已经给过礼金了，特地选了一条丝巾，算是心意。她也知道，不管她送什么，对小公主来说都看不上眼。所以其实这条丝巾向晚没费什么心思，随便买的，价格与质量过得去，拿个绸带锦盒一包，就算完成任务。不过谭云春对她们的礼物却很上心，拽着两个姑娘过去，就往邢菲菲跟前凑。

"菲菲啊，你大表姐和小表姐给你买了礼物……

143

"晚晚、圆圆！"她回头示意向晚跟方圆圆拿礼物。

向晚跟方圆圆微笑着，一前一后把礼盒递上去："菲菲，生日快乐。"

邢菲菲瞥了一眼，笑得有点儿勉强。当着这么多人的面，她没有多说，接过来随手放在边上，不甚在意地说："谢谢啊！"

这声谢谢没什么感情。在邢菲菲眼里，妈妈这边的亲戚都是穷鬼，不能给他们带来丝毫好处，反倒会丢他们家的人。只有她父亲那边的亲戚才是正经亲戚。向晚素来了解她，点点头，往里走。

这时邢菲菲却突然笑着尖叫一声，成功吸引了所有人的注意力："大哥哥、大嫂子，你们来啦？爸、妈，我大哥哥和大嫂子来了……"

向晚回头，只见几个人从红毯上走过来，最前面那一对男女——真的像走红毯的明星，男的英气逼人，女的婀娜美好。对邢家的背景，向晚听过一些。不过有些传闻太玄，她认为是小姨替夫家吹牛，从不往心里去。但此刻看到这两个人，她心里顿然生出阶级差别。

谭月春和邢远航也迎了过去，脸上笑开了花："烈火、连翘，这么大老远的，麻烦你们跑一趟。快，快里面坐！"

叫烈火和连翘的人是谁，向晚不知道。但小姨和姨夫脸上的笑容，她却格外熟悉——就像她的母亲、大姨、大姨夫每次见到小姨夫"光临寒舍"时的笑容，客气、无措、想热络一点儿，又怕被说高攀。

向晚突然有点儿想笑。角色互换，谁都不比谁高贵，在这个衣香鬓影的宴会上，处处显露人性。

后来入了席位，向晚才听老妈说起他们。那对夫妻是邢家从京都来的亲戚，邢菲菲的爷爷与那个叫邢烈火的爷爷是亲兄弟。这关系说远不远，说近不近。在邢菲菲的爷爷活着的时候，两家还经常走动，邢菲菲的爷爷过世后，就只剩下偶尔走动了。但是京都邢家的名望地位远远高于他们，邢远航的生意往往也要仰仗老祖宗传下的血缘。京都邢家大事小事也会叫上锦城的他们，而锦城这边有什么事，京都每每是礼到人不到。因此这一次邢烈火夫妇来参加邢菲菲的成人宴，小姨一家有点儿受宠若惊。

向晚只是听着，不搭话。在人多的地方，她习惯性地低调旁观。而且她跟方圆圆坐的位置比较偏，也不是邢家的重点招待对象，她们并不显眼。

她在人群中看到了程正，他的身边坐着一男一女两个中年人。在大厅明晃晃的水晶吊灯下，他们衣着考究，举止雍容，时不时与程正互动几句，满眼慈爱的笑容。那是程正的父母吧？

向晚的目光在他们的脸上短暂停留。依稀可辨的熟悉感，让她确定了这个猜测。看来小姨这次宴请的宾客全都有些来头，除了……她们和大姨一家。

为免丢小姨的脸，大姨、姨夫和她的母亲如出一辙地小心翼翼，动作谨慎克制，生怕言行举止不合这里的规格，闹出笑话来。可他们不知道，越是紧张，越是容易出错……

砰！碗筷落地的响声在大厅里格外刺耳。

谭云春不小心把桌上摆放的碗筷碰到了地上，碗碎了。

无数人往向晚这边注目，没有人责怪，甚至都没有人说话。可是谭云春红红的脸上堆满的羞愧、邢菲菲厌弃的眼神以及小姨夫的隐忍和小姨纠结的目光，让向晚像被人狠狠扇了一巴掌。

谭云春弓着腰，想捡碎掉的碗，可她太紧张了，手在抖，像一只慌乱的兔子。在别人的目光里，她与宴会厅格格不入。向晚无法去分辨那些目光，平静地搂住她的肩膀，慢慢蹲下："妈，我来捡，你坐着！"

酒店服务员来得也快。向晚刚刚捡了两块碎片，就过来了两个人。她们微笑着把地面收拾干净，重新换了碗筷离开。四周恢复如初，众人也都挪开了眼睛，可谭云春的脸还是刷白刷白的。

向晚坐得离她近了一点儿，从桌下伸手握了握她的手："妈，没事了！"

她做着口型，给谭云春一个微笑。谭云春的脸色还是没有缓和下来，紧绷着，她看了向晚片刻："妈是不是很没有用？总是让你跟着受委屈。"

"说什么呢？这有什么委屈的？"向晚小声笑笑，捏捏她的手，"打碎一个碗而已……"

"菲菲过生日呢，打碎碗，不吉利的。"

"谁说不吉利。碎碎平安啊！妈，你太紧张了，放松一点儿。"

谭云春点点头，幽幽地叹了一声，没再多说，目光近乎麻木地盯着舞台上的喜乐。

向晚是了解她的。她年轻时也是一个漂亮而骄傲的女人。哪个女人没有

145

做过梦，谁又不想过体面有尊严的生活？可是自从她在小姨家帮工开始，她跟小姨的姐妹关系就有了变化，至少在她心里变化了，其中有一半变成了雇佣关系。而且小姨素来强势，她在小姨家里被否定的次数多了，越发缺少自信。也有可能是今天来之前，小姨或者邢菲菲对她说过些什么，比方说注意言行举止、待人接物的口吻啊！所以她才会对这个生日宴过分在意……

向晚想着，目光看向邢菲菲。

舞台上，暖场的祝福词都说完了，司仪正在呼叫今天的小主人。邢菲菲提着裙摆走上台，大屏幕上播放着她从小到大的照片，所获得的成就与奖项。然后她的父母上台，为她送上成年礼，她拜父母，向长辈亲友致谢，一个巨大的多层生日蛋糕被徐徐推上舞台……这一切精美、华丽，舞台中间的女生像个小公主。

成人礼结束，晚宴的重头戏来了——文艺表演。现在很多人结婚、庆生都会有娱乐节目，各种表演层出不穷，越是有钱有势的人家排场越大。邢家也不例外，他们今天请来了好几个明星助阵。最让现场小姑娘们激动的是，叶轮来了。

"啊！"

"叶轮！啊——"

生日宴瞬间进入高潮。向晚身边的方圆圆也激动起来，拉着她的手，开心地叫个不停："表姐，叶轮，叶轮啊！"

向晚白了她一眼："你的男神不是戚科吗？"

"戚科没在嘛。"

"爬墙！"

富商家里宴请找来明星助阵，与旧社会请戏班到家里唱戏是一个道理。钱是个好东西，用钱请人，比人请人方便。叶轮在拍《灰名单》前，算个三线演员，但借着《灰名单》的宣传效果，他大有进军一线的势头，只要《灰名单》电视剧火了，他也就火了，妥妥的一线。所以他会在这种富商的宴会上抛头露面，还是让向晚有点儿诧异的。一般来说，当红的明星都很注意形象，不会轻易出席私人的宴请，因为很掉价！

"你说请叶轮得花多少钱？"方圆圆偷偷扯向晚的衣袖，向她比画一只巴掌，"有没有这么多？"

向晚挑挑眉："贫穷限制了我的想象力，猜不出来。"

"嘿！"方圆圆双眼晶亮，"这世道，饱的饱死，饿的饿死啊！"

全场掌声如潮，惊叫声一片。场控给了灯光，叶轮的特写镜头出现在屏幕上。向晚回头，看到他从红毯那一端走过来。也许为了给邢家的千金添喜气和贵气，他今天特地穿了一身红衣服。要换成别人这么穿，不臊死也能丑死。可那身红衣穿在叶轮身上，竟是惊艳。他高高的个子，带一点儿不羁邪性的俊朗面孔，年轻、飞扬。不得不说，叶轮的气质与这宴会上任何男人都不同。大概，这就是明星吧。

"叶轮！"

"叶轮！"

"叶轮！"

"啊——叶轮！"

一阵高潮声响彻耳膜。

不知道的人以为这是他的专场演唱会。众人在惊叫，邢菲菲却反常地腼腆起来，轻轻摇着小蛮腰，摆着小礼服，抿着嫣红的小嘴微笑着，她一直紧张地站在台上，像在等待她的心上人过来，牵着她的手，共赴婚姻的殿堂。

"太帅了！"方圆圆举起手机，不停地拍照，又把手机拿给向晚，转过身来，举着剪刀手，"快，帮我拍一张。记得把叶轮拍到镜头里……"

"花痴。"向晚斥她一声，也不扫她的兴致。举起手机，她对准方圆圆以及从红毯走来的叶轮。大厅有无数人在拍照，可叶轮却突然转头，面向她的镜头，露出一个若有似无的微笑。

向晚手一抖，照片糊了。

方圆圆看她表情怪异，凑过头来看："哎呀，这都看不清了。快，重新拍！"

"差不多得了！"向晚想着叶轮刚才转头那一笑，不太乐意再举起手机去拍他。

"差很多啊。唉！真是。"方圆圆拿过手机，一边摆造型自拍，一边咕哝，"平常咱们哪儿来的机会近距离接触小鲜肉？"

向晚白了她一眼："你这二次元脑子，我不懂。"

"知道什么叫代沟了吗？这是我们年轻姑娘的世界……"

"你可以滚一滚了！"

台上，叶轮说了几句体面的祝福词，姿态优雅地跟邢菲菲拍了合影，在司仪的主持下与邢菲菲互动了一个小节目，再唱一首歌，他的跑堂活动差不多就结束了。说白了，艺人来参加这种活动，就是一个背景板，只为了突出宴会的高大上。叶轮很配合，很专业，一首慢节奏的歌曲被他唱得韵味十足。

…………

向晚突然有点儿没耐心了："我去个洗手间。"

她对谭云春和方圆圆说了一声，默默地退出了大厅。外面的天空阴沉沉的，好像又要下雨了，但即便是这样的空气也比大厅里舒服。

向晚走得很慢，到了洗手间，却不急着进去，而是站在洗手台前，捋了捋头发，然后慢条斯理地洗手，像是恨不得把手搓出一层皮来……水哗啦啦地流，温热的，淋在手背上有一点儿麻麻软软的舒服感，向晚低着头，无意识地冲着水，不知洗了多久，等她回过神看镜子，吓了一跳。

镜子里有一个微笑的女人，站在她的身后，似笑非笑地看着她。

向晚惊了一下，迅速回头："大嫂子，你好！"

她知道这个女人叫连翘，是京都邢家的人，这个称呼她是跟着邢菲菲一起喊的。

"你好！"连翘勾起唇，"不过你能不能只叫嫂子，别叫大嫂子？我感觉自己瞬间老了十岁……"

向晚一怔，面对她俏皮的笑容，有点儿不好意思："我就随口一叫，嫂子这么年轻，哪里会老？"

"不老的那是老妖婆！"连翘笑着走过来，洗手，随意地说，"知道我刚才为什么看你吗？"

向晚莞尔："不知道。"

连翘："你洗手用了三分零十秒。我很好奇你到底要洗多久……"

向晚："……"

这女人对生活保持好奇心，对陌生人充满善意，一看就是婚姻幸福，被保护得很好的女人。向晚轻笑："嫂子的时间算得好精准！佩服……那个，我刚才在想点儿事，走神了。"

连翘看了她一眼，只笑不说话。

向晚："嫂子，你洗，我先出去了。"

连翘眨了下眼，像是看穿了她心思似的努嘴指了指卫生间："你不是来上厕所的吗？怎么不去？"

"呃——哦。"向晚回过神，尴尬地笑道，"我忘了！"

"哈哈哈，你慢慢上，我先走了，拜！"

向晚匆匆地找了个蹲坑，听着连翘离去的脚步声，双颊有点儿烫。呼！叹口气，她索性慢悠悠地享受起"洗手间时光"，在这寂静的空间里胡思乱想……

恍惚间，不知道过了多久，突然传来砰的一声巨响，像爆炸声，毫无准备地急灌入耳，向晚猛地一怔，再抬头，卫生间突然陷入一片黑暗之中。

"断电了？！"她自言自语般喃喃一声，突然嗅到空气里不同寻常的味道，紧接着，只见浓烟袭来，有明火冲出……

曾经有这么一个问题，如果在上厕所的时候发生事故，是先逃命还是先擦屁股？向晚脑子一片空白，条件反射地选择了后者——她可不想人家收尸的时候看到她死得那么尴尬。

起火的方向是门的那一头。向晚迅速脱下外套，冲马桶，把衣服塞进去浸泡，等湿透再捂住口鼻，然后像只恐慌的兔子在封闭的空间里寻找着生路。酒店的洗手间比较大，除了外间，还有内间。向晚飞快地寻路闯入内间，发现墙壁上方有一个窄小的玻璃窗。只不过窗户位置很高，她跳起来只够得着边沿。

背后的烟越来越浓，身处黑暗的空间，红红的火光格外狰狞，向晚无助地闭了闭眼，突然窗户一声震响，她以为窗户要被震碎了，条件反射地蹲下抱住头。可是窗外却传来一个女人的喊声："喂！有人吗？有没有人在里面？"

连翘？

"你退开一点儿。我要砸玻璃了！"连翘的声音很急，接着砰的一声巨响，玻璃哗啦啦碎裂，掉在地上，狼藉一片。举着灭火器出现的连翘笑脸映在黑暗的窗户边，与火光相映，双眼灿烂得炫目。那一瞬间向晚以为自己遇上了仙女。

向晚得救了！酒店紧急启动了火灾应急预案，在消防人员的配合下，火情很快被控制，起火原因初步判定是电路老化。火灾扩散范围不大，没有人员伤亡，酒店的危机公关做得很好，向晚惊魂未定地回到大厅，就有酒店经理过来找她，又是道歉，又是表示经济补偿。

向晚摆手："不用了。我也没出什么事。"

经理不停地表达歉意："这样吧，麻烦女士留个姓名和联系方式，等我们赔偿方案出来，我们再联系您协商具体事宜。"

向晚看了他一眼，没再拒绝，写完交给了他。

"谢谢女士。"经理微微一笑，停顿一下，"要是都像您这样，我们的工作就好做多了。"

向晚一怔，然后就听到邢菲菲生气的吼声："我不接受，不接受！你们赔多少钱也补偿不了我完美的十八岁生日！"显然酒店方面也在跟他们协商，但遭到了拒绝。

这个时候宴会厅里的人都没有散，受到惊吓的宾客也没有急着离开。可邢菲菲跟人家争执起来，这被打断的生日宴还办不办了？谭月春有点儿生气，僵笑着安抚着宾客，然后拉开邢菲菲，对酒店方面说："这个事情具体要怎么解决，我们接下来再谈。现在我女儿的生日宴还没有结束，麻烦你们做好善后。"

"好的。"经理躬身，态度十分友好，"我们会尽量配合。"

向晚环视一周，发现叶轮已经不在现场。他应该是唱完歌就走了，只是不知是火灾前，还是火灾后。方圆圆不知从哪里冒了出来，拽着她就大惊小怪地叫："表姐，你没事了吧？"

"没事。"

"吓死我了！怎么突然就着火了呢？"

为什么突然就着火了呢？向晚也想知道。她将出事时的画面复盘了好几次，也没有找到什么有用的线索，在众人或同情或关注的视线里，只能尴尬地低头玩手机。

这时程正发来微信："有没有受伤？"

向晚回道："没有。"

"吓到了吧？"

说没吓着，是假的，如果说吓惨了，又太亲昵，她淡淡地回复了一个"无所谓"的动图。

　　话题终结。

　　程正没有再发消息，人也没有过来。宴会厅里的气氛与出事前相比淡了很多，司仪在暖场，恨不得把肺吼炸，向晚看了片刻，不耐烦再坐下去了："妈，我有点儿不舒服，想先回去了。"

　　谭云春迟疑一下："要不去妈那里吧？妈给你煮好吃的，压压惊……"

　　"不用了妈。我又没有受伤，就是有点儿累。"向晚瞄了一眼欢歌笑语的舞台，"你留下来帮小姨，圆圆跟我一道回去就好。"

　　"对对对，二姨，有我照顾表姐，你就放心吧！"方圆圆心里也长了草，一说走，满脸兴奋。

　　谭云春没有拒绝，目光上下打量向晚："真的没事？"

　　"你就放心吧！"

　　谭云春松了一口气，又叮嘱了几句。向晚都一一应了下来，然后朝方圆圆使个眼色。从向晚被连翘救出来到现在，酒店经理都过来慰问了，小姨他们却没有一句安慰的话，也许是宾客太多、太忙，不过主要是她这个人没那么重要。方圆圆有点儿不舒服，抱怨了几句，向晚早已习惯，不甚在意地离开了宴会厅，没有人注意到她们。

　　酒店大门口连翘和邢烈火挽着手在等司机。向晚怔了怔，调整好表情走过去，再一次对连翘表达谢意。

　　连翘无所谓地摆手："不要这么客气，你这样我倒不好意思了！"

　　"像嫂子这样见义勇为的人不多了……"向晚正说着话，背后突然传来嘀的一声喇叭声。

　　一辆汽车缓缓驶过来，停在酒店门口。下车的男人面容冷峻，高大挺拔，一双微合的眼在璀璨的灯火下仿佛有一种勾魂的力量，让她移不开眼睛……

　　向晚的心一跳，她转身要走。白慕川却迈开大长腿走近，站在她的面前："没事吧？"

　　在这个死里逃生的夜里见到他，向晚不知道说什么。她摇头，眯起眼审视他："你怎么会来？"

白慕川看了她一眼，没有解释："没事就好。"说完，他在向晚审视的目光里，从她脸上移开视线，看向旁边的邢烈火，"好久不见！"

　　他们认识？向晚回头看一眼邢烈火，又看看白慕川，不知道这两个人什么关系。

　　邢烈火脸上没什么表情："好久不见！"

　　白慕川迟疑一下，挑了挑眉："你还没消气呢？"

　　邢烈火："那么多年了！还气什么气？但是你当年不肯说的理由，现在可以告诉我了吗？"

　　这两个人说的话旁边的人听不懂，他俩也没有要说清楚的意思，千言万语从眼底溜走，不透半点儿口风。好一会儿，白慕川低笑一声，懒洋洋地说："今天晚上我请消夜。"

　　邢烈火："好。"

　　"那一会儿电话联系。我现在去办点儿事。"白慕川指了指酒店大楼，邢烈火点头，看着他，表情略显沉重。这时司机开车过来，他们互道再见，邢烈火带着连翘走了。

　　向晚送完连翘上车，就准备和方圆圆离开，没想到白慕川却叫住她："走吧！一起进去！"

　　向晚一怔："我？我不去了。"

　　白慕川冷淡一笑："你对别人的案子感兴趣，对自己的案发现场却不感兴趣？"

　　案发现场？向晚不是一个凡事往坏处想的人，她从来没得罪过谁，哪有人处心积虑来害她？还制造这么大的事故，疯了吧？她更愿意相信是意外，但白慕川叫了她，从工作职责来讲，她就不能拒绝。

　　酒店出事的那个洗手间拉上了隔离线，酒店人员正在做善后工作。白慕川带着向晚走过去，向酒店经理出示了警官证："我们要看一下现场。"

　　那个经理刚好是找向晚对接赔偿问题的人，他奇怪地问："向女士，您也是警察？"

　　向晚刚想否认，白慕川就淡定地接过去："是的。警察办公，麻烦你们配合。"

　　经理愕然，连连点头："好的好的，请走这边！"

152

被焚烧过的洗手间已经不是向晚逃出来时的样子。酒店的工作人员正在把烧坏的东西挨个卸了抬出来，洗刷、冲水、排线……人来人往，哪里还找得到什么痕迹？白慕川眉头皱起，看了一下现场，又在酒店经理的带领下去看监控。洗手间外面的走廊上有一个监控设备，他们没有发现异常，而洗手间里是没有监控的，更是什么都发现不了。经理再三道歉，表示这次事故是酒店的责任，是他们没有做好检修维护造成的失误，并表示一定会赔偿。他以为向晚带警察来是找碴的，是为了多要赔偿。

向晚听出潜台词，有点儿尴尬，又不好点明。白慕川倒不以为意，瞄了一眼现场忙碌的工人，回头说："走吧！"

向晚默默跟随，走到外面没人的地方，才停下脚步："看出什么来了吗？"

白慕川摇头。

向晚皱眉："现在还要去哪儿？"

白慕川："吃夜宵！"

向晚："……"

两个人闹得这样别扭，一起去吃消夜，不奇怪吗？

"我吃饱了，不饿。"向晚对于白慕川的突然邀请心有疑惑，不肯接招，"如果白队没什么事，我就先回去了。"

白慕川深深地看了她一眼："就当陪我去。邢烈火那人不好相处，但有个毛病，怕老婆。你跟他老婆挺投缘的，有你在不那么尴尬。"

这是什么烂借口？向晚想了想，突然问："你和那个邢烈火是什么关系，感觉怪怪的？"

白慕川目光一黯，语焉不详地说："我们是战友。那时红刺特战队刚组建不久，他很需要我。而我选择了转业做刑警。"

一句话解释透彻。向晚明白了："所以你们发生了矛盾？"

"谈不上矛盾。"白慕川淡淡一笑，"只是打了一架。"

"哦。"向晚捋头发，转身走人，"那祝你有个愉快的夜晚。再见。"

白慕川："……"

向晚默默拿手机找打车软件，白慕川从背后走过来："我送你！"向晚抬头瞪他，他咧嘴，笑得帅气又迷人，"你一个人回去不安全。"

"我不需要。"

"你需要。"

向晚眉一抬，满眼都是火："你有病啊？"

白慕川："你有药啊？"

"……"

拳头都捏紧了，结果打在棉花上，任由向晚横眉冷对，他根本就不接招。"拜托你不要选择性失忆好吗？"向晚冷脸看着他，"我跟你好像没那么熟——"

"不熟？"白慕川果断地点头，"一回生，二回熟。"一只修长的手伸了出来，"向老师，你好，请多多指教！"

"……我懒得理你。"向晚索性往前走，头也不回。

白慕川腿长步子大，三两步就跟了上来："你可以拒绝我送你，但你不能拒绝一个警察保护他的证人！"

"让开！"向晚气得牙都咬紧了，却拿他没办法，"白慕川，你别这么幼稚行不行？我没工夫陪你玩！"

"你以为我有工夫陪你玩？"白慕川突然沉下脸，"逃离酒店那场火是你命大。要不是遇到连翘，你哪怕是只猫有九条命也不够折腾！"

"那只是意外！"

"万一不是呢？"

"那也跟你无关！麻烦你离我远点儿，立刻，马上！不见到你，我什么事都没有！"说气话的时候都爱比狠，向晚也不例外。她怒视白慕川吼完这些话，却发现他眼里有若有似无的笑意，像是安抚又像是促狭，这笑让向晚更加愤怒。她不想和他纠缠不清，大步往外走。这时一辆汽车突然从对面疾驰而来，耀眼的车灯晃亮她的眼，眼睛突然的盲视让她的脑子一片空白……

不过转瞬汽车已如离弦之箭开到面前。

嘀！司机鸣笛，想减速已来不及！向晚耳边嗡的一声，连躲避的机会都没有，惊叫一声闭上了眼——然而该来的没有来。一股大力从她背后袭来，她的身体就被那人带着摔到地上。

"走路不长眼啊！"司机吓得够呛，高声骂着伸出头，瞪大双眼，然后在接触到白慕川的冷眼时，又缩了回去，一脚油门驶离现场。

"没事吧？"白慕川扶着向晚的肩膀。

向晚冷汗都吓出来了，今天真是倒霉的一天，在酒店差点儿被烧死，走在路上差点儿被车撞死。她红着眼道："你放开我，我就没事了！"

刚才那个危险的瞬间白慕川扯开了她，并跟着她的身体一起滚到地上，然后怕她摔着，自己做了肉垫，把她禁锢在身前……这女上男下的姿势可以说很暧昧了！向晚的耳根有点儿热，她又有点儿生气："不想被围观，就赶紧放开！"

白慕川挑挑眉，松开她，一只手支撑着地，慢慢带着她站起来："我看你啊，是离不开我了。"

向晚冷声顶他："咱能不往自个儿脸上贴金吗？"

白慕川哼笑："咱能不要这么对待救命恩人吗？"

"……"一个晚上她就多了两个救命恩人。

白慕川懒洋洋地看着她："走吧，我送你回去！"

向晚本能地想拒绝，可话没出口就看到白慕川的手肘和膝盖都破了，衣服是浅色的，隐隐有血迹渗出，形成一片斑斑点点的红。

"你受伤了？"她问。

"小伤，没关系……"白慕川淡淡地说着，浑不在意的样子，可表情只维持了不到三秒，突然一顿，像变脸似的慢慢沉下脸，捂住受伤的胳膊，眉头紧蹙，表情极其夸张地咝了一声，"你不说我还没发现，好痛！向晚……我似乎需要治疗！"

"去医院？"

"不去！这点儿小伤，浪费公共资源。"

"诊所？"

"不去！这点儿小伤，会被人看笑话。"

"……"

那白大爷到底要怎样呢？向晚剜了他一眼。白慕川却轻笑一声："去你家……"

她就知道这厮不安好心！向晚张嘴就要拒绝，他突然叹息："去找程正！"

老天好像有意帮白慕川。他们找了代驾回到小区，狂摁程正家的门铃，

155

好半天都没有反应。

"好像没有回来！"白慕川懒洋洋地叹息一声，瞄向向晚，"去你家吧，随便来点儿白酒消个毒就OK！"

向晚有一种被套路了的感觉："我家没白酒！你还是去医院……"

"哎，我好像头有点儿晕！"他突然撑着头无力地倚着墙，低头时长长的睫毛投下一抹阴影，无辜得令人心碎，"会不会破伤风啊？"

"……"向晚觉得自己脑回路肯定断线了！哪怕内心有个声音一直在提醒白慕川这浑蛋是在套路她，可她还是领着他回了屋。等他坐下，她又像个奴婢一样给他倒水，找医药箱，擦伤口。

"向晚，我发现我错了！"白慕川的视线追随着她，他突然幽幽一叹。

嗯？向晚回头，一双点漆似的黑眸亮起光。白慕川的目光像烙在她脸上，凝视许久，他说："谢绾绾出事后，我就有些后怕，怕有人把心思动到你身上。我以为不让你参与案子，再离你远一点儿，你就不会有事……"

他的声音低沉磁性，像情人在耳边絮语。向晚身体一震，盯着他，久久才问："所以你故意冷落我，让我边缘化，是为了我？"

白慕川眯起眼睛："所以你要怎么报答我？"

狼来了的故事听得太多，向晚对他突如其来的暧昧持怀疑态度，生怕被戏弄，语气极为冷淡："你想要什么？"

白慕川轻笑："随你，我可以接受以身相许。"

"无聊！"向晚无视他夸张的表情，"少点儿套路，多点儿真诚，我们还是朋友。"

白慕川低头看她认真处理伤口的样子，几乎没法挪开视线："我哪里不真诚？"

"哪里都不真诚！"

"向老师，你这样以偏概全是不对的！"

"嘘——"向晚做个噤声的动作，慢慢地道，"不要再说了，我对你的话已经产生了免疫力！"

"完了！"白慕川突然拽住她的一只胳膊。

"干什么？"肢体接触让向晚汗毛都竖了起来，猛地瞪住他。

"没免疫啊！"白慕川唇角微勾，"我看你反应挺强烈的！"

"白、慕、川！"

其实向晚刚才分析过这几天的事情了。白慕川突然的冷漠确实有一些匪夷所思，如果他不是双重人格的神经分裂症患者，那么他告诉她的那个理由是最合理的解释。只可惜心防一旦筑起，很难卸下。

"不开玩笑你会死啊！你再胡说八道，马上离开我家。"

"向晚，我是病人，你对同志还有没有爱心了？"

"……"

向晚觉得自己一定是被洗脑了，要不然为什么看到他温柔带笑的视线，竟然会把这个人高马大的男人想象成一只受伤等待人疼爱的小奶猫，除了帮他顺毛，狠不下心来撵他？

说不过他，向晚自认倒霉。白慕川由她扶着坐在沙发上，然后懒洋洋地躺下来，双眼一眨不眨地盯着她看，那专注的视线如同烙在脸上的热铁，向晚脸颊滚烫，浑身麻酥酥的，不由得有些感慨："白慕川，你一定有过很多女朋友吧？"

"嗯？"白慕川挑挑眉，"此话怎讲？"

"你太有经验了，简直可以总结出一套撩妹指南！"

白慕川凉薄的唇角微微抿成一条线："没吃过猪肉，还能没看过猪跑？"

向晚冷眼看着他："有那么简单？！骗人。"

"你啊，要么把男人想得太坏，要么就把男人想得太好！傻不傻？"白慕川拍拍他身边的沙发，示意她坐下来说话。在遭到向晚的拒绝后，他搓了一下太阳穴，闷闷地低笑："男人没那么坏……男人也没那么好。哪怕像我这样的绝世好男人，该了解的知识、该普及的教育，也早就从浩瀚的网海中启蒙过了……"

向晚斜视他："那你的启蒙老师是？"

白慕川笑得意味深长："是你啊，向老师！"

向晚咬牙："不要脸！"

说完她就要走，手腕却被白慕川拉住。他像一只大宠物倒在沙发上，无辜且无害，目光里又满是侵入式的霸道："你坐下来，陪我说会儿话。"

向晚脊背僵硬，她戒备地缩回手："还有什么可说的？"

"你怕我？"白慕川看着她复杂而纠结的小表情，"我不会吃了你！我就跟你说说话！坐下来。"

向晚看着他，不动，也不说话。今天晚上的白慕川所表现出来的容忍、耐心、无赖，可以说又一次刷新了她对他的认知。也是这样的白慕川，褪去了初识时的疏离冷漠、熟悉期的若即若离，渐渐变成了一个真实的、有血有肉的、有七情六欲的男人。

夜灯很暖，两人相对而视，空气里的温度突然升高，明明已是入秋的季节，突然就像回到了酷暑时节，向晚脊背上隐隐有汗意，面对白慕川近乎炽烈的目光，她手足无措，也有一丝少女心膨胀后的冲动与侥幸——不管不顾地奔向他可好？哪怕飞蛾扑火也试一试可好？就算最后不被他真心爱着，跟他相处一段时间吸取经验，可好？

向晚知道内心澎湃的情感才是正确的生活打开方式，有魅力的女人都这样——拿得起，放得下。可她偏偏就是那种矫情的女人，做不到对自己的感情不负责任。从某种意义上来说，她在感情上也是一个精致的利己主义者。

向晚朝他靠近一步："问你几个问题，你如实回答我。"

"你说！"白慕川撑了撑胳膊，以便让自己看起来态度更端正一些。

"你的目的？"

向晚单刀直入。白慕川一怔，挑眉笑开："是我表现得不够明白吗？向晚，我想跟你在一起。"

向晚点头，表示知道了："在一起多久？你的时限！"

好冷静的女子！怎么感觉像批发市场上卖猪肉的大妈问人家要称几斤几两？白慕川搓额："如果一定要加上一个期限的话，我希望是一万年——"

"……"他又贫！

向晚瞪他。白慕川却敛起眉眼，认真地拉起她的手："可一万年太久！我怕是活不到那个时候，无法奉陪。所以我们能不能只争朝夕？"

向晚凝视他，不说话。

白慕川叹息："虽然我很想说一些女孩子喜欢听的话让你开心开心，但我还是不想骗你。我是刑警，得罪过很多人，工作性质特殊。明天和意外，我不知道哪一个先来。我能向你保证的只有朝夕，一朝一夕，慢慢相处。万一在无数个朝夕之后，就活成了一辈子呢？"

每个女生都有对爱情和婚姻的憧憬，可很少有人知道，也很少有人敢正视……不管多么轰轰烈烈的爱情，最终都会归于平淡；不管多么浪漫经典的婚姻，最终都只剩下柴米油盐的生活。两个人三观一致，合得来，彼此容忍迁就，才能长久相处，把爱情顺利地转化成亲情，才会有耄耋之年执手看斜阳时再说爱的权利。

她的小说里是这么写的，爱情残酷、现实，其实也美丽。

"你还是想说……试一试？"她问，有点儿难以启齿。

白慕川皱眉，认真地握紧她的手："试一试。"

向晚一怔，默默地垂下头："如果我还是不同意呢？"

"我不介意！"白慕川失笑，"我可以再试一试。生活不就这样？有无限可能。既然老天让我在锦城遇见你，肯定这就是对我——最好的安排。"他说到最后一句时，眼睛很亮，像有一抹暖阳沉浸在里面，斜斜地照入她的心里，很快又从她的地平线上消失，化成一句叹息，"你这个女人，一个字形容，就是厌！"

直接被他戳穿，向晚竟反驳不了。她想了想，认真地说："我承认你是对的。要不然我也不会26岁了还没有谈过恋爱。我也承认我对感情的观点是有问题的，有很严重的问题。我顾虑太多，还有点儿情感洁癖……"迟疑一下，她抿抿唇，认真地点头，"好吧，不是一点儿，是很多，我有很严重的情感洁癖。"

白慕川看着她的眼睛："为什么？"

向晚移开视线，不跟他对视："大概写言情小说写多了吧！"

沉默中白慕川看着她，目光深深，却不追问。好一会儿，向晚叹了一口气："我的感情生活里只能有一位男主，而我是唯一的女主。如果没有这样的一个人存在……我宁愿单身。这想法……是不是很过分？"

"嗯，有点儿过分！"白慕川认真地笑。

说开了，向晚也有点儿不好意思："我也不认为你的感情观是错的。只是我自己有问题，我承受不起试一试的负面后果！"

"我懂！"白慕川点点头，"所以负面后果都由我来承担吧……你不用试，我来试就好。"看她抿着嘴不吭声，白慕川轻笑一声，"我试着做你的男朋友，你依然可以把我当成你的同事或者朋友。"

向晚挑挑眉："你的意思是？"

白慕川若有所思："从现在开始，我会尽到我的义务！"

向晚退了一步，发现这人的目光不太单纯："你想做什么？"

白慕川忍俊不禁："看把你吓的。放心，在未经你允许的情况下，我不会侵犯你。我只是想用男朋友的身份保护你……"

"保护，你要怎么保护？"向晚笑了起来，眼里写满了怀疑。

白慕川说得理所当然："你有两个选择，要么你搬到我那里住，要么我搬到你这里来。"

"什么？"向晚以为自己幻听了，像看疯子一样看着他，"你没问题吧？"

"我很严肃！"白慕川看了一眼室内的环境，眉头一蹙，"地方是小了点儿，不过我不介意，可以暂时忍受一下。"

他不介意，可她介意啊！

"我跟圆圆一起住的，大哥……她会介意的！"

"那你去我那里，妹子……我不介意的。"

"我看你脑子是糊掉了……"

向晚呼出的气都是紧张的，她用力甩掉他的手就想走，可没有注意面前的茶几，刚刚抬步右腿膝盖就撞了上去，那股子钻心的痛让她脑门上冷汗都冒了出来。白慕川的手就在这时伸了过来，扶住她的腰，他挪开自己的身体，想把她拉下坐在沙发上……然而他的手脚都有伤，不太方便，向晚膝盖被撞，腿也使不上劲儿，这一阵手忙脚乱地折腾，她在慌乱中想避开与他的身体接触，结果反而不偏不斜地坐在了他的身上，活生生变成了投怀送抱……

灯光突然就暗了。

不，是她的眼睛突然就花了。

眼前的光线变得氤氲而旖旎，催动着她的末梢神经，让他那只扼紧她腰的手仿佛变成了火炭……热得慌。

白慕川手一紧，将她往他身边带了带："很痛？"

他呼出的气喷在脸上，向晚心脏一跳，脊背神经麻了一下："还好。"

白慕川稍稍抬起她的下巴："向晚。"

她瞄了他一眼，不说话。

"我可以吻你一下吗？"

"……"

"就一下。"他将她大力圈在怀里，声音喑哑而性感，还有一丝令人意外的轻颤。他们像少男少女在恋爱，期待、茫然，又不知所措。他的手试探性地摩挲着她的下巴、唇，大拇指轻轻覆上，压了压……陌生而又熟悉的感受让向晚的世界一片颠倒。

…………

不出所料，白慕川要住过来的想法遭到程正的强烈反对，两个男人单独出去聊的，说了什么向晚不知道，但思考一个晚上，她有些坐不住了，第二天主动找到程正："程队，你朋友这房子这么低的价格租给我们，我心里挺过意不去的，不太好占人便宜。所以我准备……"

她是怕大家在一起尴尬，准备重新找房子。可不等她把话说完，程正就截住她的话："不用纠结这个。要不要白慕川住过来，我尊重你的意见，你也不用跟我商量。"

向晚尴尬地一笑："这事要不要跟你朋友说一声？"

程正沉默片刻："你那么聪明，已经猜到了吧？"

向晚看着他，点头。程正想了一会儿："房子确实是我的。我喜欢清净，不想被人打扰，所以当初把一层两户都买下来了。后来你找房子，我寻思这房子空着也没用，就当帮你一把，没什么坏心思，至于说房子是我朋友的，只是为了避免你尴尬……"

向晚默默一叹："谢谢程队，所以我就更加不好意思了……"

"行吧，我同意。"他突然转头，扫了她一眼，"白慕川那边确实比这里宽敞，可是你如果住过去，他以后欺负你，就没人帮你了，还是住这边吧！好歹有朋友。"停顿了一下，他抿紧唇角，突然冷笑，"要来住，我就让他住。哼！我倒要看看他住不住得下去！"

他这是要干什么？向晚突然对未来的日子产生了不确定的紧张……他俩不会天天打架吧？

…………

上午九点，白慕川召集小组人员开了个简单的案情会，综合情报线索

161

分析认为从孔庆平偷娃娃到曹梦佳自杀这一系列事件与叶轮有极大的关系，但是目前找不到与他有关的证据。叶轮作为新的一线明星，身边安保人员众多，行事谨慎细致，他们想要在私底下监视与跟踪搜索证据，会比监视普通人难很多。

"警察不如狗仔！憋屈！"

"没办法，警察要守法，取证要合法。狗仔却不需要顾忌那么多！"

唐元初咕哝一句，对那天审讯叶轮的事情还耿耿于怀："你说他牛什么啊？除了脸好看一点儿，还有哪里中用？凭什么跟我们跩七跩八的？要不是老大拦着，我当场就想揍他！"

"你嫉妒人家长得帅吧！"谢辉笑着说他。

"屁话！他有老大帅吗？我怎么不嫉妒老大？"

"你不敢啊！"

"滚！"

两个人小声嘀咕了几句，就收到了白慕川警告制止的眼神："行了。两个小组各司其职，把叶轮给我盯紧了！"

"是！"唐元初突然又道，"老大，为啥黄哥还不回来啊？最近队上缺人手，大家都挺想他的！办案方面，他也比较有经验，我们队上需要他……"

这句话正中向晚下怀。几乎下意识地，她也抬头望着白慕川。

办公室一片安静，大家都在等待白慕川的回答。可是他淡淡地扫了众人一眼，不甚在意地说："我提过了，王局会有安排，你们就不要瞎操心了！干活去！"

这哪儿叫瞎操心呢？他们一个战壕里的战友！众人面面相觑，有疑惑，终是不好再多问，各自出去。向晚收拾好自己面前的资料，把一份看了的报告递给白慕川，低眉道："白队，我出去了。"

白慕川看了看她青黑的眼圈，小声问："昨晚睡得不好？"

向晚双颊微热："还行。"

白慕川轻笑，绕过来拍拍她的肩膀："行吧，你先去，邢烈火来了，我有事跟他商量。咱们晚上见。"他温热的气息轻轻拂到脸上，像一股暖风，被他拍过的肩膀也有点儿沉。

162

那是一种从未有过的感觉，很奇怪很亢奋，不受控制。向晚抱着资料回到座位，一直持续了十几分钟才想明白——这可能就是传说中的"恋爱综合征"吧？

　　所以白慕川说什么一切都不会改变，根本就是假的。事情与心情都发生了变化，又怎么能回到最初的状态呢？

　　她魂不守舍，不想再被这种情绪左右，索性打开电脑看书评和论坛。

　　《谋杀男神》是向晚写作以来成绩最好的一本，也是话题最多的一本。以前她默默无闻地写，不火不赚钱，从来没什么事，谁也不会来关注她。可《谋杀男神》火了那么一阵，她的是非从此就没有断过。尽管文泉论坛上那个说她在培训期间乱搞男女关系的帖子和相关话题早已删除，但这件事对她却产生了深远的影响，她身上也从此被贴上了黑色的标签。

　　有一阵向晚很讨厌看论坛、看书评，因为三天五时就会有人跳出来说几句似是而非的话硬她，让她很是烦躁。不过很快她又调整过来了。谁也不知道自己在别人的嘴里会变成什么样子，如果每句话都去在意，她就不用活了。因此她不再看那些东西，那些肮脏事也被她彻底屏弃——但那个神秘ID除外。

　　向晚一直很在意，可惜ID已经很久没有出现了。不管向晚写什么情节，他都不再评论。这让向晚有些怀疑以前的判断……难道说那只是一个普通ID，人家说完就下线再也不管，只有她还在耿耿于怀？向晚有点儿六神无主。

　　队上的同事都很忙，工作也没有真正消停的时候。向晚到处走了一圈，最后可耻地发现，她是整个刑侦大队最清闲的一个。于是她自觉自愿地帮大家添茶倒水，复印文件，干点儿杂事……

　　"来，小刘，喝点儿水！"

　　她的主动吓得小刘一个激灵站起来。

　　"向老师，我来我来，我自己来！"小刘坐在她隔间，是刑侦队里资历最浅的一个协警，接过水杯脸都红了起来，不停地道谢。

　　"客气什么啊！"向晚轻笑，"你们都忙，倒水的时间都没有！"

　　小刘嘿嘿一笑，再次道谢后，与她闲聊了几句，突然斜过头，瞄了一眼白慕川办公室的方向，小声说："向老师，你发现没有，今儿老大有点儿不

163

对呢？"

对于白慕川的八卦，向晚还是有兴趣听的："有什么不对？"

小刘摇头："我也说不上来，反正觉得咱们老大的脸色突然阴转晴了……还有你说奇不奇怪，今天他居然主动跟我问好，笑得那叫一个好看……"

"……"他笑得灿烂不是很正常吗？向晚发现从同事那里了解到的白慕川有些不一样。好像他们认识的根本就不是同一个人……也就是说，他不是对每个人都笑的吧？

"向老师，你在笑什么？"

小刘看她笑得诡异，有点儿莫名其妙："我怎么觉得你这笑跟老大有点儿像啊？"

向晚"呃"了一声，收敛笑容，轻咳一声："我不是听你说起来觉得好笑吗……"

小刘点点头，又猜测："你说老大不会是谈恋爱了吧？"

"喀！"向晚喉咙一卡，发不出声来。

"我觉得有可能，很像，太像了。"小刘说着说着又兴奋起来，"如果是真的就太好了。我们队再也不会被人叫光棍大队了……"

"光棍大队？"这称呼有些稀奇。

"可不是吗？你没听唐元初说啊？咱们队从上到下，包括大队长和教导员，清一色的光棍，唯一一个结了婚的王成明还被离婚了。"小刘一脸无奈地说，"干刑警的人最苦了，没时间谈恋爱，薪水也不高，哪儿有妹子喜欢啊。"

向晚只知道刑警辛苦，还真不知道刑警是婚恋困难人士。

"不对啊，我觉得做刑警挺好的！很有男人气概……"

"得了吧！"小刘笑了一声，又问，"唐元初的那个笑话你听过没有？"

"没有。"向晚摇了摇头。

小刘笑着说："你看唐元初，是挺招姑娘喜欢的那种吧？其实他到队上之前有一个谈了一个月的女朋友。就因为他要到锦城刑大来工作，那妹子果断提出分手……"

"啊！"唐元初还有这样的历史？她真没听说。想了想，向晚轻叹：
"因为男朋友做刑警就分手，这也太荒唐了吧？"

"不是荒唐，是现实。那时候唐元初正在见习期嘛，也没什么钱，女朋
友过生日，他连人家要的包都买不起，女朋友当着他的面儿跟一个买得起包
的走了……"

向晚抿了抿嘴："可这算什么笑话呢？"

小刘低低笑一声："这事我也是听说的。那天晚上唐元初被女朋友当众
打了脸，回来气不过，给人发了一条短信，讽刺人家说'恭喜你，为了一个
包，贞操终于保不住了'！那妹子绝了，回复他说'也恭喜你，不仅找到了
好工作，还保住了一辈子的贞操'！"

"哈哈哈哈！"

"哈哈哈！"

两个人笑了起来。这笑话初听上去搞笑，可仔细想，却有点儿让人难
受，也足以证明刑警在婚恋市场上的无奈。

"你们在笑什么？"唐元初的声音突然传了过来。

两个正在低头说话的人冷不丁被吓着了，轻咳着掩饰："没什么……"

唐元初不太相信地看着他们："怎么感觉你在说我的坏话？"

向晚看着他一身整齐的警服，赶紧把话题扯开："唐警官穿得这么正
式，准备上哪儿去？"

唐元初狐疑地看一眼她和小刘："去巡逻！"

向晚知道刑侦队经常会在晚上组织警员去街道巡逻，目的是震慑犯罪，
可他们白天好像并没有出过这样的任务。

"快到国庆了！"唐元初解释，"维稳任务重。"停顿一下，他又瞄了
向晚一眼，"星光大道那边有剧组拍摄，老大让我们多注意一点儿……"

这么说，向晚就明白了。她问："你们需要人手吗？"

唐元初嘿嘿一笑："你啊？"

向晚挺了挺胸膛："我啊！你就把我当个协警用呗！反正我闲着。"

唐元初轻笑："那可不行。老大……"

看他小子眼睛里的光芒，向晚就知道他要说什么。她不想让更多的同事
对她和白慕川的关系产生什么不好的联想，连忙打断："没事，老大那边我

会跟他说！"

唐元初看着她，张开的嘴好一会儿才慢慢合拢："好吧！老大同意，我没意见。"

…………

出街巡逻是一次新鲜的体验。巡逻车上共有四个人，除了向晚和唐元初，还有一个人叫何文才，另一个人叫王成明，也就是小刘说被离婚的那位倒霉刑警。除了唐元初偶尔嘴贱，其他两人都比较稳重。向晚算是半路出家到刑侦队的人，对刑警的真实生活很感兴趣，非常乐于与他们交流，一路上大家有说有笑，相处和谐。

不一会儿，巡逻车行至星光大道。

这条街在锦城非常有名，一条大道上有好几个景点，常年都有剧组在这里拍戏。《灰名单》剧组最近也在这里拍戏。巡逻车刚到街口，他们就看到有一些拿着单反的小姑娘或边走边拍，或坐在街边闲聊，年轻的脸上有掩饰不住的兴奋。看上去她像是哪位明星的忠粉过来探班的……

唐元初摇头，又开始感慨："你说现在的人，也不知道怎么了。明星到底有什么值得崇拜的地方？一个个被捧成神了！"

王成明表示赞成："这也证明咱老百姓精神空虚啊。"

何文才："我觉得这是资本包装的结果吧。需要明星效应赚钱……"

说到钱，几个警察就都沉默了。明星拍一部戏的钱，他们一辈子都赚不到。他们付出血汗，还往往得不到认可与尊敬……

沉默中，巡逻车徐徐往前开。唐元初突然笑了一声："兄弟们别想那么多。人活着总得有点儿追求不是？咱只要不亏心就好！"

"亏啥心啊！亏的是人！我都好多天没睡个饱觉了！"

"得！今晚不值勤，我请你们喝酒！喝完都回家睡大觉，好不好？"

"哟！我没听错吧？"

"呸！当然。"唐元初哼笑一声，突然豪气顿生，"就兰桂香坊，今晚我请客！向老师，你也来。"

兰桂香坊的消费高，大家都知道。可唐元初话都说出来了，谁也不好说兰桂香坊东西太贵，不要他请吧？男人最要面子，也最怕被人驳了面子。

王成明瞅了他一眼："这是准备把一个月的工资都贡献出来？兄弟，

耿直！"

唐元初眼睛微瞪，一脸愤然："少看不起人？什么一个月工资？至少得三个月！"

几个人说说笑笑。这时前方临近茶馆的巷子里突然冲出一个人，额头滴着血，他一边跑，血一边顺着脸颊往下流，匆忙间，他看到前面过来的巡逻车，怔了一下，猛地掉头往相反的方向飞奔而去……

第五章　乌龙故事

"那家伙有问题，追！"

巡逻车冲了出去。可那家伙不仅跑得快，人也狡猾，眼看警察近了，直接钻入一条小巷子。

星光大道这里景点多，来往的人也多，还有好多只供步行的巷子，鳞次栉比的茶馆小铺充斥其间，占了一半的路面。这人一溜进去，就像泥鳅入了池塘，很难追上。

唐元初大吼一声："站住！"

"让开！警察！"不等车停稳，他跳下去，跟着追了出去。

警察当街追人，过路群众纷纷避让。何文才和王成明两个人紧跟而上，被那家伙带着绕了好几条巷子。地方太窄了，七横八纵，幸好他们身手矫健，好歹把那家伙拦了下来。等向晚喘着大气奔过去的时候，那家伙已经被反剪双手摁在了墙上。

那家伙大概170的个子，有点儿偏瘦，寸头，双眼细长，脸憔悴而浮肿，像睁不开眼似的，被警察摁住动弹不得，嘴里还嗯嗯地乱叫："痛痛痛，痛死啦。哥们儿，轻点儿轻点儿啊，手要断掉了！"

唐元初一巴掌拍在他的肩膀上，气不打一处来："还知道痛呢？知道痛你小子还跑？嗯？跑什么？！"

那家伙愣愣地回头，看着唐元初警帽下的脸，糊涂地问："不是你们叫我跑的吗？"

他们？唐元初搋住那人的手松了松，慢慢地把他拧了过来，让他面对自己："说清楚！怎么回事？"

那家伙哟一声，揉了揉肩膀，满不在乎地问："哥儿几个，我这表现怎么样？"

众人越发听不懂了："你在说什么？"

"我说哥哥，我刚才的表现怎么样？跑得快不快？"

这都什么跟什么？唐元初脾气上来了："少套近乎，问你话呢，赶紧交代！"

"你们还演呢？"那人哈哈一笑，看着他们几个扬扬得意地龇了龇牙，"专业的就是不同，是比我演得好多了，就跟真的似的。刚才我跑的时候吓得腿都颤了，感觉就像真的被警察追，差点儿没尿裤子——"

"……"

三个警察被弄糊涂了。

向晚隐隐察觉出什么。她拨开唐元初，走上前，微笑着问那人："你叫什么名字？"

美女突如其来的问话让那人一怔，他条件反射地回应："陈六！"说完他眯了眼睛，"你是明星吗？我在剧组没有见过你……"

向晚挑挑眉："你以为我们在拍戏？"

陈六一怔："难道……难道不是吗？"

向晚微微一笑，看向唐元初："唐警官——"

唐元初会意，掏出警官证："我们是洪江区刑侦队的民警！说吧，你脸上的血怎么回事，为什么看到我们过来就发疯似的跑？"

"哇！"陈六没回答问题，仔细看了看唐元初的警官证，像个傻子似的，嘴唇都抽搐了，"是真的警察？是真的？不可能啊！明明就是试戏啊？"

"问你话呢！说！"跟这么一个驴唇不对马嘴的家伙说话，唐元初火都燎到眉毛了。

看他发火，陈六怂了，缩着脖子小声说："警官，我、我也不知道怎么回事啊。我是今天过来试戏的临时演员。"说到这里，他抬起袖子抹一把额头。于是他额头上的血迹就糊了一片在脸上，袖子也被那些血染成了红红的颜色。他看了看袖子，骄傲地嘿嘿一笑："这个装化得老像了，对不对？想不到吧，这血是假的。"

化装？演员？唐元初气得火噌噌往上冒："你说你一个临时演员，看到警察为什么跑？怕什么？嗯？"

陈六被唐元初恶狠狠地一瞪，搔了搔脑袋："我就是看到警察才跑的啊！不，我不知道你们是真的警察啊！我试的这个戏就是这样，我出巷子看到警察就是要跑的……"

众人哭笑不得："你拍什么戏呢？还有看到警察就跑的戏？"

"《灰名单》啊，嘿嘿，我就想拍《灰名单》呢。哪怕在《灰名单》里露一个背影，也很厉害啊，对不对？嘿嘿嘿，我当然看到警察就要跑！不仅要跑，还要跑得很快，让老大喜欢才行！"

这人说话有点儿颠三倒四。向晚琢磨了一下，问出关键问题："你说的老大是谁？"

"老大就是老大啊！"陈六懵懵懂懂，看着脑子就不太好使。

向晚眉头微微一拧："我是问，让你来试戏的老大是谁？"

陈六"哦"一声，干巴巴地笑："老大就是我们的经纪人。嘿嘿，不是只有明星才有经纪人的哦，我们临时演员也有。剧组需要临时演员的时候，老大就会找我们去试戏……"

他说得稀里糊涂，但向晚大概听懂了。这个"老大"差不多就是帮这些演员接活的头儿。向晚背过身去，与唐元初交换了一下意见，对陈六说："走，带我们去见见你们老大！"

"啊？"陈六蒙了："警官……我、我没干什么啊，我又没犯法，为什么要找老大啊？老大要是不高兴，我会被扣钱的……"

向晚笑着安抚他："不要怕，我们就问你老大几个问题！"

"不、不好吧？！"陈六似乎有点儿怕那个老大，结结巴巴地想拒绝，可看唐元初沉下脸，又不得不依，"哦！走、走吧！"

巡逻车还停在外面。几个人拎着陈六出来，引来许多路人围观。陈六一路走一路跟人解释，他是为警官带路的，不是犯事被警官抓的，惹来路人发笑。

走到路口，他们发现有一群人围在那里，其中有几个还穿着整齐的"警服"。向晚愣了一下，就见人群里冲出来一个中年胖子，一颗大脑袋光秃秃的，脖子上挂着一根大金链子，看到陈六就叫骂："陈六！你死哪儿去了？"

陈六怯怯地望了唐元初一眼，不敢说话。胖子倒是不怕，黑着脸上前，质问唐元初和向晚几个："搞什么？你们是哪个剧组的？跟我抢人？"

向晚看了一眼胖子背后的那几个"警察"："你们在拍戏？"

胖子比陈六聪明多了，上下打量他们一眼，马上悟过来了："你们是……警察？"

唐元初气得喉咙痛："我们不是，你们是？"

胖子解释，这是一场乌龙事件。《灰名单》剧组准备拍一场警匪街头追逐戏，那个叫陈六的人因为外形酷似《灰名单》里的人物原型，被胖子找来临时客串。可陈六这个人脑子不太好使，刚刚给他交代了剧情，化好装，不等开始，他就冲出巷子，然后看到警察出现，就自动代入角色，按剧本的套路飞奔逃走了……

"不好意思，不好意思。几位警官，给你们添麻烦了！"胖子点头哈腰地连声道歉。

向晚回头望了一眼街道："你们拍戏都不用标示的吗？"

"有的有的。因为还没有正式开拍……"胖子说到这里，似是生气，又转身抬脚虚踢了陈六一下，咬牙道，"就他不知道，冲出来就跑了，追都追不上——实在不好意思，给你们添麻烦了。"

唐元初看了一眼那群穿着"戏服"的"警察"，怎么看怎么别扭："下次注意点儿！不要扰乱公共秩序！"

"知道了，知道了。各位警官，慢走！慢走啊！"

出了这种乌龙，再上巡逻车，四个人都有些沉闷。唐元初郁气未消，气哼哼地说："这些演警察的人怎么比我们看着还像警察？而我们反倒被人误认为是假警察，这叫怎么回事？"

"可不嘛？"何文才叹息一声，"你看看人家，一个个长得唇红齿

171

白，一身英气，哪儿像你我？天天觉都睡不饱，出来执勤脸青唇白，跟鬼一样！"

"哈哈哈！那是你。我还是很帅的！"

"得了吧你！你长得那么帅，为什么贞操还在？"

"何文才，我翻脸了啊？"

…………

巡逻小队沿着星光大道走了一圈，到中午十二点左右，回了队里。这个点食堂已经开饭了。唐元初三人洗了手直冲食堂，向晚稍稍斯文一点儿，回办公室拿个补水喷雾，去洗手间对着镜子喷了几下，拍拍，觉得脸滋润一些了才算缓过劲儿。九月底的紫外线还很强，中午气温也高，她刚才热得汗流浃背，感觉严重缺水。要天天这样出勤，怕是不到一个月，皮肤就可以和非洲姐妹看齐了。

"鬼鬼祟祟地做什么？"向晚刚把补水喷雾放到包里，背后就传来白慕川低沉的声音。

这人走路都没有声音的吗？她吓了一跳，回头扬眉："怎么？妇女同志的隐私白队也要过问？"

白慕川漫不经心地凑过头，往她脸上瞅："你亲戚来了？"

向晚一时没有反应过来，愣怔地看着他："什么亲戚？"

白慕川眉梢微挑："妇女同志的隐私——难道不是来了大姨妈？"

他连大姨妈都知道？向晚整个人都不好了，眯起眼小声说："白队，我怎么现在才发现你是妇女之友呢？"

白慕川："……"

跟他打嘴仗，向晚很少占上风，难得赢一次，善心大发，不再笑话他，而是照了照镜子，随意地说："你怎么没去吃饭？"

白慕川淡淡地笑："吃啊，等我的女朋友一起去。"

一种突如其来的暧昧撞击着向晚的心脏，她脸颊微烫："我还没有同意呢。所以咱俩目前只是单边关系，你还在考察期，请自重。"

"单边关系？"白慕川被她逗笑了，举双手投降，"来，你亲我一下，我就走了。"白慕川的声音低沉迷人，听得向晚汗毛都竖起来了，心脏狠狠一抖。

"白慕川，咱们说好的。"向晚手忙脚乱地推他，"不可以胡来……"

呵！看她像猫似的伸爪子，又没有什么攻击力，白慕川憋了好久，终于忍不住笑了，轻轻捏一下她的鼻尖："逗你玩呢，傻子，还当真了？"

"幼稚！"向晚恶狠狠剜了他一眼，然后一脚踩在他的脚上，不顾他龇牙咧嘴的样子，"不好意思，我也是逗你玩的！吃饭去了。白队，回见！"

食堂吃饭的人不多，稀稀松松地坐着，三三两两在聊天，向晚要了饭菜，想了想，径直坐到了白慕川的对面。他有些意外，抬起头："不是要低调地保持同志友谊吗？你这是……"

"我有正事。"向晚面容凝重。

白慕川看了看她的脸色："说吧，什么事？"

向晚把在星光大道遇到的乌龙事告诉他，然后蹙眉道："我总觉得这事怪怪的！又想不出来到底怪在哪里……"她凝神思考着，慢悠悠地叹息，白慕川却突然拉下脸。

"不对！"他说着，突然放下筷子。

向晚吓住："怎么了？"

白慕川用一种古怪的表情看着她："亏你还是沐二少的忠实粉丝，你不知道那个情节是什么？"

呃？《灰名单》剧情太长，涉及的案子也多，她一时半会儿哪里想得起来？

白慕川看着她，慢吞吞地说："那是一个调虎离山的剧情。犯罪分子要进行毒品交易，但提前得到消息，警察要来搜查。当时犯罪分子想联系交易方更改地点已经来不及。他急中生智，让人拎着箱子做出逃跑的样子引走警察……"

"啊？"向晚愕然。

她刚才就觉得不对，只是没有把剧情衔接起来。他这么一说，她就想起自己的怀疑是缘于《灰名单》的小说剧情了。只不过那场戏是小说剧情的现实演绎吗？

"白队，那我们现在要不要……"

白慕川断然起身："看看去！"

…………

173

再去星光大道，他们一行人两辆便车，低调地到达了《灰名单》的拍摄现场。剧组正在准备开工，现场忙忙碌碌，看到他们走近，他们都停下手里的工作，不明所以地看过来。

空气突然安静。

一个挂着工作牌的男人狐疑地走过来："你们找谁？"

白慕川掏出证件："找一下你们剧组负责人。"

警察？

那人看看他，没有说话，转身找人去了。也许是他的表情感染了剧组其他人，气氛突然变得紧张起来。很快，制片主任挽着袖子过来了，将白慕川一行领到边上的一个茶馆。

剧组今天在这里拍外景，临时包下这个茶馆，供场务喝水歇息使用。制片主任请白慕川坐下："警官，这是……又出什么事了？"

一个"又"字代表了他惶恐的心情。出门干活，都想图个平安，这短短的时间内剧组接二连三地出事，搞得他们又被动又烦躁。白慕川看他的脑门都是汗，平静地说："没什么大事，我们只是来了解一下情况。"

制片主任："你说，你说！"

白慕川望了望茶馆外面："你们今天拍哪几场戏？"

制片主任说一句"稍等"，叫了统筹人员过来，把今天的剧务安排和备忘本全部拿给白慕川看。

果然有那场调虎离山的警匪追逐戏。白慕川翻看着，示意唐元初拍照留存，问了制片主任和统筹人员几个问题，又开始对剧组其他在场人员进行分组排查。

剧组很配合他们的工作，把今天在拍摄现场的人都一个个通知到了。白慕川单独要来了负责为临时演员安排工作的胖子电话，很快胖子就屁颠屁颠地领着两个小年轻跑过来了，其中一个就是陈六。

胖子是个大嗓门，走进来一身肥肉都在抖，笑起来一口大黄烟牙，和金链子配在一起，浓浓的暴发户既视感："警官？还是……噫，出了啥事？"

白慕川面无表情地看着他。那胖子被他盯着，自己就脑补出无数的剧情来，然后脸上的肉颤了颤，表情开始不自在："警官，难道我犯啥事了？"

"坐吧！"白慕川语气亲和了不少，"把今天的事情再复述一遍。"

174

胖子一脸蒙："发、发生的啥事？"

白慕川看了一眼陈六："你们让人调虎离山引走警察的事！"他语速缓慢，却清晰地传递出一种冷漠的气息，把在场的人都下了一跳。

胖子脑门上的汗湿答答地往外渗："警官，我就是一个在剧组做小营生的串串，混口饭吃而已。你看看我……哪儿来的狗胆，敢对警察调虎离山？"

白慕川："我是说，你们对警察调虎离山的剧情安排怎么会出那样的乌龙？"

胖子怔住，一秒后，又嘿嘿笑了起来："这事赶巧了，也怪这不晓事的陈六瞎折腾……"说到这里，胖子转头瞪向陈六，"说啊，你刚才不是很会说吗？还不快点儿跟警官交代？"

陈六的脸早就吓白了，他一听胖子吼，整个身体都快弯下来了："老大，我……我要说什么？"

"说经过！"

"哦！"陈六想了想，"老大让我试个戏，给我化了装，然后副导来给我讲了戏，我问老大我怎么样，老大说试试才知道……然后我跑出巷子，就看到警察出场，我就、我就照剧本演了……"

陈六比画着，说得头头是道。

白慕川又看胖子："他跑开的时候你在哪里？"

胖子指着茶馆外面："我就在那个地方站着，有棵树那里……很多人可以做证的！"

白慕川看着他不停滴汗的脸："当时你有没有发现什么异常？"

"异常？"胖子被白慕川视线冷冷地盯着，脑袋摇得像个拨浪鼓，"没有、没有、没有！啥也没有。我跟副导在说话……哦，对了，有异常！"

所有人都看着他。胖子恶狠狠地望向陈六："异常就是这小兔崽子异常！莫名其妙就跑了……"

陈六哭丧着脸："不是你让我跑快一点儿嘛！"

"你还敢说！看老子揍不死……"胖子气得七窍生烟，忘了有警察在旁边，举起拳头骂了一半突然回神，生生把话连同唾沫一起咽了回去，"警官，我没叫这小兔崽子马上就跑，我是说拍戏的时候要跑快一点儿……"

"你明明就让我快，跑快一点儿！"

说陈六傻，他似乎也不傻。警察反复询问这个事情，他也发现了不同寻常。再傻的人也知道维护自己的利益，于是他和胖子为这个事争起来！两人争得脸红脖子粗，你看着我，我看着你，谁都不服对方……到底谁在说谎？

白慕川皱眉："把副导找来！"

副导过来了。然而他的说辞把事情推向了更加扑朔迷离的境地："我跟陈六交代了那场戏，就一直在手机上和场务讨论别的事情，没有注意听他们说什么……"

对这件事的调查，白慕川的方向是没错的。偏偏一个个说的都对不上。他们花了几个小时，资料记了厚厚一沓，有用的信息却不多。向晚看白慕川拧起的眉头，小声问："难道是我们小题大做了？"

白慕川回头问统筹人员："你们剧组的人都来齐了吗？"

统筹人员一怔："在现场的都来了，没在的就没通知……"

白慕川点点头，正要说话，外面突然传来笑声："白警官又来办案了？"

这声音格外悠长悦耳，普通话很标准，却带着浓浓的不屑。向晚看过去，只见光影里走进来一个男人，双手插在裤兜里，唇角挂着若有似无的笑意，有一点儿漫不经心的痞态。

叶轮！向晚认出他来了。

这样英俊且有辨识度的脸，想不认识都难，认真说来，她跟叶轮打过两次照面，可这一次才是真正意义上的面对面。是的，叶轮就站在她的面前，相距不足两米，近得她可以把这个最近火得一塌糊涂的小鲜肉看得一清二楚。

"你来得正好，麻烦协助一下我们的工作。"

白慕川一脸严肃，公事公办，对明星并没有特别的礼遇。

"好啊！"叶轮坐下来，满不在乎地跷起二郎腿，"反正都协助那么多次了，也不在乎多这一次两次的。"

白慕川不说废话："上午十点你在哪里？"

叶轮："在外面瞎溜达。我上午没戏。"

这么说就是他不在现场了。白慕川视线微微一凝："你在做什么？"

叶轮："在街上还能做什么？！当然是买买买了！"顿一下，他扬了扬唇，笑得有些邪性，"这个不需要找人来证明吧？我单身，一个人逛街，没带助理……"

白慕川眼皮都不抬，按照自己的询问节奏来："说一下，你都逛了哪些街，哪些店，具体买了什么？"

叶轮一怔："都要说？"

白慕川冷着脸："都要说。"

叶轮笑："行啊。"

要交代清楚行踪，尤其在警察面前交代清楚行踪，真的很不容易，每一个小细节都需要反复询问、确认、询问、确认……大约过了二十分钟，叶轮终于把这部分说清楚了。

白慕川点点头："好了，你可以走了！"

其他人得到警察这句话，就像得到了特赦令似的拔腿离开，可叶轮似乎半点儿都不惧被警察询问，依旧懒洋洋地坐在那里，邪邪地笑着："这就完了？"

白慕川看着他，不说话。叶轮又笑："不用扣留我24小时，让我仔细想清楚吗？"

看他一副故意找碴的样子，唐元初憋不住了："别没事找事啊！协助办案是公民的义务，你不会以为演个戏就了不起了吧，什么态度啊你？"

"唐元初！"白慕川喝止他。

唐元初年轻气盛，一时失言，不代表他傻。他知道，跟叶轮这种人对着干，很多时候只有警察吃亏。不说其他，就人家的脑残粉，动起真格来投诉他，就够他喝一壶了。有黄何的前车之鉴，他不敢为自己和大队惹麻烦，哪怕心里气愤，仍是乖乖地闭上了嘴。

见状，叶轮却笑了，不甚在意地瞄了他一眼："这位警官似乎对我们演员有点儿个人情绪？不要紧！反正每天都会有成千上万个这样的人在放嘴炮，一边看不起我们，一边羡慕我们……"说到这里，他突然盯住唐元初，"以后剧组有试镜的机会，我通知你来啊……警官？"

他凉凉地笑着，那双眼睛格外媚，那张嘴唇格外艳……似有一种男生女相的阴柔之气，又似有一种从骨子里泛出来的狠劲儿。跟他对视，唐元初这种初出茅庐的小子明显不敌。一时间，唐元初哑口无言、面红耳赤。

"呵！"叶轮笑着站了起来，"没事我就走了啊，各位警官。"

没有人回答。茶馆里一片安静。

叶轮迈着闲适的步子，走了没几步，又突然回头，懒懒地笑道："我有个建议，白警官。"

白慕川目光似剑："说！"

叶轮："我只是演反派，不代表我就是反派。你们能不能不要总盯着我？没事也找找那些演警察的人嘛！万一'警察'里也冒出个罪犯来呢？"他说完大步走了。从头到尾，他嚣张狂妄，除了白慕川之外，他几乎不正眼看别人，似乎毫不在意自己的形象。

叶轮一走，排查就进行到了收尾阶段。在核对材料的时候，他们发现漏掉了很重要的一个人——男一号戚科！在上午那场戏里他才是主角。剧组开始还推诿说戚科下午没戏，中午回宾馆休息了。可白慕川冷着脸坐在那里，没有要走的意思，剧组没办法，只得叫人把戚科接过来。

戚科比叶轮要大几岁，与叶轮是完全相反的两种人。比起叶轮的叛逆不羁，戚科本人与他在《灰名单》里的男一号人设基本一致，阳刚、低调、不张扬、对人有礼貌，对警方的工作也非常配合，问了的要答，没问的也主动交代。

他交代事发时他在道具组换"警服"，很多人都可以为他证明，这几乎没有疑点。一个人可以说谎，一群人不可能全都在说谎吧？于是综合方方面面的情况，那一场乌龙确实就是巧合。

"所以白忙活一下午喽？"唐元初愤愤地站起来，"这剧组也是邪门！啥事都有他们，可每次查下来，他们啥事都没有！"

这话听上去有点儿绕，可仔细想，确实是这么一回事。

向晚抿了抿唇，对这件事情有点儿愧疚。她不好意思地看了白慕川一眼："今天怪我，浪费了大家的时间——"

白慕川看过来："只要坚持，就没有被浪费的时间。也许我们只是晚来了一步！"

向晚低下头，默默地，有些难过。那边唐元初跟何文才几个人挤眉弄眼地闹了起来。

178

白慕川回头瞪了他一眼："干什么？"

唐元初笑着道："老大，晚上放个假呗，我们喝酒去？"

白慕川剜了他一眼，没赞同，也没反对，却被唐元初等人会意，当成了默认，立马笑逐颜开："哥儿几个，晚上喝酒去。兰桂香坊走起——"

早就已经过了下班的时间点了，众人整理东西，准备离开。白慕川慢条斯理地站起来，看向那条一眼望不到头的巷子："你说，他们谁在说谎？"

向晚就站在他身边，理所当然地接过话："陈六老实巴交，问题都表述不清，不像有脑子的人。胖子很社会，但这种人奸猾，如果没有相当大的利益驱使，不会轻易帮人卖命……"迟疑片刻，向晚缓缓地说，"今天见了那么多人，我认为最可疑的人……是叶轮！"

"嗯？"白慕川转头看着她。

向晚与白慕川眼神交换，突然就想到了叶轮那个令人猜测不透的笑，说道："不在场的人才会有无数的可能。"她停顿片刻，叹了一声，"其实我更想不明白的是，他们在那个时候把警察引走，到底是为了干什么？与小说剧情一样的毒品交易，还是别的什么见不得人的勾当？"

白慕川没有回复，他站在那里，挺拔的身躯有一丝冷肃之感。

"叶轮。"久久，他重复一遍那个名字，放低声音，"是人是鬼，总会有现形的一天！"

…………

唐元初请客，众人很兴奋，号叫着要拉白慕川一起去。白慕川拒绝了，理由是他今天要回去搬家。向晚听到他提及这件事，心里就腻歪，皮肤莫名其妙发烫。不过队里的同事大多不知情，也不很在意，只是起哄地叫着让白队请客。

搬家请客是锦城人的习俗，白慕川也不推诿，笑了笑，从钱夹里掏出一张卡，直接交给谢辉："你们去喝，多少都算我的！"

众人欢呼，兴奋得不行。唐元初却愣住了："老大，这不对啊！说好今天我请的。要不你明天再请？嘿嘿！"

"少啰唆！"白慕川一拳打在他肩膀上，"等你娶媳妇儿，再请不迟！"

白慕川话音一落，就有人怪叫："那完了！怕是一辈子都吃不到了？"

"滚球！"唐元初踢他，"信不信老子明天就带个妹子给你看看？"

几个男人欢天喜地地闹腾去了。

向晚低着头收拾东西，准备撒丫子滚蛋——单独一个女人，她不想跟唐元初他们去酒吧那种地方喝酒，更不想被白慕川叫住，让她去帮忙搬家。可怕什么就来什么，她拎着包上完厕所，正准备从侧门溜出去，就看到白慕川的车停在那里。

"小妞，哪里跑？"他的笑容荡在夕阳的余光里，又暖又撩。

"……"向晚无奈地顿足，"干吗？"

白慕川偏偏头："上车！"

呵！向晚将包搂在怀里，不悦地瞪眼："凭什么呀？你搬你的家，关我什么事？"

白慕川轻笑，一丝促狭从眸底飘出："谁说我现在就去搬家的？向老师，你就这么迫不及待想跟我住在一起？"

迫不及待个鬼！向晚不高兴地哼了一声："那你要干吗？"

白慕川扬扬眉："星光大道，追星去！"

向晚："……"

她不解地抬眼，却意外撞上白慕川严肃的目光，更加意外的是，一个小时后，她被白慕川带着见到了头号情敌——谢绾绾。

…………

夜晚的星光大道与白天不一样。灯火变得旖旎，街上行人的面孔也闲适下来，再无白日里的匆忙。两侧仿古的小楼都很低矮，几乎都是两三层。屋檐上挂着一排排极富古意的灯笼。纱窗、流苏，小桥、绿树，茶楼酒肆里时不时发出慵懒的笑声。

谢绾绾从他们背后跟上来，戴着帽子，一个黑色的大口罩遮住了半边脸，像鬼一样突然冒出来："上哪儿去啊？"

逛夜街的人很多，她站在熙熙攘攘的人群里，朝他俩懒洋洋地笑着，那声音里表达出来的友好，让向晚的酸味儿都无处施展。白慕川回头，一只手插在裤兜里，不以为意地挑挑眉："你怎么在这儿？"

谢绾绾抱臂，肩膀上挂着一个小背包，笑得轻慢："怎么？打扰到你们的二人世界了？"

180

白慕川漫不经心地笑着："知道就好。"

喷！谢绾绾只露出了眉和眼，可表达的感情却极其丰富。她似笑非笑地看了一眼向晚，又问白慕川："我们找个地方坐坐吧？"

收到邀请，向晚有点儿尴尬。虽然她知道白慕川跟谢绾绾不是那种关系，可大概先入为主的原因，她对这样的相处方式始终有点儿介怀——就好像是现女友见到了前女友一样，浑身不自在。

她对谢绾绾笑了笑，转头看向白慕川："那个……白队！你们去吧。我就先回去了……"

"急什么？"说话的人是谢绾绾，她走过来，一把挽住向晚的胳膊，"找个地方吃饭吧，边吃边说。我没吃晚饭呢，都饿了！"

向晚："……"

她跟谢绾绾这种常年在江湖上行走的人不同，太宅，不擅长与陌生人亲近与交流。这样被谢绾绾挽住胳膊，揽住肩膀，她觉得浑身的鸡皮疙瘩都爬上来了。白慕川的脸色也不太好看，他不动声色地拉开谢绾绾的手，将向晚护在身体的左侧："我们吃过了。"

"你们看着办吧！除了吃饭，我也是有情报的人。"谢绾绾歪着头，"吃不吃？"

"……"

星光大道的边上有一条河。临河的街面上很多吃的、喝的、玩的。谢绾绾最近常在这儿拍戏，对这地方很熟，径直带他们上了三楼，找了一个安静的特色小馆子。

选位置的时候，白慕川刻意坐在了向晚的身边。

"吃点儿什么？"谢绾绾就像没有发现他的小举动一样，头也不抬，拿着铅笔在菜单上勾勾画画，语气平平淡淡，不热情，也不冷漠，界线刚刚好。

向晚微微一笑："我吃过了，不太饿。你随意就好。"

谢绾绾瞄了她一眼："减肥啊？"

向晚失笑："减肥好像是明星比较热衷的事？"

"也是！"谢绾绾不以为意，把菜单递给白慕川，"你自己来，老铁！"

181

从慕川、小白，到老铁，她对白慕川的称呼真多，多得不需要别的语言就足够证明他们的交情深厚。向晚笑了笑，随意地瞥了一眼单子："你吃素？"

谢绾绾懒懒一笑："减肥啊！明星的必修课嘛。"

向晚勾勾唇，接不下去了。尬聊伤身！毕竟不是一路人，强行拉近距离，彼此都累。

"好了。"白慕川随意点了几个菜，叫了服务员过来拿走菜单，然后双手一扣，轻放在桌面上，认真地问谢绾绾，"说吧，有什么事？"

谢绾绾不紧不慢地笑着："你这人，饭都没吃呢，哪儿有力气谈正事？"

"别磨叽！"白慕川不耐烦。

"真是。重色轻友！"谢绾绾是真不着急，看了酒水单，叫服务员拿了酒水饮料过来，摆了满满一桌子，往杯子里倒好酒，又问向晚，"喝点儿？"

"谢谢，不用了。你自便就好。"向晚笑应。

谢绾绾又是笑："我猜也是。小白就喜欢乖乖女……"

这个称呼让向晚很尴尬。她如果称得上乖乖女，那天下就没有不乖的女人了。向晚意味不明地一笑，不多说。谢绾绾与她对上眼神，摸了摸自己的包，又问她："介意我抽烟吗？"

"请便！"除了这个，向晚能说什么？

"谢谢！"谢绾绾说着，又找白慕川拿打火机。

向晚看着她的一系列动作，但笑不语。在谢绾绾之前，她并不熟悉这种恣意而飞扬的女人，基于某种对人设研究的喜爱之情，她并不介意谢绾绾所表现出来的任何姿态，即便有些不适应，也只当成一种全新的体验。

"我最近挺烦的！"谢绾绾点燃一支香烟，在白皙纤软的手指上来回辗转，说了一句又停下，沉默着一连吸了好几口。

烟气袅袅，空气里无端躁动起来。一种不安的情绪在心底滋生，撩拨神经。但白慕川不说话，向晚没有立场对谢绾绾说什么，她只静静地坐着，静静地看着，也静静地听着……

小火锅陆续端上来，有西红柿排骨汤锅、有酸菜老鸭汤锅，还有野菌山鸡汤锅……很香，哪怕向晚吃过饭，馋虫也被勾了出来，默默地盛了一碗，可一直吵着饿的谢绾绾却一口不吃，只慢条斯理地吸着烟。

"味道还成吧？"谢绾绾吐出一个大大的烟圈，突然一笑，淡淡地看着向晚和白慕川，"别说，你俩还挺般配的，就连表情与反应都很和谐。不过话又说回来，我都说最近很烦了，你们就不能问问我这单身狗为什么烦？"

白慕川："谢绾绾……"

"哎，敷衍的就算了！"谢绾绾抬起夹香烟的手，制止他，"我都知道你要说什么了，不爱听！"说到这里，她视线挪开，笑着看向晚，"前一阵你是不是怪别扭的？"

"嗯？"向晚一怔，"什么？"

"我跟他啊！"谢绾绾努嘴指了指白慕川，"我是不是影响你俩的感情发展了？"

"……"有些话可以想，却不适合当面说。正常人会在聊天时尽可能给对方留出一个舒适的空间，不让彼此尴尬。可谢绾绾，这是不留余地啊。

向晚看了她一眼："并没有。如果我跟他的关系有什么问题，那问题肯定出在我们自己身上。感情这种事，不是别人可以影响的。这怎么能怪你？"

她不温不火，不卑不亢。谢绾绾审视她两秒，低头喝了口酒："这么说来，我倒像个笑话似的，生怕影响了你俩谈恋爱，巴巴地跟上来解释……"

白慕川微微冷了脸："你今天话很多！"

"是吗？"谢绾绾突然淡淡一笑，"可能喝了酒的原因吧，有些话不吐不快！"

空间突然变得逼仄起来，怪异、不自在。

"向小姐，你不会介意的吧？"谢绾绾抬抬眉，又似笑非笑地看向晚。

如果向晚这个时候还没发现她情绪不对，那也别写小说，别做什么侧写师了。谢绾绾对她没有敌视，但谢绾绾身上浓浓的怨妇情绪，也许瞒得过白慕川，却瞒不过女人纤细的神经。她感受到谢绾绾的语气，并马上调拨身上的神经细胞做出最有利的反应。

"不介意！只不过……如果是你的私事，我恐怕不太方便听！"

谢绾绾瞅着她，突然笑了，拿烟的手撑着太阳穴，笑得肩膀都抖动了起来，那张漂亮的脸蛋、纤长的脖子、柔美的锁骨，从向晚这个角度看上去，与香烟带出的风尘味儿混在一起，让谢绾绾在向晚心里的定位更加清晰——一个浑身是伤的美丽女人。她善良、懦弱，想爱，又怕失去，佯装坚强，却一步都不敢跨出去。

"我还有什么隐私是不能让人知道的呢？"谢绾绾一个人笑够了，又朝向晚眨了眨眼，"我那些丢人的事情全世界都知道了，我还在意什么？早就被人扒干净了，没有隐私，不存在隐私……"一句话里连续出现三个"隐私"，越说不在意，越表现出她很在意。

向晚安静地看着她，一动不动。

谢绾绾歪了歪头："你怎么不说话？"

向晚把心里的不安掩藏得很好，从不轻易交心："我觉得我保持沉默是最好的。"

"你很可爱。"谢绾绾双眼柔媚地眯起，"在今天之前，我其实很好奇，小白为什么喜欢你？不！应该说，你这么一个小姑娘凭什么把小白套牢？让他甘愿为你做那些事……"

那些事，哪些事？向晚心里疑惑，但此时不适合问这个。

向晚沉默一下，目光扫向白慕川，轻笑："听到没有？"

简单的四个字，她就把锅甩给了白慕川。从某种意义上说，也是她不参与战争的一种态度。

白慕川接锅，对她笑了笑，问谢绾绾："我说，你没喝多吧？如果你今儿就想说这些乱七八糟的，我劝你死了心！我家里都管不了我，你认为自己有多大分量？"

谢绾绾笑着靠在椅子上："谁说我要管你？我就是好奇，特想知道你心里装着的是一个什么样的女人……"说到这里，她看着向晚，一双眼变幻莫测地转了转，发出一声暧昧的笑声，"结果我发现向小姐确实是一位迷人的女士……我也快要爱上她了呢。"

向晚："……"

白慕川脸色变得有点儿难看："我警告你啊！别再胡说八道了！"

"说真的呢。"谢绾绾往前倾身，对着向晚的脸，"我很喜欢你。"

向晚无言以对。白慕川拉下脸："我说谢绾绾，别没事找事。"

"嘿！这么严肃做什么？"谢绾绾把玩着火机，在指尖来回转圈，又笑盈盈地看着向晚，"我的事他没有告诉你吧？"

向晚只是笑笑，不回答。谢绾绾把烟叼在嘴里，眯起眼，又开了一瓶酒，抬手把窗户拉开。河风从窗口吹进来，吹着她的头发，盖住她半边面孔，以至她脸上的表情竟有一种精致而华丽的迷乱："我不喜欢男人，我喜欢女人。"

什么？向晚看着她，像被雷劈了一样。谢绾绾低头拨了拨头发："死掉的于蕙，我的助理就是我的爱人。嗯，她为我而死。"

一个"死"字比千言万语都沉重，悲伤就这样静静地荡在了风里，随着她破碎的声音飘飞。

"有一次，我跟于蕙在一起，被家里人看见了。"谢绾绾抖了抖烟灰，翘起唇角看着向晚，"为了我的自由，为了得到我家里人的'无罪释放'……我请白慕川帮忙客串我的男朋友，我们做了一个口头的君子协定……"

谢绾绾的用词很怪异。在向晚听来，那都不是正常的叙事方式。她甚至用到了"无罪释放"这种感情色彩极为浓烈的词。向晚无法猜测谢绾绾在离开那个恐怖的少教班后又有了一个怎样的家庭，那些谢绾绾的"家里人"又是怎样的人，但她可以肯定，谢绾绾依旧生活在一个不太美好的环境里，要不然也不用找白慕川客串男朋友了。

气氛莫名压抑。然后向晚听到谢绾绾的笑声："你怎么不问我们的君子协定是什么？"

向晚淡淡一笑："那是你们的事情，我没有立场问。"

谢绾绾怔了片刻，酡红的脸上闪过一抹笑："行，你这么说我很开心。"说着她转头看白慕川，"老铁，你女朋友可以啊！"

白慕川伸手把她面前的酒瓶拿开："别喝了二两当半斤！我没工夫跟你瞎扯！你要没什么可说的，我们就走了，还有事呢。"

"急什么？"谢绾绾轻笑一声，举起酒杯跟向晚面前的饮料杯碰了一下，仰脖一口灌下去，打了个酒嗝，挑眉问，"听说你们今儿来剧组查案了？"

白慕川不拿好眼神看她："是，怎么了？"

"我说的消息有用，有钱拿不，警官？"谢绾绾似乎真喝得有点儿大了，说话夹舌头，含含糊糊。

"有话就说！"白慕川不太客气。在他眼里面前这个大美女好像完全不具备女人的性别。

"你这人……真是！"谢绾绾摆摆手，靠在椅子上，仰头看着天花板，想了一下，"这事我告诉你，你可别往外说……要不然又得扯到私人恩怨上。"

"我有分寸。"白慕川冷着脸。

"叶轮！"谢绾绾轻轻说了一个名字，目光一闪，"他好像找了个小女朋友……"

向晚无语。白慕川双眼微冷，恨不得掐死她："你们圈子里的八卦，我没兴趣！"

谢绾绾望着窗外极美极美地一笑："我是说他那个小女朋友今儿来剧组探班了，可一眨眼就不见了……"

什么叫一眨眼就不见了？向晚的神经倏地紧绷起来，她认真地看着谢绾绾。谢绾绾却浑不在意："现在的小姑娘啊，就是傻！男神是那么好追的吗？根本就不待见她，不愿意让她出来见人！"

喝了酒的人说话没有逻辑，向晚琢磨半天才理顺她想表达的内容是什么："你是说，事发时叶轮的小女朋友也在现场？"

谢绾绾对她一笑："聪明！你们今天的排查人员名单里肯定没有这个人吧？"

没有！确实没有。当时白慕川找剧组的工作人员核实了，他们表示所有人都在那里，连戚科都找来了，根本就没说有这个人存在。

"也许别人也不知道她来了呢？"谢绾绾挑挑眉。

"那你怎么知道？"白慕川冷声问。

"我？"谢绾绾懒洋洋地吸烟，指了指对面那个临近巷子的窗口，"今天我就坐在那里……"

那个位置不仅可以清楚地看到街面，还能看到剧组的位置。白慕川眯起眼："为什么现在才说？"

谢绾绾懒洋洋地喝了一口酒："你又没问我，我哪知道你不知道呢？"

向晚皱了皱眉头："你说一眨眼就不见了，是什么意思？"

"字面意思。"谢绾绾撇撇唇，"就是刚刚看到她在那里，结果你们几个警察抓人，等我眨个眼看回来，人就不见了呗！"

"……"确实是字面意思。当时街上那么多人，即便有个小女生突然走掉了，谁会注意？单单这样去想，很难将两件事糅合到一起。

向晚问："叶轮上午不是没在剧组吗？他小女朋友来探班，找不到他，掉头就走，不奇怪啊！"

谢绾绾眯眼看着她："你说得有道理——不过这里是步行街！地方就那么大，我就眨个眼，她能走多远？如果这事刚好发生在'真警察抓假罪犯'的乌龙时间呢？"

白慕川看了谢绾绾一眼，去吧台结了账，又转回来："吃好了就走吧！送你回去！"

"不用。"谢绾绾摆手，"我再坐一会儿，你们有事，先去忙！"

白慕川沉下脸："再不走信不信我把你丢下去？"

"哈！"谢绾绾笑了笑，无奈地站起来，撑着桌子，走路有些晃，冷不丁靠在向晚的肩膀上，把她随意一揽，酡红的脸上满是促狭的笑，"扶我一下啊，谢谢！"

向晚嘴唇抽搐一下，尴尬，又不得不扶。然而她的手刚刚搭上去，就被白慕川扯开了："让她自己走！"

吃男人的醋也就算了，连女人的醋也吃？

谢绾绾看了他一眼，笑着把背包甩上肩膀上，走在前头。

街上，夜风徐徐。三个人安静地走向停车的地方。

向晚一直没有说话，直到白慕川过去开车，只留下两个女人站在路边等待时，她才看了似醉非醉的谢绾绾一眼："你并不是喜欢女人吧？"

谢绾绾一怔，转头看过来。向晚却不看她，双眼凝视夜幕下无尽的苍穹："你不喜欢女人，于惠喜欢。她为你而死，因为她一直以为你爱的人是她……因为爱，她甘愿赴死，可她到死都不知道自己其实只是一颗棋子。"

谢绾绾没有说话，但向晚可以感觉到她火辣辣的视线，于是一笑："你说你最近很烦躁，可你的烦躁有几分是因为于惠呢？"

咚的一声！谢绾绾突然手滑，手上的背包掉落在地。沉闷的声音拉回了她的神志。她低头捡起包，笑了一声，径直朝白慕川开过来的车走去："小白，你这个女朋友了不得啊！我喜欢死了！"

…………

"她刚才跟你说什么了？"送走谢绾绾，回去的路上白慕川问向晚。

"没什么。"向晚微笑着，看着这个钢铁直男一脸无知的样子，一颗心突然软得一塌糊涂，"白慕川，你其实很傻，知道吗？"

"嗯？"白慕川在红绿灯路口刹住车，突然探过头，在她的脸侧亲了一口，"再说一句试试！"

"说了又怎样？傻子！"

白慕川扣住她的脑袋，轻轻一敲："说一句我亲一口。"

"……"

"叫啊！叫傻子。"

"……"怕不会真是个傻子吧？向晚翻了个白眼，一个"傻"字还没出口，他的唇就贴了上来，轻轻一碰。呼吸交织间，向晚看见他魅惑的瞳仁里映着自己的笑脸，视线模糊，一肚子的百转千回通通散开，只剩下一路街灯，明亮、炽烈，如同他俊朗温柔的笑脸，美好得像年少时做过的那些爱情美梦——她梦中的白马王子是一个盖世英雄，终于驾着七彩祥云来接她了！

…………

回到家，向晚一个人安安静静地坐在椅子上，心里的情绪没能马上平复，像是被搅入一团乱麻里，满脑子都是白慕川的笑脸，暖暖的，温柔的，像撩人的风。她闭上眼睛，脑海里是他突然俯身亲吻她的样子，是他陪着她漫步回家的身影，是他大提琴般好听的声音……

额头上突然一痛，她猛地睁开眼，看到方圆圆的大圆脸："干吗啊？"

"想什么呢？一脸淫荡。"方圆圆使劲儿捏了捏她的脸，把切好的一盘水果放在电脑桌上，"不要想男人了，好好写！最近数据不错，加油！"

"知道啦！大编辑！"向晚随口应着，打开了书评区。

"日常催更。我是催更小能手！"

"打卡！打卡！向公子看我，我是你的小可爱呀……"

"向公子，什么时候让方警官与暖暖发生点儿不正当的男女关系啊？啊——最近好素，嘴都起泡了！"

一条一条浏览下去，向晚从中得到的快乐无法用言语描述。写作初心无

188

外如是——有人喜欢，有人等待。她双眼带着笑，慢慢看下去，视线最终停顿在一个熟悉的ID上……

来了！他来了。

她等了那么久的那个ID终于出现了，一样的语气，一样的阴森森的感觉。不过这次的书评看上去就像一个普通读者对向晚写的剧情所进行的毫不留情地抨击："这书最近节奏有问题吧？整天风花雪月，男欢女爱，腻死了。作者最近是不是谈恋爱了？说好的悬疑刑侦呢？再没有进展，作者可以去死了！"

向晚眉心紧紧拧了起来。沉默一会儿，她照常把这条留言截图保存，与以前的几条放在一个文档里。从头到尾再看一遍，毫无头绪。她索性关掉书评，开始专心码字。

前面的一部分情节是男女主感情的一个升温过程，在感情处理方面的细节是比较多。不过目前男女主算是有了一个阶段性的发展，可以暂告一个段落了，她本来也准备开始走事业线的。向晚琢磨着剧情，冷不防想到了谢绾绾说的那个情况——叶轮失踪的小女朋友，以及他们这一群被"调虎离山"的警察。

这中间的关联是什么？一旦进入故事，她发现自己就不再是向晚，手指迅速敲键盘，似乎变成了另一个没有具象的人，开始将天马行空的想法杜撰在故事里。

…………

午夜十二点向晚写完，上传、发布，然后长长松了一口气，站起来做了几个扩胸运动，活动活动筋骨。嘀嘀！一条短信发了过来："卡点更新！向老师，你很棒哦！"

好强烈的反语！好关注她的一个"脑残粉"。向晚没有发现自己扬起的嘴角，慢吞吞地回复："这叫技术！没有个三五年的历练，练不出来这样的状态。懂吗？"

"厉害了我的妞！在下甘拜下风！"

看着短信上的文字，想着白慕川似笑非笑的脸，向晚的神经松缓了不少，她一边扭着腰在屋里走来走去，一边给他发短信："都这个点了你怎么还没睡？"

"没得到你的允许，我哪里敢睡？"

"污不污啊你？"

"想什么呢？小人之心度君子之腹！"

"不跟你贫。洗漱、睡觉，明天还要上班呢！"

"嗯。安！"

"安！"

夜深了！向晚看了一眼窗外黑漆漆的天空，拉上窗帘，去卫生间。坐在马桶上，她随意翻动手机，意外发现《白名单》更新了！祖宗啊！隔了这么久，沐二少居然复活了？

她再看一眼更新时间，发现沐二少居然跟她差不多时间更新的。向晚突然开心起来，翻开小说页面，认真阅读，享受这难得的休闲时光。读一本好书，便是一次灵魂的洗涤。好书给向晚带来的精神养分足以让她安心一整晚……

…………

兰桂香坊的酒让刑侦队的小伙伴们精神大好。第二天上班时个个脸上神采奕奕。向晚心情也好，发现今天的大队格外有团队精神，每个小伙伴都那么亲切。

向晚把办公室清理了一遍，刚刚坐下来，就收到通知，请全体成员去大会议室参加"国庆中秋维稳工作部署视频会议"。除了值班的，都必须参会，也就是说向晚这个编外人员也不例外。

向晚进会议室的时候手机关了音量，只留了振动。她正认真地做着笔记，突然一条短信闯了进来："散会后，再跟我去一趟剧组！"

又去？想到那个剧组，向晚莫名其妙有点儿心塞。与剧组有关的案子这都发生几起了？

一、谢绾绾的私人物品被盗，同时被曹梦佳威胁。

二、孔庆平因偷盗死于意外，失手杀他的是他的亲爹。

三、于惠与另一个女生死于谢绾绾与叶轮的粉丝斗殴，社会事件。

四、曹梦佳畏罪自杀……

单独看来，每一起案子都干净利索地破了。但几起案子都有疑点，那些关联处就像蒙上了一层纱，隐隐约约可以窥见一些轮廓，却看不真切里面的内容……

"白慕川，你看完我昨晚的更新了吗？"向晚低头发消息。

"看了。写得不错。从故事性来说很完整，很精彩。"白慕川很快回复。

"从现实性呢？"她问。

"现实——最好不要那么戏剧性吧！"

他不等向晚回复，又用轻松的语气补上一句："其实前面几章节奏挺好的。女孩子嘛，谈谈恋爱，打情骂俏，都喜欢看……嗯，我也很期待方夜阑警官什么时候才有肉吃……"

"去你的！"

"哈哈！"

两个人的小动作做得很隐秘。只不过向晚唇角偶尔的小笑容却没有逃过程正的眼睛。会议结束的时候，程正在门外过道上等着向晚："向老师，有空吗？"

向晚有些意外："程队找我有事？"

程正面无表情地说："你那天不是说想要看一些法医案例记录，用来丰富写作素材吗？今天上午我有空。"

"不好意思，向老师没空！"白慕川从后面过来，拍了拍程正的肩膀，"我们要去走访现场。今天，不，未来很多天她都没空。"

"现场？"程正问，"这两天有案子？"

昨天那个事，因为没有人员伤亡，并没有通知技术队，程正毫不知情。而且那根本就称不上案子，顶多算一个事件。白慕川不跟他解释："与之前的案子有关。"说罢他示意向晚，"走吧，向老师！"

在外面他一直用这样的称呼。以前向晚觉得这声老师很别扭，现在却觉得分外自在："好的，白队！"她转头，微微一笑，"程队，我先走了，回头再找你要资料！"

…………

今天凌晨有一场缠绵的小雨，路面湿滑，星光大道的街面上行人明显减少。

白慕川、向晚、唐元初三个人一起过来的。他们没有直接去剧组，而是沿着街边慢慢溜达。走到昨天的小茶馆附近，白慕川突然指了指三楼的窗户："我们上去坐坐吧。"

唐元初不明所以："干吗去啊老大？"

向晚大概猜到他去干什么，点点头，跟了上去。

三个人上了楼，服务员热情地迎了上来。白慕川点了一壶热普洱，等服务员端上来的时候，突然问道："你们店里有几个监控摄像头？"

服务员老老实实地回答："有两个！"

白慕川："都在什么位置？"

服务员眼里生出了一丝警惕："这个我就不清楚了，要问我们老板！"

白慕川掏出证件："麻烦你们老板来一下。"

看到警官证，店员表情由惊到吓，点点头，马上去报信了。老板很快过来了，一脸紧张地问："警察同志，你们找我？"

白慕川指了指街对面："你们店里的监控能不能看到那个位置？"

老板摇头："我们的监控主要是对内的，外面的街道看不到……"

"谢谢！"白慕川站了起来，"麻烦调出来我看看。"

老板不敢耽搁，一一照做。然而店里的监控确实看不到那边。白慕川再次对老板道了谢，然后对向晚和唐元初说："走！"

他们出了茶馆，唐元初还有点儿想不通："老大，咱们问事就问事嘛，干吗浪费钱？茶好贵的啊！这里的消费很高啊！"

白慕川慢悠悠地道："这没有立案的事件不完全算公事。"

眼看白慕川又要去第二家问，唐元初死活拦着："这次咱就别花钱了。你要不好意思问，我去问……"

"他不是不好意思。"向晚接过话，似笑非笑，"你太不了解他了，他为什么要那壶茶，根本就是他这个大爷想试一下口味而已！"

"啊？"唐元初愣愣的。

白慕川笑了起来："我说向老师，不带这么拆台的啊！英明神武的白警官形象就这么轰然倒塌了！"

向晚翻了个白眼，然后严肃下来："我知道你想证实一下我小说里的内容，可那只是小说而已！为了故事性必须那样写。而现实呢？好吧，现实里我也有这样的感觉……那个女孩儿消失的地方肯定是监控死角。"

"什么跟什么啊？"唐元初一脸蒙，听不懂她的话。

白慕川却问："依据？"

向晚微微一笑："第六感。"

在向晚昨晚更新的章节里，剧组的拍摄现场一个女孩儿失踪了，那个女孩儿是男三号的脑残粉，她千里迢迢来剧组看自己的偶像，结果在拍摄现场消失了。然后因为怀疑女孩儿失踪，方夜阑警官带着荣小暖去现场走访，可那一带的监控都没有拍到女孩儿离开的画面。在小说章节的末尾她写道："三天后女孩儿的尸体漂浮在附近的河水里……"

今天来星光大道，白慕川问监控的时候她就猜到了。不过她既欣慰他对她小说推理的看重，又不免有些汗颜："小说是为了戏剧性，为了好看……现实中我可不希望有这样的事情发生。"

"我也有一个第六感。"白慕川突然凝目，"你又要火一把了！"

向晚被他严肃的样子吓住了："我可不希望以这样的方式火一把！"

可是怕什么来什么。白慕川的预测突然得到了验证——当天傍晚回到家，向晚正在收拾打扫闲置的那间空房间，就接到白慕川的电话："恭喜你！又一次预写成功！"

向晚一听这话，心就往下沉："怎么了？"

"死人了。"

"是叶轮的小女朋友？"

"目前不确定。只能判断出死者为女性！"

"你要过去吗？"向晚问的时候因为紧张舌头都捋不直了。

"嗯。"白慕川停顿一下，幽幽一叹，"今天又搬不成家了。看来要跟向老师同居真不是一件容易的事！"

"……"向晚不听他瞎贫，想了想问，"我可以一起去吗？"

"案发现场有什么可看的？"

"我想去！"心里隐隐发寒，那一阵浓浓的不安让她不敢一个人待在家里等结果。

白慕川迟疑了一下："那你现在出门应该可以跟程正一起来。"

嗯？向晚心里一紧："你不介意？"

"手下败将！有什么可介意的？小爷我忍他！"

这傲娇的样子真是惹人——喜欢！向晚唇角抽搐一下，丢下拖把，径直拿着手机匆匆出门。果然程正刚好出来。看到她，他打招呼："向老师，去哪儿？"

向晚一笑："跟你一道。蹭个车！"

…………

向晚赶到星光大道的时候白慕川已经在现场了。河边上拉了老长一条警戒线，消防人员、民警走来走去，在河里打捞着什么。向晚撩开警戒线进去，走到白慕川的身边，小声问他："这么快，你开飞车来的？"

白慕川看了她一眼："给你打电话的时候我已经在路上了！"

向晚一怔："你不是在家里收拾行李吗？"

白慕川挑挑眉："收拾到一半就接到电话了。"

向晚往四周看了看："他们在河里捞什么？"

白慕川眼睛微微一眯，说得理所当然："尸体啊！"

"嗯？"向晚大为不解，拧着眉头问，"不是找到尸体了吗？要不然你怎么知道死了个女的？"

这是个好问题！白慕川深深地看了她一眼，努了努嘴，让她看程正过去的地方——梅心在那里，正蹲着摆弄一个黑色的装尸袋。

"被发现的不是一具尸体，而是一颗脑袋……"他说。

咯噔！向晚胃里登时不好了，酸水不停地往外冒。她看到程正戴上白手套，站在梅心的位置，拉开那个黑色的装尸袋……只一眼，她条件反射地挪开了视线。

人头是在小河沟里发现的。几个中学生放学不回家在河边玩，开始他们以为是哪个理发店的模型丢到了水里，等捞起来把那一头长发翻开，吓了个半死，马上报了警。但警方在发现人头的附近水域打捞了好久，垃圾捞出来一堆，死猫死狗也有，就是没有尸身！

这里离他们白天喝过茶的地方很近，那茶馆的二楼和三楼的阳台上站满了看热闹的人。吃瓜群众拿着手机，或偷偷拍照，或指指点点，把现场气氛搞得很紧张。

猜测往往才是最可怕的。茶馆老板在门口叹气，看到白慕川和向晚，径直走过来打招呼："警官，你们今儿来问我监控的事就知道这里死人

194

了啊？"

向晚正要说话，白慕川马上打断了她："不好意思，案情查清之前，无可奉告！"

老板笑笑，悻悻然走开了。

河边的建筑物离河岸的石栏有两三米，河边栽种着一排茂盛的树木，绿化也做得极好，在茶馆外的河边上有一段石阶通往河面，那几个中学生就是在那里玩耍时发现人头的。

"好一个抛尸地！"向晚往四周望了望，感慨一声，就见白慕川捡起一根竹竿往河里慢慢插下去。

"你干吗？"她不解地问。

"试试水深！"白慕川抽回竹竿，丢到岸边上，皱起眉头，"这里水很浅！"

"是吗？"向晚看着他凝重的脸，突然明朗，"你是说抛尸的人根本就没有想过要藏尸？"

如果诚心藏尸，选择哪里不行，为什么偏偏选在人来人往的河边，水还这么浅？白慕川点点头，赞许地看了她一眼，又朝那个老板走过去："这两天你有没有听到什么异常的声音？"

老板是在中学生报警时第一时间看到那颗人头的人，闻言他拼命地摇头："啥也没听到啊！我就是奇怪，这谁杀了人，哪里不丢，偏偏要丢到我的铺子外面？这不是诚心硌硬我吗？唉，我这生意好不容易做起来的，这一闹腾还怎么做得下去！你看……这会儿本来是上客的时候，店里人都没有！"

不管世界发生多大的事，不管别人或生或死，一般人永远只关心自己的利益。

向晚不吭声，站在旁边，听白慕川问老板问题。隔了没两分钟，梅心就在那边叫他："白队，你过来一下！"

技术队来了三个人，都围着那个黑色装尸袋。程正待白慕川走近，说："死者为女性，年纪在18岁至22岁之间。死亡原因系机械性窒息，死后被电锯分尸，切口平整、光滑……死亡时间大概在十二个小时以内！"

"时间能准确点儿吗？"白慕川问。

195

"需要进一步尸检！"程正说完，指了指那个黑色的袋子，"如果没有别的问题，我就先带回去了！"

"好！"在公事上白慕川从不跟他计较，"如果这边有什么情况，我再联系你。"

程正点点头，朝梅心使了一个眼色。然后向晚就眼睁睁地看着梅心把那个装着人头的袋子抱起来，转身走了。

我去！这姑娘也太厉害了！她在心里默默为梅心点了个赞，看梅心面无表情地离开，然后就看到谢绾绾风风火火地赶了过来。

"小白，人呢？"

谢绾绾的反应与向晚基本一致，她上来就以为是让她看尸体的，哪里会想到白慕川给她看的只是几张角度不同的照片："你看看这个人，认识吗？"

"啊？这……"谢绾绾捂着嘴，似乎吓了一跳，隔了几秒才喘口气，"就看这个？那你直接发给我不就行了，害我跑一趟！"

"这个能随便发？"白慕川冷冷地剜她，把手机递到她的面前，"看看！是她吗？"

谢绾绾歪着脖子，看了半天，眼睛里有畏惧，说得也似是而非："很像！是有点儿像。不过……这表情太狰狞了，人都变形了，我也不敢肯定！"

不敢肯定，但像，很像，有点儿像，就足够让向晚的心再次提到嗓子眼了。如果真是谢绾绾说的那个女孩儿，如果死亡的时间刚好是程正推测的十二个小时以内……那么是不是说明这个女孩儿死于她的小说章节发布之后？

这也太恐怖了！

向晚脊背生汗，像被人扼住了喉咙，双腿突然虚软……

白慕川余光瞄着她，伸手扶住："怎么了？不舒服？"

向晚嗫嚅一下，话说得有一点儿勉强："这算不算我不杀伯仁，伯仁却因我而死？"

白慕川紧了紧手腕，把她扶稳："不要想那么多！跟你无关。"

向晚摇头，认真地看着他："你怎么一点儿都不意外？"

白慕川看了一眼边上的谢绾绾，眉心微微一拧："我预料到那人会关注你的书，不敢肯定那人会继续模仿，如今只是证实了猜测而已。"

向晚沉默了好一会儿，突然吸了吸鼻子："我以后不会再按现实写书了！"

"没用的。"白慕川转头，怜惜地看着她，"盯上你了。不管你写什么……都一样。"

哪怕她的书跟现实无关，他也会往现实里套？向晚不敢想，稍稍多想一点儿，身上全是鸡皮疙瘩，说不出的恐惧感和诡异感。

"白慕川，"她突然问，"这个才是你聘我做顾问的真正原因吧？"

她冷不丁的问题让白慕川措手不及："不完全。你的才能……"

"狗屁才能！"向晚垂下眼皮，"我就想不明白，我是怎么惹到这人了？他怎么就盯上我了呢？"

"一开始也许只是意外！"

意外！第一个案子，赵家杭720案，是二妞意外模仿？那后来呢？为什么？向晚揉了揉太阳穴，脑子里像被人灌了铅，嗡嗡地响着，一阵暴痛，异常难受："白慕川，给我看看照片！"

之前她无数次掠过那颗狰狞的人头，都没敢细看。可这一刻她突然没有那么害怕了，就想看看这个因她而死的倒霉女孩儿长什么样子，也好在内心向女孩儿道歉……

白慕川皱了皱眉，开了手机锁，递给她。

照片就在眼前，向晚却做了很大的心理建设，才敢将视线聚焦在上面。一个女孩子瞪大的双眼、张开的嘴、苍白的皮肤、恐惧的表情、满头凌乱的头发就那样占据了她的视线。

向晚手一抖，差点儿把手机掉地上。

"怕就不要看啊，傻妞！"白慕川扶住她的肩膀，伸手拿手机，却被向晚躲开了，"我不是怕！我再看看。"她语速极快地说着，又大着胆子把照片放大，缩小，来回无数次，终于深深吸了一口气，"白慕川，我好像认识她！"

深秋的黄昏，光线冷漠地冲破乌云，静静地映着向晚的脸，她像一个打开了魔盒的女巫，那喃喃声像自言自语："太像了！可是她……怎么会在

197

锦城？"

白慕川目光一深："谁？"

谁……是谁……向晚心头突地一跳。她没有马上回答，而是闭了闭眼睛，让照片里的人脸与记忆里那个人相结合，反复对比："我不敢肯定……我不敢……为什么会是她……"仿佛想到了什么可怕的事情，向晚使劲儿按了按太阳穴，嘴唇微微一抿，目光里带着一点儿隐忍的恐惧。

"这个事情比较复杂，我得单独跟你汇报……"

"好！"白慕川看了旁边的谢绾绾一眼，"你先回去吧。今天的事情暂时先不要对任何人提起。有什么需要我们会再通知你。"

谢绾绾："……"

这公事公办的语气很像白慕川的风格。所以她大老远跑过来，看了张照片，然后就成了一个妨碍他们说悄悄话的人？

谢绾绾抱着双臂："你知道我的出场费是多少吗？为了你，我一分钱不要，巴巴跑过来，结果你说撵就撵，说悄悄话也要避开我，还有没有人性了？重色轻友！"

"不是这样的！"向晚跟谢绾绾毕竟不像跟白慕川那么熟，更不是那种可以随便开玩笑的关系，她听不出谢绾绾这句话是真心还是假意，当即抱歉地解释，"谢小姐，不是悄悄话，是这件事涉及案情……所以不好意思！"

白慕川看了她一眼："她逗你呢，你还当真？解释什么，直接让她滚就行了！"

向晚："……"

那谁知道他俩相处模式是什么样啊？她总不能为了说个正事，背上一个破坏人家朋友关系的罪名吧？谢绾绾呵呵地笑："好了好了，不开玩笑。你们工作吧，我回去看我的剧本。唉！停工这么多天，也该好好工作赚钱包养小奶狗了。"

向晚看着她潇洒离开的背影，眯起眼，不敢去想她和那个要跳楼自杀的谢绾绾是同一个人。

"说吧，你刚才想到了谁？"白慕川对谢绾绾的事情显然不怎么上心，他上下打量向晚，一脸疑惑，"你刚才看照片的样子就像中了邪！"

向晚略低头："白慕川，你还记得我那五个读者吧？"向晚神色慢慢凝重下来，"'720案'时，我的管理群里一共五个读者，她们异口同声一致认定从来没有看过我那一版有虐猫情节的细纲……"

不是她们撒谎，就是向晚撒谎。案子破了，这个疑点却一直存在，白慕川当然记得。可事情过去那么久，冷不丁又听向晚问起，他思考了一下才反应过来，再次打开手机，打开那张狰狞的照片："你是说这个人是……"

"其中之一。"向晚接过他的话，"照片上的女孩儿很像管理群里一个叫棉花糖的读者，尤其是这里……"向晚指向白慕川的手机屏幕，"她眉心中间有一颗很大的黑痣，很特别，很有辨识度。那个时候群里几个姑娘常常发照片，棉花糖因为这颗黑痣，常常被她们几个拿来玩笑，叫她黑痣糖，还把她的照片做成表情包……"

这样的痣当然不是特例，但配上酷似的长相，可能性就很大了。白慕川大概理解了向晚为什么会有那种见鬼的表情了。他皱了皱眉头，凝视着照片上的人："你跟那几个人还有联系吗？"

向晚抿了抿唇，摇头："'720案'后我们基本就不说话了。她们好像都没再看我的书，书评区也没有看到过她们的留言，大概是觉得尴尬吧……"不管爱情还是友情，都容不得任何杂质，一旦发生过裂痕，就很难修复。尽管那个群一直都存在于彼此的QQ里，却没有人说话。

向晚掏出自己的手机，翻开群里的记录，翻出一张棉花糖的照片："你看看，像不像她？"

白慕川低头，把两个手机并排放在一起，面孔慢慢变得冷峻："像！"

向晚一颗心顿时沉到了谷底。那个群里的人，二妞已经出事，如果再死一个棉花糖，那证明什么？向晚脊背麻麻的，神经突突直蹦："为什么会是她？她怎么会来锦城……白慕川，到底是谁在背后搞事？我都快疯了！"

白慕川发现她面孔泛白，情绪有些失控，拍拍她的后背，示意她冷静一点儿，然后带着她走出警戒线，打开停放在外面的汽车车门，扶她进去坐好："你在这里等我一会儿……"

他伸手要关车门，向晚突然前倾身体，一把抓住他的手："白慕川……"

白慕川光影里的面孔严肃而沉重："又想起什么事了？"

"不！"向晚咽口唾沫，小声说，"我怕！"

这时天色已渐渐暗下。

街面上亮起了灯，还是那些古色古香的灯笼，可影影绰绰间映出的树影灯火就像突然生出了灵异色彩，变成了一个个的人形怪物，让她的心脏紧缩发怵，不敢一个人单独待在车里……

白慕川低头看了一眼那只紧绷到发白的小手："不怕！我在呢！"

向晚抿抿唇角，笑得勉强："我是不是很没用？"

白慕川嗔叹一声，揉小狗似的揉了揉她的头："傻妞！你要有用还要我干什么？"

"……"向晚不吭声，使劲儿将头发。

白慕川笑了笑："你不完全是怕……而是这件事情给你带来了太大的冲击！"

一个读者出事，又死一个读者，而且都发生在锦城的案子里，或多或少跟她沾点儿关系……莫说向晚是个女人，就算是个男人遇上这种事怕也快要崩溃了。

打捞工作一直持续到晚上九点半，依旧没有结果。这时天完全黑了下来，漆黑的水面上哪怕有探照灯照明，工作情况也不太理想。几个队商量了一下，收工。白慕川回到队里，谢辉就将调查情况汇总发了过来。

棉花糖本名毛桂桂，现年20岁，北方某信息科技大学大二学生。学校方面回馈毛桂桂已经好多天没有去上学了，她室友说毛桂桂去了锦城，还参与了"粉丝斗殴"，事情结束后，她没有返校，但昨天有跟室友微信联系，说要去看叶轮……

然后谢辉继续联系毛桂桂的家里。毛父毛母表示他们根本就不知道她逃学追星的事情，一直以为她还在学校，前天父母刚刚给她打了一千五百块生活费，她也没跟父母说起这些事，可怜的老父老母一无所知……

同时唐元初对叶轮和其随行工作人员的审讯也有了结果。综合各方消息，死者就是毛桂桂。不过叶轮的交代跟谢绾绾反映的情况却不太一样。叶轮直接否认了毛桂桂是他女朋友的事情，并且极其讽刺地反问唐元初，毛桂桂跟他站在一起像一对吗？

唐元初对叶轮恨得牙根儿痒，但吸取上次的教训，他不在这种私事上和叶轮纠缠，就抓住叶轮和毛桂桂的关系不松口，将一些网络上找到的截图和照片甩到叶轮面前。

截图有毛桂桂的微博，也有一些其他网友的言论。照片则是毛桂桂和叶轮的合影。可是看了那些证据，叶轮不仅不紧张，还用一种"你傻吗"的眼神看着唐元初。

叶轮交代毛桂桂确实自称是他的粉丝。兰桂香坊那天晚上是叶轮第一次见到她，当时她站在人群里拼命冲他挥手，叫他的名字。叶轮也朝她挥了挥手，毛桂桂就从人群里挤过来了，不管不顾地冲上来拥抱他……

据叶轮说，毛桂桂对他的狂热程度让他感到害怕。她与那些私生饭一样，天天在宾馆蹲守，无孔不入，想方设法地尾随、跟踪，他不胜其烦，后来实在受不了，他让助理约她见了一面，特地送了一些小礼物，也在她的请求下与她合了影，再委婉地劝告她，不要再来打扰他的私生活。叶轮原以为恩威并施后小姑娘就会走了，可毛桂桂收到叶轮送的东西后不仅没有收敛，还变本加厉，四处宣扬她被爱豆"宠幸"了……在微博、朋友圈各个渠道到处宣扬，俨然一副网红上位的样子，此举不仅引来其他粉丝的反感，也为叶轮惹来了麻烦……

"叶轮睡粉"言论在网上传得铺天盖地。

叶轮同时给警方的出示还有一条叶轮工作室发布的辟谣微博。发布时间是昨天，内容主要是对谣言的还击。

"看到了吧？说来说去还是跟他没什么关系！"唐元初走到办公桌前，将一大沓询问笔录丢给白慕川，"这里还有叶轮身边那些工作人员的询问笔录，基本上与叶轮的交代没有出入。"

"也就是说叶轮从头到尾只见过毛桂桂两次？"白慕川翻阅着询问笔录，皱着眉头看唐元初。

唐元初嗯了一声，坐了下来："大部分人都认同叶轮的说法，认为这件事只是粉丝的一厢情愿，那些谣言都是叶轮黑粉故意传播的……"

认真说起来，谢绾绾也算叶轮黑粉吧？两个人有宿怨，那她的证词不就得不到支持了？

晚上白慕川把向晚送到家门口，却没有进去，只是拍拍她的头，吩咐到："你最近出入要小心一点儿，能不单独行动尽量不要单独行动。非去不

201

可的地方，最好事先给我报个行踪。"

他说得字字凝重，向晚喳嚅了一下："你是说接下来对方会对付我吗？"

"不一定。"白慕川眉心拧了起来，"但小心点儿总是好的。有备无患！"

向晚闷闷地应着："刚才我还在想，如果那个人这样做的目的是收拾我，那就直接冲我来好了，围着我身边的人搞到底是什么意思？我跟他什么仇什么怨？他到底有什么目的？为什么不直接挑明？我快崩溃了……"

"傻妞！"白慕川失笑一声，慢慢沉下脸，"对方享受的就是这份快感！摆在明面上还有什么乐趣？"

向晚忍不住打了个寒战："世界上怎么会有这么可怕的人？不，魔鬼！"

"邪不胜正！"白慕川注视着她，"放心吧，不管他有多狡猾，早晚会被我逮到的！"

"可这人一个接一个地死，我这心里……"

"不要有心理负担。"白慕川心疼地捏捏她的肩膀，"即便没有你，这个世界也每天都会有案子发生，不会因你而减少……"

"却在因我而增多。"向晚深吸一口气，"行了。你去忙吧，我不耽误你，也知道劝不住你的，反正多注意身体吧。"

"懂得关心我了！有进步！"白慕川眼神带笑，有点儿小得意，说罢，他又使劲儿揉了揉向晚的脑袋，"记住我的话，不许单独行动！"

"知道了。唐僧啊你？"向晚哼笑一声，刚要转身关门，腰上就被人搂住了。那只手慢慢收力，把她紧紧揽入他的怀里，呼吸微紧。

"我不是唐僧，我是孙悟空，专门打妖精的。不管什么妖，我都会让他现出原形。不过……"他停顿。

向晚抬头，撞上他深邃的目光。

"在我收拾妖精的时候，我不想我的仙女有危险！"

他黑眸带情，令人动容。向晚心里一荡："我不会有事，我保证。"

"乖！我走了！"

看着他温暖的笑容，向晚头顶的天空又亮了。不管这个世界有多少魔鬼妖怪在为祸一方，至少还有无数白慕川这样的警察在捉妖。

向晚默默地关上门。

今天回来太晚，方圆圆早就已经睡下了，向晚没有打扰她，蹑手蹑脚地回到卧室，打开了电脑。临近午夜了，她今天的更新还没有写完。案件再次发生，像有一个无形的蜘蛛网横在她的面前。哪怕对接下来的故事有很多的想法，她都无法再落笔。

她又一次慢吞吞地打开了书评区——真的像白慕川说的火了吗？

今天的书评数量刷新了纪录，共计八百多条。大部分都是陌生的马甲，不知道从哪个地方拥出来的吃瓜群众。与上次一样，他们大多数是奔着锦城这桩案子来的。星光大道河边发生的"无尸女头案"，因为有《灰名单》剧组的加持，早已传得沸沸扬扬，又一次成了网红事件。

于是向晚这个写于事故发生前的章节又获得了爆点，更让她感到惊恐的是，有一个叫"沐二少"的ID出现，为她打赏了合计一万元人民币的道具！尽管不知道这个沐二少是不是那个沐二少，但土豪的打赏让本来就沸腾的评论区直接炸开了锅，大家都在讨论这个被向公子的"预写能力"吸引来的沐二少是谁……

火上加火！

今年文泉书院杀出来的这匹黑马非向公子晚莫属了。

大家都在鼓励，让向晚乘机多写一点儿，一鼓作气让这本书彻底火起来。面对这么多热情的书友，向晚能怎么办呢——当然是选择停更啊！

"很遗憾我不得不写下这个停更公告！我知道我这么做很对不起大家，我也知道在这个节骨眼上停更不是人，不厚道，吊人胃口如同夺人丈夫实在可恨。但是出于某种不得不断的现实原因，我只能难过地放弃我的《谋杀男神》，放弃书友们对我的支持与厚爱，放弃我这段时间付出的心血。是的，想必你们都读懂了。我想说的是停更不是一天，而是很久，或者说……永远！"

公告一发，向晚整个人虚脱一般坐在椅子上。

结束了，一切都结束了吗？

她的书，她的故事……还有案子，会结束吗？

不到几分钟书评区就炸了！说什么的都有，最多的是无数的问号。在书最火的时候，究竟什么原因要永久停更？大家都想知道，向晚却无从回答。

她眼眶温热，默默翻着书评，然后翻到了今天上午的一条留言。还是那个ID发的："那些灵魂被污染了的人本该就该死，不值得同情。只有清洗掉这些污垢，社会秩序才会变得清明。"

又是他！

还是一条冷漠、毫无人性的留言！

向晚有些生气，从未有过的戾气笼罩着她，来不及多想，她直接在那条留言下面回复："如果灵魂被污染了的人都该死，那你为什么不是第一个？"

夜已经很深了。这个季节，总是后半夜下雨。窗外雨雾茫茫，笼盖天空，向晚看着那一片看不穿的黑雾，不敢开窗一个人坐着，她刷了两个小时的书评，毫无睡意，也不想洗漱。在决定停更那一瞬好像力气都被抽走了，又像失去生命中最重要的东西，突然变得没有了目标，像一个一无所有的人木然地坐在那里。想哭，却没有泪水，只有鼻子酸酸的，隐忍和强化着那个哭泣的临界点……

不写这个书了干什么呢？

重新开一个新书吗？

写什么题材呢？

悬疑肯定不能碰了，写纯言情？

向晚脑子里出现了无数个小人儿，一个小人儿持一个态度，不停地在她的脑子里打架，搞得她混乱极了，可无论想什么题材，无论写什么书，心里空掉的那一块似乎都无法再弥补了。茫然失落间，她点了那个打赏榜。

高居榜首的是"沐二少"，是他吗？

向晚隐隐有一种感觉……他是真的沐二少。白慕川曾经让他帮自己签过名，说不定沐二少记得她，刚好知道这件事，默默地来鼓励她一下也是有可能的。毕竟对普通人来说一万块钱不是小数目，但在沐二少那里九牛一毛都算不上。

男神来鼓励她了，可她却放弃了！

好烦躁！向晚一只手撑脑袋，一只手拿鼠标，又默默点开了那个好久没有人说话的QQ群！

群名：向公子的美少女！

群成员在线：1。

向晚微微一愣。下午在群里找照片的时候，她并没有注意在线人数，这个时候才发现除了她自己之外，另外六个人的头像都灰了。要知道现在的QQ基本都是手机在线的。哪怕不聊天不说话不开QQ，很多人还是显示手机在线。

为什么会这样？她的心一沉，一个个点开那些头像发送消息："在吗？看到就回我一句话。"

在点到二妞和棉花糖的时候，她的心脏狠狠一抽，忽略过去。剩下的四个人，她都一口气发送了好几条消息……不过如她事先料想的一样，那些消息都石沉大海。

灰掉的头像怎么会给她回复呢？

也许她们只是睡了，也许只是她们不再使用这个QQ了……

向晚默默地安慰着自己，可看着桌上那盏台灯，情绪却越发躁郁，她再也忍不住了，拨打了白慕川的手机。

"喂！"电话那头他的声音带一点儿疲惫，却依旧动听，"怎么还没睡？"

听见他的声音，向晚喉咙像被塞住了，哑得几乎不像自己的声音："白慕川，我的管理群里的那几个读者她们的头像都灰了！我在想……会不会她们都出事了？"

向晚焦急的情绪白慕川感觉得到，他不停地安慰："我马上让人去查，应该很快就会有消息了。"

"好。"向晚叹口气，"半夜三更还能听我胡说八道，除了你，不会有别人了。"

那头传来一声低笑。听得出来白慕川对此很受用，声音越发温柔："那你可不可以乖乖地睡觉？凌晨两点多了，小笨猪！"

向晚的脸烧起来，从来没有人这么叫过她。

耳边的絮语让她的心里被塞得满满的："好。"

"听话，嗯？我明天早上过来查岗。你要是没有睡好，我是会打屁股的。"

这个时候他还能逗她，看来心情不错？向晚深吸一口气，稍稍缓解了一点儿压抑，反问他："你那边有没有进展？"

"有。"白慕川沉默了一下，"叶轮有个助理招了。"

嗯？向晚心弦一震，突然变得精神了："招了什么？"

"招了叶轮……睡粉丝的事。"白慕川说得比较含蓄委婉，大概为了在向晚面前保持优良形象，他没有把那些事情说得太污秽不堪，"那是他的生活助理，主要为他安排私人事务，其实就是为他打理那些乱七八糟的女人。这些女人大都是主动送上门的粉丝，毛桂桂是其中之一。"

"然后呢？"明星的世界，向晚不懂。

"我准备夜审叶轮！"白慕川声音沉沉的，"向晚，我们遇到的对手不是一般人。"

第六章　圈套

不是一般人？

向晚瞳孔放大，吸口气："那是几般的？"

白慕川："我们遇上的也许不是普通的刑事犯罪，而是犯罪集团。"

向晚心里一悚，白慕川接着说："前一阵我回京都，组织上曾经找我谈过话。部里要组建一个专门的重案要案部门，准备让我过去……这一次邢烈火过来找我，也是谈到这个事情。他怀疑他们最近涉及的一个犯罪集团参与了国内多起案子。他希望我能回京牵头把这个部门搞起来，然后与他们合作……"

"哦。"向晚抓住了重点，"这么说你要回京了？"

相处这么久，她对白慕川还是有一定了解的。他绝非只是风花雪月就可以满足现实的安稳男人。他有自己的职业规划，对刑事侦破更是有着"谜之喜欢"。部里在这个节骨眼组建重案要案部门，那是直属管辖的要害单位，肯定相当重视，而且点名让他过去，这是千载难逢的大好机会，不去就太可惜了。

没有听到他回答，向晚笑了笑："这是好事，恭喜你。"

白慕川忽然问："如果我回京，你会跟我一起去吗？"

向晚微微一愣，笑道："别开玩笑了。我跟你去能干什么呢？我还是有自知之明的，初出茅庐的小菜鸟，那样的部门不会要我的。"她怕白慕川会有什么想法，赶紧补充，"这么好的机会，你可不要拒绝，要不然我会看不起你的。儿女情长，英雄气短！"

白慕川问："你希望我去？"

向晚说："我希望你发展得越来越好！希望你能实现自己的抱负！这是你要的。"

白慕川许久没有说话。向晚看着夜灯，"我不知道我的理解对不对，但我觉得这种机会不是每个人都能遇到的，错过了你将来肯定会后悔。你跟我这点儿情感，从目前来看，实在不该成为你追求未来的绊脚石……你是个聪明人，懂得取舍，我相信你有自己的考量。"停顿一下，她又莞尔轻笑，"不论怎样，我都会支持你！"

"好职业化的鼓励！"白慕川哼笑，声音听不出情绪，"行了，先办正事吧。这件事以后再说！再怎么也要把手头的事弄明白。要走也不能留一堆烂摊子。"

"嗯。"向晚看看电脑上的时间，"白慕川，我去大队吧？陪你审叶轮。"

审讯室是内外两间。外室那一面大大的单向玻璃可以清楚地看见内室的情形。叶轮一个人安静地坐在简单的木椅上，头仰靠着，双腿懒洋洋地交叠着，一点儿没有被扣押在审讯室里的紧张与慌乱，脸上也没有深夜的疲乏。

"你们精神真好，大半夜不睡觉拉人起来陪练。"叶轮懒洋洋地挑挑眉，不以为意地笑道，"问吧，这次又问什么？我知无不言，言无不尽。"

唐元初严肃地看着叶轮："你跟毛桂桂什么关系？"

叶轮反问："如果我没有记错的话，这个问题你是第三次问我了。当然警官公务繁忙，记性不好，我可以理解，所以我不介意再多说一次。"他正经而无辜地说，"什么私人关系都没有。如果非要扯上点儿什么关系，偶像和粉丝算不算？"

唐元初凝视着他："可是根据我们的了解，你跟毛桂桂存在不正当的男女两性关系。"

"哈！"这个用词把叶轮逗笑了，他揉着额头，一脸灿烂地说，"如果别人说什么就是什么，那我孩子可能都有一打了。警官先生，你去网上翻一翻，叫我老公的女人没有千千万，也有万万千。每天睁开眼，就有人对我表白，那是不是她们都是我的女人啊？"

向晚静静地坐在白慕川的旁边当观众，同时也在笔记本上默默为叶轮做着人设分析。这个人很镇定，对警察的询问谈话应答如流，要么是心理素质强大，完全占足心理优势，对警察的威仪毫不畏惧，要么就是问心无愧，面对谁都理直气壮。

"本月23号晚上你见过毛桂桂没有？"

"没有。"

"本月23号晚上你在哪里？"

叶轮皱眉："我不记得了。"

"你仔细回忆一下。"

"警官，如果你可以告诉我你在23号的晚上跟谁吃的饭，都吃了些什么菜，哪些菜里放了辣椒，哪些没有放，哪些加了大蒜和葱，哪些没有加……或许我能想得起来！"

唐元初被气得脸都红了，一时找不到话来回应。气氛凝滞间，白慕川突然冷笑，把话题接了过来："不好意思，叶先生！这里是刑侦大队，我们是依法审讯你的警察，国家公职人员。如果你想知道上述问题，可以等你出去以后想办法考入刑警队来。"

叶轮眯眼，两个人隔着几米的距离对视。

白慕川不冷不热地轻叩桌子："说吧！"

叶轮笑了笑："23号的事我不记得。如果你们想知道，可以问那个恩将仇报，对我栽赃陷害的生活助理董布。他不仅知道我23号在哪里，还知道我吃了什么，喝了什么，菜里有没有放辣椒，有没有加大蒜和葱花……就是这样的，他比我自己更了解我的生活行踪！"

"你的助理我们当然会盘问。"白慕川完全公事公办的语气，"我们现在需要调查的是你，而不是你的助理。叶轮，请不要避重就轻，老实回答问题！"

"想不起来了怎么办？总不能随便编一个吧？"叶轮不太正经地笑着，"再说我说什么你们肯信吗？如果肯信，我们也不至于大半夜在这里磨叽了。"

"你说了，我们会去查证！"

"警官，很遗憾地通知你，从这一刻开始，我不会再回答你们任何与案情无关的问题。同时我需要对你们提出几个要求。"

白慕川抬抬下巴："说说看！"

"第一，我要求见我的律师。

"第二，我已经被扣押了一个小时，现在是凌晨时分，我很冷，也需要睡眠，我想我可以拒绝疲劳审讯！

"第三，我有低血糖、贫血、抑郁等疾病，如果你们准备对我进行连夜疲劳轰炸，请事先联系我的家人和主治医生，以确保我的生命安全。"

这种烫手山芋，恐怕一年都难得遇上一个吧？

唐元初和谢辉当场变了脸色，白慕川却淡淡一笑，然后看了谢辉一眼："按他的要求去安排！"谢辉牙齿都咬紧了，拳头捏得咯咯作响，最终也只能照办。

"白队就是大气！"叶轮冲白慕川竖了一下大拇指，表情轻松地说，"不要急，你们还有时间，可以慢慢询问我。"

唐元初深吸一口气："你跟毛桂桂……"

"不好意思，警官！"叶轮再次打断他，"可不可以给我来一杯热水，我很渴！"

白慕川眯眼审视他半秒，轻笑一声，慢慢站起来，亲自拿了一次性水杯倒满了热水，递到他的面前。

"谢谢！"叶轮拿手试了试杯壁，"烫吗？"

"试试就知道了。"

"哦，好！"叶轮勾勾唇角，一边喝，一边吹，"白队好像对我特别感兴趣？"

"我只对破案感兴趣！"白慕川坐回去，"如果你认为拖延时间就可以改变结果，那我奉劝你还是早点儿交代吧！没用的。"

叶轮抬起眼睛："我不知道的事情要怎么交代？不如白警官你教教我？"

白慕川从面前的材料里抽出一张，拍到他的面前："这是锦西宾馆的开房记录。"说完，也不等叶轮回答，他继续抽出另一张放上去，"这是锦西宾馆当天的监控影像！看看这个人，是不是你？"

开房的是死者毛桂桂，用的是她本人的身份证。房间是毛桂桂在某个APP上预订的，后台记录显示入住的只有她一个人。可是从锦西宾馆的监控来看，当天有一个男人在她后面去了宾馆，进入了毛桂桂的房间，并在里面逗留了一个小时后离开。

"一个小时，开什么玩笑？你们也太小看我了吧？"叶轮表情动作都极尽夸张，"洗个澡，调个情，再搞点儿事，一个小时哪里够？所以这个人肯定不是我啦！"

他懒洋洋地丢开视频影像。隔了一秒，他眉头一皱，又把它拿回来，仔细端详："还真像我！"

这个转折有点儿大，看得向晚一愣一愣的。狡猾的狐狸居然会往自己的脖子上套绳子？要知道询问谈话的过程是会全程记录的，每一句话都可能成为证据……

"像！太像了！这就有点儿意思了！"叶轮把那张黑白的影像反复看了几遍，又抬头看着白慕川，"一样的衣服和打扮，一样的个头，还戴着口罩遮脸，低着头……用这个以假乱真完全可以！"

唐元初冷哼一声："有证据，有证人，你还能狡辩得了？"

叶轮："有证据有证人我当然狡辩不了。可麻烦警官说清楚，证据在哪里？证人又在哪里？就凭这么个模糊不清的东西就可以当作证据了？你们对得起纳税人养你们的那些钱吗？"

"你……"唐元初被气得站了起来。

"唐元初！"白慕川低喝。

唐元初喉结滚动着，坐了下去。叶轮挑挑眉，一脸挑衅的样子："信不信，你跟我穿一模一样的衣服，用连衣帽盖住头，再戴个大口罩，一样看着很像我？"

向晚下意识看了唐元初一眼，又看看叶轮。他们两个年岁相当，都是那种很标准的身材个子，别说，如果不看脸，又刻意穿成一样，在监控的画质上真的辨识不出。

"那证人呢，你又怎么说？"唐元初恨恨的，牙都快要咬碎了。

211

"证人！嗯，董布？我那个生活助理对吧？"叶轮懒洋洋一笑，"我刚才也在想，这白眼狼为什么要这么对我呢？我对他可不薄啊！他买房子，我借了个首饰。他婆媳妇儿，我包了个大红包。平常零零碎碎的小恩小惠不算，去年他还找我借了一笔数目不小的钱去还赌债，我哪里就让他恨到了这种程度？"仰着头，他做了个深思的古怪表情，耸耸肩，"没办法，升米恩，斗米仇！董布这个人好赌，今年又来找我借钱还赌债，我拒绝了，怎么也没想到他会这么搞我……如果警官有兴趣，去查一下好了。董布这小子的事很多人都知道。你们觉得赌徒的话能信？"

关于董布有不良嗜好的事情，警方是知情的。虽然法律从来没有规定赌博的人证词无效，但是"疑罪从无"，在没有更多更直接的证据情况下，单凭这点确实不能认定这个人就是叶轮。因此他们又审讯了两个多小时，在叶轮喝了无数次水，上了无数次厕所之后，他的律师终于办好了手续，然后律师把叶轮带走了。

"这浑蛋！千万不要让我逮到他的短处！"走出审讯室，唐元初那一口憋了几个小时的气终于吐了出来，他双眼通红，仿佛要吃人。

"年轻人，火气不要那么大。"谢辉拍拍他的肩膀，叹息一声。

看神情，他也有些郁闷。他把资料都归档好，对白慕川说："头儿，我去值班室眯一会儿，有事情再叫我！"

白慕川摆手，让唐元初跟他一起去。

两个人气呼呼地走了。白慕川回头看着向晚："我送你回去休息，明天你不用来……"

"是今天吧？"向晚轻笑。

白慕川怔了怔，拍额头："是，今天。你今天不要来了，在家里补个觉，然后安安心心写小说……"

写小说……看来他还没有来得及看她的停更公告。

"嗯。"向晚垂下头，"走吧！"

…………

天亮时分，雨声大作。向晚匆匆抹了把脸，倒头就睡，醒来时，早已日上三竿。雨后温暖的阳光洒在窗台上，金灿灿的一片，让她有种恍若隔世的感觉——昨天经历的一切仿佛一场梦。

向晚望着那一抹阳光，蒙了一会儿，拿手机看时间，发现在她调成静音睡觉的时候，收到了无数的信息。微信、QQ都被消息轰炸了！手机还剩一点儿苟延残喘的余电。

向晚给手机充上电，翻看消息，大部分都与她的"停更公告"有关。其中火药味儿最浓的是方圆圆，她像对待阶级敌人般向向晚狂轰滥炸！

"你最好跟我解释清楚。停更？呵呵，停更！你是想害死我对不对？

"你知道我在总编面前说了多少好话？我跟人家拍着胸口保证，说你是潜力作者，这才给了你去京都培训的机会，给了你那么多的推荐，把你当新锐作者来培养！结果呢？

"向晚，你对得起我吗！说不更就不更，说太监就太监！

"你是不是要气死我？说话！

"死丫头！打你电话也不接，搞什么啊？

"今天稿费出来了，你看看后台，自己看一下，你确定要在这种时候在你事业的上升期做一个臭太监吗？

"表姐，是不是你感情出问题了？前天才看你跟白慕川恩恩爱爱的，难道玩一天就被人家甩了？！

"算了！没什么大不了，一个白慕川抛弃你，还有无数个白慕川喜欢你。没有男人算个毛，没有事业才是真的完蛋！我警告你啊，不要因为感情问题拿工作来撒气，到时候吃亏的是你！"

向晚昨天熬了一个通宵，本就头痛欲裂，再看这些消息，更是焦头烂额。向晚揉着脑袋，赶紧给方圆圆打电话。

"喂！"方圆圆接起电话，整个人像点燃的火药桶第一秒就炸了，"我的姑奶奶，你说，到底因为什么事要停更？是不是跟白慕川闹掰了想不开？千万别承认啊！我会鄙视你的……"

"亲，你想多了。"向晚不知道怎么跟她解释，这个问题太复杂，而且涉及案情，不能告诉方圆圆，她有苦难言，"我主要是有点儿累，想歇一阵再写……"

"歇个毛！"方圆圆恨不得戳死她，"姑奶奶，你看没看后台数据？稿费！"

向晚听着她打雷似的声音，立马坐起来："好好好，我开电脑！"

今儿是一年一度的国庆节，十月一日。上个月的稿费已经结算了，向晚登录作者后台，只看一眼，她便傻掉了！Oh！一万两千块？破了她的历史纪录了。

"看到没有？姐，你这本书开始赚钱了！"方圆圆怒其不争地吼她，"咱能不能有点儿出息啊？坚持了那么久，好不容易看到点儿收成，你居然停更！你跟钱有仇啊？"

"……"

她也不想停，可她也没有办法啊。

向晚解释不清，保持沉默。方圆圆马上开始威逼利诱："刚才总监跟我说了，对这种无缘无故烂尾的作者终身不给推荐。"

"……"向晚弱弱地说，"那我换一个笔名……"

"换个笔名你还能换一个身份证号？同一个身份证都一样待遇。"

"好狠！"

国庆这天各大新闻媒体都对洪江区的案件进行了报道。当天下午，就有几个媒体来电表示要采访白慕川，了解一下破案的详细情况。白慕川拒绝了，实在熬不过媒体的软磨硬泡，最后把事情交给了唐元初。

向晚问他为什么不肯去接受采访的时候，他表示抛头露面的事情不适合自己，一方面怕一不小心抢了小鲜肉的饭碗，引发更多不稳定的社会因素，一方面他也怕一炮而红，天天被人追着叫老公，肾虚！

这讨打的回答方式很像白慕川的风格，向晚好想揍他。结果万万没想到，他这么一低调，直接捧出了一个网红警官——唐元初。刑警小哥哥面对媒体镜头时羞涩腼腆的笑、俊气的外表，还有那笑起来就调皮的小酒窝实在很喜人，媒体刚刚一发布，便引来无数网民的转载——最帅刑警横空出世，很快就引发网红效应。一天之内办公电话接到无数个找唐警官的，让接线的警员气得直想摔电话……

突然就变成了网红的唐警官日子也不太好过。熟悉的人，不熟悉的人一个个对他进行了疲劳轰炸，最初的欣喜不到几个小时，他不得不关闭了社交网络。最搞笑的是，他还接到了前女友的好友申请，表示有很多话想跟他谈一谈，好多事情当初还没有说清楚，以及那个帮她买包的男人其实是她的表哥。

"现在的女人也太现实了。"唐元初见人就吐槽。

可那眉梢里忍不住的得意，却总被人反吐槽："你小子，偷着乐就行了，别出来嘚瑟！"

"累啊，嘚瑟什么？庸俗！"

"被女朋友抛弃的那口气你没有趁机出掉？"

"我是那种人吗？"唐元初说，"我只是告诉她我早就没有贞操了，请她勿扰！"

"哈哈哈哈！"

这个笑话队里同事纷纷表示可以再笑一年。当然最让大家开心的是，市局为了慰劳他们的辛苦，特地批了案件专项资金，让他们安心工作。

截至当天晚上十点，星光大道的打捞工作又持续了一天。然而毛桂桂失踪的尸身并没有找到。经过队里讨论，最终决定放弃河里的搜索工作。

第二天一早，毛桂桂家里一行四人来到了锦城刑侦队。一家人哭得声嘶力竭，反复提出要求，一定要帮忙找回女儿的尸身。谢辉和何文才安抚了家属，并分别进行了谈话。令人遗憾的是，毛桂桂很少对家里人说起自己的事情。在家人眼里她是不谙世事的小女孩儿，家人对她在校期间发生的事情一无所知。

毛桂桂家人再三追问犯罪嫌疑人的情况，谢辉只能表示目前还没有找到确切的犯罪嫌疑人。他的回答让毛家人情绪有些浮躁，一言不合，毛桂桂家那个看着最有常识的堂哥就提到了叶轮。

网络上关于毛桂桂的死亡已经传开了，伴随这个消息的还有她与叶轮相关的种种言论。叶轮的明星属性、"睡粉"一事的香艳性，决定了一言一行都会引来吃瓜效应。而毛家在这个节骨眼上就像溺水的人抓到了一根救命浮木，他们认为警方是有意包庇叶轮……于是在唐元初成为网红的第二天，整个洪江区刑侦大队都成了网红。

毛家人在网上攻击刑侦队，以各种扑朔迷离的手法，将毛桂桂之死和叶轮的脱罪进行了完美包装，一经发布，就在网上引来了惊涛骇浪……

树欲静而风不止。在这个信息化时代，事件发酵后会引来全社会关注。与此同时，"720赵家杭案""喷泉女神杀人案"被再次提及，与"无尸女头案"一起并称为锦城三大奇案。

在一个拥有千万人口的大都市，本来发生任何案件都不算稀罕事，但经过包装与渲染变成了"网红案件"后，引来的关注就不一样了。洪江刑侦队又一次被推到了风口浪尖，省厅亲自致电白慕川，要求他尽快破获"无尸女头案"，给社会一个交代。

整个大队气氛都有些紧绷，白慕川却在群里发了一条消息："晚上我请客，大家去帝宫聚餐，放松放松。"

这个节骨眼上聚餐？大家这段时间都有些疲惫，可是仍然不太理解白慕川的想法。

"帝宫不是关门了吗？"

"今天恢复营业。"白慕川淡定地说，"一个个的别绷着张脸了，晚上好好玩，休息好了，才能好好工作！"

大家嘻嘻哈哈地又开心起来。唐元初看了众人一眼，默默地走到白慕川的跟前："老大，要不把黄哥叫上吧？我们好久没跟他聚了。"这群人里唐元初算是黄何的徒弟。他到刑警队工作的第一天就是黄何带的，所以黄何不在队里，他的心里像扎了一根刺。

那天晚上，他提议去兰桂香坊喝酒，也是为了给黄何撑场子。在酒吧那种地方做保安很受气的，但如果这个保安有一批做刑警的朋友，那又另当别论了……

白慕川目光微沉："应该的，我给他打电话。"

唐元初马上开心起来："我给他打吧！"

白慕川点点头，又转头叫向晚："向老师，把你表妹叫上。"

表妹……呃！向晚想到方圆圆跟她急的样子，就头痛得很。从昨天到现在她在方圆圆面前说了无数好话，可方圆圆就是不肯理会。在这件事上向晚心里有愧，觉得对不住方圆圆，又没有别的办法。

夜晚的帝宫，灯火迷离。人都到齐了，几个男人聊得很好，而向晚和方圆圆一直沉默。向晚看了方圆圆好几次，终于忍不住了："还生气呢？"

方圆圆若有似无地哼了一声："没有。"

女生说生气的时候不一定是生气了，但女生不高兴地说没有基本上就是真的生气了。向晚笑一声："我知道这件事让你挺为难的……可我也没办法，已经跟你解释了，我还能怎样做？"

"你那叫解释？"方圆圆是急性子，隔着网络她可以装一下高冷，可两个人面对面坐着说话，她哪儿能按捺得住自己的暴脾气，"你什么都没有解释好吗？莫名其妙就停更，什么原因也不肯交代，害得我被总监骂……"

"对不起！"设身处地地想一想，向晚觉得自己这个做表姐的确实太坑了，"我会尽快调整好，重新开一本的……"

方圆圆还在气头上："你成绩不好的时候我怎么挺你的？我拍着胸口跟大家保证你可以……现在好不容易出成绩了，你不仅不挺我，还给我拖后腿……"

方圆圆恨得咬牙切齿，喋喋不休。

这时白慕川突然转过脸来："是我不让她写的！"

向晚一怔，朝他挤了下眼睛："白慕川！"

"我知道。"白慕川拍了拍她的手，示意她不用担心，一副公事公办的语气对方圆圆说，"向晚写的那个案子无意间涉及我们正在办理的案件。为了配合警方破案，我要求她必须停更。你要的停更理由也是我们不允许对外公开的。"

"啊？"方圆圆吃惊，"你们破案跟她写书有什么关系？"

白慕川神秘一笑："等破了案，你就知道了。"

方圆圆半信半疑，对向晚的火气降下不少："那我可以这么跟总监解释吗？白警官，你不懂我们这个行业的残酷。如果这一次不把事情摆平，不仅仅是她的书毁了，她在业界的名声都毁了。"

"我理解。"白慕川点点头，思考一下，"这样吧，你可以把我的原话告诉你们的总监。其实只要书好，哪儿有不给推荐的道理？你们不用把这件事想得太复杂。"

"……"方圆圆看他一脸无所谓的样子，纠结地看了向晚一眼，"虽然最近停更，但你得继续写。不然停的时间长了，找不到写作的感觉，我看你复更怎么更……"

向晚释然地点头："好的，我的大编辑。"

饭局素来是中国人聊正事的地方，喝了点儿酒，唐元初旧事重提："黄哥，你什么时候回来上班啊？"

气氛一滞，众人顿时沉默。唐元初看看大家，继续说："市局当初给你的处理意见是停职调查，事情都过去这么久了，调查的事都清楚了。为什么不能回来啊？"

黄何笑笑："其实做保安也挺好的，没什么压力。"

"屁！"唐元初瞪着一双小牛犊子似的眼睛，"你怕是忘了，我上班的第一天你跟我讲的那些话？咱们说好的要在刑警岗位上干到退休呢？"

年轻就是好，冲动、热血，想说什么就说。

黄何看着他，略略沉吟："组织上会安排的，我们就不操那份心了！"

唐元初哼一声，有些不服气："白队，你说这处理公平吗？本来案子就没黄哥的事，莫名其妙背锅，难道就洗不干净了？还有，前一阵兰桂香坊出事，人家要给黄哥做一次见义勇为的英雄报道，他居然拒绝了！你说，明明是个好机会，就当立功表现呗……"

他竹筒倒豆子似的一口气说了好多话，大家也纷纷附和，为黄何鸣不平。

黄何听着，只是憨憨地笑着："大家别听他的。唐元初这小子就是来搞事的。我的事情才过去多久？两个月不到吧。如果我现在回去，被哪个好事的人揪住胡乱写一通，不是给队里找事吗？"

"低调点儿是好的。"白慕川适时地把话接过去，"过一阵吧。等事情过去了，会回来的。"

众人沉默着，点头，不说话。

黄何吸了一口气，左右看看，又笑着举杯提议："来！不提那些不开心的事。现在保安同志来敬大家。我干杯，你们随意。"他仰脖一口喝光了杯子里的酒，笑得没心没肺，可方圆圆坐在他旁边，看着他的脸色，隐隐心疼。

"少喝一点儿。"

"没事没事！"黄何只是笑，"我心里有数，放心吧。"

两个人的互动很温暖，看得单身狗们很嫉妒。大家伙儿跟着唐元初起哄，问他们什么时候请大家喝喜酒。黄何嘴上应付着说快了快了，方圆圆的笑却有些怅然。到今天为止她跟黄何的感情都没有到见家长的阶段，而小姨大概对向晚放弃了治疗，前几天终于把催婚的视线移向了她。听老妈讲，小姨看上了一个三十多岁的金融才子，除了年龄比她大近十岁，其他条件都很好。也正是年纪的原因，小姨还在犹豫，只和两个姐姐通了气，模棱两可地提了提，还没有正式和她谈。

可以说，在小姨那里黄何是完全被pass（淘汰）掉的。

帝宫九层的侍应生流水式地上菜、撤菜，这顿饭对天天忙成狗的他们来说简直是天大的福利。忙碌这些天，难得放松一下，在吃饭的过程中大家都没有谈正事，但饭局结束的时候白慕川还是小小地做了一个总结："今天晚上回家都好好休息，接下来的一周怕就要熬夜了。"

"……"

"一周破案，市局下死命令了！"

于是好心情瞬间被冰封，大家心满意足地吃饱，然后泪流满面地离开了。

白慕川叫人把今天吃剩的饭菜打包，全放在车上，先送唐元初回去，再送黄何和方圆圆去电影院约会，最后愉快地领着向晚回家。

这个人今天情绪很亢奋，不正常。向晚不时地瞄着他，有些奇怪。然而无论她怎么问，他都不肯说。一直等到电梯到达她所住的楼层，看到那些堆放在走廊里的东西，向晚愕然了一瞬，这才恍然大悟。

天哪！这个家伙神不知鬼不觉地叫了搬家公司把他的东西通通搬过来了。更可怕的是，在他们回来之前工人已经把打包好的东西搬了上来。她家里没人，也不知道白慕川怎么办到的，工人直接敲开了程正的家门，把那些东西全部交给程正——程正代收。

他们到的时候，程正正在帮他处理行李。一个人面对那么一大堆东西，向晚可以猜到程正内心的崩溃程度。怪不得白慕川要好心地……把剩菜带回来。

"程队，辛苦了！"白慕川迈过地上的行李小件，慢条斯理地笑着，"你看你，让你喝酒不去，偏偏要回家来帮我收东西，真是难为你了。"

空气里阴云密布，程正面无表情地看了白慕川一眼："不辛苦。顺便。"

白慕川微微一笑："我给你带了吃的，尝尝吧！"

程正瞄了他一眼："那边门打不开，我让他们把好多东西都放我家里了。"

白慕川笑容敛住，眯起眼，不说话。程正慢慢地说："你跟两个女孩子住一起怕是不太方便。我家里空房间多，你就住我家吧。我不收你房租。"

白慕川僵在唇角的那个笑终于荡了出来："住你家？跟你住？"

"住我家，跟我住。"

呵！呵呵！白慕川按住太阳穴，看着自己零零散散倒在地上的行李："我为什么要同意？"

"你可以不同意。"程正说，"但我也可以不同意你租住我家——我是房东。要不你把东西都搬回去？"

"行！"白慕川笑得一脸阳光，"那我们就搬走吧！晚晚。"

火药味儿太重了！向晚好想逃离现场，如果这个时候溜了，白慕川会不会揍她？

"那个，程队……"哪怕硬着头皮，向晚此刻也只能站白慕川这边，"如果不方便的话，我们就另外找地方住吧？"

一声"我们"胜过千言万语。白慕川懒洋洋地笑着看过去，程正的面孔刹那凝固。

好一会儿，他终于转身："行！住吧。房租加倍！"

白慕川不介意地笑笑，拎着手上的食盒："哎，别走啊，给你打包了……"

"不吃！"程正砰的一声关上门，不到三秒，又猛地拉开，冷着脸看向白慕川，"立刻、马上把你的东西拿走！"

向晚反射性一抖，头皮发麻。想到白慕川从此要跟她在一个屋檐下生活，而隔壁就住着程正，她就觉得未来的生活将会相当精彩。

…………

新同居时代开启的第一个早上，向晚五点就醒了，根本没有睡饱，精神却莫名亢奋。在床上打了几个滚儿，她好不容易挨到六点半，再也无法入睡，索性起床做早餐。

以前她偶尔也做，但这一餐的意义似乎格外不同，不刻意，却做得分外用心。食物的香味儿漫不经心地飘着，这个屋子突然就添了人间烟火味儿。

早起的鸟儿有虫吃！程正晨跑结束，拎着早餐来敲门的时候，首先享受到了一屋子的温馨。然后在发现白慕川睡眼惺忪地出来，而方圆圆一夜未归后，他清冷的脸变得郁气沉沉。

"又跑步去了？坚持得不错！"白慕川懒洋洋地看了程正一眼，捋头发坐下来，叹息一声，"你说你这么努力地锻炼身体，让我们这种不锻炼身材也超级棒的人怎么好意思继续混日子呢？"

程正黑着脸："你真好意思……"

白慕川挑挑眉梢，看着他放在茶几上的东西："以后别买了！浪费！"

"行。"程正答应得很干脆，"往后我过来跟你一起吃。"

白慕川眯起眼，审视他半晌："你真好意思……"

程正哼笑勾唇，难得地一笑。向晚把早餐摆好，回头刚好捕捉到他们古怪的对视，突然有一种自己才是第三者的感觉。

"吃饭了！程队，吃过了吗？一起啊。"

"他吃过了！"白慕川说。

"好！"程正抢在白慕川面前，大步走到餐厅，"向老师手艺不错！"

"将就将就。"向晚笑得很尴尬，"希望能合你的口味。"

白慕川哼笑一声："明儿不要做了，本来做早餐就怪累的，还遇上那种蹭吃蹭喝的人……"

"喀喀！"向晚看了他一眼，"程队以前也总给我们买早饭的。"

"是吗？"白慕川似笑非笑，"那从明天起还是让他买好了。反正他顺路——对吧？"

迎上他冷飕飕的视线，程正面无表情，咬牙："对。"

向晚脑袋好痛，觉得每次跟这两个男人在一起，战斗气氛就特别浓，分分钟刺激又危险。所以她选择了迅速吃完早饭，回房做上班准备。

上午，例行案例分析会。

最近的工作重中之重依旧是尚未破的"无尸女头案"，市局要求限期破案，一周的时间，大家情绪都有点儿紧绷，另外就是明天晚上锦城有一台中秋晚会，为了维持现场的治安，市局安排了很多的警力过去协助，而洪江区又是警力抽调的主力，所以到时候除了值班民警，都要过去执勤。

向晚第一次参加这样的活动，有点儿小兴奋，因为在中秋晚会上不仅可以见到几个鼎鼎大名的主持人，还有众多明星出席。她不追星，但对任何没有经历过的事情，都保持着相当的好奇心，把那当成一种生活体验。

散会的时候白慕川走到向晚身边，敲了敲她的桌子："跟我出去一趟！"

"哦？"向晚还沉浸在案件分析会的内容里，看了他一眼，合上笔记本就跟了上去，好奇地问道，"什么事啊？"

白慕川："等一下我们去剧组……"

话音未落，他们就听到外面传来一阵喧嚣。大厅里毛桂桂的家属在呼天喊地地骂人，刚刚走红的"网红刑警"唐元初正在焦头烂额地解释，然而他的魅力似乎毫无作用。不论唐元初说得多么委婉，他们始终不能理解。

"叶轮涉嫌杀人，为什么警方不拘捕他？为什么还让他照常拍戏……"

"我妹妹人都死了，你们找不到尸身也就算了，还让罪犯逍遥法外，甚至帮他说话……"

"我告诉你们，要是一个星期破不了案，我就一把火把你们这个破地方烧了！"

相比之下，唐元初的声音被压得很低："你们冷静点儿！相信我们，相信警方，一定会还死者一个公道……"

"抓不抓叶轮？"

"我们没有理由抓他！"

"没理由抓罪犯，那你怎么做警察的……"一个人高马大的男人突然冲过去拎住了唐元初的领子。那个人是死者毛桂桂的二舅，听说是做建材生意的暴发户，金钱带来的优越感让他在毛桂桂的家属团里一向是最为强势的那个，一言不合就要从嘴仗变成武力冲突。

"干什么！都干什么呢？"白慕川走出去，看了一眼这群人，冷着脸指了指天花板，"全方位监控！你们不想没有等到破案就因为袭警进去吧？"

那个汉子举起的手放下了，再没有一个人说话。

白慕川摆着一张冷脸，比起唐元初刚才的好言好语，完全没有半点儿他们需要的"微笑服务"的概念。但人性本能就是欺软怕硬，他这冷冷的样子反而让他们不敢再要横生事了。

"相信警察，就等消息。不信警察——那你们更没必要在这儿纠缠。自己靠嘴破案去吧！"

毛家几个亲戚相视一眼，语气软了下来："警察同志，我们是大声了一点儿，可你们也要体谅我们失去亲人的痛苦……"

白慕川转头看向那个说话的人——毛桂桂的堂哥，突然目光一冷："你就是那个发帖子散布谣言的人？"

那人一怔，不太敢看他的眼睛，条件反射地低下头："我只是陈述我们的观点，督促警方快点儿破案，为我妹妹申冤……"

白慕川轻声一笑："那多亏了你的胡说八道，让你妹妹的冤屈又多了不少。"

毛家人面面相觑。白慕川冷冷地说："网络是把双刃剑，自个儿回去好好琢磨吧！"

他说完不再理会他们，回头叫了唐元初和向晚一声，径直从厅中穿过往外走。就连早就熟悉了他的向晚也因为他那气势而怔住，许久都没有说一个字，直到唐元初开车过来，她才小声问："你刚才为什么说毛桂桂的冤屈又多了不少？"

白慕川转头："毛桂桂都被黑成筛子了。"

网络可以帮人，也可以杀人不见血。在一群人帮着毛家人声讨叶轮、声讨警察、声讨社会不公的时候，叶轮的粉丝以及另一些持不同意见的吃瓜群众，矛头又何尝不是指向他们的？于是毛桂桂成了新一轮的被攻击对象。

她生前的种种劣迹被人扒了出来，挂科、抽烟、打架、泡酒吧、援交、夜不归宿……如此种种，被戳得骨头都黑了。向晚看着网上铺天盖地的评论，触目惊心。

"太可怕了！"

网络上的风向与前两天不一样了。毛桂桂从一个受害者突然就变成了一个被人唾弃的无良女人。

"会不会有人在带节奏？一般来说，没有人为因素干扰，大众的价值观很难在短时间内突然转向。"

"这算不算你分析的——犯罪隐藏属性？"白慕川淡淡地问。

"嗯……算吧？"向晚皱眉，"人都是向着自己的。潜意识里，这个人一定认为自己杀人的做法是对的，不肯面对自己是在犯罪的事实。如果毛桂桂是一个无辜少女，那他就错了，他就是罪犯，他想代表的正义和公理就不存在了……甚至会与他的犯罪动机相悖。"

白慕川侧目深深地凝视她："你认为带节奏的事与那个人有关？"

白慕川没有说"那个人"是谁，向晚却心知肚明。她眉头打了个皱褶："白队，我认为那些有明显风向引导性的帖子都有追查的价值……"

白慕川沉默片刻，点点头："建议有效！"

《灰名单》剧组好像刚刚拍完一场打斗戏，他们到达的时候片场一片狼藉。

接待白慕川的人还是上次那个副导，一脸紧张的样子："警察同志，你看我们前阵子耽误挺多的事，剧组经费紧张，耽误一天就是流水的钱花出去，最近大家都在赶进度，很不容易……"言下之意——我们忙得很，有什么事赶紧办，没有什么事赶紧走。

"我们就随便看看，你忙去吧！"白慕川看了他一眼，"市局要求我们限期破案，但案子目前并没有头绪，我们只能在现场转悠转悠，你们不用管……"

副导一听这话，脸色缓和下来："辛苦了辛苦了。要不去那边茶馆坐坐？"

"不用！"白慕川努努嘴，饶有兴趣地一笑，"我觉得拍戏挺有意思的，想在这里看一下，不影响吧？"

副导尴尬脸："不影响不影响。那成，你们随便看。"

"去吧，不用管我们。"

说不管怎么能不管？副导叫人搬了几把椅子过来，安置他们坐下。他们都穿着便衣，坐在角落里并没有引起太多人的注意。摄像在调试机位，几个演员在看剧本、背台词，导演在边上说着什么……现场一片忙碌。

向晚不明白白慕川今天来的目的，一头雾水。他却突然问她："你记得这场戏的剧情吗？"

嗯？向晚看了一眼场记板上的标注，摇头："记不太清了。"

"你的男神沐二少该伤心了！"白慕川叹息一声，笑着看她，"在这场戏里警方第一次正面抓捕秦述……想一想！"

秦述是《灰名单》里的男反，也就是叶轮饰演的那个角色。第一次抓捕他，是什么情节来着？向晚脑子一片空白："我想不起来具体细节了！难道你记得？"

白慕川扬扬眉，目光带笑："我也不记得。"

"嘿！你们怎么来了？"这时背后突然传来一声招呼。

助理将一把椅子放在白慕川的旁边，谢绾绾慢条斯理地坐下，将唐元初挤到了后面，又懒洋洋地把剧本往桌上一丢，往四周看了看，漫不经心地问："今天剧组又死人了？"

向晚："……"

白慕川斜视她："你别乌鸦嘴！"

谢绾绾浑不在意："没有死人，难道你来看活人的？"

白慕川不理会她的语气，淡声问道："今天你有几场戏？"

"两场？还是……三场？"谢绾绾转头看着助理，得到了三场的答案后，又淡淡地耸一下肩膀，"我前阵子住院，耽搁了进度，导演最近恨不得把我当牲口用，没日没夜地拉磨……"

导演都快把她当姑奶奶供着了好不？女助理默默翻了翻眼皮，只当没有听见。

"不过小白……"谢绾绾唏嘘一声，突然转过头，用极小极小的声音说，"我等会儿又和叶轮有一场亲热戏……"

"嗯？"白慕川看到肩膀边的脸，狐疑地挑眉。

谢绾绾迟疑许久，吐出几个字："好紧张！小白……要不你帮帮我？"

白慕川半眯起眼睛："怎么帮？"

谢绾绾的视线慢慢越过他，落在他右侧的向晚身上，然后她低声道："把你女朋友借给我亲热亲热？改善改善环境？"

白慕川冷脸一拉："那你还是继续吐一吐吧！"

谢绾绾："不仗义！"

"聊什么呢，这么开心？"一声低笑声里，向晚看到了叶轮。他好像化过装了，眉目间更添锋利和阴冷，那眼尾勾勒的邪气也更重了，双手插兜往那里一站，活脱儿就是一个大反派的形象。果然叶轮演《灰名单》里的秦述简直就是本色出演嘛。

"关你什么事？"谢绾绾毫不客气地顶回去，那带笑的表情看不出来她语气里情绪的真假。

　　而叶轮也不生气，走过来拉一把椅子在谢绾绾的身边坐下："等下有亲热戏，我们提前预热一下，培养培养感觉？"

　　呵呵！谢绾绾斜视他："跟别人还可以培养，跟你嘛——"

　　"那是。"叶轮接过话，"像我这样的正常人，你可能很难找到感觉吧？"

　　两个人都狠！你一句我一句地反讽，还能把一张脸笑得眉眼生花，就像老朋友一样交谈。如果不知道的人看见，肯定以为他俩的关系像他们的微博以及经纪人说的那样——相处和谐，是很好的朋友。

　　"哎，看到没？男主角今天脸色好像有点儿不好看？"

　　戚科正在助理的陪同下走入片场。他已经换好了道具服，一身警服在身上显得阳刚正气，但脸上确实阴云密布。叶轮忍俊不禁："你们发现了吗？人家演警察比警察更像警察！说到底还是衣服衬人，我要穿上那一身……"

　　白慕川沉着脸不理会，谢绾绾剜了他一眼，像看傻子："你穿上那一身也像个流氓！拜托，人家好歹是火遍大江南北的演员。你能和人家演对手戏就偷着乐吧，别蹭了人家的流量，还整天做梦，想从男三变男一！"

　　谢绾绾损起人来半点儿情面都不留，可叶轮也奇怪，不论她怎么说，他都不在意："那是，我哪儿能跟他比呢？毕竟像我这样的人只能靠脸吃饭，而人家可以靠身体吃饭！"

　　"闭上你的嘴吧！"谢绾绾冷笑一声，"知道别人手上有什么资源，你还学不会做哑巴，我看就别在这个圈子混了。要不然早晚死在你那张嘴上！"

　　"啧，你是在关心我？"叶轮眼里带笑，"我突然有点儿感觉了呢。要不我们跟导演说说，可以马上开拍吻戏了？"

　　"滚！"谢绾绾脸色一变。

　　她的排斥作不得假，叶轮的讽刺就更真了："我看不该在这个圈子里混的人是你！一个女演员，接个吻就跟上大刑似的。这还是遇上我这种身材好、颜值高的男演员，要是哪天给你配戏的是个秃顶肥肚的大麻子，你不得一头撞死啊？"

　　"错！"谢绾绾嘲弄地笑道，"因为是你，我才想吐而已。"

上次搧过她一巴掌，叶轮明显对这件事耿耿于怀，所以一直不停地讽刺她心理有问题。而谢绾绾是最讨厌人家说她心理有问题的——哪怕真的有，也受不了。

叶轮一听脸黑了，露出讽刺的笑意："那你给我找一个让你不吐的试试？"

他说着，笑看白慕川。向晚的心突然悬到了嗓子眼——说真心话，她相信谢绾绾受刺激的情况下，真的干得出来当众吻人的事……而且谢绾绾转过来的视线正好落在白慕川的脸上。

向晚心脏狂跳，谢绾绾却莞尔一笑："论颜值嘛，你叶轮还可以。论身材……呵呵……"谁也没有想到，她停顿一秒，突然笑着转头，猛地一把拉住坐在白慕川身后的唐元初，妩媚一笑，"你连这个小哥哥都比不上！"

唐元初怎么也没有想到火会落到自己身上。他身体僵硬着，像个傻子似的被谢绾绾缠着手臂，一脸蒙……然后晕晕乎乎由着谢绾绾在他的脸上轻轻一吻。

向晚骇然，就连白慕川和叶轮都愣住了。

"小哥哥，你真的好帅！"谢绾绾朝唐元初一笑，已经坐正了姿势，似笑非笑地剜着叶轮说，"知道为什么人家可以而你不行吗？因为人家干净，而你——好、脏。"

"我要是脏，你不就是一个粪坑？"

好恶毒！这两个人私底下的言论彻底颠覆了向晚的想象力，更可怕的是，下一秒当摄像机镜头转过来，导演叫他们名字的时候，他俩的表情居然如出一辙——微笑，友好。

"大家准备，开工了！"

谢绾绾、叶轮在助理的陪同下过去了，导演比画着，唾沫横飞地讲戏，而他们两个与戚科一样，每个人脸上都摆出一副得体的笑容，认真、专注，不管肢体还是表情，都非常到位……就好像刚刚吵架那两个人不是他们。

"叹为观止！刷新三观……"向晚叹息，"要是我会人家这一招半式，又哪儿会被你欺负啊？"

白慕川淡淡地看过来："你……算了吧。"

向晚眯眼，跟他急："别看不起人啊！"

白慕川勾唇："你靠才华就够了，不需要这一招半式。"说罢，他回头看唐元初，"需要这一招半式的人还在发傻！"

唐元初一脸尴尬，脸红得像滴血："这事搞得我压力好大！万一她要嫁给我怎么办？"

向晚："……"

…………

机位、场景、灯光都已准备好。演员各就各位，导演喊："Action！"

场记："《灰名单》第五场，第一镜，A机——"

现场静悄悄的，监视器下的时间码在不停地跳跃。拍摄画面上一个女孩儿坐在路边的小茶馆，手上拿着一本合拢的书，看着格子窗外的路面出神，目光安静、面色温柔……

"绾绾！"叶轮大步走过来，表情略带焦急，"你怎么还在这里？快！来不及了——跟我走！"

谢绾绾头也不转："你走吧！我哪儿也不去。"

叶轮一脸戾气："警察就快来了，再不走来不及了——"

"是。他快来了，真好。"

女孩儿淡然的话彻底激怒了男人。他突然暴怒，一把抓住女孩儿的胳膊就把她拎了起来，狠狠地压在怀里，像挤压一只受惊的小兔子似的，英俊的面目变得狰狞而恐怖："你就这么恨我？"

"恨你？！"谢绾绾看着他，突然一笑，"你——不配。"

叶轮目光一变，突然将她推坐在椅子上，就势压向那把藤椅，双手扶住把手，低头就吻——咯吱咯吱的响声里，除了椅子在苟延残喘地叫，还有谢绾绾苍白的脸以及挣扎！

现场安静极了！

他们演得投入，向晚看得心脏都快悬了起来。

砰！这时茶馆破败的门被人踢开，戚科带人冲了进去，目眦欲裂："秦述——你干什么？放开她！"

他拔了枪，指着叶轮。叶轮阴笑一声，拎着谢绾绾的衣领站起来，也拔出枪，指着谢绾绾的太阳穴："来得正好。你听好了，准备一辆车。我们要——远走高飞！"

228

"你做梦!"戚科表情凌厉,举着枪一步一步走近。

"不要动!"叶轮舔舔唇角,眼睛带着一抹嗜血的光,"再过来我就开枪打死她!"

"让他打,让他开枪!"谢绾绾双眼通红,受了刺激一般疯狂大吼,"秦述,你有种就开枪啊。我们一起死,一起死!"

她喊声未完,叶轮突然抬了抬手臂,似乎要扣动扳机。

正在这时突然传来一声暴喝:"停下!都不要动!"

声音是从耳边传来的,专注"看戏"的向晚怔了一下,疑惑地转头看着白慕川。

白慕川不解释,也不看任何人,径直走过去从叶轮手上卸下枪,又把戚科手上的道具枪一并缴下,回头丢给唐元初:"检查!"

众人:"……"

向晚看着白慕川严肃的脸,总算明白他坐在这里看人家拍戏的原因……他是早知道这场戏的内容了。根据剧本描述,男一和男三将同时开枪——男一开枪向男三射击,男三向男一射击,而女主角绾绾却挡在了男三的面前,生生吃了一枪,与男一同时受伤,让男三得以顺利逃脱……讲真,好白莲花的剧情。直男写出来的感情戏,让向晚很难接受,幸好《灰名单》里的感情戏不多,她主要看剧情,要不然准能被那些奇怪的感情处理弄得弃文。

"老大——"唐元初面色微变,"是真枪!这把枪里的子弹有弹头。"

剧组顿时哗然一片。

白慕川一副早有预料的样子:"叫道具师过来!"

电视剧为了达到逼真的效果,会力图让枪看起来真实,仿真枪与真枪基本是按一比一还原的,甚至有些剧组为了达到更好的效果,会使用经过改装的真枪。不过这种枪支的管理会非常严格,每次使用都要登记造册,使用之后要有专人维护。这种经过改造的真枪可以射击,在拍摄的时候也会发出枪击声,也会冒白烟,但子弹是没有弹头的,有些还会堵住枪管,不让子弹出膛。

经过唐元初检查,戚科手上的枪里是空包弹,叶轮手上的枪里——是实弹。导演急得额头都在冒汗,在现场转来转去,大声吼道具师为什么还没过来,副导匆匆上前,想跟他说什么,结果话还没有说完,就挨了他一脚:

229

"人呢？负责枪支管理的人呢？"

副导腿弯上挨了一下，痛得钻心，伸手摸了摸，气没有喘匀就赶紧摇头："不见了。我去叫人，道具组说没见到他。"

道具组的人不少，但负责枪支管理的人却只有一个。他叫贾安，一直在剧组专门管枪械，也兼做武行。这次《灰名单》剧组为了这个顶级大IP制作也是操碎了心，为了达到更好的效果，剧组好不容易才申请到特种器械持有资格，结果里面居然混入了真子弹——出了这事，接下来的拍摄怎么办？制片人、策划人、导演、演员、场务……一群人都急疯了。

"白队，可不可以通融通融……我们配合警方调查，不要把事情搞大，你看，我们这么大的摊子摆在这里，分分钟烧的都是钱，耽搁不起啊……"

白慕川看了一眼慌乱的现场，从唐元初手上接过那把枪，掂了掂："我们会按规矩办。"

…………

制片人和导演相视一眼，脸都白了。就连向晚都忍不住怀疑他们剧组是不是开机前忘了烧高香——怎么就这么倒霉？从开机到现在出了多少事？从头到尾就没有顺利过。

在场的众人大多脸色不好看。叶轮却抬抬眉，懒洋洋地坐在一旁的椅子上，像一个旁观者。

"不好意思，可能又要麻烦你走一趟大队了。"唐元初走到他前面，轻声调侃一句，"我就奇怪，为什么啥事都有你？"

"我也很好奇啊！为什么呢？"叶轮一笑，露出几颗白生生的牙来，"警察同志，你说，到底是哪个刁民想害朕？"

唐元初被他气笑了。不过他早就失去了跟叶轮斗嘴的兴趣："会弄清楚的。我们绝不会放过一个犯罪分子——"后面一句话他说得极慢，并紧紧地盯着叶轮的眼睛。

叶轮与他对视，微微一笑："静待！"

…………

剧组出现了实弹，市局很快派来警力增援，特警也出动了。道具仓库被封锁，警方将所有枪支、弹药以及其余道具进行了全面的清查，结果除了叶轮手上的那把枪里的唯一一颗子弹外，所有的道具枪支与子弹都没有异常。

检查组认为剧组对枪支弹药的管理、存放和使用是完全符合相关法律法规的。这把枪出库的时候经过严格的登记和检查，并且过了专业枪械道具师贾安的手做了最后确认，这才到了叶轮的手上。

也就是说，叶轮有可能不知道里面有实弹，而贾安一定是知情的，偏偏这个最关键的人物贾安处于失联状态。道具组最后一个见到贾安的人是另一个道具师赵蕊蕊。

这个年轻的小姑娘表示，当时她抱着一堆东西出来，在走廊遇到贾安，并且跟他打招呼，叫了一声"贾老师"。贾安没有回应她，他一脸凝重地抽着烟从她身边走过，就像没有看到她一样。然后他就从走廊尽头的小门出去，在这个世界消失了。

…………

回大队的汽车上向晚偷偷瞄白慕川，发现他似乎沉浸在某种情绪里，轻咳一声。

白慕川听见了，转头看过来："嗯？"

向晚看了一眼开车的唐元初，小声问："你怎么知道枪有问题？"

"猜的。"白慕川回答得很严肃，一点儿都不像开玩笑，"凶手在杀了毛桂桂之后，看警方焦头烂额，无头苍蝇一样没有方向，下一步会有什么动作？"

"嗯？"向晚与他对视，汗毛隐隐地竖了起来。

她想到了"720案"时那一辆出现在海天火锅城外的汽车，引导破案的关键，也想到了"喷泉女神杀人案"时方圆圆无意中在四楼发现的那个一闪而过的黑影。

"提醒？故意提醒我们？"

白慕川冷哼一声，闭上眼："我们又一次被鄙视了。"

看着他脸上露出的疲惫，向晚有些心疼："你别有太大的压力。凶手在暗，我们在明。让他挑逗一下也不打紧，笑到最后才是最重要的！"

"命案必破。"白慕川说，"还有六天。"

在几天的时限下，换了谁能没有压力呢？向晚不想站着说话不腰疼，在汽车的行驶途中不停地跟他分析案情："如果这个人是在故意提醒我们，为我们指方向，那叶轮、戚科、谢绾绾三个人……哪一个的嫌疑最大？"

白慕川睁开眼睛看着她："贾安嫌疑最大。"

"……"

这个是没有悬念的事情好吗？目前最大的悬念在于贾安去了哪里。

"怕只怕找到的又是一具尸体。"向晚一叹，目光幽幽地投在车水马龙的街面上，心里沉甸甸的。这盛世，这阳光，这美好的社会……是游戏不好玩，是美食不好吃，还是有什么想不开？为什么会犯下这么多的罪恶？

…………

当天刑侦队与剧组很多人进行了谈话。大家一直忙到下午，白慕川召集专案组成员开案情分析会，过滤掉那些没用的信息，最后总结出几点重要内容。第一，道具组的枪支少了一把。众人分析后，初步判定是被道具师贾安带走了。至于贾安身上还有没有实弹，目前无法确定。第二，贾安社会关系简单，上面有两个姐姐，都已经成家。他是家里幺子，当香饽饽宠爱长大的，有吸食大麻的历史。但他是道具师里一个老师傅带出来的徒弟，在圈子里有些人脉，加上一直隐藏得很好，所以所有人都说他为人实诚、仗义，跟谁都相处得来。第三，贾安出事之后，胖子想起来又汇报了一个情况，那天唐元初和向晚出勤时，陈六看到警察就拼命奔跑之前曾经跟贾安说了几句话。第四，警察以胖子的话跟陈六进行了确认，但陈六表示贾安并没有跟他说什么重要的事，只说如果他被演警察的人逮到，剧组就要换人了——这相当于暗示陈六要拼命跑，引走警察。

"这个贾安是案件关键人物，没跑了！"

"所以我们要尽快找到他！"

"已经全城布控，他的信息我们也发到了各个协作单位，相信很快就会有结果……"

白慕川理清了下个阶段的工作任务，就接到内线电话，电话是小刘打进来的："白队，叶轮不肯走，要求看董布的询问笔录，我跟他解释了……这不符合我们的规定，他还在那儿胡搅蛮缠，还说有重大情况要反映。"

白慕川哼了声："重大情况。行，我给他机会反映。"挂掉电话，他抬抬手，"散会！各组下去继续摸排情况。有消息随时汇报。"

接待室里，叶轮看见白慕川走进来，笑了："辛苦白队了。我的要求很简单，我要看董布那小子是怎么说我的。"

"不行！"白慕川直接拒绝，"我们有义务为证人保密。"

"证人？他怎么能叫证人？"叶轮一下就急了，像只刺猬似的竖起了尖刺，"那就是一个忘恩负义的浑蛋！垃圾！他诬蔑我、诽谤我……"

"你不是已经辞退他了吗？"白慕川不冷不热地抬抬眉。

叶轮话没说完被打断，噎了一下，又指指白慕川："不简单，白队门儿清啊。是，我是辞退他了。可这种吃里爬外的混账，换了是你会怎么处理？不辞退，留在家里过年啊？"

不管董布说的是真是假，换了谁都不会在身边留这种定时炸弹。叶轮做的事情原则上没有错，但是……

"与案情无关的事我们不用讨论。"

"那说点儿与案子有关的。"叶轮微微眯眼，"警察同志，我要告董布，告他对我名誉侵权……"

"那是你的自由。"白慕川说，"这里是刑警大队，不管这事。"

"我要求知道他的笔录，知道真相。"

"等你告了，法院会来取证。"

呵？叶轮生气了："你们这警察是怎么做的？由着别人污蔑我，胡编乱造？"

"我们有我们的办事流程。"白慕川就事论事。

"好吧，我信你。"叶轮像是软了下来，语气也不像刚才那么强硬，"我可以不看笔录，但我有件事情想提醒一下白队。董布跟贾安的关系……很不一般。"

白慕川抬了抬手，示意他继续。

叶轮沉下脸，神情难得认真起来："董布这个人虽然喜欢赌博，但办事还算靠谱。以前我对他的私事大都睁只眼，闭只眼。男人嘛，小赌小闹的，算不得什么。所以他找我借钱，我从来没有拒绝过……"说到这里，他停顿一下，脸色突然变得凝重，"最近一次他突然开口问我借五十万。我问他干吗用，他说欠了一屁股赌债，如果不还，人家要剁了他的手……我当时很生气，觉得不能再纵容下去，就说了一句，你那手剁了不是更好？再也不用赌了。"

"然后呢？他怎么说？"白慕川问。

233

"当时他什么也没说，低着头走了。"叶轮耸耸肩膀，"无非是觉得我有钱，五十万不算什么，简直就是对他见死不救呗……"

明星与助理之间其实是一种极为复杂的关系。在日常相处中，助理会掌握明星很多不为人知的隐私与秘密，可助理所获得的酬劳与他们所知的隐私价值不构成对等……这就很容易出问题。

白慕川问："董布最后一次找你借钱是什么时候，你还记得吗？"

换以前审讯，叶轮反反复复就一句："不知道，不记得，不清楚。"

谁也没想到这次他居然老老实实地回答了："兰桂香坊出事前两天。"

白慕川："那你认为他跟贾安的关系不一般又怎么讲？"

"对！我主要是说这个。"叶轮褪去嬉皮笑脸的劲儿，认真地说，"董布以前不认识贾安，到了锦城，进组之后认识没几天就混熟了。董布跟我提过，说贾哥人脉广、会来事，三教九流什么人都认识……"

"这有什么不一般的？"白慕川眉梢一挑，不甚在意。

"董布欠的那些赌债后来还上了，听我经纪人说是贾安借他的。"叶轮冷笑一声，直视白慕川，"现在白队还觉得这关系一般吗？"

是不一般，一个道具师怎么会舍得把五十万借给一个刚刚认识的助理？

"如果不是贾安出事，我也没把这两件事往一块想。"叶轮又说，"就刚才我越想越觉得不对劲儿。董布这人胆子小，是不敢惹事的。就算我不借钱给他，他最多背地里骂骂，是绝对不敢反口咬我的……我认为问题在贾安，他拿了贾安的钱，并受贾安指使，想把案子栽赃到我的头上……"

推测得很有道理。果然遇上自己的事，人人都是福尔摩斯。白慕川笑了笑，站起来："你反映的情况我们都清楚了。有消息我们会第一时间通知你。"

叶轮看了他一眼，磨磨蹭蹭不想起身："白队，我可以住在刑警队吗？"

刑警大队又不是宾馆，想住就住啊？众人一脸不解，叶轮却慢吞吞地笑了："我怀疑……今天那颗子弹是冲着我来的。"他眼里刹那迸出的光，有畏惧、有紧张，是他真的害怕，还是他的演技太好？

白慕川淡淡地道："你没有犯事，我们无权扣留你。"

"要不你把我拎到看守所去？"叶轮似笑非笑。

"嗯？那你看看我们这儿……"白慕川望向身边的同事，"谁比较好杀？"

"……"叶轮扶着椅子叹息一声，"白队，你这玩笑太冷了，一点儿都不好笑。"

…………

离开刑侦队，白慕川把向晚送到家门口就匆匆离开了，说是去找黄何。向晚难得放松，一个人在家里躺了一会儿，正准备写点儿东西，方圆圆就回来了，一双眼睛红得像兔子似的，她看到向晚泪珠子就滚了下来。

"这是……怎么啦？"向晚惊坐而起，"谁惹你了？"

"呜——"方圆圆委屈地扑过来，一把鼻涕一把泪地往她身上擦，就是不肯说到底怎么了。

向晚叹口气，拍着她的背，帮她顺气儿："方圆圆，能不能不要往我身上擦鼻涕？"

"你能不能有点儿爱心？"方圆圆抽泣着抬头，"表姐，我都快崩溃了……"

她不崩溃，向晚都快崩溃了："怎么啦这是？小姨给你介绍对象了？"

方圆圆撇着嘴，摇头，泪珠子掉得比刚才更狠："他骗我，他欺骗我。"

"他怎么欺骗你了？"她尽量压着情绪，问得凝重。

方圆圆咬着下唇，似乎难以启齿，吭哧吭哧好久，慢吞吞地说："那天晚上他跟我说他是第一次……结果根本就不是，他不是……"

"啊？！"向晚不知该哭还是该笑，她扯了扯嘴角，轻声哄道，"你不是说你也不是第一次吗？那你俩不是正好扯平了，刚刚好？你哭个什么劲儿啊？"

"那不一样啊，我又没有骗他。我早就跟他说清楚了。"方圆圆脸上挂着两行泪，把脸上的妆冲出了两条浅沟，一脸伤心欲绝，"我那是年少不懂事的时候，我都后悔了……他又不是……他跟那个女人肯定是深思熟虑才发生的关系好不好？表姐！我只要想到他跟别的女人……做那种事，我脑子里全是画面……我就恨不得杀人！"

向晚不知道说什么。她轻抚方圆圆的肩膀，想了想，问："这种事你怎

235

么知道的？"既然黄何都诚心隐瞒了，又怎么可能再告诉她？

方圆圆咬着下唇，突然哇的一声哭了出来，抽泣着说道："今天下班我去找他，刚好碰到一个女人也到兰桂香坊去找他……黄何开始说不认识人家……结果那个女人当着好多人的面，指着他的鼻子劈头盖脸地骂，说他提上裤子就不认人……"

好香艳。向晚想想头也有点儿大："这你也不能听信人家的一面之词啊？也许那个女人撒谎故意毁他呢？"

"怎么可能撒谎？"方圆圆气得咬牙，"人家还知道他那里有一颗痣。"

"那他从小到大认识那么多人，有人知道也不奇怪啊？"

"呜……你怎么还帮他说话啊……"方圆圆呜呜叫着，哭得更厉害了，"关键是后来他都默认了，没有再反驳！还叫我先回来……"

"……"

这么狗血的事发生在黄何身上？向晚不知道怎么劝方圆圆，劝她放宽心大度一点儿吧，好像有点儿事不关己的冷漠，但如果叫她不原谅黄何吧，好像事情又没有那么严重。毕竟那是黄何认识方圆圆之前的事，再怎么说黄何都三十来岁的人了，以前有女人有情况也很正常……

向晚轻轻抚着方圆圆的肩膀："别难过了！要不……我请你去吃火锅吧？咱们叫上黄何？"

"叫他？凭什么要叫他？"方圆圆炸毛了。

向晚笑吟吟地看着她："别挣扎了，你喜欢人家都快喜欢得没有自我了，还装啥呢？再说了，你不把事情弄清楚，心里不是一直别扭吗？就这样决定了，我让白慕川跟他一块儿来。他要是讲不清楚，咱们就叫他付账！"

…………

向晚联系上白慕川，他说要晚一点儿过去，于是两个女孩儿没有马上去吃饭，而是改道去了商业区，等肚子唱起空城计，才拎着一堆败家品上车去火锅店。

两个人点好菜，左等右等不见白慕川和黄何的影子，服务小哥进来催问了几次什么时候上菜，方圆圆等不及了，叫了锅底，开了火，闻着诱人的火锅味儿，忘了烦心的事："要不我们先吃吧？懒得等他们了。"

"好，我问问。"向晚给白慕川发了一条信息，可是等了半个小时都没有等到回复。不会是临时有什么事吧？她拨打了他的电话。

"你好。你拨打的电话已关机……"

关机了？向晚心里微微紧张，一边陪方圆圆安抚她的情绪，一边心里敲着鼓默默担心白慕川。菜烫了一轮又一轮，锅底的汤慢慢变得混浊……他们还是没有来。

方圆圆吃了个大饱，心浮气躁："看来你想错了，人家根本就不在意……还等着人家来道歉呢！呵，不用等了，我们走吧！"

向晚没有说话。她了解白慕川的为人，他既然答应会晚一点儿来，就一定会来。她慢慢拿起勺子在锅里搅动一下："我还没有吃饱，再等等……"

"还等什么呀？你看不出来吗？人家根本就不愿意来！"方圆圆是个直性子，肚子里没有那么多弯弯绕绕，气上心来，说话十分难听，"他就是个贱男！我方圆圆要是再理他，我就是小狗！"

向晚看了她一眼，觉得今天这事有点儿不对："就算黄何不想见你，白慕川一定不会不想见我的。"

"啊？"方圆圆望着她，气呼呼的，差点儿就炸了，"行行行，你这狗粮我吃了。"

方圆圆坐回去，两个人边说边吃，又等了一个小时，白慕川始终没来。渐渐地，向晚的心再也无法平静，就连方圆圆也感觉出不对劲儿了。

"会不会出什么事了？"

向晚摇头。白慕川今天突然去找黄何，最大的可能就是为了那个案子……那么他们直到现在还没有过来，也只能是因为案子。没有交代，人也不来，这让她越发不安。

"十点半了。"方圆圆拧着眉头，突然抓起手机，"那我来吧，打给黄何问问。"

铃声响了一遍，没人接。方圆圆不死心，又拨了一遍，这一次等了好久，电话终于被人接起，居然是一个女人的声音："你找哪位？"

一听那娇滴滴的声音，方圆圆脑袋嗡的一声："黄何呢？我找黄何。"

"你哪位？"女声又问。

"我是他女朋友！"方圆圆几乎是吼出来的，"赶紧把电话给他！"

"哦，不好意思。他不想听你的电话。"

方圆圆脑门一热，气得双颊通红，血液逆流，双眼几乎快要冒出火来："想不想听不该你说了算，我要他亲口说……"

"小姐，麻烦你自重！不要再来骚扰我们……"那女人打断方圆圆，直接挂断，听着电话里传来的嘟嘟声，方圆圆气得差点儿摔手机，"太过分了！气死我了！你说这男人是个什么东西……"

她气得牙齿紧咬，胸膛起伏，恨不得找黄何拼命，可是向晚听她说完来龙去脉，凝重地摇了摇头："不对。"

"当然不对了，这不是贱人是什么？贱！太贱了！"方圆圆一口气骂了好几句才看到向晚阴沉的脸，"怎么了？"

"圆圆，你马上送我去一趟大队！"向晚拎起包就走。

…………

方圆圆结账的时候，向晚一个人走到过道里给唐元初打电话，问他有没有白慕川的消息。令人失望的是她得到了否定的回答。其后她又让唐元初询问别人，结果是他们都在按照白慕川布置的任务忙着无尸案的排查和走访，下班了还没有休息，其中谢辉有一次试图给白慕川打电话汇报工作，不过没有联系到他。

警队是有规定的，办案期间所有警员不能无故关机。也就是说白慕川突然人间蒸发了？上一个失联的人是贾安，目前还没有消息。这次是把手伸向白慕川了吗？

向晚脊背冰冷，寒气从脚底升起，她绷紧了神经："可以定位到他吗？"

唐元初迟疑了一下："不能。"

完了！白慕川彻底失联了。向晚想了无数种可能，最符合逻辑的一种是白慕川去找黄何，遇到了突发事件，他不得不处理……只不过她不明白白慕川有大把的时间可以做更好的安排，为什么选择一个人去？

…………

她们到了大队，唐元初一群人已经在等着了。众人简单开了个小会，经过讨论后一致认为白慕川和黄何遇到了特殊情况，也许会有危险，他们目前唯一的通道只是黄何的那个电话。

"圆圆，靠你了！"向晚捏了一下方圆圆的肩膀，重重点头，"继续给他打电话。"

"我？"方圆圆脸色有些白，脑子里乱糟糟的，"我要怎么说？"

"如果接电话的还是那个女人，你就哭、就闹，一定要黄何接电话，要当面跟他说清楚……"

"哭、闹？"方圆圆狐疑地看着她。

"对，怎么泼辣怎么来。你可以的。"

"……"

方圆圆从来没有经历过这种事，有点儿紧张。不过了黄何和白慕川的安全，她那点儿小女孩儿的计较就没有了。拨电话的时候她比上一次紧张，好在电话又一次接通了。

还是那个女人，她很不耐烦，不等方圆圆说话就冷声讽刺："你还要不要脸啊？叫你不要再骚扰我们，你听不见吗？"

"你算老几？"方圆圆本来没有的火立马点燃，"让黄何给老娘听电话！有什么事让他来跟我说清楚，轮不到你在我面前指手画脚……"

"呵！我算老几？"那女人讥笑一声，"我跟他睡觉的时候小妹妹你还在穿开裆裤呢！你说，我算老几？"

方圆圆的电话按了免提，办公室里的所有人全都可以听见那女人的奚落。对女人来说，这样的自尊心伤害是难堪的N次方，所以她的愤怒是平常的N次方。

"你就是那个老女人吧？今天在兰桂香坊我们见过，怎么，一把岁数还想做小三？"

"谁是小三你心里有数！"

"行行行，你老你有理。那麻烦你告诉他逃避没有用，是个男人就接电话，亲口跟我说……"

"不要你就是不要你，还要怎么说……"那女人冷嘲一声，似乎想挂电话，向晚马上举起手上的笔记本，示意方圆圆照着说。

方圆圆看一眼她的提示，气呼呼地吼："我警告你别把我惹急了。你再不让黄何听电话，信不信我报警？大家都别要脸了，看谁比较难堪！"

那边好久才响起女人的笑声："小妹妹，他现在不方便听电话。你要真想见他，你就自己过来，让他跟你说呗……"

向晚冲方圆圆点点头。

方圆圆骂骂咧咧："行啊！说地址！谁不来就是孙子养的。说，你们在哪儿？"

女人轻笑一声，报了个地址。那声音带着一抹戏谑："来嘛，我们等着你哟。"

电话挂断，办公室里寂静一片。白慕川不在队里，唐元初望向副队长齐沧海，让他拿主意："老齐……"

齐沧海是队里资历最老的一个刑警，行事比较谨慎，他综合分析了一下目前的情况，认真说道："黄何的情况我们目前无法做出判断——他到底是变节，还是被人控制？但可以肯定的是对方一定有问题，而且与白队的失踪有关。"

众人沉默，"变节"这个词太重了。

方圆圆举起手："我可不可以插个话？"

她是一个局外人，知道自己不方便，但还是想为黄何正名："他不是那样的人，他不会变节的……"顿一下，她又略略垂头，"就算他会背叛我，也一定不会背叛那身警服……那是他的信仰。"

齐沧海点头："抛开黄何的事暂且不谈，我们都了解白队，他不是激进的人。在没有得到他反馈的情况下，我们如果贸然冲过去，说不定会打草惊蛇，刚好中了对方的圈套……"

"但我们不能排除白队遇险的可能。"唐元初抢过话，"还有黄哥，我怕他也会有危险……"

齐沧海想了一下："所以我们得折中一下，分成两个行动队。一队组成亲友团，去帮着打架的，可以是表哥、堂兄、堂弟等亲戚……第二队尾随其后，随时和一队保持通信联络，一旦有突发情况，可以相互接应。"

"好！老齐，你安排吧。"

"嗯。"齐沧海突然转头看向方圆圆，"这次行动可能会有危险，没有经验的女同志最好不要参加……"

"不行啊！"方圆圆站起来，"那个女的认识我。今天在兰桂香坊我跟她打过照面。如果看不到我，她肯定会起疑心。"

向晚皱了皱眉，看着齐沧海："她说得对。齐队，我跟她一起去。"

在警队方圆圆是群众，而向晚是聘用人员，算是协警。其实齐沧海原本的意思是让她代替方圆圆去，只不过方圆圆太固执，稳妥起见，他最终还是同意了。

"你们两个女同志一起去，确实不容易引起对方的怀疑。就是……"他又望了望准备做"亲友团"随行的唐元初和何文才，"你们一定要随机应变！首先保障大家的人身安全……"

"嗯！知道。"唐元初重重点头。

这时一个声音从背后传来："我跟他们一起去。"

众人回头看到程正与梅心站在门口。两个人是从技术队过来的，程正一本正经地说："我跟方小姐和向老师比较熟悉，我们假扮成亲戚，不容易引起对方的怀疑。"

这个说法合情合理。众人来不及问他为什么会比较熟，就这么定下了人。向晚、方圆圆、程正、唐元初、何文才五个人组成第一小组亲友团前往。第二小组由齐沧海带队，和梅心等人负责接应。

汽车驶出城区，路上到处是正在建设的工地，巷子两侧的房屋破破烂烂，灯光很差，四处黑漆漆一片，这个地方该搬迁的人早就搬走了，没有什么人居住，零零星星几盏灯光点缀着这一片夜色，残留着一点儿人气。

"是这里吗？"方圆圆停下车，疑惑地看着导航。

"没错，是这里。"唐元初拉大地图看了看，望向车灯照着的路牌，"给她打电话，就说你已经到了！问她在哪里……"

"好。"

方圆圆低头找手机，紧张得手一直哆嗦。可电话一接通，听到那女人的娇声软语，她就忍不住怒火中烧，马上化身女战士："喂，老娘已经到了！那个贱男人在哪里？敢不敢出来见我？"

"到了？"女人似乎诧异了一下，接着又轻笑道，"从巷子进来，走到最里面，看到一个院子，就是了。"

"你们怎么住在这里？"方圆圆忍不住多问一句，"黑灯瞎火的破地方，搞什么鬼？"

"咯咯！"女人笑着说，"因为穷啊！小妹妹，不会是怕了吧？"

"你给我等着！"方圆圆挂了电话，发动汽车，紧张得好几次都打不着火……

向晚："……"

唐元初看着她："我来开吧。"

方圆圆的手都在抖，她还在逞强："不用，我自己可以。"

呼——汽车突然急冲出去。

众人身体一倾："……"

…………

小巷尽头的院子里灯火通明，比白天还亮。两幢别墅小洋楼，有点儿乡村风格，但不显寒碜，更谈不上穷。院子的大门开着，一眼可以看到里面的情况。内院宽敞，角落停放着一辆车，向晚一眼就认出来——是白慕川的私家车。

怦！她的心顿时跳起，紧张得绷成一团。

唐元初迅速给齐沧海发定位："发现白队的汽车。"

齐沧海回复："原计划进行。"

唐元初朝向晚递了个眼神。向晚点点头，走下车绕到方圆圆的那边，拉开车门，示意她下来："不要怕，拿出你的泼劲儿！"

"这叫什么话？"方圆圆瞪了她一眼，大着胆子叉着腰喊，"黄何，黄何！你给老娘出来——"

小别墅楼上的暗房里，灯光不如外面亮堂，人脸掩于其间，有种莫名的诡异。一个大腹便便的男人坐在靠窗的沙发上，不耐烦地拉开窗帘看了一眼外面停靠的汽车和不停叫嚣吵闹的女人，不冷不热地问："那几个人你认识吧？"

"认识！"黄何坐在他对面的沙发上，不动声色，"洪江区刑侦队的。"

"果然把警察给引来了，你看怎么处理？"

黄何沉默一下："我们的目的是求财，我不支持跟警方对着干。"

那人一笑，冷冷地回头看着他："你是跟这些警察还有情分吧？"

黄何面无表情："我22岁入职，辛辛苦苦在警队干了9年，做牛做马，

242

任劳任怨，没有功劳也有苦劳吧？结果什么下场？就因为一点儿小错就被他们推出来挡刀，然后被彻底放弃……"

男人挑挑眉，似笑非笑。

黄何慢吞吞地说："如果非要说有什么情分，在看守所关押的那段日子全都断得一干二净了……那个地方六哥你是没待过，那不是人待的地儿……暗无天日，人不是人，那里可以毁灭一个正常人的所有信仰……"说到那个冤屈的案子，他语气森冷，声音凉凉的，但转瞬他又缓下一口气，"但不可否认这还是一个法制社会，我们得看警察的脸色吃饭。能不跟他们对着干又能发大财，有什么不好呢？干吗非要把自己逼上绝境？事情闹大，没我们好果子吃。"

男人冷笑，懒洋洋地喝了口茶，把玩着手里的一串佛珠："可白慕川已经找上了我们，贾安又在我家里，如果放他回去……"

"他没有证据。"黄何说，"如果白慕川有足够的证据，会直接出示逮捕证来抓人，而不会一个人找上门来……说到底他只是来试探你的，如果你真这么干，那才正中下怀呢。"

男人皱起眉头，沉思。

黄何看着他："六哥，你要是相信我，就交给我来解决！"

砰砰！这时有人敲门，男人看了一眼黄何："进来。"

房门被人推开了。门外灼人的光源里站着一个珠光宝气的女人，她的脖子、头、耳朵、手腕上的珠宝首饰多得晃花人眼，一张涂得鲜红的唇妖娆又性感。她冲六哥点点头，不高兴地看着黄何："你的小情人在外面骂阵呢！你说我是把她轰走呢，还是直接把她给剁了喂狗？"

黄何看了她一眼："说了不要接她电话，不理她就好。你非得把地址告诉她！这不是找事吗？"

女人扭着腰身进来："现在的小妹妹可不得了。不解决掉她，总会找麻烦。她跟那些警察关系好，走得挺近……"

黄何眼眸沉下："她什么都不知道。"

女人冷笑："你是舍不得吧？照我说，跟他们说那么多废话干什么？反正咱们逮到了这些警察的头头，他们现在又自己送上门来了，不如一锅端了……"

"放屁！"六哥冷喝，"一锅端？你是嫌命不够长？"骂完人，他转头看黄何，"你说得很有道理，咱们不就求个财嘛，和气生财，和气生财！能好好解决问题，何必自断后路呢？"他拍拍黄何的肩膀，眼睛一眯，"这件事就交给你来处理了。"

黄何腾地站起来，略显激动："多谢六哥信任，不过——"

六哥笑问："不过什么？"

黄何想了想："贾安已经被警察发现了，不能再保他了。"目光一闪，他慢吞吞地一笑，"有时候该死的棋子就得狠心弃之！"

"哈哈哈哈！"六哥满意地大笑，"咱们不谋而合！"

黄何低头，恭敬地说："六哥，警方内部处理事情的习惯和原则我是了解的。只要能够结案，他们也是多一事不如少一事，谁愿意放着好好的日子不过整天找人麻烦呢？更何况你六哥也不是谁都惹得起的人！"

"哈哈哈。你说得对。"他的话，六哥很受用，掉头看向那个女人，"丹月，你这次给我找了一个好帮手啊！不错不错，这兄弟很有潜力，要好好培养。"

田丹月盈盈一笑："那是当然，不是能干事的人，我能介绍给六哥吗？"

六哥在她和黄何身上巡视一圈，目光里露出一丝暧昧："难道不是为了你自己？"

田丹月抿唇："六哥你又笑话人家……"

"哈哈哈，办事去吧！这事办好了，六哥重重有赏。"

…………

"黄何！黄何！你给老娘出来啊！缩头缩脑，你还是不是个男人？"

方圆圆还在外面破口大骂，田丹月从窗户往下看了一眼，回头恶狠狠地瞪着黄何："你看你惹上了一个什么疯女人？赶紧解决了！"

黄何没有回答，慢慢退出屋子，望向黑沉沉的天空，匆匆下楼。田丹月跟在他的背后，高跟鞋踩得嗒嗒作响，一边走一边骂："这小妖精真是反了她了，跑到六哥的地盘上来抢男人——你们都是死人吗？就看着她在这里耍威风？"

门口两个西装革履的男人叫了一声"月姐"，退到一边，为难地说：

"月姐，这……我们也喊不住啊……"

"呵！你个浑蛋总算舍得下来了？"方圆圆是真的被撩出了火气，尤其看到黄何跟那个女人一起出现，更是眉毛都快烧着了，声音又尖又厉，"黄何，你给我说清楚，你到底几个意思？"

"圆圆……"黄何轻唤一声，看了一眼她身边的向晚、唐元初、程正等人，眉头慢慢皱了起来，"你既然不信任我，还带这么多人来找麻烦，我现在说什么还有意义吗？"

她不信任他，她带人来找麻烦？黄何一句并不强硬的话像重锤似的敲在方圆圆的心上。

"你的意思是说，现在你跟我说什么都没有意义了？只有跟她——"方圆圆指着田丹月，"跟她在一起才有意义？"

黄何侧过脸，不看她的眼睛："怎么想随便你吧。你把事情闹成这样，我们回不了头了。"

"去你的！"方圆圆恶狠狠地骂着，两串泪水却像珠子似的滚出眼眶，明明在哭，又咬着牙不肯示弱，整个人朝黄何直冲过去，揪住他的衣领，"为什么？短短一天你就变了？"

黄何一动不动，由着她吼，由着她骂："回去吧，方圆圆。我们——到此为止。"

到此为止！

到此为止！

方圆圆脑子混乱了。她已经分辨不出真假，在黄何冷漠无情的声音和田丹月嘲弄的讥笑里，几欲发狂："你个不要脸的渣男！"

啪！一个巴掌怎么甩出去的她不知道。等她惊觉，掌心火辣辣地痛。黄何头微微一偏，生生被她抽了一下，脸上立马出现几个红红的指印。

一时间院子里寂静一片。

黄何喉头一股腥甜，生生咽了回去，抬手抹了一下嘴唇："够了吗？"

方圆圆嘴皮无声地动了动，她突然失态地哭着吼道："不够！不够！一辈子都不够！"

静谧的夜空里，尖厉的声音破碎嘶哑，听得人莫名难过。向晚走过去扶住她，冷冷地说："算了。牛不吃草，我们还能强按头吗？渣男贱女，天生一对。由着人家去吧。"

"你骂谁呢？"田丹月尖声喝问。

这时候，方圆圆已经彻底失控，哽咽着连吵架的力气都没有了。向晚扶住她，淡定地看着田丹月："我就骂你们啊，一个渣男，一个贱女。怎么了？"

"你找死是吧？"田丹月高跟鞋一跺，就想冲上来。

"不要闹了！"黄何吼了一声，呼出一口气，看着向晚，"就当是我对不起她吧。向老师，麻烦你把她带回去……"

"我表妹我当然是要带回去的。"向晚的声音很冷静，甚至带着一点儿笑，她说完转头看向白慕川停在院子里的汽车，"除了我表妹……我们家领导我也得带回去。"

一句话霸气十足，田丹月怔了怔，冷笑："我们这里全是群众，没有领导……"

"不要装蒜了！"向晚冷飕飕地看着她，"你不会告诉我说我男人也跟你有一腿吧？"

"你男人？"田丹月的目光意味深长。

"我男人。"向晚肯定地指着那辆车，"他的车在这里，人呢？"

田丹月眯起眼，不说话。唐元初和何文才也一脸蒙……而程正对那句"我男人"似乎很敏感，盯着她一本正经的脸，目光渐渐沉下，不发一言。

"你是说白队吧？"黄何笑了笑，"既然你们都来了，我也就不瞒了。白队确实在这里……"

向晚抬抬眼："人呢？"

黄何静了两秒："在楼上。刚才发生了一点儿小误会。"

小误会？向晚的目光与黄何的目光在空中交会……片刻，她轻轻眯眼，又冷笑一声："看来黄何大哥是攀上高枝了。放心，我们也不妨碍人家奔幸福……你把白慕川叫出来，我们马上就走。"

只听砰的一声，楼上突然传来一声巨响。尖厉的枪声划过夜空，令人毛骨悚然。

是谁开枪了？不好！向晚的脸唰一下白了，她大喊："白慕川，你在哪儿？"

几乎同一时间，唐元初与何文才同时拔出佩枪，指向院子里的几个人："举起手来，都不许动！"唐元初低头朝对讲机里大吼，"有人开枪，老齐……请求增援！"

"听到，听到，我们马上到！"

齐沧海带来的二队人马就潜伏在院子外面那一排破烂的房子周围，他们迅速包围了院子。唐元初几个也没闲着，径直冲入枪声响起的楼道。然而他们的脚刚迈进去，就听到白慕川一声厉喝。

"谁让你打死他的？"

现场一阵骚动，众人都有点儿摸不着头脑。

黄何站在门口，看了一眼唐元初："先放下枪吧。当心走火！"

唐元初私心里对黄何一直是信任的。这是他刚刚入职警队时的老师啊，尽管黄何的表现几乎令他绝望，他还是愿意相信黄何。

"好！"他嘴里应着，没有收枪，而是冲着楼上吼，"白队，什么情况？"

"一场误会！"

很快，白慕川下来了。跟他一起下楼的还有一个中年男人，中年男人的肚子大得像怀了几个月的孩子似的，他咧嘴一笑，整张脸在颤："实在对不住了，白队，今天让你受到了惊吓。贾安这小子居然敢背着我干这样的事，简直胆大包天，死不足惜……"

白慕川说得淡然："这不叫惊吓，该叫惊喜吧？六哥可是帮我解决了大问题！"

"嘿嘿嘿……白队客气了，我还怕你怪我刚才鲁莽呢……"

"好说！"白慕川轻慢地笑，"你那可是救命之恩！"

众人一头雾水，齐刷刷地看着白慕川。

白慕川微微一笑，解释说："今天我接到黄何的消息，说发现了贾安的行踪，于是跟他过来……刚才和六哥发生了点儿小误会。所以六哥暂时留我在这里喝了几个小时的茶……"

不就是被他限制了自由吗？向晚奇怪白慕川这样的性格居然这么能忍，他吃了亏，还浑不在意，不像他的为人。白慕川和她隔空对望一眼，唇角轻轻一扬："这个贾安刚才想偷袭我，幸亏六哥带了人来……要不然我这条命

247

今儿就留在六哥这宅子里了！"

"白队不要这么客气。说来这事怪我，如果不是我之前护短，净听贾安那小子胡说八道，不肯相信白队的话，也不至于发生这样的意外……白队，你可得原谅我啊，不然我这罪可就大了！"

白慕川似笑非笑，只是看着他。

六哥唏嘘着："这个贾安是我看走眼了。他居然私藏枪支，犯下那么大的案子……还敢袭警，简直是无法无天！"

白慕川勾唇："六哥今天才知道他是什么人？"

"可不是吗？"六哥抹了抹脑门，一脸后怕的样子，"幸亏黄何给我提了个醒，不然我就被这个浑蛋给坑进去了……"

白慕川呵呵笑道："毕竟是六哥的小舅子，怎么也是要护着的……"

六哥懊恼道："白队能理解我就好……说实在的，我这也是没办法。他来我家里了，如果不护他一下，夫人那里不好交差……"

白慕川："可现在小舅子死在你的宅子里，虽然不是你动的手，但你……还是不好交差吧？"

六哥怔了怔，然后笑了笑，一脸正气地说："那也是没办法，谁让他干了违法犯罪的事呢？我是个正当生意人，受不起他拖累！夫人那里，怄几天气，我多赔几个不是，也是能过去的，就是丈母娘啊老丈人啊……有点儿头大。唉，我怎么就摊上这样的小舅子呢？"

白慕川笑笑，不说话。

他不说话，六哥捉摸不准："那个、那个……白队……刚才的小误会，你大人不计小人过，就饶了我这一回，我给你赔不是，你要是不肯消气，揍我一顿……"

白慕川冷笑一声，望着黄何："黄何是我兄弟，既然他都那么说了，我如果还计较，就显得小气了。"

六哥闻言，脸色一松，不料白慕川突然转头："唐元初，封锁现场！"

唐元初挺直腰板："是！"

白慕川深深地看向程正："上去验尸！"

程正与他对视几秒，嗯了一声："梅心，把车上的工具箱拿下来。"

这是一个特殊的死亡现场，没有需要抓捕的犯罪嫌疑人。

248

警方封锁了小院，把所有人都集中到客厅里。那个叫六哥的人，大名叫周德全，是道具师贾安的大姐夫。因为周德全天生六指，所以大家都喜欢叫他"六哥"，他也不生气，叫着叫着，就成了一个专属称呼。剧组里的人说贾安人脉广，"上头有人"，其实说的就是他最大的靠山——大姐夫周德全。

周德全早期是一个泥瓦匠，后来搭上改革开放的春风，开矿山、搞房地产，赚了一些钱。近些年房价水涨船高，周德全看准行情进入房地产业，捞了个盆满钵满，不仅生意风生水起，还搞出了名堂，黑白两道都吃得开，在外面常常吹牛说"市里的官员都不用放在眼里"。

这小院别墅是周德全的祖宅，在他发迹之前，与外面那些等着拆迁的普通房子没有什么区别。发迹后，他觉得是祖宅的好风水保佑了他，所以把老房子推倒重修，前后加宽加大，盖了这一处土不土洋不洋的别墅，并在四周拆迁的时候完好无损地立在这里，成了唯一的"钉子户"。

大厅里一堆人在做询问笔录。向晚陪着方圆圆坐回汽车上，静静地看着那一片狼藉的拆迁房与这座大宅产生的鲜明对比，无奈又硌硬。

方圆圆在默默流泪，她刚了解到的消息是——那个叫田丹月的女人是黄何的初恋。两个人在上学期间就好上了，毕业后劳燕分飞，很多年没有再联系，最近才在锦城重新遇上。

"人家都旧情复燃了，我还被蒙在鼓里。"方圆圆抱住脑袋，拼命地揉，"你说黄何看着多老实一个人！在女人面前腼腆得像猫似的……第一次跟我还是我主动的呢……他还害臊，赌咒发誓地说我是他的第一个，他从来没有过女人，一定会好好珍惜我……结果居然这样。"

向晚无言，只能拍着她的背："别想了！顺其自然吧。"

"顺不下，这事真顺不下了。"方圆圆又抽泣起来，"表姐，我这次陷得太深了……刚刚还在犯贱地想只要他肯回头，肯说一句对不起……我还要他，还愿意跟他在一起……"

向晚看着她通红的眼睛，很心疼，却不知道怎么安慰。在感情上她也像个盲人，大多时候给人指不了路。

"我是不是很贱？"方圆圆吸着鼻子，伤心欲绝，"太贱了，我鄙视自己，可我控制不了，总是想他的好，想我以前是不是做得不够好……对他太凶，这才让那个女人有机可乘，我还想把他抢回来。"

"你只是太爱他了，一时想不开。"

方圆圆哽咽着，头靠在向晚的肩膀上，呜呜地哭："表姐……我这心就像被人掏空了似的……我总算明白那些人失恋后为什么要死要活地出家、跳楼、割脉了……我也想……"

她伤心得语无伦次，自尊、骄傲全都放下了。向晚拍着她的背，像在安抚一个孩子："也许事情没有你想的那么糟……"

"没有那么糟？还不够糟吗……"方圆圆抽泣几声，突然反应过来她的话，又猛地抬头，睁大泪眼看着她，"你这话是什么意思……"

向晚抿唇，摇头："我只是觉得黄何不像那样的人，事情又发生得这么突然……"

"其实……我也觉得很奇怪，就是找不到理由。"方圆圆吸吸鼻子，突然压低了嗓音，"我是有点儿相信他跟我……是第一次的。"

向晚无语。

两人在车里待了一会儿，白慕川过来了，拉开门，坐到驾驶室："我先送你们回去。"

向晚看了他一眼："你走了这里没关系吗？"

白慕川眼中泛着一丝疲惫："有老齐和唐元初他们在没事。"

汽车一路穿过那条狭窄的小巷，像穿越了一条文明的时空，慢慢驶上绕城高速。夜风徐徐从车窗吹进来，温柔，也无情。方圆圆趴在向晚身上，哭着哭着，不知不觉睡过去了。

向晚听她呼吸绵长，换个位置让她躺好，终于有机会询问白慕川了。

"黄何到底什么情况？"

"就那样。"白慕川直视前方的道路，"我们不是在全城搜索贾安吗？他给我发消息说贾安姐夫周德全的事，告诉我他可能会知道贾安的下落……"

"然后呢？"向晚盯着他的后脑勺。

"然后我就来了，这你知道的。"

向晚理了一下事情发生的顺序，抿抿唇笑了："所以你答应我来吃火锅，结果去了周德全的宅子，然后被扣在那里？"

"差不多吧！"白慕川不以为意地笑了笑。

"撒谎！"向晚哼了声，"你不是那种做事没有计划的人。这么重要的事你怎么可能一个人去？"

白慕川沉默。片刻后，他淡淡地说："我没料到会在宅子里发现贾安。你说人都被我撞见了，我能怎么办？我要把他带走，周德全不肯，想为他小舅子出头……"

"后来呢？"

白慕川瞄了她一眼："你们突然出现，贾安听见了，想跑路……跑路之前呢，他想干掉我，就掏了枪……嗯，就是他从剧组偷走的那把。这时候周德全出现了，为了救我，他的人失手把贾安打死了。"

向晚挑挑眉："就这么简单？"

白慕川："就这么简单。"

向晚皱眉："我听着，却不那么简单呢？"

白慕川终于侧过头，视线略略一深。

向晚哼一声，慢慢地说："第一，贾安就算要跑路，何苦在警察来的时候开枪杀你？大张旗鼓地开枪，他傻啊？第二，周德全一开始为了保全贾安，都敢扣留你这个刑侦队长了，又怎么会突然想通，为了救你把他杀了？很明显贾安知道的事情太多，周德全为了保全自己，放弃了他，还杀他灭口。周德全这人心眼坏，不仅杀人，还想把锅扣到你身上，自己落得一个'见义勇为'的好名声。"

前方红灯，白慕川停下车，转头看着她："还有第三吗？"

"有。"向晚看着他的眼睛，"你有事瞒着我。"

白慕川皱了皱眉头。

车窗外的霓虹，落在他英气十足的脸上，眸色更深，五官棱角分明……也更加令人看不透。

"向晚。"绿灯亮时，他才慢慢地说，"出于工作需要，有些事情我目前还不能告诉你，希望你理解。不过有一点你必须清楚……这个案子比我们想象的要复杂。"

…………

251

慕川向晚 2

妸锦 著

下册

青岛出版社
QINGDAO PUBLISHING HOUSE

第七章　未知数X

　　白慕川把她们送到门口，就离开了。

　　从车上回到家里的方圆圆，又闷头伤心了好一阵，向晚在她的房里安慰她，凌晨三点，方圆圆才抽抽搭搭地睡过去。向晚拿手机看了一会儿小说，还没有等到白慕川回来，迷迷糊糊间，她睡了过去。

　　第二天早上，起床后，程正照常带了早餐来，向晚连拒绝的心力都没有了，谢过程正，吃完东西收拾一下，去了刑侦队。

　　早上的刑侦队格外安静。向晚以为里面没有人，结果拎着包进去一看，怔住了。里面不仅有人，人还不少。有的人趴在桌子上；有的人仰在椅子上；有的人打着浅浅的鼾声；有的人一点儿动静都没有……最神奇的是唐元初，躺在椅子上睡着了，鼻子与嘴唇间竟然夹着一支签字笔。

　　大家晚上加班，都累坏了吧？向晚放轻脚步，小心翼翼地从大厅穿过，走到白慕川的办公室。门是关着的，她以为白慕川也像外面那群人一样关着门在睡觉，怕打扰他，轻轻拧动门把手，动作慢得就像做贼……然后尴尬了。

　　白慕川坐在办公桌前，电脑开着，从姿态到动作都很精神。听到动静，他抬头困惑地看着向晚，疑惑地歪歪头，不说话。

四目相对，向晚慢慢地退后，老老实实把门关上。

她轻咳一下，咚咚敲门："白队在吗？"

白慕川："……"

"进来！"他沉声道。

等向晚再次开门进去，他敛住笑，一本正经地看着她："如果不是在办公室，我会打你一顿。"

"这样残暴是不对的，年轻人！"向晚一本正经地背着手，慢吞吞地走过去，就像刚才偷偷开门看他的事情没有发生过一样，将拎来的早餐放到桌子上，笑吟吟地说，"吃吧，本宫赏你的。"

"谢娘娘！"白慕川很客气地表示了友好。

"不用谢啦。"向晚挤了挤眼睛，"反正也不是我买的，借花献佛！"

白慕川秒懂，似笑非笑："那就更要谢了。白吃别人的东西，我们赚大了！"

向晚翻了个白眼坐下来，懒洋洋地说："得了吧你，不要总欺负人家程队了，他只是不爱说话，人不坏……"

"小姑娘，胳膊肘往哪儿弯呢？"白慕川斜她一眼，"嗝——早餐有点儿噎。"

向晚翻白眼："吃我带的早餐，不舒服？"

"不敢，大人！"白慕川讨了个饶，把东西全部吃光，伸展伸展胳膊，突然说，"我睡半个小时，等会儿你叫我。"

向晚嗯了一声，轻手轻脚地将办公桌上的食物收拾好，发现他已经闭着眼睛睡着了，慢慢退出去，关上门。

八点半，办公室渐渐热闹起来。上班时间快到了，睡觉的人伸着懒腰起来，去洗一把冷水脸就开始吃早餐。从洗手间出来的走廊上，向晚碰到打着哈欠的唐元初，他望一眼向晚，暧昧地问："昨天晚上你说的事，是真的吗？"

向晚反问："什么事？"

"就那个事呗。"唐元初笑嘻嘻地瞄了一眼白慕川的办公室，"你跟白队的事啊……你不说白队是你男人吗？"

"……"

单位人际关系比较敏感。向晚不想为白慕川惹事，也不想搞得尽人皆知，把工作和生活混为一谈："没有的事。当时为了找白队，又不能暴露我们的身份，我不得已才那样说的。"

唐元初长长地"噢"了一声，走近她，暧昧一笑，压着嗓子说："搞地下情是吧？放心，我会保密的。"

他笑着走了，向晚留在原地："……"

回到办公室，她左右瞅瞅，很怕别人会用异样的眼光看着她……然而是她内心戏太多了，并没有任何人问起，唐元初与何文才都不是大嘴巴，谁也不敢把白慕川的事情到处宣扬。大家关心的只有那个案件。

…………

九点半，白慕川准时召开案情分析会。

昨晚对犯罪嫌疑人贾安死亡现场临时摸排，众人整理了一大堆的资料出来，再汇总筛选，结果与料想的一样，一切证据都表明，贾安就是《灰名单》剧组的肇事者，毛桂桂案的杀人凶手。

他从剧组失踪后，就暂住在周德全郊区的宅子里。警方从他居住的房间，不仅搜出了少量的大麻和几发子弹，还在他的手机里发现了一个骇人听闻的视频——杀害毛桂桂的视频。

视频里除了毛桂桂，没有别人出镜，但可以听到贾安的声音，以及毛桂桂被捆绑在电锯下惊恐的叫声。她是睁大双眼，眼睁睁看着电锯嗡嗡轰鸣着慢慢靠近自己脖子的……

"这段视频不能认定杀害毛桂桂的人就是贾安，但可以认定贾安与这个案子有关。"

"唐元初、何文才、王成明在巡查星光大道时，贾安指使陈六引开警察，就是为了绑架毛桂桂。不过毛桂桂身高168cm，体重50kg，单凭贾安一个人的力量，我认为不足以把毛桂桂无声无息地带走，而且不引起任何人的注意……"

"不！大家别忘了，贾安不仅是道具师，还是武行出身。剧组武行，大多有实打实的功夫，一个大男人对付一个小姑娘都毫无悬念，何况是一个有预谋的武行，要对付一个没有丝毫准备的小姑娘太容易了。"

案件分析，众人发散思维，各抒己见。

"贾安与毛桂桂的案子有关，这点毋庸置疑，现在问题的关键是……他和毛桂桂之间有什么关系，他为什么要杀毛桂桂？还有，为什么杀害了毛桂桂之后，贾安又要将剧组的道具枪械装备实弹？是为了杀害谁？叶轮、戚科，还是谢绾绾？"

这两个问题都是目前的纠结点，他们找不到贾安杀害毛桂桂的作案动机，甚至贾安也没有杀害叶轮、戚科、谢绾绾的动机。

"是什么促使他这么做呢？"

是人性的毁灭，还是道德的沦丧……向晚刚想到这两句话，白慕川就面无表情地看了过来："向老师，谈谈你的看法。"

向晚站起身，低头翻着笔记本："好的，我刚好整理了一点儿意见，准备跟大家交流交流。"

白慕川按按手："坐下说。都是自己人，随意一点儿。"

向晚腼腆一笑，友好地对众人点点头，坐下来，清了清嗓子："首先划个重点——贾安不是案子的主谋。"她说得斩钉截铁，然后又看了一眼众人："只要确认这一点，上面谢警官提出的两个看似很关键的疑点其实都不可疑。"

谢辉目露疑惑。向晚正视他，微微一笑："贾安不需要对毛桂桂，乃至叶轮、戚科、谢绾绾有任何杀人动机——因为他是被人指使的，也许为了自己的利益，也许被人威胁，不得不做……当然贾安是一个很容易被威胁的人。他有长期吸食大麻的历史，一直没有戒断。这一点就很容易被人利用。"

众人点头。白慕川看着她："继续说。"

向晚想了想，说："我们可以用方程式来设定一下。"

"方程式？"

"对！首先假设贾安背后的主使人是未知数X，然后可以得出，X指使贾安，贾安再利用董布赌博的事情陷害叶轮，同时哄骗智力有问题的陈六引走警察，再掳走毛桂桂……这一系列事情就变得合理了。"

众人沉默。唐元初问："向老师，你数学好吗？"

向晚："……"

唐元初："这样列不出方程式吧?"

"喀!"向晚尴尬,"大概就是这么个意思,我的阐述你们能听明白吧?"

唐元初摇头："不太明白。你是不是想说,那个幕后主使主要针对的是叶轮?"

当然不是,至少不完全是。幕后主使只针对叶轮为什么要与她的小说同样走向?但那些更深层次的东西,在大会上不方便说,向晚看了白慕川一眼,默默交流了一下眼神。

"从案件表面分析,确实是这样的。这一系列事情是因为谢绾绾与叶轮的矛盾引发的。如此一来,孔庆平的死、曹梦佳的自杀等等事件,都可以看到叶轮起到的作用,尤其毛桂桂的死,以及毛桂桂疯狂的追星行为,还有董布的证词以及酒店那个疑似叶轮与毛桂桂约会的监控视频,直接把叶轮推到了犯罪嫌疑人的位置上。"

"然而我们没有采信这些东西……所以贾安那把枪最终要杀的人是叶轮?"谢辉疑惑地问。

"有实弹的枪当时在叶轮手上。"向晚说,"如果没有猜错,当时他是想把叶轮钉死为犯罪嫌疑人吧?"停顿一下,她看了看白慕川,接着说,"如果当时白队没有及时阻止,那叶轮手上的枪会杀谁?按剧本是戚科。不过……不管最终杀掉了谁,叶轮都是有嫌疑的。包括现在,贾安死了,叶轮还是洗不清嫌疑。"

"怎么说?"

"从逻辑上来分析最有可能指使贾安杀人的就是叶轮。"

白慕川点点头："那周德全怎么解释?"

"当然……"向晚说得迟疑而缓慢,"周德全肯定是有问题的。可我们没有证据证明他和案件有关。他收留贾安的行为,理由十分充分——他是贾安的姐夫。在白队找上门之前,他完全可能不知道贾安犯了什么事。即使知道,最大不过是包庇罪……"

她说不下去了,也不知道剩下的话该不该说。

白慕川察觉到她的情绪,敲敲桌子："案情分析,就是让大家随便

257

讲的。"

"嗯。"向晚考虑了一下，"周德全是一个成功的商人，有背景，也有实力可以做这些事情……不过我认为，他也不一定是食物链的终端，也许他的背后还有我们不知道的人物。"

这个问题，她已经和白慕川讨论过，刚才犹豫是在想要不要在会上说出来。毕竟周德全是只老虎，那他的背后就会是更大的老虎。一旦开诚布公地说到这些，很多事情就会变得很复杂。

所以她用了"我认为"，先把白慕川择出来。白慕川深深地看了她一眼："向老师说的也是我想说的。但目前这些只是我们的猜测，贾安死了，案子……"

他的话刚说到这里，小刘匆匆进来了："白队，王局找您！"

王局打的是内线电话，白慕川看了众人一眼，示意他们继续讨论，跟着小刘出去了。

十来分钟后，他回来了，阴沉着脸，坐在那里半天没说话。

"白队，怎么了？"唐元初是最没心没肺的，立马问。

"王局问我们案子的进展情况。"白慕川说，"还有，周德全扣押刑警变成了为民除害。"

办公室突然安静。过了片刻，唐元初压着嗓子小声问："有个问题，其实我昨天就想问。白队，你是故意被他扣留的吧？"

白慕川挑挑眉："为什么这么问？"

唐元初想了想："不扣留你，他怎么能落下把柄？不逼他，又怎么能让他现出原形？"

白慕川眉头皱了皱，不否认，也不明确表示同意，只淡淡地道："大家都加把劲儿吧，不把老虎尾巴揪住，他就会反过来咬我们了！"

"明白！"

大家异口同声地回答，声音却有些弱。盘根错节的复杂关系网，让人隐隐头痛。

散会后，唐元初默默跟着白慕川，一起到白慕川的办公室，关上门才说："头儿，有个事……刚才在会上我都没好问。"

白慕川抬眼看着他："什么？"

唐元初踌躇着："关于黄哥……大家都说他跟了周德全……我不能接受。"

白慕川眉心皱起，看着他略显单纯的脸："相信自己。"

…………

今天是中秋节，本来是合家团圆的节日，可整个上午，大队里的气氛都有些沉闷。到中午快要吃饭的时候，市局来人了。领导来慰问，关心这些过节还坚守在一线岗位的民警，月饼、奖励、加班费都是有的，还特地表扬了大家在这个案子里的表现。

贾安伏法，凶手已死……看上去真的很完美。可就是太完美了，就像以前的"720案"与"喷泉女神杀人案"一样，有破案的足够证据，有明确的凶手，但始终留有一些疑惑……

食堂中午加了菜，大家欢度中秋节，然后就准备出发了。锦城某卫视举办中秋晚会，他们都要去执勤。向晚第一次参加这种活动，穿上一身协警的衣服，对着警容镜照了又照，反复摆了几个pose，然后用手机对镜自拍了好几张，乐了乐，挑了一张最漂亮的发了个朋友圈。

"帅脸一红！"

发完朋友圈，她把手机塞在裤兜里，铃声就响了。

"喂，圆圆？"对于失恋妇女，她小心又谨慎，生怕触到方圆圆的神经，"下班了？吃饭没有？今天心情好点儿没有？"

"下什么班啊，大姐。我今天压根儿没上班。"

"说了不要叫我大姐。"

方圆圆轻哼："你干吗呢？小姨让你晚上过来吃饭。"

"……"

她在刑侦大队混久了，忘了假期。在这里，她没有节假日。放假的时候，他们往往比平常更为忙碌，所以心里根本就没有中秋的概念。"那个，我今天要去执勤，去不了。"

"反正我把话带到了，剩下的事你自己跟小姨说吧！"

自从那次邢菲菲的生日宴后，向晚一直没去过小姨家，中间也没有通过电话。她老妈老是唠叨她，让她没事多问候，不要生疏了，不要给人一种忘恩负义的感觉……人情债是最难偿还的，这一点向晚很理解母亲。可是如果

259

让她没事就给小姨打电话"尬聊"，她根本做不到！十万八千里的代沟跨不过去。她又不想装出一副乖巧的样子，由着小姨安排人生。

向晚跟白慕川在一起的时间长了，心里愈加排斥。偏偏小姨有大家长作风，逢年过节，她总会把三家人叫到一起聚餐，为他们准备精美的礼品、高档的食物……从她的角度来说，这是她对贫困姐妹的馈赠，是好心好意。可对于向晚来说，每当那个时候她就别扭，尤其看母亲千恩万谢地接过礼物，说一堆感激的话，她心里就像被刀扎一样……

不是小姨不好，也不是母亲不对……只是，如人饮水，冷暖自知。

向晚暗叹一口气，挂了电话。

…………

白天的演播厅远远不像电视上那么华丽震撼，没有灯光效果，就是普通的场地。观众席上还没有观众，舞台上在彩排，有警察拿着仪器在做安检。

白慕川站在过道的高处，看一眼演播大厅："我们今天晚上负责内场。"

"负责内场？"唐元初转头，一下子就兴奋起来，"那不是可以看到好多漂亮的小姐姐了？"

白慕川淡淡一笑："你想多了。"

他们的工作地点就在舞台下方，离小哥哥小姐姐们确实近……可他们在执勤过程中必须背对舞台，一眼都看不到台上的热闹。唐元初嗷一嗓子，直呼心好累："曾经，我离漂亮的小姐姐只有不到五米的距离……"

向晚调侃他："不是吧，你曾经离漂亮的小姐姐明明就没距离啊。"

那天，谢绾绾亲过他的脸。不过回了队里，唐元初跟谁也没提过，把它当成一件糗事。向晚一说，他心里猛地一跳，紧张地做了一个嘘的嘴型："向老师，别闹！"

扑哧！向晚小声逗他："噫，这是脸红了？"

唐元初尴尬了一瞬："这玩笑可开不得！谢绾绾我惹不起。"

向晚噙着笑看着他。唐元初瞄了她一眼，状似认真地说："她咖位太大，我又没有出道的打算……"

向晚笑道："她咖位大，你好歹也是网红啊，跟她刚好一挂的……"

"别啊，向老师，不带这么玩的。"唐元初偏头看一眼旁边，又凑近她，"最主要是……她跟白队关系那么好，我可不敢跟领导抢女人……"

男人说这种话往往无所顾忌，可向晚听了，头皮突然一麻，竟回不了嘴。正在这时她头顶突然罩下一片阴影："不用干活了吗？"

声音的主人好像很不高兴，一脸不悦地看着她和唐元初。唐元初肩膀一缩："知道了。"

唐元初灰溜溜地走了，白慕川看着她："你俩刚才说什么呢？"

向晚轻吸一下鼻子，面无表情地指了指走廊："白队，我得了为保障你女人的安全去工作了。"

"向晚。"白慕川紧绷身子叫住她，向晚淡淡地瞟了一眼，几不可闻地"嗯"了一声。白慕川眉头皱起，他张了张嘴，似乎想说点儿什么，又觉得地方不对，于是瞟了一眼洗手间的方向："你跟我来！"

"……"

他太没战斗经验了吧？她开个玩笑而已啊！

向晚心里不免有些好笑，看一眼他阴沉沉的样子，无奈地跟了上去。卫生间外面有个大转弯，连接着一个走廊通道，尽头是一面落地窗，右侧还有两个锁了门的小房间，不知道是干什么用的。

白慕川倚在落地窗边等她，向晚不走近，远远地站定："干什么？"

"离我这么远干什么？我又不会吃了你……"白慕川表情无奈且无辜，像哄小娃娃似的，走过来拉住她，轻抚后背，"好了，别生气，我回头就把唐元初那小子打一顿。"

"……"向晚哼一声，手撑在他的胸膛上，隔开与他的距离，"搞清楚，重点是唐元初吗？"

"不是他……是谁？"

"重点是……谢绾绾是你的女人。"

"这不瞎扯淡吗？"白慕川轻笑一声，小声哄着，"我就你一个女人，你又不是不知道。"

"谁是你女人了？"向晚被他蛮横有力的手紧箍着，挣扎几下挣不开，索性也就放弃了，不高兴地冷哼一声，"我还没有同意呢，少给我贴标签……"

"……"白慕川低头审视她，皱眉，"我都让你亲了！你想抵赖？不

261

行，看来得让你加深记忆……"他说着，勒紧向晚的腰，掌心把她按向自己，低头就寻找她的唇……

"白慕川。"向晚偏头，想避开。他扣住她，气息急促，不容她躲避。向晚生气，气喘吁吁地推他，恰在这时走廊上传来一阵脚步声。两人一惊，睁眼看着对方，觉得此情此景十分尴尬。

"进去！"白慕川反应很快，拉着向晚闪入旁边的房间。

这里很偏，似乎不大有人来，房间里堆放着杂物，布满了灰尘，好像是一个仓库。

门外的脚步声近了。向晚屏气凝神，紧张地看着白慕川。他回看她，眼睛很亮，呼吸里似乎还有她的味道。向晚突然有点儿想笑。他俩为什么要躲起来？他们又没有做贼，为什么心虚……

听墙根什么的，其实是很low的行为，两人很不齿，但都默默地听着穿墙而过的声音。

"六哥说了，不想换人。你赶紧给我想办法。"说话的男人似乎很生气，措辞相当严厉。

"哥哥，不是我不肯想办法，是不敢啊。最近风声紧……"回答的人小心翼翼，"当然我给六哥找的这个小姑娘咖位是小了点儿，但一等一漂亮，身材好，还年轻……"

"呵呵！是你了解六哥的脾气，还是我了解？他看中的女人，什么时候由着咱们挑了？"开头说话的那男人阴阳怪气地冷笑，"再说了，她愿不愿意重要吗？以前六哥床上的女人，哪个是自己愿意的？"

"是是是，这个我知道。可最近不是剧组出事了嘛，警察盯得紧……"

"那我管不着。拿人钱财，替人消灾。你要是办不到，就把钱吐出来……"

"应该的应该的。你看我把钱原封不动地还给六哥，行不行？"

"我呸！说你脑袋迂，你还真把自己当根木头？六哥的钱是那么好还的？你说原封不动，就原封不动？我看你啊，试试倾家荡产看看能不能还得上吧。"

"哥哥，不不不，你得救我啊，咱俩这么铁…"

"兄弟别怪我没提醒你，六哥的脾气……唉，总之今天中秋，六哥在兴

262

头上，别让他闹心。"

门外的脚步声渐渐远去，白慕川沉着脸，慢慢把门拉开一条缝，往外看了一眼："出来吧，没人了。"

"嗯。"向晚捋捋头发，慢吞吞地出来，"他们说的是……《灰名单》剧组吗？"

白慕川没有回答，深深地看了她一眼："你先过去。我打个电话。"

向晚迟疑一下，试探地问："打给谢绾绾？"

从刚才那两个男人的对话分析，其中一个人是六哥的下属，另外一个应该是在《灰名单》剧组里担任什么重要职务的人，很有话语权，而六哥要的女人咖位很大……那么，《灰名单》剧组里的女演员，哪个咖位最大？

那天与周德全短暂接触后，向晚就曾分析过这个男人。很明显，他已经在尝到功成名就的甜头后膨胀了，根本就不知道天大地大。他看高自己，以为自己可以一手遮天，这种人是很危险的……所以他要的女人极有可能就是女一号谢绾绾。

向晚不好再多说什么："那我先过去了。"

…………

向晚回到演播大厅，下意识四处看了一下，想找到刚才说话的两个男人。然而演播厅里人来人往，男男女女充斥其间，谁是谁，哪里分得清？她在观众席的台阶上找到唐元初，漫不经心地问："又来了不少人啊？"

唐元初点点头："《灰名单》剧组来了几个，衔接晚上活动的……"

向晚："就没别的人了？"

唐元初想了想，摇头："好像没有。"顿一下，他又狐疑地问，"怎么了，向老师，有事啊？"

"没事没事。"向晚敷衍过去。在事情没搞清楚之前，她不能告诉唐元初，更不能打草惊蛇。

下午的时间过得很慢。五点多，后勤组推来盒饭，一人领一盒。众人草草解决完晚餐，演播厅的音乐就响了起来。晚会快要开始了，现场在紧张地做准备。这个期间，向晚看到白慕川好几次，但她来不及去询问他那件事的结果，直到晚会开场，众人各就各位，他才走到向晚的身边。

"一会儿你要是累了，就找地方休息。我们人手够，不差你一个。"

263

"嗯？"向晚回头，"那不好吧？"

"我说好就好。"白慕川意味深长地看了她一眼，"不能累着我女人。"说完，他淡定地走了。

向晚看着他："……"

观众检票入场，观众席上渐渐坐满了人。向晚背对着舞台，与观众面对面地站着，默默地看见一个走到前排贵宾区入座的男人——周德全。

周德全领了三个随从，每个都长得瘦高修长、身材标准，坐在中间的他，一身富态的肥肉，肚子大，脸也圆，往嘉宾席一坐，看着真是辣眼睛。不过人丑，气势大。他刚刚坐下，周围就有人凑过去同他打招呼，态度极是恭维。周德全佛珠不离手，看上去很亲和。

向晚摸了摸耳朵里的对讲耳塞，静静地站着。很快，《灰名单》剧组的几个主创出现，在礼仪小姐的引导下往前排嘉宾区走来。他们一边走，一边微笑着向观众席上优雅地挥手。现场喊声四起。这时周德全笑了笑，突然转头看向左侧的随从。

那人会意，点点头让开了。于是周德全左边的位置就空了出来，刚好与《灰名单》剧组隔一个过道。《灰名单》剧组里的几个人陆续入座，其中一个男人往周德全的方向看了一眼，突然凑到谢绾绾的耳边说话。现场一直在播放暖场的音乐，向晚站的地方离舞台很近，离剧组位置又有些距离，即便耳朵里戴了防噪对讲耳塞，还是听不到那边的对话。但她可以明显感觉到谢绾绾听完那人的话后，脸色不太好看。大概迟疑了有半分钟，她才调整好表情，提着礼服挪到周德全左边的位置坐定。

见状，向晚一凛，心里发毛。

"各小组注意，各小组注意。"对讲耳塞里传来白慕川的声音，"参会人员陆续入场，大家打起精神，不许开小差。"

向晚看不见他，耳朵……痒痒的。她不知道别人听了什么感觉，自己就是觉得这男人的声音太撩，莫名热血。她想了想，看向靠近周德全的警员，与他交换了一下眼神，默默走过去跟他换了个位置。

…………

谢绾绾的表情已恢复了自然，她笑着朝周德全伸出手："久仰大名……小妹初到锦城，还请六哥多多关照。"

周德全脸上的肉都被笑容挤作一团，他紧紧握了一下谢绾绾的手："好说好说。有小谢这句话，往后谁敢在锦城找你麻烦，那就是跟我周德全过不去！"

"六哥仗义！"

谢绾绾不带情绪地一笑，迅速抽手。然而周德全的手握得很紧。第一下，她没能抽动，微微一怔，水汪汪的眼狐疑地看过去："六哥？"

周德全直视着她，露出一抹意味深长的笑容，慢慢松开手，在指间捻了捻："小谢今年几岁了？"

谢绾绾抿唇一笑："六哥，女生的年纪是不可以随便说的。你就当我十八岁吧。"

周德全"哦"了一声，满脸和蔼地看着她，突然凑近她，压着嗓子笑问："十八岁的时候，小谢刚离开少教所不久吧？到了新家，会不会经常做噩梦啊？"

谢绾绾的脸迅速褪去血色。她看着周德全，紧绷着脸不吭声，周德全的表情却十分自然，就像他真的只是在关心她。这两相对比，谁的演技好，立见高下。谢绾绾的表情有一点儿冷："多谢六哥关心，我不做亏心事，也不做噩梦。六哥你呢？"

周德全眯眼看了她片刻，缓缓拉出一个油腻腻的笑容，突然抬起那只刚刚和谢绾绾握过的手，凑到鼻端，眯着眼深深一嗅，陶醉般叹口气："我就喜欢这调调，就喜欢这味儿……"

周德全轻不重的话，在音乐声的覆盖下，其他人是听不见的。而谢绾绾哪怕生气，也不能发作。向晚一直在关注她，看过去的视线，刚好与谢绾绾对上。两个人的视线在空中交织，气氛变得怪异。

谢绾绾僵硬地一笑，脸色好久缓不过来……也许她可以委屈自己对周德全赔笑，但她很难在向晚面前变成卑微的模样……这会让她想起那些过往的岁月，那些黑屋里狰狞的面孔。

谢绾绾的表情，惹来了周德全的注意。他转头看向面前的小女警，眼睛微微一眯，似笑非笑："小谢，认识啊？"

谢绾绾嗯了一声，不正面回答，下一秒，却听周德全讪笑："我好像也认识呢！"一个"呢"字被他拖得很长，尾音似乎带着一股森冷的凉意。

晚会刚开场不久，谢绾绾就坐不住了，她转过头，歉意地说："六哥，失陪一下，上个洗手间。"周德全看了她一眼，笑着叮嘱："鞋跟那么高，仔细一点儿。"

　　"谢谢六哥！"谢绾绾笑着离开，她那个被安排在剧组后排座位的女助理，赶紧跟过去帮她提裙子，小心地跟出去。

　　向晚看了一眼她的背影，再回过头时却突然撞到周德全的视线。他在看她，似笑非笑的古怪笑容让向晚毛骨悚然……就好像她身上没有穿衣服似的。

　　向晚皱眉，面孔骤冷。她可不是谢绾绾，根本不用给他面子。周德全看她穿着警服目露冷光的样子，津津有味地一笑，手指随着音乐在腿上轻打节拍……

　　…………

　　向晚内心炸裂，脸上却没有表情。她不时看着卫生间的方向，可时间一点儿一点儿过去，谢绾绾的位置始终空着。现场节目组的人弓着腰过来，对剧组导演说："快到你们了，大家去后台准备一下！"

　　导演左右看了看："谢绾绾呢？"

　　一个助理回答："上厕所去了。"

　　导演嘟囔一下："这么久？快去找！"

　　助理应声："好的，我去找。"

　　她匆匆离开了，向晚心里隐隐有一种很不好的预感……果然，助理回来的时候，脸上有些慌乱，蹲到导演面前："绾绾她不在卫生间，她的助理也不在。我到处找了一圈，没找着人，电话也打不通，是不是……气走了？"

　　导演脸色一变："搞什么鬼！马上就上节目了，说走就走，还有没有点儿职业道德了？"

　　舞台上的节目正到高潮，观众笑声阵阵，掌声如雷，没有人发现谢绾绾的突然离开。向晚看着老神在在的周德全，在这里站不下去了。她装作若无其事的样子，默默从左侧门出去。在洗手间里逛了一圈，她没有找到谢绾绾，然后站在十月的凉风中，取下防噪耳塞，给白慕川打电话。

　　手机嘟嘟响了几声，他没有接。向晚开始焦躁，继续打。这一次铃声响了好久，他终于接起："喂，怎么了？"

向晚压低嗓音，把刚才的情况简要汇报了一下："我怕谢绾绾不是自己离开的……"

白慕川嗯了一声："你回到会场去，不要乱跑！知道吗？等节目散场，我来接你。"

接她？向晚心里一沉："你这会儿在哪里？"

白慕川沉吟片刻："我跟着谢绾绾。"

向晚："……"

她突然觉得自己怎么像个傻子啊？向晚挂了电话，吸口气站在风口冷静了一会儿，刚准备回到演播厅，就看到叶轮走过来。他不是一个人，身后还跟着一个年纪不大的小姑娘，拎着包，像是他的助理。

叶轮慢条斯理地走到向晚面前，手插裤兜里："一个人？"

向晚看了他一眼："我不是一个人，难道是一头猪？"

叶轮嗤一声，轻笑："你很幽默。"

向晚："你很没礼貌。"

说完，她错身离开。叶轮怔了怔，笑着转过头，看着她的背影喊："警官，我需要帮助。"

一声"警官"，把向晚喊住了。身上穿着协警的衣服，即使对方是叶轮，她也不能一走了之。向晚回头："什么事？"

叶轮似笑非笑，又慢条斯理地走到她面前，以身高的优势俯视她："我是哪里得罪你了？你这么不待见我？"

向晚："不好意思，我这个人一向这样。"

叶轮呵了声："一向这样，你怎么为人民服务？"

向晚表情缓下来："那你说吧，想说什么？"

"哦！"叶轮搓搓鼻子，笑得眼睛都弯了起来，"我是有点儿奇怪，你为什么看到我从来都没有表情？"

"我不追星。"向晚抬抬眉，"如果你没有别的事情，我就先走了。"

"等等。"叶轮转过身，"你不追星，那为什么每次跟我见面，你都用那种眼神看我？"

向晚奇怪地看着他："我不懂你的意思。"

叶轮眯起眼，从裤兜里抽出手来，在右眼旁做了一个眨巴眨巴眼的小动作，又笑："很不单纯的眼神。"

"……"

"你每次都那样看我，就好像……"叶轮凑近，压低嗓音，"好像在研究我，对我很感兴趣。但你从来不主动靠近我，不像别的女孩子……"

"那你恐怕是误会了。"向晚认真道，"我不仅不追星，我还近视……"

这一次向晚没有再给他阻挡的机会，大步离开。

…………

会场外的天空，黑幕笼盖，一直延伸到城郊的别墅。

别墅门口，保安看到周德全的汽车驶近，拿起了对讲机："六哥回来了，里头仔细一点儿。"

大门栅栏打开，周德全摇下车窗，问："人呢？"

那人低下头，往里面看了一眼："按六哥的吩咐放在玻璃屋了！"

周德全暧昧一笑："今晚办事的兄弟人人有赏！"

…………

独立于院子中间的玻璃屋，四周除了错落有致的绿植，没有别的建筑，像一个绿植园里的孤岛，精美华丽的牢笼。

谢绾绾一个人坐在玻璃房莹白的光晕里，看着窗外被黑暗吞没的天地。她看不见外面的情形，从外面却可以看见里面的她，孤独、安静，像一个无根的浮萍，无力地垂头而坐……

周德全走近玻璃屋，在外面看了她一眼，突然生气地骂人："她怎么穿着衣服？我是怎么吩咐的？"

"六哥……"随从难以启齿，"我们不敢。"

"有什么不敢的？"周德全哼了声，又瞥了一眼坐在里面的谢绾绾，"女明星了不起？老子就是要卸了她的翅膀，看她怎么飞？赶紧的，把她的衣服给老子扒了。"两个随从看着他不吱声，周德全有些不耐烦了，"愣着干什么？去，扒了！晾她一个小时再来叫我。"

他说完，哼了声离开了，回到主屋，拿了些酒，让厨房弄了几个菜，一个人浅饮慢酌，心情格外好。他并不急着去找谢绾绾，他要的也不是占有哪个女人的身体……他就喜欢驯养与收服的过程，看着骄傲的孔雀将美丽的羽毛一根根拔掉，跪在他的面前，撕去尊严的那一刻……他要做的是她的王，是她的主人。

…………

一个小时很快就过去了。周德全慢慢站起来，看着随从，双眼眯得只剩下一条缝："肯听话了吗？"

随从嗯了一声，周德全满意了，他把酒杯往桌子上重重一放，慢条斯理地负着手，迈着微醺的步子又一次走向了院子里的玻璃屋……玻璃屋里的灯全都灭了，只剩下小小的一盏灯。朦胧的光线里，依稀可见一个披散头发的女人背影，瞧不太清楚。

周德全眯起醉眼，不高兴："把灯都关了做什么？扫兴！"

随从对他的吼声十分畏惧："六、六哥，谢小姐说，这样会比、比较浪漫。她也不用那么紧张……"

"浪漫？"周德全又望了一眼玻璃屋，"好。浪漫！小娘们儿会玩！"

两个随从不说话，低着头。周德全眼里闪着兴奋的光，他摸了摸下巴，脚步突然变得轻快起来，走到玻璃屋门口，他推开门，摸着隆起的大肚子迈步走进去："小美人，哥哥疼你来了，转过头来，让哥哥瞅个明白……"

他调戏的声音还没落下，那女人突然回头，一双眼睛像刀子似的瞪着他："周德全，你瞅明白了吗？你看仔细点儿，看看我是不是你的小美人！"

女人年轻时是有些姿色的，五官轮廓清晰精致，即便人到中年，脸和身材也还保养得很好，看上去很有气质。只不过青春总是敌不过岁月的杀猪刀，跟年轻姑娘一比，她脸上的沧桑怎么也掩藏不住。

"素英？"周德全吓得酒醒了一半，这才看清那个女人是自己的老婆马素英。这个周德全挺横一个人，但在马素英面前立马变成一个孬蛋，整张脸都变了颜色，涨得像一块肥厚的猪肝，"素英，这事不是你想的那样……你听我说……"

"不用说了。"马素英咬牙切齿地看着他，"他们告诉我的时候，我还不肯相信你这么大的胆子，看来我还是低估你了……周德全，你说你还是人吗？"

269

"他们？"周德全目光一凉，"他们是谁？素英，你肯定是被他们骗了！我……"

"不用解释，我又不傻！"马素英双眼通红，像一把灼人的刀子，"周德全，我十八岁就跟着你，夫妻几十年了，我还能不了解你吗？"

周德全扶在她肩膀上的手慢慢缩了回来，他盯着马素英的眼睛，他似乎也不想再装孙子，突然冷下脸："你想怎么样？"

马素英眼圈一红："你还记得我们当初的约定吗？"

周德全闷声不语，只是看着她。

马素英双眼通红，似乎恨不得从他的眼睛里把当初那个肯吃苦又上进的年轻周德全刨出来："时间太久了，太久了，我们都变了。不过你忘了，我没有忘。我记得你说过，如果你有一天背叛我，就天诛地灭，不得好死……而我也说过，如果真有那么一天，我就跟你同归于尽……一起死。"

周德全强自镇定："多大点儿事，至于吗？"

"多大点儿事？"马素英冷笑着看着他。

周德全叹口气，软了下来："素英，我们还有小晴和小深。你不为我着想，就不为我们的儿女考虑考虑？"

"儿女？你这个时候跟我提儿女？"马素英被气笑了，"周德全，你是什么人，我了解。我是什么人，你也了解。你不要拿孩子来当挡箭牌。再说，儿女都大了，他们有自己的生活，我也没法看着他们一辈子。但是你——"马素英目光狠厉起来，"你这样的浑蛋我是不会放过的。"

周德全再次变了脸。到了这时他其实还不明白为什么之前过来看到的是谢绾绾，喝完酒过来就变成了马素英……不过不用猜也能想到，他老婆从来都不放心他，私底下查他，而他的手底下肯定有人吃里爬外，这才让她逮了个正着。他沉下声音："说吧，你准备怎么干？"

"你说呢？"马素英凉凉地看着他，"当然是为我弟弟报仇……"

周德全激灵一下，突然明白了七八分："素英，这事真不是你想的那样，我是中了别人的圈套……"

"圈套？这个时候，你跟我说圈套？行，那我刚才亲眼看见的……也是圈套吗？周德全，你当我是傻子？你哄了我几十年了，还不够？"马素英语气尖厉，笑容瘆人，"你等着兑现你的诺言吧……"

周德全吸了一口气，突然拉住她的手："素英，我下次不敢了。我对你说的都是真的，我只爱你一个人……"

马素英冷笑："我饶了你，那些警察能饶了你吗？"

"警察那儿我会想办法。一件小事而已，他们不能把我怎么样。只要你肯饶我这次……"周德全拉着马素英的手，突然扑通一声，在她面前跪了下来，"素英，求求你，只有这一次。我们夫妻几十年了，我从来没有做过对不起你的事，这次……这次我是被谢绾绾那个小贱人勾引的，一时把持不住……"

"你还在撒谎！"马素英有些气极，猛地甩他的手，没有想到，周德全顺势一拉，竟然硬生生把她拉得摔倒下去，砰的一声重重摔倒在地。而他肥硕的身体此刻竟异常灵活，三两下爬起来，骑在马素英的身上，掐住她的脖子……

"不是想死吗？那你就去死好了！"

他下手很重，完全是把她往死里掐，马素英呼吸不畅，盯着面前面目狰狞的男人，面色渐渐苍白："你……"

"去死！去死吧！"周德全死死掐住她，不给她说话的机会。马素英双眼放大，涌上喉头那些想说的话，终是说不出来。

"哈哈，我求你，你不肯，非得跟我鱼死网破是吧？你以为就凭你，就能弄死我……"周德全边掐边骂，而这时玻璃门外传来一阵脚步声。门猛地被推开，一阵冷风灌进来，伴着一声大喊。

"警察！举起手来！"

来的警察不止一个，除了白慕川、唐元初，还有一群荷枪实弹的特警，他们包围了玻璃屋，从周德全手上救下了濒临昏厥的马素英，再把脑子发蒙的周德全拎了起来。

白慕川冷冷地看着他："现在还有什么想说的吗？"

"你——"周德全吐出一个字，再也说不出话来。他以为只是夫妻内部的矛盾，没想到自己的私密别墅竟然被警察渗透——不过所有的不解，在看到谢绾绾慢慢从门外进来时，他就什么都明白了。

他被白慕川算计了。

这个别墅连马素英都不知道，白慕川怎么会知道？

271

"你跟踪我？是黄何告诉你的？"

白慕川冷哼，看了一眼坐在圆台上奄奄一息的马素英："你不是应该先关心一下差点儿被你掐死的妻子吗？"

周德全头也不回，目光冰凉："出卖我的女人，有什么值得关心的。"

白慕川一笑："她没有出卖你。直到你要掐死她之前，她什么也没有告诉我们……"

周德全哼了一声，凉凉地笑着，慢慢转动手上的佛珠："那你想知道什么，跟我的律师去谈吧。我也无可奉告！"

…………

白慕川逮捕了周德全，还有别墅里的小喽啰，一共三十多人，连夜送到看守所。而周德全的老婆马素英，因为受伤被送到了最近的医院。她的伤情不算严重，但精神受到打击，除了默默掉泪，一个字都不肯说。

向晚接到白慕川突然打来的电话，中秋晚会刚刚散场，她有些意外："白警官挺能干的啊！智擒周德全——不过谢缩缩居然敢以身犯险，陪你演这种大戏，是真爱无疑了。"

"她不知道。"白慕川说，"对方临时起意，我将计就计——这是迫于无奈，没有办法的办法。"

向晚轻笑一声："那你专门打电话告诉我，是什么意思？"

白慕川语气很软："这么久没联系，怕你胡思乱想，所以事情一了，我得赶紧打电话报备啊。"

向晚默默翻了个白眼，淡定地应了一声："行，那你忙去吧，有什么需要再联系我……"

"有需要就联系你？"白慕川反问，笑得有点儿小贱。

"……"向晚无奈，"不跟你贫，我也忙着……挂了！"

等会场的事告一段落，已经快十二点了。向晚还没来得及上车，就接到老妈打过来的电话："晚晚，你在干什么呢？"

向晚叹息一声："妈，我不是说过了吗？我今天很忙，单位很多事情……"

"再多的事情，打个电话的时间都没有？"谭云春压低了声音，"你小姨很不高兴……大过节的，实在不济，发条消息也是好的，结果你倒好……

把我的叮嘱忘得一干二净……"

向晚头皮有点儿麻："现在打还来不来得及？"

"你说呢？"谭云春哼哼，"都十二点了，不过……"

"那就算了吧！"向晚打断她，"我今天真的有太多的事情，我不是在玩。妈，我很累了，就这样了。"

谭云春被她气着了，"你马上打个电话，给你小姨道个歉。"

向晚揉着太阳穴，脑袋隐隐作痛："明天吧，今天太晚了……"

次日起来，向晚没有见到程正来送早餐，索性自己去买了一堆，打个车去了刑侦大队。因为周德全的案子，昨天晚上很多人加班。她进去的时候，看到一堆黑眼圈。

"早！"

"早，向老师。"

"给你们带早餐了，趁热先吃点儿？"

"谢谢！你太好了……"

"不客气……"

她一连送出好几份早餐，然后才假装不在意地问小刘："白队在吗？我也给他买了一份！"

小刘正忙着往电脑里录入资料，闻言头也没抬："刚从看守所那边回来，好像在办公室里。"

向晚冲他友好地笑了笑："行，那你忙着，我给他们也送一份早餐去！"

她今天特地给熟悉的人都送一份早餐就是为了给白慕川送早餐时不会显得太过突兀。可以说，为了小白先生这顿早饭，她也算是用心良苦了，当然顺便"刺探"一下情报也是可以的。

"案子有进展吗？"

"喀！"白慕川双眼都熬红了，但人很精神，一边吃一边说，"我们发现周德全老婆脖子上的掐痕与毛桂桂脖子上残留的掐痕很相似，目前，物证鉴定中心正在做进一步比对。"

向晚心里稍微一缓，正想问问其他的事，唐元初就咬着豆浆吸管进来了："白队，程队的妈妈过来了。她问我向老师在哪儿，说想见见向老师。"

嗯?向晚怀疑自己的耳朵出现幻听了。在邢菲菲的生日宴会上,向晚远远看见过一次程正的父母,但并无交情。最主要的是,她为什么要去见?

"不去!"白慕川回答得干脆利索,"工作时间,不见客!"

"哦。行!"唐元初弱弱地回答一句,眉头都绉到一起了。

············

唐元初到了大厅的时候,程正已经下楼了。母子二人正低头说着什么,见状,唐元初停下脚步,想偷偷溜走,可程正的母亲眼尖地发现了他,微笑着看了过来。

唐元初无奈了:"阿姨,向老师在忙,这会儿走不开。"

程正绉起眉头:"妈,你找人家干什么?"

程母的脸色不太好看:"不是你谭阿姨介绍你俩相亲来着吗?我今天过来,除了看看你,就是顺便看看这个人怎么样,能不能做我家的儿媳妇儿……"

程正:"……"

唐元初:"……"

昨天中秋,程母专程来锦城陪儿子,中途抽空与谭月春见了一面,谈到了程正和向晚的事情。可程正被白慕川叫走,程母没来得及跟儿子说这事,今天她要回京都,左想右想心里都不踏实,就借口看儿子,顺便找了过来。然而她无心的一句话,却在队里掀起了轩然大波。大厅里除了唐元初,还有其他人。本来没人知道的事,搞得尽人皆知。

程正很生气:"妈,你胡说什么?这是工作的地方!"

程母看他不高兴了,不敢再继续这个话题。但因为向晚的拒绝,她说出嘴的话也就不太好听:"行,我不说就是了。如果她不是月春的外甥女,我都懒得理她。谁知道我专程来看看,人家不给面子……就这态度,没有见着也好,免得脏了我的眼睛。"

程正:"……"

不巧,向晚就在这时出来了,看到了程正的妈妈也听到了她嘴里的那句话,而程正妈妈也发现了向晚。女人的直觉强大得可怕,程正眼看气氛不对,眉头深深打了个结:"走吧,妈!我带你出去逛逛,你不是说没有好好逛过锦城吗？我刚好有时间陪你……"

"你不是说很忙？"程母微微一笑，站直了身板，冷冷地瞄了向晚一眼，毫不客气地问，"你是向晚吧？"

人没到，声先到。向晚咬着吸管抬头看着她，装糊涂："您是……"

程母若有似无地哼了一声："我是你忙得没时间接见的程正妈妈。"

"……"即便她没有去见程母，又不是什么深仇大怨，不至于这么针尖对麦芒直接杠上吧？向晚看着她不满的双眼，收拾情绪，保持礼貌的微笑："我刚才在工作，有点儿忙，所以没有办法来向阿姨问好，不好意思！"

程母全程审视的态度，高高在上："那你现在忙完了吗？"

向晚头都大了。程母是长辈，是向晚小姨的朋友，是程正的母亲，这样的身份让向晚很为难。哪怕她烦躁不爽，还得保持尴尬而不失礼貌的微笑："抱歉，我还没有忙完。不过阿姨要是有什么急事，可以现在就说。"

程母哼了一声，眼睛一眨不眨地盯着她，脸上两条法令纹似乎都深了许多："你很会看脸色，很会说话，但我非常不喜欢你的态度，所以我并不看好你跟我儿子的关系……"

向晚的脸几乎烧了起来，她感觉整个大厅的人都在看自己，就像突然被人拎到火架上，毫无防备。

"妈！"程正大步过来，拉住程母，火气有些按捺不住，"你干什么呢？"

程母甩开他的手，突然厉声说道："我没跟你说话！你这就护着她，是嫌弃你妈碍着你了？"

"妈！"程正头皮发麻，"你到底要干什么？"

"你闭嘴！"程母哼了声，"我在问她。"

向晚心里的火嗖嗖往喉咙里冲，快要燃起来了："阿姨，你是不是误会了什么？"她尽量压着情绪，清楚地表明态度，"我跟程队只是工作关系。"

"是吗？"程母没有放过她的意思，"你小姨没有让你跟他相亲啊？你没有想做我们程家的儿媳啊？"

这什么人啊？就因为她拒绝见面，就这么当面让她难堪？向晚突然有点儿同情程正，居然有这样的母亲。同时也为自己当初的决定感到庆幸，如果

275

她真的选择了程正，那就代表要永远面对这个女人……想想，她不寒而栗。

向晚深吸一口气，将心里的火气压下，冷静地转头看向程正，把最后的一丝面子留给了他："程队，你家什么情况？这是工作的地方，你能不能解决啊？"

"对不起！向老师，我妈她……有些误会。"程正的表情不比她好看多少，但对于他这个老妈，他不比向晚有办法。他焦头烂额地道歉，拽着程母的手腕往外拉，除了哄，只能哄："妈，我们出去再说行吗？你弄错人了……"

"哼！"程母并不是完全不懂得分寸的人，她点到为止，让向晚难堪就行了，其实也不想真正得罪了儿子。程正来拉，她顺着台阶就下了，一声不吭地看了向晚一眼，拎着小包扭头就走。

"等一下！"白慕川站在那里，眼里冷光一扫，整个大厅都弥漫着一种可怕的凉意。

众人神经紧绷，纷纷低头做事，把自己当空气，程母的表情瞬间有了变化，脸色有些发白。白慕川突然笑了一声，紧盯着她慢慢走过去："阿姨就这样走了？"

程母脚步一顿，像是受不了他那冷厉的眼神，又像是被他过于凛冽的气势给吓住，一把拽紧程正的手往外拖："儿子，我们走……"

她脚步匆匆，几近仓皇，像见了鬼，和她刚才趾高气扬的样子判若两人。

众人面面相觑，一个个莫名其妙。就连向晚也有些错愕——这小白先生是多么凶狠？活生生把一个强势的中年大妈吓得掉头就走？

"都看着我做什么？做事！"

"是，白队。"

众人又恢复了工作时该有的样子。只有白慕川一个人闲闲地站在那里，双手插在裤兜里，漫不经心地睨了一眼程母离开的方向，扭头朝向晚看过来："喂！"

向晚缩了缩脖子，不吭声，白慕川突然重重拍手，环视大厅众人："会议室，专案会议！"

厅里的椅子频频发出吱呀吱呀的声音，桌子被碰撞得吱吱作响，小伙伴们纷纷行动起来，离开大厅往会议室集中。向晚也拿起自己的笔记本，把笔夹在里面，准备等一下做笔记。她走得很慢，刻意与白慕川之间拉开距离。不想他却停了下来，站在过道等她。

"向老师——"

好客气的称呼。向晚有点儿心虚："白队，有事吗？"

白慕川冷哼："下次遇上这种事不要客气。"

"嗯。"今天这莫名其妙的憋屈，向晚现在想想都火大，一点儿也不想再提，"我知道了。"

"不是每个人都值得你善良相待。"白慕川眯起眼，看她发愣，又无奈一笑，走到她前面，推开了会议室的门。

"有一个好消息，鉴定中心主任来电话了，根据马素英和毛桂桂的颈部伤痕对比，基本可以认定系同一人所为。这是典型的痕迹物证……不过我们目前没有人证。"

昨天晚上，他们连夜对别墅的相关人员进行了审讯，结果所有人都一问三不知，口径基本统一。

"他们不敢出卖周德全，原因很简单。"白慕川环视众人，"因为他们深信周德全还可以翻盘，化险为夷，从昨晚他们的态度来看，他们根本就没有把警方的调查放在眼里。"

唐元初忍不住爆粗："老虎屁股还摸不得了？"

"所以我们一定要把案子办成铁案。"白慕川眼神坚定，"让这只老虎永远没有翻盘的机会。"

"铁案……需要铁证啊！就凭那个痕迹物证，可以认定毛桂桂的死跟周德全有关吗？"谢辉小声问。

没有人回答，因为大家心里都很清楚，单凭那个，证据不充分，很难判他重罪。

有人问："周德全那个老婆还是不肯开口？"

"嗯。"何文才点点头，说，"我跟老王刚刚从医院回来。她不肯配合警方，无论我们怎么问，她一句话都不说……"

白慕川深深皱眉："马素英手上应该有周德全的犯罪证据。要不然……周德全为什么会那么惧内？"

玻璃屋里的情形，大家都看到了。周德全在看到那个女人是马素英时，面色都变了，甚至他向马素英当场跪下求饶……

"而且他也不会在马素英不肯松口的情况下杀人灭口。"

"有道理。"何文才接着说，"不过有件事，我和老王归队前医生特地找到我们，说马素英的情况不容乐观。她求生的意志很弱……"

一听这话，唐元初急了："不是说伤得不重吗？"

"医生说气管有损伤，如果她肯配合治疗，伤得自然不重。可关键是她不肯配合，还整夜掉眼泪，心理上的创伤导致她的伤情加重……"

"她的家属怎么说？"白慕川问。

"家属……"何文才皱了皱眉头，"马素英的父亲和妹妹是今天早上才赶到医院的。他们说……"停顿一下，他叹息，"马素英和周德全有一儿一女，都已成年，长子在国外留学多年一直没有回国，次女去年出国……马素英长年一个人居住，跟她父亲的关系也不太好。"

"为什么关系不好？"唐元初是一个好奇宝宝。

何文才看着他："马素英是贾安的大姐，也是贾家的长女。马素英的母亲在她幼年时因病身故，她的父亲再娶，后妈生了贾安和贾安的二姐……马素英原名叫贾素英，后来因为时常和后妈发生冲突，导致与父亲关系不睦，成年后自己改了名字，随母姓马。"

"这么说来……她性格挺拧的啊？"

"对。马素英一直很独立。贾家的经济情况还不错，属于小康之家，但马素英成年后就不问父亲要钱了。这个女人相当能干，上大学的时候就赚到了第一桶金，完全脱离了原生家庭的经济控制……后来马素英与泥瓦工周德全结婚，受到了全家人的反对……当然那时的周德全还是一个俊俏的小伙子。贾家人瞧不上周德全是个做苦力的泥瓦匠，马素英嫁给他，不仅让家里没面子，连彩礼钱都拿不到，还得倒贴嫁妆……但马素英一意孤行，为了周德全，不惜跟亲生父亲翻脸。当年只有贾安一个人支持她，还为此挨了他父亲一记耳光。马素英跟周德全结婚时只办了一个简单的婚礼，酒席就请了两桌。贾父和贾家亲戚无人出席，只有贾安一个人参加了大姐的婚礼，姐弟关系一直很好……"

听到这里向晚似乎明白了为什么马素英会对贾安的死耿耿于怀。如果不是周德全杀死了贾安，她又怎么会引警察入室，帮着抓周德全的现行？然而尘埃落定，她不想看到的也都看到了——周德全玩女人，甚至想杀死她。为什么她却不肯再说别的了？

唐元初感慨一句："女人的心思真是复杂！"

向晚说："嫁错男人毁一生。"

唐元初一脸蒙："……"

从男人的角度来说，这件事只有理性的认知，可向晚看见的是马素英从小到大的不容易、为了周德全的全心付出，以及最后令人同情的下场。

"这个案子的突破口就在马素英的身上。只要她肯交代，什么事就都清楚了……"

白慕川认同地点头："我们警力有限，必须把力往关键的地方使。"说到这里他揉了揉太阳穴，"就今天一早上，市局领导已经两次来电追问进展了。"

众人沉默。

周德全被抓捕是一件大事，是白慕川顶着各方压力进行的。不过马素英是他的妻子，家庭矛盾，夫妻动手，本就不好定性……在马素英好好活着的情况下，这件事可大可小。要是他们找不到周德全犯罪的铁证，不仅周德全会笑着离开看守所，也许白慕川也会受到此事的牵连……

"唉！好不容易抓到一只老虎，难道还要把他放了？"

"不可能。"白慕川冷哼，"钻了我的笼子还想出去！没门！"

众人被逗笑了，又轻松起来："痕迹物证也是物证，怎么就不能定罪呢？"

"因为他是周德全。"白慕川把资料袋里的一份死亡报告抽出来，铺在桌子上，展示给大家看，"还有一个很重要的原因——毛桂桂的死亡有问题。当初程正对无尸人头做出的结论是机械性窒息死亡，死后被电锯分尸。可贾安手机里的视频推翻了这一点……如果单凭这个孤证，把案子移交到检察院，就会因为法医鉴定的前后矛盾被驳回……"

众人沉默。

要不要提起公诉，不是警方决定的，而是检察机关。如果证据不足，经过二次补充侦查也找不到另外的证据，检察院将会认为不符合起诉要件。到时候，在押的周德全会被释放。就算他有违法情节，也不足以重罪判刑。

"兄弟们，加把劲儿！"白慕川站起来，深深地看向众人，"散会！"

大家忙活这么久，如果因为找不到证据而让周德全逍遥法外，肯定得憋屈死，一肚子郁气全部化为动力。除了必须轮休的几个人，大家都在加班。晚上白慕川要去医院看马素英。向晚悄悄地蹭过去，自告奋勇："领导，我跟着你去吧。"

"嗯？"白慕川挑挑眉，"不用写分析了？"

"回来再写吧。"向晚俏皮地眨眨眼，"实践比理论更有学习意义。"

"嗯。"白慕川同意了，叫唐元初去开车。

路上他向向晚："你书都不写了，学习的意义在哪里？"

当初向晚表示要来刑侦队，是为了写作累积素材而来的，如今她停更好多天了，新书也没有下文，与初心已相去甚远。被白慕川问住，向晚只能苦笑："总会写的。那是我的梦想，我不会放弃。"

"梦想就是写一本火文？"白慕川弯起唇角，似笑非笑。

向晚看见了他眼里的调侃，却回答得一本正经："人来世上走一遭，太短暂了。我想留下点儿什么，以此证明——我来过。"

白慕川偏头，久久看着她。

他的眼神让向晚有些羞涩，当然主要是想到了自己那不太理想的成绩。她低下头："也许我的才华还撑不起我的梦想，但我会努力的……"

白慕川眯起眼："为什么是网络小说？"

"嗯？"白慕川迷糊地望了他片刻，才明白他说的是什么意思。

她轻笑着舒展舒展胳膊，懒懒地靠在椅背上："网络小说是唯一可以让我发声的平台。而从古至今，只有文字的烙印是深刻而长远的……"

白慕川勾唇："如果只为了被记住，你可以选择生个孩子。"

"……"向晚一愕，看着他，她哑巴了。

白慕川笑着说："孩子是你的传承，有你来过的痕迹，这样的烙印更是深刻而长远，甚至可以久远到人类灭绝那一刻……"

"打住！"向晚翻了个白眼，笑了起来，"不要讨论这么严肃的话题，再说下去，我会怀疑你是不是计生委调来的……"

"向晚，我的梦想跟你不一样。"白慕川突然跳跃地岔开了话题。

"什么？"向晚蒙了一秒，又轻声笑开，"你的梦想是什么呀？不会是世界和平吧？"

"社会医生。"他说。

"……"社会医生？什么鬼？

"这个社会病了，我要治治它。"

向晚憋了好几秒，扑哧一声笑出来："大人好崇高的理想！在下佩服，佩服。"

白慕川剜了她一眼，不说话。开车的唐元初笑着说："说起梦想，我就更厉害了。我的梦想是所有的愿望都梦想成真。俗吧？"

"不俗！"向晚跟他玩笑，"唐网红警官，你的梦想最接地气！"

"那是……年轻人嘛，跟你们是有代沟的。"

"……"

向晚与唐元初说说笑笑，白慕川很久没有接话，等她看过去时，他已经合上了眼睛，呼吸均匀地躺着，好像是睡着了。向晚把他搭在外面的手往里挪了挪，对唐元初摇了摇头。

唐元初意会，点点头，可下一秒又忍不住，压着嗓音小声叨叨："白队太累了！昨天晚上我们都眯了会儿的，就他一直不睡，倔得跟头驴似的……"

如果白慕川醒着，唐元初绝对不敢这么说。

向晚忍不住想笑，又忍不住有点儿心疼："他以前也是这样吗？"

唐元初："差不多吧，反正他调到洪江区就这德行，大家都习惯了。我听他们说，白队家里挺有钱的，条件很好。那会儿大家都猜不透他为什么不在京都享福，偏偏跑到锦城来，往死里拼命……"说到这里，他从后视镜瞄了向晚一眼，"向老师，你跟白队走得这么近，知道是为什么吗？"

这小子猴精，早就看出白慕川和她关系不同寻常了吧？向晚不承认，也不否认，哼笑一声："想不到你比小刘还嘴碎！你俩在一起，可以评为洪江双绝了！"

"别损我啊！"唐元初笑道，"黄哥以前教导我说，干警察的人就得保持好奇心，有了好奇心才会有追查真相的决心与毅力。要是对什么都不好奇，那不能干警察，回去搬砖得了。"

汽车一晃一晃地行驶着，向晚被摇得都快睡着了。她撑了撑眼皮，努力几次失败后，渐渐闭上了双眼……这条路不长，向晚却仿佛睡了个地老天荒。

…………

马素英住的单人病房，他们赶到的时候，医生刚刚检查完出来，白慕川和医生短暂地交流了一下马素英的病情。马素英人是醒了，但还是不肯说话，连医生的问话也不予理睬，完全不肯配合治疗。

病房里，马素英的妹妹贾静也在，她坐在窗边打盹，不知道在想些什么，姐妹两个全程零交流。白慕川扫了一眼，自报家门："你好，我们是洪江区刑侦大队的，要找你大姐了解一些情况。"

"可以啊！只要她愿意。"贾静努了努嘴，不悦地示意白慕川看那个躺在病床上像死人一样的女人，"不过她要是不愿意，我们也无能为力。今天早上，我爸和我妈在这儿跟她说了那么久，她一句话不说，差点儿没把老人家气死……"贾静心里似乎窝着火，看到警察就开始吐苦水，"她害死了我弟，父母白发人送黑发人，本来就够难过了，现在又摊上她这事……不管她吧，人家会说我们无情无义，管她吧……你看看，她像是别人管得了的人吗？从小自己就有主意，哪儿肯听我们的话？她要是肯听，也不会落到今天的下场，害了小安，也害了自己……"

白慕川皱了皱眉："那就麻烦你回避一下吧。"

贾静微微一愣，不高兴地拎着包站起来："那行，你们问吧……我刚好出去吃个饭。"

她走了，病房里一下子安静下来。

好一会儿，没有人说话，气氛僵持着，似乎在比谁有耐性。

向晚与白慕川眼神交流了一下，走到马素英的病床前，轻声问她："我能和你谈谈吗？很快的。"

马素英合着眼，不看她，就像没听见。向晚也不觉得尴尬，拉个椅子坐下来："我知道你是个要强的人，一时间接受不了现实，可不吃不喝跟警方对着干，最后吃亏的还不是你吗？"

马素英眉头都没有皱一下，安静地躺着，对她的话充耳不闻。向晚试了许多办法，试图与她沟通，结果很遗憾……半个小时过去了，向晚口干舌燥，马素英毫无反应。可以说，这是向晚从事顾问工作以来，见到的最难交心的人。

"你们先出去吧！"白慕川突然若有似无地一叹，"我单独跟她谈谈！"

据向晚所知，昨天说服马素英配合警方的人就是白慕川，现在他又要单独留下来劝说她，向晚隐隐觉着有些不对。不过她不便多问，跟着唐元初出去了。坐在病房外面的休息椅上，唐元初半眯着眼睛打盹，向晚却有点儿心神不宁。

等候的时间格外漫长，她渴得厉害，下楼买了两支冰激凌，再上来时，门终于开了。

白慕川站在门口，冲他们点点头："进来吧。"

搞定了？向晚内心充满了疑惑，不太相信白慕川真的说服了固执如牛的马素英。然而事实比料想的还好，白慕川不仅说服了她，还让她神色平静地靠坐在床头，除了看着有点儿虚弱，完全就像一个正常人。

怎么回事？向晚一肚子疑问，却来不及问，她就听到马素英对自己说道："麻烦你了。"

向晚一怔，尴尬而不失礼貌地微笑："不麻烦的……"

马素英："我想吃儿点东西。"

我去！原来是想麻烦她干这个，这阔太太使唤人习惯了，把她当成保姆或者服务员小妹？好吧，只要她肯出来指证，保姆就保姆吧。

"行，你稍等一下。我得问问医生，你能吃些什么……"

"唐元初去吧！"她话音未落，就被白慕川打断了，"你留下来帮着照顾一下马女士。女同志在这里会方便点儿。"

"呃……好的。"

于是可怜的唐网红就被外派去买东西了。向晚坐回之前的椅子上。白慕川看了看她，轻笑一声："马姐，这是我女朋友——不好意思，我舍不得让她干活。"

向晚："……"

马素英抬了抬眼皮："很漂亮。"

马素英不是一个热络的人，淡淡的，看不出是好意还是恶意。

向晚尴尬地笑了笑："谢谢。"

其实她心里已经揣了无数个问号。为什么一转头的工夫，白慕川的称呼就变了？从客气的"马女士"变成了更为亲近的"马姐"。这一个多小时里，白慕川到底是怎么说服她的？诡异！

"你们想知道什么，问吧……"马素英是个干脆的女人，尽管身体不舒服，但一旦想通了，就不再犹豫。

"不急。等你吃点儿东西，先恢复一下体力。"向晚体贴地说着，想想又问，"你对食物有没有什么特殊要求？可以告诉唐元初，让他注意一下……"

"有啊！"马素英突然瞄向她放在桌上的冰激凌，"我很喜欢吃这个。"

"……"向晚一怔，"你的身体，不能吃这个的……"

"我知道……"马素英目光有些幽远，因为气管受到损伤，她的声音听着不太舒服，"我像你这么大的时候，很喜欢吃雪糕。嗯，那个年代，我还没有听过'冰激凌'这种说法……"她解释了一句，脸上突然露出一抹古怪的微笑，"那时候穷啊，是真穷。穷得连一毛钱的雪糕都舍不得吃……只能看着别人，偷偷咽口水……"

向晚听她回忆，插不上话。尽管她家里也不富裕，但成长的年代不一样。新社会的人是无法真正深刻体会那个时代的人面临的处境的。

"我吃过最甜的雪糕就是周德全买给我的。我还记得，那天特别热，暑气把地面烤得像蒸笼似的，我们班还在操场上体育课……他拿着雪糕站在我们学校门口，怕雪糕化了，想进来给我，可说尽好话，保安就是不肯让他进门，急得他直淌汗……后来，他在校门口大声喊我的名字，惹得全班同学都在笑话我……

"他穿得太寒酸了，工地上的衣服沾了好多泥，裤腿还挽着，脚上一双解放鞋，那土里土气的样子，搞得我很难堪……后来班里的女同学都在私底下嘲笑我……说我堂堂一个大学生，跟一个泥瓦工好上了……我们那个年代的大学生，跟现在可不一样。难考，含金量很高，毕业还包分配工作的，走到哪里都神气活现，骄傲得很。大家都觉得我跟周德全在一起，是一朵鲜花插在牛粪上，很多人甚至以为，我肯定只是图一时新鲜，骨子里还是瞧不上他的……

"可他们都不知道，打动我的就是那年夏天的一块雪糕。一个男人骑着自行车顶着摄氏三十几度的日头骑了几十里路到学校，就为了给我买一块雪糕解暑，然后又得马上骑着车回去干活，有这精神，干什么干不成呢？"

马素英的描述，时代感很强，感情也很浓郁。一个男人那么无知无畏，那么纯傻忠良，就那样冲入她的世界，隔着生锈的铁门冲着她笑，除了牙是白的，浑身上下都是脏兮兮的……就是这样的他，拨开乌云，穿过荆棘，横冲直撞地占据并俘虏了一个女大学生的心，从此开启了她跌宕起伏的人生。

女人对感情其实十分纯粹，最基本最简单的诉求，不过是男人对她好。

马素英一叹："今天躺在病床上，我想了很多，把我跟他这辈子都从头到尾地回忆了一遍，结果我难过地发现……我一直都在寻找的幸福，其实就停留在那个时候。我们拥有过，后来丢掉了，去寻找更多，想走得更远……结果，竟再也回不去了……"

病房里一片寂静。

向晚和白慕川相视一眼，都说不出话。

世界每天都在变，谁也无法要求哪个人一如从前。马素英的故事让向晚惊出了一身冷汗。有多少女人像她一样，把婚姻的开始当成爱情的开端，以为从此落地生根，发芽开花，结成累累硕果，于是拼了命地放弃自己，把所有的精力与时间都用在老公与家庭身上。最后发现，这条婚姻之路丢失的不仅是爱，还有自我……

"婚姻的存在，其实本来就和女人对爱情的愿景是相反的。"向晚诚心地总结一句，引来白慕川的注目。他目光幽冷，不知道在想什么。

"很对！"马素英肯定了她的话，然后唏嘘一叹，"可年轻的时候，哪个姑娘又知道这些呢？周德全那时候像模像样的，能干肯吃苦，很有上进心。可以这么说，现在的年轻男人没有几个比得上那时的他。而我一直坚信自己不会看走眼……结果我用了近三十年的时间，摔了这么大一个跟头。"

在唐元初回来之前马素英说了很多，但大多与周德全的案情无关，一些憋在她心里很久的话，在陌生人面前，似乎倾诉起来更容易……于是唐元初拎着白粥回来的时候，居然发现病房里的聊天气氛不错。

他慌了，把打包盒放在床头柜，插话的时候犹犹豫豫："我刚问过医

285

生，说你目前喝点儿白粥就好，让肠胃适应一下……"

"好的。"马素英挣扎着要坐起来，"谢谢。"

向晚见状，坐到床沿上扶住她。刚才听她侃侃而谈，感觉她除了嗓子不好，身体状况似乎还不错，可这一扶才发现，这个女人浑身都是软的，中年人的身体，堆的肉摸在手里就像一团棉花。

"需要我喂你吗？"向晚微笑着问道。

"不用了。"马素英颤抖着手接过碗，"我可以。"

这一碗白粥，马素英用了相当长的时间去喝。在这个过程里，没有人说话，她也不曾抬头，像在思考接下来的谈话。粥喝了半碗，她递给向晚，笑得有些无力："可以了。今天耽搁你们太久，现在开始做笔录吧。"

白慕川眉心微拧，瞥了唐元初一眼："准备吧！"

在唐元初准备材料的时候，白慕川特地问了一句："因为这个案子很特殊，我们希望对讯问的过程进行录音录像，你本人愿意吗？"

马素英微微一怔。良久，她点头："可以。"

很多人在做讯问笔录的时候，都会不愿意被录音或者录像，可呈交法庭的时候这种东西才是最有力的证据。唐元初准备摄像，于是向晚就接替了他的位置，做讯问的记录人。

她在做笔录的纸上填好讯问时间，以及讯问人、被讯问人的相关个人资料，然后递给马素英，要求其确认。马素英点点头，表示认同笔录内容。讯问开始，白慕川再次让马素英面对镜头确认对录像是否自愿，然后再问："我们是锦城市洪江区刑侦大队民警，现在依法就相关案情对你进行讯问，请你如实回答。你有权拒绝回答与本案无关的问题，但你所讲的话都要负法律责任，这个事情你清楚吗？"

马素英："清楚了。"

白慕川："你与犯罪嫌疑人周德全是什么关系？"

马素英："夫妻。"

白慕川："你们结婚多少年了？"

马素英想了想："二十九年了。"

询问两个人基本情况的时候，马素英有问必答，相当配合。白慕川眼带感谢，声音也尽量柔和："你刚才说，你们夫妻俩近些年感情趋于平淡，很

286

少交流沟通，那么你对周德全所做的事情是知情还是不知情？"

马素英："有些知情，有些不知情。"

白慕川："可以简要举例叙述吗？"

马素英："比如……他生意上的事，十之八九我是知情的，在这方面他从来不隐瞒我……比如他在外面有没有女人，我是不知情的。因为他知道，这是我的禁区，也是底线。"

白慕川点点头，与向晚交换一下眼神，单刀直入："你认识一个叫毛桂桂的女大学生吗？"

马素英摇头："我知道这个名字是在我弟弟过世之后！"

当时警方找过贾安家人，将贾安手机里出现的毛桂桂锯头视频的事情告诉了他们，并且了解了相关情况。那个时候，他们都表示不知道毛桂桂是谁。

白慕川："我们在抓捕现场看到，周德全相当忌惮你，甚至为了堵你的嘴，不惜杀人灭口……你仔细想一下，你都知道他哪些违法乱纪的事？"

马素英目光一黯，突然低笑，似乎用尽了力气才吐出一句："那……就太多了。"

她和周德全是结发夫妻，从年少贫寒时一起走过来。创业之初，马素英是对周德全助益最大的一个人。尽管周德全有商业头脑，也肯吃苦上进，但缺少文化知识的他，还是少了些底气，也正是因为有一个大学生老婆出谋划策，才能把企业越做越大，因此马素英对他的事业发展一清二楚。在长达三个半小时的时间里，她几乎交代了周德全全部的罪行，将一代巨富在建立商业帝国的发迹史上那些劣迹斑斑的事说得残酷而血腥。行贿、逃税，这些都是最小的犯罪行为，更可怕的是周德全非法持枪，手底下养了一大批小弟，用各种手段，威逼利诱乃至杀人，罪行累累……而这些马素英虽然没有直接参与，但都负有间接责任。

这是周德全忌惮她的原因，也是她不肯交代的原因。

一个人要批判别人的错误很容易，正视自己的错误却很难。

"走到今天我也不是无辜的。"这是马素英对这次讯问做的最后总结。

白慕川沉默片刻，说："我们这次的讯问先到这里，后续如果有什么需要补充的，会再找你。这期间，你安心休息，好好养身体。需要的手续，我们会有人来医院跟你衔接。"

马素英重重点头，弱弱地问道："我这算是有重大立功表现吗？"

白慕川一怔："算。"

马素英瘫在那里，目光涣散："会判多少年？"

这个问题白慕川没有回答，因为无法回答。

病房里突然安静下来。夫妻本是同林鸟，大难来时各自飞——就是如此。当一开始面临突发事件涌上的情绪——痛苦和激动通通过去后，人还是理性的动物。

"不要担心，相信法院会给你一个公正的判决。"

第八章　出轨

刑警的生活没有几天是轻松的，当然跟刑警谈恋爱那就更是考验人的耐性了。从医院出来，白慕川马不停蹄地去了看守所提审周德全，向晚本想跟着去，却收到方圆圆发来的信息："你什么时候有空，回去看看大姨吧，她身体好像不太好。"

向晚马上给谭云春打电话，准备过去看看她。可是谭云春接电话的时候，精神头儿却好得很，逮住她就问，有没有向小姨道歉。

向晚一听这事就头大："我给小姨发了消息的，你就放心吧。"

"小姨对咱们那么好，你可千万别忘了恩情。"谭云春嘱咐着，没有再纠结这件事，转头就开始问她和程正的事，"你俩现在怎么样了？小姨跟小程妈妈的关系是不错的，昨天还在程妈妈面前夸你呢。我看程妈妈的意思，这事应该能成……"

能成？今天她们在队上都快打起来了，能成就有鬼了。当然向晚可不敢把这件事告诉老妈，只吞吞吐吐地说："妈，其实我……有男朋友了。"

"啊！"那头传来老妈长长的一声抽气声，然后就开始狂轰滥炸，"你这死丫头，这么大的事也敢瞒着你妈……那个人叫什么名字？多大岁数了？做什么工作的？有照片吗？赶紧发一张过来，妈妈给你参谋参谋……"

"这么多问题，你让我先回答哪个？"

"一个一个回答啊，不用着急。"谭云春不等向晚说话，又自顾自地担心道，"那小伙子是锦城人吗？家里条件怎么样？父母都是做什么的啊？家里有几口人？农村户口还是城镇户口？"

"妈！"向晚哭笑不得，"你查户口呢？"

"查什么户口？我这叫了解情况……回头我得跟你小姨说明白的。"谭云春叹息一声，"毕竟你小姨刚刚约了小程的妈妈，你这转头就自己谈上了，不说清楚，不好交代啊！"

"……"

谈恋爱是两个人的事，一旦公开，就变成了两家人的事。她跟白慕川的感情根基不牢，这个节骨眼上她不想节外生枝，而且大家都挺忙的，她实在不想费时间。可是如果不告诉家里，她们就会不停地把她跟程正绑在一起。

"妈，你就别管了，我们刚谈上，八字没有一撇，我哪儿能问人家那么多？"

"不问怎么行，万一遇上骗子了呢？"谭云春急了，"哎哟，你这傻丫头……哪儿有你这样谈恋爱的？对人家一无所知就谈了，像我们那个年代……"

"妈，现在不是你们那个年代了。"向晚笑着哄她，"这样，我去打听打听好不好？一旦有了消息，我立马向你汇报，你看好不好？行了，我先挂了啊。明天我请假，过来带你去看病。"

向晚回家，收拾好房间，坐在电脑边上，因为无聊，再次打开了《谋杀男神》的书评。她明知道看书评会扎心，但就是有莫名的执念。是这本书让她得到了无数的认可，也是这本书让她第一次做了"太监"，成了一个不负责任的人。

留言比前两天少了很多。有些人骂够了，没有得到回复，就都离开了。偶尔还有人再来看一眼，不见更新，再骂上两句，又走了。剩下的人要么是爱到了骨子里，要么就是恨到了骨子里……

向晚慢吞吞地翻着，选择性无视那些骂得难听的，潜意识在寻找……那个神秘ID。也许是那个人的留言总是撞在节骨眼上，与案件存在某种奇怪的契合，让向晚无形中对他给予了很大的关注，想知道他又说了什么……

第一页没有，第二页没有。她翻到第三页，终于出现了那个熟悉的ID。他说："书停更了，不好玩了。作者，我们要不要来玩一个更刺激的游戏？比如我是你的疯狂粉丝，为了催更，开始失去理智。你停更一天我就杀一个人？"

"……"

中二少年？向晚头皮发紧，刷新一下，想看看还有没有别的留言……结果她准备截图的时候，发现那条留言被删除了。是他自己删的，还是系统对不良信息进行的屏蔽？向晚心脏紧绷着，想问一下方圆圆，可看看时间太晚，又忍了下来。忐忑中，她给白慕川发了个消息，然后躺在床上心神不宁地等着，结果等得快要睡着了，也没有等来白慕川那边的回复。

白慕川整夜没有回出租屋，向晚第二次拎着早餐去队里，就撞上唐元初笑吟吟的脸："谢谢向老师，你看你客气的，又给我带早饭。"

向晚无奈失笑，小声问他："白队呢？"

唐元初挤了挤眼睛："放心吧，丢不了！甭紧张，白队在忙活呢。"

说完他径直离开了。

大厅里很安静，大家塞塞窣窣地忙着自己的事。向晚闷头坐下来，打开电脑开始做侧写报告。这是她工作的一部分，不管案子发展如何，她必须得有自己的判断。整整一个上午她都在干这件事。

到中午吃饭的时候她突然听小刘在喊她："向老师，向老师……"

小刘是整个刑侦队最八卦的男人。大多数时候他的消息也是小道消息、娱乐新闻的来源渠道。向晚转过头："怎么啦？"

小刘勾勾手指头，示意她坐过去一点儿："机密！"

向晚抬抬眉梢："到底什么事啊？再吊胃口我就举报你了啊！"

"别别别！"小刘常常找她聊八卦。所以他有很多的小辫子攥在向晚的手上。他无辜地做了个可怜的眼神，马上收敛神色："你知道吗？周德全这个案子怕是要引发一场大地震了……"

向晚微微一惊："震什么震？"

小刘四处观望一下，压着声音说："这事是我听说的，你可别卖了我……白队昨晚去市局开会跟人打起来了，听说还闹得很不愉快……"

向晚心里一紧："然后呢？"

291

"然后嘛，白队也是个狠角色。"小刘嘿嘿一笑，"白队直接把这事捅到了天上——惊动京都了。要不我能说就要大地震了吗？"

"啊！"向晚惊悚，"你哪儿听说的？这种事可开不得玩笑！"

"我啥时候说过假话？"小刘看了她一眼，声音比刚才还小，"正式出文件之前你可千万别往外说啊……"

向晚点点头："就是周德全这个人……值得这么兴师动众吗？"

小刘抿了抿嘴："他一个人当然不值得。但白队手上好像有东西，还有周德全老婆交代的材料，足够他们喝一壶的。反正周德全想脱罪是不可能了……上头不仅要办他，还要抓某些人的典型。这次牵连的人怕是得拉出一串……"

向晚完全不像小刘那么兴奋，因为她很清楚白慕川此举掀起的惊涛骇浪怕是要得罪不少人。向晚为白慕川担心，小刘叫她去吃饭，她没有去，埋头在电脑上画了一个案件人物关系图，仔细琢磨着，突然感觉不对……

案子要结了，可是还有疑点没有搞清楚，他们就连毛桂桂的尸身都没有找到。

如果有人想仓促结案，那是不是表示——周德全被放弃了？就像他当初放弃他的小舅子贾安一样，他也成了别人不得不断去的一条手臂？

向晚脑洞有点儿大，被自己的想法吓住了。

"在想什么？"桌面被人轻轻叩响，吓了她一跳。

她猛地抬头，面色微显苍白，白慕川舒展的眉慢慢蹙起。

"怎么了？看到我跟见了鬼似的！"

向晚脊背上有点儿虚汗，嘘一口气："没事没事，就是你突然冒出来，我没准备。"

"见我还要准备？"白慕川哼一声，绕过桌子转到她前面，挪动她的电脑，"让我看看，背着我干了什么见不得人的事。"

向晚："……"

她的电脑上只有那个人物关系图。在图上，周德全并非在食物链的顶端，还有一个用"？"代表的神秘人物，脑袋被她涂黑了。他与所有的案子都有关系。但至今，没人知道他是谁。

沉默了好一会儿，白慕川把电脑放回原处。

"很用功，不错！"

向晚没听到他发表别的意见，嘴唇牵了牵，瞥了他一眼："你上哪儿去了？昨晚没回来，今天还翘班……"

白慕川手插裤兜，淡淡地笑道："回了一趟京都，刚回来。"

"……"

"愣着干什么？吃饭去！饿死我了，飞机餐贼难吃！"

"……"

向晚是一个信守承诺的人，小刘对她说的那些八卦，她在白慕川面前只字未提，就好像完全不知道一样，只问道："昨晚发给你的消息看到了吗？"

白慕川眉头微皱，许久没有说话。

向晚问："是我多想了，对不对？"

这一刻，向晚竟然希望他这么说，希望他告诉自己，那个困扰她许久的"神秘ID"其实只是一个中二少年的恶作剧，并没有什么神秘人，她担心的那些事也不会发生。

"向晚。"白慕川的眼睛闪着冰冷的光，像一个旋涡，看不透，"那个ID最大的问题就是查不出问题。"

还有警察查不到的ID？向晚十分吃惊。

"对于普通人而言，在网络上确实没有隐私。"白慕川解释，"但是对于一些高端的犯罪分子来说，这并不是无法实现的高难度问题，多架几个IP跳板就可以。而且……"他又是一叹，"有些犯罪的高科技程度，可能不是你能想象的。这个世界太大了，国外还有那么广阔的天地可以由他们发挥……"

他在ICPO工作过，那些犯罪形态跟向晚所知的确实完全不一样。

"不过这个ID也不是完全没有留下过痕迹。"白慕川想了想，又说，"你第一次告诉我这个事情，我就查过。他使用的是城市免费临时网络，我们找到提供网络的小龙虾店……店里没有监控，生意火爆，谁使用这个网络发过帖……无法查证。"

也就是说，人家一边吃着小龙虾一边看她的小说，然后留言？

向晚沉默了一下："是哪个城市？"

白慕川看了她一眼，低声说："锦城。"

向晚像被雷劈了，想了想，又问："你认为毛桂桂是周德全杀的吗？"

白慕川皱了皱眉头："从物证来看八九不离十。"

向晚静默了一会儿："那他的杀人动机呢？毛桂桂只是一个普通的女大学生，不是锦城人，可以说和周德全八竿子都打不着……"

白慕川沉着脸："不是每桩命案都有杀人动机的。"

"白慕川……"她看着他目光深深，"我总觉得事情没那么简单。"

白慕川叹口气，认真地冲她点点头："我会有分寸。"

这天晚上方圆圆是九点左右回来的。向晚洗完澡在吹头发，方圆圆进来二话不说，直接拿掉向晚手上的吹风机，找向晚打听黄何的情况："他是不是又进去了？因为那个六哥？"

向晚没有隐瞒，把黄何在看守所的事情告诉了她："案件还在侦查阶段，只要跟周德全有关的人都要接受调查。你别慌，一切还要等最终的结果。"

方圆圆嘴角紧抿："那他那个老情人呢？"

老情人？向晚默了一瞬，才反应过来她指的是田丹月。

"那个女的不在。"向晚今天看过相关资料了，对田丹月的事情有一定了解，"抓捕周德全的那天晚上田丹月不在别墅，后来也没有找到她。这个女人……突然就不见了。目前警方正在全力寻找。"

方圆圆冷笑一声："我觉得这个女人才是罪魁祸首，黄何就是被她害的，结果贱人居然跑了？"

方圆圆心里有火，目光里有担心、压抑、痛苦，复杂深沉。但从头到尾，她都表现得很冷静，与上次崩溃的反应截然不同。这样的她让向晚很心疼，又无能为力。

…………

第二天向晚请了假，没去大队。早早起床，她特地收拾了一下，挑了一件比较显气色好的衣服，又细心地化了一个淡妆，对镜自照，觉得满意了，这才拎着包出门。每次去见老妈和小姨，她都会特别注意形象，没想到今天特地打扮一番，出门就在电梯的过道上碰见了程正。

二人隔空对视，向晚提了提唇角，打了声招呼："早，程队。"

程正上下打量她："上班？"

向晚礼貌地说道："不，有点儿事。"

程正点点头，看了一眼已经到达的电梯："需要我送你吗？"

向晚微微一笑："不用了，谢谢。"

不求解释，不去苛责，不用在意，她认为这是处理自己与程正那点儿小尴尬最好最直接的办法。说着她从他身边走过去，进入电梯。程正迟疑一下，在电梯合拢之前，大步进来，站在向晚的身边。

沉默的空间太过狭窄，两个人距离很近，可程正却觉得中间仿佛隔着一条银河。

电梯下行，程正看着跳跃的数字，沉默了许久："对不起！"

道歉不是他擅长的事，他一直是个骄傲的男人。可在向晚面前，他其实在一次又一次地低头。老实说，如果硬说程正这个人有多大的缺点，向晚真的说不出来。他并不坏，甚至会默默地关心人。但她跟他在一起，像一潭死水，激不起波澜，还有他的那个家庭、那个妈妈，向晚喜欢不起来。哪怕以后跟他做朋友，她都觉得自己消受不起。

"没事。"她笑着，很轻松，就像一点儿都不在意。

"我知道你很生气。"程正叹了口气，盯着她的眼睛，"我妈她以前不是这样的……"

"不好意思。程队，我对你母亲是什么样的人没有兴趣。"电梯正好到达，向晚抬了抬眉头，"我有点儿急事，先走了，回聊啊！"

…………

向晚打车到达谭月春的别墅时，他们一家人都在。对她的到来谭云春很开心，不过谭月春见到向晚，表情有些不好看。向晚慢吞吞地走进去，像往常一样招呼："小姨、小姨夫……早。"

刑远航马上站起来，礼貌一笑："小晚来了？快来坐。你小姨这几天老念叨你呢！你陪她聊聊，我得去公司了……"从认识的第一天起就是这样的态度，不冷漠，也不亲近，永远是家里的客气担当。

而邢菲菲就完全是嫌弃担当了。她看到向晚就从鼻腔里哼了一下，然后大声对邢远航说："爸，你等我一下，我坐你的车去学校……"

邢远航应了一声："我在外面等你。"

"好！"邢菲菲三步并作两步兔子似的冲上楼，拿着书包下来，一眼都不看向晚，火速冲出大门，完全无视向晚的存在。这也客观地告诉向晚，她不受欢迎。

向晚面无表情地站在那里。谭云春有点儿尴尬，怕女儿心里不好受，赶紧打圆场："菲菲最近功课忙……快，晚晚，坐过来跟你小姨说说话。"

向晚慢慢坐到沙发上，她没有去吃老妈递过来的水果，只扭头对谭月春说："小姨，中秋节那天，我在执勤，回不来……"

谭月春神情冷冷的，拿着电视遥控器，胡乱地摁着，明显不太高兴："你现在翅膀硬了，也不需要我瞎操心了，想飞就飞吧！道什么歉？该我跟你道歉才是，大过节的，非让你回来吃饭……"

"……"

这么说就很尴尬了，向晚很被动。她知道小姨强势惯了，不喜欢别人忤逆……最主要的是他们跟小姨之间的关系也很特殊——稍稍处理不当就会演变成"斗米恩，担米仇"。

人际关系最敏感。向晚暗吸一口气，样子乖巧："小姨，我知道你在生我的气。这件事是我没有处理好，我对不住你……"

"你对不住我的何止这件事？"谭月春转头目光逼视着她。

向晚明白了："程妈妈都跟你说了？"

谭月春拉下脸："她不说，你会告诉我吗？"

向晚沉默。有些事越解释越麻烦，小姨有火气，让她发泄好了。然而她的沉默并没有让谭月春消火："我算是看明白了。我以前就是太爱多管闲事，非得自己找罪受。以后啊，我操不起你那份心了……"说着她把遥控器往茶几上一丢，拍拍膝盖站起来，对谭云春说，"我洗脸去了。你一会儿出门，把天天交代给小邓就行。"

门开了，又合上。小姨就这么走了，只留下尴尬的母女俩。你看着我，我看着你，好久没有说话。

"妈……对不起。"向晚这一声抱歉是由衷之言。她舍不得看母亲这样难过的表情，感觉特别不孝，但又无法说服自己屈从于外来意志。

"我知道你和小姨是为了我好。可我长大了，是一个独立的人。我不想

296

勉强自己接受一份不想要的感情……"

谭云春眼圈通红，就那么看着她，双手搭在膝盖上，一动不动，声音低得像是喘不过气来："你说你一个姑娘家，性子咋这么好强？折腾来折腾去，有什么意思呢？找一个实在靠谱的男人，照顾你的生活，不比你在外面抛头露面强吗？"

"妈……"向晚长长一声叹息。年龄、代沟——跨不过的坎儿。

向晚沉默了一瞬，微笑着坐到谭云春的身边，挽着她的胳膊，亲昵地靠在她的肩膀上："妈，我做这些事不是我性子好强……而是我想有很多很多钱。"

谭云春一怔，侧目看着她。

向晚觉得从经济的角度来解释，母亲更易听懂："我要的钱是我随时可以自己支配的钱，不是哪个男人给我的，我也不需要看人家的脸色，更不用买个卫生巾都要得到别人的允许……"

谭云春脸上已有变化。这些浅显易懂的话，说的不就是她过往的人生经历吗？金钱不自由，人就不自由，何来幸福？向晚看着她的眼睛："我一直在努力，想要赚很多钱。很多钱才能带给我很多的自由；很多钱才可以给我属于自己的人生；很多钱才可以让我不用因为任何事情，在任何时候受人左右，活得像个傻偃……"

谭云春呆呆地看着她，良久没有说话。

向晚深吸一口气，突然紧紧地抱住谭云春："走吧，我们去医院看病。"说着向晚又拍了拍自己的包，"我收到上个月的稿费了，好大一笔钱呢……所以妈妈，你不用担心以后的生活没有保障，你女儿能干着呢，养咱们母女完全没有问题。"

谭云春嘴角一撇，捂了捂脸，再抬头时双眼已经湿润了。

"嗯，我们去看病！"

…………

自从向晚成年后就去外地上学了，很少有机会跟妈妈在一起。回到锦城，因为妈妈一直在小姨家帮工，她每次过去都觉得尴尬，潜意识就回避了。向晚心情雀跃，趁着今天放假，准备带妈妈看完病，再到处走走，逛逛街，买买买。

一开始谭云春是拒绝的，她舍不得花钱，更舍不得花女儿辛苦赚来的钱。可最后还是耐不住向晚的撺掇，在向晚的带领下，屁颠屁颠地过了一回中年少女的生活，买口红、试护肤品、吃垃圾食物、走路喝饮料、一言不合就自拍……

"感觉怎么样？"向晚笑嘻嘻地挽着妈妈的手，"开不开心呀，谭女士？"

谭云春满脸的笑藏都藏不住，说话时一脸的皱纹都深了："唉！你这丫头！"

"放心吧，妈妈，现在我们还是穷了点儿，但不会穷一辈子的。你不用操心，你姑娘会养你，你想买什么就买什么……然后把自己打扮得漂漂亮亮的，再找一个小奶狗……"

"小奶狗？"谭云春轻轻摆手，"你小姨家的狗啊猫啊，可把我给累坏了，一个比一个爱闹腾……我才不想养狗呢。"

向晚看着老妈认真的面孔上那一道道深深浅浅的皱纹，忍不住笑了起来："妈，你可真好玩。"说着她收敛笑容，又一本正经地问，"爸爸都走这么多年了，妈，你就没有碰上合适的？"

谭云春低下头："妈的心里都是你，别的事没心思。"似是为了避免被向晚追问，谭云春先发制人，突然就换了话题，"对了，你不是新换了出租房吗？妈还没去过呢。刚好今天有空，你带妈认个门，顺便帮你这懒东西收拾一下屋子……"

"啊！"换向晚为难了。

她和程正都没有说租房的事情，所以老妈和小姨并不知道她目前租住在程正的隔壁，而且租的是程正的房子。还有，白慕川住的那个房间，尽管他忙得统共只睡了一个晚上，可里面有他的私人物品。一旦老妈进去，立马就会发现她和男人租住在一起。当然老妈的思想不会那么前卫地想到"合租"，只会认为那是"同居"……

"愣着干什么？走啊？"谭云春看着她的表情，笑了起来，"别藏着掖着了，我是你妈！你什么德行我会不知道？不爱收拾，懒！走吧，没什么见不得人的。"

向晚："……"

298

母女俩在楼下超市买了些食材，回到家，向晚就把谭云春哄进了厨房。然后她飞快地闪进白慕川的房间，把显眼的男士用品卷巴卷巴，塞巴塞巴，一股脑儿藏到大衣柜里。她环视一圈，确认没有留下破绽，才蹑手蹑脚地走出去。

关上门，她刚松了口气，嘀！短信响了。

"小晚晚，我今晚回来陪你吃饭。"

"……"不是吧？

向晚一个头两个大，赶紧拒绝："你不是忙吗？不用管我。"

"我今天有点儿累，回来洗个澡，补个觉。"

向晚好想哭。琢磨一下，她说："我没在家，你在外面将就吃一顿。"

"那我回家等你，叫个外卖就行。"

老天，为什么都来跟她作对啊？向晚脑子一片空白，觉得自己像个傻子，一步一步把自己装在了笼子里："你不要回来啦！"她急了。

"？"一个问号之后，白慕川直接打来电话，"搞什么鬼？家里藏男人了？"

向晚听他似笑非笑的声音，欲哭无泪："哪儿有什么男人？是我妈……我妈过来了……"

门突然开了，向晚话还没有说完就看到白慕川拿着钥匙站在门口。

四目相对，他无辜地看着她："你不是不在家吗？"

这个男人是她的冤家吧？向晚死的心都有了："我不是正跟你讲嘛，让你不要回来……"

"你说得太慢！"白慕川转一下钥匙，脸上的笑容却在看到向晚一脸恳求的样子时敛住了，"行行行！"他举起手，往后退步，"我走还不行吗？"

"……"向晚心里一窒。

他瞄了她一眼："我累一天了，本来想休息一下……"

他不补充还好，一补充这句，向晚突然觉得自己像一个十恶不赦的坏人。为了破案他连续几天都没有好好休息了，好不容易回到家，居然被她撵走……代入他的角色，向晚有些犹豫了。

"唉！谁让我见不得人呢……"白慕川幽幽一叹，慢吞吞地转身，留给她一个萧瑟的背影……不得不说他长得实在太好看了，就连身材也是偶像剧的标配，长腿阔肩，细腰挺背，再配上那几乎不见表演痕迹的悲情样子，简直可以秒杀"姨母心"……

谭云春就站在厨房门口，看到了他"委曲求全"的一幕。

"等一下！"她在围裙上擦了擦手，脚步轻快，双眼晶亮地追上来，"这位先生，你是……我们小晚的男朋友？"

向晚："……"

一看老妈惊喜的表情，向晚几乎可以保证，只要白慕川承认，妈妈肯定立马把她打包送给人家，不仅包邮，还送晚餐送鸡蛋……向晚拼命朝白慕川挤眼睛，白慕川无辜地摊了摊手，表示没办法接收她的"信号"，然后为难地看着谭云春："阿姨……她不让我说。"

谭云春瞪了向晚一眼："说！阿姨给你做主。"

向晚："……"

"我是！"白慕川望着谭云春，优雅浅笑，"阿姨，第一次见面太突然了，我没有准备礼物，下次再补上……"这次还没完，他就把下次预约了。

向晚一脸惊悚，谭云春脸上却乐开了花："好的好的！自家人，不用这么客气。"

白慕川眼睛一弯，没了锐利的棱角，帅气又老实，完全是中年妇女的大杀器："谢谢阿姨。"

这个世界上的大多数人都是天生的颜控。不管是向晚这种"初熟少女"还是谭云春这种"中年少女"，根本就逃不过白慕川杀伤力极强的一笑。面对这样的白慕川，谭云春反倒紧张起来："你叫什么名字？"

"阿姨，我叫白慕川。"白慕川说完，又补充，"你叫我小白就行。"

毕竟是京都白家培养出来的孩子，待人接物滴水不漏，短短几个回合的交锋，白慕川不费一兵一卒，就俘虏了未来丈母娘的心。看他俩说说笑笑，被忽略的向晚，突然有点儿庆幸。好在白慕川第一次见到的人是她老妈，而不是小姨。要不然他肯定能被小姨活生生扒掉一层皮，祖宗十八代，全都得问得清清楚楚……

"小白啊，你是哪儿人呢？听口音不像锦城的。"

"我是京都的，阿姨。"

"哦，京都啊，京都是个好地方，就是有点儿远……那你父母支持你在这边谈对象吗？"

"我的事都是自己拿主意。"

"这样啊，那挺好的。那个……我再冒昧地问一下啊，你是做什么工作的啊？"

向晚听到这里，脑袋嗡一声，直接大了。看来她是低估自己的亲妈了，这打破砂锅问到底的本事哪里比小姨差啊？

"妈！"向晚轻咳一声，抢在白慕川回答之前，拼命朝谭云春使眼色，"你锅里不是煮着菜吗？一会儿该煳了。"

"对哦！你赶紧去给我看看……"谭云春毫不客气地指挥。

向晚："……"

谭云春接着被打断的话题，又问了一遍："小白啊，你在哪里工作呢？"

向晚看了一眼白慕川，示意他不用每件事都老实回答。然而白慕川似乎并没看明白向晚的提醒，如实回答："我跟晚晚是同事，我在洪江区刑侦队做刑警！"

"刑警？"谭云春的脸微微有点儿变化，她看了一眼向晚，又回头看白慕川，突然有些明白了，"就是因为你，我家晚晚才去刑大上班的吧？"

白慕川眯眼，微微一笑："也可以这么说。"

谭云春沉默片刻，有点儿问不下去了："小白，你先坐一会儿，我去厨房……"

"好的，阿姨。"白慕川看她离开，也没想那么多，径直从沙发上起来，走向那间"房东自留"的房间。

"……"向晚苦着脸，恨不得找个地缝钻进去。

她撒谎被当场抓包，直接打脸也就算了，从妈妈突然变化的表情来看，自己似乎也走了方圆圆的老路——男朋友的职业被嫌弃了。谭云春进了厨房，不过片刻，又伸出头来唤她："晚晚，你来帮一下妈妈。"

向晚猜到她有私房话要说，慢吞吞地蹭过去，把厨房门关上，背靠着门板："说吧，有什么要问的。"

谭云春手上拿着锅铲，小声说："怎么他也是个刑警啊？"

301

向晚翻了个白眼："刑警有什么不好吗？"

"你忘了圆圆那个男朋友了吗？"谭云春瞪了她一眼，挥了挥手上的锅铲，像是要敲到她的脑袋上，"你这傻姑娘，脑子是怎么想的？"

向晚一缩脖子："我就喜欢刑警怎么啦？"

谭云春气结："你小姨说了，刑警的工作太危险，时间少，根本不能照顾你，也不能替你分担……嫁个刑警，就跟守活寡没区别……"

向晚无语。什么时候刑警已经被黑成这样了？观念上的问题，她没有办法跟妈妈争辩，只能打擦边球，围魏救赵："可是——妈，你不觉得他真的很帅吗？"

谭云春一怔，忍不住失笑："小伙子长得是挺帅的，人品看着也很不错，可偏偏是个刑警……"

"刑警到底怎么啦？"向晚跟刑警接触得多了，实在忍不了别人编派这个职业，声音不由得拔高了一些，"再说了，那谁……程正不也是刑警吗？你看小姨说什么了吗？"

"那不一样。他是内勤，是搞技术的。"

居然把这个都摸透了，看来小姨对程正是真正寄予了厚望的。向晚撇了撇嘴："妈，你不能不同意，要不你女儿就活不成了……"

谭云春一惊，拍开她："少来这套！我还不了解你？哪儿有这么严重。"

"很严重。你没看到我跟他都已经……"向晚咬了咬下唇，横下心，"已经都跟他同居了吗？"

谭云春死死地盯着她看了很久，叹了口气。

这简直就是一个跨时代的进步，再没有什么比男朋友得到家里的认可更开心的了。向晚的兴奋摆在脸上，雀跃地在厨房里进进出出，一会儿帮妈妈打下手，一会儿和白慕川说话，那欢脱的样子，像突然回到了十八岁，一副初恋少女的模样。

方圆圆是赶着饭点回来的，进屋看到他们一家其乐融融的样子，简直不敢相信。

餐厅里摆了一桌子菜，相当丰富。谭云春没有别的什么本事，但下厨是一把好手。她做的菜，家里几个孩子都爱吃，样子也好看，所以谭月春有时

302

候在家请客，常常都让她来掌勺。

今天和新女婿见面，她在菜式上又格外用了心，菜式就更精美了几分。这不，白慕川一口吃下去，赞叹不已："阿姨这一手，地道啊！我看米其林星级餐厅的厨师，最多也就您这水平。"

谭云春谦虚地笑："你喜欢吃就好。我就随便那么一弄，哪儿敢跟厨师比啊？"

"阿姨您太谦虚了！随便一弄，就是大厨水准，一旦认了真，那些大厨怎么活？"

"你这孩子，太会说话了。"

千穿万穿，马屁不穿。一顿饭的工夫，谭云春就被白慕川的"迷魂汤"灌得迷迷糊糊，笑得合不拢嘴，之前心里那些顾虑啊、不安啊，都被抛到了九霄云外……

白慕川完全夺去了向晚的存在感。当然谭云春也没有忘记继续对他刨根问底，打听个人状况。在未来的丈母娘面前，白慕川的表现可以说相当优秀了，温和有礼、对答如流，又得体，又有分寸。

但在家世方面，他很谨慎，每个问题都认真回答了，可仔细琢磨，个人背景依旧是模糊的，几乎一片空白。

关于家庭——京都普通家庭。

关于父母——国家单位普通职工。

关于收入——将就，还行。

关于房子——有两套全款住房。

关于车子——有一辆代步车。

对于他太过"温柔谦虚"的回答，向晚好几次想提醒他。有时候，在长辈面前，该吹牛就得吹啊！干吗要自降分数呢？向晚不了解白慕川。而谭云春对他的个人条件，其实很满意。毕竟有车有房还有一份稳定的工作，在他这个年纪已经不是普通的孩子了。

她没什么可挑的……她怕的是向晚小姨瞧不上。向晚小姨接触的人，阶层不一样，平常交往的也都是上流社会的人。她一直给谭云春灌输一个观念——向晚长得好、脾气好，嫁人必须要挑一个可以跨越阶层的。当初向晚小姨挑上程正，也是因为他家境好。至于好到什么程度，谭云春不知道，但肯定比姓白这小子所说的家庭强上百倍吧？这么一比较，在小姨那里，他还有什么竞争优势？

⋯⋯⋯⋯⋯⋯

刑侦队的日常每天几乎都一样，可今天，似乎笼罩着一层压抑的气氛。

向晚刚刚赶到大队，就得到一个惊人的消息——周德全死在了看守所。白慕川把自己关入了办公室，一直到十点才出来，看着忙碌的众人："大家把手头的工作放一放。我有事要说⋯⋯"

刚才向晚去倒水的时候，听到他在里面打电话，语气似乎不太友好。可当他出现在大厅的时候，却平静得像是什么事情都没有发生过一样："昨天晚上发生在看守所里的事情，想必你们已经听说了。这里我就不多说了。重要的事情就一点，周德全死前留有遗书，对他犯下的罪行全部认罪⋯⋯"

众人面面相觑。

罪行都认了，人也死了。

众人静了半晌，唐元初突然开口："白队，现场没让我们出，现在把案子交给我们，开什么玩笑呢？"

白慕川略略皱了下眉头："案子一开始就是我们负责的，交给我们没什么不妥。去开车，我们过去看看。"

这段时间，唐元初几乎成了御用司机。队里许多同志都很羡慕他，刚刚入职的时候能得到黄何的提携，现在黄何离开了，他又入了白慕川的眼，得到白队的赏识，小伙子将来前途无量。唐元初很谦虚，就一句话："我其实没什么才华，主要靠脸。"

"不不不。我们不相信你的人品，还能不相信白队吗？"

"什么意思？"

"你说呢？"

后来，这个梗被大队里的同事整整笑了两年。不过那个时候，白慕川已经不在锦城，而唐元初也如愿调到了他的身边——但目前嘛，队建还是很和谐的，唐元初天天吹牛，并没有被打死。

⋯⋯⋯⋯⋯⋯

警车到达看守所后，不巧，白慕川让齐沧海和谢辉等人去办手续，他带着向晚和唐元初去见了黄何。接待室的门开着，黄何在里面，向晚、白慕

304

川和唐元初三个人在外面。今天的黄何太憔悴了，本来就瘦的人，几乎脱了形，坐在椅子上，像一根高瘦的竹竿被人为弄弯了，样子有点儿触目惊心。

在向晚的鼻子发酸的时候，唐元初已经忍不住了，声音崩溃："黄哥——"

黄何是唐元初的师父，当他还是个新警察时，一直屁颠屁颠地跟在黄何后面与这个行业第一次亲密接触，在黄何那里学习到很多书本上学不到的知识，那个时候，黄何就是唐元初的目标。他思维清晰、正直勇敢、无惧无畏——这才是唐元初心里的黄何。而面前这个面色灰白、双目无神，像被人抽去了精气神一样的萎靡家伙，哪里还是让他崇拜的老师？

黄何抬起头，笑望唐元初一眼："我又不是死了，你这么伤心干啥？"

一听这话，唐元初更难过了："黄哥，你怎么变成这个样子了？你在里头……是不是哪个浑蛋收拾你？你说，我去找他们理论……"

黄何苦笑一声，摇了摇头："没有。"

"真没有？"

"骗你干什么？"黄何抬头看着他，"你黄哥是别人收拾得了的人？"

别人收拾不了，那只能是他自己收拾自己了。

"看看你，都不帅了！"

"好像说得我帅过一样！"黄何笑了笑，不再纠结这个话题，"你该为我高兴，我又要出去了。"

一个"又"字，无尽辛酸。黄何在周德全手底下做事的时间不长，而且负责的全是正当生意。经过调查确认，周德全一心防备他，并没有让他参与过不干净的事情，因此他没有直接或者间接犯罪的可能。

"手续上午就办下来了，我一会儿就走了。"黄何淡然一笑，突然望着沉默的白慕川，收敛了表情，"白队，谢了。"

白慕川不声不响："那是因为你确实没罪。我们不会冤枉一个好人，也绝不会放过一个坏人。"

黄何默然，与他互望一眼，两个人都默契得没有再提这事。

"那我们外面见。"

这次与黄何的见面，让向晚心里沉甸甸的，感觉不是太好，不过随之又有些庆幸。幸好方圆圆没有见到他，不然看到他这样，还不知她会伤心成什么样子……

…………

　　周德全的尸体已经送去了殡仪馆。白慕川了解到这个情况，气得差点儿砸桌子。不过有法医的自杀鉴定，案件也基本清楚，程序还是合理合法的。白慕川当即打电话过去，让殡仪馆不许火化，然后让程正带着技术队火速赶往殡仪馆。

　　他这个行为，其实有点儿得罪同行。但不论是白慕川，还是程正本人，都不太在意会不会得罪人，只在乎该不该做。程正去得很快，殡仪馆那边还没来得及火化——因为缺少家属签字。

　　目前，周德全的一双儿女刚刚得到消息，正在从国外赶回来，而马素英因为病体未愈，至今仍在医院接受治疗。没有家属签字，殡仪馆没敢火化。然而程正给出的鉴定结论与之前的结论没有差别——周德全确系自杀死亡。

　　他用牙齿撕碎囚衣，绑成绳结，活生生吊死在铁窗上。

　　在看守所那个地方，一个人想自杀其实是很难的——可以说求死比求生更难。为了避免犯人自杀逃避刑事责任，看守所对此监管极严，没有任何铁器和尖锐物品，监舍里也遍布监控，一举一动都很难逃过狱警的眼睛。可昨天晚上周德全自缢身亡时，值班狱警不小心打了个盹，竟让他得逞了。事后，这个狱警必然会受到处理。但人一死，就再没有回旋的余地了。

　　大家回到局里，程正就拉着白慕川去了技术队，跟他详细介绍周德全的死亡情况。中途除了他的助手梅心，没有任何人参与。到了中午，两个人才一起下楼，召开案件分析会，正式确认毛桂桂是周德全所杀。

　　不过周德全的杀人动机，以及毛桂桂的尸身到底在哪里，周德全的遗书里没有交代，为案子留下了疑问。

　　白慕川把详细情况讲述了一遍，然后他环视众人："现在大家可以自由讨论，谈谈自己的想法。"

　　众人的问题主要还是围绕白慕川提出的几点上，贾安与周德全的关系，周德全利用贾安掳了毛桂桂，再杀害了她，周德全让贾安顶罪——而毛桂桂是叶轮的粉丝，贾安的案子又牵扯到谢绾绾的相关案子，以及孔庆平等一系列案件人物。

　　从周德全的背景与社会能量来看，他确实有资格成为系列案件的主谋。

306

但他的动机呢？犯罪动机当然不是杀人的必要条件，可这起案件始终给人一种雾里看花的感觉……

"我还有一个疑问。"向晚突然拔高的声音引来了众人的注视，"各位，周德全杀毛桂桂的时间节点与相关情节其实与我的书《谋杀男神》是基本吻合的，而我也因此停更了，这一点白队和唐警官大概知情。可问题是周德全杀人为什么会与我的书相撞？"

周德全不可能也是向晚的读者吧？一本女性爱情小说，他会去看并且模仿吗？这不科学。向晚百思不得其解，众人也无法回答她。

…………

下午又是忙碌，白慕川脚不沾地，向晚整整一个下午都没有看到他的人，下班的时候他发来一条短信："回家给我发消息。"

向晚回复："你不用管我，忙你自己的，我又不是小孩子……"

"在我眼里你就是小孩子！"

"……"

"还有不许一个人回去——实在不行，搭程正的车。"

"……"

向晚哭笑不得，不过出门的时候刚好碰上程正，他邀请她一起回家，为了安全起见，她也没有矫情，大大方方地搭了他的顺风车，到家时方圆圆还没有回来。

向晚换了拖鞋，把包丢在床上，就给白慕川打电话报备，没想到白慕川再次给了她一个重磅消息——她今天会议上的问题得到了一个惊人的答复。经过他们对周德全的手机进行技术复盘，发现周德全曾经多次百度检索向晚的那本书——《谋杀男神》，随后又删除了搜索记录。

向晚不知道该哭还是该笑："周德全看我的书？有没有搞错啊？"

白慕川笑问："有男粉丝很奇怪吗？"

"奇怪。"

"我也是你的粉丝，你怎么从来不奇怪？"

"你又不杀人。"

向晚问了一下案件进展情况，然后弱弱地说："如果确认了周德全就是凶手，他也是因为看了我的书才杀害的毛桂桂，那么真凶已伏诛，是不是代表……"停顿，她突然觉得心跳加快，"《谋杀男神》可以复更了？"

白慕川笑叹："我认为是可以的。大大，快更新吧，我都等不及了呢。"

…………

挂了电话，向晚就开电脑准备干活。她重写久违的《谋杀男神》内心充满了感动。向晚一直写到晚上七点，方圆圆回来的时候，听到这个振奋人心的消息，马上欢呼一声，兴高采烈地去厨房做晚饭，要为她的作者加餐……

"我简直太优秀了，对不对？！本世纪对作者最好的编辑！"

"嗯！"向晚头也不回，"除了做菜的口味不尽如人意，其他都挺好的。"

"有的吃你就闭嘴吧！"

准备复更的向晚心里格外愉悦。两个人开开心心地吃了一个愉快的晚餐，然而欢悦的情绪只持续到晚上，就被另一个事件打破了。

"马素英也死了。"

发来消息的人是白慕川，一条短信把向晚的心抛向深渊。

"比如我是你的疯狂粉丝，为了催更，开始失去理智。你停更一天我就杀一个人？"神秘ID的留言，魔咒一样出现在向晚的脑海里，她条件反射地瞄了一眼电脑右下角的时间——刚好零点。

她拿着手机，发信息时手微微颤抖："白慕川，什么时候的事？"

白慕川没有马上回消息，两分钟后打来了电话："我刚刚接到消息，现在正准备赶往医院……"

向晚搓着隐隐作痛的额头，轻声问："怎么死的？"

白慕川像在走路，声音有点儿抖："跳楼！具体情况还不知道，医院方面只说了简单的情况。"顿了一下，他又问，"我叫了程正一起过去，你要来吗？来的话，让他带你。"

"不用！"向晚看着电脑上的时间，反常地拒绝了，"我要写明天的更新，我突然有一点儿怕停更……"

向晚一个人坐在卧室里，静静地看了一会儿黑漆漆的窗外，突然站起来冲到窗边，飞快地把窗帘拉上——这是病，她知道。一个人独处内心就恐惧，看到黑乎乎的树影，她就觉得有一双眼睛。这是病，再这么下去，她不知道自己会不会精神分裂……

这都是那个神经病ID害的。她很难把周德全夫妇的死算到他的头上，也不敢去想"不复更，就一天杀一个"是不是巧合。但不管怎样，更新是最好的选择。

复更的第一章，向晚写得特别用心，也特别累。在章节开头，她借用了雨果的一句话："当一个人的心中充满了黑暗，罪恶便在那里滋长起来……"然后她又补充了一句自己的话，"所以你的心已经彻底黑暗了吗？"

用了"你"，用了疑问句，她不知道在问谁，甚至不知道究竟有没有那个人……最后她为章节标题取名为"罪恶必亡"，上传后，瘫在椅子上，整个人像虚脱一样。

心思太重的人容易活得累，向晚就是这样。白慕川没有回来的时间里，她想了很多事情，天马行空，有些是真的、有些是猜的、有些是推理的，最后被她组合出一个庞大的职业罪恶链……她越想越兴奋，想到凌晨两点还睡不着，又爬起来把这些乱七八糟的东西记录下来。

好记性不如烂笔头，向晚一直有记录的习惯，这样一番折腾又是一个多小时。

白慕川又是一夜未归，第二天向晚早早起来做早饭。

她看了一下预设章节已经发布，忐忑地翻开了书评，久不更新，冷不丁冒出一章，果然把读者炸鱼一样给炸出来了。新面孔、老面孔、半新不旧的面孔，一个个冒出来。友好和谐的书评区让向晚狠狠松了一口气。

到了队里，向晚刚坐下来，小刘就凑过来跟她聊起了八卦："向老师，你知道吗？黄何到队里来了，还带着个女人。你想不想知道，他干吗来了？"

向晚心里一跳："不想。"

小刘："……"

清了清嗓子，小刘奇怪地问她："为什么不想知道？"

向晚拉开一个微笑："因为我想憋死你啊！"

"……"

有些人内心藏着事不说出来，简直比要他们的命还难受。小刘嘿嘿一声："今天黄何是带田丹月来交代她的违法问题的。"

上次周德全案发，田丹月就失踪了。结果黄何一出看守所，就找到了她，还把她带到了刑大来。田丹月交代她是周德全身边的女秘书之一，刚刚入职不到一年，对他干的那些事情一无所知。向晚听完不解地问道："她说什么就是什么啊？就这样让她走了？"

小刘耸耸肩膀，表示无解。向晚望了一眼白慕川办公室的方向："老大在？"

小刘默默点头。向晚又问："是他的意思？"

"那还用说。"小刘嘿嘿一笑，"不过我们确实没有证据证明周德全的案子和田丹月有关系，她有聘用合同，是周德全公司的员工，雇佣关系。只要她自己没有犯罪，周德全的案子扯不上她，尤其有黄何力保……"

向晚趁着倒水的工夫，悄悄"路过"白慕川的办公室。门紧紧关着，严丝合缝。她轻咳一下，敲了敲门："白队……"

"请进！"

向晚理了理衣服，拧开门把手进去，看着他不吭声。

"找我什么事？"白慕川合上手里的文件，像是看穿了她心思似的，"为了黄何和田丹月？"

向晚慢慢踱过去，坐到他的面前："为什么轻易就让她走了？她显然是有问题的。"

"证据呢？"白慕川反问。

"就算没有证据，就凭她不接受警方的调查，也是有理由把她抓起来盘问一下的吧？现在这样——我觉得很奇怪，不像是你的作风。"

"我的作风怎样？"白慕川挑挑眉。

"公平、正直，没有法外人情。"

"别给我戴高帽！"白慕川笑道，"如果对象是你，我肯定也会讲情面。"

"你——"向晚快被他气死了，鼓着腮帮子瞪着他，"到底什么理由？"

白慕川沉吟："我不能告诉你。"

向晚翻了个白眼："行。那我出去工作了。"

"你的新章节我看了。"白慕川喊住她，轻笑一声，"写得不错。"

向晚回头："然后呢？是有奖励吗？"

白慕川瞥了她一眼，慢吞吞站起来，撑着桌子，目光坚定地看着她："有，我要给你提供一个写作素材。"

什么鬼？不等向晚搞明白，白慕川推开椅子走过来："走吧，跟我一起出任务。我刚刚掌握了一个惊世骇俗的消息……"

惊世骇俗？向晚脸色一变，心里突然有一些想法："难道是黄何……"

"你去不去？"白慕川打断她，冷眼上下打量着她，"怎么跟傻子似的。"

"……"

向晚被训了，居然挺高兴的。一是小白先生今天状态很好，据他说在房间里整整睡了三个小时。二是他们找到了案子的又一个重要突破口。惊世骇俗的大消息就是，毛桂桂的尸身有可能就埋在周德全自建的祖宅下面，而且里面的尸体不止一具……

案子有进展，这些废寝忘食的民警，顶着黑眼圈、兔子眼，又被白慕川安排了任务。

周德全那栋建在拆迁区的大别墅，依旧别致而显目。远远望去，外墙的玻璃闪着耀眼的光华，就像废墟里的一颗明珠。警车停在外面，立刻引来附近的工人围观。

白慕川让人拉上警戒线，走进院子。向晚跟上他的脚步，望着眼前阴森森的大别墅，心里莫名紧绷，好似有什么秘密要被揭开了一样，第六感揎掇着她的神经，突突乱跳。

周德全出事后，这里已经没人居住了。

空荡荡的大别墅里幽静得令人毛骨悚然。

有了心理暗示，向晚看哪里都不对劲儿，不由得抱紧了双臂，紧紧地跟在白慕川的身后："尸体就藏在这里？"

白慕川走在她的身边："地下室！"

做了太多恶事的人，睡觉都不能安生。周德全怕有一天东窗事发，下场会很凄惨，因此他在修建这个宅子的时候，就狡猾地为自己准备了一个地下

311

室。向晚奇怪的是，这么隐秘的事情白慕川怎么会知道。

向晚挑挑眉："又是线人给的消息？"

白慕川看了她一眼，不承认，也没有否认："走吧，抓紧时间干活。"

"地下室在哪里呢？"

站在宽敞奢华的大客厅里，向晚看着这个房间，疑惑地问。如果地下室入口轻易可见，那天他们来搜查时就已经发现了，自然不用等到"线人"提供消息。白慕川回头看了她一眼，召唤众人穿过客厅，进入院子后面的一处供堂。

供堂修建得古色古香，像旧社会的祠堂，单独一幢，掩映在绿植花园中间，四周还砌着玉石栏杆。上次他们都来看过，中间一间供奉着周家的祖宗牌位，两侧有一些与周家有关的老祖宗的功德与纪要，说是与周家的祖宗有关。不过向晚认为那只是吹牛的噱头，无非有钱发迹了，非得往自家头上刷点儿金粉而已……

白慕川回头叫了一声："唐元初！"

"来了，头儿。"唐元初巴巴地走过来，"我上次在这儿看了好几遍，没发现有地下室入口啊？"

"那么容易被发现，怎么藏尸？"

白慕川却慢慢走向供桌，看着那些周家的祖宗牌位："这里。"

中国人对先人大多怀有敬畏之心。选择在自己的祖宗牌位下当地下室入口，周德全真不觉得亏心，也不怕祖宗天上有灵。唐元初瞄了一眼那些灵牌，慢慢躬身到檀香木的供桌下方，拿出手电筒一照，仔细看了半晌。

"老大，实心的，没有入口。"

白慕川没有回答，慢慢走过去，抬手放在中间周德全爷爷的灵牌上，一个360度的旋转——没有动静。白慕川又一次将手放在周德全父亲的灵牌上，依上述办法，又是一个360度的转动——仍然没有动静。接下来，白慕川在周德全的叔爷、曾祖的牌位上又开始转动……凡是供奉的灵牌全都转了一遍，供堂里突然传来哐当一声。

"真是活久见！"

供桌下方竟然出现了一个入口。地面原本嵌在一起的两块大理石从中间分开，移向两侧。入口平整，出现了一个往下延伸的阶梯。唐元初举

312

着手电筒往里一照，有点儿兴奋："有钱真好，把家里设计得像机关古墓似的……"

众人套上鞋套，慢慢顺着阶梯往下走。

"这周德全不会是有病吧？建一个祖宗供堂，又把尸体往下面藏，得多变态啊？"

"工作三年，第一次遇到这么玄的现场。"

"瘆得慌！这台阶好长，鸡皮疙瘩都出来了。"

"怕什么？我们是警察，浑身正气，一脸阳刚，牛鬼蛇神看到都得躲着走……"

向晚走得小心翼翼。台阶确实很长，凿工也很精致，而且进去之后，两侧还有照明的灯光，光线不强，灰蒙蒙的，照在他们的脸上，有点儿绿绿的幽亮。向晚一言不发，离白慕川稍近一些。

一群人徐徐往下走，哪怕已有心理准备，等真正看到这个地下室，还是忍不住震惊了。

面积之大，造型之精美，令人咋舌。周德全到底敛了多少钱，才修了这么一个华丽的"地下宫殿"啊！是的，地下室不止一个房间，而是拥有无数设计精美的房间。地下室从中间一分为二，左边部分富丽堂皇，完全不比地上的豪宅逊色，还是各种各样不同的装修风格，而右边却是风格迥异的荒凉地带，看上去跟古墓没有区别……

这么诡异的设计，为什么？

风不知从哪个方向吹来，令人骨头泛寒。

向晚打个寒战："你们不觉得奇怪吗？"

"嗯？"白慕川示意她继续说。

向晚想了想："我觉得可以修建出这种地下室的周德全，不是那么容易畏罪求死的人。就算他非死不可，也舍不得背着这么大一个秘密去死吧？"

"你的意思是？"

"他处处讲究，凡事要求奢华，是一个有严重表现欲的人。他渴望得到别人的关注、承认、崇拜，也喜欢向世人炫耀他所拥有的一切——拆迁区里修建的大别墅象征的不仅是金钱，还有权势。供堂里的祖宗牌位和两个耳房里近乎搞笑的家史传承，生拉硬扯地把自己与一些古代名人甚至伟人扯上关系——又何尝不是因为自卑？”

“自卑？”

“缺什么在乎什么，没有什么就去显摆什么。”向晚说得斩钉截铁，引来众人注目。她看着这宏伟的地下宫殿，低声道：“他童年穷困潦倒，有很深的心理阴影，青年时恋爱，又受到了贾家的歧视与侮辱，这些痛苦埋在他的骨子里，并没有因为他发迹而消失，反而在奋斗的历程中，一点点侵蚀他的灵魂。”她说着，目光凉凉地看了一眼这个古怪的地下室：“所以我猜，这不仅仅是周德全用来掩盖罪恶的藏尸地，还是一个周德全的犯罪陈列馆，以及他最不愿意示人的过往伤口、痛苦、自卑……”

唐元初咝了一声，摸摸双臂：“向老师，鸡皮疙瘩都被你说出来了，我特好奇，这里到底都藏了些什么……你说的伤口、痛苦……自卑，这种东西怎么展示啊？”

向晚：“等一会儿我们看过就知道了。”

“行，我都迫不及待了。”唐元初看着白慕川，“老大，你安排任务吧……不过这地方有点儿大，就咱们这点儿人，怕得花费不少时间，你看需不需要请求增援？”

白慕川面色冰冷：“不用。齐沧海你带一队，从左边查起。剩下的人跟我走右边。”

众人应着，都不由自主地看向右边。那边——太阴森了，不像什么好地方……

齐沧海问：“你们可以吗，白队？”

白慕川嗯了一声：“没问题。”

齐沧海点头：“那好，有事叫一声。”

白慕川抬手拍了拍他的肩膀：“好了，大家开工！”

众人兵分两路，隔着一条长长的通道，齐沧海带人往左，白慕川往右。这个地下室一边繁华，一边荒凉，像两个极端的世界。向晚当然是跟白慕川一队。她胆子小，对白慕川亦步亦趋，不敢离开半步。右边像墓地一样的建筑，灯光比左边暗。没有走近的时候，完全看不清，所以唐元初把手上的电筒抓得紧紧的……

首先进入眼帘的是一间茅草屋。屋顶由稻草堆成，与二十世纪四五十年代中国农村的建筑差不多。茅草屋外竖着一块碑，上面写着周德全父亲的名字——他父亲死于他发迹之前，没享到儿子的福。

碑文上写着，周德全的父亲因为与村民刘新兵发生口角，引发脑溢血，从田埂上倒下去，没来得及送医院，当场死亡。那个年代也没有条件送医院，于是他的父亲没有留下一句遗言，就过世了。

看到祭文时向晚差点儿快吓哭了。因为他们之前搜集周德全犯罪证据的时候知道，这个刘新兵在即将享受拆迁优待过上好日子的时候，被人一把火将房子烧了，一家六口全都死了。当时得知这件事，他们以为周德全杀人放火是为了拆迁，没想到是为了报仇。

"果然，仇恨比爱更有生命力。"向晚感慨一声，就听到茅屋里传来唐元初的惊叫。

"老大，快来看。"

茅屋里面是一个巨大的陈尸地，一口玻璃棺高可到顶，里面有几具尸体。他们穿着二十世纪三四十年代的衣服，齐齐地跪在地上，以磕头的姿势死去，样子极为惊悚！

向晚心里发毛："难道这是刘新兵一家？"

"不！"白慕川慢慢地走进去，"那家人是火化的，上次调查过。"

"那这些人是……"向晚刚说到这里就看到那些人身边竖着的石牌。

陈尸棺上有这些人的详细资料。周德全称他们为——故事演员。而他们的共同点只有一个——与故事里的人长得很像。因为长得像刘新兵一家，他们就被周德全弄到这里，跪下，杀死，其中包括一个孕妇。

唐元初哆嗦了一下："怪不得周德全要自杀，他是根本不敢面对自己的罪孽吧？"

向晚默默地看着这个巨大的陈尸棺："不知道周德全的父亲要是泉下有知会作何感想？"

这是一个假设题，永远不可能有答案。而接下来的墓室再次刷新了众人的感观与想象力。周德全杀了很多人，其中最多的是——女人。她们大部分的作用是被他当成祭祀的供品，奉献给了周家的祖先。

在周德全为他曾祖父修建的墓地里有七个年轻漂亮的女人尸体陈列其间，形态各一。而碑上的解释是——那个年代是可以三妻四妾的，可是周家的曾祖父太穷，没有资格享受到旧社会的福利，所以周德全为曾祖父弥补了这个缺憾，三妻四妾刚好七个。

"他数学是体育老师教的吗？三妻四妾一共七个，他把他曾祖奶奶放在哪里？"

"他眼里没有曾祖奶奶。"向晚是写书的人，对石碑的兴趣大于尸体。她一直在看石碑上的记载，上面清楚地写着，他曾祖当时很穷，曾祖奶奶在生下他的祖父后，就跟着一个走乡串户的小货郎走了，留下嗷嗷待哺的孩子，差点儿饿死——而这个故事是他从祖父那里听来的。

没有词语能描述这个场面的惊悚感，得多变态的人才会做这样的事情？为他的祖先修一个地下墓地，还杀了这么多人陪葬……甚至是跟他没有任何恩怨的陌生人。

"他天天睡在墓地上不会做噩梦吗？"

"不会吧。他早就泯灭了良知，没有同情心。"向晚说，"唉！仇恨的种子浇灌出来的罪恶之花啊。"

"听不懂。"唐元初翻白眼，"能不能说人话？"

众人找了很久，终于在右边最后一个面积最大的房间里发现了毛桂桂。

这里不是周德全修建的墓地，而是一个刑室。这里不仅有电锯，还有刨刀、凿刀、气钉枪、手枪钻、粗刨子、花刨子等全套木工的工具，以及一些专为女性设计的刑具，种类丰富得令人叹为观止。

向晚每看一个，内心就颤抖一下。最后她看到了被丢在角落里的尸身——没有头，浑身赤裸，像一堆烂肉似的靠在墙上，已经开始腐烂。地上乌黑的血迹还没有清洗，电锯上沾染着血痕，从画面看与贾安手机里发现的视频背景基本吻合。

"是毛桂桂吧？"向晚压了压口罩边沿，又看了一下这个地方，"这里不像那边的墓室，什么记录都没有，好像只是周德全的'工作坊'。"

从石碑上的记录里知道，周德全祖上就是木匠。他本人在做泥瓦匠之前，也是做木工的。后来，随着时代的变化，传统的木工被机械技术取代，再加上建筑行业的兴起，他才转行做了泥瓦工。

"这就是向老师说的，这是他的过往伤口、痛苦、自卑？"

向晚觉得唐元初的问题好难回答："算是吧。"

"我懂了，在木工行业受到了挫折，就要从电锯上找回尊严……"唐元初说到这里脑洞大开地说，"那你说那些死去的人，是不是也因为在这个'工作室'里受到威胁，然后才甘愿做出那些丑陋的动作死去？"

"大概……是吧。"

毕竟与被人摧残致死相比，有个好的死法实在太幸福了。

看着这里的工具相信很多人都会屈从。

"这具尸身是地下室里唯一一具不完整的尸体，也是唯一一具没有被放入冰棺的尸体。是不是代表这个人死前不肯听话？"唐警官今天很有想法，可这个问题已经无法回答了。

向晚叹口气："这也是唯一一具没有个人记录和受害原因的尸体。如果这个人真的是毛桂桂，咱们也无法知道周德全为什么要杀她了。"

周德全杀人的理由千奇百怪，如果他自己不说，谁能猜到？众人沉默。

唐元初瞄了一眼白慕川："理由不重要，重要的是……如果是毛桂桂，这个案子就算破了吧？"

没有人接话，又是一阵寂静。

大家默默工作着。向晚在现场只能帮着打杂，递一下物件袋，拿个工具，拍个照，帮着记录或者贴个标签。地下室的整体面积太大，一群人前前后后居然花了整整五天的时间才清理完，工程量堪比考古……

五天后，天气转凉。入秋这么久，锦城好像到这时才真正冷起来。

经过检验，地下室那具没有头颅的尸体正是毛桂桂的。向晚做了一个毛桂桂死亡前的大概历程，以及人物关系：毛桂桂是叶轮的粉丝，她去找叶轮的时候，出于某种未知原因，被贾安看见，他把毛桂桂推荐给了周德全，周德全起了杀心，然后毛桂桂被贾安带到周德全的别墅，被周德全杀死——至于这个"未知原因"，到底是不是看了她的小说？无法求证。

有一部分人支持"模仿小说"是原本动机；也有人认为从地下室其他尸体的死亡情况来看，也许是毛桂桂身上有哪个地方刚好符合周德全的"审美观"，对他的过往或者他的痛苦造成了冲击，或者她长得像他痛恨的什么人；也有人认为，对于周德全这种变态来说，以凌虐女性为乐就是他的想法，杀一个女大学生根本不需要那么多理由。

317

以上三种看法，队里争论了半天，没有结果，谁也说服不了谁。

在地下室发现的尸体，经过统计，一共19具。其中15具为年轻女性，大多年龄在18岁至25岁之间。由于周德全在地下室的尸体边都留有详细记载，所以他们的身份很快得到确认——这些人来自四面八方，户籍不限于锦城，死亡时间跨度长达二十五年。有些在失踪多年后，家人还在寻找，而有一些已被遗忘……

案件触目惊心，死亡人数之多，作案手法之奇，引起了全社会的广泛关注。一时间各大媒体轮番报道，而代表刑侦队负责对外发言的唐元初，又一次在案件中大出风头，微博粉丝数近百万。

至此案件告一段落，半个月后，市局与洪江区刑侦队召开了新闻发布会，进行案件通报。在新闻发布会上媒体提出以下几个问题。

疑点一：叶轮和毛桂桂到底有没有发生性关系？

疑点二：周德全本来要杀害的人到底是毛桂桂，还是一开始他就是为了得到谢绾绾而陷害叶轮？

疑点三：利用孔庆平偷谢绾绾的娃娃，再杀害孔庆平，由他父亲背锅，然后再引发谢绾绾和叶轮大战，杀害于惠、曹梦佳等人的事件，是不是也是周德全在幕后导演？《灰名单》剧组到达锦城后发生的一系列案件到底是一桩案子，还是几桩不相干的案子？

疑点四：毛桂桂本人是不是先参与了陷害叶轮，然后再被周德全杀害用来陷害叶轮？

对第一个疑问，唐元初很肯定地表示："没有。"

贾安一早就盯上毛桂桂的可能性最大。从他在道具枪里放入实弹可以看出，他有先设计陷害叶轮为杀人凶手，再杀害叶轮灭口顶罪的嫌疑。警方经过大量的走访调查，可以清楚地知道，贾安利用董布本就好赌的弱点，引诱他欠下高额赌债，在找叶轮借钱无果后，得到贾安的帮助，同时也受到贾安的威胁，不得不在警方面前做伪证，陷害叶轮。而酒店里那个酷似叶轮的人与毛桂桂同时进入酒店，也是贾安的安排。从这点可以推出疑点四的答案，毛桂桂肯定知道与她"上床"的人是谁，她有参与陷害叶轮的嫌疑。

不过人死案销，这点没办法再求证。而疑点二和疑点三，包括周德全到底为什么要杀害毛桂桂，因为当事人的逐一死亡，目前只能是一个谜团。

发布会上有人问："据我所知，周德全杀害毛桂桂的举动源于模仿一本叫《谋杀男神》的网络小说。请问有没有这件事？还有，周德全为什么会去模仿一本不太火的网络小说？这个有没有说法？"

向晚拿着手机看视频，脸都烫了："这个记者好讨厌，为什么一定要强调不太火呢？"

白慕川今天没有去参加发布会，此刻正懒洋洋地坐在她的身边休息。闻言他笑了笑，反问："难道要人家说很火？那——不太尊重事实吧？"

"……"向晚哼了一声，咕哝，"总会很火的。"

白慕川面无表情："嗯。难道让记者问——为什么会去模仿一本"总会很火的"网络小说？"

"讨厌！"向晚瞪他，"你再讽刺我，信不信我祭出沐二少了？"

"……"

"祭出沐二少"什么梗？

白慕川挑挑眉头："祭他又怎样？"

向晚抬了抬下巴，以一个藐视的眼神看着他："你觉得我写的书不火，有种你写一本，跟我男神沐二少一样火啊。有这本事，我就服气！"

白慕川不屑地冷哼："他是你男神？那我呢？"

"队长啊！"

"小向晚！"白慕川眯起眼睛，邪性地直起身来，一把勾住她的下巴，突然低头啄了一口，"你死定了——"

"大人，你又耍流氓了！"向晚抹一下嘴巴，斜眼剜他，"每次说不过就耍流氓！我鄙视你！"

白慕川突然放开她："快看，唐元初回答了。"

新闻发布会现场唐元初说："这个确实有模仿嫌疑，至于为什么模仿，我们认为是基于之前'赵家杭案'，周德全从中受到了启发，或者从中感到了乐趣，从而有了这样的行为。"

发布会圆满结束，当天晚上大队全体聚餐。

白慕川不仅邀请了程正，还特地点了会让他过敏的小龙虾，完事后愉快地让程正买了单。令人不可思议的是程正全程无抗拒地由着他折腾，两个一向针锋相对的人突然间就和谐相处了，令人大跌眼镜。

向晚惦记着今天的更新没有写，吃了点儿东西，早早就要走人。白慕川为了送她拒绝了几个小伙子要去唱歌的邀请，并自觉自愿地认罚——在微信群里发红包，同时让人把向晚拉进了群。

"嫂子来了。"

"红包来了！"

"是嫂子来了好，还是红包来了好？"

"当然是——红包！"

看大家你一言我一语地开着玩笑，气氛极是活跃，向晚和白慕川对视一眼，眼睛里闪着小星星，心里甜蜜蜜的，连敲字的手也有点儿飘："大家别这样，叫我名字就好。"

"不敢！白队会揍我们。"

"还是叫向老师吧！"白慕川难得在群里说话，"要不然她不好意思，我就得吃亏了！"

"哇，白队实力宠妻——"大家又是一阵怪叫，各种表情包轮番上阵，看得向晚眼花缭乱，莫名其妙觉得聊天频道那个"妻"字有点儿扎眼。她从来没有体会过这种感觉，与另一个人好像突然成了命运共同体，呼吸着同样的空气，有一个共同的情绪——彼此喜欢。

有爱的感觉真是美好。她看着看着又想到小说情节了，接下来她的女主荣小暖和男主方夜阑差不多也该走一下爱情路线了吧？

"向晚。"白慕川突然沉下声音，"我发现一件很可怕的事情。"

"啥？"向晚一怔。

"整个大队的男人都加了你的微信，连程正都加了，为什么没加我？"

"我……"向晚心虚了一秒，马上回过神，"那你怎么不主动加我呢？"

白慕川哼了一声："大人事忙！你就不能主动一点儿？"

向晚撇嘴："元芳没胆！万一我主动了大人不通过呢？那不是很受伤？"

白慕川："……"

向晚看着他拉着脸不高兴，知道他其实是在乎自己和程正是微信好友，结果把他屏弃在外，他大男人的自尊心受不了。于是她又放下身段挨过去，双手缠住他的手腕，靠在他的肩膀上："其实这不是证明你跟其他人不一样吗？"

"……"白慕川斜睨她。

"如果可以我连短信都不用，更愿意跟你书信交流呢。"

"……"白慕川被她逗笑了，哼了一下，叩她的额头，"一本正经地胡说八道！"

"不骗你啊，我说真的呢。不是有句话吗？'从前车马很慢，书信很远，一生只够爱一个人……'"说到这里，向晚停下，双眼一眨不眨地看着他。一生只够爱一个人，她说想书信交流的意思，无非是想跟他一生一世一双人。

白慕川看了她许久，凝重地说道："邮局还有这业务没？明天咱们就写。"

两个人都笑了起来，向晚把他打发去休息，静下心来，写作速度加快。

每天写新章节的过程就是一个徐徐进入故事的过程。她一开始脑子里还有自己，写着写着，就只剩下小说主人公了，什么也感觉不到……

有了真正的恋爱感受和经历，向晚在驾驭情感的时候，比以前更轻松了，写出来的感情也更接地气、更写实。一章写下来，她发现自己其实是适合写爱情的。方圆圆狗眼看人低，回头就让她看看，甩她一脸的爱情！

不不不，她一个失恋人士，甩爱情太不厚道，还是甩她一只猫吧！回头把宝姐接过来养着，这样也免得方圆圆一个人孤单。向晚心里美滋滋地想着，校正一遍然后上传。

鉴于她最近表现挺不错，评论区全是让她注意身体的，没有人骂她，向晚感觉很幸福。她刷完书评区，没有发现异常留言，又刷了一下收入，持续增长！她笑得唇角都咧开了，洗了澡，吹干头发，又爬到床上玩手机。

沐二少的《白名单》已经停更很久了，书评区的草长了一茬又一茬，但向晚有时间还是会去看看。读者们天天聚在一起，缅怀失踪的沐二少，把书评区搞得很有气氛，活像一个大型社区，各种各样的帖子层出不穷，一幢幢几万个回帖的高楼充斥其间。这人气、这影响力、这粉丝的凝聚力……向晚又羡慕又崇拜，可沐二少老不更新，她也等得有点儿烦。

"表姐，睡了吗？"

听到方圆圆的声音，向晚从床上坐起来："回来啦？"说完，门打开，一股酒味儿冲了进来，向晚一愣，"你喝酒了？"

方圆圆双颊酡红，一只手肘撑在她的肩膀上，笑嘻嘻地说："你不是去聚餐吗？你没有喝酒呀？"

看她醉醺醺的样子，向晚皱眉扶她坐好，兑了一杯蜂蜜水递给她："今天又跟哪些人一起玩啊，喝得这么多。"

"同事！"方圆圆笑嘻嘻地凑过来，"白警官呢，你们怎么没有睡、睡在一起？"

向晚："……"

这些天以来方圆圆整个人情绪都不对，处于反常的亢奋状态。她再不提黄何的名字，天天在外面瞎疯，跟这个吃饭，跟那个聚餐，初中同学、高中同学、大学同学……最后连小学同学都没有放过，如今终于轮到同事了。

"圆圆，本来这是你的私生活，我不该管的。可我觉得你最近这日子过得……不太对劲儿。就算受了伤害，我们也要往前看，还有更优秀的男人等着你，对不对？"

其实她感觉得到黄何的事没那么简单。那天白慕川得到的线人消息……十有八九是黄何传递的。向晚信任黄何，也知道方圆圆喜欢黄何，她想给黄何和方圆圆留个机会，不希望方圆圆放飞自我，将来后悔。

然而方圆圆一听就笑了："我今天晚上遇到的就是优秀的男人，比他优秀多了！"一说到"他"，方圆圆就咬牙切齿，"他算什么，屁都不是。哼！"突然，她看了过来，目光里带着一种报复性的快感，"你猜我今天晚上到哪里喝酒去了？"

"哪儿？"

"兰桂香坊！"方圆圆得意地笑着，"我那个优秀的男人……有钱、有颜，哪里都比他好……我故意去的，我气死他我。"

"……"

从看守所出来，黄何又回兰桂香坊工作了。这件事是向晚前几天跟白慕川调查周德全的案子时知道的，同时也知道，出去之后黄何还跟田丹月搅在一起。那方圆圆带着别的男人去喝酒，又有什么意义呢？这样能证明什么？看谁更心痛，谁更伤心？

"我气死他，气死他。贱男人，这个贱男人……"方圆圆骂着骂着，不知酒精上头，还是突然伤心，头慢慢地垂了下去。于是向晚扶住她的肩膀，看到了一个哭得泪流满面的女人伤心到极点的笑容。

"我好痛，表姐。我心里快要痛死了。说好了不要放弃彼此的，说好这辈子就认定对方了，说好他不嫌我胖，我不嫌他瘦……说好我是他第一个女人，也是唯一的女人……为什么全是谎话！谎话！

"我今天看到那个女人了，风骚得像个妖精似的，他还在那儿上班呢，她一边在那里喝酒，一边看男人……跟谁都抛媚眼……你说他为什么会喜欢那样的女人？就不怕被戴绿帽子吗？呵呵！"

十月底，天凉若水。一觉醒来，小区里的银杏叶铺了一层淡淡的金黄色，一晃已是深秋。这天白慕川要回京都，向晚早早起来做了早饭，陪他一起吃完，再一起出门。

她背着电脑包，他拎着一个大行李箱。两个人站在一起，不说话。电梯里很安静，向晚看着不停跳跃的数字，突然转头："我不用送你了吧？"她不太喜欢送别的场面，语气也极尽轻松。

"不用。"白慕川微微一笑，"但我要送你去上班。"

"不用麻烦。"向晚看了一眼他手上的行李箱，"咱俩不顺路，我这边过去近，你别耽搁了飞机。"

白慕川哼了一声："耽搁火箭也得送。"

这个人向来固执，向晚阻止不了他。刚刚恋爱的男女本来就恨不得天天腻在一起，这冷不丁要分开几天，其实谁心里都没着没落的。

车停在地下室。白慕川打开车门的时候突然说："我把车钥匙留给你，让唐元初送我去机场，这样你上下班用车也方便……"

向晚一怔："我没有驾照。"

白慕川俯身为她系安全带："为什么不去考一个？"

向晚："考了，没考过。"

白慕川像是听到了什么天大的笑话，英俊的面孔僵硬一秒，乐了："原来向老师也有这么蠢的一面？"

"很好笑吗？"

"不好笑。"白慕川赶紧旗帜鲜明地表态，"不会开车也好，我以后做你的专职司机。"

向晚不服气地扫了他一眼："这还差不多。刚才那话说得好像你十项全能似的。"

"差不多吧。"白慕川挑挑眉梢，"天上飞的，水里游的，陆地上跑的，没有我不会的。"

"呵呵呵！"向晚很不客气地发出一串笑声，"会拿弹弓打鸟，会用渔网捕鱼，会掷石头打狗的意思？"

白慕川瞥了她一眼，唇角扬起的弧度，温柔多情又自信满满："小向晚，哥哥我会的东西多着呢，搏击、枪械、散打、马术、柔道、摔跤……你数得出来的，我全会。"

"吹牛！"向晚呵呵一声冷笑，"化妆会吗？"

白慕川操纵着方向盘，深吸一口气："唉！是在下输了。"

两个人耍着贫嘴，气氛和暖，冲淡了离别前的情绪，但时间也过得极快，好像就在一个转瞬间，刑侦大队就到了。白慕川没有把车开进去，就停在大门外的路边，然后脚踩刹车，转过头，视线灼灼地看着她："小向晚……"

"嗯？"

"你没什么跟我说的吗？"

向晚："谢谢你送我。"

"……"白慕川有些好笑，叹息一声，捏了捏她的脸蛋，"你总是不在合适的时机说该说的话。"

"我……该说什么？"向晚笑着望向他。

"舍不得你。"白慕川轻轻软软的一句话，不知道是为她说的，还是对她说的，声音还未落下，头就低了下来，将她的唇牢牢吻住，一点儿缝隙都不留……

今天的白慕川与往日情绪不同，这个吻也显得有些不一样。分别在即，哪怕是短短的几天，也如几年。他吻住她，一只刚硬有力的手托住她的后脑勺，另一只手顺着她的腰慢慢找到她的手，把她的胳膊抬起，缠绕在自己的脖子上……禁锢般的拥吻，呼吸交织，向晚头皮发麻。

"乖乖在家等着，我过几天就回来。"他在她唇边低喃。

向晚咽了一下唾沫，说不出话。

汽车徐徐发动，他很快在视野里消失。

京都，谨园。司机小郑去停车，白慕川一个人进去，在服务人员的引领下，到了湖边的一个独立小院。小院是一个单独的餐厅，不会和别的客人互相打扰。

白慕川走过去敲敲门，推门进去。里面坐了不少人，除了白慕川的父亲白振华，还有白振华最好的朋友——程为季和他的夫人。另外，还有陪坐的白慕斯，以及一男一女两个年轻人。

"哎呀，总算是来了。"白振华看到他，一脸慈爱地说，"快来坐！你看大家都等着你呢，刚刚上菜。"

大家等到这会儿，确实等久了。白慕川扫了一眼那桌丰盛的菜，在桌旁唯一的一个空位上坐下来："这么急叫我回来，有什么事？"

他刚刚坐下，就一脸不耐烦。于是桌上几个人的表情就稍稍不好看了。白慕斯有心维护他，拼命使眼色，白慕川只当没看见，摆着一张臭脸。

白振华的夫人沉着脸，没吭声。程为季的夫人就不那么镇定了，哼了一声冷笑道："这是翅膀硬了，谱也摆得越来越大了。你看他，有把谁放在眼里吗？"

"说什么呢？！"程为季拉下脸，瞪了她一眼。程夫人马上就不干了，一张精致的脸拉了下来，声音尖厉："我说他一句怎么啦，你就这么护着他？"

程为季脸色一沉，不说话，气氛莫名尴尬。房里的人表情各一。只有白慕川最淡定，他不发一词地看着桌面，像是对这种情形习以为常似的，慢慢拿筷子夹菜。

白振华看了他一眼，打个哈哈："我说老程、嫂子，咱们好不容易聚在一块儿，说点儿正事，别让孩子们看笑话。"

程为季轻咳一下："老白说得对。说正事，咱们说正事。"

白振华看向气定神闲的白慕川："川子，我叫你回来，主要有两件事。第一是公事，第二是私事，你打算先听哪一桩？"

白慕川嘴唇微勾："我有选择吗？"

一句话不留情面，白振华身躯一僵，有点儿下不来台。白慕斯见状笑了一下："爸，你有什么事就直接跟老二说吧！你们又不是不知道他的性格，最不喜欢人家绕弯子了。"

"唉！"白振华头痛地摇了摇头，"行吧，那我就长话短说。你回来之前，我还在和老程说到重案一号的事。怎么？听说你已经确定回来了？"

白慕川微微一怔："我那是对邢烈火说的。"

言下之意，他回来是给邢烈火面子。

白振华再一次被他噎住，脸色更加不好看："不管对谁说的，结果都一样。"说到这里，他转头看了一眼坐在他身边的年轻男人，"轩子跟红刺那边写了申请，准备调过来跟你一起干，你们兄弟俩好好协作……"

这个被称作轩子的人，叫白慕轩，与他一样，是白振华的儿子。不过白慕轩很小的时候被人贩子拐卖到了偏远农村，吃了很多苦，一直到十八岁，他去参军才因为屁股上的一块胎记得以被白家找回。因此失而复得的他在白家绝对是一个受宠的存在。为了弥补多年缺憾，白振华夫妇恨不得把儿子捧在手心里。

至于白慕川……他在这个家里一直都像个外人。他亲生母亲过世后，从被程家收养再到白家，给了他一段梦魇般的生活，比小说还要离奇狗血……

想到这里，白慕川皱了皱眉："我要的人是权老五。"他不给任何人面子，又特地看了白慕轩一眼，补充一句，"难道我没表述清楚？"

白振华生气了，正要骂人，就被白慕轩拦住。他笑了笑，看着白慕川："二哥，我知道你对我的能力没有信心。可我也是红刺的人，我有过硬的专业素质。而且我对重案一号的计划也非常有兴趣，所以想来试试……"

白慕川淡淡一笑："这是个危险的部门，说不定会要命，你是白家的独苗，还是不要随便试的好。"

一句"白家的独苗"，让桌子旁的所有人都尴尬了。尽管这是所有人都知道的事，可到底白慕轩也是白家户口簿上的儿子，谁都不会在明面上直接说出来打他的脸。然而白慕川似乎不太在意，说完又瞄了白慕轩一眼："重案一号，不适合你。"

白慕轩与他对视片刻，不服气地笑了笑："那二哥，什么时候有兴趣，

326

咱们去靶场练练？"

白慕川哼笑："重案一号不是红刺特战队，我们不需要狙击手。"

白慕轩有点儿说不下去了："好吧，反正我会和权队一起写申请，老大批谁谁过来吧。"

"嗯！走正常流程吧。"白慕川耸耸肩膀，无所谓的态度。可语气里分明就是嘲讽那些"不正常走流程"的人。

这顿饭，感觉快要吃不下去了。白慕斯着急地看看这个，又看看那个，拼命给父亲使眼色："爸，你不是还有事情要和老二说吗？"

白振华安静片刻，皱着眉头看着白慕川："还有一件私事，就是你的终身大事。川子，你年纪也不小了，该处理个人问题了。"说到这里，他瞥了一眼坐在程家夫妇身边的那个小姑娘，"这是你程伯伯的内侄女程馨，大学学的是刑事侦查学，你们年轻人多认识认识，互相学习。"

哦，原来这顿饭还有这个内涵啊？白慕川若有似无地一笑："轩子不还没谈女朋友吗？刚好适合他。"

白振华脸色一沉："你做哥哥的都不急，他急什么？再说……他有合适的姑娘了。"

有合适的了？这倒是个新鲜事。这些年，白慕川和白慕轩基本没有什么交流，甚至都不如跟白慕年走得近。但白慕川对他这个弟弟的事情，多少还是知道一些的。听说他喜欢一个青梅竹马的姑娘，从荣城一起到京都，暗恋了对方多年，一直默默做人家身边的备胎，结果那姑娘嫁给了别人。

白家专出情种，长情又固执！

这句话不知道谁说的，想想挺有意思。

白慕川放下筷子，不温不火地一笑："不好意思，我也有女朋友了。"

第九章　矛盾激化

一石激起千层浪。白慕斯由惊到喜，脸上的表情经过了一个极为诡异的变化，像是盼着他有女朋友，又担心他有女朋友："老二，不会就是锦城那个……那个女的吧？"

当初白慕斯去过锦城，对白慕川在锦城那边的情况是白家最熟悉的一个。白慕川跟向晚那点儿事情，家里知道一点儿，但大多是从李妈和白慕斯的嘴里听来的，白慕川并没有认真提起，也从来没有对家里说起过向晚，因此没有人把这事当真。

白慕川不否认，淡淡一笑："你说呢？我不是那种朝三暮四的人。"

那谁是朝三暮四的人？桌子上两个男人都变了脸，沉默。

白慕斯心里一叹，不知道是喜还是忧，一脸复杂。其余的人也不表态。沉默中，程为季清了清嗓子："这是好事啊，川子，那是哪家的姑娘？什么时候带回来咱们见见？"

白慕川看了他一眼："你就没必要知道了。"

程为季一脸尴尬，程夫人看了他一眼，讽刺地笑了起来："我也想说这句话呢。自己儿子的事都没有管好呢，还有时间去管人家川子的终身大事……有时间啊，好好管管你儿子吧。"

程为季沉默了。程夫人是个尖酸刻薄的主儿，程为季不爱跟她争执。这时沉默许久的白夫人突然看了过来，清清冷冷地一笑，对白慕川说："那个女的不行，门不当户不对的，没什么好结果，趁早断了吧。"

白慕川挑了挑眉头："那是我的私事，我今天不是来询问你们意见的。"

大家面面相觑，心里都不是滋味儿，倒是白慕川吃得舒舒服服，吃完放下筷子站起来，完全不管众人什么感受，微微一笑，道："我吃饱了，先回去休息。你们慢用。"

他就这样走了，在众人的注视中，大步离开。

"看你把他给惯的……"

"是我惯的吗？"

"不是你惯的，谁惯的？"

"家里谁最惯着他？不是他奶奶吗？"

"没你撑腰，就算他奶奶惯着，他敢这么跟长辈耍横？"

"呵！你俩别争这个了。依我看哪，他这是翅膀硬了，靠不着咱们谁了。你看看他的样子，哪是需要有人撑腰？他自己的腰就直得很嘛。"

"爸、妈、程叔、程婶，你们别生气了。川子他……心里其实挺苦的，你们多谅解他一下，毕竟还年轻，不晓事……"

"年轻？我像他这么大，都当爹了！"

有人在劝，有人在叹。好一会儿，包间里又陷入了某种难言的异样气氛里。三十多年的恩怨情仇结成的疙瘩，又岂是一朝一夕可以解开的？

…………

白家大院。白慕川拎着行李箱往里走，还没进门，一个人影就从里面蹦了出来："小舅舅，你可算回来了——"

白鹭开心坏了，小姑娘脸上红扑扑的，像化了点儿淡妆，双眼晶亮，看到他一脸兴奋。可惜白慕川没有回应她同等的热情："你怎么会在这儿？"

白鹭不高兴地噘起嘴："我不在这里，我应该在哪里啊？"

白慕川扫了她一眼，拖着箱子从她身边走过去，低声说："学校。"

"哈！"一听这话，白鹭又开心起来，像个小狗似的围在他身边转来转去，"我听我妈说你要回来，就请假了呀！"

白慕川抬头看了看安静的白家大厅："你太奶奶呢？"

白鹭咂了咂舌头："太奶奶被李妈推出去遛弯了，刚走，你要是早点儿回来就看见她了。"

白慕川眉头一皱，上楼。白鹭并没有察觉他的情绪，高高兴兴地看了一眼白慕川的箱子，眼睛里又往外冒小星星："小舅舅，你这次回来是不准备走了吗？"

白慕川不回答她。一直到二楼，都是白鹭在说，白慕川不回应。走到了房门口，他站定，不耐烦地说："我到了。"

白鹭一怔："我知道啊。"

白慕川脸若冰霜："你可以走了，我要休息。"

白鹭撇了撇嘴，委屈地看着他，双眼像小鹿眼睛似的，可怜巴巴的："小舅舅，人家好久没有见到你了，好想跟你说说话嘛。"说罢，不待白慕川回答，她又举起双手保证，"我不捣乱，不乱说，不乱动，就乖乖坐在你屋里好不好？"

白慕川黑着脸："麻溜儿的！"

"哦！"白鹭一脸委屈，默默地往后退了一步，白慕川开门进去。白鹭正想厚着脸皮往前迈，砰的一声，门合上了，关了个结结实实。

…………

白家四个人回来的时候，就看到白鹭一个人躺在客厅沙发上玩手机。一见她那样子，白慕斯头就大了。她抢在众人前面冲上去，拎着女儿就问："不是告诉你不许旷课吗？你怎么就不听？"

白鹭大声喊痛："妈，轻点儿、轻点儿、轻点儿……"

白慕斯了哼一下，丢开她："马上给我回学校，现在！"

"不要嘛！妈。"白鹭撇着嘴，不停地撒娇，"小舅舅才回来，我想在家里……"

"这个才是你小舅舅！"打断她的是白夫人。她拎着手袋，威风凛凛地站在客厅中间，当着尴尬的白振华的面，指着同样尴尬的白慕轩："这么多年，我怎么就没有听你认真喊过一声小舅舅，嗯？你胳膊肘歪着长的？"

对于这个很小就被拐卖到农村的儿子，白夫人是心疼到了骨子里的，容不得他受一点儿委屈。哪怕一个称呼，她也要为儿子抢过来。然而白慕轩却

330

明显不这样想，他拍了拍老妈的肩膀，拖着她往楼上走："妈，你跟小丫头置什么气啊？叫什么我不都是她舅舅？走，我们上去说说话，你不是说想我了，有好多话要跟我说吗？"

其实白慕轩也许久没有回家了，不过白鹭跟这个小舅舅不太熟悉，不讨厌他，也不太敢亲近。白慕轩十八岁才被白家找回来，中间与家人错过的十几年成长期已经不可逆转，而且他回来后念书、当兵，再出国，这个长长的时间段，真正与家人相处的时间少之又少……

白鹭咬了咬下唇，小心翼翼地说："觉得小舅舅他……好可怜。"

客厅里突然沉寂。没有人说话，只有白鹭一张脸哭唧唧的，看上去像一个生动的人。白慕斯看了一眼父亲白振华，幽幽一叹，一个字都说不出来。白振华也是摇了摇头，负着双手去了楼上。

"啊呀！是我的乖孙子回来了吗？"大门口，被李妈推进门的老太太满头银发，看上去有点儿佝偻憔悴，可脸上却写满了开心，"人呢？小川川人呢？"

白鹭就像找到了同盟似的，扑到白老太太的轮椅前："太奶奶，是我小舅舅回来了，走，我们去看他。"

白老太太本来笑吟吟的脸看到她时就怔住了。她回头，纳闷地看向李妈："这个小姑娘是谁啊？尖嘴猴腮的……怎么会在我们家里？"

李妈："……"

白鹭的笑脸渐渐僵硬，她差点儿气得哭出来："太奶奶，你又不记得我了？"

白慕斯走过去，扶了一把轮椅，温声道："奶奶，这是白鹭啊，你的曾外孙女……"

"哦哦，曾外孙女啊。"白老太太小声念叨着，显然没什么印象，也不太在意，而是转头又叫李妈，"我说你愣着干什么？快！我要上楼，看看我的大孙子去……"

在白家，最惯白慕川的人就是这个老太太。最让白夫人生气的也是这点——白老太太有点儿老年痴呆，不仅时常认不出白鹭，偶尔也会认不得她，至于她的儿子白慕轩，老太太更是压根儿记不住，说多少次也记不住。同样是孙子，在老太太那里是不同的待遇，让她如何不恨？

白夫人想着心里就不得劲儿，上楼关上门就呜呜地哭。白振华看她这样，眉头打结："好不容易一家人团聚，你说你哭什么哭？晦不晦气？"

　　白夫人正在气头上，被丈夫呵斥，顿时气不打一处来，说话也就没轻没重的，尤其仗着儿子在身边，底气更足了："我晦气，那谁不晦气？呵！我看你对那个野孩子又惯又宠，都无法无天了，还敢说他不是你的种？"

　　"你——"白振华脸色难看至极，指着她的鼻子，压低嗓音说道，"我警告你，不要胡说八道！"

　　"我胡说八道？"白夫人一脸冷意，突然笑着站起来，朝他走过去，"你真当我是傻子啊？我告诉你白振华，我和程文珠私下里早就合计过了！你和程为季这出戏唱了快二十年，还不够吗？一直把我们俩当猴耍，有意思吗？我说你们——敢不敢去做亲子鉴定？"

　　白振华瞪着她，一双眼阴云密布。

　　白夫人却不肯认输，冷冷地看着他："真是好兄弟啊！有福同享，有难同当？你对我说那是程为季的私生子，兄弟的儿子要好好养着，要我帮忙瞒着程文珠，要替他保密，不要声张，我一开始还真信了，结果呢——程为季又对程文珠说，那是你的私生子，要替你保密！呵呵，你们两个人挺有意思的，嗯？"白夫人双眼盯着他，忽而又一字一字冷冷地笑问，"我还真好奇，他到底是你俩谁的种呢？"

　　…………

　　锦城，在白慕川走后的第一天，就淅淅沥沥下起了小雨。一场秋雨一场寒，向晚好端端的心情，在回家的时候淋了点儿雨，就被浇透了，一个人胡思乱想着，向晚心情乱七八糟，始终无法进入状态——她卡文了。

　　而且恶性循环，她越是想赶紧写，越是写不出来，好不容易敲出来一句话，自己看着都嫌弃。她扯头发、听歌，在房间里转来转去，上厕所、吃水果、看电视，她的身影不停地在房间里的各个角落出现，坐下、站起、坐下、躺倒，像个机器人……最后，她忍不住发了一条微信给白慕川："大人，在干吗呢？"

　　白慕川用了两三分钟才回复："在家呢。吃过了吗？"

　　"哦，还没吃，你吃了吗？"

　　"没，在陪我奶奶说话。"

他好不容易回一趟家，又在陪老人家，如果一直看手机不太好吧？向晚这么想着，就中止了继续跟他聊下去的念头，懂事地说："那你赶紧陪你奶奶吧，不用回复，我去码字。"

"好，等着看你更新。"

向晚盯着手机，心里暖了一阵，突然又觉得那些文字变成了冰冷冷的方块，没有温度。她知道自己犯了恋爱中人的通病——患得患失，叹口气，又一次坐到了电脑前。屏幕上闪着金属般冰冷的白光，她看着看着，觉得上面那些字莫名其妙变得不像字了，甚至有点儿认不得……疯了！

方圆圆带着谭月春回来的时候，向晚还在扯头发。听到声音，她赶紧收拾情绪走出卧室，一看，不仅小姨来了，还有小表妹邢菲菲。一进门，邢菲菲就东张西望："房子还不错嘛。"然后她往沙发上一坐，玩起手机，谁都懒得搭理。

她一派大小姐作风，向晚不管她，只招呼小姨："小姨，你坐吧。我给你倒水……"

谭月春穿着高跟鞋，一件Burberry的风衣把她风韵犹存的身材衬得高贵优雅，面色也更显冷漠。她嗯了声坐到沙发上，习惯性地挺直脊背，双腿得宜地摆放着，看向晚忙活着倒水，许久才问："听说，你谈朋友了……"

向晚有点儿尴尬，心里叹气："是！刚谈不久，还没有来得及告诉小姨。"

谭月春的目光微微沉了沉："刚谈不久，你就跟人同居了？"

哄她老妈的那些话，向晚不敢在小姨面前说。迟疑了一下，她看了看白慕川的房间："我们目前只能算是合租。"

"对对对，合租，是合租，"方圆圆顶着小姨的压力，一张脸都红透了，硬着头皮解释，"他们俩一人睡一个房间，并没有住在一起，而且房租都是分摊的呢。"

谭月春一听"合租"和"分摊房租"，鼻腔里就是一声冷哼。在她眼里，租房子的男人就一个字形容——穷。而跟女朋友合租，还要女朋友分摊房租的男人，只能用三个字形容——穷，还抠。

自己有钱有房子，哪里会来租房子？所以对于谭云春嘴里那个有车有房的普通职工的儿子小白，她认为是故意吹牛。不过，谭月春也不深究，算是给向晚留点儿面脸："你们年轻女孩子啊，现在都叫着要人格自由，可选男朋友能随便吗？晚晚，对女人来说，婚姻是一辈子的大事，你到底明不明白这个道理？我就不明白了，小程到底有什么不好？"

向晚知道从自己的角度无法说服小姨，只能甩锅了："小姨，我跟程队真的不可能。他也跟我说过，我不是他喜欢的类型……"

"你还在骗我？"谭月春哼了一声，朝她招手，"你过来！"

向晚怔一下，走到谭月春身边："小姨……"

谭月春从包里掏出手机，点开一段语音聊天，是程正妈妈的声音："月春啊！你赶紧帮我想想办法，我那个儿子肯定是疯了，他就喜欢你那侄女，换谁都不行……本来我还寻思，他俩不合适，我就另外给他找一个呗，那么多好姑娘，还怕找不到一个他喜欢的吗？结果你猜怎么着？他跟我急！他谁也不要！

"月春啊，这次你可把我坑苦了啊！你是知道的，我为了这个儿子吃了多少苦……当年他那个父亲一门心思在那个小狐狸精身上，我这个儿子生得累，养得更累……怀他的时候，我哭得太多，孩子生下来身体就不好，小时候病恹恹的，好不容易养成今天这样，我容易吗？

"你看看这搞的，他这是彻底陷进去了——月春，咱们几十年的老姐妹了，我就这么一个儿子，心肝宝贝似的。我见不得他伤心，你看着办吧，你当初可是给我打了包票的……"

客厅安静下来，向晚默了默："小姨，你给我听这个，是希望我怎么做？"

谭月春看着她白皙的脸蛋，一时间有点儿摸不准这姑娘的想法："程妈妈的意思你也听见了。我是想说，程家是有诚意的……"

向晚呵了一声，重复："所以呢？你希望我怎么做？"

她在笑，可谭月春却觉得这姑娘浑身都是刺儿。她轻咳一声："小程这孩子不错，我当然希望你能跟他成就一段姻缘。不过感情的事，关键是你自己的主张，我也不能勉强你……"

这次谭月春把话说得极为好听，可向晚只是讽刺一笑："我当然有主张，而且我已经清楚地向你表达了我的主张。小姨，我很敬重你。但是很抱歉，我不能为了遂你的愿，放弃我自己的感情……我说过，我有男朋友了。"

谭月春一怔。在她的认知里，向晚和向晚的母亲一样，就是个软包子，所以她才事事帮她们出头，为她们操心。向晚长这么大，她从来没见过向晚这样顶嘴。

"小姨对你怎么样，你心里有数。可你呢，谈了男朋友也不早点儿知会一声，害得我里外不是人……"谭月春没有说下去，可下面的话已经很明显了。向晚抿了抿嘴："对不起，小姨。我没有早点儿告诉你是我的错。"

谭月春不屑地一笑，一副过来人的目光看着向晚："行，我不逼你。我就等着，看你自己选的男朋友，能谈到什么时候。菲菲，我们走了。"她说着站起来，冷冷地看着向晚，"我该说的话都说了，你听也好，不听也好，希望你将来不要后悔。"

"我明白。"向晚与她对视，语气松缓。

谭月春哼了一声，高跟鞋咯咯地踩在地板上。走到门口，她回过头，眉皱了一下："找个时间，约你那个男朋友跟我见一面吧。哪怕你不待见我，我还得为你把把关，你啊，还是太年轻了。"

向晚点头："好。"

…………

京都的天气比锦城冷了好几摄氏度。白慕川早上起来就去见了程为季与几个系统内的领导。按文件要求，重案一号的主要职权是负责全国范围内的重案要案的侦破，抽调精兵强将，统一管理并有效提高重大刑事案件的侦破率，这个部门必须在年底前挂牌成立。也就是说，留给白慕川的时间只有两个月了。

两个月说长不长，说短也不短。可对于组建一个重案要案侦破机关来说，时间还是太紧迫。人员、设施、设备等等都需要严格把关，每个环节都出不得半点儿差错，而每个环节都需要白慕川亲自处理。因此他返回锦城的时间无限期压后了，或者说，再回锦城，恐怕就是交接工作和拿行李了。

白慕川从机关大楼出来，看了一眼灰蒙蒙的天空，想到锦城那一片蓝天，头有些隐隐作痛。坐上车，他看了看时间，吩咐司机回白家，然后低头给向晚发消息："小向晚，在干什么？"

嘀！短消息的提示让向晚怔了一下。这家伙的习惯还是改不了呢。她抿着唇微微一笑，看巡逻车上唐元初促狭的表情，转头背对着他发消息："跟唐警官出来巡街……"

"嗯。天气凉了吧？小心感冒。"

"还好啦！锦城不像京都那么冷……你怎么样？事情办得还顺利吗？"

"挺顺利的。"

"什么时候回来？"

她问得有些迟疑，白慕川回答得就更迟疑了："正想跟你说这事呢，估计得好一阵了。"

向晚的心隐隐往下一沉："那你照顾好自己。"

"我想问你，愿不愿意跟我过来？"

跟他去京都？京都是个好地方，可向晚在那里有一些不太美好的回忆，她并不愿意去。而白慕川这个人……和她又有太多美好的回忆，如果放手，她舍不得。一时间内心击鼓交战，她好久没有回复。

不过半分钟，白慕川的电话打了过来，嗓音有点儿沉，好像有点儿生病的样子。向晚不由得皱眉："怎么了，你感冒了？"

"嗯。"白慕川似乎不太在意这个问题，继续刚才的话题，"小向晚，你还没有回答我。"

"我不是来不及回答嘛……你这个人，叫我小心感冒，结果自己却感冒了，丢不丢人？"

一句话，向晚又把话题扯到了他的身体上。但是白慕川不肯放过她："问你，要不要跟我来京都发展？"

发展……她去了可以发展什么？向晚就事论事："我可以偶尔去看你。你有时间了，也可以回锦城来看我。"

"扯淡！"白慕川哼笑一声，"说好一辈子跟着老子吃糠咽菜的呢？我警告你啊，不要错失了大好的机会，我这辈子第一次这么郑重其事地邀请一个女人跟我一起生活，你要是敢拒绝……"

向晚扑哧一声："我要敢拒绝，你就怎样？"

"我就……我就回去求你。"

"噗！"向晚被他逗笑了，"可把我吓死了，唉！我回去跟我妈妈商量

336

一下。我在锦城住习惯了，我的亲人也都在锦城，不能说走就走的。"

"嗯。这个态度还可以，依你。"白慕川满意了，语气轻快起来，甚至开始为她规划人生，"过来后，你可以静下心来写书，当然你想要什么样的素材，我都可以给你提供，你有什么不懂的，也可以问我……要是不想写，你就到处玩一下，找找灵感……"

向晚默默地听着，不知该喜还是该忧。

去京都跟他在一起，听上去不是坏事。可她在洪江区的顾问工作，不就干不成了吗？

"小向晚，等我回去接你。你乖乖地做好准备……"挂电话的时候，白慕川轻声软语地说道。

很显然，她在锦城的工作没在他的考虑范围之内。一个聘用制的合同工，工资很低，没有编制，说走就可以走，但对向晚而言，是不一样的。在这里，她与白慕川以及那么多同事相识，开始了她完全不一样的生活和工作经历……她有些舍不得。

"向老师……"唐元初看她发愣，轻咳一声，"到星光大道了。"

星光大道这里是一条步行街，所有车辆都不能到里面，只能停在路口，巡逻车到这里也要停下。向晚从思绪里回神："我们要下去走走吗？"

唐元初看了她一眼："我们就在这路口，你可以下去走走。"

向晚"哦"了一声，默了默，坐在位置上："我在这里坐一会儿，不想走。"

唐元初歪头看着她："你不开心啊？"

"没有啊。"向晚轻笑，"哪里看出来我不开心了？"

"刚才跟白队讲电话还挺好的，怎么突然就沉下脸了？"唐元初小声说完，又笑着摇头，"你们谈恋爱的人奇奇怪怪的！不过……"他顿了片刻，突然小声问，"我听见你们刚才讲话了。白队是真的要调走了吗？"唐元初幽幽一叹，"他这一走，也不知道会来一个什么样的队长。"

几个人正说着话，星光大道就有一群剧组的人走了出来。看到那些人，一群蹲守的记者就冲了出去，长枪短炮对着他们猛拍，问这问那。谢绾绾也在中间，她将手上的小包递给助理，摆出一个优美的姿态，轻声细语地对镜头说话，一脸得体的微笑。

有她压阵，现场气氛很好。谁也没想到，人群后突然传来一声大喊："不许动！警察！"

谢绾绾吓了一跳，循声望去，然后就看到从巡逻车上走过来的警察小哥哥，一脸恶狠狠的凶样……

没有人知道唐元初要干什么，就连向晚都怔住了。

大家都安静地看着他，谢绾绾心情复杂——她跟唐元初有点儿小过节，生怕他当着这么多人的面找她麻烦。谢绾绾就那样看着他，一颗心慢慢提了起来。

"你在干什么？"唐元初又是一声大吼。

谢绾绾一怔，正想说话，就见唐元初从她的左侧拎出一个贼眉鼠眼的男人："把东西交出来！"

所有人的目光都望向唐元初。那个被他反剪胳膊拎出来的家伙嗷嗷地叫着疼，手机从手上掉了下来，啪的一声落地。他心疼地大喊："我的手机，我的手机……"

大家静静观望着。向晚和何文才也走了过去："什么情况？"

唐元初不说话，把那家伙丢给何文才，弯腰捡起落地的手机，命令他打开，然后翻他的相册……

"警官，你没有权力这么做，这是我的隐私……我的隐私……"那家伙挣扎着，大吼大叫，又喊同行帮忙，"快！拍下来。警察强制搜身了——"

"闭嘴！"唐元初瞪了他一眼，发现相册里虽然有很多女人的露骨照片，却没有他以为的……难道他刚才看错了？

何文才拎着人，狐疑地问道："唐元初，问你话呢？"现场那么多记者，一个不小心就得摊上事，他为唐元初捏了一把汗。可唐元初半晌不回答。

唐元初被众人盯着，脸颊微微发烧，瞄了一眼谢绾绾："这家伙在边上搞小动作，我怀疑他在偷拍……"

刚才那家伙一直在谢绾绾的身边打转，换着角度拍。现场人多，记者都挤在一起，没有人知道具体发生了什么。不过，谢绾绾今天穿着一条到膝盖的短裙，下摆还有分衩，小风一吹，那一双白皙修长的腿笔直、细嫩，太容易惹人犯罪。正常的采访机位，绝不会猥琐。可那家伙混在人群里，仰拍的手，一眼就被唐元初发现有问题——哪儿有人总想往女人的裙底下拍的？

众人大概都明白发生什么事了。可那个家伙却挣扎起来，死犟死犟地大声嚷嚷："我们在光明正大地采访，什么偷拍？警官，你有证据吗？没有证据，你凭什么说我偷拍？"

周围好多记者，唐元初没有找到证据，有点儿尴尬，一张清秀的俊脸涨得通红。

眼看事情无法收场，向晚突然喊了一声："把他的手表取下来！"

这得益于向晚经常看社会新闻，有些猥琐男偷拍女生就是把"偷拍神器"安装在各种让人意想不到的地方。手机里没有找到证据，那如果偷拍，摄像头会放在哪里？果然向晚的推论得到了验证。一听这句话，那人顿时变了脸，挣扎着不肯摘下手表。

"狡猾啊你！"唐元初一把拧住他的胳膊，把手表从他手腕上取下，拿在手心里瞄了一下，冷哼，"走吧！跟我们走一趟！"

那男人低垂着头，没有再争辩！

事情发生得太快，谢绾绾完全来不及说话。直到警察都准备带人走了，她才明白过来，恨不得一脚踹死那个浑蛋："谢谢警察同志。"

"不用谢。"唐元初瞄了她一眼，"谢小姐也跟我们到局上做个笔录吧。"

"……"谢绾绾最近案件缠身，一听到刑大就头痛，"我可以不去吗？"

"最好去一趟。"唐元初看了一眼手上的表，"万一有什么资料需要你亲自销毁呢？"

他本是好心提醒，可谢绾绾却瞬间变了脸。想到被男人偷拍了那种照片，她就恶心得浑身起鸡皮疙瘩……她对这种事本就敏感，在发现周围异样的眼光以及记者的摄像头时，一股冷气从脚底升起，嘴里却一个字都说不出来。

唐元初轻咳一声，看了现场的记者一眼："还有你们，都到这边来一下，做个简单的笔录。现在社会上很多人偷拍不雅视频和照片非法牟利……"

他话没说完，那家伙就大叫起来："警官，我没有，我不会贩卖照片，我就是收藏……私人收藏……我喜欢绾绾，我是绾绾的粉丝……"

"闭嘴！"唐元初恶狠狠地道，"是不是，等查清楚了自然知道。"他反剪着那人的胳膊，又对记者交代了一下，"这种犯罪行为是警方坚决打击的，在事情弄清楚之前，今天的事情，希望大家不要传播。谢谢！"

事关明星，尤其谢绾绾这样的流量明星，哪怕她只是受害者，根本不是她的错，但只要传出去，事情就会变质。女性与明星的双重身份，不仅会让她成为大众议论的焦点，说不定还会被人嘲讽为"自我炒作和营销"。唐元初这么说其实是为了保护谢绾绾。

众人纷纷点头答应，谢绾绾看了他一眼，从助理手上拿过包："我跟你们回去。"

她朝唐元初走过来，微风一吹，带着一缕女子身上特有的清雅香味儿，撞入他的鼻端，痒痒的，酥酥的，像一片羽毛探入敏感的神经深处，撩动心脏，让他一时恍惚，以为自己回到了少年时代，从午睡中醒来，第一次看到漂亮的女生洗了头湿着头发从身边走过时带来的心灵撞击……

情窦一开，潮水涌来。他看着谢绾绾远去的背影，许久没动。向晚撞了他一下，小声说："回神了！注意影响啊！"

唐元初的脸瞬间涨红，像被人捏住了小辫儿似的，他忙不迭地解释："我是在想这事要怎么处理。"

"窈窕淑女，君子好逑，没什么丢人的。"向晚看他烧红的脸，似笑非笑。

唐元初有点儿尴尬，挠了挠头："我真的没有别的意思，毕竟她是白队的好朋友……"

向晚不知道该气还是该笑："唐元初，说真的，你能成为网红，受到那么多人的喜欢，完全是因为人民群众的美好和善良。"

"怎么讲？"

"关爱智商不够的人，人人有责。"

"……"

谢绾绾是队里的常客，她的个人信息，队上全都知情。事发当时，她知道的不比唐元初多，一问三不知。至于那个偷拍的家伙，她根本就不认识。

"我不知道他为什么要偷拍我，这世上想偷拍我的人也不止他一个。"谢绾绾眼眸微眯着，慵懒的样子给人一种满不在乎的感觉。

可唐元初觉得她在说这件事的时候，就像一只美丽的蝴蝶在拼命展翅，想要飞出最美的姿态，却因为翅膀沾了污水，飞得吃力而辛苦……

他不知道自己为什么会有这样的想法，诡异、无状！他也无法控制。谢绾绾的美丽足以击垮他的心理防线……年轻单纯的小警官遇上美艳成熟的女明星，不论社会经验还是思想层次，都不在一个段位上，因此唐元初的询问也相当吃力。

他清了清嗓子："我们今天就了解这么多。辛苦你了。"

好客气！谢绾绾看了一眼一本正经的唐元初，撩了撩眼皮。

她不说话，气场无形中就压住了唐元初。他又清了清嗓子："目前我们没有发现那家伙有组织、有预谋，事情也没有造成恶劣的社会影响，所以这件事，你准备怎么处理……"

偷拍属于侵犯他人隐私，在没有造成恶劣影响的情况下，当事人可以要求赔偿和道歉，但一般情况下不会构成刑事责任。如果要求定罪，历时太长，对女性本身的影响不好。因此大多女性会选择沉默、隐忍，或者干脆与对方私了……

唐元初以为谢绾绾也会这样做。没想到她沉默了一下，白着一张脸，哑声问他："如果告他，我有几成胜算？"

"嗯？"唐元初诧异了一下，"你是准备……"

"一定要走法律途径。"谢绾绾身体紧绷，冷冰冰地道，"这样的社会败类，不应该放过，不是吗？"

询问室突然安静。认真讲，像这样勇敢的姑娘已经不多了，何况她是一个明星。唐元初不由得对她另眼相看："我们支持你的决定，不过谢小姐……你要考虑清楚利弊。"

事情一经发酵，从广大吃瓜群众的嘴里过滤一遍，往往就会变质，并衍生出无数的版本。坏人不一定是坏人，受害者也不一定会受人同情，甚至到最后，她会落得一身骂名。

谢绾绾看着他眼里的担忧，冷冷一笑："我心里有数。"

在陌生人面前，谢绾绾并不多话。询问结束，从询问室里出来，她问唐元初要了那个家伙拍摄的照片备份，然后淡淡地看了他一眼："照片不会外泄吧？"

唐元初摇头："这点你放心。"

341

谢绾绾抬眼看着他，突然扬了扬唇："那你看过没有……"

唐元初双颊当即发烫。本来这是一个很好回答的问题，他是经手这个案件的当事民警，怎么可能没看过？他可以坦然地回答。但对着谢绾绾那冰冷而美丽的眼睛，他就是别扭得说不出口。他怕唐突了她，怕自己的言辞也会有猥亵的意味。说到底，他知道她身上的伤，不忍、不想，也不敢回答……

谢绾绾见他不说话，唇角翘得更高，两片柔软的唇像艳丽的花瓣牵出一个意味不明的弧度，双眼定定地望着他，突然偏头凑到他的面前，笑问："好看吗？"

唐元初怔怔而立。这里没有别人，就他们两个。她问他……好看吗？

"好看。"唐元初心脏狂跳，根本就不知道自己说的什么，一切不由自主，仿佛被妖精勾走了魂儿。

呵！谢绾绾双眼像淬了毒，早已看穿了他似的："行吧！那我就先走了。后续事宜，我会交由我的律师处理。"

"哦……"唐元初和她对视，口干舌燥，"如果有需要，再找我。"

"会的。"谢绾绾似笑非笑，转身走了两步，又突然回头，捋了一把头发，那神情动作妖娆至极，"对了，唐警官，你也很帅。"

唐元初见鬼似的看着她。

…………

白慕川走了几天，向晚终于明白古人说的"一日不见，如隔三秋"是什么感觉了。那种挠心挠肺的感觉，对于刚刚陷入热恋的人来说，分分钟都是煎熬。这些天白慕川很忙，不过他早中晚都会给她报备，每次报备，都会带上一个"安慰红包"，每个红包都换着花样地备注。

"红包一闪，早餐就到。

"红包代表我的心，哥哥给小向晚赔罪。

"红包是你的，我的人也是你的。

"中午包，要吃饱，下午才有干劲儿。

"这个红包……是来陪睡的。"

……

不得不说，这人挺有心的。他知道向晚经济窘迫，但从来不会直接给她钱。红包是恋人间最直接又最温和还不会伤及自尊的一种方式。男朋友给女朋友发红包，天经地义，向晚没办法不接受。520、1314、775、225，花式表白。

"白慕川，你知道吗？没有一个女人可以逃得掉你这样的恋爱攻势。所以我好怀疑，你是不是第一次谈恋爱啊？真不敢相信，你没有经验。"

白慕川发来一个酷酷的表情："哥哥情圣转世，无师自通，要什么经验？嗯？小向晚，是不是被我迷得神魂颠倒了？"

"呸！不要脸！"隔着几千里路，向晚也能想象出他那傲娇的表情。她红着脸，轻轻笑着，又说："不是神魂颠倒，而是拿人手短。"

白慕川："那是不是决定跟我来京都了？"

向晚唇角上扬："不，我决定把收到的红包都存起来，免得你到时候找我翻旧账……"

"……"

一串标点，白慕川没了下文。

向晚手托着腮，看着桌子上的手机，心情莫名大好："我今天就去找我妈说这事，等着我啊。"

去小姨别墅，需要勇气，每次，向晚都做足了心理建设才会去，更何况，今天肩负着这么大的爱情使命。

去之前，她特地打电话给谭云春确认了一下家里有哪些人，然后放心地去了。没想到，还在院子里，就听到了小姨的哭声，抽抽泣泣，呜呜咽咽，那压抑的心酸，与小姨的女强人形象完全不符。

向晚怔住，轻手轻脚地去敲门："妈……"

谭云春来开门，看了一眼向晚，面色凝重："进来吧。"

向晚慢慢走进去。客厅里没有开灯，光线昏暗，照在小姨的脸上，有一种异样的凄恻。家里除了谭月春和谭云春，没有别人，就连小表弟天天也被保姆带出去了……

向晚站在门口："小姨这是怎么了？"

谭云春叹了一口气，指指沙发："坐下说吧。"

向晚没有多说，乖乖地坐了过去。小姨的抽泣声持续了许久，谭云春一直在拍她的后背宽慰。向晚双手局促地夹在膝间，安静地听着……大概明白了事情的原委。

原来小姨怀疑小姨夫在外面有了女人。一般来说，女人肯在外人面前说"怀疑"，已经八九不离十了。不过小姨跟着小姨夫的这些年也不是吃闲饭的，小姨能干独立，对小姨夫公司的事务多有插手。因此她也算是握着小姨夫的经济命脉，小姨夫哪怕对她有了异心，也只能偷偷摸摸……而小姨，也是一样，心里有怀疑，却不敢去证实，在外面，还得装着毫不知情的样子扮恩爱夫妻。

听到她怨妇一样的哭诉声，向晚内心震惊。

小姨天天在她们面前标榜的幸福婚姻呢？小姨父的模范丈夫人设就这样亲手毁了？向晚看着谭月春不停耸动的肩膀，觉得这镜花水月一样的人设居然全是假的……

谭月春这时突然抬头，抹了一把脸上的泪，抽泣着说："晚晚，现在只有你……才能帮小姨了。"

她？向晚吓了一跳："小姨，我？要怎么帮你？"

谭月春咬牙说："邢远航不让我好过，我也不会让他好过的。他如果真的敢背叛我，大不了就跟他鱼死网破好了！"

这才像小姨的作风，强悍、硬气、不服输。就算小姨父出轨，她也不会做怨妇。向晚点点头，刚想为她点个赞，小姨就深深一叹，泄下了那口气："可是邢家势大，我们惹不起……"

向晚："……"

小姨又开始掉眼泪："如果我势单力薄跟他斗……他跟他那个小情人一定会整死我。到时候，我说不定会人财两空、一无所有。"谭月春最薄弱的一环，就是娘家无势。这一点是她一生的疼点。她吸了吸鼻子，接着说："邢远航如果跟我来真的，我玩不过他……更可怕的是，我不知道这一天究竟什么时候会来，我每天惶惶不可终日……"

向晚看着小姨通红的眼圈，竟然不知道说些什么。男人的爱还在的时候，他们可以把女人宠成公主。一旦爱不在，女人又算什么？尤其小姨这样靠男人爬起来的女人，在男人变心后更是吃亏……

向晚有点儿心疼她："小姨，现在我们还是不要往坏处想。我看小姨父对你那么好，你们还有菲菲和天天……小姨，也许只是你想错了。"

"不管想没想错，我都不能坐以待毙。"

她把婚姻关系描述成了战争的模样，让向晚心里无端一抖。

谭月春看着她，幽幽地说："这些年我一直这么努力，何尝不是想让咱们都过上好日子？晚晚，我有时候对你虽然严厉，可你说，小姨对你有没有一点儿私心？"

向晚："小姨，我知道你是为我好。"

小姨目光里露出希望："那你……这次要不要帮小姨？"

向晚眉头微拧："我要怎么帮你？"

小姨迟疑了一下，手指紧紧攥在一起："我这么跟你讲吧，一旦我跟你小姨父摊牌，肯定是要鱼死网破的。到时候我背后如果没人撑腰，根本无法跟他争夺公司的股份与财产……"

嗯？向晚问："你是想让我……"

"对。程正家大势大，他父亲是高官……"这句话比前面所有的铺垫都有力量，也比前面所有的话都能说明小姨的目的性。

向晚差点儿笑出来："所以小姨的意思是希望我为了你不幸的婚姻搭上自己的婚姻，成为一个跟你一样不幸的人？"

谭月春面色猛地一变："你觉得我在害你？"

"不。"向晚不客气地回敬，"你只是自私，或者说心存侥幸。"

谭月春急了："能被程家看上，这是多少人求之不得的事情？你到底在矫情什么？"

矫情？他们以为她是矫情？向晚又是一笑，谭月春痛心疾首地说："晚晚，我跟你妈妈这辈子吃的苦、受的罪，你们这辈人是体会不到的……但我们都是女人，想要活得好、活出尊严，有时候真的需要牺牲。"

向晚怔怔地看着她，看她保养得宜的脸上难掩沧桑。看上去小姨是比她妈妈年轻了许多……可骨子里不幸福的人，哪怕得到再多，也是幸福不起来的啊！

向晚心疼小姨，却又不知道怎么说服她："幸福不是一个目标，而是一种能力。你觉得你幸福过吗？这辈子活出尊严来了吗？"她的反问声是由心而发，却激怒了谭月春。

"我没有尊严？我为什么会没有尊严？我没有尊严，是怎么把你们几个都拉扯起来的？"

算上老账，向晚就没了争辩的立场。她深深一叹："小姨，我做不到你这样，也不愿意看你这样。我建议你开诚布公地跟小姨父谈一谈，不管是真是假，一来安心，二来坦然。夫妻一场，你不会一无所有的，就算会失去一些，也对自己有个交代，然后……从头再来！"

　　"你给我闭嘴！"呵斥她的人是谭云春。看妹妹哭得肝肠寸断，女儿又毫不示弱地顶嘴，她早就气得红了眼眶。可除了吼向晚，她还能吼谁？

　　"小姨的事，你懂什么？你给我坐边上，不许再开口。"

　　向晚："……"

　　不是她要开口，是涉及她的利益啊。如果这个利益只是金钱，她可以让步，可这个利益是感情和终身幸福……向晚实在忍无可忍："妈、小姨，我怎么觉得你俩这是合伙在算计我呢？"

　　谭云春脸色一变："你说什么？"

　　向晚冷静地分析："我来之前给你打电话说有事跟你商量。你问我什么事，我说是我的人生大事。这个时候你应该就知道我要说的是感情的事吧？然后我问你，小姨跟小姨父在不在家？我想单独跟你谈。你告诉我他们不在家……结果我一来，小姨不仅在家，还哭得撕心裂肺。我长这么大还从来没见小姨哭过。"说到这里，她又是一笑，"也是为难你们了，为了我的婚事演这么一场戏。"

　　向晚把这段时间在刑侦大队的工作习惯都带了出来，上面这几句话完全是出于她理性地分析，一字一句说得冷漠而不近人情。然而话没落下，谭云春就被她气得涨红了脸："你说我跟你小姨在演戏，就为了骗你？"

　　向晚微微仰头："难道不是？"

　　啪！一个巴掌重重地落在向晚的脸上。谭云春看看自己的手，再看看捂着脸的向晚，突然也哭了出来："你走吧，你这个没良心的东西，亏你小姨这么疼你，也可怜我……白养你一场！"

　　"妈……"向晚蒙了，看着愤怒到极点的谭云春，"你打我？"

　　谭云春从来没打过她，当然向晚也从来没有像今天这样偏激过。她一直是小白兔，谭云春根本就没想过兔子会咬人。

　　"别叫我妈！你有男朋友了，长大了，也不需要妈了……爱做什么做什么去吧！"

"妈……"

"我说了别叫我妈了！"

向晚怔怔无语，谭云春气得喘不过气。母女矛盾被放到最大，趴在沙发上哭泣的谭月春这时抬起了头，脸上挂着泪，伤心地看着向晚："你走吧，就当你没有来过，什么也没有听到过。"

向晚："妈、小姨……这到底是为什么？有那么严重吗？"

谭月春突然暴喝："走啊！"

客厅里冰凉如水。

向晚看着自己的亲妈和亲姨，怔怔地坐了片刻，慢慢地站了起来："对不起，我不是有心的。我还是那句话，我可以用我的性命来报恩，唯独不能用我的感情……"她默默地看了一眼哭泣的老妈，"我明天要去一趟京都，不知道什么时候回来，妈、小姨，你们——保重。"

向晚吸了一口气，默默地转身。她走得很慢，好像过了一个世纪那么久，手才终于触到了门把手，拉开走出去，再合上，她发现双腿竟止不住地颤抖。亲人的痛苦又何尝不是她的痛苦？！

她不想这样的啊！为什么会搞成这样？向晚望着天空，反省着自己，正想回去给母亲认个错，突然就听到屋子里传来一声惊叫："姐，姐……你怎么啦？姐……姐……"

救护车开进了小区。

一阵忙乱惊恐地抢救，等到手术结束，已是凌晨两点，向晚站在ICU外面，茫然地看着仍然处于昏迷状态中的母亲，发现身上早已湿透。

恶疾如虎，这一切就像梦魇一样，突如其来，不给人丝毫准备，令人无力招架。母亲急性脑溢血，要不是抢救得早，她和母亲此时恐怕已经天人永隔，未来她想再听听母亲骂她恐怕都没有机会了。

谭月春不知什么时候走到她背后的，声音幽冷，低得可怕："现在你满意了吗？"

向晚慢慢地回头，看着她那张同样苍白的脸，嘴皮微微一动，不知道能说什么。

谭月春面无表情地望着她，双眼湿润："我差点儿失去姐姐，你差点儿

347

失去了妈。晚晚，这个世界没有什么比父母亲人更重要。爱情？这东西太虚无缥缈。你说它有它就有，你说它不存在它就不存在……"

向晚叹了一口气，双手低垂，无力地争辩："小姨，人毕竟是情感动物，人类最无法主宰自己的就是爱情……"

谭月春没有反驳，声音略哑："我原本以为经过了今天你会更懂事一些呢。"

向晚沉默。

谭月春："爱情是最没用的……连你妈妈的手术费也不能用它来支付，你说它有什么用呢？你能靠爱情去抢救你妈妈？爱情能挽留你妈妈的性命？晚晚，是钱。只有钱可以，爱情不能。"

向晚的脸瞬间褪去血色。

她们太穷了。这一晚上的花费就是好几万，简直像在骨头上刮肉……不生大病、不入院、不住ICU，金钱的作用都是模糊的……因病返贫的大有人在，何况本来就穷？

"你好好想一下吧，小姨不会害你。"谭月春有些累了，颓然地坐在走廊的休息椅上，头仰靠着墙，声音虚弱无力，喃喃一般，"哪个女人不向往爱情呢？都曾经傻过。小姨用几十年的经验告诉你，所有的爱情最后都会归于平淡，不管你跟哪个男人，最终都只剩柴、米、油、盐，哪怕你是天仙，他也会有对你厌倦的一天……"

"小姨……"

"没有什么是永恒的。既然男人都会变，既然爱情都靠不住，为什么咱们不找一个相对保险的？这样，哪怕有一天没有了爱，我们至少还有钱啊。你说小姨自私……我承认我为自己考虑过。可是晚晚，小姨也在为你考虑。程正人品不差，生活自律，从不花天酒地，这一点你得承认吧？"

她一直说，向晚一直听，无法反驳，也反驳不了。

"程正家世好，这样的家庭不仅有钱有势，还要脸。他们顾及影响，不敢乱来。就算有一天他跟你走到尽头，只要你不作，也不会让你太受委屈……是，我是想找个靠山，想我娘家有人可以依靠……"谭月春突然闭上双眼，隔了许久又慢慢吐出一句话，"因为我太累了，这些年太累了……什么事都只能靠自己……我的娘家没有一个人可以帮我……我的肩膀也很软，

348

我也是个女人……"

她哽咽，紧闭的眼睛因为太过用力，上下眼睑浮出深深的皱纹。小姨老了，不再青春美貌、绝代芳华。向晚站在她面前，就着昏暗的廊灯，看着这样憔悴的她，不由得想到了小姨结婚时的样子……

人群中间，光芒万丈，那样的小姨曾经引来多少人艳羡？

谭家三姐妹其实都好看，但小姨读书多，人也精明，腹有诗书气自华，比起两个姐姐更有韵味儿，也更加大方得体，可以说是那种让男人一眼就能在人群中捕捉到并且想要征服的女人。当年邢远航会选上除了名牌大学的毕业证书一无所有的她，不是没有道理的。可惜窈窕会失，妖娆会老……曾经那个爱她爱得恨不得捧在手心的小姨父也终于有了出轨嫌疑。

向晚喉头发哽，没有说话，默默地坐在她的身边，紧紧抱住自己的小包。

谭月春转头看了她一眼："你不该刺激你妈，说走就走，一点儿思想准备都不给她，你说话前怎么就不动脑子？"她批评到这里，看向晚一直不反驳，终是软下口气，"唉，你自己用点儿脑子想一下。你妈妈出了这么大的事，你那个所谓的男朋友呢？他在哪里？有没有来关心一下他未来的丈母娘？有没有为你母亲的手术费掏一分钱？你需要他的时候他有没有在你身边？"说到这里，谭月春又有点儿压不住情绪，怒其不争地看着她，"晚晚，舍得为你付出，舍得为你花钱的男人，才可以在一起！连租个房子都要你分摊房租的男人，我劝你不要考虑了！"

"小姨，这中间有一些误会。"向晚皱起眉头。

哪怕这个时候，她脑子还是清醒的，不愿意白慕川蒙受不白之冤。

"第一，妈妈生病，我没有告诉他。远水救不了近火。第二，房租的事，不是他要我分摊，是我主动要求的。"停顿一下，她说，"前车之鉴，我不想依附男人，也就不能让自己养成这样的习惯。"

谭月春微微一怔。看着向晚，好一会儿，她又合上眼："行！算我误会他了。那你现在马上通知他，让他来看你妈。"

这个时候向晚是决计不想打扰白慕川的。

两天以来，白慕川的所有行程，他大概都有给她报备过，一个字，忙。这个事需要他敲定，那个事需要他审核，这个部门要跑，那个部门要去，可以说他忙得脚不沾地。她怎么能在这个时候让他回锦城呢？他又不是医生，来了看一眼，有什么用？

"小姨，我明天看看情况吧，如果妈妈的病情稳定了……"

"不用说了！"她想为白慕川找个借口，谭月春却连听下去的兴趣都没有，"我见过的情情爱爱多了去了，男人哄女孩子的招数有的是，晚晚，你太嫩了。如果连女朋友的母亲生病都不来，那说什么都是假的。"

"……"

这是一个不眠之夜。

方圆圆一家三口都过来了，又被向晚劝走了。凌晨三点接到消息的邢远航也过来了，不知道他是从哪里赶来的，风尘仆仆的样子。他心疼地抱住了谭月春，并温地安慰向晚，让她们不要害怕花钱，只要对谭云春的身体好，所有的东西都要用最好的。

面对事情的时候他是一个有担当的男人，从谭月春看到他时的依恋，向晚就知道那个嘴里说"爱情不存在"的小姨对这个男人有无限的爱……那些狠话，那些妥协，最终一样是因为爱。这场面让向晚又想起了当年小姨和小姨父对他们家的所有帮助，林林总总……

总归是向晚和母亲欠他们太多。

…………

邢远航接走了谭月春，医院里只剩下向晚一个人。她反复摸着手机，瞪着眼睛挨到天亮，点开了与白慕川的聊天记录。

"起床了吗？今天有什么安排，忙不忙？"

煎熬的一夜，苦都自己尝着，向晚已经有点儿麻木了。发消息的时候她没有期待白慕川会回复，毕竟这个时间点还是太早了。可没想到白慕川居然秒回："起了。今天跟几个敲定的小组成员碰一下，讨论具体事宜，应该会有点儿忙。怎么了，小向晚？你怎么这么早？"

向晚看着熟悉而温暖的文字，鼻子有点儿堵："我妈突然生病了，我暂时来不了京都……"

白慕川："生病了？严重吗？"

向晚迟疑："还好，在医院呢。医生说没什么大问题……"

她不想把情况说得太严重，白慕川果然也没有想太多，毕竟这个年纪的人生病太正常。

他问："那你照顾妈妈会不会太辛苦？"

向晚："还好。"

白慕川："什么都还好。你啊，就不是个老实孩子。说吧，有没有什么用得着我的地方？"

向晚："没有。"

白慕川："男朋友就是拿来用的，你不要客气。钱够用吗？"

刚刚谈恋爱的男女都会小心翼翼地维护着自己在对方心目中的形象，自尊心也超乎意识地强，谈到钱的问题就会更加敏感。但白慕川认为向晚大清早给他发消息，肯定是遇到什么难题了……所以钱的问题是他考虑了一下才问的。

向晚抹了一把脸，擦擦涩滞的眼睛："暂时不需要，有需要我会找你帮忙的。"

唰！一个微信转账过来了。不多不少，一万块！备注："照顾好自己和咱妈。"

向晚眼眶一热，忍了一晚上的眼泪突然就掉下来了。这些日子白慕川从来没有给她发过整数的红包，都是一些象征美好的吉利数字，她一旦拒绝，他就会说红包返回不吉利。如小姨的人生哲理，白慕川就是愿意为她花钱的男人，是一个需要她好好珍惜的人。

她双眼通红，内心火热："谢谢小白先生打赏。"

"少来！我的就是你的，咱俩一家人，甭客气。"

"好吧。不过有个问题。如果我家里人问起你目前在忙什么，我可以实话实说吗？"

白慕川过一会儿回复："先保密吧。"

向晚吸了吸鼻子："哦，明白了，不会说的。"

关于重案一号，向晚所知也很有限。但她懂得一些保密守则，不敢随便说出去："那个……我没什么事了。不打扰你，你忙去吧。"

"记得吃早餐。如果饿瘦了我的小向晚，我是会收拾你的。"

"知道啦，你也是……"

"我正在吃。"

"这么早？"

351

"嗯。昨晚拟了一个计划书，弄好就这个点了，就顺便出来吃点儿。"

原来他也一夜没睡？向晚突然有些庆幸，庆幸自己没有告诉他真相。要不然让他如何选择？不是让他为难吗？

向晚低着头，慢慢地敲字："小白先生，保重身体。"

白慕川："收到！保证完成任务，请领导放心。"

…………

向晚的精神处于一种怪异的亢奋状态。她心慌、焦虑、难受，却没办法真正入睡。程正过来时特地放轻了脚步，可她还是听见了。

"你……还好吗？"程正指了指医院的病房，"为什么不去里面找个地方休息？"

向晚摇了摇头："睡不着。"

她没问他怎么知道的，为什么会来。这个时候她连多说一句话的力气都没有。

程正看着她菜色的脸，在她身边坐下，递给她一杯热豆浆，坐姿很端正，清冷的面孔一如既往："阿姨在ICU，你留下来也帮不上忙，回去休息吧！这里有医生有护士，会把她照顾得很好。"

"我要等她醒过来，看她好起来。"

她的固执程正不是第一天知道。看着她一夜间仿佛就瘦下来的小脸，他叹了口气："我刚才问过。手术很成功，颅内瘀血全部清除，CT检查结果，脑部和颈部血管都正常，常规检查指标、血压、心率等都正常……你不用太紧张。"

向晚点点头："谢谢你。程队，这里没什么事，你回去吧……"

他刚坐下来，她就撵他走，程正眸子里莫名其妙蒙上了一层乌云："今天周六我没什么事，在这儿坐一会儿吧。我在医院认识一些人，也许会有点儿作用。"

"哦。那……谢谢你了。"

"我们是朋友，再多说就生疏了。"

向晚笑了笑，安静地合上眼睛，靠在椅子上，像一个被抽走了力气的雕塑。她想，他无聊了自然会离开。然而程正偏生就是那种特别耐得住寂寞的男人。他不打扰她，一动不动就那样默默地陪在她身边。

…………

　　母亲生病，向晚特地请了假。白慕川离开的日子工作由副大队长齐沧海代理。当天下午他带着唐元初、谢辉几个同事到医院看望向妈妈，送了一些水果鲜花，还有一个同事们的"心意红包"。

　　向晚很感动。困境中的她，一点点的温暖都会被放得很大。再三说着谢谢，送走同事，她把今天写好的更新上传后台，然后默默看了一眼稿费。

　　网站的稿费是月结，继上个月稿费破万后，她这个月持续了这样的状态，稿费在上涨。方圆圆说《谋杀男神》的各项数据都不错，让她一定要坚持更新，不能水，不能拖，保证质量……因为从大数据分析，她的读者百分之八十都是成年人、上班族……也就是说她的读者具有很强的识别能力，糊弄不得。

　　向晚默默地给自己注入一针鸡血，又翻起了书评。读者的鼓励是她最大的能量来源。随着故事情节的展开，留言的读者越来越多，书评区也多了一些陌生的面孔，可那个神秘ID却再也没有出现过……

　　"哇！惊现沐二少——"

　　"我是围观大神来的。大神出手阔绰啊！"

　　"弱弱地问一句，这个沐二少是沐二少本少吗？"

　　"沐二少的粉到此一游。此处应有弹幕：我是谁？我在哪里？我也很蒙啊，真的是我家二少也开始粉别家大大的书了吗？"

　　一连串相似内容的留言看下来，向晚略略吃惊。她迅速翻开《谋杀男神》的打赏记录，只看了一眼，整个人就木掉了——今天下午五点三十分左右那个叫"沐二少"的ID连续十几次对她进行了疯狂的大额打赏。向晚数了一下，前前后后一共十万元人民币的道具。十万啊！除去网站分成和扣税，她还可以得到四万吧？最主要的是，那个ID是沐二少本人吗？

　　向晚看着高居打赏榜首的"沐二少"三个字，神经久久处于一种亢奋状态。定了定神，她思考一下，马上给白慕川发消息："你认识沐二少吧？"

　　"怎么了？"他又是秒回。

　　想到他那么忙，还随时随地接受她的打扰，向晚长话短说："我今天收到十万打赏……打赏的ID就叫沐二少。好惊悚！你说，会不会是他本人？"

　　"不会吧？"白慕川使用的是疑问句。

"要不你帮我问问？我心里怪不踏实的。"

"是不是他有什么关系？打赏属于自愿行为，你管他是谁，给你的你就拿着……哼！记住了，小向晚，你的第一男神是我！不准转移目标！"

"好吧。"在这个节骨眼上她不好为这事影响白慕川，又例行叮嘱了几句，两个人终止了聊天。向晚对着电脑，深吸一口气，码字时干劲儿更足——好好写，好好写，向公子晚。

············

谭云春住院三天还没有苏醒，第四天脑电监测突然出现了异常，伴随反复发烧，颅内再出血。医院进行了紧急抢救。向晚六神无主，整个人都快瘫在医院的椅子上了。然后医院下达了病危通知书……

"表姐，没事的，会挺过去的。"方圆圆紧紧握住她的手，身体抖得比向晚还要厉害。

向晚两只眼睛都深陷在眼眶里，却格外有神："会的，一定会。我妈是个坚强的人，她说过的，大难不死，必有后福。她都还没有享着后福呢……"

"可是……可是我还是好怕。"来安慰人的方圆圆趴在了她的肩膀上，"表姐，你已经没有爸爸了，不能再没有妈妈的……"

向晚看着方圆圆，焦灼的心狠狠一扯。

医生出来了，她猛地从椅子上站起来，双眼盯着那一身白大褂，双脚颤抖着，竟然连开口的勇气都没有。谭月春迎了上去，问医生："情况怎么样？"

医生摇了摇头，谭月春瞳孔一缩，狠狠地捏住医生的手，快要哭出来了："医生，不管花多少钱，请你们一定要救活我姐……"

"不是钱的问题。"医生口罩上的眉皱到了一起，"病人的情况非常不好，刚才我们院里的专家进行了会诊，人是抢救回来了，但是目前我们没有找到出现反复的原因……"也就是说，就算情况稳定下来，说不定回头又复发了。

向晚一颗心冰凉，像坠入了冰窟窿里。

医生点点头走了。一家人面面相觑，好久没有人说话。

"晚晚……我们找小程想办法吧？"小姨凝重的面孔完全变了颜色，"他是学医出身，肯定认识很多脑科专家，我们找他想想办法，看能不能从京都或者从国外请专家过来……"

在这个行业有些问题还真不是有钱就能解决的，有些专家也不是有钱就能请来的。谭月春对此是有些上火的："第一次抢救过来是运气好，第二次抢救过来是你妈妈命大。那第三次、第四次呢？我们不找到根本原因，随时都有可能面临失去你妈妈的风险……"顿了一下，她死死盯着向晚的眼睛，"为了你妈妈的命你还是舍不得丢掉那可笑的爱情吗？"

可笑的爱情……向晚的视线渐渐迷糊。

谭月春见她痴痴的样子，火上浇油："你看看你，这些天都瘦成皮包骨头了。可你那个男朋友在哪里？你还没看明白吗？你妈病成这样，他怕瘫上事啊，傻丫头！"

向晚："他不怕的。"

谭月春恨铁不成钢："你怎么就知道他不怕？"

向晚重复："他不会怕的。"

谭月春气到极点："你——"

一个字刚说出口，她就发现不对。向晚的目光一动不动，盈满的泪水滚下脸颊，却不是在看谭月春，而是一直看着电梯的方向——

眼前一晃，一个男人风一般扑过来，将向晚紧紧拥住："对不起，我来晚了！"

走廊里静悄悄的。此时夕阳已落，光线昏暗。可两个紧紧拥抱的身影却似带着光，灼了众人的眼，久久没有人说话。

向晚将脸深深埋在白慕川的胸口，任由泪水恣意横流。这些天心里憋的、累的、苦的，好像所有的情绪都在他出现的那一刻找到了出口，抽泣声肆无忌惮，她像受了委屈看到家长的孩子，把他的衣服扯得皱巴巴的，仍不肯放……

"唉！"白慕川幽幽一叹，"别哭了！是我不好。"

"……"

"小向晚，别哭了好不好？"白慕川轻抚着向晚的后背，这样的拥抱力度足够他发现向晚身体的瘦弱。短短几天时间，她的状态与他离开时已是完全不一样。那个时候她还天天嚷嚷着要减肥，现在不用减已成功变成了一个没肉的骨架子。

白慕川很心疼。他拍着向晚，抬眼望向走廊里的几个人——方圆圆、谭家两姐妹视线凌厉而尖锐。

　　谭惜春是个无话可说的老好人，除了觉得晚晚的男朋友长得很俊之外，并没有别的想法。谭月春皱着眉头，没有说话。她阅遍人世间的男男女女，要是连白慕川走路带风的气场都感觉不出来，那就白混了。

　　这个男人绝不是她嘴里那个"让女友分摊房租的穷小子"，更不是那种"怕摊上事的戾包蛋"，可到底还是年轻了点儿。像他这个年纪的男人，如果没有家庭背景，单靠自己，再大的能力在社会上也翻不出什么浪。

　　谭月春一言不发。她是长辈，这个时候不适合开口。

　　"那个，白队……"方圆圆第一个说话，"你可算是来了，表姐可想你了……"

　　白慕川朝她点点头，算是招呼，却不正面回答，只低头为向晚擦眼泪，独独理会向晚一个人："傻瓜，发生这么大的事为什么不告诉我？"

　　"你忙啊！"向晚吸着鼻子，辩解的样子像个孩子。

　　"再忙也不能不管你啊？"这句话又轻又软，恰好落入众人的耳中。说完，白慕川突然转头看着谭月春她们淡淡一笑："大姨、小姨，你们好。我是白慕川。这些日子多谢你们帮我照顾晚晚。"

　　他面上带笑，状若无害，却绵里藏针。谭月春看着他不动声色："应该的。她是我外甥女。不过你回来得刚刚好，我们目前确实遇到些问题，不知道怎么解决呢……"

　　白慕川看出来她的心理，眉头皱了一下："来锦城的路上我大概了解了一下阿姨的情况，然后联系了几位脑科专家……他们晚一点儿应该就会到锦城。我因为担心晚晚，所以提前过来了。"

　　谭月春不轻不重地问："脑科专家？"

　　她说话的尾音是往上挑的，明显不信。有钱的人她见多了，吹牛的人见得更多，这小伙子恐怕得算其中一个。就算他有几分能耐，能上哪里找到专家？在谭云春的治疗上谭月春算是尽了心的，能托的人都托了。可医疗行业不是有钱就能办成所有的事，有些专家就算花钱都未必肯来。而谭云春现在的情况，医院不主张转院，说是急性期挪动容易引发再次出血，到时候再抢救就不一定有那么幸运了……

"不瞒你说，小伙子，我们能找的人都找过了。就说锦城的几个大医院吧，其实也有不少脑科专家，可……唉，我的意思是说，一般医生就算请来，也起不到什么作用。"

白慕川面色淡定："魏其正教授、李云德教授，不知道这两位老师行不行？"

谭月春脸色稍稍一变。谭云春住院以来，她联系了不少人，所以了解很多国内脑科权威专家的情况，白慕川说的这两位绝对是首屈一指的大咖，在今天之前谭月春刚刚让邢远航托人找过关系，联系上了魏其正教授……不过对方只委婉地回复他们，因为魏教授年纪大了，最近身体抱恙，一直在家休养。说到底，生病的人千千万，教授却只有一个，不能为了病人拖垮教授的身体吧？

一听这话，谭月春没掩住心里的激动，深深吸了一口气。"魏教授和李教授确定会来？"她又问了一遍。一个魏其正已经很有分量了，再加上一个神经外科权威李云德……实在很难让人相信。

白慕川点点头，脸上没有倨傲的表情，就好像他所说的两位教授就是市场上送外卖的大爷一样："嗯，我了解到阿姨的情况后就和他们联系了。这样我再打电话确认一下。"

当着谭月春的面白慕川拨通了魏其正的电话。电话里，魏老声如洪钟，他已经带着医疗小组赶到机场，大概三个小时后能到锦城："小二啊，为了争取时间你赶紧派车到机场，我们飞机一落地马上赶到医院。"

白慕川说："已经安排好了，会有人在机场等你们。"

"好的，好的，那一会儿见，我跟老李已经登机了。"

"行。魏叔，辛苦你。"

听到老教授的声音，谭月春的脸渐渐变色，可嘴唇动了好久，她只发出一声不自在的笑声："太麻烦你了，小白。"

"小姨这么说就见外了。"白慕川不居功，不自傲，揽住向晚的肩膀，真诚地说，"我是晚晚的男朋友，她的事就是我的事。"

三个半小时后魏教授飞机抵达锦城，是唐元初把人送到医院的，这时向晚才知道把她家里的情况告诉白慕川的人也是唐元初。向晚又惭愧又感谢，反而不知道说什么。

唐元初腼腆一笑："向老师，白队问你的情况……他都察觉了，我不好再隐瞒。你可千万别怪我啊！"

向晚："感激都来不及，哪里能怪你？"

嘿嘿！唐元初冲她挤了一下眼睛："怎么样？我这次的马屁没有拍到马腿上吧？"

"……"

白慕川这一场声势浩大的救人行动一次性地堵牢了谭月春的嘴。经过专家会诊，为谭云春重新制订了治疗方案。两位不远千里赶来的老教授一直忙到晚上十二点才被唐元初接到宾馆去休息。临走魏教授给了向晚一个宽慰的笑："放心吧，小姑娘，困难是有，但我们已经找到了攻克的办法……"

一串串医疗上的专业术语，向晚大多听不懂，只有白慕川频频点头，与老教授交流，听他的语气，好像自己就是个专家似的，说得头头是道。向晚对他刮目相看，内心的忐忑终于落下，再三道谢，不停感动。

这个晚上向晚说得最多的话就是谢谢。她送走了专家团队，谢过了医生护士，终于只剩下她跟白慕川两个人了。目前为止谭云春依旧没有醒来，但向晚的内心已经没有了恐惧。

"白慕川。"医院长长的一排休息椅上，向晚的头靠在白慕川的肩膀上，"那个魏教授吧，感觉跟你很熟的样子？"

白慕川点点头："没错啊。"

向晚抿抿嘴："其实我小姨夫也托人联系过他。人家说魏教授生着病呢，不肯帮忙，怎么他就肯帮你？"

白慕川："你不都说了？他跟我熟啊。"

回答满分。可她怎么又被绕回去了？

向晚仰头问得直接点儿："我是很奇怪，白慕川，你为什么会跟他这么熟？"

"这个嘛……小向晚，可不可以允许我有点儿个人隐私？"

向晚乖乖地"嗯"了一声，话锋一转："小白，你为什么从来不告诉我你家里是做什么的？感觉挺厉害的样子。"

一般男人被夸家里厉害，可能会骄傲。可向晚明显看到白慕川沉了脸，目光一黯："这是我跟魏教授的私人关系，与家里无关。"

向晚有点儿不好意思。白慕川看她的眼睛红得跟兔子一样，忍不住喟叹一声，把她拉过来揽在臂弯里，慢条斯理地说："我跟别人可不一样。我不需要拼爹，不需要拼家世，我只靠自己。"

向晚心里咯噔一下，原来他听到小姨说程正的那些话了。

"好嘛！"向晚一脸崇拜的样子，"我家小白最厉害了。棒棒的！"

"哦，你连这个也知道？"

向晚差点儿被他呛住："要死啊你，白慕川。"

她娇羞地扬手，作势要打他，却被白慕川一把拽住拳头："这是医院啊，小傻子。死啊死的，多不吉利。"

怎么说都是他有理。向晚涨红了脸颊，很想咬一口这个流氓。可他的脸却慢慢正经起来，目光里露出一丝疲惫："阿姨有看护，我们坐这里其实也没用，不如回去休息一下？"

白慕川太累了。汽车还没到家，他就已经睡着了。如果不是司机不耐烦等待，向晚真不忍心吵醒他。在被她推醒的刹那，他睁开眼，红红的双眼，一脸迷茫，看得向晚心疼。

回到家里，他去洗漱，她为他做饭。结果等她把夜宵做好，他已经在沙发上睡着了……白慕川蜷缩着身体，长长的一条，像个被揉皱的漂亮娃娃。向晚看着他的睡姿，突然想到自己曾经在书上看过的一句话——喜欢蜷着身体睡觉的人没有安全感。

…………

"荣小暖站在悬崖边惶恐地看着黑色的深渊。她即将堕入无边的黑暗……突奔而来的方夜阑就像那一只远归的候鸟将她牢牢抓住，啄破她身上厚厚的茧，将那些隐秘的、细微的伤口一一舔舐，使其慢慢痊愈……"

当天晚上白慕川睡觉时，向晚在《谋杀男神》的章节里如此写着，然后将加班赶出来的一章上传后台。

沙发上的男人睡得正香，窗外夜色迷离且温暖，她的内心被欢喜充盈。

…………

再次去医院，向晚发现谭月春在面对她的时候表情十分不自在。其实向晚对她没有怨愤，相反小姨在妈妈病发时比家里任何一个人都要操心。嘴碎是真的，现实是真的，可危难来时这个会真心实意帮助她的小姨也是真的。

359

向晚诚心地说："小姨，这次妈妈的事真的谢谢你了。"

谭月春有些意外。这几天向晚说了很多感谢，可在她听来没有一句像今天这么真诚。

谭月春默默地看了她几秒："我说过这是我应该做的。你妈妈是我姐，亲姐。"她挺直身体从向晚旁边经过，走到向晚的前面，依旧是一副高傲的姿态，像只孔雀似的，"那小伙子挺不错，你好好处着吧。不过我得给你提个醒，不要轻易相信别人，还是多了解一下，对你没有坏处。"

向晚扯了扯嘴角："我知道了，小姨。"

小姨好强了一辈子，不是轻易认输的人。在白慕川的事情上，她觉得没有面子，向晚必须给她一个台阶下。她三两步走在谭月春的身边，轻轻一笑："其实我能找到这么好的男朋友，全是因为听小姨的话，知道了很多找男朋友的道理……"

"哼！"谭月春脸上好看了一些，"说这些干吗？我还能图个啥，还不是希望你们好？"

上一次开颅手术后，谭云春颅内再出血，瘀血压迫神经，最后还是决定二次手术。魏教授亲自主刀，手术很成功，医生说术后护理得当，病人很快就会苏醒，没有并发症，情况稳定，就会慢慢好起来。

下午白慕川去了一趟刑侦队。向晚一个人在医院，一直等到天快黑了，白慕川才过来，跟他一起上楼来的还有谢绾绾。

向晚看到他俩在一起，有些意外，白慕川说："楼下碰上的，她说来瞧瞧你。"

瞧她？向晚疑惑地看着那个美丽妖娆得像画一样的女人，还是那样一张全副武装的脸，除了眼睛看不到别的地方。要不是熟悉她的人，哪儿知道她是大明星谢绾绾？

向晚问："谢小姐找我有事？"

谢绾绾不高兴地看了白慕川一眼："跟某个重色轻友的人约不了饭，所以过来找你一起约他。"

"……"向晚一怔，"你们去吃吧。你看我这儿也走不开。"

"走不开吗？"谢绾绾挑挑眉梢，"他明天又要走了，你都不舍得陪他吃顿饭啊？"

实际上向晚目前待在医院里是帮不上忙的，不过她在医院抱着电脑码字的时候心里会觉得踏实。在别的地方吃喝玩乐，她都会有一种负罪感，所以不想去。但如果明天白慕川就要离开锦城，她也不忍心让他今晚一直陪她在医院度过。

"行，那你们等我一下。"

…………

谢绾绾自己开了车来，一个人老老实实地在停车场等着白慕川和向晚下楼，没有想到好好的三人行会变成四人行——到地下停车场时多了一个唐元初。

谢绾绾一下子黑了脸："小白，什么情况？"

白慕川一脸坦然："一会儿你肯定要喝酒，叫代驾不方便吧？"

谢绾绾挑挑眉："你不是说最近不喝酒？"

白慕川漫不经心地笑道："不好意思，本人不兼职代驾。"

无名火冲上脑门，谢绾绾生气地指着唐元初："那他呢，他就兼职啊？"

一阵安静后，唐元初弱弱地说道："对啊，我可以兼职！我为人民服务！"

锦城的夜生活很丰富。一个著名的网红城市，美食是最美的标签。考虑到向晚的情绪，白慕川不愿意带她去闹腾的地方，一连拒绝了三个谢绾绾提出的进餐提议，最后一行四人去了隐于市区的一个僻静私房菜馆。

白慕川和向晚在服务生的引导下走在前面，唐元初刻意放缓脚步挡住谢绾绾，好心提醒："他俩感情挺好的。"

谢绾绾像被针扎了，冷笑一声："我没长眼睛？"

唐元初看她的目光颇深："我看你就没长好。"

谢绾绾："……"

算了，何必跟一个傻子计较？谢绾绾哼一声，加快脚步，唐元初却不识趣地跟上："明天白队就走了，给人家留点儿私人空间吧，你何苦啊这是？"

谢绾绾真想把这个人打一顿。她转头，眼睛冷冷地剜他："小弟弟，你改名叫唐僧好了。"

"啊？"唐元初一脸问号，"我都成年了。"

谢绾绾："……"

唐元初："成年人改名儿挺麻烦的。"

"……"

白慕川要了一个单独的包间，谢绾绾进去的时候他正低头跟向晚在研究菜单。两个人头碰着头，向晚微拧着眉头，心事重重的样子。白慕川手上拿着一支笔，不时地转一下，这学生时代的小动作证明他还是谢绾绾熟悉的那个人。可他每说一道菜就往向晚脸上瞄一眼，观察她的反应……为一个女人花这么大心思的白慕川谢绾绾太陌生了。

"点好了吗？"谢绾绾放下包，慢腾腾地坐下来。

白慕川轻轻嗯了一声："差不多了。"

他身体是侧着的，朝着向晚，侧面轮廓深邃清晰，从下巴、嘴唇到高高的鼻梁线条流畅而性感……如果纯粹从女人欣赏男人的角度来看，这种男人是女人眼里的极品。可从谢绾绾的角度来看，如今的白慕川，他是真的变了，变得越来越有男人味儿，从一个男孩儿长成了一个男人。

世界仿佛只剩他们两个，她发现自己只是一道虚无的背景。

谢绾绾别开头不动声色地拿起茶杯……茶杯是空的，她一愣。

"你不是要喝酒吗？"唐元初注意到她的表情，"要喝什么酒？"

谢绾绾眉心蹙起："不喝酒。"

唐元初奇怪："为什么又不喝了？"

谢绾绾不屑跟唐元初解释，瞥了他一眼，眼里带着警告："你一个大男人会不会管得太多了一点儿？"

…………

菜上得很快。每上一道菜，白慕川都会看向晚。

"这个喜欢吗？

"你不是挺爱吃辣？

"清淡点儿的好，这个你尝尝……"

"喀！"谢绾绾实在忍不住了，"我说小白，好好一顿饭，咱能不整成宠妻专场吗？好歹你对面还坐着两个灯泡不是？"

白慕川淡淡地看着她："要不让你们来干吗？不就是发热发光照亮我们？"

"可以的。"谢绾绾慢条斯理地挑着盘子里的菜，"只不过我们出场费都挺高的……"

"我不要钱。"唐元初嘴里咬着一个菜薹，认真地接话，"白队，请你们愉快地秀……最近看多了你俩秀恩爱，我感觉我个人成长挺快的，思想进步也很大。想来用不了多久我就可以分配到一个女朋友了。"他一本正经地胡说八道。

谢绾绾气不打一处来："不拍马屁你会死啊？"

唐元初一怔："这都被你看出来了？"

谢绾绾说了一句脏话，平常在外面装仙女、装淑女早就装够了，在私下的朋友圈子里比较放飞自我，她瞪了一眼唐元初，站起来："受不了你。我出去抽根烟。"她看了白慕川一眼，拿走了他放在桌上的打火机，"借个火。"

白慕川默默地看着她，没有说什么。

谢绾绾一走，三个人坐一起，唐元初就觉得他这灯泡的热度变高了。坐了有两三分钟他也坐不下去了："白队，向老师，我去看看谢小姐，我怕她想不开……"

前一句很完美，后一句嘛……向晚一笑："请便！"

…………

他们终于吃到只剩两个人了。橙黄色的灯光下向晚白皙的脸上透着一丝淡淡的粉。她皮肤很好，比谢绾绾还要白，一白遮百丑，哪怕没有精致的修饰，落入白慕川眼里，也像一块纯天然的美玉。

他一叹，忍不住就上手了，在她脸上捏了一下："小向晚，我回头走了你得好好吃饭。"

"嗯。"向晚点头，注视着他，"谢绾绾今天情绪似乎不太好？"

白慕川审视她："酸了？"

向晚好笑："我觉得她应该有什么话想单独跟你说吧？我感觉自己像个第三者。"

白慕川："……"

向晚看他："没我时她是你身边唯一的女性吧？"

白慕川轻咳："当然不。"

嗯？向晚问："还有谁？"

白慕川一本正经："那就多了。我奶奶、李妈，还有……"

"停！"向晚知道这家伙在顾左右而言他，"你们男人处理感情上的事往往拖泥带水。也许你是不想伤害她，所以装作不知情。可她说不定会以为你知道，没有明确拒绝，她就有机会。白慕川，回避不是办法。"

白慕川淡淡地瞄着她："我以前不知道。"

"那是现在知道了，还没想好怎么处理？"

白慕川沉默。半晌他抬眼："你遇到追求者都怎么处理的？比如，程正？"

"……"

…………

唐元初找到谢绾绾的时候，她站在走廊的一个角落里，面对着窗外默默地吸烟。压低的帽子将她的脸掩在阴影里，若明若暗，好像蕴含了许多唐元初看不懂的故事……唐元初见过很多抽烟的女人，从内心讲他是排斥的，始终觉得女人抽烟流里流气的，给人一种不正经的感觉。

但谢绾绾例外，美人做什么都好看。美人抽烟不仅不让人反感，那懒洋洋的动作里带着一丝妖娆的性感，让她成熟的身体与那香烟袅袅缠绕在一起，有着唐元初在同龄女孩子那里看不到的风情……

他几乎下意识地停下脚步，不忍破坏她的世界。

两个人安静地站着，一个在前，一个在后。

"有烟吗？"谢绾绾突然转头，吓了唐元初一跳。

他以为她并不知道他来。谢绾绾慵懒地眯起眼，那眼尾挑着，像缠着一丝线，直勾勾地缠到了唐元初的心里……他的心脏怦怦乱跳："没有。"

"不抽烟？"谢绾绾微挑眉梢，明显地鄙视，就像大人看小孩子一样瞧不上……这让唐元初有点儿受不了。他很讨厌谢绾绾总用一种过来人的样子高高在上地看着他，莫名烦躁。

"抽！"他拍拍口袋，"不过……没带。"

谢绾绾翻了个白眼，看着他干净的脸，不知想到什么突然又是一笑，朝他勾勾手："过来。"

唐元初知道她对自己没什么好感，过去肯定不是好事，可他的脚不听话。

"什么事啊？"他走了过去，心快要跳疯了。

"有个事问你。"谢绾绾懒懒地说着，鼻腔有点儿闷响，就像哭过一样。唐元初皱了皱眉，不承想她却突然凑近他的脸，很近，近得可以看到他长长的睫毛在紧张地扇动。

"现在小孩儿的睫毛都这么长的呀？"谢绾绾自言自语，又耸耸肩膀，努嘴指向包间的方向，"你经常跟他俩在一起？"

前后两句话跳跃性太大。唐元初眉毛挑了挑："这让我怎么回答？"

"照实说。"

"哪一句？"

"我只对最后一句有兴趣。"

"哦。第一个问题，我不是小孩儿，该长大的都长大了。"

谢绾绾条件反射地低头扫了他一眼。唐元初想了想，防备地看着她："然后第二个问题。我经常跟他们在一起，所以不想别人破坏他们。"

谢绾绾眼风扫他，似笑非笑："看不出来你挺会来事的，这么短的时间就能让小白信任你。"

"那是因为我值得信任。"

"好吧！"看他梗着的脖子上青筋都快暴出来了，谢绾绾莫名其妙觉得有点儿好笑，只有小孩子才会十分在意这种言语上的争执，而她只关心结果，"说说呗！他俩咋搞上的？"

唐元初不喜欢谢绾绾轻佻的语气，更不喜欢她使用的那个动词："你很想知道啊？"

谢绾绾点点头："很想。我想知道我输在哪里。"

唐元初一声呵呵："可我不想告诉你。我气死你！"

"你……"这个人怎么这么欠揍啊。

谢绾绾是真的想揍他。可她没有喝酒，打不出那一拳。

"行。有种。"谢绾绾揉了一下鼻子，拿着从白慕川那里顺来的打火机，与唐元初擦肩而过，没走几步，突然停下，回头看着他，笑得像个妖精，"小朋友，帮个忙？"

"我不是小朋友。"唐元初黑着脸走到她面前,"我看起来像一个成熟男人?"

他似乎有点儿生气,跟她说话时喉结适时地一滑。以谢绾绾的高度刚好看到那个男人成熟的标志……以及,刚刚发现这家伙长得挺高。谢绾绾意味不明地一笑:"行!成熟男人,帮我买包烟呗?"

明显的戏谑唐元初听懂了,可他读不懂她的眼神。这个女人的心眼太多了,他觉得她的性格很招人烦,却无法拒绝为她买一包烟。

他摊开手:"钱——"

谢绾绾:"……"

私房菜馆没有香烟卖,唐元初在吧台问了一下,下楼去了。谢绾绾不想回去,但一个人在外面游荡也不是事。而且白慕川明天一走,下次再见已不知何年何月……她说服不了自己就这样离开。

整理好心情,她再推门时又成了那个桀骜不羁的样子:"好了,灯泡退烧,可以正常聊天。"

向晚看了她一眼:"唐元初呢?"

谢绾绾没什么表情:"帮我买烟去了。"

"哦!"向晚笑了笑,转头对白慕川说,"那你们聊一会儿,我上个卫生间。"

…………

房间安静下来。谢绾绾懒懒地倚在椅子上,笑看白慕川:"你女人挺不错。"

"当然。"白慕川说得理所当然。

谢绾绾看他看得太仔细,甚至从他眼底看见了几分骄傲,能让一个骄傲的男人骄傲的女人……谢绾绾觉得自己输的不是运气,也不是勇气。她一叹:"那我能说什么呢?祝福你了。"

"谢绾绾,"白慕川记得向晚的话,可有些事他不适合主动提及,"你已经祝福我很多次了。"

"是吗?哦,忘了。"谢绾绾低头捋一下头发,"年纪大了,记性不好。"

"扯淡！"白慕川拿起桌上的烟盒，抽出一支烟，递给她，然后自己点了一根，低头深深吸了一口，"认识多少年了，谁不了解谁？"

谢绾绾笑了笑，认真地看着白慕川："你了解我？"

"不然呢？"

"从不了解。"谢绾绾视线落在他身上。他衬衣的袖口稍稍卷起，他微眯着眼吸烟，长黑的眼睫遮盖了一丝锋芒，让他显得慵懒了不少，也更性感、更男人。谢绾绾肆无忌惮地打量他，慢慢地，竟有一点儿羡慕他指上的烟："小白，今天以前我一直喜欢你。"

白慕川好久没有动。有风吹过，带出谢绾绾一丝笑："但从今天晚上开始我决定不再喜欢你了。"

白慕川慢慢地吸一口烟，不置可否，一个字都没有。谢绾绾觉得自己挺失败的，好不容易鼓起勇气做了自我剖析，换了一个冷冰冰的回应。

"你放心，我不是那种人。你认识我这么久，对我应该有信心。我为什么要说出来，是因为……我不说我觉得我过不去。这么多年了……如果我连开口的勇气都没有，我过不去，我会鄙视自己。

"我其实一直以为我们是一路人，一路走过来，也会一路走到结局。你不会爱上我，也不会爱上别的女人。因为再不会有人懂你，就像，除了你，永远不会有人懂我一样……可我好像错了。"谢绾绾手夹着烟，撑着头，"小白，她比我好。她有未来、有阳光。而我什么都没有。"

白慕川沉默。谢绾绾深吸一口气，抬头直视他："陪我喝点儿吧？就像朋友那样。然后那个配不上你的谢绾绾今晚就死了。你只有一个叫谢绾绾的朋友。"

十来秒的安静后，白慕川淡淡回复一声："好。"

第十章　无问对错

夜渐渐深了，包间里酒气浓了，席也终于散了。从菜馆出来，唐元初先把白慕川和向晚送到小区门口，再转头送谢绾绾。她喝得最多，瘫在副驾上，酒气熏人，嘴巴一张一合，软绵绵的，像一个会呼吸的大娃娃。

"咯！咯……"谢绾绾捂着心窝，轻轻地揉扯着，不舒服地发几次干哕，眉头紧紧皱在一起，不耐烦地低嚷："开快一点儿。"

唐元初懒得理她。谢绾绾打了个酒嗝，不睁眼指挥道："听到没有，再快一点儿，一会儿多给你钱。"

她以为自己在打车啊？唐元初有些好笑："喂，知道自己是谁吗？"

谢绾绾说："孟凉！"

她真是喝傻了，连自己是谁都不知道。这个孟凉是她演的哪个角色吧？唐元初想着，突然转头，只一眼，脑袋就炸了。谢绾绾不知道什么时候把前襟的扣子扯开了，露出里面的蕾丝内衣以及一片白得灼眼的肌肤，沟渠深深，锁骨细细……

他神经绷起，鼻腔发热，飞快地别开视线，握着方向盘的手紧了紧："谢绾绾？你把衣服拉好。"

"烟呢……"谢绾绾拖着长长的嗓音不耐烦地喊，"拿支烟来。"

"消停点儿吧，一会儿送你回去，爱怎么抽怎么抽。"唐元初怕她烧着自己，当然不肯给。

哪儿知道谢绾绾半眯着眼看了一下，突然扑过来，上手往他兜里掏："你给我拿来……"

"安全带都绑不住你……"唐元初无奈，车厢狭窄，哪儿经得住她的折腾？"你等一会儿，我找个地方停车。"

"烦死了！"谢绾绾嫌弃地骂着，根本就不知道危险。她扯住他的衣摆，掏他的兜，在他身上到处翻找，软软的指腹隔着一层衣料骚扰他的身体。

唐元初听见内心的狂跳，却不敢胡乱动弹："谢绾绾！你坐好。我在开车。"

"我要……烟呢……你大爷的……拿出来……"

"你坐好啊，我……"他话没说完，突然一哑，像被堵了嘴，说不下去了，双手僵硬般一怔，差点儿把控不住方向盘。这个女人！这个疯女人——

"松手。"唐元初咬牙切齿，死的心都有了，可这条路太长，根本就没有停车的地方，"放开我，给你烟。"

没办法，他求和，好不容易从齿缝里迸出一句，声音哑得像缺了水。谢绾绾得意了，咯咯地闷笑："你以为我这么容易被人骗啊……小子，你太嫩了，姐姐出来混的时候……你还在穿开裆裤呢……"

"再说一次，我不小，不是小朋友。"

谢绾绾眼一弯，笑意荡在唇角，像是清醒了几分，眯起眼注视他："哎……有过女人吗？"

"……"

"有吗？问你呢。"

"……"

"不说是吧？不说我就……"

"啊！没有。"

"那你……想吗？"

"……"

"想做吗？"

唐元初喉咙里像塞了一团棉花，呼噜着发着杂音，进退不得，说不出话，像失去了掌控力的舵手迷茫地行驶在大海上，由着那妖精胡乱张狂。谢绾绾却根本不明白自己说了什么，借着酒精的麻痹，在这一方闷热而狭小的空间里肆意妄为……

…………

同一片天空，不同人有不同的故事。这天晚上，向晚喝了一点儿小酒，头晕晕的，睡了一个难得的好觉，累了好些天，这一睡下去，死沉沉的，万事不知。第二天她睁开眼，天光大好，白慕川已经离开了。手机里有一条消息，是他两个小时之前发的。

"小向晚，我去机场了，看你睡得正香，没忍心打扰你。不过我有亲你。唉，睡着的你很嫌弃我……偷偷亲一下，马上就被打了。嗯，欠着我的。"

向晚摸了摸嘴唇，偷偷笑弯了眼。

他来去匆匆。下次，下次他们见面是什么时候呢？

白慕川没有告诉她具体时间，她能做的只有等。幸好，他忙她也忙。生活不尽如人意，但向晚很珍惜，上班、码字、下班、陪护，单位、医院和出租屋三点一线的日子，过得极为充实。白慕川返京后两个人保持着每天早、中、晚三次交流的节奏，各自把工作做好，闲时想着对方，淡淡的思念，并不觉得相思苦。

刑侦队的工作一如往昔。向晚几乎每天上班都会见到程正，偶尔也会聊上几句，不痛不痒。程正对她的事概不多问，向晚也概不多说。白慕川离开后，刑侦队里跟向晚接触最多的人是她旁边的八卦王小刘以及唐元初。那天晚上喝完酒，向晚其实很想问一下唐元初当晚送谢绾绾回去的情况——毕竟当时她醉得太厉害了。可每一次她提到谢绾绾，唐元初就闪烁其词，借口很忙匆匆离开。

向晚觉得古怪。她问小刘："唐元初这几天是不是有状况？"

小刘："状况？什么啊？"小刘怔了一下，一双八卦的眼又亮了起来，"向老师，你是不是听说什么了？"

向晚："你问我，我还想问你呢。"

小刘是整个大队八卦新闻的官方产出地，他都不知道，那肯定就是没事了，于是向晚作罢。没有想到，中午下班时唐元初主动来叫她："向老师，有个事想找你一下。"

大厅里人多，唐元初把她叫到小办公室。里面没有人，他看了她一眼，反手把门关上："你坐，向老师。"

"搞什么啊，神神秘秘的？"

向晚奇怪地望着他，若有所思地一笑："是不是有什么私人话题想要告诉我？"

唐元初眉头微微一皱："是。"

"哦？"向晚挑挑眉，以为他会说感情上的事，没想到他说的是工作上的事，"你有没有听说白队的调动文件下来了？"

"还没有。"

"老齐以后就是大队长了。"

最近一直是齐沧海在代理队长的职务，如果白慕川调离，他确实是最有可能升职的人。不过这些事情向晚没有听说，也不知道唐元初告诉她这个是什么意思。

唐元初眼巴巴地看着她："你不准备跟着白队过去吗？"

这个问题向晚也很纠结："目前怕是不能。"

她回答得委婉，唐元初听了却撇了撇嘴，像个被抛弃的小动物："我想跟他去。"

向晚嘴唇抽搐一下："你爱上他了？"

"说什么呢？"唐元初无辜地翻个白眼，突然有点儿丧气，耷拉着眼皮说，"白队一走，我突然觉得……工作一点儿激情都没有。"

"激情？"她笑，"最近没有大案子而已……"

唐元初不太自在地撸头发："我也不知道为什么，就是觉得没劲。"

向晚听得唏嘘："我怎么觉得你更像他的女朋友？"

"别逗了，向老师，我都苦死了，很认真地找你诉苦呢。"唐元初揉了揉脸，沉默半秒，话锋突然一转，"向老师，我有一个特私人的问题想问你。"

"说啊。"

"你说如果一个女人……"说了半句唐元初又突然停下，搔搔头，纠结得皱起眉头，"算了，你又不是那种女人，问了也不知道。"

"……"

那种女人，哪个女人惹到他？

向晚哭笑不得："你不说我怎么会知道？继续问！"

"没意思，不问了。"唐元初陷入某个旋涡里，一脸的颓丧，叹口气，他无力地指了指门口，"走吧，我们吃饭去。"他站起来要走，突然又停下，"差点儿忘了！我还有个事要告诉你。"

向晚上下打量他片刻，忍不住笑了："你吃错药了？"

"没！"唐元初不好意思地说，"就是有点儿走火入魔，脑子短路了。"他笑着把手机打开摆在向晚的面前，"你先看看，这是关于你管理群里那几个读者的调查。"

"啊？"向晚飞快地翻阅他手机上的资料。

唐元初解释："白队当时把这个事情交给我办。因为不想节外生枝，是我单独调查的……"

"结果怎样？"

"结果你看。"

资料很详尽。那个七个人的QQ群里，除了二妞（田小雅）、棉花糖（毛桂桂），剩下的四个管理员，她们很长时间没在QQ冒泡，但根据唐元初的调查结果，她们四个人竟然约到一起出门旅游去了。四个人分别在四个不同的城市，因为她的书而认识，成了朋友，然后结伴旅行。这看上去好像很合理，不过向晚却觉得不可思议。

"上班的人不上班，上学的人不上学，一走就这么久……不奇怪吗？"

"不奇怪啊！"唐元初笑着说，"一场说走就走的旅行嘛！"

向晚觉得有点儿不对，又说不出个所以然，毕竟每个人的价值观不同，她不认可的事别人不一定不认可。唐元初看她一眼："向老师你放心吧，她们每天都和家人朋友联系，出不了事。"

向晚点点头，不再多虑，但吃饭的时候还是再次翻开那个QQ群。那四个人的头像依旧是灰的，向晚给她们发的消息一直处于未回复的状态。她终于明白——她们不是出事了，只是不想再理她而已。

曾经聊天欢笑的人终于变成了陌生人。向晚一边吃饭，一边在读者群里

372

看大家聊天，然后不知出于什么心情慢慢地敲字发送一句："《谋杀男神》诚招管理员，有意向的私聊！"

QQ嘀嘀地叫起来。向晚打开消息一看，第一个联系她的人是渊芊芊："嘿！看看我怎么样？别的本事没有，就是胸大，还有不怕死。"

向晚内心的乌云一秒被拨开："我别的爱好没有，就喜欢胸大。那，就你了，不怕死的小伙伴。"

"嘿，一言不合就臭味相投了啊！"

"长得美的人总是相似的。"

"哈哈哈！"

至此《谋杀男神》有了第二任管理员。她们重新建了群，但向晚不是一个会管事的人，把管理群的事以及招新管理员的工作一股脑地交给了渊芊芊。很快她又找到了几个"一言不合就臭味相投的大美人"，沉寂已久的《谋杀男神》读者群重新恢复了生机。

好事一桩接一桩，次日白慕川就告诉她重案一号正式在京都挂牌。

"恭喜恭喜！"向晚很开心，第一个发去了祝福。

但白慕川的语气却懒洋洋的："没什么可喜的。"

"嗯？"向晚察觉到他的情绪不对，"怎么啦？不开心啊？"

"没有不开心，也没有开心。"

"为什么？"

"因为——你不在身边。"

谭云春已经苏醒了，但是身体还没有完全康复，这时她怎么能离开？向晚没有给白慕川明确的回复，也是不知道京都的天气，这些天一直阴云密布。

白慕川一个人坐在办公室里，默默地看着桌上的人事任命书。

上头不仅调来了他要的行动队长权少腾，还调来了程为季看好的那个内侄女程馨。这个工作伙伴有闪亮的个人履历，漂亮的脸蛋，还带着千丝万缕的关系。

白慕川莫名其妙有些烦躁，慢慢起身走到窗口。窗外的黄叶落了，一地金黄。他点燃一支烟，枯坐半小时，离开办公室，开车回白宅。

李妈一个人在客厅里，看到他出现，满脸喜色地迎上来："小白先生回来了？夫人今儿一整天都在念叨你呢，我这就去叫她。"李妈年轻的时候就在白家照顾白老太太，所以她习惯的称呼老是改不过来。

白慕川看她要转身，皱眉喊住她："李妈，一起上去吧。"

"哎哎，好。你看我这是高兴坏了。小白先生，你先走……"

白慕川走在前面，低声问她："这几天奶奶身体还好吗？"

"最近还算稳定，就是老记不住人，也记不住事……"李妈瞄了一眼他，"可她忘记谁也没有忘记过你。"

白老太太年纪大了，身体各项机能都在走下坡路，三天两头生病，腿脚也不方便，几年前就患上了阿尔茨海默症，记忆力出现障碍，经常连自家孩子都认不得。奇怪的是她一直记得白慕川，只要一段时间看不到他，就要开始唠叨。

白慕川最近很忙，一般住在市区自己的私宅，不怎么回白家。听到李妈的话他脚步稍稍沉重，但脸上的情绪收拾得很好，看到老太太就是一个大大的笑容："奶奶，我回来了。"

老太太愣了愣，开心地笑了笑，又突然沉着脸："你媳妇儿呢？怎么没有跟你一起回来？"

白慕川："……"

不知道老太太为什么问起这个，他一时不知道如何回答。

"我昨儿听你爸说他们给你找了一个对象啊！"老太太疑惑地说，"我都盼一天了，怎么也不领回来给奶奶瞅瞅啊！"

给他找了个对象？白慕川心里一沉，握住老太太的手："奶奶，我媳妇儿没在京都，在锦城呢……这段时间她妈妈生病，怕是来不了。"说到这里他抬眼望向李妈，"上次李妈不是跟你讲过了吗？"

"讲过了吗？哦，看来是我……又忘记了。"老太太自顾自地说着，"我最近好像有点儿糊涂，总是想不起来……我是不是又生病了啊？"

生病的人心里也是明白的。白慕川暗叹一声："没事的，奶奶，你很快就好了。"

老太太就喜欢他，看到他就高兴，对自己的病也不太在乎，笑得一脸皱纹地看着白慕川："好好，还是我大孙子乖。不过川川啊，你要赶紧把媳妇儿领回来，让奶奶看一眼。"

"嗯。"白慕川应承着。

"一定要快哦！"老太太一双混浊的眼里流露出伤感，"最近我老是做梦，梦到你爷爷啊……他说一个人在下头寂寞，让我赶紧去陪他……川川啊，奶奶怕一走就见不着你婆媳妇儿了。"

白慕川心里一沉："奶奶说什么呢？你不是还要给我带儿子的吗？"

"也是。"老太太想了半响，点点头，"那成，你回头给你爷爷多烧几个好看的丫头，让他别惦记我了。我还要抱抱重孙子……"

"……"白慕川嘴唇哆嗦一下，看老太太说得一本正经，他想笑又不敢笑，只深深一叹，"奶奶，有人欺负你孙子……"

"啊！"老太太一听就黑了脸，"是哪个狗胆包天的，你跟奶奶说，奶奶给你做主！"

白慕川眉梢挑了一下，委屈地说道："白振华，您儿子……他不让我带媳妇儿来见你，要另外给我找一个女人……可是奶奶你教过我，男人不能喜新厌旧、三心二意、朝三暮四、始乱终弃……对不对？"

老奶奶有点儿糊涂，认真地望着他的脸："川川啊，你把人姑娘给……乱啦？"

这个不是重点啊！白慕川心虚地看了她一眼："差不多吧。"

"哼！你爸是个糊涂人。"一听这话老太太生气了，捏着轮椅的扶手语重心长地说，"你爷爷当年全靠一身正气才娶到了如花似玉的我……才能生下白振华那个猴崽子。没想到啊，这个白振华忘了本了。等他回来奶奶帮你收拾他。"

"奶奶，你最疼我了。"白慕川握住老太太的手，一脸感激的样子，"那就交给你了啊，我得先走了。"

"走，有家不回，你又要上哪儿去？"

"我下午还有工作。另外就是……"白慕川低头，"回头白振华看到我又得凶，又得吼，我不敢待在家里。"

"啊！"老太太有点儿吃惊，"他还打你吗，川川啊？"

白慕川目光一黯："没有。奶奶，我先走了，晚点儿再来看你。"说完，他松开奶奶的手，让李妈好好照顾，然后飞快地溜走了。

背后老太太看到远去的孙子痛心疾首："赶紧给那个欺负我孙子的白振

华打电话，让他来见我！"

李妈："……"

发生在京都的事情向晚并不知情。妈妈突然苏醒，点亮了她的世界。她工作更卖力了，照顾母亲也更细心了，一方面是为了多赚钱，另一方面是希望妈妈快点儿恢复到以前的状态——这样她就可以去京都看白慕川了。

第三天齐沧海的正式任命下来了，白慕川的组织关系也脱离了洪江区刑侦大队。他一走向晚就觉得自己留下来的意义不大了，她找到齐沧海递上了辞呈。齐沧海是个实诚人，也是洪江区的老刑警，对向晚和白慕川的事他是知道的，大概明白向晚的顾虑。

"向老师，如果你是因为考虑到未来的工作规则，我不留你。如果你是因为别的顾虑离开，那没有必要，队里还是需要你的。"

向晚不好意思地低头理了一下头发："都有一点儿吧。主要我自己的写作任务重了，另外就是……我的工作意义不大，感觉在队上混吃混喝不太好。"

齐沧海微笑着看她："那你想多了。把你招入警队虽然是白队的提议，可当时也是经过讨论得到批准的。向老师，其实不是你在队上没有作用，而是我们地方太小，没有那么多大案供你发挥作用……"

向晚被他说得不好意思起来。齐沧海看了她一眼："你对前面几个案子的侧写分析我都认真看了，老实说，非常意外，非常震惊。案件侧写在我们这个领域还是一个新兴的技术，我以前确实不太看好，但认真说，你对我们破案有很大的帮助。"

向晚被夸得有点儿脸红："齐队过奖。主要还是大家的功劳。"

"那是，一条心才能拧成一股绳嘛。"齐沧海点点头，又语重心长地说，"这样吧，你考虑到月底，好歹把工资领了？"

"成。谢谢齐队。"

人家把话说到这份儿上，向晚还能说什么？而且这个辞职的时机其实很不对，这是在向晚离开齐沧海的办公室时才想到的。且不说齐沧海对她才华的肯定是真是假，但他不希望她离开是真的。白慕川前脚一走，她后脚就辞职，知道的人以为是她自己走的，不知道的人会怎么想？

这几天谭元春的身体恢复得很好，向晚留在医院陪护的时间少了一些。不过她到底生了一场要命的病，不是说一日两日就可以完全恢复正常的，在谭月春的坚持下，一心想出院的谭云春没有得到家里人的批准，又多住了一些时日。

医院产生的费用全都是谭月春垫付的。向晚知道她不缺这些钱，可还是拼了命地加更，想早点儿把债还上。她特地查了一下自己的存款，汗颜地发现离母亲的治疗费用还差了好大一截……

下个月的稿费应该会多一点儿吧？毕竟有一个高达10万元的打赏。想到这里向晚又打开手机，看了一下沐二少正在连载的小说《白名单》，结果遗憾地发现沐二少仍然没有更新。都这么久了，这个作者是消失了吗？难道《白名单》要变成一本烂尾书？

评论区里哀鸿遍野，很多人都在呼唤沐二少回归。

向晚叹一口气，也留了一条鼓励的书评："我是你的忠实粉丝，不管你遇到了什么事，我希望你都不要轻易放弃《白名单》，有太多的人爱它……我们一直在等待，从来没放弃。"

留完言，她打开自己的电脑，随意地翻到书评区。熟悉的、不熟悉的面孔活跃在书评里，留下了他们的足迹。每一次看书评，对向晚来说都是一次精神上的享受和交流，当然前提是没有人骂她。

最近她更新不错，评论区里赞声一片，向晚也从中感觉到了工作带来的乐趣。她一条条翻看着，唇角不知不觉地往上扬起，突然一条留言进入眼帘——"最近更新很好，一天都没断。可是好久都没有案子发生了，作者你就不觉得惭愧吗？这是一本以案件为基调的小说。有欲望的地方就会有罪恶……一本没有罪恶的书食之无味！"

神秘ID，那个人又出现了。

向晚心里一跳，随后又释然，都过去这么久了，也没出什么事。疑心生暗鬼，不要多想了，她琢磨一阵，低头给白慕川发消息："忙吗？"

白慕川很快回复："嗯，还成。今天咱妈恢复得怎么样？"

每次听他说"咱妈"的时候向晚心里就火辣辣的，有一种说不出是开心还是羞涩的滋味儿："恢复得挺好的。我一会儿下班去接她出院。"

"那……小向晚，你是不是很快就可以过来陪我了？"

向晚微微一笑："至少要下个月初吧？"

"一言为定。"

十二月很快就到。虽然齐沧海客气地挽留，但向晚还是在十二月的第一天离开了洪江区刑侦大队。相处这么久，同事们都很舍不得她。人心都是肉长的，向晚心里其实也有些不舍，离开的时候她把自己的东西一件件整理到小纸箱里，最后一次把办公室打扫干净，然后微笑着向大家告别。

刑侦队大多是男士，并没有表现出过多的情绪。唯一的女士梅心只淡淡地对向晚点了点头，一个多余的字都没有。可是向晚离开后，她却一个人在楼上种植多肉植物的窗口，看着向晚离开的身影站了很久。

天已经凉下来了。向晚抱着个箱子，不想挤地铁。她站在刑侦队大门口准备打车，可刚刚点开打车软件，背后就传来一声喇叭声。向晚回头，看到程正的车驶出来，停在她的身边。

"走吧，我载你一程。"

"你这就下班了？"

"下班了。"

"……"

从向晚妈妈住院到现在她和程正已经很久没有同行了，过去那些一起吃早餐、一起上班的岁月，仿佛遥远得过去了一个世纪，记忆里模糊了事件，也模糊了很多感觉。

"好吧！"向晚没有拒绝，抱着箱子坐到后座。

程正从后视镜里看了她一眼，默默地发动了汽车。两个人一言不发，走过了一条条漫长的街道。汽车在小区门口停了下来。程正坐着没动，手紧紧握住方向盘，迟疑了很久，终于转头看着向晚："你是准备去京都吧？"

突如其来的问题让向晚不知如何应答。

程正："我听说你妈妈恢复得不错，快出院了吧？"

向晚看了他一眼："已经出院了。"

程正皱了皱眉头："最近没去医院，不好意思。"

向晚微微一笑："程队，你对我的帮助已经够多了。抱歉的是我。"

程正抿唇："以后有什么需要你也可以再找我。"

向晚点点头，除了微笑不知道能说什么："一定会的，谢谢程队。"

下车的时候向晚抱着箱子站在路边，放下箱子，对程正摆了摆手："程队，再见。"

程正面色幽沉，看着她慢慢地说："我也准备调回京都，就等任命了。"

嗯？向晚一怔，猛地转头，正好对上他灼灼的眼神，想问点儿什么，又觉得不合时宜。程正看她一眼，没有什么异样的表情："你放心，跟你没关系。只是洪江区确实太小，我想要更好的发展，还得回到京都——再说我的家人都在那里。"

向晚微微一涩："那挺好的。祝程队前程似锦。不过房子的事……"

"那个不着急，方圆圆不得住下去吗？到时候她会跟我交涉。"当初租房的人是方圆圆，就算要退租，也应该是方圆圆。

向晚轻轻嗯了一声："谢谢！"

"客气了！"

他们各自离去。向晚上楼，程正没去停车，又径直原路返回。他和她都是活得清醒而理智的人，不会为了一个并不存在的未来影响现在。向晚是，程正也是。人生已经固定了轨道，过去的一切就像一个个支离破碎的镜像，打碎，重组。

…………

向晚回家收拾收拾，写了两章更新发上去，等方圆圆下班回来，一起去了小姨家。认真说来，向晚家比方圆圆家还要悲惨一点儿，在房价日益高涨的今天，方圆圆家至少还有一个套二的房子，而她家……房子早些年卖了个贱价，如今连个固定的居所都没有。

向晚内心是沉重的，可再一次踏足小姨的别墅，那境况竟与早些时候不同。家里又请了一个保姆，不是照顾天天的，是照顾谭云春和料理家务的。谭云春经过一个多月的休养，病后回来想要继续干活，可谭月春死活不肯，什么都不让她做。

向晚对这突如其来的关爱受宠若惊："谢谢小姨。"

"谢什么？我是你姨，亲姨。"小姨笑吟吟地说着，又问向晚，"晚晚啊，你看你妈这都好得差不多了，你打算什么时候去京都？"

谭月春一贯这样，对她们姐妹几个的工作是从来不在乎的，不过对她们

379

谈的男朋友嘛，就很在意了。在白慕川那天回锦城后，她私底下找人打听了一下，听说那是京都白家的孩子，有点儿坐不住了。

"这年轻男女啊，心思没个定性，异地恋很不利于感情发展……"说到这里谭月春若有似无地瞟了一眼默不作声的邢远航，"现在的小妖精可厉害着呢，不要说小白这种有才有貌的青年人了，就算是中年大叔，只要有钱有地位，那一个个也是不要脸地上赶着往上扑……"

"喀喀！"邢远航放下碗，面无表情地看了她一眼，"你们慢吃，我吃好了。"

他上楼去了，不多说话，也没什么别的动静。可他前脚一走，谭月春后脚就变了脸色。当着侄女的面她有点儿绷不住，整个人僵在那里。

向晚看看她的脸色，沉默了片刻："小姨，我估计这两天就会去京都，所以有点儿不放心我妈……"停顿一下，她索性放下筷子，严肃地说，"我今天过来就是想跟你说这件事的，如果小姨家里不缺人手的话，我希望我妈妈能跟我一起去，就当是旅行，散散心……"

谭月春脸色更黑了，她就那样看着向晚："你这是什么意思？"

向晚知道小姨生气了，语气更是放软："小姨，你对我和妈妈的照顾，我是真的感激，但是……我们不能一直给你添麻烦。"

谭月春不说话。向晚暗叹一声，握住她冰冷的手，推心置腹地说："这些年来你对我们的关心已经很多了，我心里都记着。但我其实也有点儿担心，你对娘家照顾太多，婆家会给你气受……"

邢远航从来没说过什么，但一个女人总往娘家拿，难免被人诟病。她这话谭月春总算听入耳了，眼眶有点儿红："如果你妈愿意去，我没意见。可她刚刚出院，我是不建议远行的。而且你这次过去是关系着终身大事的，第一次就带着妈过去，我怕白家人会说你闲话……"

"我和我妈的生活我会自己料理。"向晚微微一笑，"我最近稿费收入还可以，养我和妈妈可以的。我不花他一分钱，谁也说不着我。就是……"向晚有点儿不好意思，"欠你的钱我会尽快攒够了还你。"

"说这些干什么？"谭月春看了她一眼，"我从来就没想过让你们还。"

向晚知道她说的是真的，也因此内心很难过。小姨或许势利，或者有很多中国式家长的毛病，可那些钱是她花掉的。就冲这一点，她从不敢忘恩。

"我不去！"谭云春好不容易抢过话，发表意见，"我一把年纪了，折腾那些做什么？我又坐不得车，坐飞机也怕头晕……不去了。"

"妈……"

"我知道你不放心我。"不待向晚说完，谭云春又打断她，"你长大了，过你喜欢的生活去，不用担心妈。我是不想走的，天天离不开我，他太小了，我怎么也得看着他上小学……"

对于出生就在自己身边的邢天天，谭云春简直把他当亲生儿子看。可向晚很清醒，这不是妈妈不跟她去的主要原因，说到底还是怕拖累她。

…………

行程定下，向晚准备采购一些东西带着，离开锦城，别的都好，就是吃的东西不习惯。这次去京都，她没有想过长住。网络作者的工作性质给了她便利，只要带着电脑，走到哪里都可以工作，不会受限制。就像她对谭月春说的一样，就当去旅行好了。

向晚准备好行李，在临行前的晚上又特地准备好一桌菜，等方圆圆下班。两个人喝了点儿酒，一把鼻涕一把泪地说了很多话，忆苦思甜，然后倒头大睡。待方圆圆醒过来，向晚已经到了机场。

桌子上有向晚准备的早餐，还有她留下的一张字条："坚强的姑娘，不要忘了，你也是有娘家的人。谁欺负你，我就会回来。"

方圆圆一个人站在桌边，看了好一会儿，突然撇嘴跌坐在椅子上，先是小声呜咽，然后眼泪滚滚而下，捂着脸失声痛哭。

…………

向晚登机时特地给白慕川发了一条信息："小白先生，你订购的女朋友已经发货，订单号为CAXXXX……"

她没有收到回复。飞机准备起飞了，她默默地关上手机。向晚位置靠窗，坐在她身边的是一个女孩儿，年纪不大，衣着时尚，戴着眼镜，一直低着头在看书。

向晚没有太注意，闭上眼睛休息，飞机升空平稳后，空姐推着车来发午餐，向晚要了米饭，伸手去拿，那女孩儿帮她接了过来。

"谢谢！"

"不用。"

很简单的交流，她们就像旅途中偶遇的陌生人一样，向晚万万没有想到这个萍水相逢的女孩子会为她带来那么大的波浪……

飞机穿行在云层之上，向晚不知不觉睡着了，有人轻轻触碰她的手肘。她惊醒，转头发现是邻座那个年轻的女孩儿。向晚眉头一动："有事？"

女孩儿看着她，镜片下的眼睛忽闪忽闪的："你是写小说的吧？"

向晚吃惊。"你怎么知道？"

女孩儿的笑容有点儿淡，视线反复在她身上打量："因为我在文泉书院看书！"不等向晚回答，她又补充道，"上次在书院的论坛上看过你的照片，你叫向公子晚对不对？就是那个写《谋杀男神》的作者？"

向晚没有承认，也没有否认。

那女孩儿一下子兴奋起来，双眼亮晶晶地看着她："其实你上飞机的时候我就注意到你了，但是不敢确认……刚才又观察了好久，还是忍不住想问问你。向公子，我看过你的书……"

遇到看过自己书的读者，向晚稍稍有点儿腼腆："是的，我是向公子。"

"哇！"对方轻叫一声，看得出来很开心，"那你可不可以帮我签个名儿啊？我很喜欢你的书！"

向晚写书这么久，还从来没遇到过粉丝让签名儿。看着女孩儿单纯的眼神，她拒绝不了："好吧。"

女孩儿低头从包里翻出一个本子，又抽出随身携带的钢笔递给她。看得出来她是一个学生——笔记本的前面几页还有笔记。向晚拿起笔写上自己的笔名。

女孩儿慎重地道谢，收好本子，又与她闲聊起来。其间女孩儿说到一些文泉书院的八卦，向晚有点儿尴尬，她不想跟读者说这些，可伸手不打笑脸人，又不得不应上几句。就这么尬聊了一会儿，女孩子突然皱眉："完了……"

向晚问："怎么了？"

女孩子微微低头，压低嗓音说道："我的胸罩钩到衣服上了。我扯了一下，没扯开……"

向晚："……"

女孩子反手伸到后背，身体在椅子上磨磨蹭蹭的，表情很不自在。偏偏她的另一边坐的是一位男士。那男人察觉到异动，斜眼望过来。女孩儿低下头，越发不好意思："向公子，帮个忙好不？"

向晚挑挑眉："嗯？"

女孩儿说："帮我弄一下，我怕衣服钩坏了，一会儿就难看了……"

在大庭广众之下当然是不方便弄隐私部位的。女孩儿指了指不远处的洗手间，给了向晚一个口型。向晚不好拒绝，女孩子独自出门在外，遇上这种事就像大姨妈来了没有卫生巾一样，同是女性，能伸手帮忙，一般都不会拒绝，更何况对方还是自己的读者。

两个人一起走进卫生间，女孩儿反手关上门。

女孩儿穿的是一件白色针织毛衣，向晚从她后背翻开，一看，内衣的小钩子确实钩住了衣服。她低头小心翼翼地帮女孩儿把钩缠的地方扯开："好了！"

女孩儿松一口气："谢谢！哎呀！怎么办？"她突然惊叫一声，又打开水龙头，不停地用湿手擦着衣服，"啊啊啊啊啊！不行了不行了……脏死了。"手是湿的，白衣服上沾染的墨汁被水晕开，一团一团，像黑云。"我天，我的衣服……肯定是钢笔漏墨了，搞到了手上……这样子见不得人了……"

向晚："……"

女孩儿无辜地看着胸前的一片污渍。她穿得本来就少，这又湿又黑，确实有点儿难看。

"向公子，可不可以借一下你的丝巾？我遮一下，一会儿出去我拿到行李箱就还给你……要不我都不敢出去了。拜托……拜托……我这样出去好丢人的……"

向晚很喜欢买丝巾，尽管不富有，但买的丝巾却极有品位，秋冬季节，丝巾也是她经常使用的单品……此刻她脖子上确实有一条丝巾，是她非常喜欢的一款，为了见白慕川专门系上的。

其实这个世界大家都挺忙的，没人那么关注陌生人。但小姑娘总是好面子，自尊心格外强。向晚看她为难的样子，叹口气，取下脖子上的丝巾递给她："行，你拿着吧。"

她取下丝巾递给女孩儿，就出去了，顺手帮女孩儿拉上门。

回到座位上向晚把头转向窗外，想着与白慕川的见面，没有太往心里去，直到卫生间的方向突然传来一阵嘈杂，好像有人在里面疯狂地踢门……

空姐走过去敲门："有人在里面吗？"接着，她拧开门把手，然后"啊"的一声惊叫！

这一叫乘客立马紧张起来。很快空警就冲了过去，几个空姐站在卫生间两头，让乘客不要惊慌，不要随便离开座位，也不许任何人靠近……

向晚狐疑地看着，不一会儿，裹着一条毯子的女孩儿在空姐的搀扶下出来了，她没有回座位，而是被带去了头等舱的位置。向晚还没想明白怎么回事，乘务长就带着两个人过来了，客客气气地把她请了过去："女士，麻烦你跟我们过来一下。"

看着他们脸上的微笑，向晚迟疑一下，跟着过去。紧跟着，广播里就传来空姐抱歉的解释说由于飞机发生一起突发事件，此次航班将临时迫降在西市，希望广大旅客理解，并在下飞机的时候配合机场警方调查。

乘客们议论纷纷，都在猜测和卫生间里的女孩儿有关，可到底发生了什么事，没有人知道。

四十分钟左右飞机落地西市机场。向晚是在两个空警的押解下第一个走下舷梯的。舷梯下方停着几辆警车，还有120救护车。一群警察在等着她。那个从卫生间里抢救出来的女孩儿被扶上了救护车。

直到这时向晚还丈二和尚摸不着头脑。她只知道自己被机场方面控制了。空警告诉她，她涉嫌一宗故意伤害案。看到警察严阵以待的样子她一颗心悬到了嗓子眼。

坐上警车她直接被带去了机场派出所。这种地方的环境向晚很熟悉，从布置到气氛，就能感觉到那浓浓的压迫感。

向晚脊背僵硬地坐在讯问区的椅子上，两名民警坐在她的对面。

"你跟受害人张露是怎么认识的？"

向晚平静地看着他们："我不知道谁是张露。"

两个民警交换了一下眼神，把一张照片递给她。

"她？"向晚惊住了。

384

照片上的人正是飞机上那个自称是她读者的女孩儿。而且民警手上这张照片就是在飞机上的卫生间里拍摄的，应该是乘务员当场拍摄，交给警方做证据的。照片上的女孩儿有气无力地弓着身体，身上穿着那件被墨汁搞脏的白色针织毛衣，嘴被她自己的内衣堵得严严实实，双手被人反剪着紧紧缚在盥洗台上——捆缚她的正是向晚的那条丝巾。

这一看向晚什么都明白了。

当时跟着那女孩儿一起进去的人只有她。那女孩儿被人反捆，嫌疑人除了她还会有谁？

"警察同志，我真的不认识她。"向晚知道这个时候应该怎么跟警方交涉。她态度端正，不添加，不修改，把自己上了飞机遇上张露前前后后发生的事都说了一遍："我没有说假话，这些你们可以调查。"

"我们会的。"民警低头做笔录。

"警察同志，我有一个小小的要求……"向晚知道，嫌疑人被带到派出所，除非警方愿意，不然她是没有办法联系家属的，所以她想得到这个机会，"我男朋友也是警察，我这次去京都就是去找他。可不可以麻烦你们帮我打个电话告诉他这件事，要不然他会一直在机场等我……"

制度外也有人情，这种情况民警一般会酌情处理，毕竟打个电话算不上违纪。然而两个警察交换一下眼神，没有马上答应。

"我们会在调查后看情况处理的。"

两个民警出去了，而这时离向晚被带到西市已经过去了两个多小时。白慕川收到短信一定会到机场接她，接不到人，他应该就能查到她的航班出事了……

向晚一个人坐在讯问室里，默默地想着，对期待的见面变成这样有点儿无奈，对这个莫名其妙惹到身上的案子不是害怕，更多的是好奇——那个叫张露的女孩儿一个人在卫生间里是怎么把自己反剪双手捆上的？她为什么要陷害自己？

…………

没多久警察就来通知她，张露已经没事了。她身上没有实质性的伤害，只是受到了惊吓，表示心理健康出现了问题。重要的是，张露一口咬定向晚就是捆缚她的凶手。同时警方调查了张露旁边的那位男乘客，他表示没有听清两个女孩儿说什么，但确认听到"文泉书院""向公子"和《谋杀男神》这样的词……

与此同时文泉书院的论坛热闹起来了。

张露在事发后发了一个帖子。她声称在锦城飞往京都的航班上巧遇文泉书院的网络作者向公子晚，因为常在这个网站看书知道《谋杀男神》，就主动与向公子晚攀谈。一开始向公子晚很热情，并在她的笔记本上签了名。后来她内衣被钩住，请向公子帮忙，两个人进了卫生间。在这里，当向公子得知她是紫檀的死忠粉和读友群管理员后有点儿不开心。向公子说紫檀陷害过她，损坏她名誉，并暗示张露不要再粉紫檀，来她的读友群做管理员……

张露说她认为自家爱豆紫檀被冤枉，就和向公子争执起来……过程中，向公子突然变脸，扇了她一巴掌，并捂住她的嘴巴，用丝巾将她反捆起来，还扯下她的内衣堵住她的嘴，并将内衣带子缠在她的脖子上，害得她差点儿窒息……

舆论一时哗然。小小的争执，居然上升到了杀人事件？

吃瓜的人永远不嫌瓜小事大，在一番添油加醋后事情演变得一发不可收拾。而张露更是进一步披露目前向公子已经被警方控制，这证据确凿的事很快得到确认。一时间向公子晚在上次"夜宿门"后再一次被妖魔化，有些行为过激的粉丝甚至要求文泉书院将向公子晚的作品下架，认为她的书会带坏青少年。

舆论压人，网站不得不连夜开会，讨论处理方案。事实上稍稍有点儿理智的人都觉得这件事不可思议，疑点重重。

一是张露莫非是个傻子？在卫生间那个巴掌大的地方会轻易被一个单薄的女人制住，还差点儿没命？二是向公子晚莫非是个疯子？一个精神正常的网络写手会因为一个读者更喜欢另外一个作者就大打出手？三是向公子一个写悬疑小说的作者，毫无逻辑地把自己亲手推到犯罪嫌疑人的位置上，不是傻吗？

方圆圆急得汗都出来了，她从会议室出来拼命拨打向晚的电话。可电话就像死了一样，一直处于关机状态。幸好这件事目前只在网文圈里流传，外面知道的人不多，要是传到向晚妈妈的耳朵里，说不定她的病又要复发了……方圆圆紧张得要死，可她翻遍了手机，又找不到白慕川的手机号码，她也从来没有加过白慕川的微信，根本就没有办法联系到他。

再三犹豫她拨打了黄何的电话，其实黄何的手机号早就被她删了，但拨打的时候，那号码熟悉得就像长在脑子里一样。

黄何第一时间接了电话，听了她的叙述，他沉吟一下："我不方便找白队，你记一下他的手机号码。"

他在电话那头，方圆圆在这头。

"嗯。谢谢！"

"不用。"

黄何报了一串数字，听方圆圆没有反应，他又是一叹："这么说给你你也是记不住的，等一下，我给你发个消息过来。"

"好。"他知道她笨。陌生的电话号码哪怕说上十次她也记不住。所以当初为了强迫她背下他的号码，他使了老大的劲儿，又是哄又是亲……

方圆圆眼眶一湿，说了声谢谢，飞快地挂了电话。

方圆圆得到白慕川手机号的时候，手都在抖，电话一接通，差点儿哭出来："白队，我表姐出事了……"

"我已经知道了。"白慕川沉默了半秒，"我正在赶往西市的路上，大概还有二十分钟就到了。你这边别紧张，我会处理。"

"太好了。"方圆圆捂着胸口，那一颗跳动的心终于踏实下来，"白队，你见到她，要是没啥事了，让她一定给我打个电话，要不我会睡不着觉的……"

方圆圆慢慢说完，挂掉电话，默默翻开手机上那一串属于黄何的号码。熟悉的往事铺天盖地地袭来，眼前的灯光突然刺眼，心里火辣辣、酸涩涩的，她本来只是微微泛红的眼突然潮湿，接着泪如泉涌……

没出息！她抹了抹眼睛，啪地打了自己一巴掌，然后回办公室，打开电脑，登录了论坛账号，不是她的编辑账号，而是一个读者账号——渊芊芊。

"老子专业捞向公子三十年！

"不服来战！"

…………

西市，白慕川走进派出所，值勤的民警看到他怔了一下："做什么的？"

白慕川走过去，面无表情地掏出证件："案件当事人是我女朋友，我来了解一下案情。"

值班民警愣了愣，看看他，又看看他的证件，唰地站了起来："好的好的，您稍等一下啊，我请示领导。"

很快白慕川就被迎到了所长办公室。不过在办公室里等待他的人除了派出所的正副所长，还有几个西市刑侦大队过来的办案人员。彼此一介绍，白慕川有点儿诧异："包队，这么简单的案子用得着这么多人出马？"

在过来西市的路上他了解了案情。网上那些流言，包括张露发的帖子，他都认真地看过了。在他看来案情其实很简单——脑残粉干出的一桩拙劣且毫无逻辑的栽赃陷害案。

"不。这个案子没那么简单。"西市刑大的包队长面色有些阴沉。

白慕川笑了："你们该不会认为向晚真的有杀人嫌疑吧？"

"除了她，当时没有别人靠近卫生间。"

"自缚啊！多简单！"白慕川看着在场的警员，"别人不懂这个，在座的各位不需要我解释吧？自缚并不需要多高的技术难度……"

"我知道。"包队长眉心紧拧，"但不能因为有自缚的可能就确信向晚没有杀人嫌疑。"

在别人的地盘上，白慕川压住火气，缓声问："她哪儿来的杀人动机？她神经病吗？为什么会去杀一个素不相识的女孩儿？"

"白队！"刑侦队队长看了他一眼，眉头皱得更深了，似乎犹豫了一下，"实不相瞒，这个案子与西市最近发生的一桩案子极其相似……"

"嗯？"白慕川被吸引了注意力。

"三天前有四个来西市旅游的女孩子被人发现死在一间民宿旅馆，她们无一例外，死前都被丝巾反缚双手，内衣堵住嘴巴，内衣带子缠在脖子上……"

…………

讯问室光线昏暗，一点儿风都没有。向晚坐得久了，腰酸，背痛，浑身无力，像一个没有生气的娃娃。人累到极点在什么环境都能睡着。白慕川进来的时候她半合着眼，意识混沌，看到门被推开，看到一个高大的男人逆着光走进来，竟有些不敢相认……

她不知道自己是睡着了，还是醒着，直到传来他的叹息："我又来迟了！"

向晚张了张嘴，发现喉咙一点儿声音都发不出来，很难受。两个人期待了那么久的相聚，竟是在这样的情形下见面的。

"白慕川，我好像又摊上事了，本来还想给你个惊喜的……"

"没有。"白慕川笑着揉她的脑袋，"这挺好，简直就是为我量身定做的惊喜……"

向晚不好意思地垂下头："我被人套路了。"

在讯问室里她已经想明白了，这是人家的套路，她唯一没想明白的是那个张露跟她有什么仇："也怪我自己，傻傻地中了套，还害得你千里迢迢地跑来西市。"

"傻妞儿。"白慕川轻笑着，慢慢扶住她的肩膀，"走吧，我们出去再说。"

"我……"向晚抬头，"可以走了吗？"

从警方的态度来看她好像捅的娄子不小，怕是一时半会儿离不开。

"当然。"白慕川低声一笑，"我不是来了吗？"

…………

十二月的西市空气有点儿干燥，高远的天际隐隐有一丝阳光透过云层。向晚从阴暗的讯问室出来，被暖烘烘的阳光一照，舒服地眯起了眼："哎，这感觉就像穿越时空一样……"

白慕川哼笑一声，把她的包递给她："给方圆圆报个平安。"

进派出所的时候向晚的随身物品都被扣下了，这是刚才白慕川帮她领回来的。向晚感激地看了他一眼，接过自己的包，竟有一种"死而复生"的错觉："大人，我又欠你一个人情。"

"这人情大了，非以身相许不能报！"

"好像是啊，可怎么办呢？"

"那就许了吧，我收下。"

向晚翻了个白眼，掏出包里的手机，拨给方圆圆。在得知她平安见到白慕川之后方圆圆满肚子的话又生生咽了下去，目前为止向晚可能还不知道网

389

上那些传言，方圆圆想了想："你赶紧找个地方吃个饭，还有……一定要泡个澡，把霉运洗掉……"

"知道啦！"向晚尽量把语气放得轻松，"我没什么事，去派出所那种地方就像回家一样自在。对了，你没告诉我妈吧？"

"我又不傻。"

"可你……确实傻啊！"

"滚蛋！"

挂掉电话向晚发现肚子咕咕叫，真的饿了。还有方圆圆说的那个问题……她抬起袖子嗅了嗅，好像浑身都是不舒服的味道。

"你的行李还在机场。"白慕川看穿了她的心思，目光里带着笑，"你是先吃东西，还是先买衣服洗澡？你自己选。"

扑哧！向晚乐了："先吃。"

白慕川捏她的鼻子："小吃货！"

"对啊，喜欢吃呢，可怎么办呢？"

"能怎么办？养着呗。"

"真养啊？"

"养。"

"养多久？"

"养肥为止。"

"……"

两个人打了个车，让司机找地方吃东西。西市他们都不熟悉，一切交给司机。路上他们又聊到张露这件事，白慕川说张露身体没什么事，所以他垫付了医疗费，派出所就让他把向晚领出来了。

"你垫付医药费了？"向晚气得心肝都揪起来了，一脸的不可置信，"这分明就是她故意陷害，我没有伤害她……"

"我知道。"白慕川摸了摸她的头，目光一凉，"放心吧，垫付医药费是我们的人道主义。我是你的家属，必须这么做。但我同时也是警察，等我查清楚，这医药费肯定会让她加倍吐出来……"栽赃陷害致使飞机迫降、航班延误，导致的经济损失，航空公司会找她算账。

向晚一听"家属"两个字火气就消了，抿着嘴不吭声，脸上还是有些委

390

屈。白慕川心里一软，手揽住她往怀里塞了塞："唉，我可怜的小傻瓜。"

白慕川来西市前也没有吃饭，两个人都有点儿饿，看到一家装潢不错的火锅店，几乎都没有商量，就默契地决定了。这个时间点火锅店没什么客人，整个大堂里只有一桌，三张火锅桌拼到一起，统共坐了十几个男人。

白慕川选择了离他们最远的桌位，要了个红锅，点了两瓶啤酒压惊。

"我这么久没有吃火锅，不得好好打个牙祭啊！"

打牙祭，在锦城意思是表示要大吃一顿好的。白慕川活学活用，把方言用标准的普通话说出来，磁性悦耳，韵味十足。向晚心脏一跳，等服务员走远，她笑着说："哎，你知道吗？你的声音特别好听。"

"是吗？"白慕川挑挑眉，"很多妹子都这么说过，你换一个新鲜的表扬我？"

向晚想笑："要点儿脸！"

两个人说着话，锅底和菜都陆续上来了。向晚一边吃东西，一边和白慕川说笑，刚刚蹲派出所的郁闷慢慢就散开了。有白慕川在的地方似乎满地都是阳光。他很照顾她，不停地帮她夹菜，嘴上开着玩笑，行为却极有风度。

向晚心里欢喜，想到他京都的工作，又不敢贪恋他时时刻刻的陪伴。思忖一下，她说："我们不用去买衣服，吃完就去机场吧……你匆匆过来，怕又耽搁事了。"

白慕川没有抬头："不急。明天再回。"

向晚奇怪："为什么？"

白慕川夹了一条千层肚在蘸料里滚了一圈，声音懒洋洋地道："今天过来遇到西市刑侦队的几个哥们儿，他们这边有个案子想让我帮帮忙。"

向晚觉得有点儿莫名其妙："不会是我的案子还有什么麻烦吧？"

"不是。"白慕川噙着笑，看了她一眼，"你明天就老实地待在宾馆码字。我忙完回来，我们就回京都。"

看他表情平淡，向晚打消了心里的顾虑。吃火锅是件高兴的事，久别重逢吃火锅更是幸福。味道不太正宗的火锅在彼此中间沸腾，隔着异地他乡的眷恋别有一番滋味。不知不觉两瓶啤酒下肚，又加了两瓶，两人正吃得兴起，旁边那一桌客人突然叫嚷起来。

"服务员……来看看，这锅里都是啥玩意儿？"

他们从锅里捞了一个什么东西放在桌子上："这是什么？抹布？服务员！让你们老板来！这店还想不想开了？"一群汉子都喝了酒，个个面红耳赤，瞪着铜铃般的眼睛，样子有点儿吓人。

服务员小心翼翼地走过去，乍一看上去那东西确实像毛肚，可拿筷子一挑，确实是抹布。她歉意地说："不好意思，先生……你看这样行不行，我们给你重新换一锅……"

"老子都吃完了，你跟我说这个？换一锅，换一锅给谁吃啊？说吧，你们准备赔多少钱！"

"这个……我……先生，我做不了主，要不你等一下……"

桌边有个汉子性格特别躁，拎起一个啤酒瓶砸在桌子上，蛮横地说："不想赔钱是吧？"

服务员一看他那张酒精烧红的黑脸，吓得脸都白了："不是的。先生，你们先不要激动……我们一定会处理的……"

"老子今天就激动了，怎么的？轮得到你来教训你爷爷？"

他们人多势众，又占着理，越闹越不像话，骂人、耍疯、砸盘子砸碗，本来就狼藉的火锅桌下面，一片红红绿绿的食物，白白的卫生纸，香油蘸料打翻了一地，碎掉的碗盘到处丢……不忍直视。

这时看到那个被吓傻的服务员想跑，一个汉子伸手就揪住她的头发，往桌边按："不给点儿厉害，真把老子当傻子哄了！赶紧让你们老板过来，今天不给个说法，老子就把她的脑袋塞锅里去……"

"啊！救命啊！"服务员吓得哭了起来，尖声大叫。

白慕川手里的筷子终于放到桌子上。"大家冷静一下！"他站起来，走过去，温声说，"各位，要怎么赔偿，等老板来了解决吧。咱大老爷们儿犯不着跟一个小姑娘计较……"

那群汉子对视一眼，兴味上来了："你什么人？"

白慕川眉心紧拧："吃火锅的人。"

"火锅不好吃吗？你管什么闲事？"那汉子看白慕川只有一个人，当然不会怕，说完他看一眼坐在原位的向晚，眼睛突然一亮，"不过大兄弟，你女人长得挺好看的。不如这样吧……我把这个小妞儿给你，你把你女人介绍

392

给哥儿几个，咱们再煮一锅，好好喝几杯，乐呵一下，怎么样？"

一群汉子哄堂大笑，眼睛肆无忌惮地往向晚身上扫，淫邪至极。

向晚心脏绷紧，浑身起鸡皮疙瘩。白慕川目色沉郁，脸上却带着笑："当着我的面调戏我的女人？你们可以啊！"他舔一下牙床，突然回头看向晚，"那边去——报警！"

他示意她去火锅店员工站的位置。见状那个扯着女服务员头发的汉子突然狂笑："报警？哈哈哈……报警！"声一沉，他大吼一声，"谁敢报警！"话音未落，他摁着那姑娘的脖子就往滚烫的火锅里压……

"啊！"

"啊！"

火锅店里惊叫声起。那汉子喝了酒，明显没有理智，服务员拼命地挣扎着，大声叫喊，白慕川捞起一把椅子，一个箭步冲过去，狠狠地砸在那家伙的头上。

砰！鲜血冒出，顺着他的脑袋流入脖子。那人瞪圆眼睛，抹了一把，看到血，伸手就来抓白慕川的胳膊："你想死是不是？"

"白慕川！"向晚被吓住了。

他只有一个人，对方十几个人啊。

那汉子愤怒到极点，抓住白慕川的胳膊就往沸腾的火锅里摁，白慕川挣脱不了，顺势摁住对方的肩膀，那人收不住力，整只手腕直接砸在了锅里……

"啊！"撕心裂肺的惨叫声从那汉子嘴里发出，他就是刚刚调戏向晚的那个男人，这时早已变了脸色，声音发颤，"三哥，快……给我打！打死这个王八蛋！"

向晚屏气凝神，看白慕川跟那一群人打成一团，紧张得冷汗直冒。火锅店有两个年轻的小伙子，可他们不敢上。她一个女的能怎么办？眼看打得越来越激烈，她怕白慕川吃亏，把牙一咬，转身跑向厨房，拿了一个锅铲就冲了过去……

火锅店里熬锅底用的大锅铲足足有一米多长，一寸长，一寸强，混战中这是最好的武器。

"白慕川！我来帮你。"

白慕川回头："……"

女人在体力上是弱者，可女人一旦有想要保护的人，拼起命来比男人还可怕。向晚身材纤细，从来没跟人打过架，但此刻她紧紧握着大锅铲，仗着酒意挥舞揍人的样子却像一个女战士，毫无章法，却丝毫不惧。

"你真能！"白慕川被她气得笑了起来，扯住面前一个汉子猛地丢开，冲到向晚面前，"躲我背后！"

"好。你打MT，我辅助。"

"……"

说辅助她就真的辅助。她站在白慕川的背后，全神贯注地拿着大锅铲，逮住一个就揍一个，半点儿不凩……两个人配合默契，竟让十几个汉子占不了上风，一直坚持到警察到来，这群人作鸟兽散！

"想走？！我同意了吗？"白慕川冲了上去，二话不说揪住一个就堵在了门口。

向晚报警的时候就对警察说了情况，所以来的警察有点儿多，带了武器，他们黑压压出现一群，那些人自动放弃了抵抗。

白慕川掸了掸衣袖，回头牵着向晚的手走到吧台："结账！"

服务员愣住。老板一看屁颠颠地跑过来："不用了，不用结账。今天的事感谢你们，这顿火锅算我们请的……"

向晚乐了，抿着唇笑。白慕川低头嫌弃地看了一眼身上的火锅油，眉头一皱："那就不客气了。"

他沉着脸，拉着向晚就往外走。一个民警拦住了他们："等一下，麻烦你们配合我们……"

白慕川表情有点儿难看，从口袋里掏出证件递给他："我们先找个地方洗个澡，换身衣服，可以吧？这里的情况他们都会告诉你。如果有需要可以再找我。"

…………

向晚之前看他胳膊脏了，以为只是沾上了火锅油，根本就不知道他的手其实被油溅到了，烫伤的面积不大，二指宽，起了水疱，看上去有些狰狞，不过白慕川不以为意，只是打个电话，让人将医疗用品送到酒店。

向晚眉心皱了起来："为什么不去医院？"

394

白慕川："这点儿小伤去医院，丢不丢人？"

男人怪异的自尊心。向晚白了他一眼："真的没事？"

"真的。这点儿小伤算什么？不过……"白慕川视线微微一灼，"就是伤了右手，洗澡怕沾到水感染……所以如果你愿意帮忙，我很乐意！"

"你……"向晚脸颊通红，看他领口那一片刺眼的小麦色肌肤，心惊肉跳。

"呵！小傻瓜！"白慕川笑着揉她脑袋，"逗你呢，真信了？我买好防水胶带了，没问题！"

"……"

………

白慕川洗澡有点儿慢，听着哗哗的水声向晚心里忐忑，说不出的乱。

"向晚——"浴室的人声音很轻，向晚过去轻轻敲门："你在叫我吗？"

里面传来男人的低应："递一条内裤给我。"

"……"向晚扭头看去。

他俩买回来的东西就放在柜子上。白慕川刚才进浴室的时候，好像是没拿东西。向晚紧张地拆开一条新内裤，咬着唇走到门边："你把门拉开一条缝……"

"放心，我又不是暴露狂。"

白慕川将身体藏在门后，脸从门缝伸过来，唇角挂着一抹笑，俊眉沾染上水汽，精神又帅气。向晚慌乱地把内裤递进去，正准备转身，却因为心里慌乱走神，手肘不小心撞开了虚掩的门……

门猝不及防地开了，向晚想拉住已然来不及。她愕然地看着明亮的浴室里那一抹男色，脑子一秒炸开。白慕川没有来得及穿衣服，浑身赤裸地站在她的面前，胸肌、腹肌、人鱼线分配得恰到好处，完美地展现着他过人的男性魅力……

向晚口干舌燥，整个人都是傻的。白慕川拉了一条大浴巾系在腰上，抬起那条受伤的手臂："不介意，帮我一下？"

药店里买的防水胶布并没有完全防住水。向晚看着他被烫伤的地方红通通的，有点儿瘆人，心里一紧，刚才的羞涩都敌不过对他的担心。她心疼地

395

抓住他的胳膊："就不该让你洗澡。"

"那我就脏死了……"

"脏死就脏死……"

"你让我上……床吗？"

"……"向晚低头，不敢看他的脸，"出来把胶布拆了，重新上药。"

"嗯。"白慕川比她高很多，居高临下的俯视视角很方便他看清向晚害羞的样子，想到今天她拿一个大锅铲打架的样子，唇角轻轻一勾，眼睛掠过一抹温柔的光芒。他知道她在男女情事上很紧张、很胆小，所以并不逼她，强忍急欲宣泄的欲望，将她拉近："紧张什么？我不会碰你。"

"……"向晚看着他的眼睛，"为什么……你不愿意？"

"我不愿意这样要你。"白慕川声音带点儿笑，听上去慎重而坚持，"如果我轻易就在一个异乡宾馆里要了你，是对你的不尊重。我的女人值得更好地对待。"

"白慕川……"

其实向晚不是不可以，只要对象是他在哪里都行，但如果真在这里草草坐实，心里或多或少会有点儿遗憾。一个陌生的城市，一个陌生的宾馆，一张陌生的床，与她曾经的幻想存在很大的差异……

"饿了吗？"白慕川捏着她鼻子，"刚才咱们的火锅可惜了，酒也没喝完……走吧，找个地方吃东西。"

又吃？到底谁是吃货啊？

事实证明白慕川才是战斗力极强的吃货。换好衣服出来，他就开始用软件查美食，最后选择了西市有名的美食一条街。向晚好久没有过这样空闲的日子，一边走一边吃，一边跟他说话，觉得日子美好得像童话故事。

"白慕川。"她愉快地叹息，"你今天留下来不会是专门为了吃吧？"

"嗯。"

"啊，还真是啊？"向晚奇怪地转头，正要看他的脸，却被他扯住胳膊。

"吃你的。不要停！"

向晚察觉到他的语气不对，皱了皱眉头，继续低头往嘴里塞食物，声音压到最小："怎么了？"

"今天火锅店的两个人在我们身后。"

向晚一惊："是想报复我们？"

在火锅店的时候向晚已经发现那些人不像正经人了，这时心里更有底了。

"咱们会不会碰上犯罪团伙了？"

"很明显，"白慕川轻松地一笑，很悠闲，"下次不要问这么没脑子的问题，不适合长得漂亮的女人。"

向晚无言以对，明明很紧张，被他这一逗扑哧一声笑了出来："讨厌！幸好你没有说我胸大无脑。"

"我不说假话。"

"白慕川——"向晚想揍他，却被他抢先一步抓住了手。

"走吧，回了。"

两人已经走到了美食街的尽头，向晚左右看了看："那两个人走了？"

"走了。"白慕川回答她。

向晚一窒："你就让他们这样走了？"

"不然呢？"白慕川轻笑，"带回家过年？"

向晚对他的心思向来猜不透，有些无奈："你就不好奇人家为什么跟踪吗？"

"你就不好奇人家为什么就这样大摇大摆地出来吗？"白慕川反问。

向晚神经顿时一紧。对啊，下午的时候这伙人可是被抓进去了，半天工夫不到就能出现在大街上，甚至跟踪他们，这才奇怪。

这个西市突然让向晚紧张起来。然而白慕川却是一笑："走吧，送你回酒店码字。"

回到酒店，为了不断更，向晚开启了疯狂的码字模式。白慕川没有出门，乖乖地躺在床上玩手机。向晚工作的时候比较投入，几乎忘了床上还躺着一个男人，等写完今天的更新已近午夜十二点。她伸个懒腰，拿出手机又习惯性地刷了一下《白名单》。

更新了！沐二少居然更新了。

尽管只有两千字，对《白名单》的死忠粉来说，却像过年一样开心。书评区里欢天喜地，向晚点开新更的章节，贪婪地读着，然后发现她发在《白名单》的那条留言得到了沐二少的回复。他说："为了你会坚持写下去。"

向晚吓得差点儿从椅子上滑下来。男神说，为了她他要坚持写下去？难道说上次打赏她十万的人也是他？向晚想不明白为什么，一颗心悬着，眉头都蹙了起来。

是不是他呢？

…………

次日早上她是在铃声中醒过来的。白慕川站在房门口，脸色凝重："小向晚，有个事要告诉你。"

他严肃的表情让向晚也紧张起来："怎么了？"

向晚以为是昨天火锅店的事，但没想到白慕川说的却是另外一件事："西市出了一个案子，作案手法和你在飞机上遇到的张露事件极为类似。不过那几个人没有张露那么幸运。她们——都死了。"

向晚内心一紧："怎么回事？"

白慕川大概讲述了一下案情，向晚听完，想到飞机上的遭遇，心有余悸："怎么会那么巧呢？可张露的事真的跟我无关啊。"

"我知道。"白慕川目光微凉，"跟你无关，就一定和张露有关了。"

向晚嗯了一声，像是想到了什么似的，突然激动起来，一把握住白慕川的手："白慕川，必须马上提审张露，不要最后又落个死无对证。"

"提审不了。"白慕川目光深幽，"这是在西市。"

"你说刑侦队让你留下来协助的啊？"

"是。让我协助，是跟你有关。"到了这时白慕川不再瞒她，"因为张露咬定飞机上的事是你下的手，而我把你从看守所带出来，那么我需要在这里等待，等调查清楚那四个人死的时候你在哪里，有没有作案时间和动机……"

也就是说她被白慕川从派出所带出来，事情并没有结束，而白慕川如同她的担保人，向晚喉头一哽："那他们查清楚了吗？我为什么会跑到西市来杀一个素不相识的人？"

"向晚。"白慕川目光略沉，"在西市死亡的那四个女生你都认得。"

四个……她认得的女生？向晚惊悚地看着他："难道是……"

恰好对等的数字让她联想到了那四个灰下去的头像："是她们吗？我

QQ群的管理员？"

白慕川点头："确切消息。"

向晚如遭到晴天霹雳一般蒙了。当猜测变成现实，她突然觉得这一桩桩的案子根本就像是围绕在她身边发生的，迷雾一般，怎么拨也拨不开："白慕川，我怎么觉得对方是冲我来的？"

"也许是我呢？"白慕川轻笑一声，捋一下她的头发，"我想好了，这个案子就列为重案一号的首个大案。"

"你要把案子接过来？"向晚微微诧异。

白慕川点点头："只有这样我才能提审张露，查到真相。"

案子不在他手上，西市警方怎么破案，他是无权插手过问的。向晚重重点头："我支持你！一定要搞清楚张露那个神经病到底为什么陷害我……"

半个小时后向晚就知道原因了。她闲着无聊刷书评，无意发现一条刚刚发出来的帖子，质问她为什么要伤害张露，是不是嫉妒紫檀？还问她为什么出了这么大的事，还在做缩头乌龟。

"向公子，有胆量你出来回应一下啊！张露说的是真是假，你出来吭个气啊！"

"出来说句话会死吗？"

"不会是已经死了吧？是她死了，还是她家里死人了？"

要多恶毒有多恶毒。向晚内心一阵郁气，又莫名其妙。她记得昨天晚上看书评区时，书评区还是干干净净。这条留言提醒了她，她放下筷子，去论坛上翻帖，这一看差点儿炸掉。原来飞机上的事情已经闹得沸沸扬扬。一开始是说她已经被公安机关逮捕，但因为她昨天晚上的更新，谣言不攻自破。所以无数人要求她本人出来回应张露在论坛上发的帖子，要她说清楚事情到底是不是真的。

向晚牙都咬紧了。可事情闹成这样，为什么书评区只有一条骂她的评论？向晚怔了几秒，给方圆圆发消息："是你删了我书评区的帖子吗？"

方圆圆没有回复。向晚上了QQ，结果看到几条渊芊芊的留言："书评区那些骂人的帖子我给删掉了。你不要想太多，什么事都不用管，好好写书就行。我们几个会轮流值班，确保不让一个人到《谋杀男神》书评区撒野！有我们在，你就安心吧。"

几个管理员都是渊芊芊新找来的，在这个节骨眼上也幸亏有他们。要不然舆论一边倒，向晚有一百张嘴也说不清。向晚默默发了一句"谢谢"，然后问白慕川："我们什么时候回京都？"

"吃过饭。"白慕川安抚她说，"过去拿你行李，然后就回。"

要接这个案子，他必须回去办手续，然后再过来与西市这边交接。向晚点点头，心里火烧火燎的："那我们吃快一点儿。"

白慕川："再快也要等飞机。"

"嗯……"向晚将压在胸腔的情绪慢慢消化，"我心里不踏实，总觉得还会出事……白慕川，你知道的，我的第六感向来很准……"

白慕川当然相信向晚。因此在飞机起飞前，他特地打电话给西市刑侦队，告诉了他们这里面的利害关系，让他们一定要保护好嫌疑人以及证人……结果航班刚在京都落地，他们还没拿到行李，西市这边来了消息——张露死了。

她死在西市的一间民宿，死亡方式与那四个人一模一样，也和她在飞机上自编自导自演的一模一样，双手被反缚着，嘴被堵住，脖子缠着内衣带……窒息死亡。

白慕川气得拳头都攥紧了："那昨天晚上我给你们送去的两个人呢？"

昨天晚上，向晚提着一口气，目光与他在空中相撞。等他打完电话，她才眯起眼问他："昨晚你从我房间离开，并没有马上去睡觉，对不对？"

白慕川嗯了一声："那两个跟踪我们的家伙会在美食街出现，我猜也会在宾馆出现。不过宾馆有监控，我猜他们不敢乱来，于是故意出去引出他们，并抓了人，交给了西市警方。"

向晚问："那他们招了没有？"

白慕川点头："就说是想报复我，没别的。"

想到刚才那通电话，向晚眉心拧了起来："那现在呢？又是什么情况？"

白慕川摇头："放了。"对方没犯什么大事，今天更是彻底否认"跟踪"一说，西市警方认为，对方没有造成伤害，证据又不足，他们很难一直把人扣着不放。

400

向晚气得差点儿吐老血："你说那两个人和案子有没有关系？"

"这正是我们要查清楚的。"白慕川声音低低地说完，揽住她的肩膀，"行李来了。"

…………

来京都的时候向晚原本是满怀憧憬的，可半道出事，在西市"溜达"了一圈，心境已完全不同，看着天上白云悠悠，不停地叹气。白慕川察觉到她的情绪，把她的手抓过来，握在自己的掌心，笑了笑。

"向晚，你得明白一个道理，发生案件是世界的无常，不是对侦查工作者的惩罚。"

"嗯？"向晚没听明白。

"浅显地说，警察也只是一份工作，虽然与别的工种有些不一样，但本质没有区别。如果我们因此产生太多的负能量，变得抑郁、不开心，甚至痛苦，那即使破了案，我们也输了，输给了犯罪分子，惩罚了自己。"

向晚听着，不吭声。

"坏人应该得到惩罚，我们不能先惩罚自己。"白慕川喟叹着，捏捏她的手，"我们破案的过程应该享受到的是快乐，是与犯罪分子斗智斗勇的快乐，是替天行道的侠者大义。如果整天被他们影响心情，那我们不就成了间接受害者？"

白慕川不是一个喜欢灌鸡汤的人，但这席话让向晚豁然开朗："以前就听人说，警察做久了会吸纳很多负能量，没想到还有这么会纾解情绪的警察——好吧，我被你拐弯抹角的心灵鸡汤治愈了，嗯，往后不被影响心情了，只把这一切当成生活体验，输入我的素材库里，谢谢你，我的人生导师。"

"乖！"他又揉她的脑袋。

到了京都向晚住在白慕川的家里。一开始他骗她是租的，可是看到这足有二三百平方米的大平层，卧室、书房、健身房、娱乐室、露天大花园……向晚觉得房租不值得。最后他承认了："我自己买的，可还满意？"

"哇！"要知道这是京都啊，他在锦城有住房也就算了，在京都这样的地段有这样的房子，这样的装修，向晚都不敢估算这套房子的价格，"白慕川，你告诉我，你都干什么副业了？"

"你说呢？"白慕川轻笑一声，捏她的脸颊，"你这个女人，干吗疑神疑鬼的？难道你希望我是个穷光蛋，这样就开心了？"

"这个我是知道的……"向晚瞄了一眼他的脸，"你说你不靠家里，那你哪里来的钱？"白慕川叹口气，把她拉到沙发坐下，为她倒了一杯热水，"放心吧，对你男人有点儿信心。我不做违法犯罪的事。"

向晚的脸有点儿热，她正要继续追问，就听他叹息："不要想那么多，安心住下来，我回头要出去一趟，早点儿办好手续去西市。"

向晚不想耽搁时间，马上被带走了话题："要不你忙去？我自己可以。"

"没关系。"白慕川安抚她，"把你安顿好我才放心。"

为了"放心"，白慕川花了两个小时把向晚搬入新房第一天所需的生活用品都置办齐备，然后让小郑送他去重案一号大楼。

他一走这偌大的房子就剩向晚自己了。房子大是好事，可一个人住却显得空荡荡的，向晚用了半个小时才进入码字状态。嘀！微信有人发消息，是渊芊芊发的："紫檀那个女人是疯了吧？居然发微博影射你是杀人凶手！"

向晚蒙了两秒才反应过来："她说我杀人我就杀人啦？她又不是警察。"

"人家就是警察怎么了？比警察还厉害呢。再说了，在网络上指桑骂槐，颠倒黑白又不用负法律责任……"

"谁说的？诽谤也是罪。"

"都说是影射了，怎么算诽谤？还有啊，你腰有人家胳膊粗吗？哪里拧得过人家……"渊芊芊又发来一些截图。第一条是紫檀发在微博上的"阿露的死令我痛心至极。此刻已是难过得不知如何用言语描述，就想问问那个为了几句口角就杀人的败类，你不是人生父母养的吗？在你那里道德底线就这么低吗？"

这样一条消息，乍一看完全没毛病，可稍稍了解这事的人都知道在含沙射影谁。向晚看得头皮发麻。以紫檀的德行，她用膝盖也能想到自己的微博恐怕又一次沦陷了。所以她决定不上微博、不上论坛，不找虐。吃瓜群众的热情一时半会儿降不下去，她目前能做的就是不理会。

"这女人可真厉害，把刑大都破不了的案子给破了……"向晚笑吟吟地回复渊芊芊，末了又嘱咐，"不过人家没点我名，千万不要回应。这种事，认真就输了，无视她。"

渊芊芊却发了一个无语的表情："她煽动读者骂你，你可以无视，我们可无视不了……谁怕谁啊！我们又不是吓大的，顶回去就是。记住了，你也是有读者的人！"

向晚的内心是崩溃的："我厾啊！妹子。"

"不厾，就是干！"

"干不过怎么办？"

"放心，我会写一篇祭文，送别你。"

"亲读者！"

向晚当然不会真跟人家干，人家明显在故意带节奏，跟上去不正中下怀了吗？可是她阻止不了读者。隔着网络，每个人都能做自己的主。她的读者里不乏热血青年，路见不平，拔刀相助的也有。他们引经据典，从诗词歌赋谈到人生哲学，从法律法规谈到生活伦理，用以论证向公子不可能杀人——然而和土匪讲道理有用吗？

正如向晚猜测的，越是有人回应越是被人揪住不放，而且说的话越多也就越容易出现漏洞。向晚的读者群体跟紫檀的读者群体存在很大的差别。都说物以类聚，向晚的作品相对而言偏生活化，吸引来的读者也大部分是学识较高和年龄层次相对较长的人，而紫檀的读者年纪尚小，思想和价值观都未成熟，这些人有普遍的中二病，激情洋溢，喊打喊杀，恨不能为紫檀冲锋陷阵，把向公子生生剁碎了喂狗，疯狂抨击，疯狂辱骂，甚至无中生有，P图造谣，最后竟发展到人肉搜索——向晚的个人信息被人扒了出来，放到了网上。

流言的可怕，触目惊心。网络暴力到底有多恐怖，向晚又一次体会到了，不过她没有告诉白慕川。在京都这两天他都在跑案子，而且男人对女人网络大战这种事情看法不一样，可能根本就不会像女人那么在意。

向晚选择了沉默，可连续两天，哪怕时间多得都可以孵蛋，更新却越来越少。是的，她承认被伤害了，被那些她根本不认识，也永远不会认识的人……深深地伤害了。

这样的日子持续到第三天，向晚已经什么都写不出来了，面对电脑坐了一个小时、两个小时、五个小时，脑子一片空白，就像被人生生抽走了魂儿一样。她无心想案子，也无心再写作，心里有一种撕裂的痛。

　　早上起来白慕川去了重案一号。向晚一个人在偌大的空间里走来走去，内心压抑着一股郁气无法发泄，恨不得扯头发，恨不得向全世界呐喊——什么仇什么怨啊？至于这样吗？然而网络作者最痛苦的是，哪怕你再痛苦，也得爬起来码字。

　　占色的电话就是这时打来的："宝宝，要不要一起吃个饭？"

　　向晚空洞的眼神有了生气，望着天际，她笑道："可以啊，师姐。"

　　"哈哈哈，行，我来接你，咱们一起吃个中午饭。"

　　占色在门口等她，向晚化了个淡妆，之前的颓然之气一扫而空，整个人精神抖擞，笑容满面，就像换了个人似的。坐上副驾，她就给了占色一个拥抱。占色回抱她一下，笑吟吟地瞄她："精神挺不错的！最近挺好的？"

　　"挺好的。"向晚一笑。朋友间可以分享喜怒哀乐。可她目前内心充斥着负能量，不想把占色当垃圾桶。而且网文圈那点儿事行业外的人也很难理解。

　　占色眼风再扫她一下，发动了汽车："想吃什么？"

　　向晚微微一笑："我对京都不熟，都听你的。"

　　占色："那好。带你去个好地方。"

　　女人相处有时候比跟男人相处有趣多了，聊明星八卦，谈社会新闻，说美容护肤……时间过得很快。这个叫"一号公馆"的地方环境和菜色一样精致。向晚看着很喜欢，却没有什么食欲。不过为了不扫占色的兴，她说话的时候偶尔夹一筷子。

　　"味道真不错呢。"

　　"是不错。"占色笑，"可这么不错的菜也没能让你开心起来啊。"

　　向晚猛地抬头，迎上的是占色带着审视的眼神。面对面，眼对眼，其实向晚有点儿怕——这个师姐是个造诣极深的心理学专家，所以占色早已经看穿她了吗？

　　向晚微微尴尬："其实也没什么啦，就是写作上遇到瓶颈……"

"知道我今天为什么会出现在这里吗？"占色突然笑问。

向晚勾唇："该不会是专程来安慰我的吧？"

"没错。"占色笑着向她坦白，"昨天小白就找我了，让我约你出来玩一下，开导开导你……不过我昨天忙工作走不开，今天才抽出时间。"

居然是白慕川。这两天他什么都没问，而向晚也自认为装得很好。她笑着叹口气："好丢人！这点儿破事让你们跟着操心。"

"说说吧，到底什么事？"占色知道向晚情绪不高，却不知道她为什么情绪不高。而向晚只知道自己心情不好，却不知道在占色听完她的讲述后，会告诉她……那不仅仅是心情不好，而且是有抑郁症的征兆。

"对你这个圈子的事我给不出什么建议。不过心理调节得靠自己，当然也靠爱。"占色看着她微笑，"小白很关心你，很爱你。有一个男人这么小心翼翼地维护着你的自尊，顾及你的心情，你还有什么理由想不开呢？"

向晚只是笑："我懂的。这就是我不告诉他和你的原因。"

"嗯？"占色认真倾听。

"网络暴力最可怕的地方就在于，不管当事人多痛苦，对于不相干的人来说就是看一场热闹……即便我心里难过得快死了，又能怎么样？不管我做什么、说什么、回应什么，都会被骂，无法还击，只能默默承受，等时间来治愈。"

占色看着她："看来小白多虑了。其实你不需要心理辅导，因为你就是自己最好的辅导老师。"

向晚笑了："谁说我不需要了？跟你这么一说我心情好多了，而且心理辅导老师还可以带我吃好吃的呀！"

"贫嘴！"占色横她一眼，然后低头看了一眼手机，微笑着递到向晚面前。上面是一条微信，白慕川发的："嫂子，跟我媳妇儿聊了吗？她情况怎么样？"

向晚："……"

这个男人！不是忙着呢吗？还有闲心管她这事。她按住语音通话，当着占色的面轻轻笑着说："你媳妇儿好得很，今天晚上给你做好吃的！忙完了，早点儿回来哦。"

405

那边白慕川听到是她，大概愣住了，过了好久才发来一条语音："你可吓死我了，宝贝。行，我晚上早点儿回家，我们明天又得去西市了！"

…………

向晚再回到家，心情已与离开时不一样。阳台上的花骨朵含苞欲放，明媚了这个季节。她抱着电脑坐在秋千上，有一丝阳光透进来，天气暖烘烘的，她突然有了码字的欲望。

这一章是她这么多天以来写得最快、最顺畅的一章。更新完，看到书评区一片叫好声，向晚在阳台上懒洋洋地伸了个腰。果然创作这种东西，得先打动自己，读者才能满意，才会有代入感。向晚又小小地总结一下，把感受写到备忘录，然后摇着秋千，给白慕川发消息。

"亲爱的，晚上要吃什么？"

"吃你。"他回答得干脆利索。

向晚唇角不知不觉地扬起笑容："好啊，清蒸、红烧，还是水煮……"

"水煮是不是会比较白？"

向晚差点儿笑出声来："会比较辣！"

"好吧，那就水煮！"

"Yes，那就说定了。"

向晚闭上眼睛躺在秋千架上，看了一会儿小区的风景，跳下来换了衣服就出门去超市了。最近这几天她居然爱上了下厨，原来为心爱的男人做一顿饭，等着他下班，也是一件愉快的事。

白慕川这天回来得很早，临行前的一顿饭，两个人也吃得很慢。白慕川主动包揽了洗碗和收拾厨房的活，然后把她拉到沙发上："老婆大人请坐！"

向晚抬头看了他一眼："想说什么？这么严肃？"

她脑子里天马行空，漫天的玫瑰花与白婚纱，没想到白慕川坐下来的第一句话却是："去西市的路可能不太好走，我在考虑要不要带你去。"

"……"向晚疑惑，"怎么了？案情很复杂吗？"

白慕川："不仅复杂，可能还不太安全。"

向晚笑了，靠在他的肩膀上："跟你在一起什么时候安全过？"

"……"白慕川叹口气，"对不起，是我没能给你安全感。"

"不是。"向晚求生欲望很强，第一时间进行了否认和深刻的自我反省，并且找出了非跟他一起去的理由，"你想，我这么一个柯南体质的人走到哪儿哪儿就出事。除了在你身边，我哪儿还有存活的概率？"

"……"

"大人，但求保命！"

"小傻子。"

白慕川被她逗乐了，他这一笑向晚心里就踏实了。

次日，向晚带着行李和白慕川赶到机场。他们一行好几个人，其中一个是向晚认识的权少腾。她有些惊讶："权队，你也去西市？"

权少腾慢吞吞地取下墨镜，给她一个黏黏糊糊的笑容："是啊，我这么大一个帅气的灯泡你欢迎吗？"

"哈哈，当然……"

向晚话还没有说完，就被白慕川一把揽了过去："不欢迎！"

向晚扯了扯嘴角，想笑，又不好意思笑。白慕川扫她一眼，不等她问，主动为她介绍："这三位都是重案一号的新成员，屠亮、赛里木、丁一凡。"

这是除了权少腾之外的三位警员的名字，其中一位是少数民族。屠亮年纪稍长，皮肤黝黑，目光内敛，一看就是经验丰富的老刑警。赛里木年纪最小，看到向晚还有些羞涩。丁一凡最大众化，中等身材，中等长相，属于辨识度不高的那种人，放到人群里都找不出来……

认识了新的朋友，向晚对西市之行充满了期待，没想到飞抵西市，来接机的居然是一个老熟人。他开了一辆租来的七座商务车，看到向晚就挤了下眼睛，惊得她眼睛都亮了："唐元初？你怎么在这儿？"

白慕川无视她一脸的疑惑，把唐元初介绍给众人："这是我的老伙伴，刚从锦城调到重案的。"

向晚："……"

唐元初是专门从锦城飞过来的，而他的借调申请前天刚刚通过。看得出来哪怕只是工作关系，能和白慕川在一起他的内心也很激动，他一路上不停地说话，完全没有旅途的疲惫。

白慕川只是听着，偶尔微笑，并不多说。权少腾却笑了起来："咱们这个重案一号还真是大杂烩啊，什么地方的人都有，汇聚了五湖四海的英雄。"

"精英！"白慕川纠正他，"我们要的是最优秀的警力。"

"老兄，这么说就不友好了啊。"权少腾斜眼看他，"我可不是警力。"

"我没说你是。"白慕川神色淡淡地道，"你本来就是我们请回来维持治安的。嗯，和单位的保安差不多吧……我们办案用的是脑子，而你……只有发达的四肢。"

权少腾不干了："我还有颜值。"

白慕川微微一笑："是的，你能活到今天全靠脸！"

权少腾懒洋洋地伸一下长腿，叹息："小白啊小白，你暗恋我这么多年总算坦白了。"

白慕川目光复杂地看着他："老夫从未见过这么厚颜无耻之徒！"

权少腾不以为意，扭头看向晚，一脸坏笑："小白他媳妇儿，你都听明白了吗？"

向晚没想到话题会扯到自己身上，微微一愣："什么？"

权少腾凑近她几分："他……对我有意思。你就没点儿想法？"

"我？"向晚犹豫地看看他，又看看白慕川，"那只能祝你们幸福了。"

"……"

车上众人皆无语，白慕川却已恢复了镇定："资料都准备好了吗？"

他问的是屠亮，那个看起来有些老实，却十分谨慎的警察。这一群人里除了各自的行李，只有他带了一个公文包。所以第一次见面向晚就给他贴了个标签——大管家。

他马上拍拍包："准备好了。"

白慕川点点头，不说话。赛里木一直望着车窗外面，这时突然扭头："是快到地方了吗？"

他始终不太关注白慕川和权少腾的对话，似乎活在另一个世界，双眼里的纯粹让向晚想到了漫画人物。因此向晚给他的标签是——二次元。

白慕川说重案一号搜罗的都是了不起的刑警，目前为止向晚没有看出这个二次元的本事，只是觉得他对什么都好奇，看什么都睁大眼，像第一次见似的……太单纯了。这样的人怎么抓罪犯啊？

白慕川一脸平静："再过两条街就到了。"

…………

西市刑侦队外面不远就有一家宾馆。唐元初在那里停车，几个人拎着行李办理入住手续，他们来西市之前已经订好了房间。他们各自把行李搬上去，除了向晚留下来码字，其他人去了刑大。

午休时间，值班警员接待了他们，差不多喝了半个小时的茶，大队长过来了。除了大队长，还有分管刑侦的副局长以及本案的侦办刑警，一共五六个人，互相握个手，进了会议室。

"认真来说，重案一号刚刚成立就来侦办我们西市的大案是我们的荣幸，也是为我们地方上减轻负担，只不过嘛……这个案子我们已经查办得差不多了，用不了多久就可以破案……"

这话说得阴晦，可在座的人都不傻，人家都快破案了，突然被白慕川他们接过去，不是明显抢功劳吗？

白慕川轻轻一笑："那就麻烦张队说一下案件的进展吧！"

抢人家的功劳，吃相会比较难看。可如果他们的进展不像自己说的那样，就不一样了。张队沉吟了一会儿，瞄了分管副局长一眼："案件的主谋已经查到了，是一个叫暗门的黑恶组织……"

白慕川："不是每年都在扫黑除恶吗？你们西市可是得了表彰的……"

"那个……"张队拖了一下道，"这个组织是近一个月才来西市活动的。"

"哦！不是土生土长的。"白慕川点点头，"然后呢？"

张队将早已准备好的资料推过来："四个死在西市的旅客，还有前几天意外死亡的张露，都与暗门在西市的活动有关……白队，这里有个资料挺有意思，你看看。"

白慕川目光灼灼。张队在边上为众人解释："我们在几个女生的遗物里都发现了一个同样的东西……是一本小说。"

会议室里突然安静下来。白慕川眼皮跳了一下，想到了《谋杀男神》——然而等打开资料却发现图片上的小说名字叫《大神的诱惑》。

409

张队说："几个女生在死亡前都在筹备写这本书……可惜的是没有一个人写出来内容，都只是在文档里留下了这句话。你看这里——"他指着的地方有一行字，"《大神的诱惑》，揭开成神之路的秘密。参与本书创作的人都将成为至尊神，年入千万不再是梦……"

…………

第十一章　大神的诱惑

今天的西市天气格外阴沉，从窗户看出去，一幢幢高楼像被乌云压住一般，整个空间都有些沉闷。向晚一个人在酒店，洗了个热水澡，从行李箱里翻出睡衣穿上，躺在床上刷书评。

"《大神的诱惑》，揭开成神之路的秘密。参与本书创作的人都将成为至尊神，年入千万不再是梦……"一条评论引起了她的注意。

在评论下面有好多条回复的留言："怎么参与？"

"是网络小说工作室吗？培训还是代写？"

"楼主给个联系方式呗？"

有很多人在问，可惜楼主没有回答。

广告打到书评区来了？！现在的骗子真是花样百出，一会儿招打字员，千字30元，一会儿又开始造神了……向晚哼笑，正准备回复提醒别上当，发现回复失败，再刷新一下书评，发现那条留言又被删除了。

最近在她书评区闹事的黑粉比较多，管理员时常盯着评论区，一般辱骂作者、书友的和打广告的留言都会被删除。向晚没太在意，看了一会儿，没发现有什么新鲜的，关掉了。这几天的网络大战她没有参与，选择性地回避了那些人，但渊芊芊也偶尔会跟她反馈一下情况。身处在这个大旋涡，就像被人丢到了染缸里。别人有那么多精力、时间和人力来搞她，而她并没有，那么不认输又能怎样？

在这个世界上，谁都不知道自己在别人的口中已经被编派成了什么样子。人人都一样，她，或者紫檀没有区别，计较不起，计较不得，计较不来。

向晚低头看一下时间，愉快地允许了自己的任性——点了一个外卖。

…………

西市是个大城市，电商非常发达。外卖小哥接单不到半小时，她的电话就响了："是你点的外卖吧？我在酒店门口，你下来拿一下吧，我上不去。"

这个酒店进电梯必须刷房卡，一张房卡只能到达房间对应的楼层，不能随便通行。向晚换了一身可以外出的衣服，拿了手机和房卡，下了楼。旋转大门外一个戴头盔的男人拎着一个外卖包在寒风中站着……

他穿得有点儿单薄，十二月中旬，天已渐凉，人站在风口吹着，身体可以明显感觉到寒冷。向晚拢了拢衣服，走出去："你好，是我的外卖吧？"

外卖小哥低头看手机："你是向女士？"

这个名字是她在外卖软件上注册的名字。

向晚点头："是的。"

小哥把外卖递过来。这时一个穿着黑衣服的女人匆匆过来，直接往酒店里冲。她身形高挑，走路带风，背着个包，戴一顶帽子，一副太阳镜遮住了大半边脸，速度极快——于是向晚刚要接过的外卖被她的背包蹭到了地上。

啪的一声，场面突然安静。那女人怔了一下，回头道："不好意思。"

向晚捡起外卖，看了看。实话说，她有点儿不高兴，可出门在外，不想为了这点儿小事跟人家闹。她面无表情地道："没关系。"

那女人推一下镜框，进去了。

外卖小哥有点儿不知所措，声音小了不少："不好意思，我以为你接住了，就松了手，没想到……你看这个……"

"没事，还可以吃，没有弄脏。"向晚内心其实有一种想骂人的冲动，但她如果投诉，或者拒收，这份外卖就得由外卖小哥掏钱赔偿。出来干这个的人无非混口饭吃，她不至于那么干。

外卖小哥再三道谢后走了。向晚走过宾馆大堂的时候余光瞥了一眼，发现那个黑衣女人正在办理入住手续。她没有多想，趿着拖鞋从大堂中间穿过去，进入电梯，刚刚刷卡按了楼层，电梯门被一只手挡住，重新打开。

向晚一看，又是刚才那个黑衣女人。她没有动弹，黑衣女人朝她点点头，站在她的身边，面对电梯门低着头，也没有动。

电梯安静地运行着，向晚看着电梯的玻璃镜面反射出来的自己被莫名其妙拉得很长很瘦，感觉很惊悚。等电梯门再次打开时，黑衣女人抢在她前面出去了。

向晚松了一口气，回到房间，把外卖袋子打开，看了一眼小票，当即被吓住了。

袋子里不知什么时候多了一张字条。字条有点儿皱，像被人揉过。上面的打印字体的内容十分熟悉："《大神的诱惑》你已经了解了吧？这个游戏很好玩，我会邀请很多小伙伴一起加入进来……而你是我的重点培养对象。"

纸条下面还有一行小字："新兴宾馆。X年X月X日。"

向晚一看这个，心脏被吊了起来……怦怦乱跳。

她住的这个宾馆就是新兴宾馆。

…………

字条怎么会到她的外卖袋子里？外卖小哥有问题？那这条内容是专门写给她的吗？

这个疑惑让向晚的强迫症都快犯了。向晚试着给白慕川打电话，可机械的女声冷冰冰地回复她："你所拨打的电话已关机……"

是他的电话没电了吗？向晚不停地看时间，胡思乱想，越想越心慌。一个人在房间里像被架在火上的鸟儿，恨不能去找白慕川，又不敢乱动半步，甚至还神经质地把门反锁上了。

叮咚！门铃突然响了。

向晚汗毛竖起，慢慢地拿着手机走到门边："谁啊？"

"是我。"熟悉的声音隔着房门传过来，让向晚一颗悬着的心瞬间落下。她几乎下意识地，拉开了房门。白慕川站在门外。

"你回来了——"向晚听到自己的声音都变了味道，猛地扑过去，抱住他的腰。

白慕川有点儿诧异，抱着她进去，把房门关上，又揉她的脑袋，轻笑道："这才分开一会儿就想我了？"

向晚："是啊，好想！"

白慕川轻笑："怎么了？"

他对向晚的情绪是非常敏感的。向晚不跟他绕弯子，把字条递上去，又详细地告诉他出现在书评区的那条留言。白慕川挑挑眉，没有说话，找出充电线把手机插上，然后用语音把向晚遇到的事在工作群里通报了一下，吩咐屠亮："马上跟张队联系，查查那个奇怪的房客。"

"好的，老大！"

屠亮是一个办事沉稳的人，看得出来白慕川很信任他，白慕川放下手机，不再多说。向晚发现他情绪不是太高，又问他："你们跟西市警方交接得怎么样了？"

白慕川沉默了约三秒："'12·1案'，联合办理。"

向晚小声问："是他们不肯吗？"

白慕川摇头："这个案子他们已经查出了眉目，如果我们全盘接手不太好。"

在刑侦队待了那么久，向晚对有些事情还是清楚的。西市"12·1案"目前已经死了五个人，算是一个特大案件。从西市警方的角度来说，他们花费了大量的人力物力来侦查，如果案子在即将破案的关键时刻突然被重案一号接过去，不仅他们不愿意，就是白慕川这边也不太好看。联合办案是比较好的方案。

两个人讨论了一下案子，向晚听得鸡皮疙瘩都竖起来了："我有一个疑问，五个死者虽然都死在西市的民宿旅馆，但前面四个死者是主动到西市来的，如果说她们接受了这个大神计划，被人杀死是阴谋，那张露呢？"

张露和向晚一个航班，她原本是要飞抵京都的啊！而且张露陷害向晚的意图太过明显，从她在卫生间里刻意模仿"12·1案"的死亡方式来看，她事先一定知道某些事情。

"张露会不会是被利用的，然后被灭口了？"

向晚刚刚说到这里，白慕川的电话就响了，是屠亮打来的："老大，那

414

个女人并没有入住新兴宾馆。"

房间里很安静，向晚离白慕川很近，完全听清了他的话。她惊叹一声诧异地说："不可能啊，她明明跟我一起进的酒店电梯，一起上楼的……"

屠亮也听到了她的声音，接着道："我们查过酒店的入住记录，也询问过前台小姐。前台小姐说，她进入酒店表示要一个房间，询问了各种不同的标准和价格，正在犹豫的时候就看到她的熟人了，然后她喊了一个名字，直接跟了过去……"

"喊的什么？"

"前台小姐没听清。"

白慕川看了向晚一眼，向晚头皮都麻了。前台小姐所说的"熟人"莫非就是她？也就是说那个女人没有入住酒店，她赶到电梯只是想搭向晚的"便车"上楼？

向晚感觉自己血液都凉透了。

"我可以确定她进了这个楼层。白慕川，能看到监控吗？"

"能！"白慕川问屠亮，"张队手续办好没有？"

屠亮："他还在路上，我打电话催一下。"

因为关系到隐私问题，酒店的监控是不能随意调看的。哪怕警察办案，也需要先申请，等拿到文件才可以要求酒店配合。向晚心里焦灼，又等了十来分钟，屠亮再次来电："老大，张队来了！"

…………

监控查到了，前台小姐没有说谎，那个女人没有入住新兴宾馆。在通过电梯进入向晚所在楼层不到两分钟，她在走廊转了一圈，乘电梯下楼，离开了酒店，还是那身衣服，戴着帽子，低着头，监控里看不清她的长相……

"又是一无所获，白忙活一趟。"说话的人是张队，听他的语气有些不高兴，"前台小姐没有查看她的身份证吗？"

屠亮皱眉："前台小姐说当时她只是在咨询房间价格，没有掏身份证。"

她根本也没想过要掏身份证吧？向晚静静地站在人群外，不吭声。因为跟那个女人打了个照面，她是被专案组叫过来的，因此也得以见到这位刑侦队张队长。他国字脸，略方正，身材高大，便装很随意，此刻因为生气眉头

415

皱在一起，看上去有些凶巴巴的……

向晚看他的时候，他恰好也转过头，看了看向晚，然后对白慕川说："白队，我可不可以问你女朋友几个问题？"

白慕川："可以。"他回答得很快，为向晚做了决定，"不过必须我在场。"

张队看了他一眼，没有说话。联合办案，他要询问证人，白慕川要在现场合情合理。张队点点头，就在酒店大堂的休息区对向晚进行了询问，并让随行警员做了笔录。

"为什么她会恰好出现在外卖送达的时候？"张队看着向晚，"难道她提前就知道你要点外卖？"

这个问题向晚考虑过。但答案……无解。

面对张队逼视的双眼，她有些无辜："如果我知道就不需要你们了。"

张队深深地看了她一眼，没有继续深入这个话题。接下来，除了向晚与那个女人碰面的过程外，他还详细询问了与网络文学相关的一些问题，包括那个《大神的诱惑》，向晚是什么时候开始接触的。从他的问题里，向晚明显地感觉到这个张队是一个完完全全的圈外人，问的全是外行话。

临走前他扫了一眼白慕川："'12·1案'，死亡五个人，不会是结束。"

"当然。"白慕川扬扬眉，"这才刚刚开始。"

张队皱了一下眉，似乎对他的回答不太满意，又似乎在犹豫："我们刚接到线报，那两个家伙去了南木方向……"

白慕川瞄了他一眼："你们这边有些人办事不太靠谱，可你是个好刑警。"

在美食街跟踪过白慕川的两个人当时被他亲手揪住送到西市刑大，后来又被刑大这个张队给放了——如今张队居然还能掌握他们的行踪，不是典型的放长线钓大鱼吗？

张队沉默了一下："你知道的，有时候想做点儿事也不容易。"

白慕川表示了解，拍了拍他的肩膀："放心，有什么事我来扛。"

…………

重案一号几个人回到房间，白慕川的房间是个套房，客厅里刚好可以用

416

于办公。他招呼众人坐下来，问道："对这件事大家有什么看法？"

屠亮、丁一凡没吭声，像在思考。赛里木盯着手机，不知道在看什么。权少腾懒洋洋地坐着，闻言一叹："我是行动队的，只有发达的四肢，现在就等着你下命令抓人了。"

他还在记仇！白慕川扫了他一眼，不说话。唐元初蹀躞地说道："老大，张队是老刑警，不会莫名其妙地给我们一个地址！他说的那个南木，还有去南木的两个人肯定有问题……"

这还用说？白慕川不动声色："就没别的了？"

唐元初坐到他的身边："我们在西市办案太束手束脚了，好多信息资料都拿不到第一手的，所以还是得让西市警方配合。"

白慕川轻笑："这是他们的义务。"

窗帘拉着，房间里只开着一盏小灯，唐元初觉得白慕川说这句话的时候脸色莫名阴晦。他心里敲了一下鼓，斟酌道："他们不愿意我们介入这个案子，所以张队也只是为我们开了一个口子。"唐元初心里有想法，也不敢挑明，只能委婉地说道，"我的看法是，我们还需要找西市警方拿到更多的情报。"

白慕川沉默了一会儿，回头看向低头玩着手机的赛里木："查一下。"

赛里木被老大点名，脸上闪过一抹兴奋："是！"

像是得到了特赦令，他欢天喜地地把自己的电脑抱了过来……这个时候，向晚才知道这个看着单纯无害的赛里木是个电脑天才，怪不得白慕川会带着他。

"查到了，老大！"赛里木语速平缓，"西市警得到的消息是暗门在南木区域内活动。那两个家伙，一个叫侯三强，一个叫曾士保。他们都是暗门的人，不过只是小喽啰而已……"

"暗门有多少人？"白慕川问。

"多少人不知道……"赛里木迟疑地说道，"不过资料显示，这个组织干的那些勾当主要是谋财，没有命案记录……"

"暗门领导机构？"

"不详。"

"组织者？"

"不详。"

"……"

白慕川看着他，眼睛一眨不眨。赛里木眨眼，无辜地指了指电脑："他们的资料上面显示的就是不详。"

赛里木那张人畜无害的脸莫名给人一种喜感。但此时肯定是不适合笑的，遇上红客高手，向晚内心很激动。她咨询了白慕川的意见，把自己电脑抱过来，将神秘ID的事情告诉了他，请他帮忙。

可惜神秘ID目前没有留言，那条关于《大神的诱惑》的书评也被删除，赛里木试图从文泉书院的后台搜索登录痕迹，结果没有收获。而且他的判断跟白慕川以前告诉向晚的一样。对方要么就是一个居无定所的普通人，经常利用公众网络，要么就是一个极厉害的电脑黑客。

"那就应该是后者。"到目前为止如果还单纯地认为只是巧合，那就是傻了，向晚说，"我一直不明白，如果对方的目标是我，为什么不直接对付我，杀那么多无辜的人干什么？"

"她们不是无辜的人。"白慕川淡淡地道。

"不无辜？"向晚有些意外，"她们跟案子有什么关系？"

白慕川正视她："你好好想想。"

如果她们不无辜，那谁无辜呢？向晚想到了死去的那些人，也想到了书评上那极诱人心的广告词——加入创作，年入千万，不是梦。

"是，她们死于贪婪。没人逼她们入局。"向晚忍不住叹口气，"现在还有人相信什么三个月喜提宝马、法拉利这样的营销词呢！人类啊！"

房间里安静了半晌。屠亮说："外卖那边没有问题，目前基本可以确定外卖袋里那张字条是黑衣女人塞进去的。那我们假设她也是暗门的人，难道她跑酒店来就为了塞张字条，告诉嫂子，她已经被选中进入《大神的诱惑》游戏环节？"

"谁知道？"向晚一头雾水，"这个游戏要怎么玩我都不知道，怎么叫被选中？她也没告诉我要怎么加入创作啊。"

"不！也许你早就开始了。"白慕川突然转头，眼里像有一汪幽暗之泉，"你的《谋杀男神》。"

哦NO！向晚内心是拒绝这种猜想的。如果白慕川推测为真，那是不是代表锦城的案子与西市的案子其实是有相同犯罪背景的？所谓的《大神的诱惑》就是让书里的案子变成现实案件？

想到这个，向晚脊背上麻麻的，浑身泛冷："那她们还没有开始创作，为什么被杀死？"

白慕川淡淡地看着她："不是每个人都像你这么有天赋。"

这算是夸奖吗？向晚再次看到桌面上那张字条——"重点培养对象。"她咀嚼着这几个字，心脏微缩："你是说死去的几个人因为无法为他带来游戏乐趣，所以他就把她们变成了一个案件元素？"

"也许她们只是你的素材。"

"……"向晚一室，毛孔都快要被塞住了。

"白慕川，他要逼我写这个案子？'12·1'案？"

白慕川目光凉凉的："他要亲手将你打造成神——他要借你的手杀人。"

好可怕！如果说她当初写赵家杭那个案子只是一个意外，那后面就完全是别人的有心图谋了——写一个，死一个。不写，就一天死一个。他在逼她，并且享受这种乐趣。

向晚突然被愤怒激出了火："你说他怎么就缠上我了？那我要是死了呢？"

白慕川目光一凉："他会寻找下一个目标。"

这种有不正常犯罪行为模式的人，一旦从中找到乐趣，就很难停下来。向晚深深吸口气，身体陷入沙发，红着眼，久久不动："我想不明白，他为什么不继续在书评区留言，而是找一个黑衣女人来递字条？"

众人沉默。赛里木突然说："也许是他知道了有我赛里木的存在，怕留下尾巴？干脆采取更为直接的方式——让那个黑衣女人把字条直接塞给你，并正式启动这个疯狂的游戏计划？"

白慕川轻笑一声，睨着向晚："你觉得呢？"

向晚摇头："不会。这个疯子根本就不怕。"

他如果会怕，又哪儿敢干这种常人想都不敢想的事？白慕川赞许地看了她一眼："他或许认为这样会显得更加正式，又或许是想给我们一个下马威……突显他的本事。"

这大概是最合理的解释了。

"不要说这些没用的了，就说我们怎么办吧。"权少腾没什么耐性，"小白，我怎么觉得你们警察办案这么麻烦呢？换了我，直接带一队人过去，把那些家伙一个个拎出来，想知道什么就问什么，不就一清二楚了吗？"

有那么简单就好了。白慕川斜了他一眼："怪不得你老犯错误。"

权少腾："我什么时候犯错误了？"

白慕川呵呵一声："不犯错误怎么会到重案一号来悔改……"

权少腾敲敲桌子："讲道理，是你邀请我来的。"

白慕川懒洋洋地道："我这个人看破不说破。"

"可以。那就是不需要我了？"

"需要。"白慕川慢慢地转头，看向屋子里的几个人，目光突然变得深幽，"我们此去南木，保安还是很重要的。"

权少腾一口气喘不过来："……"

当天下午，几个人吃了个饭，就各自分工，准备明天去南木。南木位于西市与锦城所在省份的交界点，偏远崎岖，山高路远，交通闭塞，属于三省交界地带，因为辖区内土地贫瘠，经济落后，再加上民族杂居，教育水平相对较低，是犯罪高发地带，很难管制。看到资料，向晚这才知道赛里木说得那么温和的"谋财"，其实是指"走私、贩卖、运输毒品"这些严重的行为……

向晚没想到的是赛里木就出生在南木，在那个民众普遍教育程度很低的地方考出一个警校生，还是这样一个电脑天才，简直就是奇迹。

"白慕川，你是怎么把他挖出来的？"

"挖？"白慕川笑了一声，"用词精准！我是从两万三千份档案里找到他的，比挖还难。"

向晚笑了一声，像是突然想到了什么，脸色突变："你选择赛里木的原因有没有他是南木人？"

白慕川倚在窗台前的身体微微一僵，他迟疑片刻，忽而微笑，将烟灰弹到烟缸里："有。"

一个字让向晚对白慕川的看法又深了一层。她慢慢地走过去，偎在他的身边，和他一起看窗外的远景："老狐狸，你之前就知道暗门了？"

白慕川没有否认，说得谦逊："得到了一些线索。"

"恐怕不止一些线索吧？"向晚试探道。

白慕川低头看着她晶亮的双眼，突然勾唇一笑，大手罩在她的脑袋上，使劲儿揉了一下，待到把她头发弄乱，又像哄孩子似的，一点儿一点儿恢复原状，低头亲一下她的额头："这么看得起我？"

"当然。"

"不过你想多了。如果不出西市的案子，我不会联想到一起。"

向晚直勾勾地看着他："跟锦城的案子联想到一起？"

白慕川点点头。向晚继续说："这些案子好像都跟我有关……我隐隐觉得张露就像一根引导绳，是那个人故意引我们发现……并顺着这条线索来到西市，再找到暗门与南木。白慕川，会不会是引君入瓮？"

白慕川沉默半刻："为什么这么想？"

向晚："要不然就解释不通。一般的犯罪分子谁不想避开警察？这个人生怕别人发现不了他，硬生生地让张露来碰瓷，碰得那么生硬，看上去很傻，可他的目的达到了啊。他引起了我们的注意，也把我们引到了西市，再把我们引去南木……"

白慕川笑了："小姑娘，脑子不错。"

向晚学他那傲娇的样子，托住下巴，慢慢地眯起眼："可这到底是为什么呢？为了收拾我，为了跟你过招？或者对付你？"

白慕川盯着向晚看了好久："也许两者兼有。"

…………

这天晚上向晚看到了"12·1案"的全部资料。四个女生相约一起来到西市，告诉父母来西市旅行，其实是受到了"大神的诱惑"。她们在民宿旅馆里的死亡现场完全一致，但是她们的死亡与锦城发生的多起案子看上去并没有相似的地方。

四个女性死者与张露一样都在网络上搜索过"自缚"方式，那四个相约来西市的女生还在群组里讨论过"自缚"心得……而她们这样做是为了更真切地感受自缚与死亡，并且更好地应用到创作中。当然她们也探讨过写作

421

技巧以及大神计划。可惜的是聊天记录里没有任何与幕后主使相关的东西。向晚唯一的收获就是终于知道了当初"赵家杭案"里——她们几个人都在撒谎。

在记录里有这样一段和向晚相关的对话。

"向公子私聊你们没有？"

"有。"

"我没回复。"

"其实她那个人还是不错的。"

"是啊，像个傻瓜。"

"内疚不？"

"不知道。"

不知道，向晚也不知道对她们究竟是一种怎样的感情。曾经是听到一首好的音乐、看到一本好的书，都会跟对方分享的人，她们在同一个群里谈天说地，聊美容护肤、男人八卦……亲昵得就像闺密、像姐妹。

转瞬，她们都走了。她依旧会有好听的音乐、好看的书、想要吐槽的男人……这些人却永不能分享。

…………

"人与人的缘分原来那么浅。"

在新更的《谋杀男神》里向晚用了这句话来引出"12·1案"，同时她为这个案件命名为——大神的诱惑。在写下这个章节标题的时候，她是犹豫的，这样一写明显就是遂了那人的愿啊！神秘ID多次留言透露的意图就是让她不断制造案件，或者按他安排的案件去写。

第一次出现，他就说一定要让她火起来，让她大红大紫，让她彻底释放内心的魔鬼……如今向晚妥协，他会得意，他会猖狂。隔着屏幕，向晚也能猜到那个人在看到她的章节名字时会发出怎样的笑声……

"写吧。被人狙击时，反狙击也是一个办法。"这是白慕川告诉她的，当自己的脑袋已经被狙击手瞄准，生命的长度受到别人掣肘，那么只能反狙击了。

看谁枪快！看谁枪准！

…………

"我相信邪恶是永远无法战胜正义的。人的生命短暂而脆弱，在这些案子里有人死于贪婪，有人死于诱惑……他们都有不同程度的恶。但他们所有的恶加起来都不如那个人……他作恶而不知恶，迷恋邪恶的魔力，挑战正义与公理，还以救世主来标榜自己。"荣小暖说。

"小暖……"方夜阑看着她，"我不愿意你再牵扯到这个案子里。"

"你还看不出来吗？我已经出不去了。从第一天起我就出不去了。"荣小暖把手放在方夜阑的手背上，紧紧一握，"我们一起把这个人揪出来，绳之以法！"而那些曾与她厮守过年华的故人从此就留在回忆里吧，静静地，等着破案那一天。

在这天的章节里向晚写了"大神的诱惑"这个案件，也介绍了几个女孩儿的死亡，其中影射到现实的部分，她做了艺术加工，也是第一次明确写出这一系列案件的背后存在一个"幕后主使"。

章节一发，书评区立即沸腾："看到现在才发现这本书真正的精彩刚刚开始。"

"书中案，案中书！案中案！作者厉害了。粉你。"

"我是沐二少的粉，喜欢看他的推理悬疑，也看好作者你，加油哦！"

…………

早上的西市雾茫茫一片。几个人要开车去南木，带着行李，又要走远路，都起得很早。西市距南木好几百公里，道路越走越荒凉。唐元初和屠亮坐在驾驶室，换着开车。剩下的几个人坐在后面，开始还小声聊天，后来渐渐沉默、打盹。

权少腾懒洋洋地打个哈欠，正准备躺下，突然眸子一沉："小白！"

白慕川听他略略紧绷的声音，顺着他的视线回头，目光沉了下来。权少腾笑一声："那哥们儿好像从西市上高速就跟着我们吧？"

白慕川："是。"

这车上除了唐元初和赛里木算是新警，其他都是有经验的人，不用提

423

醒，就知道是有状况了。后视镜里有一辆黑色轿车始终不远不近地跟在他们后面。

白慕川叫唐元初："减速！应急车道。"

唐元初打起精神："是！"

汽车打了转向灯，很快驶向应急车道，速度比刚才更慢……那辆车驶过来，似乎犹豫了一下，从他们身边飞快地过去。白慕川沉声吩咐道："追上去！"

被人吊着尾巴，就像背后有双眼睛盯着似的，极其不舒服，这下好了，他们化被动为主动，直接撵对方，大家都来了精神。

"唐元初，别跟丢了啊！"

"保证完成任务。嘿嘿，我别的不行，开车还可以。"

"看出来了。小白调你来就是因为缺个司机！"

"权队，不带这么伤害人的啊！"

"互相伤害呗！"

两辆汽车一前一后地行驶了十来公里，到了一个下高速的路口，唐元初看前面的汽车打了转向灯，心里一紧："老大，那车准备下高速了！我们怎么办？"

如果去南木肯定不能在这里下高速的，白慕川当即决定："跟！"

唐元初来不及应声，迅速转向，朝匝道驶去。然而就在这短暂的一两秒内，那辆车却突然一个急转，再次驶上高速……

"我……"唐元初瞪大眼睛，转弯已然来不及了！

那人的操作是明显违反交通法规的，而且他可以这样做，唐元初却不可以，这个弯转过去，那就是知法犯法了。唐元初骂了一句，无奈地驶上了匝道，驶出了高速，等掉个头再回到高速上时，哪里还有那辆车的影子？

唐元初有点儿丧气："被忽悠了。"

遇上这种事大家都有点儿火。

但白慕川却笑了："你做得很好！"

唐元初闷闷的："我不是个好司机。"

白慕川白了他一眼："查一下那个人！"

"好的。"屠亮是他们这一行人的"大总管"，不仅管吃住、经费开支，也管着全部的行政事务。他迅速打电话联系了重案一号总部。

对于一个刚刚成立的单位来说，各部门的工作刚刚理顺。接电话的人是个女的，声音听着很软："喂，白队吗？"

屠亮是开着免提的。闻言他咳了一下："是我，屠亮。"

那个女声"哦"了一声："老屠啊！有什么事吗？"

明明查车牌是急事，可听到她软绵绵的声音，屠亮也不知不觉放慢了语速。车牌是早就记下来的，他随口就念了出来，然后贴心地问道："程馨，记下了吗？"

"记下了。什么时候给你回馈？"

这话问得……屠亮咳嗽一声。可这次不等他说话，白慕川就炸了："当然是越快越好！这还用问？"

摊上这么个慢性子的下属，换谁都得急。只不过除了白慕川，谁也不敢对程馨发火而已。程馨在那头听到了白慕川的声音，顿了片刻，声音比刚才似乎又软了几度："白队啊，你们还在西市吗？有个事我得跟你汇报一下。今天有几个领导来我们重案一号调研，是副队接待的，领导问起咱们手头的案子……"

白慕川："怎么说的？"

程馨："我不知道啊！"

白慕川嗯了一声："行了。副队知道处理。你赶紧把车牌发给情报科。"

他话音一落，屠亮赶紧把电话挂了。车厢里突然安静下来，谁也没说话，气氛有点儿古怪。唐元初左右看了看，笑着说："向老师，你给分析分析呗。以前在锦城我最喜欢听你分析案情了。"

向晚忍不住笑了："没什么好分析的啊。如果只是碰巧，这车消失了也就消失了。如果是冲我们来的，那不可能就为了在车屁股后头闻闻汽油味儿吧？既然目的没有达到，当然还会卷土重来。"

"好有道理哦！我崇拜你——"

向晚接不下去了。白慕川捏了捏她的手："快到服务区了，休息一下，上个厕所。"

坐了这么久的车，大家蜷在里头，都有点儿累。

425

汽车驶入服务区的时候，程馨的电话就来了，是直接打给白慕川的，声音一如既往软绵绵的："白队，消息反馈回来了。我怕你……会失望哦。"

白慕川眉心蹙得比刚才还紧："说结果！"

程馨："那辆车是西市刑侦队登记在册的社会车辆。"

白慕川："……"

刑侦队的汽车并不是都挂警车牌照的，大家面面相觑，不知道西市刑侦队在搞什么鬼。联合办案期间，西市刑侦队要去南木，甚至故意避开重案一号单独行动，其实不是什么奇怪的事。毕竟这个案子本来就是他们在查，只是……为什么要跟随？

白慕川站在卫生间外面，点燃一根烟，慢慢地吸着。他站的位置从卫生间出来的人都绕不过。于是那个洗完手的男人不得不跟他打招呼："白队。"

白慕川回头看了一眼："张队？好巧！"

两个人碰了个正着。张队笑了笑："你们也去南木？"

白慕川慢吞吞地递上一支香烟："我们都同行一路了，你刚知道吗？"

这反问绝了。张队脸上稍稍尴尬，转瞬恢复了镇定："原来那辆车是你们的啊？"

白慕川似笑非笑："不然呢？"

张队搔了搔脑门："我以为是暗门在跟踪尾随，这才故意在匝道口甩开……"

这回答也绝了。白慕川看着他轻笑，帮张队把烟点燃。两个男人相对而视，白慕川突然一笑："这里离南木还有多远？"

"大概走了三分之一吧。"

"哦，那也快了。"

"不，这段路是好走的。等下了高速道路就不好走了。"

听张队这么说，白慕川抬头望望天："也不知道天黑能不能到？"

张队看了看天："不一定，看运气吧。"

看运气这个说法，在服务区的时候白慕川还没有完全体会到。毕竟这条路是他第一次走，等下了高速，驶上国道，再改省道，然后进入县道，他就知道什么叫望山跑死马了……

他不是没有见过穷困之地，但穷得像南木这样的已不多见。最倒霉的是他们刚进入一个叫屏兴县的地方就得到消息——从屏兴进入南木的道路塌方了。

这前不着村，后不着店的鬼地方，道路塌方了，能怎么办？

白慕川问赛里木："你老家离这儿远不？"

赛里木："不太远，也就一百多公里吧。"

白慕川："……"

赛里木嘿嘿一笑，拿着导航寻找路线："白队，离这里十公里有一个叫江中的地方，是屏兴的一个大镇，我很小就听说过那个地方繁华得很呢……我们要不要过去先找个地方吃点儿东西？"

白慕川沉默片刻："去南木还有其他路吗？"

赛里木挠脑袋："有是有，但比这条路要多几个小时的车程，而且可能会更难走……"

白慕川："那我们绕道。"

塌方的道路抢修肯定不止几个小时，与其花时间等待，不如另想办法。

赛里木："好。不过就算绕道去南木，也要从江中经过，在修这条路以前来往车辆都走江中。"

白慕川看了他一眼："那我们就去那里吃晚饭。"

山中天气比较魔幻，在屏兴县时还是天高云白的好天气，到了江中，不仅天已经黑了，还下起了雨。

之前赛里木说江中是这附近最大的一个镇，而且还用了"繁华"这个词来形容。大家以为可以看到一个山里古镇，有美食美景，有地方特色，结果汽车从镇头驶入，没看到一家像样的饭馆，小镇太破旧，镇上的房子都不知是哪个年代的了。

这个点下着雨的街道行人很少，几乎没有汽车经过。偶有几个人站在屋檐下，或者在街道上行走，也会紧张地看着这一辆豪华的商务车。向晚奇怪地问："他们是排斥外地人吗？我怎么感觉……看咱们的眼神不太对？"

白慕川："南木地区的人都很排外。"

向晚叹气。她想到了网上的介绍——教育水平低下，未开化地区，这里

427

的人大多有"吸和贩"的习性，也是艾滋高发区。这些年政府花了很大的力气，教育、改造、办学、帮扶，人们的生活渐渐有了改善，但几代人留下的传统一时半会儿哪儿能完全扭转？

"老大！"唐元初叫了起来，像捡到了宝似的，指着雨雾里的亮光，"那里有一个客栈！"

"江中客栈"，锃亮的灯箱闪烁着这几个字。这里好多房子里的灯像鬼火似的，灰蒙蒙一片，被雨一遮，几乎看不清。而江中客栈洋派的五层小楼简直就像是这里的"帆船酒店"，极为打眼。

"哇！灯好亮！"赛里木叫了起来，很欢喜，"咱们南木也有这样的大客栈了呢。"

江中客栈的外观确实很现代化没错，可用"大"字真的不可以啊！

商务车刚刚停下，老板娘就打着伞出来了。屠亮伸出头喊："老板，有房间吗？"

"有的有的。几位稍等一下，我给你们拿伞！"老板娘看到客人上门，笑得都快合不拢嘴，热情地拿着伞出来迎客，"你们几位是来江中走亲，还是……"

屠亮冷冷地侧目："问得太多了吧？"

老板娘尴尬地一笑，屠亮的脸却缓和了下来，他笑得意味深长："我们是过来做生意的。"

"做生意好，做生意好啊！"老板娘笑道，"来江中的十个有八个都是做生意的。"

屠亮点点头，笑着进去了。

客栈的大堂面积不大。白慕川、向晚和权少腾几个坐在沙发上。屋外雨声阵阵，屋里却很安静。屠亮开了七间房，又问前台的小妹："能整点儿饭吗？"

"能啊！就是会慢一点儿。"小妹态度很好，"这里有菜单，先生，你们先看看。"

"嗯。"屠亮拿着菜单，走到白慕川身边，指着菜单上的菜名，小声说，"客栈有问题！"

客栈里灯光温暖，驱走了雨夜的寒湿，大家又累又饿，挤在沙发上低头

428

看着手机，没有人注意屠亮的表情。白慕川看了他一眼，敲敲菜单："拌牛蹄筋来一份。"

屠亮抬头："凉拌的牛蹄筋会不会不好嚼啊？"

白慕川似笑非笑："咱们都是年轻人，牙口好，还怕嚼不烂？"

屠亮会心一笑，低头在薄薄的菜单上用铅笔一勾："好吧。"

这会儿雨小了些，屠亮让赛里木、丁一凡和唐元初上车搬行李，然后统一给大家分发房卡。这个客栈没有电梯，只有楼梯，但屠亮拒绝了三楼和四楼，执意要了五楼，把所有人都安排在了同一层。

向晚可以理解大家住同一层，却奇怪为什么一定要选择五楼。

进了屋她就问白慕川，而他的回答也干脆："因为五楼最高啊。"

向晚："拿行李多不方便。"

白慕川轻笑着推开窗子："五楼视野好。"

向晚看着窗外黑沉沉的雨夜密林，走到他身边："如果不遇塌方我们不会来江中，当然别的旅客也不会来——这也就是说，这个客栈这么大的排场，坐落在江中这个小地方，完全可能是亏本的营生。"

白慕川抬抬下巴，示意她继续。

向晚沉默了一下："但客栈设施齐整，收拾得很干净，服务人员也不少，完全不像经营不善的样子，这就证明客栈是有稳定客源的。"说到这里，她"喏"一声示意白慕川看街道。

又有一辆汽车驶了过来，停在客栈的停车场。加上他们的汽车，统共有六辆车。向晚看到白慕川的笑脸，想了想又说："老板娘对我们很热情，可她和这个小镇上的其他居民一样，有明显的防备。再联想一下南木地区的'前世今生'，就不难猜测了。"

她说得头头是道，白慕川听完就笑了："所以你认为这是一个黑店？"

"不一定是黑店。"向晚说，"但老板在这种地方很难独善其身。"

"那今天晚上的饭我们还吃不吃了？"

向晚瞥了他一眼，也跟着笑道："吃啊！怎么不吃，花钱了呢。"

五六分钟后两人下楼，去往餐厅的时候路过大堂。前台有人在办理入住手续，向晚余光一瞄，怔了怔。这一伙冒雨进店的不是别人，而是西市刑侦队的张队和他的下属。

"热闹了！"向晚轻笑。

"是啊！"白慕川勾唇，远远地朝张队点下头，"我就喜欢热闹！"

十分钟后人陆续到了餐厅。包间里有一张带转盘的大圆桌，碗筷摆齐，两个凉菜已经端上来了，服务小妹一边给大家倒茶水，一边笑吟吟地问："你们需要什么酒水饮料？"

从西市到这里向晚没见大家喝酒。

没想到人家刚问，屠亮就热情地响应了："今晚下雨，闲着也是闲着，这天寒地冻的，喝点儿酒暖和，好睡觉。"

白慕川失笑："我们听屠大总管安排。"

服务小妹下去，很快拿了两瓶酒来。

唐元初食指大动，撸袖子，为大家倒酒："今天晚上咱们不醉不归！"

闻言权少腾奚落他："毛都没长齐呢，还不醉不归！"

唐元初啧了声，望向他："权队，要不咱比比？"

桌上一群人哄笑。

屋外的雨下得更大了。

酒至酣处大家情绪都有点儿嗨。向晚看他们红着脸的样子头都大了，原以为他们喝酒是假，没有想到一个个真喝。吃到散伙，一个个脸涨通红，走都走不稳。

向晚扶着白慕川上楼的时候碰到张队，他看到白慕川带着酒意的脸，皱了皱眉头："白队喝了多少？"

白慕川轻笑，竖起一个手指头："不多……就一、一瓶！"

张队："早点儿回房休息吧。"

他带着两个人下楼吃饭了。白慕川没看他，打着酒嗝，挥手再见。

客栈里的声音被浓密的雨声掩盖了。半夜里雨滴噼噼啪啪敲打着门窗，屋外的风呜咽阵阵，卷起松涛，肆虐般呼啸！突地，门锁咔的一声。安静片刻，房门被人推开。

房间里一片黑暗。门口两个人停留片刻，摸向床边。一个黑影站在床边，另一个捣鼓着向晚的行李箱。

"锁了！"

"行李箱都没开？"

"没有。"

"有密码？"

"有。"

两个人小声交流着，其中一个问："怎么办？要不……咱直接把箱子给拎走？"

"不要惹麻烦……"

"可咱们总不能空手而归吧？"

一个人焦灼起来，另一个人斥他："闭嘴！我想想……"

他话没说完，床上突然传来一个懒洋洋的声音："要不要我告诉你们密码？"

两个黑影猝不及防，转头就掏武器。

"别动！"白慕川沉声。

啪！灯亮了。白慕川慢慢地撩开被子，站到床边，把裹在被子里的向晚挡在身边，枪口对准那两个男人，指指这个，又指指那个："蹲下来，手抱头！"

与此同时紧闭的房门发出剧烈的撞击声，从外向内，被人撞开。屠亮、唐元初、丁一凡三人同时扑进来，直接将那两个家伙摁在地上，反剪了双手："老实点儿，不要动！"

白慕川挑挑眉头，举着枪走到那两人面前，弯下腰，枪指着那两个人的太阳穴："说！你们是什么人？"

"我、我、我……"在他的枪口逼迫下，那个刚才耍横的年轻家伙口齿不清，根本说不明白。另外一个年长的男人还算镇定，他梗着脖子，一张黑漆漆的大饼脸，眼睛使劲儿瞪着白慕川："我听说你们是来南木做生意的，想先摸摸你们的底！"

做生意？白慕川笑了："那老板娘是你什么人？"

黑脸望着白慕川手上的枪："不是我们什么人，但来南木做生意的外地人就只有一种。"

白慕川轻笑："我不懂。"

黑脸死死地咬牙："南木只有一种生意。"

白慕川眯起眼思忖半晌："万一我们不做生意，而是警察呢？"

黑脸看着他，目光里流露出一丝迟疑："你看起来不像好人！"

白慕川："……"

被窝里的向晚差点儿笑出声。

白慕川回头看了她一眼，朝黑脸点点头："有道理。可凭这个就认定我们的身份……会不会太傻？"

黑脸冷笑一声："我们已经落在你手里了，反正结果都一样，不如赌一把。"停顿片刻，他突然又笑道，"再说如果你们是警察，三楼那几个又是什么人？一个客栈不可能住两拨警察吧？"

白慕川扬了扬唇："你怎么知道他们是警察？"

"有个兄弟见过西市的刑侦队队长。"黑脸斜了白慕川一眼，"他们是一路跟踪你来江中的！他们是警察，你们怎么可能是警察？"

"……"白慕川吸了一口气，"厉害了，兄弟！眼神好使，逻辑毫无破绽啊！"

"哼！见得多了！"黑脸露出一抹得意，"你们被警察盯上这生意怕是做不成了。"

"不瞒你说，我也是头一遭走南木，心里本来就没底。"白慕川看上去懊丧至极，"这下好了，被警察盯上，要白跑一趟了！"

"那可不一定啊，警察算什么？"黑脸恨不得把牛皮吹上天，"在南木的地盘上从来不是警察说了算的。区区几盘小菜，夹了就是。"

听他公然挑衅警察，白慕川眯了眯眼："那几个警察，你们把他们……怎么了？"

黑脸哼了一声："没怎么，就是给了点儿教训而已。多管闲事！"

"哦！"白慕川不紧不慢地转了转手腕，枪口摆了摆，示意屠亮稍稍松开手，然后收回枪，插入腰间。

黑脸挣扎着从地上坐起来，瞥了一眼胳膊受伤的同伴，盯着白慕川说："如果你们是诚心来南木做生意的贵客，我们欢迎。"

白慕川笑了笑："当然诚心。我们是专门来拜访秤砣哥的！"

黑脸略略变脸："你们认识秤砣哥？"

白慕川唇角勾了勾："我当然没有福气认识秤砣哥。不过有朋友引荐

432

过，我就存了这心思。生意嘛，还得找秤砣哥当面谈才有诚意，对不对？"

白慕川报了秤砣哥的大名，黑脸的警惕心少了几分。他看着白慕川问："兄弟怎么称呼？你朋友又是哪尊大佛？"

白慕川："大家都叫我皇太子！我朋友已经不在了。"

黑脸微微一怔。白慕川叹口气："六哥，听过吗？"

六哥就是周德全，他的死外界所知不多，又都十分好奇，黑脸当即来了兴趣："我听人说六哥是被自己人卖了！死得很惨啊！"

白慕川一脸凝重："我也想知道啊！他为人耿直爽快，很给兄弟面子……还介绍了秤砣哥给我，帮我打开路子——唉，没想到人就那样去了！"

"秤砣哥说如果不是自己人出卖，六哥是不可能翻船的！"黑脸明显想从他嘴里探听消息，白慕川却不搭话，顺着聊了几句，话锋一转。

"黑脸哥，你们这惹了警察，准备怎么善后？"

黑脸哼了声："在江中谁动得了我？"说完，他压低声音，"兄弟，去了南木打这个电话——秤砣哥会见你！"

…………

他们出门不到十秒白慕川就给张队打电话："你们没事吧？"

张队沉吟了一下："没事。"

他明明咬牙切齿，还说没事。白慕川似笑非笑："真没事？"

张队迟疑了一下："就是小宋被人打了一顿，陈然送他去屏兴县医院了。"

那伙人果然无法无天！明知张队他们是警察，还敢下重手。白慕川察觉出张队语气里的恼意，看了一眼窗外层层叠叠的山林黑影，笑了笑："老兄！送你一个立功的机会，怎么样？"

张队沉默十来秒低声问道："怎么做？"

…………

这天晚上，江中街道上的枪声很多人都听见了。不过雨夜里没有一户人家敢开门出来察看究竟。第二天向晚跟白慕川下楼吃早餐时，几个服务员正在议论，昨天晚上有外地警察到江中抓人，一人拒捕被当场击毙，两人被捕，一人逃匿——起因是那些人公然挑衅，把一个刑警引到镇外，暴打了一顿。这事惹恼了警方，天不亮江中派出所就满街找人，调查昨晚的情形，而西市那边在事故发生后，也第一时间责令屏兴县局马上派警力配合抓人。

向晚冷眼看着，对白慕川的做法无法理解："你这么做秤砣哥还会相信你吗？"

白慕川将黑脸留下的字条放在桌子上："你以为我不做他就会信任我？"

"那至少有希望啊。可是现在……我们前面所做的努力不就白费了吗？"

"不这么做才白费。"白慕川微笑看着她，慢条斯理地说，"这个黑脸已经是颗废棋了，我做个顺水人情而已。"

向晚一脸蒙，白慕川又笑了笑："一可以给张队一个人情，二能帮秤砣哥了却一桩心事——黑脸擅作主张招惹警察惹来这么大的祸事，秤砣正愁怎么处理他呢。"

向晚不解："为什么？他们不是兄弟吗？"

白慕川凉凉一笑："你以为这些人真敢和警方硬碰硬？现在警察被黑脸打了，怎么交差？为了平息事件，暗门只能放弃黑脸——你想想，黑脸不抓案子就结不了，那么警方的注意力就会一直在南木。他们还能过安生日子吗？"

向晚点点头："我承认你分析得有道理。可这毕竟只是你的猜测，万一你猜错了秤砣哥的心意呢？"

"我怕什么？"白慕川笑着，"老子无所畏惧！"

向晚嘴角抽了抽，差点儿笑出来。白慕川淡淡地剜她，把黑脸留给他的字条递上去："你拨一下这个号码就知道了！"

向晚看了他一眼，小心翼翼地拨打这个号码。然而电话里只传来一个冰冷的女声："对不起，你所拨打的号码是空号，请核对后再拨！"

"……"

除了黑脸之外，张队还抓到他的同伙十来人。在江中镇的暗门组织里黑脸就是最大的头目，西市警方这次的扫黑行动取得了极大的成果，张队也立了大功。接下来的合作里，他们和白慕川之间少了防备，多了信任，工作就轻松了。

434

次日，几个人装上行李前往南木。十二月的南木没有下雪却冷得出奇，漫山遍野的荒凉，让人内心无端沉重。这座城为什么叫南木已不可考，不过说它是一个县城，其实和大城市周边的乡镇差不多。楼房低矮、老旧，公共设施极少，简陋的街道上很多人穿着民族服装，路上行驶的车辆也比较少，完全不会拥堵。他们下榻的南木宾馆看上去也有些老化陈旧，但楼层很高，也算是鹤立鸡群的建筑。

"到了！"屠亮回头招呼众人拿行李下车，又对唐元初说，"你去停车，我去开房。对了，你们都把身份证给我。"屠亮每次都是负责拿证件开房的人。因此向晚并没有想太多，也根本就没有注意过他们的证件。这时白慕川的身份证恰好正面朝上，她这才发现有点儿不对——身份证上的名字不是白慕川。

"这……"她愣愣地看着白慕川，像发现了新大陆。

白慕川却不似为意，小声说："为了办事方便，大家都有备用证件。"

"呃！"她乖乖地点点头，噤声。

…………

南木的街头风很大。向晚拢了拢脖子上的围巾，瞥了白慕川一眼，对他硬拉着自己出来逛街的行为不太理解："出来逛什么呢？有什么可买的？"

"女人不都喜欢逛街吗？带你走走。"

"……"

"不喜欢逛，那去吃？"

她喜欢逛，那也不是逛这里啊。街头的商家寒碜得可怜，能有什么可买的？两个人牵着手走了好长一段路，没有碰上一个像样的餐馆，向晚不由得怀念起了锦城街头："很难想象啊，会有这样的县城。"

"估计我们走的街道不对……"白慕川说到这里突然勾了勾唇角，看向街边的一家面馆，"吃面吧？"

面馆也太破了，从里到外"朴素"得就像新中国成立前，而且一个客人都没有。向晚是带着一种无奈的心情进去的，没有想到简单的一碗面劲道十足，味道还不赖。

"你是饿了！"白慕川敲了敲吃得干干净净的面碗，"要不是你肚子饿，这烂面你能吃掉一半算我输！"

435

"……"

向晚冲他挤了挤眼睛，示意他闭嘴。那面馆老板就站在白慕川的背后，四五十岁的样子，皮肤黝黑，干瘦，一直在听他们聊天。向晚有点儿不好意思，尴尬地笑问："老板，结账，面多少钱？"

老板面无表情，用蹩脚的普通话说道："一百块！"

向晚以为自己听错："你说什么？"

老板重复："两碗面，一百块！"

五十块一碗的面？太坑了吧！向晚愣了下："这就是一碗素面啊！哪儿有卖这么高价的道理？"

老板不说话，用实际行动向她证明了没有最坑，只有更坑。隔着里间的一个帘子被撩开了，从里面走出三个小伙子，看长相与老板有点儿像，像是老板的孩子，年纪不等，但粗犷壮实，每个人手上都拎着一把大马刀。他们不说话，一字排开，就围着向晚和白慕川。

"……"

这是黑店吧？这不是摆明了欺负外地人吗？

向晚心里怦怦乱跳，不敢贸然说话。没想到白慕川突然笑了："我给你们五百块！"他慢吞吞地从兜里掏出五张红红的钞票，很新，一张张摆在桌上，慢慢地推到老板的面前，"我是来南木做生意的。可我这个朋友电话号码换了，一时联系不上……"

老板奇怪地看着他。白慕川掏出黑脸给的那张字条，说得意味深长："麻烦你帮我找找……用这个电话号码的人？"

他说得很慢，面色平静、从容。那几个汉子互相望了一眼，突然就恼了："给了钱就滚！不要在这儿惹事！"说完他伸手就去抓桌上的钞票。然而钞票刚拿到手，胳膊就被人扯了过去。

白慕川冷笑一声，转身将他反扣在桌子上，就势一踢，板凳飞出去，砸向另外三人，同时他冷笑一声："你们不知道，不如帮我问问别人？比如秤砣哥。"

…………

从面馆出来，向晚再也淡定不了。街还是那条街，人还是那些人，可看在她眼里全都变了味儿。这座城阴暗密布，行人如同恶魔。谁能想到看着普普通通的一个面馆老板居然会干这样的事?

向晚以前觉得自己是柯南体质,现在看来白慕川才是啊!

"你说,如果不给钱他们会杀人吗?"

"不会。打一顿,把身上的钱财、手机搜光,丢出去!"

太恐怖了!向晚:"这里的警察不管吗?"

白慕川揽着她的肩膀:"管不过来吧!大家都这么干,涉案金额又不大!"

向晚脊背凉飕飕的,条件反射地回望一眼:"你说会不会有人在跟踪我们?"

"……"白慕川慢条斯理地瞥她一眼,"回房间等着就知道了。"

他的话向晚有些不解,白慕川哼笑一声,也不解释,然而两人回了房间关上门坐等了不到一个小时,屠亮就来报喜了。

"老大,鱼儿上钩了!"

…………

秤砣哥是个谨慎的人。和白慕川的预期一样,他主动派人来联系了,还是老熟人——西市火锅店里被白慕川胖揍一顿,后来又跟踪他们,被白慕川丢给张队的一个家伙。

他挨过白慕川的打,看到白慕川有点儿紧张:"我叫大梁……秤砣哥让我来给你认个错。西市的事情是我的不是……秤砣哥说江湖人就要守江湖规矩,你要是不肯原谅我的话,我大梁就由你处置了!"

好大一个面子。难道这就不怀疑他了?

大梁再次开口:"主要那时候我以为你是警察!"

白慕川挑挑眉:"为什么这么想?"

大梁琢磨一下说:"那天在火锅店我们和你打了一架,心里确实不太痛快!但我们看出来你不是软柿子,也不太想惹事……后来又去跟踪你,是因为有人特地透口风,说你是从京都来的警察,就为督办暗门的案子。"

白慕川眯了眯眼:"然后你们信了?"

大梁叹气:"是啊!六哥那事闹了挺大动静,秤砣哥让我们在外面都安分点儿……但听到专案警察来了,我们就想看看什么情况。"

那次去西市,白慕川还真是以私人身份去接女朋友的,然而暗地里有一双手悄无声息地把他和"12·1案"捆绑到了一起，也让他成了铲除黑恶势力的主力。从向晚被陷害落地西市，到他来西市和暗门发生冲突……显然那个放消息给警方的人也就是放消息给暗门的人。

白慕川笑了笑："鹬蚌相争，渔翁得利！"只可惜那个躲在幕后的人只猜到了开头，并没有猜到结尾。他以为白慕川会和暗门的人对着干，但没想到白慕川会化明为暗，直接和暗门接触。

大梁似乎也醒悟过来："是哪个浑蛋这么鸡贼？分明是在玩咱们呢！"

白慕川斜了他一眼："你不知道是谁？那人家怎么告诉你的？"

大梁没有听明白："就说你是京都来的警察啊！"

白慕川吸口气，耐心地问道："我是问，他用的什么方式？"

大梁恍然大悟，掏出手机："消息啊！给我发的消息！"

"消息还在吗？"白慕川问。

"不、不在了。"大梁对他有防备，赶紧收回手机，"就是有人发了一条消息，然后我们跟踪你，你又把我们直接送给警察了，这下我们当然就更信了。"

白慕川不置可否："然后呢？"

大梁想了想："然后警察也没查出什么，把我们放了。那人又发了一条消息给我，让我们赶紧回南木，如果再留在西市，怎么死的都不知道……"他像是突然想到什么，又"哦"了一声，拍着大腿说，"他好像还说西市的案子了解一下。"

"你了解了吗？"

"我不了解啊！他的意思是，如果我们不离开，西市的案子就会定到我们头上，让我们背锅！"

好聪明的套路，如果大梁他们不逃，张队未必会告诉白慕川这件事，而白慕川也未必会追到南木……

"现在想想，真把我们当傻子了，也不知是哪个浑蛋吃饱没事干，闲的！"

"闲？你以为人家在跟你开玩笑呢？"白慕川相信秤砣哥肯定是想明白了，要不然也不会叫大梁来找他，因此他无须隐瞒，"你怎么不想想，西市警察为什么会盯上你们？你们在江中镇的窝为什么被人端了？"

大梁吓了一跳："你是说西市警察追到南木是那个浑蛋搞的鬼？"

"我没说。"白慕川点燃一支烟，懒洋洋地笑，"你们自己想。"

大梁怔了怔，若有所思地点点头，马上换了一副脸色："兄弟是个耿直的人。对了，你的生意我们秤砣哥很感兴趣。可是最近风声紧，我们不敢走货——所以秤砣哥让我劝你，在南木玩玩就赶紧回去吧，这一阵还是收敛一点儿好。以后有机会我们再联系！"

白慕川还没有开始，就被拒绝了！白慕川不动声色地瞄了大梁一眼："替我谢过秤砣哥！"

有西市警方盯着，暗门最近肯定会安分老实。灭这颗社会毒瘤是早晚的事，鱼儿已经上钩，他不着急。他现在更想挖出来的是"那个人"。

大梁离开了。白慕川回到房间，向晚停下了手上的工作，回头看向白慕川，紧张地说："对了，我的一个群管理员刚才又收到一条留言！"

"什么留言？"

"大神的诱惑。"向晚微微拧了拧眉，"这个管理员特地回复他，说自己愿意加入计划，不过对方没有再回应。"

白慕川吃了一惊："哪个管理员？"

向晚叹口气："新管理员，叫渊芊芊！"

白慕川面色一沉："这个事情的轻重你是知道的，一定要警告读者，不要去碰。"

"我告诉她了！"向晚点点头，"秤砣那边你准备怎么办？"

白慕川想了想："等！"

…………

几个人住在同一层楼，在1015房间碰个头，开了个简单的小会，说了一下案件线索，商量好行动方案，差不多用了两个小时。

白慕川没有想到大梁会去而复返。他不是一个人来的，还带着一个瘦瘦高高的男子，男孩儿年纪不大，像刚刚成年，看到白慕川还有一些局促。大梁神神秘秘地交给白慕川一包东西，语气带点儿讨好的意思。

"秤砣哥怕兄弟们在南木无聊，让我带了点儿东西过来给兄弟们尝尝！"

白慕川眉头皱了一下，正要说话，就听到权少腾在背后骂人："大晚上的，还让不让人睡觉了？有事赶紧说事，没事走人。"他说着，打个哈欠，冷冷地掏出一把枪来，拿了块绸布，慢条斯理地擦……那凶巴巴的邪劲儿，看得大梁头皮发麻。

白慕川见机一笑，拍拍大梁的肩膀："回去替我谢过秤砣哥。我这兄弟脾气不好，大梁，你先回去吧！咱们回头再碰。"

大梁看了一眼玩枪的权少腾，笑烂了脸："好的好的，你们早点儿休息。"

门悄无声息地打开，又悄无声息地合上。大梁一走，权少腾一把将桌子上的东西掀翻："这些浑蛋胆可真肥，敢直接拎这东西到警察面前来！"

白慕川瞄他："谁知道你是警察？就你那样子……不像。"

"……"权少腾默默地放下枪，指了指那东西，"他们什么目的？嗯？你给暗门报了一个什么狗屁皇太子的名号，他们就轻易相信了？"

白慕川眯起眼："周德全已经死了，死无对证。"

"你的意思是，周德全死前确实把一个叫皇太子的人介绍给他？"

"对！"

"那皇太子人呢？他又是谁？你就不怕穿帮？就我所知，周德全以前并不沾这些东西。那介绍给暗门的这个皇太子是他自己人的可能性极大，我猜他是垂涎这生意来钱快，准备自己碰一碰，只是还没有来得及。"

白慕川一笑："这叫不叫近朱者赤？跟着我你脑子都利索了！"

"甭废话！"权少腾不吃这套，"这个皇太子如果没死，你的谎言分分钟被戳破……"

白慕川凝视权少腾："如果皇太子是我的人呢？"

…………

屠亮真是一个会过日子的男人，来到南木不到一天，已经把这里摸熟了，对南木的美食、地理位置如数家珍，简直比赛里木这个本地的"傻白甜"看上去更像本地人。他开着商务车，载着大家去据说是南木最好吃的小火锅店。

一路上唐元初都在不停地赞美："屠哥，从今天开始我要拜你为师——跟你学学这些本事！"

"就为一口吃的，至于吗？"权少腾摆开大长腿，漫不经心地笑。

"嘿！"唐元初回头看着他，"五爷，你就没这本事了吧？"

"可我有别的本事啊！"权少腾半合着眼，"我不会找，我会吃！"

旋转小火锅餐厅在南木城的南边。到了这里向晚彻底改变了之前的固有印象，果然再穷困的地方也会有一群富得流油的人。这个旋转小火锅店开在一个新开发的小区二楼，离他们居住的南木老城区有些远，附近并没有什么高楼，独独一幢，四周全是绿化，显得比较幽静。

向晚吸口气："闻着火锅香味儿了，好香！今天晚上我要大吃一顿。"

白慕川转头看了她一眼："大家多留个心眼。"

"收到！"

这不是普通的火锅店装修，楼道满是民族风情。餐厅里放着民族音乐，摆设也有很多民族元素，甚至来这里吃小火锅的人也有一部分穿着民族服装。白慕川一行的出现迅速引来众人的目光，有那么一瞬，除了轻盈的音乐，好像没有听到人说话。

一个服务小姐迎了上来："先生，几位？"

屠亮："七位，谢谢！有包间吗？"

服务小姐抱歉地说："不好意思，包间满了。"

屠亮扫了她一眼，指一下过道那个半开的大房间："那里不是有一个空着的？"

服务小姐微笑："抱歉先生，那是客人提前预订的。"

大厅里的餐桌都不太大，他们七个人坐着有些挤，也不方便说话，不过没有位置也不好强求。七个人坐到了靠窗的位置。这是一张椭圆形的桌子，碗筷都摆好的，桌上共有八口电磁小锅，中间是一个旋转的传送带，菜品会放到传送带上，再旋转到客人面前，一人一口锅，想吃什么拿什么，干净卫生。

他们开了火，锅底开始沸腾，还没有开始煮菜，刚才那个服务小姐过来了："先生，包间你们还要吗？"

屠亮奇怪地看了她一眼："空出来了？"

"就那个空着的包间。"服务小姐微笑着，"客人刚才来了，说请你们用……"

屠亮询问的眼神刚瞄向白慕川，那服务小妹敏感地察觉了。她转过头对白慕川微笑着说："先生，我给你们换到包间去吧？"

441

白慕川面无表情："坐这儿挺好的，不用麻烦！"

服务小姐被噎住了。她前脚离开，唐元初后脚就问："老大，为啥不去啊？咱们坐这儿怪挤的，包间多好……"

白慕川扫了他一眼："没出息！三顾茅庐的故事没听过？"

"……"他们只是吃个饭而已啊！

两个年轻的警员不懂，也不敢问。只有权少腾一个人敢顶他："这货脑子要没坑，找我！"

不到两分钟大堂经理过来了："各位贵客，我们包间有空的了。你们……"

白慕川打断他："懒得麻烦！赶紧上菜。"

经理温和一笑："这样吧，我们老板说了，为了欢迎远道而来的客人，今天晚上的消费一律五折，酒水免费。"

众人看傻子一样看着他。经理面带微笑，应对得体，但白慕川仍然不肯领情。

终于老板过来了，人没到，笑先到："哈哈哈，各位贵客，实在得罪了！"

说话的男人四五十岁，一张大长脸瘦削没肉，显得眼窝深，鼻子勾，嘴唇留着一簇小胡子，给人一种反派的阴鸷感。他的身边还跟着一个年轻女孩儿，皮肤颜色略深，但五官长得好，眼大、鼻挺、胸高、腰细，双眼有神，往那儿一站，就带着一股子与众不同的风情。

"我是老板阿布德，希望可以荣幸地邀请各位贵客去贵宾厅用餐！"

为什么一定要请他们去包间呢？向晚想不明白。"三顾茅庐"已经顾完了，白慕川这次没有拒绝："老板这么有诚意，我们要是再拒绝，就太不懂事了。走吧，大家挪挪。"

包间桌子很大，可以坐十七八个人的样子。众人刚刚落座，老板就看着白慕川笑问："各位贵客，我想为你们邀请一位朋友，可以吗？"

白慕川轻笑："当然。人家包间都让给我们了，拒绝不太好吧？"

老板哈哈大笑："我的朋友是很有礼貌的。"

向晚看着白慕川过于平静的脸，心里猜测进来的人会是秤砣哥或者秤砣哥的人，不承想竟是一个长相俊朗的年轻男人，穿着打扮极其精致，态度也从容得体："各位，打扰了！"

这个男人一坐下，气氛顿时有点儿冷场。

阿布德赶紧招呼服务员上菜，又笑着带那个漂亮的姑娘入座。本就不熟的人坐在一起更尴尬。好好的一顿小火锅突然就失去了味道。

大家心里都在猜测那个男人的身份，静寂的几秒，仿佛某种无声的较量。阿布德左右看了看，爽朗地笑道："我差点儿忘了给大家介绍，这位是我的朋友孟炽先生，孟氏传媒集团总裁。"

霸道总裁？这是向晚的第一反应。

女频小说看多了，对"总裁"两个字比较敏感，她以最快的速度瞄了一眼那个波澜不惊的总裁大人。对方并没有看她，态度一如既往，看着亲和，其实难以接近："幸会！"

白慕川不紧不慢地笑道："今天让孟总破费了！"

孟炽笑了："不用客气！久仰白队大名，今天有机会与白队共进晚餐，是我的荣幸！"

白队？向晚心里一沉，空间里的紧张让众人陡感压力。

好一会儿，没人说话。小火锅开着火，锅底慢慢升温，散发出火锅底料的香味儿。这明明是一个饭局，气氛却紧张得像一个战场。

"没想到走了这么远，还有人认识。"白慕川面不改色地笑了笑，反问孟炽，"那请问孟总，今天是有何指教？"

孟炽看着他："刚好我是白队的粉丝，突然看到偶像，又不敢贸然上前，只好请阿布德帮忙牵个线……"

白慕川一笑，视线像把刀子："那孟总来南木是旅游？"

这鸟不拉屎的地方有什么可旅游的呢？孟炽暗叹一声，像是无奈："我是来工作的，就像白队你一样。"这个孟炽说话，很有嚼头，说完又是一笑，自顾自补充，"我手上有个项目，刚好在南木地区取景拍摄……"

想到他公司的名字，向晚心里一跳。果不其然，下一秒唐元初就把疑惑问了出来："你是《灰名单》的投资方？"

唐元初抢话有点儿快，其他几个人都古怪地看着他。一般人只知道《灰名单》的主要演员，他连投资人都一清二楚。平常看唐元初也不像是个关心娱乐圈的人啊？大概觉得自己说得突兀，唐元初嘿嘿一笑："我是沐二少的粉丝，一直关注他的作品，所以知道这个消息。"

孟炽突然一笑："好巧，我也是！不过我不仅是《灰名单》的投资方，还是制作方和发行方。《灰名单》这部剧是我们公司独立打造的，也是今年最大的一个重点项目。"

原来他是《灰名单》的幕后人。

唐元初被孟炽的微笑感染，笑着问："老总还要亲自上阵啊？"

"我个人比较看重这个项目。"孟炽笑着解释，"剧组来南木拍摄，因为水土和气候的问题，很多演员身体产生了不适，拍摄进展也不快，我代表公司过来慰问一下。"说到这里，他突然转头，看向阿布德旁边的女孩儿，"好在不虚此行呀，还为公司挖到一个好苗子——这位是阿布德先生的女儿丽玛！"

孟炽跟大家说话感觉就像与老朋友在随意聊天，不会让人觉得不适，又始终面带微笑，很快就消除了那种陌生人的拘束感。

丽玛听到他的介绍，站起来冲桌上的人礼貌一笑："我是丽玛，很高兴认识各位好朋友。"

她的普通话比店里其他人都好，可仔细听，还是有浓重的南木口音。孟炽朝她按按手，示意她坐下，又望着唐元初笑："你觉得丽玛和《灰名单》里哪个角色形象相近？"

啊！唐元初："……"

《灰名单》他也就随便翻了那么几十章，对不是主角的人物根本就记不清楚。

"娜达！"向晚笑着帮他解围，"娜达是一个少数民族姑娘，热情、爽朗，有银铃般的歌声，喜欢在篝火旁跳舞……丽玛小姐在外形上是符合娜达这个人设的。"

"对对对，娜达，就是娜达！"唐元初作恍然大悟状。

向晚看了他一眼："不过娜达的戏份不是很多，只有一个单元。"……而且结局也不是很好。后面那句话向晚没说，可孟炽从她的眼睛里读了出来。

他朝她一笑，又对白慕川说："原来大家都是同道中人呢。"

这个同道中人想表达什么？桌上的人都有点儿奇怪。向晚猜他大概是想

444

说大家都很喜欢《灰名单》。可他为什么要看着白慕川说呢？

白慕川笑了笑："孟总还真是任劳任怨，这么大老远跑到拍摄点来，亲力亲为挑演员也就算了，吃个饭也不忘谈工作。"

孟炽点头："《灰名单》是我接手孟氏以来最大的一个投资项目，我当然要全力以赴。"

白慕川淡淡地扯一下唇，不回答。孟炽又看着众人继续聊他的项目："《灰名单》的电视剧只是我们打造的第一步。公司下一步要做的是《灰名单》的电影，已经进入立项阶段，预计投资将会超过十五个亿！"

"厉害了！"作为沐二少的脑残粉，听他这么一吹，向晚真的期待起来，她问，"电影预计什么时候开机啊？"

孟炽态度温和有礼："大概春节后。"

向晚和桌上的众人都很少接触这个行业，开启了话匣子，慢慢地就聊开了。包间里的气氛也从一开始的紧张，渐渐变得轻松，除了孟炽故意接近的方式有点儿古怪，向晚觉得孟炽这个人情商很高。还有就是，他知道白慕川的身份对他们的任务会不会有影响？

她有点儿忐忑，而白慕川从头到尾面不改色。临时，走孟炽递上一张名片："我们剧组的人都住在南木宾馆。我应该也要再待上一段时间，白队，有机会出来喝茶？"

南木宾馆？向晚有点儿意外。她看着白慕川淡定地接过名片，朝孟炽不冷不热地点下头："好，再会。"

…………

南木宾馆的大厅里灯光并不太亮，除了前台有两个值班的，既看不到入住旅客，也没有什么人走动。这里安静得完全不像住了一个剧组的样子。

向晚一个人脑补着，挽着白慕川的手上楼。他们走到房间门外，权少腾过来了，特地碰了一下白慕川的胳膊："哥们儿，悠着点儿啊，明天还有任务！"说着他又指了指自己的房间，"不要忘记你隔壁还有一棵民族幼苗，身心健康会受影响的！"

白慕川斜了他一眼："滚蛋！"

叮！权少腾刷卡，飞快地进屋，关上。两个男人开玩笑，向晚笔直向前，只当没听到。她开了门，换掉鞋，把大衣挂好，站在原地等着白慕川。

445

住进来的时候，屠亮只开了六间房，白慕川说是为了向晚的安全，而她也默认了这样的安排。她没有备用证件，混一个标间住，又安全又能节约房费，并没有什么不妥。

白慕川进门，换鞋时看了一眼她的表情："怎么啦？"

向晚懒洋洋地看着他，抱臂倚在柜门上："你是不是早就知道谢缩缩在南木拍戏？"

白慕川："……"

有一种难以理解的生物叫女人！白慕川斟酌着，顽强地求生存："是知道，但这个事情我并不是听她说的……"他喟叹一声，走过来环住向晚的肩膀，把她轻轻拉入怀里，"傻妞儿，吃醋了？"

"不！"向晚从他怀里挣扎出来，认真地看着他，"刚才的问题只是序言——我只是看看你的态度。正式问题现在开始——"

"喀……"白慕川握住拳头，凑到唇边咳了咳，"好吧，向晚大大，我懂了。请问，审问之前我可不可以申请洗个澡，香喷喷地坐在你面前，再供你蹂躏？"

向晚赏了他一个白眼："请开始你的表演！"

"……"

"说吧，你认识孟炽？"

白慕川："为什么这么问？"

向晚眯起眼："他进门的时候，阿布德介绍他的时候，他说自己是《灰名单》投资人的时候，我从你脸上没有看到半点儿意外……"

"为什么要意外？"白慕川神色极淡，笑得有点儿冷，"小向晚，这叫泰山崩于前而面不改色！"他笑着牵过她的手，"不瞒你，我是知道孟氏，也知道孟炽，但与他本人没什么交集。"

向晚不太相信："那他为什么说是你的粉丝？"

白慕川目光微微一闪："我这么优秀，凭什么不能有粉丝？"

向晚："……"

她不太相信白慕川瞎扯的鬼话，但是两个人目前才到恋爱的阶段，她不想让自己变成一个唠叨婆，让人感觉无理取闹。她不再多说，白慕川却拿过手机，主动找她攀谈："明天我要去拜访一下秤砣哥。"

446

拜访？向晚对他用的词很诧异。白慕川不以为意地笑道："大梁给我发了一条信息！"

　　向晚眉头皱起："会不会太冒险？"深入狼窝，他们就七个人。

　　白慕川淡淡一笑："'12·1案'没什么进展，是时候逼一逼了。我们联合了张队，有周密的行动计划，放心吧。"

　　"行吧。那今天晚上咱们早点儿睡！"

　　白慕川目光一深，似笑非笑："嗯，咱们一起睡。"

　　"……"这个男人。

　　白慕川去洗澡，向晚习惯性地打开作者后台，刷了一下书评，今天没什么特别的留言，除了每天风雨无阻"招收打字员"的骗子广告，没有看到"大神的诱惑"。向晚看着干净的评论区，刚松一口气，方圆圆的消息就来了。

　　"表姐，你还在西市吗？"

　　上次两个人聊天时向晚告诉过她自己在西市，不过这两天还没有跟她联系过。向晚愉快地翘起唇角："是的。想我了？"

　　方圆圆发了一个大大的笑脸表情："是啊，超级想，要不要我来看你啊？"

　　向晚看看这个远在南木的宾馆，叹口气："不用啦！最近姐在这边忙着呢。你来了也没时间陪你！"

　　"你个没良心的东西，重色轻友！陪男人就可以，陪我就没时间？"方圆圆说着，又补了一句，"别以为我多想见你！我是和朋友约好来西市旅游的。你妈让我给你带点儿吃的，我只是奉旨探亲而已！"

　　方圆圆有空就喜欢出去玩，有点儿小文青的调调。她平常的酒肉朋友也多，向晚没太意外，转而问她："那你什么时候来？"

　　方圆圆隔了一会儿才回复："大约是周末。反正锦城有直达西市的高铁，一两个小时就到了。过来玩两天，我们就回来上班！"

　　向晚："哦哦哦，可惜我不在西市。"

　　方圆圆："又哪里浪去了？"

　　"南木。"向晚想了想，"你去西市好好玩吧，美食街的东西也是很好吃的，西市的小哥哥也是威武雄壮的。如果周末我能回西市，再联系你。"

　　"算了算了，不要联系了，反正你又不爱我。"

方圆圆没好气地顶她。其实，朋友约她的时候她本来是不想去的。因为向晚在西市，她才勉为其难地答应了。结果她要去，向晚却不在，方圆圆有点儿郁闷。

…………

白慕川洗澡出来了，向晚在码字。他换了身衣服，擦着头发说："隔壁老五约我过去谈点儿事情，关于明天行动的。你写好了先睡。"

向晚很快回复："好。"

简单一个字，她没说反对，但情绪看起来有点儿不高，这让白慕川内心有些歉疚，连带看权少腾也没什么好气："有什么要说的，赶紧，我要早点儿回去陪女朋友。"

"瞧你这点儿出息！"权少腾讥笑一声，慢条斯理地拉着他出去，顺便按了电梯，"小白，看你这个样子，我真的庆幸！"

"庆幸什么？"白慕川随意地问着，心思不在他身上。

"庆幸我是单身啊！"权少腾得意地一笑，"单身真的太舒服了，哪儿来你这么多屁事。"

白慕川淡淡地哼了声："借口完美！"

"什么借口？"

"交不到女朋友呗！"

权少腾帅气地捋了下头发："难道你不觉得女人太麻烦了吗？"

白慕川耸耸肩膀，看着电梯间跳跃的数字："不觉得。"

"你想想，你得哄着她、护着她，还得猜她的心思，一不小心就得罪了她，公主病犯了，你还得去追——想不通，为什么这么多人要找虐呢？"

"得了吧。那是别人家的公主病。"白慕川炫耀地说，"我家只有公主。"

权少腾看怪物一样看着他："是游戏不好玩吗？是酒不好喝吗？是工作不够辛苦吗？"

白慕川拍拍他的肩膀："子非鱼，焉知鱼之乐？"

叮！电梯到了二层。两人刚走出去，就看到从另一部电梯下来的两个熟人——孟炽和戚科。《灰名单》男一号戚科一直很低调，从宣传上来看，几乎是活在叶轮的阴影里。

四人见面，皆是一愣。彼此点个头，没有说话，算是打招呼。

孟炽和戚科走在前面，进入足浴中心。权少腾看着他俩的背影，问白慕川："你不觉得他俩有点儿奇怪？"

"哪里奇怪？"

权少腾压低嗓音，发出一声笑："小白，我觉得你这戏快要唱不下去了！南木来了一个《灰名单》剧组，知道你身份的……越来越多。"

白慕川双眼微微一眯："有可能。暴风雨要来了！"

权少腾赞同地点头："我就说吧，你的戏早晚都要演砸的。"

白慕川转头，深深地看了他一眼："我不是演员，我是编剧。"

"……"权少腾哼了声，"那你为我安排的是什么角色？"

"保安！"

"滚！"

…………

权少腾以为白慕川是说笑的。没想到他是认真的，回头他就告诉权少腾："老五，明天你不用跟我们去，你和向晚留下来。"

"没搞错吧？"权少腾双眸几乎瞪出刀子来，"我是行动队的！"

"我知道！"白慕川一脸严肃，"南木形势越来越复杂，我希望你留下来，是为了接应我。鸡蛋不能放到一个篮子里的道理，你懂吧？对别人我不放心。"

权少腾有些愤愤的："为什么不是你留下？"

白慕川指了指脑袋："你这里不行！"说完他笑看权少腾愤怒的脸，转身回房，"晚安！"

…………

次日，没等闹钟响向晚就醒了。屠亮为大家准备了早餐，比较简单，那是南木特有的一种薄饼，油烙的，加点儿葱，又和葱油饼不太一样，吃起来味道也不那么好。

白慕川吃了两口，就放下了："讲一下行动纪律！"

出发前强调任务是必要的，这是他的习惯。趁大家吃东西的空当儿，白慕川说得很快，刚讲完大梁的短信就来了："皇太子，不好意思，秤砣哥准备换个地方招待你……你知道的，最近风声太紧，为了大家的安全，秤砣哥也没办法。"

不长不短一行字，只代表了一个意思——事情有变！

汽车驶离南木宾馆，唐元初按大梁新发过来的地址导航，一路驶出城区。穷山恶水，山峦高挺连绵，翠绿荒凉。公路在山间，路况很差，汽车颠簸不停，入了山道路更窄，几乎看不到像样的人居房屋，这个世界就像一个无人生存的空间。

"大梁发的地址会是秤砣哥居住的地方吗？"赛里木探头看着窗外，"比我小时候住的地方还偏僻，他们住在这里，自己不害怕啊？"

白慕川轻笑："也许是专门用来招待我们的。"

"老大，你是说……秤砣哥知道咱们的身份了？"

白慕川不确定："随机应变！"

临近中午他们终于到达了目的地。在荒凉的大山里有一座木质结构的小别墅，在这种地方自建房子，造价就不说了，关键是它的选址很有意思——刚好在三省交界处。地方僻远，几无人烟，要不是亲眼看到，无人敢信大山里有这么一个世外桃源。

"哎哟，皇太子来了！"听到汽车声大梁就迎了出来。

白慕川朝屠亮点点头，留下"司机"唐元初，和屠亮几人下车："秤砣哥盛情邀请，不敢不来……"

"大哥在里面等着呢！"大梁看了白慕川一眼，又看了看丁一凡手上的箱子，目光微微闪动，"各位，跟我来吧！"

这一眼，让白慕川舒展的眉微微一拧。他跟上去："大梁！"

听到他的喊声大梁回头："嗯？"

白慕川走到他的身边和他并肩而行："我跟你说个事……"他俩低头说话，声音很小，后面的人听不清。丁一凡拎着箱子跟上白慕川，屠亮和赛里木则不约而同地走在最后。

停车的地方离大门一百来米。中间是一个水泥大坝，大门就在坝子的尽头，有高大的芭蕉树，层层遮掩，乍一看去，像个休闲避暑山庄。大梁去敲门："秤砣哥的客人到了。"

铁门打开了，白慕川目不斜视，从一群人高马大的男人中间走过去，跟着大梁进入别墅客厅，进门的地方有一道大理石屏风，隐隐听到里面有男女的对话声。

"重一点儿！没吃饭啊！"

"是！"

"兴致都没了！"

男人粗声粗气地呵斥，女人沉默。白慕川面不改色，大梁倒是皱了下眉头，站在屏风外轻咳一声："大哥，皇太子到了！"

"皇太子……"秤砣哥念叨着这个名字，像是想到了什么可笑的事情，哼了哼，乐了一下，慢吞吞地说，"请他进来吧……"

这一声"请"不像是欢迎。白慕川目光浮上一丝凉意："秤砣哥，打扰了！"

客厅里不止秤砣哥一个人，而是一群。秤砣哥漫不经心地躺在一张红木罗汉椅上，嘴里叼着个大烟枪，吸烟的姿态像清末的瘾君子……那些黑衣男人全部站在罗汉椅的背后，站得笔直。秤砣哥的身前有一个女孩儿，她单膝跪在地上，身材窈窕，长发披散，一根根小小的辫子缠了五颜六色的线掺杂其间，一身民族衣服，色调鲜艳……

女孩儿低着头在给秤砣哥敲腿，白慕川在她的背后看不清她的脸。

秤砣哥敲了敲大烟枪："让皇太子见笑了，我这破地方……"说着他突然抬腿踢了一脚那个女孩儿，"让你重一点儿，会不会？不会就去死啊你！"

女孩儿不敢反抗，又跪着爬过去，继续为他敲腿。

秤砣哥哼一声，望着白慕川笑，那一口焦黄的牙齿阴森森的："坐！快坐啊！大梁，搬凳子啊。一个个傻愣着。"

大梁低头瞄了白慕川一眼："皇太子哥，请坐！"

白慕川慢条斯理地坐下来，看着秤砣不说话。

之前向晚曾经对秤砣哥做过一个人物画像描述，现在看来至少有七成相似。这确实是一个五大三粗的抠脚大汉，一身肌肉紧实得就跟秤砣似的，露在外面的皮肤黄得发亮，哪怕身上的衣服都很贵，却给人一种暴发户的感觉。

秤砣哥吧嗒吧嗒地抽着烟："听老六说，你挺有本事的？"

想到已经归西的周德全，白慕川笑了笑："是六哥过奖！"

"年轻人，有本事是好事，不用谦虚嘛。"秤砣哥又抖了抖大烟枪。烟灰飞下来，落在跪地女孩儿的头上。她一动不动，就像感受不到。秤砣哥看了她一眼，又说，"不过你这个绰号嘛，我不太喜欢，太跩了！我们出来混的，要低调。你懂吗？"

白慕川面无表情："秤砣哥叫小弟来就为了指点这个？"

"不敢指点，不敢指点，你皇太子是做大买卖的人！"秤砣哥瞄了一眼丁一凡手上的箱子，"最近风声紧啊，我这帮子兄弟跟着我都快饿死了。我叫你来是想跟你做一笔买卖，赚点儿饭钱。"

白慕川不出声，只看着他笑。

秤砣哥龇牙笑着，突然敛住表情："转过头去让皇太子看看。"

大厅里突然安静下来。

那个女孩儿的脑袋被秤砣哥控制着，慢慢地转过来，她是丽玛，小火锅店老板阿布德的女儿。

白慕川手指在膝盖上轻轻敲了一下："秤砣哥，这是什么意思？"

秤砣哥笑容更大了，那牙齿就像漏风似的，从喉咙里发出的每个字都阴寒无比："这是兄弟们找来孝敬我的，长得水灵，我们南木地区很难找到这么好的货色……"说完他像推销商品似的，拿着大烟枪点了点丽玛的臀，"来来来，赶紧转一圈，让我兄弟看看。"

丽玛没有说话，像一个任人摆布的商品，依言照做。

"怎么样？这腰、这肩膀、这腿、这……"秤砣哥笑着躺在罗汉椅上，看着白慕川，"见面礼，兄弟你笑纳！"

"我不要。"白慕川都没有考虑，"我不感兴趣。"

丽玛的眼风第一时间剜了过来。白慕川没有看她，只盯着秤砣哥扬了扬唇角："这种事，秤砣哥不会强人所难吧？"

秤砣哥怔了怔，又径自笑了起来："看来是我的消息有误。"话音落下，他往后一望，对身后的几个打手说，"既然我兄弟没兴趣，她也就不值钱了，赏你们，拿去玩吧！"

几个打手喜出望外，齐声谢过秤砣哥，一个个兴奋得摩拳擦掌，绕过罗汉椅，伸手就去拉丽玛。

"不、不要！救命啊！"丽玛挣扎着，突然软下腿，在众人的拉扯中猛地回头看向白慕川，"救救我……我知道你……可以救我……"

女人的呼救像玻璃突然破碎，尖锐刺耳。年纪小的赛里木已经有些受不了了，一只微攥的手几乎扎入木质的凳子里。几个打手兴奋的笑声像毒蛇缠在心尖。

"弄！

"给我弄死这娘们儿！

"弄啊！"秤砣哥的脸因兴奋而变形。

"救我，求求你们，救我！"丽玛惨叫，头发被扯得凌乱披散，在一群男人的拉扯中，她回头，红着的双眼疯狂流泪，声音不大，却像砸在心尖的石头，"你们是警察！你们应该救我的！你们是警察啊！"

是警察啊！是警察啊！赛里木心里一激，霎时从椅子上站了起来："放开她！你们这些浑蛋——放开她！"

大厅里一阵安静。秤砣哥看着这年轻冲动的小伙子，嘴角扬起，阴阴地笑了："小朋友，你说什么？你再说一遍？"

"坐下！"不等赛里木说话，白慕川突然冷斥。

来的时候，白慕川反复讲过纪律。赛里木年纪小，白慕川曾对他反复强调，并让他再三重复。刚才那一刻赛里木被"警察"两个字压得喘不过气。如今白慕川一吼，他马上清醒："哥，他们在羞辱你！"

赛里木心里的火燃烧着，他几乎是喘着气吼出来的："用一个女人来羞辱你！在你的面前故意羞辱你！"

"我知道。"白慕川淡淡地侧目，"你先坐下！"

白慕川再一次叫他坐下，没说别的，没骂，没生气。赛里木脑子里那一股膨胀的火像被针戳破。"哦"了一声，他蔫蔫地坐了下来。白慕川挑起一丝笑："秤砣哥！这是什么性质的节目？真人表演？"

丽玛刚刚喊出来的话、赛里木的那些话，秤砣哥自然是听见的。刚才他没有出声，就像在欣赏他们的反应。现在被白慕川问，他笑了，大烟枪在罗汉椅上敲了敲，绝口不提丽玛对白慕川等人的指控，回头就骂手下："你们是饭桶吗？不会把她的嘴堵了！由着她叫？硌不硌硬人？"

"兄弟！"秤砣哥吼完下属，再看向白慕川的时候，表情变得柔和了一

453

点儿，"这是我们这里的规矩！对不听话的人，就该让她受点儿教训！"

呵！白慕川面色一冷："秤砣哥教训人的方式很新鲜。我这兄弟不懂事，还以为这是你给我的下马威呢！"

秤砣哥眉头皱着，抬手摆了摆，示意那几个男人松开手，像突然想到了什么有趣的事："不如……我们换一个温和的方式吧。"

丽玛的身体明显一抖，没了束缚，她软软地跪了下来："秤砣哥，饶了我、饶了我……我告诉你，那几个人是警察，他们是警察……"

"你已经说过了，我也听见了。"秤砣哥耸了耸肩膀，"但我不信。"

丽玛的眼神突然一慌，瞳孔涣散。

秤砣哥的视线越过丽玛，落在白慕川的脸上："兄弟听过西市那案子没有？"

"西市？"白慕川迟疑了足有十来秒，"略有耳闻。"

"哈哈哈哈！"秤砣哥大笑，"听说女人很喜欢这么玩，死前都表示……那是一种濒临死亡的快感……咱们不如做个试验？"他低头看着跪在面前的丽玛，眼里闪过一抹带笑的寒光。

"不……不要！"丽玛舌头打结，脸已是苍白一片。

两个男人在秤砣哥的示意下，一左一右把她提起来……地板上有一片水渍，一种怪味儿冲入鼻端。秤砣哥哈哈大笑起来，几个打手也跟着笑成一团，而被他们拎着的丽玛像个破败的娃娃。

大厅里突然又没了声音。丽玛不喊不叫，头垂着，身体弓着，像被人抽走了魂儿，她失去了自由，只能任由几个男人摆布。他们找来了一根绳子，反剪她的手，剪掉她身上的衣服……

赛里木的手在颤抖，像是看到了什么恐怖的画面，可他不敢开口，也不敢动，他想救丽玛什么，又怕破坏计划，额头上的青筋紧张地暴涨起来，直到听到白慕川的声音。

"这女人我要了！"白慕川看着秤砣哥，唇角上扬，带一点儿邪邪的笑意。

秤砣哥斜过头来，哈哈大笑："兄弟，怎么又想通了？"

白慕川懒洋洋地眯起眼，往丽玛身上扫了一眼："身材不错！突然来了兴致！男人嘛，有时候就看个心情。"

454

"哈哈哈哈！刚才已经说过了……你这是非得眼见为实吗？"秤砣哥示意几个打手放开了丽玛，"带下去，洗干净一点儿，给我太子兄弟送来！"

丽玛被拖下去，大厅里恢复了平静。

白慕川看着秤砣哥："多少钱，开个价吧。"

秤砣哥望着他笑道："说钱就不友好了，不如说点儿别的？"

白慕川抬手："不说钱更不友好——我能拿得出来的就只有钱了！"

秤砣哥似笑非笑地瞄着白慕川，大口大口吧唧烟嘴，考虑半天，他像是做出了什么决定一样，突然抬头："我就喜欢跟这么爽快的人做生意！行，那女人你带走，货嘛……我们先吃饭，吃完，我带你去！等你验过才算。钱货两讫，怎么样？"

"成交！"白慕川慢慢地靠近椅子，不吃惊，不意外，也没有别的情绪。

秤砣哥多看了他一眼，露出大大的一个笑容。

…………

饭菜是早就准备好的。大梁进门招呼着，众人起身，去了左侧的餐厅。

丽玛换了一身漂亮的衣服，被人推进来，坐到了白慕川的旁边。她神色局促不安，不敢乱动，不敢抬头，沐浴过的头发还没有吹干，潮气里有一股淡淡的香味儿。饱满的身体、新鲜的面孔、令人迷惑的酒精——这一切似乎都太容易让男人失魂了。

白慕川他们身处狼窝，这斗智斗勇的一顿饭吃得人汗流浃背！

白慕川俊气的面孔时不时挂上一丝笑容，他吃完跟着秤砣哥出了餐厅——他们去的是后院。推开后院的小门，外面有一座高高的哨塔，从哨塔的位置可以很清楚地看到来人和车辆。

"秤砣哥这宅子花了些心思呢。"

"是啊！"秤砣哥随口应着，回头看了白慕川一眼，龇了龇大黄牙，指向前方的一个山坨子，"马上就到了。货都囤在那边。"

在荒山野岭另起仓库，要不是有他带领，就算剿灭了贼窝，也不一定能搜出那些东西。这时暗门的人迎面走来，他们看了白慕川一眼，对秤砣哥耳语了几句。

秤砣哥身体明显一僵，十来秒后他突然转过头，大声一笑："兄弟，你们在这儿等我一下。我去提了货就来。"说完他似乎怕白慕川有什么想法，紧跟着解释，"仓库重地，不方便外人进去！"

秤砣哥离开前留下了两个人，他们没有站得太近，远远地看着白慕川四个人。

白慕川不吭声，四个人随意地聊着天，面向不同的方位。

屠亮坐在赛里木的身边，小声说他："你刚才太冲动了！差点儿坏事！"

赛里木知道自己做错了，慢慢地低下了头。

丁一凡问白慕川："为什么突然又救她了？"

白慕川冷笑："你没有注意吗？"

丁一凡没看他，只注视着前方苍翠的树林："什么？"

"手法！"不待白慕川开口，屠亮突然转过头来，"他们捆绑丽玛的手法与'12·1案'的细节……一模一样，这已经不单单是模仿了。""12·1案"的卷宗他们详细研究过，但秤砣哥的人不可能知道得那么详细，除非他们就是凶手……

"怪不得！我刚才看着就觉得有点儿不对。"丁一凡反应过来，深吸一口气，"难道我们……猜错啦？"并没有人利用他们来南木对付暗门，而暗门就是策划并实施"12·1案"的主谋？

"不管为什么，她都不该在我们面前出事。我们是警察。"

无辜的女人不该出事，只有对这个世界犯下罪行的人才该被绳之以法。

"可是现在……"赛里木看了一眼不远处的哨塔，"张队他们……怎么来接应我们？"

白慕川不回答他，低声问屠亮："对方有多少人？"

"可见的三四十个，不可见的……人数未知。"

出现在他们眼前的人就有三四十个，谁都不知道秤砣哥还有没有别的"外援"，就像把仓库挖在山坡上一样，这个人看着是个大老粗，心思却极其缜密……

"哨塔上的人有武器，95式步枪。其他人，身上有武器的二十人左右。"屠亮观察力惊人。

白慕川朝他笑了笑，舔一下牙床："就算没有张队他们增员，我们也有胜算。"

众人无声。四对……30+N，有胜算？白老大这自信心哪儿来的？

"哈哈哈哈！兄弟，你要的货我给你带来了……"山坡上传来一串大笑，众人抬头，秤砣哥不是走出来的，而是坐在一辆越野车里，他的身边坐着一个面无表情的男人——黄何。

"不好！"

他们知道秤砣哥怀疑他们的身份。但秤砣哥在暗门四面楚歌的现状下，只要能周旋下去，就会继续与他们周旋，不会轻易撕破脸，以便保全自己……现在，他突然带来黄何是发生了什么？

"老大，怎么办？"赛里木最沉不住气。

白慕川看着从坡上俯冲而下的越野车，沉声道："做好战斗准备！"

说时迟，那时快，秤砣哥的越野车已经冲下山坡，停在了他们面前。洞开的车窗后排齐齐伸出两支步枪，黑漆漆的枪口对准了白慕川的脑袋。

"秤砣哥，这是干什么？"白慕川声音里带着笑。

"干什么你不清楚吗？"秤砣哥已然换了一副面孔，他没有从车里探出头，但声音清晰可辨，"到了现在，难道你还要告诉我你就是六哥介绍的皇太子？"

白慕川扫了一眼他身边的黄何，笑道："我说了你会信吗？"

秤砣哥咬牙："一开始我是信的，就算那个女人说你们是警察，我也选择了相信你。我以为眼睛不会说谎，六哥也说过……皇太子入行前就是干刑警的！结果……你……你是皇太子，那他是谁？你说！他是谁？"

他指着黄何，似乎恨到了极点："白慕川，你胆子挺大的！居然敢带着这么几号人闯到我的地头来送死？"

名字都叫出来了，他再说什么已经没有意义了。

白慕川没看秤砣哥，而是盯着黄何："是你出卖我？"

"对不起，"黄何声音淡淡的，"我没有选择！"

"很好的理由！"白慕川朝他一笑，"那么以后我们兄弟就算恩断义绝了！黄何，你好自为之。"

黄何不回答，只有山风在一阵阵呜咽。

乒！乒！突然响起两声枪响。

谁也没有看清白慕川和屠亮是怎么开的枪，只见洞开的越野车后座溅出一团血花，两个拿枪指着白慕川的枪手当场毙命。而此时四个人已经迅速退到了后院的墙脚，那一片废弃的建筑垃圾堆后——丁一凡携带的箱子里，满箱的武器泛着金属的光泽。

"兄弟们！干。"

一颗手雷飞了出去，砰的一声炸响。白慕川从箱子里捡起一把分解的突击步枪，速度极快地组装完成，对着围拢的暗门打手："我们是警察！不想死的通通退后！"

第十二章　疑点重重

南木宾馆里的窗帘很厚，重重地隔离了两个世界。房间里光线昏暗。向晚像只蚕蛹似的裹在被子里。她收到一条短信："表姐，我到西市了。哇，今天的天气真好！"

这家伙，向晚正准备回，听到敲门的声音，她趿着拖鞋走到门后，屏住呼吸问道："谁？"

没有人回答。向晚站了好一会儿，一点儿动静都没有。她从猫眼往外面看。

没有人，走廊里空空的。是她幻听了？

她又趿着拖鞋走入卧室，回到床上，盖上了被子。

她迷迷糊糊间好像又睡了过去。

有一阵风灌了进来。门开了，好像有人进来了，走到了她的床边。

是白慕川回来了吗？向晚想问，想喊，可喉咙干哑，一个音节都发不出来，身体也完全动弹不得。向晚眼睛睁不开，心怦怦乱跳。突如其来的压抑感让她极不舒服——她清楚地知道自己躺在床上，清楚地知道自己好像做了一个梦，梦到有人敲门，梦到身边有人，可她就是没有办法醒过来，她清醒地知道这是梦魇……

这种感觉坏透了！她主宰不了自己。

她被自己的梦魇住了，困在了梦里，出不来……痛苦地被折磨了不知多久，尖厉的手机铃声彻底把她从梦中拉回。

"啊！"向晚双腿抽搐了一下，猛地从床上坐起，满头大汗地看看四周。

梦！从头到尾都是梦！她反应过来——自从白慕川离开，她根本就没有起床，却思维活跃地做了一系列起床动作！

吁！向晚看向救命的手机，接起电话："喂，权队——"

"给你发消息怎么没反应呢？"权少腾的语气比寻常严肃。

"不好意思……我刚才睡得太沉了。"向晚意识到不对，"出什么事了吗，权队？"

"嗯！"权少腾不置可否，"我准备出去一趟，你在酒店不要乱跑。我给酒店经理打好招呼了，你要吃什么东西可以找他，自己不要出门。他的手机号我发到你的手机上了，你看一下。"

他要出去一趟？

向晚心里一凉："是不是白慕川出事了？"

权少腾语气略略迟疑："这个你就放心好了。全天下人有事，小白都不会有事。张队已经带人过去了，只是暗门人多，他们人手不够，我去凑个数！反正我在酒店闲着也是闲着，松松筋骨……"

"权队！"向晚松了一口气，"那你注意安全！"

…………

向晚挂了电话，随手去翻权少腾的信息。她饿了，想吃东西，结果发现好几条未读消息。除了权少腾，其中有一条是方圆圆留下的："表姐，我到西市了。哇，今天的天气真好！"

内容与梦里的一模一样，向晚吓得汗毛都竖了起来。

原来她不是做梦？原来她真的收到过这样的信息？她应该是半梦半醒间看到的……

向晚敲了敲脑袋，回忆不起细节。信息是方圆圆上午十点发的，现在都已经十二点半了。

唉！向晚趴在床上，给方圆圆回复："宝宝，我刚才睡着了，你到了吗？这会儿上哪里玩去了？"

她一连发了好几条，方圆圆都没有回复。

向晚打个哈欠，下床洗漱。敲门声再次响起。她迟疑了一下，直到声音响起第二次，这才走出去，像梦里那样，站在门后："谁啊？"

"我啊！"声音很熟悉。

向晚从猫眼看了一眼，外面的人确实是习惯戴着口罩外出的谢绾绾。她拉开门，笑问："今天没去拍戏啊？"

谢绾绾脸色阴沉地走了进来，带着一股冷风。向晚看她一眼，愣住："怎么了？"

"小白出事了。"谢绾绾盯着她，那眼神凝重、冷鸷，脸色看上去很吓人。向晚对白慕川的信心一下子像泄了气的皮球。

"你从哪里知道的？"

"你别管我是怎么知道的，反正……这事是真的，你不信，去问权少腾，我刚看到他坐警车离开了，他们的身份已经不是秘密……"不是秘密，那白慕川去找秤砣哥不是很危险？

谢绾绾紧盯着向晚："我带了两个保镖，再找剧组两个安保人员随行，过去看看应该不会有什么问题……你要不要跟我一起去？"

向晚瞪大眼睛："你疯了？"

且不说谢绾绾知不知道白慕川在什么地方，就算她知道，去了就能帮到他们吗？

"你冷静点儿！这事不能冲动……"向晚反过来安慰她，觉得画风有点儿怪。

"你不肯去？"谢绾绾听不出弦外之音，整个人处于一种狂躁的状态，"你怕！对不对？你对他的爱就那么肤浅？"

向晚："……"

这是肤浅不肤浅的问题吗？她反问："你一个女人去了能帮上他什么忙？你先告诉我！"

"一个女人，我是女人怎么啦？你也是女人，怎么就瞧不上女人？"

"……"她疯了！逻辑混乱，不讲理！

向晚抿紧嘴巴，不想跟她在这个时候争执。可她的沉默激怒了谢绾绾：

"你不去就不去吧，我管不了那么多……如果小白死了，我不知道我会怎么样……我不仅会疯……我还会杀人……你信吗？"

谢绾绾语无伦次，也口无遮拦。向晚皱了皱眉："白慕川临走前叮嘱过，不管发生任何事情，我都不能离开宾馆。"说完向晚在门口用手指画了一个圈，"这就像……孙悟空给唐僧画好的安全圈，我不能犯傻。你懂吗？"

谢绾绾冷笑："我不懂。好！你不去，我去。"

她转身就走，又突然回过头深深地看了向晚一眼，打开手机，将一张照片摊在向晚面前。向晚低头一看，照片上的人是白慕川——被枪指着头的白慕川。

…………

谢绾绾走了。

向晚关上门，不停地看时间，十二点五十，就快一点了。天越来越阴沉，像是要下雨了。她拿上房卡和包，下楼去餐厅。里面没什么人，她找了一个靠窗的座位，看着外面的老街。

南木的街道与繁华无关，几乎看不到什么现代化的东西，好多店面关着门，挂着大大的牌子，牌子上写着"此房出租"或者"无转让费转让"的字样……店铺门口有一些街坊邻居，搬出椅子坐在街边，聊天、织毛衣。这场面很像二十世纪八九十年代的样子。

向晚冷静地掩饰着内心的波澜，边吃饭，边刷手机转移注意力，几乎是没有意识地，她翻开了书评区，然后一条留言跳入眼帘。

"欢迎我们的管理员渊芊芊正式加入《大神的诱惑》……"

什么？向晚心跳漏了一拍。她放下筷子，打开QQ，找到渊芊芊："宝宝，在吗？"

渊芊芊没有回复。

"不是告诉过你那个《大神的诱惑》是个骗局吗？"

渊芊芊没有回复。

餐厅里，除了向晚，没有别人就餐，偌大的空间如同一个填满绝望的深渊。向晚听到自己狂烈的心跳。她没有渊芊芊的电话号码，坐在餐厅里心灼如火。

嗒嗒!

嗒嗒!

嗒嗒!

一个人走了过来，脚步很慢，像电影的慢镜头。

向晚抬头看到了一副带着凉意的面孔——孟炽。他今天穿得很休闲，一件卫衣，一副眼镜，外表斯文，双眼深邃。他的身后跟着两个陌生男人，看打扮像是他的助手。

孟炽在她面前坐下来："向女士，我找你有点儿事情。"

"请讲!"向晚戒备地看着他，面上努力表现出平静。

孟炽问："谢绾绾来找你了?"

没想到他是来问谢绾绾的，向晚微微一怔："是的，说了几句话，她就走了。"

"说什么了?"大概身处金字塔顶端的男人都有强势的习惯，孟炽问得理所当然，不带一点儿委婉，末了，他不待向晚回答，又急急地说道，"是不是白慕川出事了?"

向晚挑了挑眉头："这个……我不知道。"

孟炽看着她放在桌面上的手机："你们没有联系过?"

向晚微笑："我不喜欢在他工作的时候打扰他。无意义的关心没有什么作用，只会让他分心。"

孟炽看着她脸上的神态，沉默了足有半分钟之久："向女士，你有过特别在意的人吗?"

向晚："……"

她有，或者没有，他都不是适合交流的人。

向晚莞尔："孟总的意思我不懂。"

孟炽突然眯起眼："谢绾绾出事了!"

"嗯?"向晚内心的疑问浮在脸上。难道说他最在意的人……是谢绾绾?怪不得力捧她做《灰名单》女主角，而且这几年谢绾绾所获得的资源明显多于同期出道的明星，明眼人一看就是公司潜心打造的……向晚看他的视线又深了几分："孟总到底想说什么?"

孟炽看了她一眼："今天她没有去片场，私自带人去找白慕川了……就在刚才我接到绑匪的电话，她被暗门的人绑架。他们索要赎金……五千万。"

　　"意料之外，情理之中。"向晚想到谢绾绾不听劝的样子，深吸一口气，"不过谢绾绾是值这个价的。"

　　孟炽笑了下，眼色更深。他看着平静的向晚，眼里的冷意快要溢出眼眶："他们说还有一个办法可以救她，用向女士你——去换她。"

　　向晚轻轻抿唇："原来我也值五千万啊？可是很抱歉，孟总。我不是警察，没有义务。我跟她的私交也没达到以命换命的程度……所以如果你来找我是有这方面的要求，那请回吧，我是个自私惜命的人，没有那么伟大！"

　　她拒绝得干脆、彻底。孟炽嘴唇动了动，突然冷笑："我知道。我没想过拿你去换她。我们选择了报警！可南木的警察好像人手不太够，我还是很担心，准备带人跟过去，也特别希望向女士可以同行……"

　　好奇怪的要求！向晚看着他隐藏在镜片后的眼睛："我说过我没有义务。"

　　"对谢绾绾没有，对白队也没有吗？"孟炽冷声重复。

　　白慕川的名字就像魔咒，让向晚坐在这里的每一秒钟都像煎熬。向晚艰难地咽了一下唾沫："对不起！白慕川告诉我，不要走出宾馆，一步也不要。我要在这里等着他回来！"

　　孟炽笑了笑，没有强人所难。临走他拉了拉卫衣，瞄了向晚一眼："希望向女士不会后悔这个决定。"那一眼太复杂，向晚琢磨许久也不明白到底是什么意思……

　　…………

　　孟炽一走，向晚就给权少腾打电话："权队，你们到哪里了？"

　　权少腾没有直接回答，而是反问："怎么了？"

　　向晚："见到白慕川了吗？"

　　权少腾看着前方再次出现的拦路巨石，头痛地揉了一下额头："还没有。"

　　向晚强迫自己冷静下来："权队，谢绾绾被绑架了，暗门的绑匪索要赎金五千万……孟炽告诉我对方明确表示可以拿我换她……我想我应该跟你们一起去！"

"还有这事？"权少腾人在路上并不知情，听完向晚的话，他沉吟片刻，"你现在什么都不用管！好好待在宾馆……"

"权队！"向晚突然打断他。那喊声惊悚、恐怖，音量极高，隔着手机冲过去，让人骨头泛凉。

权少腾略略一窒："怎么了？发生什么事了？"

向晚低头看着手机上刚刚传来的一条消息："我表妹……方圆圆出事了！暗门的人也绑架了她……"发送信息的号码是陌生的一串数字，是发垃圾广告用的。除了方圆圆被缚的照片，还写着几句话："大神的诱惑是一个多么伟大的计划啊！你们为什么一定要破坏呢？这就是对你们破坏计划的惩罚！"

权少腾倒抽一口气："他要什么？"

"他要我！"向晚头皮发紧，"要我去一个叫秃鹰嘴的地方……要不然他们就杀了圆圆……权队，秃鹰嘴……是哪里？"

权少腾没有瞒她："秃鹰嘴就是小白去的地方——秤砣哥的贼窝！"

"权队，我要去那里。"

"你先别急，在宾馆等下一步行动！我再联系一下……"

"对方不会开玩笑！"向晚此刻非常清醒，并没有半分冲动，"如果我不去秃鹰嘴，他会杀掉圆圆的，一定会。我、圆圆、谢绾绾、白慕川，还有更多的人……都在有意无意间被人集中到了秃鹰嘴。权队，有人在下一盘很大的棋。"

约莫半分钟后权少腾咬牙道："行，听你的。"

前往秃鹰嘴的公路被人为破坏了，走在最前面的张队被逼无奈，借了几辆老乡的摩托车，骑行进去，后面赶上来的人一边和路政一起疏通道路，一边往秃鹰嘴进发。他们争分夺秒，每个人的心弦都是绷着的。

"不在服务区……"权少腾开车，向晚时不时拨打一下白慕川的电话。他们那一行人始终没有传回消息，就像突然消失了一般，全体失联。

权少腾看了她一眼："你要对小白有信心。"

向晚紧紧抓住手机，手心里全是汗："我有信心，一直有。"

465

南木的山峦一座座被抛在脑后。青山上苍松翠木，透着一种说不出的幽凉。向晚看着这一片风景，想着白慕川从这里前往秃鹰嘴时的心情，一颗心狂乱地跳动，几近崩溃。

"放心吧，不会有事的。"权少腾望着前方，笑着安慰她，"新兵集训时我跟小白在一个新兵连，一个班。三个月后下连队我们又在一起，然后一起去了红刺……我很了解他。这小子骨头硬，命大得很，多少风雨都扛过来了，不会在南木翻船的！"

向晚看了他一眼，知道他心里可能也没什么底气，反过来安慰他："他以前跟我说过，那时候跟你感情最好……"

"他真是这样说的？"权少腾被逗乐了。

向晚微微一笑："对啊！说你俩全连军事素质最硬！"

"我是说刚才那句——"权少腾扯了扯嘴角，"如果天天打架也算感情最好，那我跟他确实是最好的。"

"……"向晚扑哧一声乐了，"权队，你说你了解他，那你……知道他以前是什么样的人吗？"

权少腾专注地看着前面弯曲的道路："以前？那得看多久以前了。从他当兵开始我都知道。他离开部队，我就不知道了。"

一个连他的朋友都不了解的白慕川，他身上到底发生过怎样的故事啊？向晚目光有点儿黯然，权少腾轻轻地斜过来一眼，突然低笑起来："不过有一点是肯定的……这小子外强中干，对男女之事其实厌得很。我用人格跟你担保他在你之前没有女人……说不定啊，现在还是处男呢！"

"……"

以前的事向晚不敢说。而现在权少腾是在鄙视她的魅力？跟男人在一块儿不适合讨论这个话题，向晚装哑，这时权少腾低骂一声："前面堵了。"

警车、救护车，还有一些社会车辆，全部挤在这狭窄弯曲的道路上，权少腾开的是一辆南木牌照的车，排在了车队的最后面。他心里焦躁，刚伸出头去，公路边就有一个男人走了过来。向晚看着那人的脸，微微怔住："程正？"

为什么程正也会出现在这里？南木之行，是对方在集人物卡牌吗？这个想法让向晚肩膀莫名其妙一僵，心脏一阵发紧。程正也看到她了，脚步微顿，隔着汽车挡风玻璃，他瞄了一眼权少腾："离道路全面疏通大约还得半个小时。"

权少腾点点头，目光流连在他和向晚的脸上："你俩好像挺熟的？"

跟程正的关系向晚不知道该怎么说，又不好直接反驳，只得含糊一笑："在锦城的时候，我们是同事，看来权队都忘记了。"

"哦哦！"权少腾恍然大悟的样子，帅气地一笑，"一起工作过也不代表很熟啊？比如你跟我——我们一点儿都不熟，对不对？"

向晚："……"

向晚不出声，程正抬了抬眉："我的车胎不小心扎破了，有点儿失压——可以搭个顺风车吗？"

权少腾呵一声，笑了："不好意思，我们是去执行任务的。"

程正一本正经："我也是。"说完，他看了一眼权少腾，又退后两步，"如果不方便，那就算了。我去前面问问别人……"

"不不不，方便啊！"权少腾扬了扬唇角，"我就怕……你会不方便。"

程正轻扯一下嘴角："那行，我先去车上拿点儿东西。"

好半晌，程正回来了，不仅拿着大箱小箱的医疗包和仪器，还带着两个女人。其中一个是他的女助手梅心，另外是一个身材高挑的短发美女，向晚不认识。梅心和向晚早就熟悉，见面脸上稍显亲切："不好意思，打扰你们了。"

五个人坐一辆车，气氛略显怪异。片刻后程正开口："有白慕川的消息吗？"

"没有。"权少腾淡淡地睨他，"你是为了他去的？"

程正面无表情："我是为了任务。"说完，他抿一下嘴唇，伸出手，"重案一号技术队队长程正，权队多多关照！"

权少腾蒙了一秒："什么时候的事？我没有接到通知啊！"

"昨天！"程正抬抬眉，"刚收到任命就直奔南木来了，通知应该会延后。"

权少腾心里有数了。梅心也学着程正的样子朝他伸出手，算是对新同事的一种友好。然而权少腾瞄了她一眼，手指在方向盘上轻轻敲着，并没有去握她的手："互相指教！"

梅心："……"她看了他一眼，默默地收回手，放在膝盖上，端正地坐着，就像没事人一样。

气氛有些微妙，那个上车就没有开口的美女突然说话："权队，你身边的这位妹子是……"

"向晚，白队的媳妇儿！"权少腾懒洋洋地说着，并不隐瞒什么，末了他又笑着对向晚说，"这位是程馨，重案一号的内勤民警，也是这位程队长的表妹……"

表妹也姓程？向晚没有搞清楚状况，也不好多问，只是友好地打招呼："你好！"

程馨嘴唇动了动，不冷不热地点点头："你好！"

女人的直觉总是准确而及时。尽管程馨很客气、很礼貌，可向晚知道这个女人不喜欢自己，甚至有些……排斥、厌恶。向晚淡淡一笑，收回视线，看向前方。在公路局的组织下道路正在疏通。向晚觉得尴尬，拿起手机刷消息，突然一个朋友圈的转帖引起了她的注意。

"南木秃鹰嘴警匪火并，数人受伤，有警察在该事件中死亡，场面惨不忍睹……"

帖子里有几张配图，鲜血、尸体、一片狼藉……照片上没有白慕川，却有一张染血的证件照特写——是唐元初的照片。照片上的男人英俊的面孔带着微笑，年轻的警员朝气蓬勃，一抹鲜血溅了上去，染在他的眉头上、肩膀上，对比之下极为刺眼。于是这位天生自带网红体质的警官又一次以极为震慑的方式登上了当天的头条，成为网民热议的话题人物……

"权队，你来看。"向晚的手在轻微地颤抖。

照片不多，全是局部，但足以描述秃鹰嘴的惨烈现场了，鲜血刺激了神经，权少腾眉梢一挑："快！让他们速度一点儿！"

"还要多久？大家都去帮忙。"

现场吼声一片。随着最后一块巨石滚落山崖，公路终于畅通。

权少腾迅速发动汽车，狂摁喇叭："速度！"

…………

时间就是生命。车队得到指令，重新出发。权少腾专心开车，程正研究着向晚转发的帖子，没有发表任何意见。倒是程馨，尽职尽责地把那个帖子的链接发到了重案一号的工作群，让情报队跟进调查。这一次车队行驶的速度很快，车里的气氛也比刚才凝重了很多。唐元初的照片触目惊心，没有人可以装作若无其事。此刻大家与秃鹰嘴的同事无法联系，谁也不知道他们什么情况。更可怕的是，在进入秃鹰嘴前还与他们保持联系的张队，带着一行七人的骑行民警，目前也处于通信中断的状态。

秃鹰嘴突然成了一个可怕的禁地，一个恐怖的代名词。

很快消息传了过来，那个发帖子的人找到了。他是秃鹰嘴附近于家村的一个村民，他表示因为听到枪声才开始注意的，然后偷偷地翻过山去看，发现秃鹰嘴那个地方只留下一片狼藉。他表示，除了尸体，没有看到一个活人。

没有一个活人。

那白慕川和唐元初他们……

汽车终于抵达秃鹰嘴，在秤砣哥的别墅里向晚只看到一群警察，还有与警察一起进山的孟炽和他的助手。现场和帖子里的描述一般无二——除了现场浓重的血腥味儿和几具不知名的尸体，没有看到一个活人，而离开秃鹰嘴的唯一一条路上没有半点儿痕迹。也就是说白慕川和张队两拨人马凭空消失了。

…………

南木警方与重案一号小组成员组建了临时搜救指挥处。上级任命重案一号的行动队长权少腾为指挥，全面负责搜救工作，南木县局的哈桑副局长为副指挥，负责协调现场人事，做机动、后勤等工作。分配好任务，各单位各司其职，清点尸体，核实死亡人员身份，寻找消失在秃鹰嘴的人。

当天下午这场积蓄了许久的雨终于下来了，天气阴沉沉的。这幢被临时征用的别墅寂静得像一座充满了死亡气息的城堡。大家都在寻找，警犬也出动了，能去的地方，能想的办法都用过了，但没有发现丝毫踪迹……

"难道从天上飞了？"

警察来来去去，忙碌不停。

向晚一颗心冰冷冰冷的，白慕川究竟在哪里？

背后突地传来声音："现在你开心了吗？"

469

向晚回头，孟炽站在一丛芭蕉树边，脸色阴沉一片。

　　"难道说非要我用自己的命去换别人的命，我才是个好人？孟总，我不接受道德绑架。"向晚唇角勾了勾，"我其实很好奇，孟总这么高尚大度，怎么就没有救回谢绾绾？绑匪不是管你要五千万吗？你给他不就完了？毕竟你不差钱！"

　　"你以为我不想给钱？"孟炽嗓音很沉，带着隐藏的愤怒，"对方让我带钱来秃鹰嘴。可我人来了，钱也带来了，人联络不上了。"

　　"联络不上？"向晚对他的情况一无所知。

　　"我很后悔。"孟炽沉下脸，"不该报警。如果不报警，也许还可以联络对方，最多不过损失五千万……可现在人不见了，电话也打不通，也许……他们已经撕票了！"

　　向晚身上凉了凉，压抑的情绪早已憋不住了："我有个疑问，孟总对谢绾绾……似乎有点儿过于关心了？"

　　一个大公司的老总在发生这种事的时候进行人道主义关怀，花钱花时间都没问题，谢绾绾也确实值五千万，但——他为什么会产生这样激烈的情绪？

　　孟炽不回避她的眼神："她是无辜的人，人家要的是你。向女士，你不认为自己很歹毒、很过分吗？"

　　向晚不置可否："那是你的一面之词。如果你说什么就是什么，那还要警察干什么？孟总，我们共同的敌人是暗门，我们的目的是找到我们要找的人，所以请你不要搞错方向！"

　　孟炽冷笑一声，平静地反驳："你不配质问我。"

　　"你脑子有问题吧？"向晚抬手指了指太阳穴，"孟总，这儿有病的话，是要去看医生的……"不想再跟这个男人胡扯，向晚换个方向走人，万万没有想到孟炽会继续跟上，再一次出手拦住她。

　　"就这样走了？"

　　"不然呢？你要请我吃饭？"向晚斜了一眼他通红的眸子，"孟总，这里到处都是警察，我希望你注意言行！我可以告你骚扰的！"

　　孟炽身形一僵，慢慢地逼近她："向女士，你很张狂。"他的眼神狂乱而炽热，闪着一种莫名的仇恨光芒，不仅让向晚莫名其妙，更让她潜意识里

470

觉得害怕。

"孟炽，你疯了？！"

"叫警察啊！告我骚扰啊？"孟炽看着她，"怎么不叫？"

向晚步步后退，刚想张嘴，目光突然一窒——她看见了从他身后慢慢走过来的程正。

"你们在做什么？"程正不是个好说话的人，对人对事向来冷漠。然而孟炽不以为意。他回头对程正勾了勾唇，已经换了张脸："程队，有什么指教？"

程正瞥了一眼向晚："孟总好像对人不太友好？"

他咄咄逼人的姿态，十丈之外也能看清。孟炽不承认，也不否认："跟程队有关吗？"

"当然。"程正慢慢走近，说得理所当然，"人总有一些需要保护的东西。我想，孟总的初衷与我一样？"

孟炽目光一沉，直视他，片刻后，拂袖而去。

向晚看着他的背影，想着他莫名其妙的愤怒，一脸疑惑："这个人是不是有病？"

程正看了孟炽好一会儿："以后少接触吧！男人的心思，没几个单纯的。"说完他抿一下唇，望着向晚，语气有些犹豫，"关于案子，我有一个不太成熟的想法。"

向晚嗯了一声："有什么你直说。"

程正没有马上开口，揉了揉太阳穴，又望望天。这时天已经黑下来了，云层很低，如同压在人们头顶上的一块黑色巨石。

"人不会凭空消失。"程正突然望回来，"那个拍照片上传网络的人被带过来了，我刚才跟他交流了一下。"

向晚一怔。那个人在网上发帖子，第一时间把秃鹰嘴的事情发布到网络上，并引发轩然大波。一般村民很少会这样做。向晚看程正脸色阴沉，凝重地问："你发现他有什么问题吗？"

程正沉吟："我也说不好。你要不要去看看？"

那个人是第一个到达现场的人，年纪似乎不大，染了火鸡一样的红色头发，杀马特造型，身上穿了一套与他本人形象极不搭边的米白色西服，脏脏

471

的，配上他黝黑的皮肤，看着很不协调。当然着装是个人喜好，不能因为形象奇怪，就认为他有问题。

"于波，你想清楚了吗？"

那个叫于波的人原本是低着头的。听到声音，他猛地抬头，看了一眼程正，目光里有一丝退缩："我说过了我没病，不要医生！"

"我知道。"程正看着他，"我是来陪你聊天的。"

"我不想聊天。"于波似乎不太待见程正。他为人太严肃孤冷，只看外表就让人想退避三舍。

向晚看了程正一眼，朝于波微微一笑："那我呢？你愿意跟我聊天吗？"

于波似乎考虑了一下："你想聊什么？"

向晚琢磨一下，不知道从哪个方向切入："你进这个别墅的时候这里原本是什么样子？"

于波犹豫："我说过好几遍了，我没有进来……是你们找到我把我带进来的。"

向晚："那照片……你怎么拍的？"

于波解释："我只是远远地站在山坡上拍的照片……"说着，他掏出手机，把镜头拉近，给向晚示意，"这样啊！"

向晚审视着他的脸："那你有发现什么异常吗？"

于波别开脸："我都告诉警察了。"

向晚朝他笑，像哄孩子似的说道："你不要紧张，我又不是警察。我就是想跟你聊聊，想知道你都发现什么了……"

于波斜了她一眼，沉默半晌，突然神经兮兮地凑过头来，哇的一声，做了个怪动作，吐长舌头："这里有鬼。"

大晚上的，突然听到这个向晚汗毛都竖起来了。她发现于波的脸莫名诡异。"我在拍那几张照片的时候拍到一双恐怖的眼睛。"于波压低了声音，"眼睛在我的镜头里，吓死我了。我来不及按快门，手机掉了——等我捡起来，那双眼睛就不见了。"

这个人说话有点儿颠三倒四，向晚有点儿理解不了。她顺着于波的话问道："你是说你在拍照片的时候看到了一个人？"

一个人与一双眼睛……还是有区别的。于波眼珠转了一下，重重地点头。

"呵！"向晚笑了："那怎么能说有鬼呢？你看到那个人的时候他在哪里？"

于波很肯定："在后院！"

那个地方之前向晚跟权少腾去看过。地方非常宽敞，前后左右有好几十米的距离……如果真像于波所说，低头眨眼间就不见了，几乎是不可能的。

"程队！"向晚突然掉头，"我有个想法——人不会凭空消失！天上不能飞，难不成遁地了？"

…………

权少腾得到消息过来了，听完事情的前因后果，忍不住笑道："你们信他？"

向晚一怔："为什么不信？"

权少腾呵的一声，笑不可止："这个有鬼的版本我已经听到第三个了。第一个版本，他说有一双眼睛出现在窗户后面。他吓得跑开了，等他后来再看时，眼睛没有了。第二个版本，他说有一双眼睛在一辆越野车里，他吓得惊叫了一声，那双眼睛突然就消失了。第三个版本……嗐，就是你们刚才听到的。"说到这里，权少腾望向程正，"你也听到第三个版本了吧？居然还有兴趣继续听下去？"

程正不吭声。权少腾又望向在沙发上搓手的于波："喂！你还有没有什么新鲜的鬼故事？"

于波抬起头："你喜欢听什么样的？"

众人："……"

从休息室里出来，几个人哭笑不得。向晚突然一叹："如果白慕川在，他不会这样的……"

"什么意思？"权少腾挑挑眉头。

"权队，你也许是一个很好的行动队长，可以带队冲锋杀敌，但你——缺乏探案精神。"向晚看着他半开玩笑半认真地说，"很多时候真相往往就藏在看似荒谬的细节里……"

权少腾怔了怔，笑了："这话又是小白说的？"

"不！"向晚眯起眼看着他，"沐二少说的。"

一个小白就够了，又来一个沐二少！权少腾被打击得体无完肤："成！我要是不去侦查一下，恐怕往后就得被人说成除了帅是个一无是处的男人了！走，去后院！"

…………

院子里寂静一片。一群人在这里找了好几圈，可惜一无所获。向晚望着天际的黑云："会不会有什么出口是我们还没有发现的？"

"可能性很大。但……"找了，不是没找着吗？

"你想，秤砣哥长期盘踞在这里……他这个宅子离公路也不远，就算地方荒凉，又在三省交界处，一个作恶多端的人就不怕有一天被人连窝端？我们换个角度想，秤砣哥就不给自己留一条生路？"

喵！黑暗里一声猫叫引起了众人的注意。向晚侧头看过去，那里有一堆建筑垃圾，早已经被办案人员翻得七零八落，然后随意地丢弃在那里。一只黑猫此刻就匍匐在建筑垃圾堆上，瞪着双眼，身体缩了起来，似乎惧怕与人对视。

向晚一惊："你们今天搜索了那么久有看到猫吗？"

"没有。"权少腾摇头，"这只猫哪里钻出来的？"

向晚心里涌出狂热，慢慢地走向那只猫，生怕惊扰了它。猫的背毛竖了起来，它戒备地看着她。"不要怕啊！喵……不要怕……"向晚慢慢地蹲下，黑猫受惊，突然往后一蹿。猫爪子踩在那一堆建筑垃圾上，力不大，却传来哗啦一声，如同坍塌的多米诺骨牌——垃圾掉了一地，溅起的灰很呛人。而那只猫喵呜一声，钻入一个洞里。

向晚突然尖叫一声，权少腾第一个冲过去："怎么啦？"

"血——"向晚白皙的手掌上有一团暗沉沉的鲜血。这时她才发现那只瑟瑟发抖的黑猫受了伤……在它躲藏的地方，坍塌的建筑垃圾下，露出一个阴森森的狭窄洞口……

"手电筒！"

里面是一个地窖。

向晚沉吟一下，指着那只受伤的猫："这只猫是于波的。"

程馨冷冷地看了她一眼，语气带着淡淡的不屑："你凭什么这么说？"

向晚面无表情："很快我就可以给你答案。"

天比刚才更暗了。那个叫于波的男人还坐在沙发上，一双眼空空洞洞的。他似乎有些疲倦了，一身白西服脏脏的，屁股仿佛坐不稳，不停地挪来挪去……他不耐烦，强烈地不耐烦……

向晚平静地坐下来："于波，知道我为什么又来找你吗？"

"我没病！"于波重复那句话。

向晚看着他不太自然的表情："你不要害怕，我们就是想听点儿真实的故事。比如你跟你母亲的故事？我有点儿好奇，你和你母亲说的故事是不是一个版本呢？"

众人都怔住了。十里外的于家村是于波的家，他们之前派人去调查过了，于波以前跟他母亲相依为命。可几个月前于波的母亲已经去世了。一个死人……什么时候告诉向晚她和儿子的故事了？

休息室里很寂静。程馨小声抽气："她是疯了吗？"

"……"众人不理解向晚，不吭声。

向晚却很平静："可以讲讲吗？"

于波怔怔地看了她半天："我可以先要一支烟吗？"

"当然可以的，你不是犯罪嫌疑人。"

向晚温柔地轻笑，朝权少腾看了一眼。对于她的行为方式权少腾理解不了，却很配合。他不仅于波递上烟，还体贴地为他点火。

"谢谢！"于波笑得面部有点儿僵硬，搔乱了一头红火的长发，脸色怪怪的，"故事有点儿长……"

向晚极为尊重他的样子："我们有很多时间。"

众人："……"

他们找人都找得火烧眉毛了！她居然说有很多时间？程馨看向她的目光里全是厌恶，压在喉间的话蠢蠢欲动。要不是程正在，她铁定会骂人。

"好吧！"于波没有去看几个人之间的暗流涌动，关注点始终在同样关注他的向晚身上，"那我就要讲喽？"

"说吧，我听着。"向晚微笑。

"我叫于波，住在于家村。我们村……我听我妈说很多年前是很富裕的……后来就穷了……目前村里……还有三个人。村里赚不了钱，大家吃不起饭，都到外面打工去了……我妈也让我去打工，赚钱补贴家里。我很听话，我去赚钱了，我妈就在家里等着我……"说到这里，于波换了个坐姿，眼巴巴地看着向晚，"讲完了！你们什么时候让我回去？我妈还在家里等着我呢。"

众人沉默。

这个人的脑子确实没有问题吗？他母亲已经死去几个月了。或者说，他只是"单纯"地顺着向晚的话题往下说？

"很快！"向晚微笑着回答，"你说出那个人的下落就可以回家了。"

"那个人……"于波望着她，"哪个人？"

"那个把你关在地窖里的男人。"向晚说。

众人吃惊。来询问于波之前，向晚没有跟其他人沟通过她的想法，于是这个突兀的问题打破了他们的认知。她……为什么肯定于波曾被关在那个地窖？

沉默片刻，于波讷讷地问："你是怎么知道的，地窖？"

向晚突然一叹："第一，你在十里外的于家村听不到枪声。第二，就算你听到了枪声，你绝对不敢走近，甚至拍照发到网上。第三，有一只猫从地窖里溜出来了。你的身上有它的毛……"

于波的白西服算不上体面，上面有很多污渍，仔细一看，确实有黑色软细的小绒毛……

众人赞许地看着向晚，她只是微微一笑，看于波的表情更随和了："你恨秤砣哥。他把你关在地窖，让你没办法跟母亲团聚……所以地窖入口被械斗的人无意破坏后，你从里面爬出来，把照片发到网上，你希望有警察来……"

于波不说话。向晚话锋又是一转："你恨秤砣哥，但你又爱着他，舍不得他死。所以你始终不肯告诉我们真相，对不对？"

爱？从何说起？众人被她吊起的神经快要因紧张绷断了。

向晚一本正经地看着于波，轻轻挑眉："所以秤砣哥是你什么人？父亲？还是别的什么至亲？"

众人瞠目结舌，于波也被吓住了："你、你怎么会知道？"

猜对了？向晚面色慢慢地变得黯然："于家村的人都吓得跑光了。剩下的三个人，有两个是老人，而你一个人……年纪轻轻，怎么可能好好地生活在秤砣哥的地盘？而且你还不是暗门的人。还有，后院发生枪战的时候你就在那里，也把一切都看在眼里，甚至拍下了暗门的人用枪指着警察脑袋的照片——这样的你又怎么会是事后赶到的？这样的你又为什么会被秤砣哥留下活口？"

权少腾瞪大眼看过来，向晚察觉到他的视线，沉默了一下，解释说："我看过谢绾绾失踪前收到的一张照片——在看到后院的地窖后，我就基本可以确定照片是从那个角度拍摄的。"不过于波发在网上的帖子里没有贴上那张照片。

向晚目光一冷，盯着于波："告诉我，那张照片你把它发给谁了？"

"……"于波满脸惊悚。

向晚加重了语气："那些消失的人又去了哪里？"

小把戏被拆穿，于波脸上却没有众人想见的意外与慌乱。他狠狠地抽了一口烟，脸上没有那个年纪该有的稚嫩，只有提起过往的沉默与思考。冷静的他，稚气的脸，并不像一个恶人，倒像个做了错事的小孩子："不该有这样的爸爸……他也不是我爸爸，我爸爸死了……"

他语无伦次，这孩子确实是有些问题的。要不然恐怕秤砣哥也不会把他关在地窖里吧？

向晚看着他："不是你爸爸，你为什么舍不得他死？"

于波："他不是，可他又是。"他突然捂着脸，趴在桌子上，"他是我爸爸的弟弟，又是我的亲生爸爸……"

答案令人震惊！

向晚看着于波灰暗的脸，心里微微一窒："把你知道的事情都告诉我们好吗？他们去了哪里，照片你发给了谁？这对我们救人相当重要，于波……你是个善良的人，我们都知道……正因为你不想有人死，所以你才会把这里的事情发到网上，对不对？"

"我不想，可他们还是死了。他就是要他们死的。"于波慢吞吞地说，"他看到我拍照片，拿走了我的手机……我传上网的照片是在院子里捡的手机拍的……"

院子里好几具尸体，那些人身上都有手机。谢绺绺给她看的那张照片是于波拍的，却被秤砣哥拿去了。是秤砣哥用照片威胁谢绺绺，还是他把照片交给了别人，不得而知。

向晚继续问："那些人呢？去了哪里？"

"他们……"于波有点儿怕，目光惊悚地看着向晚，"都死了。"

不！有人抽气！

向晚的身体也忍不住哆嗦一下："在哪里？"

"人死了，都没了。"于波古怪地答道，"他们想逃，我小叔就带人去追……然后……他们就逃进了那个地方，然后就不见了。"

他绕来绕去又绕回来了。

"哪个地方？人怎么会凭空不见？"

"不是凭空。"于波摇头，"他们逃进那个地方。进入那里的人都不可能活着回来……"

"你要告诉我，是哪个地方？"向晚紧追不舍，神情越发焦灼，"我们很需要你的答案，于波，我知道你是好人，不愿意有人牺牲……"

于波笑了："毒贩的儿子也可以是好人吗？"

"当然。"向晚肯定地回答道。

于波喉咙哽咽："他们去了秃鹰嘴啊——那个秃鹰的嘴里。"

…………

于波说的秃鹰嘴确实像一个秃鹰的嘴，尖尖的钩状大喙把山峰连成了一片。权少腾让人把于家村的老阿婆找来了，一听说他们要去秃鹰嘴，连连摆手："去不得，去不得啊！那个秃鹰嘴是要吃人的！"

当地人把那里当成禁地。吃人、有鬼这样神秘的封建迷信，在贫穷僻远的山村说服力很强。秃鹰嘴本就人迹罕至，加上这些传说，那一片山几乎无人踏足。

老阿婆说，这几十年来，当地的人不管大人还是小孩儿，都知道绕着走，哪怕进山砍柴都不会去那里。所以那里的树长得特别茂盛，人要是进去了，就被生生埋了。

向晚走向她："阿婆今年多大岁数了？"

478

老阿婆："快八十了呢！"

向晚笑了笑，突然话锋一转："我怎么听说有人进去过？而且这个人还好好地活着出来了。"

她的语气很淡，轻轻的，慢慢的。老阿婆有点儿不敢跟她对视："是，是有一个，我们村的于三娃。"被向晚挑起了话题，老阿婆的话又多了起来。她说，于三娃当年偷嫂子，被全村人唾弃，他哥把他好一顿揍，差点儿闹出人命。那一次于三娃被他哥逼得跑进了秃鹰嘴，众人都料想他活不了了……结果他竟然活着回来了。

老阿婆嘴里的于三娃就是秤砣哥。不过据老阿婆讲，于三娃从秃鹰嘴出来后整个人都变了，脾气暴戾，动不动就对人挥拳头，喊打喊杀，对秃鹰嘴里的遭遇却闭口不提。从此有了那段经历的于三娃就成了秃鹰嘴的一霸，再没有人敢惹他。而且于三娃出来没多久，就跟人做起了买卖，越来越有钱，生意越做越大……但他老家于家村的人走的走，死的死——包括他的亲哥。这里越来越邪门，活着的人都不愿意再在这里居住。渐渐地，这个地方就成了于三娃的地盘。

向晚问："你知道于三娃做什么生意吗？"

老阿婆摇头："看到他都躲着走，哪个敢问哦？"

送走了老阿婆，向晚看着大家："我怀疑那里就是暗门制毒藏毒的地方！"

权少腾点点头："管他是不是龙潭虎穴，得闯一闯了。"

…………

十二月的山里，天气古怪，寒冷、阴沉，光线极暗，人进入其间，瞬间被压抑得喘不过气。这是一个恐怖的地方，外面的人怕它也有怕的道理。他们深入密林与大山深处，走了很久，连只大点儿的动物都没有看到。

"大家保持距离，注意队形！"

进入密林地带，队伍的形状很重要。一队人分工不同，互相协作，互相保护，这样才能保证所有人的安全。大家都是干这一行的人，任务中时常会面对危险，对这里的情况倒不怎么怕。最大的问题是，进入这里，通信器材没有信号，警用对讲机时常发生信号故障，频段受阻，而且他们走着走着就迷路了，不仅找不到白慕川，连自己都走不出去了。

"不会是见鬼了吧？"队伍里，有人受不住这压抑的气氛低骂一声，"电子设备不好使就算了，怎么连指南针都用不了？"

"是有点儿邪乎！权队，你有没有发现我们一直在走斜坡，始终在往上走，可绕了这么久，似乎又绕回了原点，四周环境一模一样，往前看仍然是斜上坡……"

四周的风凉飕飕的。

权少腾紧皱眉头捣鼓一下设备，往四周望了望："这里有磁场干扰！"

好久没有人说话，众人在安静地等待着，心都悬着。

"科学仪器依靠不了的时候，我们只能靠自己了。"权少腾随便点了两个人，"你们两个跟我走，其他人原地休息待命！"

权少腾带着人走远了，一群人听话地原地待命。有风习习，非常安静。向晚站在原地，看着这个古怪的地方，莫名其妙地想到了《射雕英雄传》里的黄药师，那个利用奇门遁甲随便摆个阵法就可以把人困在阵里的东邪……现实当然不会像小说那么离谱，可她隐隐发现了一些不对劲儿的地方——走了这么远的路，四周的参照物好像没有变过。这逼仄的环境，除了空气刺鼻，令人呼吸不畅，胃里不舒服外，整个环境都透着一种古怪，像是人为制造的……

背后好像有无数双眼睛。可一转头，除了被风吹得摇晃的树，什么都没有。

程正默默地走近："如果他不在了你会怎样？"

向晚慢慢地转头，与他对视，夜色里的眸子亮得惊人："你跟过来就是为了问我这句话？"

程正嘴唇微微一动："我以为你需要关心。"

向晚轻笑："那你已经关心完了。我的答案对你来说就不重要了吧？"

程正冷眸里一片严肃："很重要。"

这不是向晚想听的。在这个荒山野岭里，在白慕川生死未卜的时候，她不想跟任何人有半点儿暧昧，甚至对他这种疑似"趁火打劫"的行为也有点儿反感。

向晚冷声反问："重要在哪里？"

程正凝眸，久久，吸一口气："怕你承受不住精神崩了。"

寂静的天地间只有冷风过耳。

向晚冷笑一声："我如果告诉你，他不在了我就跟他去呢？"

程正默默地看着她："那我也跟你去……"

开什么玩笑！那个谈恋爱都嫌浪费时间的男人呢？向晚根本就不相信他的话，嘲讽地一笑："程队，你可真幽默！"

"你不用这么看着我。"程正别开头，视线融入了那一片黑暗的密林，"就当这是我……第一次对女孩子表白吧。"

山风很大，向晚有些冷："你觉得这个时候合适吗？"

"不合适。"程正回答得很快，就像没有经过大脑想的那样突然笑了一下，"但是我怕我今天不说……就没机会了。"

没机会了。秃鹰嘴，一个传说中能进不能出的地方。

"程队！"梅心突然大喊。

向晚被吓了一跳，和程正同时回头。只见一个同伴突然软倒在地上，裤腿上溅了一些泥，然后捂着胸口，喘着气说："我……好难受……"

"不好！"向晚脸色一变，"程队，你快去看看。"

在众人的惊慌里，程正走到那人身边，让两个同伴把他扶坐起来，翻了翻他的眼皮，瞧了下舌头："他这症状，可能是……自然疫源性疾病！"

梅心变了脸色。自然疫源包含甚广，在传染源以及在一定条件下，病原体向周围传播时可能波及的范围都称为疫源地，即可能发生新病例或新感染的范围，它包括传染源的停留场所和传染源周围区域。如果传染源是动物，地理、气候及气象等因素都能对传染源有显著影响。构成疫源地的第一个不可缺少的条件是传染源。第二个不可缺少的条件是病原体能够从传染源向外散播。每个传染源都可单独构成一个疫源地。但是在一个疫源地内也可同时存在一个以上的传染源。

秃鹰嘴，会吃人的秃鹰嘴，原来是一块带着传染病菌的区域。

"如果是，那就麻烦了。"

如果发生新的传染性疾病，后果不堪设想。医院里没有特效药，而且他们现在都不知道能不能走出去。这里的人一旦发生感染……梅心刚想到这里，背后突然传来咚的一声，又有一人倒在地上。

现场的气氛突然窒息般紧张，一张张帽檐下的脸都带着浓郁的病气。

向晚深吸一口气："会有办法的，我们一定会有办法！"她的眼也有点儿花，头也在隐隐作痛，但她不能成为别人的拖累，她额头上的汗细细密密地冒出来，眼前的景物变得如同梦幻，内心的恐惧感因为身体的不配合被无限放大。

"程队，有药吗？"

程正对第一个患者的诊断，就像开了一个口子。内心的壁垒被突破，陆续有人感觉不适，但症状的轻重不同。大多数人像向晚一样，觉得头晕眼花，四肢无力，恶心想吐。

向晚见状，有点儿焦急："大家坚持一下，权队马上就回来了！我们马上就能出去了……"

从没有想过来救人的他们现在出去都成了困难，众人沉默。程正是整个队伍里最淡然的一个，他看完病人，从医药箱里拿了些片状的药片，分发下去。然后他将两粒药丸倒在手心，递给向晚："吃下去！"

"谢谢！"向晚接过来，就着唾沫干咽下去。

"能坚持吗？"程正看着她脸色，又问。

"没问题！"向晚冲他微微一笑。

这笑容灿烂、坚强。一瞬间程正心里仿佛开了一朵花。

程正慢慢地"嗯"了一声，不再说话，和梅心一起去检查同伴的身体。向晚慢慢地倚坐在一棵树旁，看着他们忙碌，突然想到了什么似的："我们生一堆火吧！"

大家都在忙，只有程正注意到她的声音。

向晚撑着额头，说："既然我们找不到他们，为什么不能让他们来找我们？"

在暗夜里火源是最容易让人发现的参照物了。

程正迟疑了一下，点头："火可以驱寒，生一堆吧。衣服都湿透了，烤一下也好。"

人多力量大，火堆很快生起。向晚有一句话是对的，找不到的人沿着火源，更容易找来……不到五分钟权少腾就出现在众人面前。

"找了一圈差点儿走丢——不过总算有点儿眉目了。我们找到了一口深潭，两侧全是峭壁，无法攀爬，但潭边有脚印，我怀疑那是密林尽头，或者是一个出口。"权少腾说完，看了一眼坐在火堆边上的人，突然一怔，"你们……什么情况？"

程正看了他一眼："病了。"

权少腾又看程正："你那里的药充足吗？"

程正："……"哪里有那么多药？他们来时准备最多的是外伤药，根本没有预料到秃鹰嘴的死亡陷阱居然是传染源……

在场人员很快集中到了火堆旁。权少腾事先分好了小队，队里每个人的情况，身体状态，都一一报给程正。最后经过讨论，大家决定身体状态不好的人继续在原地等待，由权少腾带人继续寻找出路以及寻找白慕川等人的下落……

…………

向晚默默地坐在梅心边上，帮她照顾几个情况比较严重的病人。程正也没有离开，但他坐在火堆的外围，与另外两个值夜的战士一起默默地看着这个一眼望不穿的诡异密林……

密林里幽静得令人窒息。

火堆慢慢地烧尽，向晚默默地过来添一把柴，被烟熏得直咳嗽。

"你换个方向啊！"程正说，"山风往你那边吹的！"

向晚勉强睁开眼睛，挪了一个位置。刚转过身，她双眼突然睁大："程队——"

刚才这里生着火，没法看清黑暗里的东西。可这时火被落下的树枝一打，几近熄灭，众人看到了从密林深处传来的光——手电筒的光线。不是一个人，而是一群人，星星点点，萤火虫一般移动过来。

程正拿过一根树枝，猛地把火扑灭："准备战斗！"

有人小声吸口气："不是自己人吗？"

"不像。是自己人，早就喊了！"

遇上传染病，又遇上敌人，众人瞬间被抛入了绝望之中。他们的人实在太少了！统共才十几个人，其中还有女人和病人。

"一群乌合之众！不是我们的对手，我们是警察。"

敌强我弱的情况下，其实最好的办法是三十六计之上上策——走。但他们情况不同，好几个病人，有两三个严重的，双腿水肿，走路都成问题。

"程队说得对！咱们是警察，还能怕一群毛贼？看他们速度那么慢，肯定心里也是犯怵！"

程正没有战斗经验，但他身体素质是这群人里最好的，平常拿解剖刀的时候，看着有点儿斯文，现在拿起武器，突然就像个战士了。

"注意！大概一百米了。"

他们把病得最严重的几个人拽到背后，趴在土堆后面，枪口对准了那慢慢逼近的光线。那些人越来越近，不知是为了制造心理压力，还是心里也犯怵，对方走得很慢很慢。

"向晚。"程正用胳膊把她带了一下，"你去我后面，跟梅心一起。"

"嗯。"向晚点点头，"把你的刀子给我吧。"

程正身上有刀，是他刚才从医疗箱里拿出来的，非常锋利，向晚看见了。在秤砣哥那个别墅里她看到过丽玛受辱后留下的现场，如果可以选择，她宁愿死。

黑暗里程正看不清她的脸，却感觉到她身体紧绷。静了半秒，他默默地把刀子递给她："小心！"

向晚匍匐着往后移动。这时头顶突然传来嗖的一声，像有什么东西破空飞过来，打在了树叶上，往背后疾飞过去！

乒！对方开枪了。

"谁在那里？都滚出来！"

陌生的声音。他们果然不是自己人。

向晚条件反射地握紧了刀子。显然对方也没有摸清虚实，不敢贸然动手，刚才一枪只是试探，所以朝天开的。风吹着树叶，发出阵阵呜咽。

他们没有回答，对方也不需要回答，因为不回答本身就是一种默认——

"兄弟们，不是自己人！给我弄！"

乒乒乒！

枪声、喊声几乎同时传过来，震耳欲聋。

对方并不知道他们有多少人，嘴上吼得厉害，但行动并没有那么迅速。双方僵持着，你来我往，黑暗里的枪击，发出点点火星。向晚眼睛都有点儿睁不开，头皮发麻，心弦绷紧。她尽量缩着肩膀，不让自己成为目标，在这个深夜的密林里，这已经是她能做的极限了。

枪声越来越密，那伙人越逼越近——眼看他们这些残兵病员就要成为盘中餐，向晚胃里涌动着的情绪再也压抑不住："是我的错。如果不是我建议大家生火，就不会引来暗门的人……"

在这个紧要关头，她理顺了今天晚上的事情，有些后悔。然而程正却冷声打断她的自责："没有那堆火，我们不仅熬不住寒冷，也阻止不了他们从这里经过……"

潮湿、寒冷、病原体……就算没有暗门，毫无出路的他们生命也同样没有保障。

"大不了一死！"大家都是有血性的人，这个时候无人指责，"兄弟们，咱们牺牲是为了正义。不像那些王八羔子，生死都一样被人唾弃！打！狠狠地揍，这一波咱们不亏。"

黑暗的火星像天上的星星，密密麻麻，向晚牙一咬，抱着侥幸的心理，对着空旷的密林大声喊道："我是向晚，你们老大不就想抓我吗？你们停火！我这就跟你们走！"

对面没有停火，但有人在问："是白慕川的女人吗？"

"是，我就是！"向晚大声回应着，慢慢地站了起来，"你们不要开枪，我自己走出来——"

她很想让自己变得大气一点儿，就像电视剧里演的那些女英雄一样，不畏生死，勇猛地为同伴献出生命。然而她做不到，她怕，肩膀在颤，双腿在抖，牙齿都在咯咯作响。

"哈哈哈——"山林里传出一串笑声，"白慕川的女人，有点儿意思！行！你走过来，我们现在不开枪，留你一条命！"

向晚咬了咬牙，一条腿刚迈出去，耳边就传来一声枪响，声音极大，几乎让她刹那失聪，同时一阵疾风突然从背后掠过，她的身体被人拉扯着往后一倒。她惊叫，撞在那人的胸口上："程正，你搞什……"

"你是傻子吗？"熟悉的声音带着愤怒的气息传来，向晚突然怔住。

白慕川身上的衣服湿透了，冷冰冰地贴着她的身体，可她感觉不到凉意，双手紧紧地抱住他，呜咽不已："你从哪里蹿出来的？你这个浑蛋，你怎么才来啊？"

仗着黑夜，她任由泪水肆虐，模糊了双眼。

"哭啦？丢不丢人啊？"白慕川掌心托住她，本想玩笑，可肩膀上的湿意终是让他无奈地一叹，"对不起，小向晚，我来晚了！"

上次他是这样说的，上上次他还是这样说的。每一次她有危险的时候他都是这样说的。白慕川看了一眼越逼越近的火光，拍拍她的肩膀："傻子，别哭呀！我这不是来了吗？有我在，这些浑蛋还是对手吗？"

向晚抽泣着看了一眼他的背后，一个人都没有。

"我不认为你一个人有这样的战斗力。"说话的人是程正，他冷笑一声，"别矫情了！做点儿有用的事吧。"

白慕川不理他，手托住向晚的腰："起来！看哥哥给你耍帅……"

明明很紧张的事，被他一说，向晚突然就想笑。她手撑着地，突然哎一声："我起不来……"

"怎么啦？"

"我的腿好像用不了力……"

向晚摸了一下麻木的腿，这一摸，感觉黏黏的。她惊住，把手放到眼前一看，血？

在见到白慕川的狂喜下，她的腿疼得麻木了，这时她才察觉出大腿上火辣辣地疼。

"没事，增援马上就到。"白慕川在她脑袋上揉一下，看了一眼程正，"交给你！"

程正看了一眼拼命咬着唇的向晚，点点头。白慕川目光一深，不再说话，捡起丢在地上的突击步枪，对准那一群逼近的黑影："不是要找我吗？你爷爷在这儿呢，来啊，不怕死的就过来！"

乒乒乒乒！枪声震荡密林。白慕川脸色冷峻，咬紧了牙，像是要把敌人撕碎。他绷紧的肌肉仿佛带着爆发的力量……

一开始对面那群家伙还回嘴大骂，渐渐地，没了声音。很快只剩冷风在吹，那萤萤如灯火的手电光渐渐远去……

"他们居然走了？"就因为白慕川来了，他们就溜了？程正觉得有点儿不可思议。

"这群孙子！"白慕川双眼闪着狼一样的光芒，明明只有一个人，却像带了一支军队。

486

那群人走了，气氛突然轻松下来，树林里陷入了短暂的寂静。白慕川顾不得别人眼里的疑惑，让人把火堆再次点燃，然后仔细查看向晚的伤口。

"嗞！"白慕川一碰到向晚，她就忍不住呻吟。

"知道痛了？"白慕川看她皱得苦瓜一样的脸，哭笑不得，"刚才逞英雄的样子多厉害啊！"

"过分了啊！"向晚忍着痛，皱着鼻子，"怎么可以这样说一个病人？"

他们的处境并没有变好，她的腿还受伤了，可她已经放松下来，开起了玩笑。子弹从向晚的左腿内侧擦过，庆幸的是，面积不大，程正和梅心已经用仅有的医疗条件为她做了简单的处理。

"不过我们还是要想办法出去，受了伤，得去医院。这里医疗设施有限，而且有传染源，一旦伤口感染、恶化……"梅心说到这里突然打个冷战，看着向晚不作声。

很快，屠亮、丁一凡、赛里木、唐元初……几人陆续赶到，跟着他们一起来的还有一个女人——丽玛。她默默地坐在那里，几乎没有存在感。

"这是怎么回事？"秤砣哥的别墅里留下了丽玛的证件，还有她被凌辱的现场。向晚好奇的是，她为什么会跟白慕川他们在一起？

"她是被秤砣抓来的。"白慕川省略了一些细节，大概讲了一下他们见到丽玛的经过，"为了不让她落在秤砣手上，我们不得不带上她。后来秤砣故意引我们进入这鬼地方……"

"刚才那群人就是秤砣哥他们？"

白慕川点头："我们跟他们在里面耗了几个小时，他们甩不掉我们，我们也找不到出口，谁也奈何不了谁！"

"这地方确实邪门——"

白慕川望着这一片无尽的黑暗森林，小声说："秤砣在秃鹰嘴盘踞数年，他做的那见不得人的买卖，为什么能屡次逃过警方的追捕，应该就与这里有关……我怀疑这里是秤砣制毒贩毒的窝点。"

密林深深，无穷无尽，好像永远也走不出去似的，到哪里去找窝点？

"我有个想法。"白慕川突然转头看着向晚，对众人说，"你们听说过鬼打墙吗？"

一张张脸在火光中冷凝一片。白慕川扫了一眼众人："人行走和寻找方向都是依靠参照物来完成的，一旦参照物缺失，很容易迷失方向，甚至走出一个圆形轨迹，也就是所谓的原地打转。我曾经在网上看过一个资料，说有一个团队花了重金把一座山挖空，做出一个空间。在里面行走的人会感觉台阶一直往上……但最后还是会走回原点。这个设计让人觉得不可思议，但又确实存在。"

　　在他们身处的这一个巨大的密林里，一般情况下，当然不会发生鬼打墙这样的事，但是程正之前讲过，这里有自然疫源，身体素质不好的人很难有清晰的判断……密林里的光线也不好，树木、地势确实给人极为相似的感觉。

　　"这里面积这么大，谁有那样大的本事打造这么大的空间？"

　　"钱！"白慕川目光微凉，"钱可以办到。"

　　"是暗门吗？"

　　白慕川没有回答。

　　不过对他的推测大家都是服气的。白慕川为了验证自己的想法，还在原地用烧黑的炭木画出一个类似"鬼打墙"的结构草图出，以解释这个迷惑空间里的一切。

　　"太巧妙了，看不懂。"

　　"就是利用了人的思维盲区。"

　　"这……突然感觉我是个文盲啊！"

　　"不是感觉！你本来就是个文盲！"

　　大家都在说自己的想法，向晚却看着火堆好久没有出声。

　　"伤口疼了？"白慕川低头看着她的腿。

　　"没有。"向晚摇摇头，"我是突然想到一个问题。你说这么巧妙的设计是普通人能想得出来的吗？那个秤砣哥……会有这样顶级的头脑、顶级的团队吗？我觉得这不仅仅有钱就行！"

　　闻言，唐元初第一个就表示了不可能："秤砣就是暴发户！除了有点儿脾气，其他什么也没有。老实说，我怀疑他在林子里转来转去，根本就是自己也迷路了……"

　　向晚皱眉，想到那张被于波发布到网上的照片。她看了一眼唐元初：

"你没事吧？"

唐元初嘿嘿笑道："受了点儿小伤，没什么大碍。"

这个伤让他觉得很光荣，然而看着他笑开的眉眼，向晚不免迟疑起来。他们似乎对自己进入秃鹰嘴之后发生的事情都不知情？隔了半秒，向晚犹豫着问道："你们有看到谢绾绾了吗？据说她被暗门的人绑架了。"

"绑架？"唐元初第一个抽气出声，"怎么可能？她不是在南木拍戏吗？"

当着这么多人，向晚不好说谢绾绾是为了白慕川才以身赴险的，只道："可能是意外吧。孟炽准备好五千万赎金，结果到了地方……却联系不到绑匪。"

唐元初双眼生愤："当然联系不到了，绑匪都到这鬼地方来了！不过我们并没有看到人……"

"那方圆圆呢？"向晚又问，"还有我一个管理员……她们也处于失联状态。我现在也不知道到底是不是暗门的人绑架了她们……"

互通情报，然后集体陷入了沉默。

太乱了！一个暗门已足够令人头痛，而"12·1案"的凶手似乎更可怕。这场战斗是他们在对付暗门，还是有别人……在准备做渔翁？仔细算算，从白慕川和向晚开始算，这一次事件有多少人都被卷进来了？他们的身体陷在这个巨大的谜之森林里走不出去，他们的情绪却陷入这个事件的旋涡里……一时半会儿也走不出去。

"唐元初，你安排些人出去侦查，不要走得太远！人与人之间间距不可超过50米，互相之间要有照应……还有，有什么吃的都拿出来，大家充个饥！"

走了这么久，大家都饿了。

"不管怎样，得想办法出去！"白慕川又看了一眼向晚的腿，"再拖下去我怕出事。"

…………

权少腾带队回来了，看到白慕川，他又惊又喜，还有一丢丢的无奈与内疚。向晚受伤了，这是白慕川再三要他保护好的人。

权少腾内心纠结，顾不得擦额头上的汗："小白……"

白慕川打断他："你是怎么找回来的？"

"用最笨的办法。"权少腾拿出匕首，顺手在旁边的小树上划了一刀，"做记号。"

最笨的办法往往是最有效的。在这个密林里，如果想用这个办法找一条出路，试错时间太长，效果不太明显。可出去的人要从原路返回还是比较靠谱的。

白慕川点点头："有什么发现？"

"有。遇上秤砣他们那一群人去了潭边，但他们人多，我们人少，没硬碰硬……"

白慕川双眼突然炽烈："他们去潭边做了什么？"

"什么也没做。休息，他们就原地休息，偶尔交头接耳，不时有人走来走去，不见异常，我让他们盯着，先回来看看情况……"

白慕川略略迟疑，站了起来："我们过去看看！"

他们接近目的地，深潭的冷风似乎都吹了过来，明明还有一段距离，气氛却无端变得压抑。权少腾一直走在队伍的前面探路，突然从密林里闯出来，有点儿吓人。

"小白！"他眼底光芒大炽，一张英俊的脸绷得极为冷硬，咬牙切齿的骂声里是压抑不住的恼意，"这群畜生，他们把……把谢绾绾捆在潭边的一棵树上，衣服被扒了，还堵着嘴……"

谢绾绾？原来失踪的谢绾绾果然是被他们绑架了？

向晚脑子里警铃大作，觉得这事古怪得很……

"会不会……是他们的圈套？"

唐元初已然忍不住了，五官气得扭曲，说着就要往上冲："我要去宰了他们！"

"不要冲动！"白慕川一把抓住他，问权少腾，"是死是活？"

权少腾摇了摇头："不敢确定！脑袋耷拉着，没穿衣服，没裤子，也没动静……就是腰间裹了一件被撕破的外套，像挂了个游泳圈……"

白慕川目光一沉："潭边有多少人？"

"除了谢绾绾，一个人也没有。秤砣那群王八蛋都不在。"

众人心里戚戚。白慕川冷静地做出决定："先救人。"

"有点儿不对！"向晚突然出声，慢慢地从地上站起，跛着那只脚，冷静地问，"你们今天进入秃鹰嘴是几点？"

"两三点。"

"那个时候谢绾绾刚刚离开南木宾馆。"向晚想了想，"所以谢绾绾是后来被人送进来的。"

众人看着她。她冷静地分析："也就是说秤砣和外面的同伙是有接触和勾连的……这个密林里，一定有一条我们不知道的可以自由出入的路……"

众人仔细一琢磨是这个道理，不由得对她缜密的思维心生敬佩："那么谢绾绾为什么被人捆在那里呢？"

向晚视线凝重，慢慢地转向白慕川："我想这就是谢绾绾被人从南木绑架到秃鹰嘴的作用。"四周安静了一瞬，她低声补充，"不是为了五千万赎金，而是为了——要我们的命。"

这时权少腾目光突然一亮："我想起来了，他们捆绑谢绾绾的样子有点儿像"12·1案"的案发现场，不过……我怀疑谢绾绾身上绑了炸药！那件拴在腰间的外套就是用来掩盖炸药用的。"

众人倒抽一口凉气。

如果真有炸药，那就是一个死亡陷阱。

从潭边吹来的风仿佛尖刀刮在人的心上。

"谢绾绾她到底招谁惹谁了？"唐元初突然怒吼了一声，这个女人已经够可怜了！他们为什么要这样对她？绑架她也就算了，这么冷的天，还把她捆在潭边吹冷风。捆绑也就算了，他们居然丧心病狂地脱了她的衣服，羞辱她！

"白队，我们一定要救她……一定要救！"

白慕川看了他一眼，冷静地说："现在大家听我命令！程正小队带着伤病员退后二百米，等待下一步行动！老五！你负责外围警戒，潭边二百米内不许任何人接近，我不想救人的时候受到干扰。"说到这里他停顿一下，又盯着权少腾，"一旦有什么不测，你一定要带领大家离开秃鹰嘴，安全返回南木县。"

周围突然安静。大约过了三秒才传来权少腾的笑骂："这回是真的留遗

491

言啊？不过你去赴险，让我当缩头乌龟？"

"听命令就是！"白慕川说完望向唐元初，"你和赛里木跟我过去！"

"是！"唐元初答得很快！

"我？"赛里木愣了一下，"哦，收到！"

见状，权少腾第一个不服："干这个事他们有我专业吗？包括你——小白，不是我说你，你多少年没出过特种任务了？"

"闭嘴！"白慕川瞪了他一眼，"我现在是你的上级！"

向晚一直没有说话，就那样站在他的身后，白慕川感觉到她的视线，内心微窒，眼神渐渐变得温柔，语气也柔软下来："你跟程正一起！等我回来。"

向晚平静地看着他，默默地点头。

…………

赛里木背上了他的行囊，唐元初往武器里装好弹药，权少腾点好人数，也开始有序地转移，程正让人背着病人退后……在这个空气含氧量极低，快要喘不过气来的地方，向晚的内心远不如外表那么平静。

也许白慕川很快会带着谢绾绾回来，也许他们都会粉身碎骨……如果是第二种结果，向晚不敢想自己会怎么样……

四野无声。

白慕川头也不回地带着唐元初钻入了密林，等待的时间焦躁而漫长，直到一声巨大的爆炸声响过，权少腾才带人冲了过去。

谢绾绾得救了，怔怔地站在潭边，嘴唇冷得瑟瑟发抖，而为了救她抱着炸弹跳入深潭的人是唐元初。向晚看着这样的她单薄地站在潭边，默默地取下脖子上的围巾，披在她的身上。

谢绾绾红着的眼已经挤不出眼泪，她默默地拉紧围巾，把自己裹了起来："你不恨我？"

"想恨！但恨不起来。"向晚实话实说。

"就算我害死了人，甚至害得白慕川受伤……你也不恨？"

向晚半眯着眼睛："他们是警察。就算受困的不是你，他们也一样会救。"

谢绾绾看着她的脸，半晌没吭声。

所幸这场解救也算因祸得福，他们在深潭里打捞唐元初的时候，发现了位于另一边的出口，还在出口外的山边发现了一个村庄。

村庄安宁、静谧，一群游过深潭后冷得瑟瑟发抖的人，听到狗叫声，感觉如同再生。此时天还没有大亮，向晚伏在白慕川的背上，还没有入村，就看到晨光初雾里停着一辆越野车，车身满是泥泞，车头已然陷塌，车窗一边烂了，看不清牌照，可是站在车边的那个人看上去依旧整洁。

白慕川拉下脸："孟炽怎么来了？"

权少腾说："我们进秃鹰嘴的时候他还在别墅里，到处托人找谢绾绾——没想到我们刚找到这里，他就已经到了！难道真是有钱能使鬼推磨？这哥们儿也是够狠，居然能把车开到这儿来……"

这里压根儿没有一条正经公路。

权少腾视线一转："小白，你该不会是怀疑他吧？"

白慕川目光冷冷的："我怀疑任何人。"他再看一眼浓雾中的村庄，心里隐隐有些不安，却不再多说，"大家加快脚步！先进村安置一下！"

孟炽看到他们，走过来要帮忙："白队，先把伤员放我车上吧！"

他嘴里的"伤员"是指白慕川背上的向晚。白慕川拒绝："不用，她只是轻伤，把位置留给更需要的人。"最后一句可以说很伟大了。

不过权少腾却有些奇怪："你是怎么想的？有车都不要？"

白慕川哼了声："孟炽能找到这里，警方就不能找到吗？"

只不过孟炽车好，速度快那么一点儿而已。他们正在说话，就看到村外的乡道上进来两辆警用越野车——不是别人，正是南木的哈桑警官。他带来了车，带来了人，宛若神兵天降。

"这里！这里，我们在这里！"谢绾绾拒绝了孟炽，挥舞着手，朝开过来的警车大声吼叫，"我们这里有危重伤员，需要送医院！"

在这支队伍里受伤的人不止唐元初，尽管他是伤得最重的，但谢绾绾害怕他得不到最好的救援。他在深潭边纵身一跳，她怕他有事。

这个村叫无名村。村如其名，僻远、荒凉，经济落后、教育落后，与于家村一样，村子里已经没几个村民了。能走的人早已离开，去大城市打工。留下来的人年纪都大了，对秤砣哥的事一问三不知。

493

向晚受了伤，又沾了水，发烧了，昏昏沉沉睡了几个小时，醒来天已大亮。留下来照顾她的人只有程正和梅心，而白慕川和权少腾等人已经带着人再一次进入了秃鹰嘴密林。

白慕川分析后认为秤砣利用谢绾绾引他们去深潭，一个目的当然是希望能直接炸死他们，另一个目的是引走他们的注意力，保护暗门的老巢，不让它落入警方的视线。

"也就是说我们当时已经接近那个目标了？那他们现在是不是也躲在老巢里？"

"可能性极大。"

密林里，光景重重，突然听到权少腾喊了一声："小白！"

那一声短促有力，暗含惊喜。众人跟着白慕川一起走过去，权少腾指了一下地面："你看这个！"

那里有一个标志，一个圆圈里的大叉，其中一条线是箭头。这是个新鲜的痕迹，明显是指路的标志，而且画上去不久。

"这是谁留下的？会不会是陷阱？"

白慕川蹲下去摸了一下："去看看就知道了！"

有了一个方向，在这个面积大得用脚很难丈量的地方会少走很多弯路。他们在箭头的指引下，穿过密林，穿过秃鹰嘴用"鬼打墙"技术设计的一道道暗门，摸进了藏在秃鹰嘴的暗门据点。

长期以来，暗门在这里大量囤货，因为刁钻的地理条件，屡屡逃过警方的追查。秤砣在暗门的地位，说难听点儿，就是一个高级别的"仓库保管员"。他负责秃鹰嘴这个据点，主要就是守货、守基地。

秤砣成功地甩掉白慕川，带人回到基地，在度过了紧张的几个小时后，情绪越来越焦躁："这白慕川是狗吗？活着救下谢绾绾，找到了水潭出口，把人都安全地转移出去了……还不满足？这又找回来，是真不怕死？惹到白慕川，老子真是倒霉到家了！"

被追捕了一天一夜，他们的日子也不好过。秤砣三角眼里带着杀气，看谁都像是恨不得咬下一块肉。

"大梁！大梁！"他喊着，进来一个人，不是大梁，是另一个打手。

"大梁哥不在，出去了……"

秤砣黑着脸："那你去！给我盯紧了。一旦发现白慕川靠近基地，马上回来报告！"

"我们的人盯着呢！放心吧。"

"滚吧！滚吧！别在这儿碍眼！"秤砣哥提了提裤腿，焦躁不安地坐在椅子上，看向黄何，双眼里凶光乍现，"你说这个白慕川是不是疯了？"

黄何慢吞吞地笑道："这话怎么说？"

秤砣哥冷哼："好不容易脱离了危险，又闯进来，他不怕死？"

黄何面无表情："他是警察，怕死也要来。"

秤砣哥阴阴地看着他："你以前也是警察，你为什么就没有这臭毛病？"

黄何语气淡淡的："我以前也有这臭毛病！"看他黑着脸，黄何又是一声冷笑，"不过我不是警察了。从警队把我开除那天起这毛病就治好了！"

秤砣哥似笑非笑地瞄了他一眼。

这个"皇太子"的来头不小，不仅是周德全在世的时候推荐给暗门的人，而且这一次他来南木做生意，背后还有周德全曾经的势力支持，秤砣在没有摸清他底细的情况下，只能以礼相待。

秤砣哥心里哼了一声，拿起茶杯吹了一下："你们以前不是朋友吗？什么时候变成了敌人？"

黄何笑了笑："朋友谈上不，同事而已。白慕川那个人自视甚高，哪怕他嘴上说是兄弟，心里……呵呵，其实谁都瞧不上。有一阵我也以为跟他是朋友，结果他坑我不浅。"

秤砣哥来了兴趣，笑问："怎么坑你的？"

黄何："那天晚上他请我喝酒，然后我就因为酒后执法，蹲了号子，毁了前途……"

"坑兄弟的人不可交！"秤砣喝口茶，叹气，"不过白慕川刚跟我接触的时候可是打着你皇太子的名义来的……"他话锋一转，"按理说这么私密的事情他一个局外人不应该知道才对。结果他不仅知道，还对我们的事了解得一清二楚，这怎么解释？"

黄何面不改色："他是警察，想知道什么不能查？"

又是这句话！这两天秤砣听得太多，烦躁！

"警察怎么了？警察不是人做的？"

"我虽然不做警察了，但我很讨厌别人小瞧警察——因为这样的人都会死得很难看。六哥就是一个例子。"黄何盯着秤砣，带点儿笑，"干我们这行的，能好好做生意，干吗跟警察过不去？我这么说可能不太中听，但我这人就爱说实话——如果不是迫不得已，我那天不会出这个头，当着他的面得罪他，也是没有办法！"

秤砣哥被他说得连连点头："那你到底为啥蹚这浑水？"

黄何冷冷一笑："有人逼我这么干的！他们抓了一个我喜欢的妞儿……"

这话说得含糊，秤砣哥一愣："妞儿？你不是跟锦城的丹月姐……嗯？"

黄何勾唇，意味深长地看了他一眼。

"哈哈哈哈哈！"不用他解释，秤砣自己就意会了，"冲冠一怒为红颜！兄弟，没想到你还是个多情种子，哥哥服……"

"不是多情！"黄何不冷不热地看着他，"是他们坏了规矩，那就怪不得我了，对不对？咱们这条路不好走，如果被人打脸不还击，往后怎么在江湖上混？"

"对！人活着不就为了一口气？"秤砣了解地点了点头，推心置腹地叹气，"你说得对，现在咱们是越来越难了——六哥走了，你看我这里也被警察撵得鸡飞狗跳，死了好些兄弟，要是基地暴露……"说到这里他的目光滋生出一丝恐惧，"到时候我的死相恐怕会比六哥还惨！"

"秤砣哥，不好了！"有人敲门闯进来，吼声震天，"来了，白慕川……找、找过来了！"

秤砣猛地从沙发上站起来："这么快？看样子不像是误打误撞找进来的……"

"秤砣哥……他们人挺多的……你看我们要不要……避避风头啊？"

"不行，不能走！"想到白慕川那双眼睛，秤砣心里就发冷，可他不能走，"我要是弃了基地，这里的货就全落在警方手里了……到时候……大哥一定会宰了我……"

"可是被白慕川盯上……这基地怕也保不住了。"

秤砣一听气不打一处来："他们到底怎么找到这里的？"打不过，跑不得，秤砣急得像热锅上的蚂蚁。

"我有一个办法。"黄何看着他。

"什么办法，你快说！"病急乱投医，秤砣哥看黄何的样子，就像看到自己的军师。

黄何默默地抽了一口烟，低声道："目前摆在你面前的有三条路。第一，跟白慕川火拼，运气好点儿，能保一条小命逃出去。第二，投降，把货交出去，把人交出去，立功自首，再把你大哥一起卖了，看能不能混出一条命来！"

这是办法吗？秤砣的脸都黑了。

黄何又笑了笑："就你犯的事，交货交人，怕也是一个死字。所以我认为第三个办法靠谱，你找个人顶罪，然后我们一起离开……去找你老大买货。"

秤砣哥像听了个笑话："你在做梦呢？"

黄何哼了声："暗门做生意不是最讲规矩？你们收了我的钱，不给我货，能成吗？放心，你老大肯定会接待我。然后——"他斜了一眼秤砣哥，"我有办法说服他饶你一次。"

秤砣嘴巴抿紧，断然拒绝："不是我不信你，是你不了解我大哥……这事，唉！我寻思我是被人利用了，把基地守好才是活命的机会。"

"被利用了？"黄何奇怪地挑挑眉。

"是啊。"秤砣一肚子火，"咱们本来和西市"12·1案"没一毛钱关系，怎么警察就转头干咱们来了？我左思右想，突然反应过来……大梁在西市不是出事了吗？然后有人给他递消息说白慕川是来搞咱们暗门的，结果我吧，就让他们跟上去瞅瞅，他们被白慕川抓了个正着。这是事情的起因……"

"然后呢？"黄何问。

"然后大梁和小山子就进去了啊！这事可大可小，我当时还有点儿怕警察顺藤摸瓜来搞咱们，结果吧，大梁和小山子进去待了一天，警察就把人给放了。大梁回来告诉我是人家找关系捞的他，就是那个提前给他通风报信的人……"

497

"好人啊！"黄何冷笑。

"这还不算啊！人家知道我好那一口，把一个水灵灵的小明星给我弄来了，你也看到了……就是被白慕川带走的那个丽玛，漂亮吧？我在南木就没见过那么俊的丫头……"

黄何眯起眼："对方肯定有什么条件吧？"

"可不是吗？"秤砣说得快要哭出来了，"我也是一时鬼迷心窍了！他们把丽玛送来的时候我没忍住……事后觉得还不错，又寻思人家确实够江湖义气，就照他说的办了……"

"怎么办的？"黄何一脸好奇。

"就当着白慕川的面搞了一个捆绑呗！"秤砣哥快哭了，"我后来才听大梁说那手法跟'12·1案'是一样的……"

"大梁……他为什么不早告诉你？"

"这孙子，说是不敢告诉我！"秤砣哥一脸丧气，"我刚琢磨着这件事觉得不大对啊！我感觉有人在给我下套！"

黄何若有所思："那谢绾绾呢？不是你抓来的？"

"当然不是我啊！我冤死了。所以我才说我被人下套了啊！"秤砣的脸都气白了，"跑了一个丽玛，人家就给我补了一个谢绾绾！开始我还寻思，这大手笔啊！谢绾绾可比丽玛够劲儿！结果我这不是当冤大头了吗？替人挡灾，落得人财两空，基地失守……"

黄何看他这样，又问："那个人是谁？能把你玩弄于股掌之中？"

秤砣咬着的牙轻轻一松："我不知道他是谁！我不知道啊！"

黄何冷冷地看着他："这样你也能跟人交易？骗鬼呢！"

秤砣哥撸头发："我没有见过他的人，一眼都没见着。人家直接给了人，还给了……给了很多钱。"

"那你也就不冤了，拿人钱财，替人消灾。"黄何剜了他一眼，慢吞吞地站起来，"警察要来了，你愿意留下来就留吧，我可不愿意为了一个买卖……把小命搭上去。"他说着望了秤砣一眼，做了个再见的手势。

"等一下！太子兄弟。我跟你一起走。"秤砣心里突然一凉，生出一丝不该有的期待，"我寻思有你这笔大买卖——老大，应该不会要我小命吧？"他舔了舔嘴唇，阴阴地说，"还有你说的替罪羊，我也想好了……大梁那小子有问题！有可能就是这浑蛋把我卖了！西市的事情全是他转达给我的……丽玛这个女人是他弄回来的，钱也是他带回来的，还有谢缩缩，也是他给我搞回来的……现在想来，这不是阴我吗？"

"……"

这事显而易见。

…………

秤砣一走，基地里的一干从犯逃的逃、跑的跑，人心涣散，再也无法形成有力的还击。白慕川带人打入基地的时候，遇到的抵抗力几乎为零，前后不到十五分钟，队伍大获全胜。

白慕川救下包括张队在内的八个人，带着队伍顺着秤砣逃跑的路线追了过去。

毗邻暗门基地的山是秃鹰嘴的另一个出口，它与白慕川等人逃生的深潭是两个方向，遥相呼应。他们穿过一个山脉，走过一道暗门，外面就是下山的路。只不过那出口所在的村子不叫无名村，而是大家都熟悉的于家村。

秤砣站在山上，看着远处的山恋："咱们回去把我那辆车偷出来吧？还有，我也想看看我那不争气的儿子！"

不管是逃跑，还是去找人，他们都需要交通工具，而这个时候唯一能提供交通工具的地方就是秤砣那个别墅。可是别墅里肯定有警察，这不是自投罗网吗？

"你不怕死？"黄何问。

秤砣哥恨恨地骂了一句粗话："我咋就混成这样了？里外不是人！连家都回不得！"

"放心，你还有机会翻盘的，只要想办法找到你大哥，我来解决……"

黄何说完，却见他一脸僵硬地站在原地："不用找了！大梁那个浑蛋已经出卖了我！"

黄何顺着他的目光看过去，那是通往山下的唯一一条路，两侧全是奇石荒草，坡下陡峭，越发显得道路崎岖狭窄，有一种"一夫当关，万夫莫开"的感觉。此时那里站着一群人，除了大梁，还有一群五大三粗的人，领头的是一个独眼龙。他们堵在路口，手上拿着家伙，像拦路抢劫的土匪，还捆绑来了一个女人。

她的嘴巴被破布堵着，一张白皙的脸从凌乱的长发中显露出来。

黄何瞳孔微微一缩，是方圆圆。

"嗯……"方圆圆也看到了他。

四目相对，黄何没有说话，秤砣却被这阵势吓住了。他瞪了大梁一眼，吭哧吭哧地对独眼龙说："二哥，你来救我了？是大哥让你来的吗？"

独眼龙哼一声："你还有脸说？"

秤砣心里明白了，继续装装孙子："二哥，小弟事情没办好，让警察钻了空子，等见着大哥，小弟一定会当面向大哥下跪认错……要打要杀随大哥的便……"

"你还想见大哥？"独眼龙用枪指着他，"你长了几颗脑袋，敢把我们当猴耍？"

秤砣被吓住了："二哥，这话……怎么说的？"

独眼龙："你早就串通好警察了吧？基地的货、兄弟的命，就是你上供的筹码？"

"我……我没有啊！"秤砣觉得自己比窦娥还冤，恶狠狠地指着大梁，"二哥，大梁这龟孙子是叛徒，你不要相信他的鬼话——就是他把警察引到秃鹰嘴的，这一切都是他干的……"

"放屁！"独龙眼吼了一声，突然枪口一转，指向黄何，"你说你没有串通警察，那你告诉我，这个人是谁？"

秤砣转头看了黄何一眼："二哥，这个兄弟是六哥生前介绍给咱们的大买家……六哥很看重他的。对了，他还是丹月姐的男人！"

方圆圆浑身一僵，缓缓地抬起头看着黄何。

黄何不看她，面无表情："我不是警察，早就不是了……"

"编！你接着编！"独龙眼没兴趣听，拿枪指着方圆圆的太阳穴，使劲儿一戳，突然阴阴地一笑，枪口托住方圆圆的下巴，稍稍用力，方圆圆苍白的脸就被他高高地托了起来，她雪白的脖子上面有被人掐过的红痕……非常刺眼。

黄何眼睛微微一眯。

独眼龙斜了一眼方圆圆，抽出她嘴里的破布："小妹妹，你认识他吧？"

方圆圆不出声。

独眼龙笑了："说说看，他是不是警察？嗯？"

方圆圆别开视线，不去看黄何。

独眼龙捏住她的下巴，又把她拧回来："脾气挺拧的！我喜欢。这样好了，只要你说出真相，我就放了你，怎么样？"

方圆圆目不斜视："我是认识他。我的前男友，劈腿男！警察队伍里的叛徒，不要脸的浑蛋！"

"哟！"独眼龙笑了，"你们这是电视剧看多了吧？当着老子的面演忠贞，唱双簧？"

方圆圆闭上眼："爱信不信！不信拉倒！"

"给脸不要脸！"独眼龙耐心用完，一个大耳刮子扇在方圆圆的脸上。方圆圆皮肤原本就白，这一打，全是红通通的指痕，痛得她眼泪都下来了，但她咬着唇，努力强忍着不哭。

独眼龙使劲儿捏住她的脖子："你说不说？"

方圆圆扯着嘴唇笑了："问我干什么？你就当他是警察好了。他死不死跟老娘没关系！你们这群欺负女人的浑蛋，有种你赶紧杀了他啊！"她骂得挺狠，一双眼更是毫不留情地剜着黄何，"他背叛了我，跟那个田丹月狼狈为奸——他就是该杀，你们快杀了他！"

山风在呼啸，她在吼。独眼龙没有出声阻止。黄何静静地看着她，也没有出声。方圆圆披头散发，像个疯子似的，疯狂地呐喊。

"好有脾气的小妞儿！老子见过的女人多了，这么烈的少见！"独眼龙色眯眯地看了一眼方圆圆肿胀的脸颊，伸手拍了拍，嘴里啧啧两声，"这细皮嫩肉的！可怜啊！"说着他阴阴地看着黄何，"行，要证明忠实很简单，你既然是丹月的男人，那就麻烦你亲自帮丹月把她这个情敌……宰了吧！"

方圆圆心里一震，泪光闪闪地看着黄何，说不出话。

黄何不看她："我没有杀过人。"

独眼龙狂笑："不是要见老大吗？杀个人都磨磨叽叽的，谁能相信你？"

黄何沉吟一下："入行以来我手上还没有沾过血。二哥今天是想让我破戒？"

501

"哈哈哈哈！"独眼龙笑得很豪迈，露出一口大烟牙，"破戒！这个词用得好，果然是干过警察的人！只有破了戒，才算真正入了行！"

杀了人就背上了命案。

独龙眼脸上隐隐有一丝得意。

半山腰上的风有些烈，方圆圆双眼被风吹得不停地流泪。她看着黄何迈出了第一步、第二步、第三步……他面无表情地走了过来，向着她的方向，向着所有人，每一步都像踩在她的心尖上。

"好。我杀！"他的声音不带感情，好像他们当初那些温暖的岁月从来不曾存在。那些被窝里的絮絮低语，只是她一个人的甜梦。

"不管什么事！总得有第一次的。"黄何沉声说着，又近了一步。这时他与方圆圆的距离只有十步之遥，近得可以将对方看得清清楚楚。

方圆圆艰难地抬起脖子："我还记得你以前追我的时候，很真诚……就像要跟我过一辈子似的。"她的声音甚至带了一丝笑，听上去更像呜咽，"不过你抛弃我的时候也很认真，一点儿余地都不留……"

黄何不出声，抬起手上的枪指着她的眉心。黑洞洞的枪口还有他脸上的表情，方圆圆看得很清楚。

她笑了："其实我认识你的时候也没想过要跟你白头到老，但不管怎么说，哪怕是分手，你也不应该做得太难看，更没想过你会对我举起枪……"

她哽咽着，眼角的泪水大滴大滴地往下落。黄何皱着眉头，再次往前迈了一步，抬起的胳膊僵直不变，枪有力地指向她："现在说这些有用吗？"

他一直盯着她，没动，没变。方圆圆回视着这个自己拼尽全力爱过的男人："如果今天没在这里遇到你，我肯定不会说这些，说了确实没什么用。"她笑着说，加重语气，面部表情完全崩溃，"可这不是遇到了吗？老娘都要死了，你还不准我发泄情绪呀！"

黄何手臂动了动："说完了？"

"没有呢！"方圆圆怒视着他，满脸泪水，"我从来不觉得你是好色的人，要不然你也不会选择我。"

黄何："……"

方圆圆继续哭诉："你能不能告诉我你为什么要跟那个老女人走？是不是像他们说的那样，你只是为了利用她……你给我一个答案，我就算死了，

502

也死得踏实，是不是？"

黄何嘴皮微微一动："她不是老女人，她只比我大一岁。"

"你有病吧？我都要死了你还伤我！"女人的醋意一旦烧起来，可以毁天灭地，方圆圆似乎忘记了场合，咆哮着，双腿拼命地往前踢，像是恨不得踢死他，"你这个骗子，睡我的时候为什么不说你喜欢那个老女人？！"

她越吼越大声，现场有人在低笑，方圆圆泼辣的性子，让他们觉得好玩。

黄何目光有些复杂："现在说这些你也不怕人家笑话……"他话未说完，突然伸手搂住方圆圆的腰一个旋转，在众人措手不及的情况下，将她护在背后，手上的枪指在了独眼龙的眉心上。

"让他们放下武器！"

黄何声音冷漠，像催命的阎王。下一秒那枪口就仿佛要打穿独龙眼的脑袋。事发突然，不过眨眼之间。独龙眼的惊慌只有一刹，变色的脸就又恢复了原本的样子。

"同归于尽？这里全是我的人。你以为你们可以逃出去？"

"我没想逃！但我至少可以——要你的命！"黄何微微抬枪，慢慢扣动扳机，"比一比谁的枪快吧！"

声未落，枪已响。黄何开枪的速度快得惊人。在无数枪指着头的情况下，他居然敢贸然开枪，完全出乎意料，也正是这个意外，让他抢到了时间差——那一秒，或者是两秒，就在他们愣怔着准备开枪的时候，黄何已然做出反应，抱住方圆圆转身往坡下一跃，两人同时往下滚落，投入山林。

白慕川带人过来的时候看到的就是这样一片乱象。

"全部放下枪，抱头蹲地！"

有人想抵抗，有人想逃跑。白慕川在人群里搜索着："大梁呢？找到没有？"

"死了！"权少腾的枪刚刚举起，他就看到了那个倒在血泊里的人，"被人灭口了？"

白慕川用了一个多小时，才把黄何和方圆圆从山林里救回来。不得不说，黄何胆儿是真大，陡坡树丛荒草，枝条横生，是真会要人命的。如果不

503

是黄何几次抓住植物阻挡身体下坠，最后又落在一个狭窄的平台上，两个人哪儿还有命在？

"你俩没有粉身碎骨，化蝶双飞，真是厉害了！"白慕川查看了一下黄何的伤情，调侃一句，又冷了面孔，"你这次还真是叫我刮目相看！"

黄何吸口气，虚着嗓音说："是我……自作主张了。"

"哼！"白慕川神色冷峻，"为爱放弃计划，孤身一人潜入狼窝，再为爱悬崖边纵身一跳……言情小说都不敢这么写！"

黄何双颊滚烫："老大，你别讽刺我了。"

"讽刺什么？你多英雄啊！多有男友力……"

黄何瞥了白慕川一眼，身上更疼了。他跟白慕川认识那么久，知道他不是那种尖酸刻薄的人。这次确实是他的擅自行动，一次次让白慕川措手不及。

"对不起！事情被我搞砸了！任务没有完成，我……"黄何扫过远远坐着的方圆圆，压低了嗓音，"我愿意接受任何处分！"

白慕川哼了一声，看到他就来气："方圆圆被绑架是谁通知你的？"

"一开始不知道是谁，现在反应过来了，应该就是大梁，八九不离十，那家伙……死了吗？"

"死了。"

黄何略带失望："审他一下，肯定能吐出不少东西……可惜了。"

可惜又有什么办法？

白慕川："他当时找你什么情况？"

黄何："我按对方的要求进入秃鹰嘴，结果发现秤砣并不知道方圆圆被绑架的事情。当时我就怀疑秤砣身边出了内鬼……这个秤砣就是个炮灰！"

白慕川点头："不仅秤砣，还有大梁、暗门那些人，全是炮灰！"

黄何苦笑一下，又咳嗽了两声，震得身上疼痛，赶紧用手抚着胸口："但那个人到底是谁，他绑架圆圆到底是为了试探我，还是为了利用我？"

"两者都有吧。"白慕川说，"不过暗门这个毒瘤早就该铲除了！按向晚的说法，那个人自视甚高，说不定还有很强烈的个人英雄主义……说不定他这么做就是为了借警察的手替天行道呢？"

救护车开过来了，白慕川把黄何送到方圆圆的跟前，叮嘱道："这段时间你好好陪他养伤。"

方圆圆也受了伤，但滚入山林的时候黄何护着她，只有一些软组织擦伤与碰撞，并无大碍，伤得重的是黄何。

她默默地点了点头，泪往外涌："向晚呢，听说她受伤了，现在怎么样啊？"

"她在无名村，程正看着，应该没事。"白慕川看看时间，"我得去接她了。"

这次任务算是迎来了曙光，代价也是巨大的。他们端掉了一个盘踞在南木的黑恶团伙，却也有好几个人受伤。唐元初刚刚被送到西市医院，命悬一线。黄何全身多处骨折，想要痊愈，得两三个月，还有那些受到自然疫源感染的人……

一地的烂摊子。

…………

白慕川原本把无名村当成"大后方"，要在那里与暗门打持久战，因此在无名村留下了不少警力。还有程正，他对向晚的安危还是放心的，可是去接向晚的路上他突然有点儿心绪不宁。

一种从未有过的急切让他的神经片刻都不敢放松。

"开快一点儿！"

警车刚刚驶入村子，一群人就冲了出来，抢在最前面的人是程正。

"你来了？"他不是一个热情的人，尤其对白慕川，两个人除了工作几乎不怎么搭理对方。今天这是为什么？白慕川脑门一热，表情瞬间难看到了极点："是不是向晚出事了？"

程正一脸丧气："我们刚刚回来就发现——她不见了！"

白慕川一颗心如坠冰窖，在密林里九死一生的时候也没有这种感觉。眼看都胜利了，却发生了这样的逆转，让他措手不及："到底怎么回事？"

"对不起……我为了救程馨，没有想到中了人家的调虎离山计……"程正说得十分惭愧。他该想到的，丽玛、谢绾绾、方圆圆这些人的分量其实远不如一个向晚啊……她们都出事了，那些人怎么能放过向晚？

…………

程馨是跟着哈桑他们入村的。来了之后，她忙前忙后地帮着跑腿，白

505

慕川想到向晚有伤，觉得留个女人在这里也好，哪儿知道程馨大小姐脾气严重，跟向晚吵了一架，气得跑出去，好久都没有回来。

程正带人去找她，结果发现了一队押送货物的赶马人。南木这个地方交通不方便，很多时候运输还靠原始的马匹。那群赶马人牵着马走在野地里，不知道要去哪里，程馨就被他们丢在马背上驮着。

对方有二十多个人，手上有火枪和马刀。程正不敢贸然行动，让人回村叫人……哪儿知道，等他们把程馨救回来，却发现村子里——人去楼空。不仅向晚不见了，向晚借住的那户人家，那个七十岁的老婆婆也死在了她家的屋后。

白慕川牙齿咬紧："你把她一个人留在村里？"

"不是一个人。"程正说，"房子外面留了几个人，但向晚是女的，他们没有进屋，只在外面警戒……"

"那人怎么丢的？"白慕川冷冽的样子像是要吃人。

程正深吸一口气："她应该是从窗户被人弄走的……"

人去楼空，用这个词形容再好不过了。向晚的东西还留在房间里，那个进了水的手机就丢在床上。小小的窗户此刻大开着，寒风呼啸着，如同呜咽。

白慕川的手探入被窝，被窝还是温的！

"人刚被带走不久！追！"

据白慕川判断不会超过二十分钟。可就是这短短的二十分钟让他与向晚失之交臂。他不会知道向晚是眼睁睁地看着他的汽车入村的。只不过那时她被人丢在马背上，无法喊叫、无法动弹，只能绝望地瞪大双眼，任人带走。

天色暗得如同一块用脏的抹布，山林里的马匹响着驼铃的声音，走得不紧不慢，悠扬万分。向晚是被马驮着走的，胃就顶在马鞍上，胀胀的，很难受，大腿上的伤不碰到的时候还好，一碰就痛得钻心……这样的折磨不知过去多久，等马停下来，她都快吐了。

"下来吧你！"

她被人像一块破布似的拖到地上，摔了个头昏眼花，等撑着疼痛的手掌爬起来，第一件事就是呕吐！她头昏、眼花，胃里泛酸，直往上涌。她趴在那里，把今天喝的稀粥、吃的煎蛋吐了个一干二净，胃里都清空了。

"麻烦了，要张纸……"她慢慢地回头，提出要求。

几个绑她来的男人像看傻子一样看着她。

"不好意思！忘了我们是绑匪和肉票的关系！"向晚一笑，余光扫着四周的环境。他们好像在山上，刺耳的风声把耳窝都吹胀了。入目的建筑让她有些奇怪——这里居然是一个寺庙……或者是道观？不过这地方很破旧，菩萨怕是许久没有享受过香火了。

"好些了吗？"

面前突然出现一张纸，白生生的，在这个环境里看着，她竟有些感动。

"谢谢！"这个声音有些熟悉，向晚激灵灵地抬头，看到一个男人负着手，迎风而立，身上居然穿了一件白色道袍，脸却有着强烈的反差，如同地狱来索命的无常——是的，他戴着面具，有点儿像川剧变脸的道具。

向晚至少有五秒回不过神来："现在犯罪分子都流行Cosplay了？"

"Cosplay？"那人一笑，英文发音竟然纯正标准。

向晚一时有点儿恍惚："亲，我们认识？"

这个称呼让对方又是一怔："你这么有趣，我都不舍得你死了！"

"原来你想让我死啊？"向晚皱眉，"你方向搞错了吧？要杀我是最简单的事，绕这么大一个圈子，牵扯这么多的人，会不会太辛苦了？"

"不会！"那人轻笑，"人生本就无趣，有人陪我玩乐，求之不得呢！"

这么文绉绉地端着说话，不累吗？

向晚轻笑："果然时代变了，现在的犯罪分子一个比一个有文化，高级！"

那人不还嘴，也不动弹，一双眼睛隔着面具，像隔了万水千山注视着向晚，有点儿阴森森的感觉，向晚看着他的眼睛，突然一怔："你是……孟炽？"

对方听到这个名字，托了一下面具："我不是孟炽。不过你也可以这么叫我！"

果然是他？向晚的心一阵怦怦乱跳："孟总这话，我听不太懂。"

"为了称呼方便，你就叫我孟炽吧。"那人面具下的眼睛微微一暗，"名字只是代号，叫什么都不重要。重要的是，你需要赎罪……"

向晚云里雾里："你果然神经病，我有什么罪？"

"原罪。"孟炽看了一眼她背后的两个男人，摆摆手，似乎不耐烦了，"愣着干什么？把她请进去！"

向晚看着这几个人，内心有一万个问号，唯一值得庆幸的是，遇上有文化的犯罪分子，没有暴力伤害，也算是一件好事吧？被"请"进了屋里，向晚才发现刚才的猜测都不对。这里不是寺庙，也不是道观，门楣上有三个颜色褪色的字——问心庵！

原来是个尼姑庵，牌匾上的字不知是何年何月留下的，两侧的楹联早已看不清楚。里面是一个破败的院子，院里荒草丛生，乍一看，像是没人居住，怕是山下的人都不知道这庵堂有人吧？

向晚瞥了孟炽一眼："你不会是最近拍片子拍多了，走火入魔了吧？"

"嗯？"孟炽似乎在笑，可每个动作都带着阴森的冷气，"你很幽默！"

向晚："我期待你为我揭开谜团！"

孟炽考虑了一下："你真的不怕死？"

向晚不正面回答他："我想我活着肯定还是有一定价值的！"

孟炽摇头："真是可惜了，这么聪慧的女子……"

"……"向晚不解。

一秒后只听他叹息："我带你来只是想让你死而已。"

"……"向晚的身体不由得打了个哆嗦。

孟炽低头看着手机，指尖在屏幕上滑来滑去："不过我不想你死得太平凡……"

向晚觉得自己真的遇上神经病了："你准备让我怎么死？！"

孟炽目光里似乎带着笑，拿着手机在向晚面前晃了一下："轰轰烈烈地死！我要把你的事情广而告之，让全世界的人都知道你快死了，还要让全世界的人都为你的死点赞……最重要的是，我会让你最爱的男人……陪着你，一起死！"

向晚身体一麻："你说你有钱、有地位……要什么有什么，何必做这种事情呢？人家干这个是为求财……你什么都不缺，到底要什么？"

孟炽手指一顿："信仰。"

向晚："你的信仰是？"

孟炽："这个世界再无坏人。"

"……"向晚心里有一百万只羊驼在飞奔，他不就是最大的坏人吗？这个人该不会疯了吧？

孟炽看了她一眼："你看那些人是不是都该死？他们或贪得无厌，或胆小怕死，或栽赃陷害，或奸淫掳掠，或为害一方……没有一个好人，都该死！是他们把这个本来美好的世界玷污了。我不能容忍这样的人存在！"

向晚听得心里一抽一抽的，觉得这论调有一种奇怪的熟悉感。

她再次开口："你是……那个人？"

孟炽似乎笑了："是，我就是你心里那个人，你一直惦记的那个人。"

向晚感觉脸上火辣辣的，就像被人扇了一巴掌："你是那个在我的书评区留言的人？那个《大神的诱惑》……"

孟炽看了她一眼，完全没有否认的意思："这个游戏本来很好玩。有了这个游戏……我就可以好好地清理这个世界的败类、臭虫、无赖……是你们破坏了规则，阻止了我的计划。"

原本以为藏得很深的人居然就在面前，找了那么久，他居然自己出现了！向晚不知道该高兴，还是该害怕，但她始终在迫使自己冷静，只有冷静，才可以为自己寻找一线生机，只有冷静才能想到孟炽这个事情其实有一点儿bug——在他身上发生的事情，前后不太符合逻辑。

向晚头有点儿痛："我认为你对世界的认知好像出了偏差？"

孟炽淡淡地看着她："善恶观吗？"

向晚点头："善恶观！"

孟炽："与人无伤为善，与人有碍为恶！利他是善，利己是恶！不对吗？"

向晚反问："那你呢？你做了这么多……不也是坏人？"

孟炽："我不是利己，我所做的事是为大善，为这个美好的世界清理垃圾。"

向晚看神经病一样看着他。孟炽又推了推面具："就像清洁工人，他们在清理的时候，有可能会影响到普通人的生活，甚至会把一些不是垃圾的东西当成垃圾。但如果没有他们，这个世界哪儿来的晴空朗朗？"

好抽象的比喻！向晚吸了口气："你所谓的善恶太狭隘了！无善无恶心之体，有善有恶意之动，知善知恶是良知，为善去恶是格物！这个世界本没有绝对的善恶之分！你看，你觉得你在做好事，可在别人眼里，你就是一个彻头彻尾的大恶人！"

"我不在乎！"孟炽突然拔高了声音，有点儿生气，有点儿激动！接着，他冷漠地重复："我不在乎！我只需要影响这个世界，不在乎这个世界如何看我！更不会被这个世界的垃圾所影响……"

向晚喃喃："你疯了……"

"疯了，也许。"孟炽像老朋友聊天似的，拉椅子坐到向晚的身边，"给你看看啊！你看看这个视频，我把它发到网上后……全世界都会为你点赞！"

向晚身上汗涔涔的，顺着他的指引看过去。

视频上，竟然是西市"12·1案"那四个管理员的死亡现场。那一家民宿旅馆阴森幽冷，四个说说笑笑的女人梦想成为大神，于是她们向恶魔交出真心，把一切隐私毫无保留地交出来……

视频上，没有出现凶手，只有一只手，一只纤细、白嫩，有点儿像女人的手。

向晚下意识地瞄了一眼孟炽的手，下一秒，她在视频里看到了自己。无缝嫁接的视频，不仅出现了她的手，还有她的脸、她的书、她的笔名，以及她与这四个死者的"恩怨情仇"江湖网络版，一个关于闺密、情感、背叛、报复的故事……向晚的照片被打了一个大红的叉，写着"杀人者"三个字。上面写得很清楚——这四个女生都是向公子晚的管理员，在锦城赵家杭的案件中撒谎陷害向公子晚，所以向公子晚把她们都杀了。

视频最后，还有一个向晚被绑架的照片。上面又写了一行字——人已被控制！她该不该死？

向晚眼睛一眨不眨，可渐渐地没有了焦距，视线模糊，完全看不清眼前的字了……额头上全是细细密密的汗珠，就像被人泡在冰水里。

"你出名了！"孟炽说，"会像你书里写的一样……一炮而火。"

向晚侧目："我跟你有仇？"

孟炽笑了："没有。"

510

"那你为了什么？"

"信仰！苍生！大义！"

向晚有一种快被他逗疯的感觉！提一口气，她稳住情绪："那你就这么断定，网友都认为我该死？"

"会的！"孟炽声音带了一抹笑，"网友要的只是一场狂欢，你死不死跟他们没关系。而在一般的群体性事件里，大多数人只会做两件事，锦上添花，或者落井下石！你这个事情不适合锦上添花，那么……盲从、愚昧的人们只会对你落井下石！"

向晚心里一凉。

"还有你的英雄白慕川……哦！这么好玩的事，不能没有他，我会撕下他的面具……亲手！"孟炽慢条斯理地说着话，眼里闪着一抹兴奋的光芒，"他是想做英雄吧！只可惜，人民群众喜闻乐见的英雄只能活在传奇里……肉体凡胎的英雄是会被人唾弃的，尤其是一个有七情六欲的英雄！"

疯了！向晚咆哮："你以为白慕川会任由你摆布？做梦！"

孟炽继续笑："你的情郎是个什么样的人，我很清楚……他是英雄啊！女友被绑，他一定不会放弃，所以明知是陷阱，他也要跳。嗯，我会告诉他，让他一个人来……"

向晚打个寒战："你的目的究竟是什么？"

孟炽一笑，拂袖而起："捆了，把她丢进去！"

…………

黑漆漆的屋子里只有向晚一个人。里面空无一物，密不透风，她什么都看不到，头顶只有一丝闪动的亮光……不是传话器，就是摄像头。

咚！重重的撞击声惊醒了向晚。

黑漆漆的门开了，一个高大的男人被两个五大三粗的家伙推了进来，正好撞在铁墙上。他头上罩着一个黑色的面罩，站在这个满是科技制造感的空间里，有一种穿越时空的错觉。

"白慕川！"

向晚听见自己的声音，沙哑的、颤抖的，甚至是痛苦的声音。那个人回头看过来，不过他的双手被反剪着，取不下来头罩，他只淡定地回应一声："向晚？"

511

向晚疾步冲过去，拉开他的头罩，与他四目相对："你这个傻子，你怎么这么听话？人家叫你一个人来，你就一个人来吗？"

白慕川一笑："因为你在这里！"

多说无益，向晚磨了磨牙，站在他的背后专心地为他解绳子："我们这样讲话，他们能听到吗？"

白慕川唇角荡着一抹笑："那你得凑到我的耳边才行！"

向晚脑袋凑过去："你真的没有带人来？"

白慕川："没有。"

向晚："……"

白慕川揉一下她的脑袋，亲昵的动作一如往昔："他还告诉我，这座庵堂放满了炸药。来多少人就会死多少人……"

向晚沉默一秒："你见到他了吗？"

白慕川："谁？"

向晚压着嗓子："就是那个人……大神的诱惑……幕后主使！"

白慕川微微一怔："你见到了？"

向晚轻轻点头："是孟炽！可我觉得很奇怪……如果是孟炽的话，在秃鹰嘴，他为什么拼命去救谢绾绾？当然他可能跟暗门不是一伙的，绑架谢绾绾的人也不是他……"

白慕川沉声道："绑架谢绾绾的不是暗门！"

这个已经从黄何处得到确认。

向晚微微一惊："那这个孟炽到底是哪一方的？"

"也许哪一方都不是呢？就像他说的，单纯地想要杀我们？"

向晚想了想："可孟炽自己来干这个事，你不觉得诡异？他是傻子吧？就算要杀人，也可以披个马甲，或者指使别人干啊？何必亲自下场……难道他是不想活了？"

白慕川沉默了一下："他想和我们同归于尽，也不是没有可能。"

孟炽是个"与众不同"的神经病，这样的人不论做出什么惊世骇俗的事，都不奇怪。

向晚嗯了一声："所以我说你傻！你不该来的，等着为我报仇多好……"

"你才傻吧？哪儿有咒自己死的？"

"我不怕死，但我不想你死！"向晚抱住他的腰，头贴上去，"说点儿认真的，你觉得我们现在生存的概率是多少？"

白慕川："百分之百！"

两人正着说话，房间突然暗下来了，然后听到孟炽的声音："你们聊得很开心嘛！该做点儿正事了。"

向晚心里发毛，墙上突然出现了一个投影屏幕，投影设备就在对面墙上，而刚才她仔细看过，分明就没有看到这样的东西。这个房间还真是高科技制造的。

"看到没有？你火了！"

孟炽说得不错，他之前发的那个带视频的帖子不到一个小时，已经火遍了网络，这中间还包括被删帖三次——各种与之相关的话题都涌了出来，网民们意见一致，都希望严惩凶手。

当然向公子晚的《谋杀男神》再一次成了讨论的热点，不过这次是骂声一片。每看到一条，她都不由得惊悚，以前看热闹时，没骂到自己身上，无法感同身受，现在只觉得寸寸肌肤都变得冰凉，尤其，连同她一起挨骂的还有白慕川。

孟炽把他们的关系披露在网上，其中，包括白慕川进入房间后，与向晚搂搂抱抱的照片实锤——带点儿颜色的热点话题，更加引人注目，如果帖子的主题是"英雄救美"，风向就会不一样。只可惜上面写的是白慕川如何"凭关系"从锦城调到京都，再"抛弃相恋数年的前女友""公器私用，滥用职权，为美色折腰，导致秃鹰嘴无辜群众死亡"的故事。

帖子很抓人心，或者说，很会抓人心里的疼。这一段编造的舆论故事比真实的故事更加精彩。人们唏嘘一片，纷纷表示，这对狗男女活该倒霉！都这个时候了，不好好想办法脱困，还有心情谈情说爱……人们不能接受被神话过的英雄变成一个平凡的有七情六欲的白慕川……

"狗男女！小三上位，活该死一户口本！"

污言秽语，不堪入目。讽刺的话比刀子还尖利！没有人为他们遇到的灾难担心，甚至有人认为"幕后者"是现代大侠一枝梅，纷纷为他点赞！偶有几个人发表一下小众看法，很快就被大水淹没，甚至被辱骂是"替垃圾洗地"，警方发出的官方澄清帖也受到无数人的围攻以及"温柔问责"……

"孟炽说对了！大部分人……都是盲从而愚蠢的……"向晚无力地靠在白慕川肩膀上，看着那个渐渐消失的投影，"他说对了……他赢了！"

"不要被他带沟里去！你这样想，他就达到目的了！"白慕川瞥了她一眼，"你再逆向思维想一下。"

"嗯？"向晚转过头去。

"这证明大多数人是有正义感的！只是目前的舆论不利于我们而已！"死一般的寂静里，向晚没有吭声，白慕川沉沉一叹，"向晚，你怕黑吗？"

"还好。"向晚条件反射地望了望这个归于黑暗的逼仄空间。

"我见过更黑的夜，更多的坏人……"白慕川笑了笑，"他们和孟炽不一样，孟炽是脸上就写着'坏人'。我见的那些坏人脸上都写着'好人'……"

向晚在他怀里动了动。他不许她动，又强势地把她搂紧："很久以前的事情了，我都快忘了！"

向晚声音哑哑的："多久？"

白慕川："几岁？十几岁？"

向晚又问："认识谢绾绾的时候吗？"

白慕川没有回答。

向晚等了一会儿，听到他轻声说："认识她以前，以及，认识她以后。"

向晚："……"

"我很小的时候，就想当警察……"白慕川轻轻地说，"那个时候觉得警察是万能的，可以抓小偷、抓坏蛋……可后来我做了警察才知道，警察有太多无能为力的事了。"

向晚迟疑一下："好巧，我小时候也想做警察……"

白慕川笑了："真的？不哄我？"

"你三岁吗？需要人家哄你！"向晚笑道，"我跟我妈过得最苦的时候，总是被人家欺负。那时候我就想，如果我是警察就好了……"

"是警察又怎样？"

"开枪打死他们！"

"……"

"小时候就这样嘛，正邪、黑白，一定要分得清清楚楚，后来长大才懂，小孩子才分对错，成年人只看利弊……"

"不，你还是喜欢分对错的小向晚……"白慕川的笑声特别好听，即便看不到他的脸，向晚也能想象他笑起来的时候有多么迷人。

于是向晚试探着说："我是因为小时候家里条件不好才这样，你不应该的啊……"

"我……"白慕川沉思片刻，手指撑着额头，"家里条件也不好。"

"哦？是因为读书成绩不好，就无法完成梦想，必须回去继承几十亿美元的大公司吗？"向晚明显不信，笑着调侃他。

"皮！"白慕川敲她的脑袋，叹着气说，"我有一个软弱又早亡的母亲，有一个强势又无情的父亲，还有一个狗血得堪比小说的身世……这样的家庭条件是不是比你家更不好？"

向晚看了一眼他的轮廓："也许！"

"你至少是有爱的吧！我没有爱。"白慕川停顿一秒，说，"我妈死后，我就被送去了那个叫'父亲'的人身边……当然这个父亲身边有一个妻子，他不得不接受我，但他的妻子不愿意看到我……没过多久，我就因为调皮捣蛋不爱学习还欺负人，被送到了一个专门管教问题孩子的学校。那里的人，每个人脸上都写着'好人'两个字，他们做问题孩子的学术报告，他们探讨各种爱心问题，但那里的孩子看不到天明，只有没日没夜的煎熬，所谓的军事化管理、超高强度的训练，全是非人的折磨……一旦不听话，就是毒打、没完没了地羞辱……有些人想到了死，但是在那里，死是一种……"

向晚听得汗毛都竖了起来，紧紧地抓住白慕川，他却突然笑了："这些都不是最可怕的！可怕的是，把你送入这个无间炼狱的是你最亲的人……比这个更加可怕的是，明明他们错了，他们所有人都错了，但认错的人只能是你……你看着黑白颠倒，苍蝇乱飞，看到他们的笑脸上染着无辜孩子的鲜血……你却不得不在每一个相关人士来关心的时候，大谈特谈自己学到了什么、改正了什么、进步了什么……那里有无数的谎言！"

向晚屏住了呼吸，不敢去想那些被蹂躏的孩子每天都是如何度过的……更不敢想，她家英明神武的小白警察居然是从那个地方出来的。

"不要怕，不要怕！我已经长大了。"白慕川抱紧她，像是恨不得把她嵌入身体。向晚的身体一直在颤抖，不管她怎么控制，都忍不住颤抖。

　　"我就是在是那里认识谢缩缩的。"

　　"猜到了！"向晚说，"我早就不吃醋了，尤其听了这些，我觉得……你帮她、照顾她，都是应该的……"

　　"我到底是个男人。"白慕川叹息，"她一个女的，在那个地方，比我更遭罪！"

　　"……"向晚喉头哽咽，有一口腥甜压在喉头，却吐不出来。她其实很感谢命运，为她带来一个这样美好的白慕川。他在受过那样的摧残后，灵魂还能如此干净纯粹，不像孟炽那个变态，也不知道经历过什么……

　　"呵呵呵呵……"刚想到孟炽，头顶就传来一阵不冷不热的笑声。"你们要说的话都说完了吗？"

　　白慕川笑了："怎么说得完呢？我跟她还要说一辈子。"

　　"一辈子的时间恐怕是没有了！因为我……迫不及待地要送你们上路了！"孟炽又在笑，这笑声让人鸡皮疙瘩都起来了。向晚毛孔张开，浑身绷紧，她的手与白慕川的手紧紧相握。

　　"不要紧张，我亲爱的朋友。现在网友都认为你们该死，不值得浪费警力去解救，甚至比秃鹰嘴那些毒犯更可恨。他们说那些毒贩是凭本事贩毒，又没有逼谁去吸，怪得了谁？而且大多是为了生计奔波的穷人，比你们这种伪善的人更值得同情！唉……让我说什么好呢？"孟炽长长地叹息一声，好像一副不情愿的样子，"本来这个游戏的玩法是，如果大家都觉得你们情有可原，不应该去死，我就放过你们的……"

　　"别放屁了！"向晚不客气地骂回去，"有什么招你就使出来吧！"

　　"这么刚硬的性格，你俩天生一对呢！只可惜还是要死……"孟炽惋惜地一叹，"你们也算是死得其所了……刚好可以帮我试验一种新药，还有我新研究的一个杀人游戏……"

　　向晚望了一眼白慕川。他没有动，也不说话，紧紧地抓住她的手。

　　"你们身处的房间就是我潜心研制的一个杀人房间，花了很多钱呢，可不能浪费……所以为了我的试验，你们可一定要坚强点儿……"

　　向晚浑身发麻。她仰着头，看着天花板上那一个送话器的小亮点，觉得这个密封的黑暗空间异常冷、异常怪，还有一种……异常的香味儿？幽幽的，萦绕在鼻尖，让人昏昏欲睡……

孟炽的声音再次响起："味道怎么样？这是我找世界顶级的调香师调出来的特殊香味儿，有了它，一点儿药味儿都没有了呢……完全可以让你们放松地去享受、放松地去死……"

"你……卑鄙！"向晚低骂。

"为了惩罚坏人，我可是费尽了心思……"孟炽轻笑一声，"我说过，我不是坏人，现在你们相信了吗？这么舒服地死去，这世上有几个人能享受到？你们该感谢我。"

向晚屏住呼吸，但不到片刻，就有些受不住了。随之而来的，是她大口大口的呼吸声，把大口大口的香味儿吸入肺里……她咬牙，啐了一口："我还是高看你了，原来你也就会这点儿下三烂的本事？"

"不要急！我还有很多本事呢，哈哈哈，我会让你们死得了无遗憾。"孟炽饶有兴趣地说，"你们身处的房间唯一的出口，我采用了最先进的识别系统。你们不要想着能出来，也不要幻想有人能救你们出去……不过为了游戏顺利结束，我为你们预留了四十分钟的时间……四十分钟后，爆炸系统会自己启动。这问心庵，嘭！就没了！和你们一起灰飞烟灭！"

孟炽的声音听得人毛骨悚然，接着是他的笑声："好好享受你们的二人世界吧……这轰轰烈烈的死亡游戏……马上就要开始了……我相信这将是人类历史上最真实、最激情的爱情死亡片！全世界都会看到……看到你们临死前的激情，你们真实的死亡……我亲爱的朋友，不要浪费了昂贵的拍摄器材……360度全景拍摄！相信你们不会让人失望，一定会成为人类历史上最优秀、最敬业的好演员，用生命做谢礼！"

声音渐渐地从送话器里消失，房间里安静下来。除了那若有似无的香味儿，似乎一无所有。空间里依旧漆黑一片，除了那几个细微的小光点，什么都看不到，而胸腔里似乎忽然间升起一股无名的火焰，焦灼的、渴望的、暴戾的……

向晚渐渐迷失、颤抖、挣扎，无能为力。到底发生了什么事，她是知道的。是因为那个药，孟炽嘴里的新药，那是他的试验。

"白慕川……你告诉我……我是谁？"

向晚问得喘气不止。白慕川没有说话，干柴烈火，他像野兽一样拱着她的脖子，在向晚内心绝望的呐喊中，突然清楚地问她："小向晚，你玩过密室逃脱……真人游戏吗？"

嘀！送话器再次传来孟炽的声音："还有二十五分钟，我亲爱的朋友，你们在这个世界存在的时间，只剩下二十五分钟了……从现在开始，每隔五分钟……我就会为你们提供一次人性化的时间播报服务，以免你们浪费光阴！"

向晚头皮发麻，太阳穴突突地跳，空间里香味儿更浓郁了。

"他不是走了吗？"

"应该只是……程序！"

"那他……有没有被老五抓住？"

白慕川没有办法回答，外面的事情，他没办法指挥，也无法获知消息。

"怎么办？"

白慕川叹口气："不用演了，也许……"也许真的只剩下二十五分钟了呢？这二十五分钟就是他们最后的相处时间了。

两个人的眼睛拼命在黑暗中寻找着对方……头昏目眩，视线障碍，持续时间越久，越有一种意识涣散的感觉。向晚感觉双臂被他一裹，他沉重如铁的身子就靠了过来，吻住她："不怕！有我陪你。我们不怕灰飞烟灭！"

痴痴缠缠，时间不知道过去了多久，又仿若已经是天长地久。

嘀！又一声提示音。

向晚以为已经结束，不料，送话器却传来一声熟悉的声音："小白小白！虽然我们很不想打扰你们……但时间怕是不够了……"

情到浓时，灵台一清，向晚的声音几乎颤抖："是权队？"

白慕川将向晚的身子裹紧："老五，现在你们什么情况？"

他的嗓音沙哑无比，药效明显没过。向晚心疼地瞄了他一眼，听到权少腾说："情况就是，你所在的黑屋外墙有一个屏幕……我们都看到了。"

"老子没问你这个！"白慕川低吼！

权少腾："好心没好报！要不是我带着人上山，你连被解救的机会都没有……不过我看你状态很不好，就不跟你计较了……另外再多问一句，你这是……精虫上脑，不得治愈？"

518

"滚！"白慕川把没发泄完的火全骂出去了，"孟炽人呢？"

"孟炽？"权少腾一头雾水，用一种见鬼的表情看了看正在低头捣鼓小黑屋程序的赛里木，莫名其妙地问，"孟炽不是回南木了吗？你看着人家开车走的……和谢绺绺一起。"

这个事三两句话说不清，白慕川沉吟一下："那这山上的人呢？掳向晚来的人……"

权少腾说："我们上山的时候，山上的人，除了你们，全都死了！"

从白慕川上山，他就一直带人守着各个路口。在约定的一个小时后，不见白慕川下来，也不见山上有什么动静，他这才按约定带人摸上山。上山的时候，四周静悄悄的，一点儿声响都没有，对方完全没有防备的样子，结果仔细一看，一堆尸体。

权少腾在脑子里过了一遍行动的细节，很肯定地表示："没有人离开！一共十五个人，整整齐齐，一个都没有离开！"

"阿嚏！"向晚突然打个喷嚏，"不对！白慕川，不对！"

"怎么了？"白慕川抱紧她小声哄道。

"我们被骗了！"向晚内心激荡，从混沌的思维里剥离出几丝清朗的理智，"他给我们打了一个时间差！你上山的时候并没有看过孟炽，对不对？"

白慕川点头。

"这就对了！"向晚说得很快，"他其实把我关进来就离开了，等你上山，这山上就只剩下那十五个替死鬼……他们按孟炽的吩咐把你带入杀人屋，然后他们也死在了孟炽事先设计好的……某个阴谋中。"向晚不敢确定他们的死因，说得含糊，末了她话锋一转，"为了让我们相信他一直在山上，他不停地跟我们讲话……但那个时候他已经不在问心庵了……"

"你的分析很对！这个对手是我至今为止见过的……最狡猾的对手。"

对手？向晚发现他没有称呼孟炽的名字，有一丝诧异："难道他……不是孟炽？"

白慕川没有回答："等我们出去再说。"

"赛里木！"权少腾看那个大汗淋漓的少年，"怎么样了？还剩十分钟！"

赛里木坐在黑屋的檐下，十指触键如飞："那……要不你们先逃吧？"

权少腾："……"

"不要打我……"赛里木皱了皱眉头，"我……遇到了一个技术难题。这道门是虹膜识别系统，我可以打开，但问题是……如果系统被破坏，他们一旦离开黑屋，爆炸系统就会自己启动……"

"不能阻止？"

"不能。"赛里木看了一眼面前闪着蓝光的设备，"但有一个可以利用的bug！"

"快说！"

"对他俩在黑屋里进行识别的是人工智能！只要能够骗过它，就可以出来了！"

"怎么骗？"权少腾觉得与现在的小孩子交流有代沟。

当然赛里木并不比他小几岁，也觉得面前这位青年大叔问得非常奇怪："用摄像头，对脸部特征进行生物识别，但不保证成功率……不过我说的bug与这个无关。"

"一定说清楚！"

"这个系统有一个10秒的延时……我怕是陷阱！"

10秒延时！向晚想到了孟炽那句话，豁然开朗："他对人工智能并不完全放心！他怕系统偶尔识别不到发生误爆炸，害他伟大的计划不能完成。所以他给了人工智能10秒的缓冲时间……如果10秒还识别不到人，这才会爆炸……"

"对！"白慕川肯定了她的想法。

"10秒！可以一赌！"

"行！赌一把。"

左右都是死，为什么不赌呢？白慕川深吸一口气，语速极快地指挥："老五，你们全部撤退！快一点儿！"

争分夺秒！整个过程是他们在三分钟内完成的。等一切准备好权少腾拿起对讲机："赛里木，准备好了没有？"

"准备好了！系统即将开启，老大，你们只有10秒……"

今天的山上在飘雪。然而黑屋里却很热，很热。时间的嘀嘀声像敲在人的心脏上，从一分钟到四十秒，这个过程漫长得令人窒息。

"白慕川……"

"嗯？"白慕川抚摸着向晚的脸，"你想说什么吗？"

"我好遗憾！"向晚声音带着颤意，"最后这一刻我看不见你的脸！"

"我看得见你！"白慕川突然将她紧紧抱在怀里，"向晚，如果我们有谁离开了……都不许哭，好好活下去！替对方活下去！"

向晚泪流满面，她拼命地点头，把牙关咬得死紧，不让呜咽声溢出。

20秒！

19秒！

很快，这里就要爆炸了！

嘀！突然传来一声语音提示："程序解除！恭喜你们，即将共赴黄泉——"

砰的一声，门开了！刺眼的天空与漫天的雪光反射进来，向晚条件反射地眯了一下眼。下一秒，她来不及动作，身体已经离地而起。他们只有10秒的时间可以冲出这个门，白慕川来不及思考，将向晚拦腰一抱，拼命蹿了出去。

不远处有一个大水缸！问心庵以前的水缸是石头凿出来的，里面装满了黑乎乎的臭水，多年未用，四周长满了青苔……

扑通！千钧一发，白慕川带着向晚跳入水缸，水花四溅！

几乎在同一时间，一声巨响，爆炸声冲天而起！

黑色的蘑菇云、红色的火焰、白色的雪花，这个天呈现出一片妖异的色彩。